LE TEMPLE ET LA PIERRE

KATHERINE KURTZ – DEBORAH TURNER HARRIS

Katherine Kurtz est née en Floride, en 1944. Après des études scientifiques et une maîtrise d'histoire médiévale, elle a mené de front pendant plus de dix ans une activité salariée au sein du Los Angeles Police Department et sa carrière d'écrivain, jusqu'à ce que le succès du *Cycle des Derynis* lui permette de se consacrer uniquement à l'écriture. De 1970 à 2003 les *Derynis* lui ont apporté la célébrité, avec quatorze romans, un recueil de nouvelles, *The Deryni Archives* (1986) et un curieux livre d'essais, *Deryni Magic : A Grimoire* (1990) consacré à des textes décrivant en détail les rites magiques des Derynis et la nature de leur race. Avec Deborah Turner Harris, elle a cosigné deux séries : celle consacrée à Lord Adam Sinclair, docteur, mage, occultiste, rempart entre l'Angleterre du XXe siècle et des puissances maléfiques ; puis les romans, dont *Le Temple et la Pierre*, consacrés à l'ordre des Templiers au XIIIe siècle, avec comme héros Arnaud de Saint-Clair, lointain ancêtre du précédent, doué des mêmes pouvoirs magiques et occupé à défendre la chrétienté contre les dieux païens. En tout sept volumes.
Cet attachement de Katherine Kurtz pour les Templiers s'est aussi traduit par deux anthologies, *Tales of the Knights Templar* (1995) et *On Crusade : More Tales of the Knights Templar.* Après avoir longtemps vécu en Californie, elle habite aujourd'hui en Irlande, dans une maison de style gothique, mais son rêve initial était un château en Ecosse.

Deborah Turner Harris, née en 1951, quant à elle, vient de Pennsylvanie et vit en Ecosse. Elle a aussi écrit, seule, d'autres romans de Fantasy, dont la trilogie des Mages de Garillon et celle de Caledon.

Pour Richard Bruce McMillan,
« Monsieur Histoire », dont le nom évoque
l'un des plus illustres rois d'Ecosse.

Enseigner aux jeunes ce que fut leur passé
est sans aucun doute une des plus nobles
occupations humaines.

Au mois de mars 1286, alors que la tempête soufflait et que la neige tombait en rafales, Alexandre III d'Ecosse accomplit la prophétie de Thomas le Rimeur en mourant bien avant son heure. Son cheval fit une chute pardessus le bord de la falaise près de Kinghorn, de l'autre côté de l'estuaire d'Edimbourg, tandis qu'il se hâtait pour rejoindre sa jeune femme, épousée depuis moins d'un an. Aucun héritier n'était né de cette union, et les trois enfants de son précédent mariage étaient tous morts avant lui. Aucun de ses deux fils n'avait eu d'enfants. Sa fille, mariée au roi Eric Magnusson de Norvège, était morte en couches en donnant naissance à une princesse qui portait comme elle le nom de Margaret, et que l'on appellerait la Vierge de Norvège. Tous les espoirs de la noble maison de Canmore qui régnait sur l'Ecosse depuis plus de deux siècles, reposaient maintenant sur les épaules de cette unique petite fille d'Alexandre III.

Mais entre la succession *de jure* au trône d'Ecosse et l'accession à ce même trône, il y avait un pas à franchir, car la nouvelle reine du pays n'avait même pas trois ans, et le roi Edouard d'Angleterre songeait depuis maintenant deux décennies à annexer à son royaume son voisin du Nord.

Sachant qu'il fallait ménager Edouard, le père de Margaret et plusieurs membres choisis de la noblesse écossaise établirent un système de régence au nom de l'enfant et se mirent à chercher un moyen lui permettant d'hériter ce qui lui revenait de droit. Au bout de quatre années de négociations, on arriva à un accord selon lequel Margaret épouserait le fils aîné d'Edouard, Edouard de Caernavon, ce qui ferait qu'à terme il régnerait sur l'Ecosse et l'Angleterre, réunies sous une même couronne. On obtenait ainsi par la diplomatie ce que le roi d'Angleterre pensait devoir accomplir par la force, même si le spectre de la guerre demeurait une menace que la noblesse écossaise ne parvenait pas à oublier.

Edouard était si sûr d'arriver à ses fins qu'en juillet 1290 il envoya un vaisseau anglais chercher chez elle la jeune femme de son fils, avant même que le contrat de mariage n'ait été rédigé à Birgham. Les cales étaient pleines de pain d'épice, de sucreries et de jouets pour l'enfant.

Mais le père de Margaret fit faire demi-tour au bateau anglais après l'avoir vidé de sa cargaison, sans y avoir fait embarquer sa fille, qu'il préféra confier à un vaisseau de son choix...

PREMIÈRE PARTIE

CHAPITRE PREMIER

Vers le milieu du mois de septembre de l'année 1290, naviguant sous un ciel bleu et poussé par un bon vent, un solide vaisseau norvégien quitta le port de Bergen, emportant pour son mariage en Angleterre Margaret, reine des Ecossais, âgée de sept ans et connue sous le nom de Vierge de Norvège.

Cette union avait été arrangée en partie grâce aux bons offices d'un homme portant la barbe, vêtu de blanc, et qui se tenait sur le pont du navire. Le frère Arnault de Saint-Clair, chevalier de l'Ordre du Temple de Jérusalem, avait fait partie d'un groupe de négociateurs n'appartenant à aucun des deux camps, dont le travail avait facilité la signature du traité de Birgham.

La réputation du Temple pour son impartialité dans ce genre d'arbitrage était universellement reconnue et toute l'Europe s'intéressait de près aux fortunes de l'Ecosse et de l'Angleterre. Un curieux mélange de qualités avait désigné le frère Arnault pour cette mission. Bien qu'il fût un vétéran des Chevaliers du Temple après presque vingt ans de service en Terre sainte, il avait passé la plus grande partie des dix dernières années à Paris, où on lui confiait régulièrement des missions financières et diplomatiques très délicates au nom du Visiteur de France, un homme qui n'avait comme supérieur dans la hiérarchie de l'Ordre que le Grand Maître et qui était le Templier le plus important d'Europe.

Arnault était le cadet sans terres d'un noble breton prospère : il parlait couramment de nombreuses langues en plus du français qui était sa langue maternelle, se sentait tout aussi à l'aise parmi les courtisans et les cléricaux que sur un champ de bataille, savait tenir sa langue et avait le sens de la repartie quand l'occasion l'exigeait. Ses aspirations spirituelles s'alliant aux fortunes de sa naissance auraient pu le mener au poste de chancelier d'une grande maison, il aurait même pu espérer un jour coiffer la mitre d'un évêque. Mais l'excellence dont il avait fait preuve dans les arts de la chevalerie, à l'image de ses frères aînés, l'avait mené à une vocation de Templier.

Ce furent ces circonstances ainsi que ses connaissances approfondies des affaires écossaises — il avait un certain nombre de cousins éloignés dans ce royaume — qui lui valurent de faire partie de la délégation envoyée à Birgham, pour y accompagner le frère Brian de Jay, précepteur d'Ecosse et anglais de naissance, qui connaissait dans le détail la loi anglaise comme la loi écossaise. Les deux hommes ne s'étaient jamais rencontrés auparavant et Arnault n'aurait pas pu dire qu'il s'était lié d'une profonde amitié pour Jay au cours des mois qu'ils avaient passés à la table de négociations. Mais quand il s'agissait de la loi, il n'y avait aucun doute que le chevalier anglais maîtrisait son sujet. S'étant assuré que le traité était bel et bien signé, les deux hommes accompagnaient maintenant la petite princesse en Ecosse, où l'attendait une escorte de nobles écossais qui étaient désormais ses vassaux. De là, elle voyagerait jusqu'à Londres, son nouveau foyer.

Le vent se faisait plus froid, soufflant maintenant du nord, et Arnault respira profondément l'air marin. Il aimait cette fraîcheur après les années passées dans les déserts d'Orient. Ici, sur la mer, il ne portait pas d'armure, même s'il avait ceint son épée et revêtu sous son manteau l'habit blanc des Templiers, frappé à l'emplacement du cœur de la Croix de l'Ordre à huit pointes. Ses cheveux sombres étaient coupés ras conformément à la règle, mais par respect envers les usages des cercles diplomatiques dans lesquels il se devait d'évoluer, on lui avait autorisé le port d'une barbe soigneusement entretenue.

Il soupira d'aise en jetant un regard circulaire sur la mer. Le vaisseau royal passait maintenant les derniers fjords et se dirigeait vers le large. La mâture était ornée de fanions aux couleurs de l'Ecosse et de la Norvège qui claquaient gaiement dans le vent, tandis que l'entourage de la princesse formait autour d'elle sur le pont inférieur un attroupement chamarré.

On apercevait à peine Margaret au milieu de sa suite : une petite poupée aux cheveux bouclés, couverte de fourrures, réfugiée dans les bras de l'évêque Narve de Bergen. Alors qu'il observait la scène depuis le château arrière du vaisseau, Arnault ne put s'empêcher de remarquer combien la jeune princesse paraissait frêle et d'une santé fragile. Elle avait les traits tirés et le teint pâle sous sa riche coiffe de soie et de fils d'or.

Peu rassuré par ses propres observations, Arnault éprouva un certain malaise en songeant que l'avenir et le bien-être de la nation écossaise dépendaient entièrement de la santé précaire d'une jeune enfant. Alors que son esprit était ainsi occupé par des pensées inquiétantes, son frère dans l'Ordre du Temple vint le rejoindre auprès de la balustrade et lui adressa un signe de tête distrait.

Un peu plus âgé qu'Arnault, Brian de Jay était un homme de taille imposante, à la forte musculature. Ses cheveux blonds étaient coupés court, et quand il souriait on voyait apparaître ses grandes dents blanches au milieu de sa barbe blonde. Ses yeux étaient d'un bleu glacial. Il s'appuya paresseusement sur le bastingage et lança un regard sombre vers la mâture, le vent se levait, gonflant les voiles.

— J'aurais préféré le bateau anglais que le roi Edouard nous a envoyé, remarqua-t-il. Et surtout j'aurais préféré naviguer six semaines plus tôt. Je n'aime pas ces mers capricieuses du Nord.

Arnault haussa les épaules.

— Le roi Eric a préféré confier sa fille à un bâtiment construit par les artisans norvégiens.

— Le roi d'Angleterre risque de se vexer, répliqua Jay. On aurait pu espérer voir cette alliance commencer sous de meilleurs auspices.

— Les ouvriers norvégiens sont très fiers de leur savoir-faire, répondit Arnault, surpris par cette déclaration quelque peu partisane au sujet du roi d'Angleterre. Le roi Eric devait penser qu'un bateau norvégien résisterait mieux en cas de tempête.

— Le retard ne rend ces tempêtes que plus probables, fit Jay avec une grimace. J'espère qu'il n'aura pas à regretter sa décision. Même en mettant de côté les répercussions politiques, je n'aimerais pas voir tous nos efforts réduits à néant, surtout quand nous aurions pu consacrer notre énergie à meilleur escient en défendant nos propres domaines.

Arnault savait qu'il faisait allusion aux places fortes des Templiers à Saint-Jean-d'Acre et Tripoli, Tyr et Sidon, Athlit et Haïfa, tout ce qui restait de l'ancien royaume des croisés. Depuis la chute de Jérusalem, plus d'un siècle auparavant, les grands Ordres croisés du Temple et de l'Hôpital avaient tout juste réussi à maintenir ces bastions avec l'aide sporadique de l'Occident. Mais au cours des récentes années leur position était devenue de plus en plus précaire.

— Franchement, reprit Jay sur un ton méprisant, nous sommes des hommes de guerre. Nous devrions être en Terre sainte, face au danger, au lieu de traîner autour des jupes de ces diplomates comme des petits chiens. Notre vocation est de combattre et non de jouer les marieurs pour des enfants !

Arnault tourna ses regards vers les flots, songeant que cet enthousiasme guerrier aurait été plus convaincant si Jay avait parlé d'expérience. En fait, le précepteur d'Ecosse devait sa présente position d'éminence à la protection du Maître d'Angleterre. Celui-ci l'avait formé aux tâches administratives avant de l'envoyer vers le Nord s'occuper des Maisons écossaises de l'Ordre. Arnault, lui, avait servi en Terre sainte et en avait rapporté ses cicatrices pour preuve. Jay n'avait pas encore fait la démonstration de sa bravoure sur le champ de bataille.

— Nous allons là où on nous l'ordonne et nous faisons ce que l'on nous demande, répondit Arnault humblement. Ne sous-estimons pas ce que nous avons accompli par le traité de Birgham. Si cette union est un succès, elle pourrait représenter un pas de plus vers la reconquête de la Terre sainte.

Toutefois, la situation augurait mal d'un tel avenir. A peine quelques mois auparavant, l'équilibre précaire qui régnait à Saint-Jean-d'Acre — un des bastions essentiels de l'Ordre en Orient — avait été perturbé par des bandes de paysans venus de Toscane qui avaient massacré des marchands musulmans au cours d'une attaque que rien ne justifiait. Le sultan mamelouk Qalawun en avait éprouvé une juste colère et seules des négociations de dernière minute menées par les Francs avaient évité des représailles terribles. Une trêve incertaine avait été respectée jusque-là, mais la menace d'une guerre se faisait de plus en plus pesante. Les stratèges militaires de l'Ordre espéraient qu'en retardant les hostilités le plus longtemps possible, les pouvoirs souverains de la chrétienté pourraient être persuadés plus facilement de prêter main-forte au royaume franc.

— Oui, on peut penser que ce mariage nous vaudra l'aide du roi Edouard, répondit Jay qui se mit à songer à la perspective d'une nouvelle croisade. Les campagnes de sa jeunesse lui auront en tout cas beaucoup appris sur la Terre sainte. Compte tenu du rôle que nous avons joué pour cimenter cette alliance avec l'Ecosse, il nous donnera peut-être la preuve de sa gratitude en retournant à Saint-Jean-d'Acre à la tête d'une nouvelle armée. Je suis certain que les Mamelouks trouveraient là un adversaire de taille.

Arnault se contenta de hocher la tête pour marquer son approbation. Edouard Plantagenêt pouvait être un véritable homme d'Etat, habile dans ses jugements et ambitieux dans ses aspirations. Mais il était aussi capable de se montrer vindicatif à l'excès et son appétit de pouvoir, une fois éveillé, était insatiable. Rien ne pourrait plus l'empêcher d'acquérir l'Ecosse maintenant qu'il avait tourné ses regards dans cette direction. Si le mariage devait échouer pour quelque raison que ce fût, Edouard risquait d'avoir recours à une invasion.

Malgré les inquiétudes de Jay, le temps restait clément. La princesse Margaret, sa suite, l'évêque et son chanoine étaient logés dans le château arrière où on avait dressé des cloisons pour créer des petites cabines. L'escorte militaire de la princesse, dont les deux Templiers, dormait sur le pont avec le reste de l'équipage, sous l'abri du château avant.

Quelque temps après minuit, la deuxième nuit après le départ de Bergen, Arnault eut le sentiment en ouvrant les yeux que le bateau ne progressait plus selon la même allure. Il rejeta sa couverture sur le côté et se leva sans bruit pour aller voir ce qui se passait. Il avança en se tenant à la balustrade. Peu après le coucher du soleil, ils avaient quitté l'abri naturel qu'offrait la côte norvégienne. Les étoiles avaient disparu sous une épaisse couche de nuages. A la lumière des lanternes on pouvait voir la crête blanche des vagues. Le capitaine était sur le gaillard d'avant, en grande discussion avec le météorologue.

Tâchant de maintenir son équilibre malgré le tangage, Arnault traversa le pont et escalada l'échelle pour les rejoindre. Quand il s'enquit de la situation, le capitaine lui répondit sans faire de fioritures.

— Je n'aime pas ça. La tempête approche, venant du nord ouest. Les courants marins nous empêchent d'augmenter notre allure pour y échapper. Nous devons tenir le cap et espérer passer au travers.

— C'est une grosse tempête ?

— Je ne saurais le dire, répondit le météorologue. Ça pourrait être pire. Mais nous rencontrerons des vents violents et une mer agitée peu après l'aube.

Quelques heures plus tard, ils purent se rendre compte que le météorologue ne s'était pas trompé. La nuit fit place à une aube incertaine, sous un ciel bas et menaçant. Les hommes d'équipage se mirent au travail d'un air sombre, alimentant les lanternes, renforçant et attachant tout ce qui pouvait se casser ou passer pardessus bord. Quand on eut ramené les voiles et fermé les écoutilles, le capitaine et le barreur se tinrent à leur poste et se préparèrent à affronter les éléments.

Dès les premières bourrasques, la petite princesse succomba au mal de mer et dut regagner sa couche tandis que le vaisseau faisait des bonds sur les immenses vagues. A midi, la plupart des dames de sa suite se retrouvèrent dans le même état, ainsi que certains membres de l'équipage. L'évêque Narve et son jeune secrétaire eurent la chance d'être épargnés et soignèrent les malades.

Tout au long de cette journée pendant laquelle le

temps ne s'apaisa jamais, le barreur lutta contre les vagues et le vent déchaîné pour maintenir le cap.

Arnault avait assez souvent navigué pour avoir l'habitude de la tempête. Comme Brian de Jay avait lui aussi le pied marin et parvenait à ne pas rendre le contenu de son estomac, les deux Templiers apportèrent leur aide aux marins.

La tempête dura encore toute la nuit.

Au matin, les passagers se trouvaient dans un état épouvantable. Chaque mouvement du bateau leur tirait des gémissements, tandis qu'ils restaient prostrés sur leurs couches.

L'espace étroit où l'on avait aménagé des cabines était saturé de remugles de vomissures. Arnault le traversa d'un pas incertain pour aller voir la petite princesse derrière les rideaux tirés qui protégeaient son alcôve des regards.

Là, il trouva l'évêque Narve et Freu Ingrabitt, la favorite parmi les demoiselles d'honneur de la Vierge de Norvège, qui essayaient d'apaiser les souffrances de l'enfant à l'aide d'infusions et autres remèdes traditionnels. Le vieux prélat la berçait dans ses bras avec la tendresse d'un grand-père, lui chantant quelque vieille berceuse dans sa langue natale.

— Comment va-t-elle ? demanda Arnault depuis l'entrée.

L'évêque releva la tête. On voyait à son expression qu'il était inquiet.

— Elle va mal, frère Arnault. Une enfant aussi jeune est trop frêle pour affronter de telles épreuves. Si la tempête ne s'arrête pas bientôt, je crains qu'elle ne puisse pas survivre au voyage.

Pendant toute la journée et le lendemain encore, le vaisseau fut bringuebalé sur les eaux comme une brindille sur un fleuve déchaîné, sans pour autant progresser. Des vagues immenses le balançaient comme un vulgaire jouet et des montagnes d'eau s'abattaient sur le pont. Les passagers tout comme l'équipage passèrent leur cinquième nuit en mer dans le froid glacial et sans le moindre confort. Au matin du sixième jour, le bois se mit à craquer de toutes parts et on enregistra la première fuite sous la quille. Tandis que la plupart des hommes valides étaient employés à écoper, les autres installèrent la princesse et son entourage sur le pont pour qu'ils ne se retrouvent pas prisonniers au cas où le bateau se retournerait sur lui-même.

On apporta de la toile huilée et des couvertures afin de monter une tente de fortune sous le gaillard d'avant. Mais c'était là un abri bien peu efficace. La petite princesse semblait n'avoir aucune conscience de ce qui se passait autour d'elle. Elle sommeillait dans les bras de l'évêque, pâle et immobile. Seul son pouls qui battait faiblement indiquait qu'elle était encore en vie. Jay et Arnault se relayaient aux seaux, travaillant d'arrache-pied pour que la cale du navire ne se remplisse pas d'eau, mais Jay commença à se plaindre de cette situation.

— Ce n'est pas là une occupation digne d'un chevalier, marmonnait-il tandis qu'il se dépensait avec Arnault aux côtés des hommes d'équipage et des soldats de l'escorte.

Arnault se retenait de demander à Jay s'il préférait se noyer, quand soudain on entendit le cri de la vigie.

— Terre, terre droit devant sur babord !

Abandonnant leurs seaux, les deux Templiers se ruèrent sur le pont. Arnault parvint tout juste à distinguer à travers la pluie et les embruns un piton rocheux s'élevant au-dessus des flots. On sentit le pont vibrer tandis que le bateau changeait de cap pour se diriger vers ce nouveau point de repère. Apercevant le capitaine sur le gaillard d'avant, Arnault monta prestement en haut de l'échelle pour aller le rejoindre.

— Vous savez où nous sommes ? demanda-t-il en criant pour couvrir les rugissements de la mer.

Le capitaine secoua la tête de droite et de gauche d'un air dubitatif, sans détacher les yeux de la pointe de terre qui était apparue devant eux.

— Si je me fie à mon jugement, nous avons atteint les îles Orkney. Ce doit être là une des îles les plus éloignées. Si nous accostons, nous trouverons sans doute des habitations.

On approchait de la terre. Un cri de joie s'éleva du pont où était assemblé l'équipage, la tempête se faisait moins forte près des côtes, même si la pluie continuait de s'abattre aussi violemment. Un peu au-delà, on découvrit une étendue d'eau calme, protégée par un monticule de terre et s'achevant sur une plage de galets. Ils apprécièrent plus encore de voir s'élever un filet de fumée grise depuis la cheminée d'une ferme visiblement importante, accrochée sur la pente dominant le lagon.

Comme ils approchaient toujours du rivage, la scène leur apparut plus clairement. Les habitations étaient construites à la manière norvégienne, avec des toits d'ardoise et des murs de torchis ; on distinguait des granges et des dépendances regroupées autour de la maison principale d'où la fumée sortait par des ouvertures pratiquées dans le toit. Encouragé par ces signes d'une présence humaine, le capitaine s'approcha le plus possible de la côte sans mettre en danger le vaisseau et ordonna de jeter l'ancre. Tandis qu'on s'affairait aux préparatifs pour emmener la petite princesse à terre avec les passagers les plus malades, on envoya une délégation afin de réquisitionner l'aide des habitants de la ferme.

Quand la chaloupe revint au bateau pour y prendre la princesse et l'évêque, le fermier et ses gens s'étaient déjà rassemblés sur la plage afin d'accueillir les voyageurs avec des toiles huilées et des couvertures de laine. Ils avaient même prévu une charrette afin de transporter ceux qui seraient trop faibles pour parcourir la courte distance qui séparait la plage de la maison. Enveloppée dans des fourrures, la petite princesse fut portée avec soin jusqu'à la ferme par le chanoine de l'évêque Narve qui les suivit l'air anxieux.

Les deux Templiers furent parmi les derniers à atteindre le bâtiment. Ils acceptèrent avec gratitude un bol de bouillon que leur offrit une servante. Tandis qu'il échangeait son manteau trempé contre une couverture sèche, Arnault tourna son attention vers l'autre extrémité de cette longue pièce enfumée. La fermière et ses deux filles s'y penchaient avec inquiétude sur un petit être au visage livide allongé sur un lit devant le feu qui rugissait. Il devinait à leurs expressions graves qu'elles ne décelaient aucun signe d'amélioration dans l'état de la princesse.

L'évêque Narve et son chanoine rejoignirent les femmes peu après. Arnault vit avec stupéfaction que le vieillard avait revêtu une étole blanche par-dessus son habit clérical d'une grande sobriété. Le chanoine tenait un cierge allumé à la main. L'évêque fit le signe de croix au-dessus de la tête de l'enfant inconsciente, puis, posant sa main sur son front, il baissa la tête et se mit à prier. Arnault comprit aux bribes de latin qui lui parvenaient que le prêtre administrait à la princesse les derniers sacrements.

— Si j'étais vassal de la maison de Canmore, remarqua Jay à voix basse, je me mettrais à genoux pour prier.

— Dieu nous accordera peut-être un miracle, murmura Arnault.

Le cœur serré, il finit son maigre repas et se retira avec les autres membres du groupe dans une pièce adjacente pour y attendre la suite des événements. Jay le suivit mais alla s'asseoir auprès d'un des soldats de l'escorte, occupé à se réchauffer les mains au-dessus d'un brasier de charbons ardents. N'éprouvant aucun désir de réconfort pour lui-même, Arnault se dirigea d'un pas hésitant vers l'autre extrémité de la pièce. Il y découvrit une alcôve pleine de peaux de moutons et, après tant de jours et de nuits sans véritable repos, la tentation fut trop forte et il y succomba.

Il tomba à genoux comme s'il s'enfonçait dans des sables mouvants, puis se redressa en s'appuyant contre le mur dans une position qui évoquait la prière.

Désormais indifférent à son environnement, il sentait encore les mouvements du bateau, l'entraînant vers le sommeil auquel tout son corps aspirait, mais il s'appliqua aux disciplines qu'il avait longuement pratiquées, recherchant un point fixe au centre de son être pour faire naître en son âme l'image de la petite princesse. Elle n'était plus la petite poupée frêle et pâle respirant à peine dans la pièce voisine, devant le feu, mais l'enfant au visage grave et aux grands yeux pour laquelle il avait immédiatement éprouvé une profonde affection tandis qu'il attendait le départ du bateau à Bergen.

Maintenant que son corps et son esprit se pliaient aux volontés de son âme, il se sentit glisser à travers l'espace, léger, désincarné, jusqu'à l'endroit où la princesse était allongée. Il connaissait déjà cette sensation, se trouver simultanément en deux endroits, et il parvenait à contrôler cet état. Conscient d'avoir momentanément abandonné son corps, il obligea son esprit à approcher la princesse souffrante. Le lit de l'enfant était comme un îlot de lumière entouré d'ombres silencieuses.

Il reprit son souffle, sentant que la source de cette lumière était la princesse elle-même, non pas son corps mortel, son enveloppe charnelle, mais l'essence angélique de l'âme de la vierge qui formait un halo autour de ce corps. Une cordelette d'argent fine comme les fils d'une toile d'araignée faisait se rejoindre ces deux formes d'existence. Il se sentit gagné par un léger soulagement, car il savait que tant que ce lien ne se rompait pas, on pouvait encore espérer la guérison de la princesse. Mais au moment même où il s'autorisait cet espoir, il sentit comme un souffle glacé qui traversait la pièce et qui n'était dû en rien au vent et à la pluie à l'extérieur.

Toutes les lumières se firent plus faibles tandis qu'une ombre mouvante recouvrait l'endroit de son obscurité. Son centre, solide et glacial comme les hivers arctiques, s'approcha de la jeune vierge tel un nuage de fumée. Alors que son être spirituel se recroquevillait sur lui-même, avec un éclat qui devint brièvement plus intense, l'ombre trancha le lien fragile et argenté qui maintenait l'enfant en vie en retenant l'âme au corps.

Horrifié, Arnault essaya de s'interposer par l'esprit, mais en vain. Un souffle glacé le repoussa sur le côté au moment même où le lien argenté se brisait. Alors que l'âme se libérait dans les éclairs d'une lumière moirée, l'ombre fit un bond pour l'absorber. Ses instincts de défense se réveillant, Arnault s'interposa à nouveau par l'esprit. Il repoussa cette déferlante du mal en faisant appel à la Lumière pour qu'elle lui vienne en aide. Cette fois son intervention fut couronnée de succès.

L'ombre, frustrée dans son entreprise, se tourna vers lui, animée d'une nouvelle fureur. Au même moment, les poutres de la maison semblèrent fondre, ouvrant un large chemin jusqu'à la voûte des cieux.

Rapide comme un éclair printanier, l'âme enfantine s'éleva dans l'atmosphère, des astres vivants quittèrent le ciel pour venir à sa rencontre, l'entourant tel un groupe de nouveaux compagnons pour l'escorter vers sa destination finale.

L'ombre tenta de la suivre, mais encore une fois Arnault lui barra la route par l'esprit. L'ombre se libéra de son emprise par un violent effort, mais il était trop tard pour prendre en chasse sa proie. Avec une bouffée de haine dirigée contre Arnault, l'ombre se fondit alors dans la nuit. La violence de son départ fut telle que l'esprit d'Arnault se trouva projeté dans son corps, tandis que des milliers d'images tourbillonnaient autour de lui. Il en eut le souffle coupé, son cœur battant à tout rompre, et le vertige qu'il éprouva l'obligea à rester un instant immobile.

Il se remit difficilement sur pied. Il avait du mal à voir et à se tenir droit, pour maintenir son équilibre il était obligé de se retenir au mur de torchis. Il se demanda alors s'il n'avait pas rêvé. Au même moment, il sentit une main qui se posait lourdement sur son épaule et entendit Brian de Jay qui demandait :

— Que se passe-t-il ? Vous êtes pâle comme la mort… comme si vous aviez vu un fantôme.

Avant même qu'Arnault ait pu songer à formuler une réponse, on entendit un gémissement aigu qui s'échappait de la pièce voisine. Il se précipita vers la porte et, s'arrêtant sur le seuil, vit Freu Ingabritt qui reprenait son souffle pour laisser s'échapper un nouveau cri de détresse. A côté d'elle, l'évêque Narve pressait tendrement le corps de la petite princesse contre sa poitrine, son visage ridé tordu en une grimace de désespoir. Autour d'eux, les dames d'honneur de la princesse se serraient les unes contre les autres en pleurant, le corps agité de lourds sanglots.

Arnault entendit Jay qui marmonnait des paroles incompréhensibles à son oreille et vit que la femme du fermier venait vers eux, en larmes, s'essuyant les yeux avec un coin de son ample tablier. On devinait à son chagrin que c'était là une mère qui avait elle-même perdu des enfants.

— Pauvre agneau, murmura-t-elle, que Notre Seigneur dans Sa bonté et la Sainte Vierge la reçoivent en leur sein.

Abasourdi, Arnault fit demi-tour et laissa les autres

passer devant lui, tandis qu'il essayait de saisir l'énormité de ce qui venait d'arriver. Parallèlement à ses réflexions quant aux sombres conséquences politiques qu'aurait la mort de la jeune vierge, il avait maintenant la certitude que ce qu'il venait de vivre n'appartenait pas simplement au royaume des rêves. L'ombre qu'il avait vue et contre laquelle il s'était battu n'était pas le bienveillant ange de la mort qui libère le corps de ses souffrances, mais bien l'émanation d'une forme d'existence malveillante qui venait détruire les innocents.

Il éprouva tout d'un coup le besoin impérieux de respirer un peu d'air frais. S'efforçant de rester sourd aux manifestations de tristesse tout autour de lui, il s'enveloppa d'une couverture et sortit de la maison. La pluie avait cessé mais le ciel restait orageux, et le bateau à l'ancrage était devenu une barque funéraire plutôt qu'un vaisseau nuptial. Heureusement, Jay était resté à l'intérieur avec les autres.

Ce n'était pas la première fois qu'Arnault avait rencontré le mal sous la forme d'un esprit. Mais de telles manifestations ne pénétraient que rarement dans le monde des hommes à moins d'avoir été invoquées. Ce qui signifiait que l'attaque sur la jeune vierge n'était pas survenue par hasard, qu'elle avait été préméditée comme un meurtre. Arnault ne mettait pas en doute le témoignage de son sens spirituel, mais lorsqu'il essayait de concevoir qui avait pu perpétrer un tel acte et dans quel but, la stupéfaction l'emportait et il ne trouvait pas de réponse.

Il fit face au vent et se demanda à nouveau s'il avait pu imaginer tout cela, mais il savait au plus profond de lui-même que ce n'était pas le cas.

Il n'y avait aucune personne à laquelle il aurait pu se confier dans ce groupe, et en tout cas pas Jay, qui était bien trop impulsif et n'avait aucune sensibilité. Mais dès la première occasion, il ferait part de ses soupçons à un de ses supérieurs susceptibles de comprendre.

Le plus proche d'entre eux et celui qui aurait été le plus à même de savoir qui bénéficiait de la mort de la princesse, était présentement en poste dans le principal chapitre d'Ecosse, à Balantrodoch, juste au sud d'Edimbourg, là où Brian de Jay était le Maître. Arnault avait eu l'ordre de retourner à Paris après avoir escorté la reine d'Ecosse maintenant défunte, et les nouvelles de la tragédie devraient être portées aussitôt que possible à l'étranger. Mais comme il serait plus facile d'organiser son retour en France depuis un point de départ davantage au sud du pays, il pourrait justifier un détour jusqu'à Balantrodoch en compagnie de Jay. Certains de ses supérieurs à Paris penseraient de toute manière que c'était le périple qu'il se choisirait.

Une chose était certaine, si la mort de la jeune vierge était le résultat d'un complot d'agents des ténèbres, on ferait appel à Arnault pour s'opposer à leurs projets.

CHAPITRE 2

Au cours de l'année suivante, la mort de la petite princesse de Norvège fut reléguée au second plan par deux événements qui ébranlèrent la chrétienté et demandèrent toute l'attention d'Arnault et des Chevaliers du Temple de tous niveaux. Le premier fut la prise et la mise à sac de la ville chrétienne de Tripoli à l'instigation du sultan Qalawun. Le second fut la destruction de Saint-Jean-d'Acre par les armées du successeur de Qalawun, Al-Ashraf. La conquête de ces deux cités par les Mamelouks privait l'Occident latin de ses derniers bastions en Terre sainte. Il ne restait du royaume franc que l'île fortifiée de Ruad, à quatre kilomètres environ de la côte.

Les Ordres militaires furent les plus affectés par ces pertes, pendant plus de deux ans ils s'étaient soutenus mutuellement pour maintenir la ferveur des Croisades. Les chevaliers qui survécurent à la chute de Saint-Jean-d'Acre devinrent obsédés par divers projets de reconquête. Alors que certains d'entre eux retournaient en Europe pour recruter des volontaires, d'autres restèrent en Orient, à Chypre, pour surveiller les mouvements de l'ennemi.

Le dernier jour du mois de juin 1292, un vaisseau

templier entra dans le port chypriote de Larnaka et jeta l'ancre devant la ville. La première chaloupe à accoster transportait deux passagers en piteux état, vêtus de haillons, et qui, dès qu'ils mirent pied à terre, s'enfoncèrent dans une des ruelles pavées partant du port. Au bout de dix minutes, ils arrivèrent devant une maison fortifiée qui faisait partie d'un alignement surplombant la baie. La clef de voûte de la porte représentait une croix pattée qui indiquait que la maison appartenait à l'Ordre des Templiers.

Le garde à la porte était un sergent peu amène, bâti comme un taureau et qui portait un bandeau sur l'œil. Dès qu'il aperçut les deux voyageurs, son visage balafré s'éclaira d'un sourire incrédule.

— Frère Arnault ! Frère Torquil ! s'exclama-t-il en ouvrant grand le portail pour les laisser entrer. Dieu soit loué ! Vous êtes finalement parvenus jusqu'ici ! Ça fait maintenant neuf semaines, je craignais de ne plus jamais vous revoir de ce côté-ci du paradis !

Arnault de Saint-Clair sourit, laissant paraître ses dents d'un blanc éclatant au milieu de sa barbe poussiéreuse et de son visage hâlé par le soleil.

— Tu vas rire, Ruggiero, mais notre vieil ami Eliphas ben Ephraim nous a dit à peu près la même chose quand nous l'avons vu à Beyrouth.

Le sergent d'armes milanais les regarda bouche bée :

— Beyrouth ! Vous avez eu de la chance de pouvoir arriver jusque-là !

Le compagnon d'Arnault, qui était son cadet d'une bonne quinzaine d'années, rejeta sa capuche en arrière, retira son turban arabe et passa sa grosse main osseuse dans ses cheveux noirs ébouriffés. Le soleil de l'après-midi faisait ressortir des reflets roux, là où la teinture commençait à s'en aller.

— Oh ! On ne s'est pas arrêtés là, répondit le jeune homme gaiement. Frère Arnault s'était arrangé pour que la galère vienne nous chercher à Césarée. Nous avons effectivement rencontré quelques, euh… imprévus, mais rien de trop grave.

Arnault ne put s'empêcher de rire en secouant la tête devant tant de confiance et de jeunesse. Torquil Lennox avait parcouru un long chemin depuis son Ecosse natale pour se battre sur les murailles de Saint-Jean-d'Acre, treize mois auparavant, aux côtés d'Arnault et de ses frères templiers. Et depuis le jeune homme s'était montré à la hauteur de ses promesses.

Au cours de précédentes missions en Palestine, Arnault avait établi un réseau d'informateurs et d'amis de l'Ordre parmi les indigènes. Après la retraite de l'Ordre vers Chypre, ses succès lui avaient valu d'être désigné pour une mission extrêmement dangereuse : débarquer au nord de Tripoli afin de rassembler des informations sur les forces des armées d'occupation mamelouks. Entre-temps, Torquil avait fait ses preuves sur les murailles de Saint-Jean-d'Acre. Doté d'une constitution solide, d'un bras taillé pour le combat, de sa jeunesse et de son talent pour les langues, le jeune Ecossais avait été le premier choix d'Arnault pour l'accompagner dans cette aventure.

Calculant mentalement la distance que les deux chevaliers avaient parcourue dans un territoire des plus hostiles, le sergent Ruggiero siffla entre ses dents.

— Je n'arrive pas à croire que les chiens de garde d'Al-Ashraf ne vous aient pas reniflés. Comment avez-vous fait ? Vous avez eu recours à des tours de magie ?

— Pas vraiment ! fit Arnault en lançant un regard amusé à son frère écossais. Nous nous sommes contentés d'adopter l'exemple de saint Siméon Salus.

Ruggiero fit une grimace. « Salus », le mot syriaque qui signifiait « fou ». Le saint qui avait ajouté ce surnom à son patronyme était un mystique du VIe siècle, professeur dans la ville d'Emese en Syrie. Il avait vécu en se faisant passer pour fou afin de pouvoir enseigner à la communauté des parias de la ville.

— Vous n'allez pas me dire que vous vous êtes fait passer pour des déments ? demanda le sergent d'un air sceptique.

Arnault se mit à rire.

— Aux yeux des autorités mamelouks, nous n'étions que deux pauvres vagabonds ayant perdu la raison.

— C'est vrai ! fit Torquil que le souvenir amusait beaucoup. Tant qu'on ne dérangeait pas les chevaux, ils ne daignaient même pas remarquer notre présence. Si nous rentrons à Nicosie à temps pour la fête de saint Siméon, j'allumerai un cierge en son honneur.

— Je ferai de même ! promit Ruggiero en refermant le portail derrière eux. (Il lança un regard circulaire puis demanda à voix basse :) Pardonnez-moi si je m'avance trop en vous posant cette question, frère Arnault, mais quelle est la situation en Terre sainte ?

Une ombre passa sur le visage d'Arnault.

— Les choses ont changé, reconnut-il. Mais je n'ai pas le droit d'en dire plus, tant que le Grand Maître lui-même ne m'en aura pas donné la permission.

— Je comprends, répondit le sergent. Dans ce cas, je ne vais pas vous retarder plus longtemps.

Après lui avoir adressé un signe de tête amical, les deux voyageurs traversèrent la cour et entrèrent dans le bâtiment. Ils allèrent saluer le précepteur de la maison et lui firent part de leurs besoins. On leur fournit alors des habits convenables pour remplacer leurs robes de Bédouins et on leur donna de bons chevaux. Comme il était midi, ils se joignirent à la communauté pour la messe — car les Chevaliers du Temple étaient des moines autant que des guerriers — puis ils déjeunèrent dans le réfectoire avant de prendre la route du Nord qui menait vers Nicosie.

Depuis plus de cent ans, c'est-à-dire depuis les Croisades menées par Richard Cœur de Lion, Nicosie était le plus beau joyau dans la couronne de Chypre. Pendant tout ce temps, les Lusignac qui en avaient été les rois avaient accueilli d'innombrables pèlerins, prélats et guerriers en route vers la Terre sainte. Mais la colère d'Al-Ashraf avait mis fin à ce déferlement et transformé Nicosie en un centre de réfugiés. En conséquence, les femmes de Nicosie avaient pris l'habitude de se voiler de noir de la tête aux pieds, en signe de deuil pour ceux qui n'avaient pas pu fuir.

Le haut commandement des Templiers, épuisé par les incessantes batailles qu'il avait menées, avait adopté Nicosie comme nouveau quartier général. L'après-midi touchait à sa fin, le lendemain, quand Arnault et Torquil arrivèrent en vue des fortifications. Le chevalier qui les accueillit à la porte était une nouvelle recrue dont l'habit blanc ne portait pas encore la trace des rigueurs de la vie en Orient, et il les salua dans un français teinté d'un fort accent germanique. Arnault et Torquil se présentèrent, expliquèrent les raisons de leur présence, l'homme leur répondit d'un air méprisant que le Grand Maître était certainement dans ses appartements.

— Mais il n'aime pas être dérangé, ajouta le jeune garde d'un air pompeux. Il est occupé à préparer la prochaine croisade. Je devrais peut-être demander à un sergent d'annoncer votre arrivée.

— Merci, mais ce ne sera pas nécessaire, fit Arnault en se dirigeant de lui-même vers les appartements du Grand Maître, les informations que frère Torquil et moi-même devons lui transmettre concernent directement ce projet.

Le Grand Maître et son entourage vivaient dans le coin nord-ouest de l'enceinte, dans une imposante tour de pierre séparée des autres bâtiments résidentiels par une cour carrée. Arnault et Torquil furent accueillis par un serviteur séculier qui les conduisit avec de profondes marques de respect vers les chambres du niveau supérieur qui servaient de résidence et de lieu de travail au frère Jacques de Molay.

Le Grand Maître, chevalier de la vieille école, préférait l'épée à la plume, même s'il était assez instruit pour lire les dépêches et déchiffrer les codes. Lorsque Arnault et Torquil entrèrent dans le bureau de Molay, ils le trouvèrent en train de dicter des notes à un frère scribe, tandis qu'un autre lisait à haute voix le contenu d'un rouleau sur lequel étaient apposés de nombreux sceaux. Apercevant les visiteurs, Molay fit signe à ses secrétaires d'interrompre leurs travaux.

— Laissez-nous, ordonna-t-il sèchement. Je veux m'entretenir avec ces deux frères en privé.

Les deux clercs se retirèrent promptement. Tandis que la porte se refermait derrière eux, Molay se redressa sur sa chaise et observa ses deux subordonnés depuis l'autre extrémité d'une table couverte de cartes, de lettres et de réquisitions de toutes sortes.

— Bienvenue à Nicosie, mes frères, dit-il. Puisque vous êtes de retour et en bonne santé, j'imagine que votre mission a été couronnée de succès. Mais pendant que nous sommes en exil ici, loin du combat, l'image de l'Ordre a été éclaboussée par le scandale.

Il sortit de la masse de documents étalés devant lui un petit volume épais relié de cuir. Il le passa à Arnault qui en inspecta la couverture. L'ouvrage était intitulé *Historia de Desolacione* et était attribué à un certain Thadeus de Napoli.

— C'est l'un de nos frères à la cour du pape à Rome qui me l'a envoyé, dit Molay. Ce livre prétend être un récit historique sur la chute de Saint-Jean-d'Acre, mais j'ai rarement été confronté de cette façon au mal que peut engendrer l'ignorance. Vous y étiez, vous savez ce qui s'est réellement passé. Mais asseyez-vous, asseyez-vous.

Il leur désigna les tabourets que les secrétaires venaient d'abandonner.

Arnault feuilleta le livre et parcourut rapidement quelques paragraphes. L'auteur prétendait offrir un tableau exact des événements et critiquait sévèrement les défenseurs de la citadelle qu'il accusait pour beaucoup d'avoir fait preuve de lâcheté et d'égoïsme.

— A accorder trop de foi aux mots, on se voit souvent trompé, commenta Molay sombrement tandis qu'Arnault relevait la tête. Nos actes parlent pour nous. Et nous en ferons bientôt une démonstration de plus. Quant à moi, je ne connaîtrai pas le repos tant que nous ne serons pas retournés en Terre sainte pour y reconquérir toutes les parcelles de terre que nous avons perdues.

Ces derniers mots étaient accompagnés d'un regard qui était une invitation à prendre la parole.

— Nous avons rassemblé un maximum d'informations, Révérend Maître, enchaîna Arnault. Mais je dois vous prévenir qu'Al-Ashraf s'est juré de ne jamais laisser les Francs revenir en Terre sainte. Et il a pris toutes sortes de mesures efficaces pour s'en assurer.

— Nous prendrons donc des mesures plus efficaces encore, répondit Molay. Alors, ce rapport...

Arnault poussa un profond soupir.

— Les Mamelouks ont dévasté toutes les terres le long de la côte, de Tortosa à Athlit. Les vergers ont été détruits, les puits asséchés et les systèmes d'irrigation supprimés, des fermes et parfois même des villages entiers ont été rasés. Nous avons vu tout cela de nos propres yeux. Toute la contrée a été réduite à l'état de désert. Le frère Torquil pourra vous remettre un rapport écrit extrêmement détaillé. Mais ce qu'il en ressort, c'est qu'il serait impossible dans ces conditions de nourrir une armée d'invasion au cas où elle se déplacerait d'une ville à une autre, conclut-il sombrement.

— Il faudra alors nous faire approvisionner par la mer, rétorqua le Grand Maître. Parlez-moi maintenant des déploiements de troupes auxquels a procédé le sultan.

Arnault avait lui aussi pris des notes exhaustives sur tout ce qu'ils avaient vu au cours de leur voyage. Il put donc donner au Grand Maître les chiffres que celui-ci lui réclamait. Molay l'écoutait d'un air impassible en l'interrompant de temps à autre pour lui demander de répéter ou de clarifier telle ou telle information.

— Vous avez fait du bon travail, dit-il aux deux hommes quand Arnault eut achevé son exposé. Laissez vos rapports à mon secrétaire afin qu'il les recopie pour mes conseillers. Vous pouvez vous retirer jusqu'à vêpres. Si j'ai besoin d'éclaircissements, je vous ferai mander.

Tandis qu'il se retirait en compagnie de Torquil, Arnault se sentit assailli par le doute. Jacques de Molay était peut-être officiellement à la tête de l'Ordre, mais il n'en connaissait pas tous les secrets. La méfiance irrationnelle qu'il éprouvait à l'égard de toute connaissance théorique l'avait écarté des frères qui comprenaient plus en profondeur les raisons de l'existence même des Templiers. Molay n'aurait jamais pu s'imaginer une seule seconde que les itinéraires de pèlerinage que l'Ordre devait garder n'étaient pas seulement ceux qui menaient aux lieux saints de Palestine.

Molay était tellement déterminé à rétablir le royaume des Francs en Terre sainte qu'il en devenait aveugle à tous les obstacles qui se dressaient sur son chemin. Il était impossible de deviner les conséquences de cette cécité sur l'avenir de l'Ordre. Mais on pouvait craindre qu'elle ne soit nuisible à ses objectifs à long terme. Arnault devait se contenter d'espérer que d'autres mèneraient à bien les missions cachées que s'étaient fixées les fondateurs de l'Ordre. La plupart de ceux qui venaient rejoindre l'Ordre le faisaient par admiration pour le renom que les Templiers avaient acquis grâce aux armes, ou peut-être recherchaient-ils la purification spirituelle qui serait la leur s'ils acceptaient les sacrifices du champ de bataille au nom du Christ. La guerre sainte avait ses vertus, mais seuls quelques individus manifestaient un potentiel suffisant pour devenir un peu plus qu'un guerrier courageux, ou même un martyr.

Tout comme Arnault, Torquil Lennox faisait partie de ces individus d'exception. Ses qualités de cœur, la vivacité de son esprit et sa force d'âme avaient immédiatement séduit Arnault lors de leur première rencontre ou tout du moins dès que son confrère à Balantrodoch, Luc de Brabant, le lui avait désigné. Torquil, qui avait été très récemment fait chevalier, s'était trouvé présent lorsque Arnault et Brian de Jay avaient rendu compte de la mort de la Vierge de Norvège, au cours de la première réunion de leur chapitre après leur retour au Temple écossais. Arnault était alors très soucieux car il ne parvenait pas à oublier les aspects les plus sombres de ce mystère, mais avant qu'il ne reprenne son périple jusqu'à Paris, Luc avait tenu à lui présenter le jeune homme.

Peu après, leurs supérieurs décidèrent de placer le chevalier écossais sous la responsabilité d'Arnault, pour qu'il puisse l'observer et l'aider à développer les qualités que frère Luc avait déjà remarquées. Torquil lui-même ne s'était pas rendu compte qu'on le formait à des desseins extraordinaires. Les faits entourant la mort de la petite princesse paraissaient maintenant flous et lointains, les détails les plus mystérieux de l'affaire restaient inexpliqués en raison de la gravité des événements qui s'étaient déroulés depuis. Mais la présence de Torquil rappelait constamment à Arnault que toutes les guerres du Temple ne se déroulaient pas forcément sur le champ de bataille.

Cette mission cachée lui revint à l'esprit une fois de plus lorsqu'ils sortirent des appartements du Grand Maître. Un Templier qu'Arnault ne s'attendait pas à trouver à Nicosie les attendait dans l'ombre d'un cloître voisin.

Le père Bertrand de Cavaillon était habituellement un résident du Temple de Paris. Il se leva en les voyant approcher. Il était rasé de frais et devait avoir une dizaine d'années de plus qu'Arnault. Légèrement plus grand que la moyenne, il avait un visage attachant et une épaisse frange de cheveux blonds et lisses sur le front. Après un échange de salutations cordiales, il se tourna vers Arnault, l'air grave.

— Je sais que vous avez fait un long voyage, mon ami, mais si vous vous sentez la force pour une autre entrevue, le frère Gaspar vous serait reconnaissant d'aller le rejoindre dans la tour sud.

Arnault haussa un sourcil, mais il n'y avait aucun moyen de se dérober à cette convocation qu'on venait de lui présenter comme une requête.

— Bien sûr, dit-il comme ils prenaient tous la direction de la tour. Je ne pensais pas qu'il serait encore ici. Vous avez une idée de ce qu'il désire ?

— Oh oui, bien plus qu'une idée, répondit Bertrand en lançant un regard de côté vers Torquil. Vous aurez déduit du fait que le frère Gaspar est encore ici, ainsi que de ma propre présence, que nous continuons les préparatifs pour transporter une partie importante du trésor de l'Ordre à Paris. Pendant votre absence, nous avons reçu l'ordre de dresser un inventaire de tous les livres, reliques et autres objets de valeur qui étaient conservés dans les commanderies du royaume de Jérusalem.

— D'où venait cet ordre ?

— Du Révérend Maître, bien sûr. Comme vous avez participé activement au transport de ces trésors, le frère Gaspar souhaite que vous soyez présent pour nous confirmer la provenance de ces objets.

Les images des derniers jours du siège repassèrent devant les yeux d'Arnault. Quand il était devenu évident que Saint-Jean-d'Acre tomberait, le trésorier de l'Ordre, Théobald Gaudin, avait été sommé de charger tout ce que contenaient les caves à bord d'une galère. Arnault avait escorté le trésor jusqu'à Sidon après avoir été autorisé à choisir un certain nombre de chevaliers pour former une escorte.

Il avait dû faire ce choix avec une extrême circonspection, sachant que ceux qui resteraient finiraient par périr. Torquil était au nombre de ceux qu'il avait choisis, et pas seulement en raison de l'affection qu'il lui portait. Car dans le trésor de Saint-Jean-d'Acre figurait une collection d'objets qui n'avaient pas de prix. Chacun de ces objets possédait un attribut qui lui conférait une force surnaturelle. Ces trésors et les légendes qui s'y rattachaient étaient au cœur des mystères les plus jalousement gardés par quelques individus triés sur le volet et aux talents uniques, une élite qu'on appelait *Le Cercle*. Si Torquil n'était pas encore initié à ces mystères et ignorait même complètement cette dimension du travail de l'Ordre, Arnault n'avait aucun doute qu'un jour les dons encore inexploités du jeune homme lui vaudraient une place dans *Le Cercle*.

En attendant, en comptant Bertrand et Arnault lui-même, trois membres du *Cercle* se trouvaient présents en même temps à Nicosie. Gaspar des Macquelines était leur supérieur à tous les deux dans cette hiérarchie secrète. Il avait été l'assistant du trésorier de Saint-Jean-d'Acre et il était en conséquence peu étonnant qu'on lui ait confié la garde des secrets du Trésor du Temple. Ce qui était très étonnant, en revanche, était que juste avant qu'Arnault et Torquil ne se lancent dans la mission qu'ils venaient de mener à bien, on avait appris à Nicosie que Gaspar avait été nommé assistant du trésorier du Temple de Paris.

C'était pour cette raison qu'Arnault avait été persuadé que le vieux chevalier était depuis parti pour la France. Le fait qu'il soit encore ici impliquait qu'on allait aborder à cette réunion des questions extrêmement urgentes et confidentielles.

S'efforçant de sourire, Arnault se tourna vers Torquil.

— Il semblerait que je doive maintenant réciter des listes. Je suis sûr que tu as mieux à faire de ton temps, rattraper ton sommeil en retard, par exemple. Pourquoi n'irais-tu pas au baraquement ? Je t'y rejoindrai quand j'en aurai fini.

CHAPITRE 3

Le jeune chevalier prit congé de bonne grâce. Après son départ, Arnault et le père Bertrand traversèrent le pré qui séparait les bâtiments résidentiels des écuries et des réservoirs à grain.

Ils longèrent la chapelle et traversèrent un cloître jusqu'à l'entrée du presbytère. Bertrand montra le chemin à Arnault et le mena à une petite salle de conférences située à l'extrémité est du bâtiment.

La pièce était meublée simplement, les murs blanchis à la chaux, les fenêtres donnant à l'est sur une vue plaisante de cultures en terrasses et de plantations de citronniers. Un homme grand vêtu de son habit blanc se tenait sur la gauche à côté de la fenêtre, deux autres frères chevaliers et un prêtre templier étaient déjà assis devant une table, posée sur des tréteaux. Tous étaient des membres initiés du Cercle, ce qui voulait donc dire que ce n'était pas trois mais six membres de cet ordre d'élite au sein de l'Ordre lui-même qui étaient à présent réunis à Nicosie. Après s'être dit l'espace d'un instant qu'il ne souhaitait pas connaître les raisons de ce rassemblement, Arnault éprouva un certain soulagement lorsque l'homme qui se trouvait près de la fenêtre se tourna pour le saluer. Ce profil d'oiseau de proie, ces

cheveux auburn et cette barbe épaisse… Gaspar de Macquelines en personne.

— Bienvenue, frère Arnault, dit Gaspar avec un sourire. Mes compliments, vous avez réussi à nous revenir sain et sauf.

— Frère Gaspar, répondit Arnault, je m'attendais que vous soyez déjà parti. Et que signifie…

Il ne finit pas sa phrase, mais désigna d'un geste de la main les hommes assis à la table.

Gaspar haussa les épaules.

— Comme vous l'aurez compris, il y a plus en jeu qu'un simple transport de marchandises même très précieuses. Je vous demande pardon de vous imposer cette réunion si peu de temps après votre arrivée, mais c'est peut-être la dernière fois avant longtemps que nous pourrons nous réunir en nombre aussi important. Etant donné la situation de l'Ordre, je tenais à ce que vous soyez là pour partager avec nous vos lumières éventuelles quant à notre avenir.

Sur ces paroles, il invita Arnault et Bertrand à prendre place sur les tabourets tandis que lui-même s'asseyait en bout de table.

— Les circonstances sont les suivantes : nous ayant demandé de dresser un inventaire des possessions matérielles de l'Ordre, le Grand Maître souhaite maintenant une liste des objets que nous pourrions vendre. Il suggère de financer à partir de la vente de ces biens une nouvelle campagne pour reconquérir nos anciens territoires en Terre sainte. Comme vous le savez, il est convaincu que c'est là le seul foyer de l'Ordre, et que nous devons y retourner si nous voulons que le Temple survive. Avant que je puisse faire une quelconque recommandation quant aux biens de l'Ordre, nous devons d'abord estimer avec soin sa situation présente et ses problèmes, face aux objectifs qui lui ont été fixés lors de sa création.

Il marqua une pause pour que tous aient le temps de comprendre la portée de ses paroles, puis son regard alla de l'un à l'autre, comme s'il les invitait à présenter leurs commentaires. Geoffrey de Saint-Brieuc, rude chevalier de Gascogne fut le premier à s'exprimer.

— Il me semble, dit-il, que depuis l'époque de Hughes de Payens, les chevaliers du Temple n'ont jamais eu qu'un seul but : défendre le royaume de Jérusalem. Notre échec dans cette entreprise a endommagé la bonne réputation que nos prédécesseurs nous avaient léguée. Le monde est donc maintenant prêt à nous accuser de toutes sortes de manquements et de transgressions. La seule façon pour l'Ordre de justifier son existence est peut-être de mener une nouvelle croisade. Quel qu'en soit le prix.

— Oui, mais les informations que nous détenons ne nous y encouragent pas, l'interrompit Arnault. J'avance que si nous partons en guerre seulement dans le but de préserver notre orgueil, nous aurons la prétention de tester la volonté de Dieu. Je peux témoigner que la mainmise des Mamelouks sur la Syrie est plus forte encore qu'il y a un an. Si le dernier Saint-Père n'a pas pu trouver le soutien nécessaire auprès des monarchies européennes pour maintenir notre place forte de Saint-Jean-d'Acre, je serais très étonné que Jacques de Molay montre les dons de persuasion suffisants pour les convaincre de s'embarquer dans une guerre de reconquête.

Il y eut un brouhaha de murmures approbateurs. Le pape Nicolas IV était mort le vendredi de Pâques de l'année en cours et le collège des cardinaux à Rome n'était pas plus près à ce jour que trois mois auparavant de lui trouver un successeur. Ainsi divisé, le Vatican était comme un navire à la dérive, ballotté entre les tourbillons et les récifs. Tant que l'Eglise ne retrouverait pas le cap à suivre, aucune voix ne s'élèverait au

Saint Siège pour soutenir les appels de Jacques de Molay à la guerre sainte.

— La véritable cause en question ici n'est pas tant les actes que les travaux, dit le père Bertrand d'une voix posée. Si nous ne retournons pas à Jérusalem, comment allons-nous reconstruire le Temple ? Et si nous ne reconstruisons pas le Temple, où allons-nous abriter nos trésors pour les transmettre à nos successeurs ?

— Je suis d'accord, s'exclama le frère Anselmo, d'autres peuvent peut-être porter la responsabilité de la perte du royaume de Jérusalem, mais l'échec de la reconstruction du Temple n'incombe qu'à nous.

Un long silence suivit cette remarque. Finalement, Arnault se décida à reprendre la parole :

— Si nous avons échoué, la faute n'en revient peut-être pas à nos actions mais à nos perceptions.

Quand ils se furent tous tournés vers lui, il continua :

— Jusqu'à présent nous avons largement considéré la mission de l'Ordre en termes de territoire. C'était sans doute là une vue trop étroite. Il n'était peut-être pas écrit que nous devions rester pour toujours en Terre sainte. Peut-être avons-nous été exilés de Terre sainte non pas parce que nous n'avions pas accompli assez quand nous y étions, mais parce que notre travail y est achevé, et que nous avons d'autres tâches plus importantes à accomplir ailleurs.

— Voilà une suggestion fort intéressante, fit Gaspar d'un air songeur.

Comme l'attention de l'assistance était maintenant tournée vers lui, il enchaîna :

— Personne parmi les initiés aux principes de la spiritualité n'oserait prétendre que la Jérusalem céleste peut être assimilée à la ville terrestre qui porte le même nom. Cela vaut peut-être la peine d'envisager la possibilité que ce Temple que l'on nous a demandé de construire comme une arche pour abriter nos trésors puisse trouver ses fondations ailleurs.

Des regards furent échangés tout autour de la table, puis tous se tournèrent vers le père Bertrand qui hochait la tête d'un air méditatif.

— Il n'y a aucun mal à envisager cela, dit-il, mais, malgré tous les rapports qu'ils ont avec le monde surnaturel, les trésors eux-mêmes ne sont que des objets matériels, qui doivent être entreposés dans un lieu déterminé. Si ce n'est pas dans le Temple de Jérusalem, alors où ?

— Ici à Nicosie ? demanda le père Anselmo.

— Je ne crois pas, répondit Gaspar en fronçant les sourcils. Nicosie représente au mieux un abri temporaire. La stabilité politique de cette île est tout sauf certaine et les nobles locaux se plaignent déjà de la présence des Ordres militaires chez eux.

Geoffrey de Saint-Brieuc secoua la tête.

— Cette situation changera bientôt. Les Chevaliers teutoniques ont déjà tourné leur attention vers la Baltique, et nous savons que les Hospitaliers cherchent activement une autre place forte en Méditerranée.

— Il n'empêche que notre puissance militaire est trop importante pour que les Chypriotes s'accommodent facilement de notre présence, rétorqua Gaspar.

— Et la France ? suggéra Christophe de Clairvaux, un grand chevalier blond au profil d'empereur romain. L'Ordre y est déjà très présent, il serait facile d'adopter le Temple de Paris pour y installer notre nouvelle commanderie principale.

— Oui, ce serait facile. Mais le Temple de Paris est trop près des Capétiens et de leurs affaires compliquées, dit Gaspar. Une des importantes commanderies de province serait une alternative préférable.

— C'est certainement vrai, fit Arnault, mais, pour tout avouer, j'éprouve de fortes réticences à m'installer dans tout lieu sous la coupe de Philippe IV. Il n'aime pas beaucoup notre Ordre, même s'il en envie les richesses. Le simple fait qu'il ait confié sa fortune au Temple de Paris fournit à ses agents une excuse pour mettre constamment leur nez dans nos affaires. Je crois qu'il serait extrêmement dangereux pour nous de placer quoi que ce soit à portée de ses mains cupides.

De sobres murmures d'approbation se firent entendre. Philippe IV de France s'était fait la réputation d'un homme froid et avide de richesses. Il était dévoré par la passion du pouvoir, et par un insatiable besoin d'argent. Il lui en fallait pour acheter des terres, des alliés, des juges… Ses agents étaient constamment à la recherche de nouvelles sources de revenus, et même les institutions de l'église n'étaient pas à l'abri des pillages du roi.

— Et le Languedoc ? suggéra le père Bertrand.

— Pour nous y établir en toute sécurité, il faudrait d'abord y étendre nos propriétés. Ce qui malheureusement nous mettrait en compétition avec Philippe, qui cherche à faire de nombreuses acquisitions dans la région. Il en a déjà fait pas mal, et a ainsi pu y placer certains de ses représentants à des postes d'autorité. Ce qui ne veut pas dire qu'il nous serait impossible de rattraper le temps perdu. Toutefois, compte tenu du fait que nous avons déjà beaucoup d'ennemis, il serait peut-être prudent de ne pas s'en faire d'autres.

Les villes indépendantes d'Italie étaient toutes trop déchirées par des conflits internes et des rivalités meurtrières pour qu'on puisse les envisager comme des solutions.

— L'Angleterre serait-elle une possibilité ? demanda Christophe de Clairvaux. Après tout, le roi Edouard était un croisé dans sa jeunesse et il garde comme nous le souvenir de Saint-Jean-d'Acre. Ne nous accueillerait-il pas sur ses terres comme nous l'avons autrefois accueilli sur les nôtres.

— Ce n'est pas une mauvaise idée, loin de là, fit Gaspar d'un air songeur. La tradition rapporte que Joseph d'Arimathie vogua jusqu'en Angleterre après la Résurrection et fonda la communauté de Glastonbury, un site que Notre Seigneur lui-même visita dans son enfance. Si la légende est vraie, Glastonbury serait sans aucun doute un endroit approprié pour y construire un nouveau Temple et accomplir ainsi la prophétie.

— Tout dépend de l'homme qu'est devenu Edouard Plantagenêt au cours des vingt dernières années.

— Il a prouvé qu'il était un roi fort et compétent, dit Geoffrey.

— C'est vrai, mais l'exercice du pouvoir peut corrompre même les plus vertueux, répliqua Arnault.

Ses pensées se tournèrent de nouveau vers l'Ecosse. On s'en était référé à Edouard pour arbitrer la question de la succession d'Ecosse, mais il était évident que le roi anglais avait l'intention de se servir de cette situation à son avantage, comme lorsqu'il avait négocié le mariage de son fils avec la malheureuse princesse.

— En tout cas, ajouta-t-il, Edouard tolère mal tout ce qui risquerait de représenter un défi pour son autorité. Le danger serait qu'il essaie de plier l'Ordre à ses volontés après lui avoir offert l'hospitalité. En cas de résistance, il pourrait être tenté de le détruire complètement. Connaissant les enjeux, pouvons-nous nous permettre de mettre à l'épreuve les intentions d'Edouard, sans avoir l'assurance qu'il est effectivement le meilleur choix possible ?

Cette question relança le débat, mais les discussions qui s'ensuivirent n'apportèrent aucune solution.

— Nous sommes en train de tourner en rond, grogna enfin Geoffrey. La seule chose dont nous pouvons être certains, c'est que tous les choix qui s'offrent à nous sont douteux.

— Malheureusement nous sommes bien obligés de prendre une décision, déclara le père Anselmo.

— Je suis d'accord, répondit Geoffrey. Même si cela signifie faire ensuite au mieux avec une situation qui ne nous satisfera pas entièrement.

Après une longue pause, Gaspar reprit la parole.

— La logique ne nous servira à rien dans cette question. Nous avons besoin d'un signe. La sécurité de nos trésors est trop importante pour dépendre d'un vague espoir. Nous ne devrons agir qu'avec certitude. Et la seule façon d'obtenir cette certitude est de s'adresser à une autorité supérieure, par un moyen plus direct encore que la prière.

Le père Anselmo parut inquiet.

— Et que suggères-tu ?

Une lueur s'alluma dans les yeux sombres de Gaspar.

— Parmi les objets en notre possession, certains ont le pouvoir de rendre des oracles. Je propose de choisir celui de ces objets qui se rapproche le plus de nos affinités et de nous servir de ses pouvoirs de divination.

Un silence pesant s'instaura tandis qu'ils se tournaient vers les deux prêtres.

— C'est là une suggestion dangereuse, déclara le père Bertrand. Nous détenons ces objets pour le bien de ce monde. En utiliser un pour notre seul profit serait une trahison de notre vocation.

— Je pense pouvoir affirmer qu'il ne s'agit pas ici d'une question personnelle, rétorqua Gaspar avec assurance. Une erreur de jugement de notre part risquerait d'entraîner la perte de nos trésors. Pis encore, ils pourraient tomber entre de mauvaises mains. Nous ne pouvons pas nous permettre de faire une erreur qui mettrait en danger les générations futures. Dans ces circonstances, je suis d'avis que l'utilisation des moyens dont nous disposons est parfaitement justifiée.

Un nouveau silence gêné s'ensuivit. Arnault osa finalement prendre la parole.

— Quand il s'agit de connaître les voies de l'Esprit, nous sommes comme un aveugle au bord d'un précipice, remarqua-t-il calmement. Un aveugle commet-il un crime lorsqu'il se sert d'une canne pour reconnaître le chemin ? De même, en quoi serait-il criminel d'utiliser un des outils dont nous disposons pour ne pas tomber au fond du gouffre ? Gaspar a très justement souligné la gravité de notre situation. Je suggère que nous suivions son conseil.

Il lança un regard circulaire sur l'assistance et eut le soulagement de voir que tous hochaient la tête en signe d'approbation.

— Je te remercie pour le soutien que tu m'apportes, dit Gaspar. Que Dieu m'en soit témoin, je pense qu'il n'y a pas d'autre solution.

Il leur exposa alors la procédure qu'il souhaitait suivre. L'adoption de ce plan fut scellée par un vote. Après s'être proposé ainsi que le père Bertrand pour participer à ces travaux, il se tourna vers Arnault.

— Je n'ignore pas que tu reviens à peine d'une longue et difficile mission, mais je pense que tu possèdes plus que tout autre ici les aptitudes pour mener à bien le travail que j'ai suggéré d'accomplir. Et tu as déjà travaillé avec cet objet. Consens-tu à agir en tant que médium dans cette tâche de divination ?

Arnault accepta en inclinant la tête, car, quel que soit le prix à payer, physiquement ou psychiquement, il était impossible de refuser, surtout quand cette requête venait de Gaspar, qui avait été son maître et qui l'avait fait entrer dans le Cercle alors qu'il était à peine plus âgé que Torquil.

— Je mettrai tous mes dons au service du Temple et

de Dieu, dit-il en souriant. Mais si vous avez l'intention de me faire commencer dès ce soir, pourrai-je avoir d'abord quelques heures de sommeil ?

— Bien entendu, répondit Gaspar, souriant à son tour. Je crois qu'il est inutile de tarder plus longtemps, ajouta-t-il en se tournant vers la compagnie. J'ai déjà prévenu le Grand Maître qu'il faudrait quelques jours pour dresser l'inventaire qu'il nous demande, et pour trier les trésors destinés à être vendus. Nous nous mettrons au travail dès ce soir. Quand nous saurons exactement où nous en sommes, nous serons mieux armés pour affronter l'avenir.

CHAPITRE 4

Lorsque Arnault ne se montra pas à vêpres, Torquil Lennox en fut légèrement étonné, mais ne s'en préoccupa pas outre mesure. Quand il n'apparut pas pour le dîner, le chevalier écossais se demanda quand même ce qui avait pu le retenir.

En général, un frère de l'Ordre avait le droit de s'absenter des repas et des services s'il était sollicité par quelque tâche pratique qu'il ne pouvait interrompre facilement, comme ferrer un cheval ou travailler à la forge. Sinon, il devait demander une permission spéciale à ses supérieurs, ce que Gaspar de Macquelines, en tant que trésorier de l'Ordre, était habilité à accorder. Si la règle de l'Ordre n'avait pas imposé le silence au cours des repas, Torquil aurait pu être tenté de s'enquérir des allées et venues de son mentor. Il fut obligé de s'en inquiéter sans rien exprimer, tandis que l'on entendait une voix lisant les Ecritures depuis la chaire qui dominait la salle.

Torquil lança un regard circulaire sur l'assemblée et remarqua que le père Bertrand était lui aussi absent. Il en conclut que la convocation du frère Gaspar concernait une question autrement plus importante que l'énumération d'une simple liste. Mais il n'y avait sans doute pas encore de quoi se faire du souci. Torquil n'ignorait pas qu'Arnault était dans le secret d'affaires extrêmement confidentielles au sein de l'Ordre, des affaires qui ne pouvaient concerner un novice tel que lui, malgré toute la confiance qu'Arnault lui avait déjà témoignée.

A la fin du repas, les frères se levèrent et se dirigèrent vers la chapelle, selon la coutume. Torquil se joignit à eux mais il eut du mal à se concentrer sur ses prières. Deux fois, il perdit le compte de ses Notre Père et dut recommencer son chapelet au début. Il fut soulagé quand les prières s'achevèrent et que les frères furent libres de se disperser.

Arnault attendait dans l'ombre que son protégé sorte de la chapelle. Lorsque Torquil passa devant lui, il tendit le bras et posa une main sur l'épaule du jeune homme. Torquil sursauta et par réflexe saisit la poignée de son épée. Arnault fit vivement un pas en arrière.

— Pax ! Ce n'est que moi ! s'exclama-t-il.

Torquil se détendit et secoua la tête.

— Doux Jésus, tu m'as fait peur. Quel était le problème ?

— Nous avions beaucoup de choses à débattre, répondit Arnault quelque peu mystérieusement.

Il lança un regard à la ronde pour s'assurer que personne ne pouvait les entendre puis reprit à voix basse :

— T'a-t-on confié quelque tâche à exécuter ?

— Non, pourquoi ?

— Parce que j'ai pour toi une mission un peu particulière, si tu le veux bien.

Arnault remarqua au regard de Torquil que celui-ci était intrigué.

— A quel genre de mission songes-tu ?

— Je voudrais que tu montes la garde. Le frère Gaspar et moi-même devons résoudre encore une question. Le père Bertrand sera avec nous. Pour l'instant, il te suffit de savoir qu'afin d'accomplir cette tâche nous devrons nous livrer à des pratiques peu… orthodoxes. Nous… nous ne pouvons pas nous permettre d'être dérangés.

— Cela a l'air grave, commenta Torquil.

— C'est en effet très grave, répondit Arnault. L'avenir de l'Ordre est en jeu. Et, partant de là, celui des générations futures. Je ne suis pas en mesure de te confier les détails, je peux seulement te donner solennellement ma parole que nous n'avons pas l'intention de commettre des actes blasphématoires ou simplement irrévérencieux. Toutefois, certaines personnes, dont notre respecté Grand Maître, seraient susceptibles de condamner nos actes. Si nous étions découverts, nous risquerions d'être chassés de l'Ordre… ou pis. Je ne t'en voudrais pas si tu préfères ne pas te mêler à cela.

Torquil baissa la tête d'un air songeur.

— Tu ne me demanderais pas une telle chose si ce n'était d'une grande importance. De plus, ce que j'ai fait à ton instigation ne s'est jamais révélé néfaste. Qu'attends-tu de moi ?

Arnault sourit presque imperceptiblement.

— Merci ! Je regrette seulement de ne pas pouvoir te donner de plus amples explications. Mais si tu gardes ta confiance en moi, je te promets qu'un jour tout te sera révélé.

Il fit signe à Torquil de le suivre et parcourut la cour qui séparait la chapelle des bâtiments. Puis les deux hommes longèrent le champ réservé à l'exercice jusqu'au donjon carré aux murs épais qui dominait à l'ouest l'enceinte de la forteresse. Les sergents qui montaient la garde les laissèrent entrer sans broncher lorsque Arnault leur donna le mot de passe. Après avoir traversé la salle de garde, ils se dirigèrent vers la tour ouest.

Ils empruntèrent la galerie qui dominait la grande salle puis descendirent un escalier qui menait à un passage étroit au bout duquel une porte s'ouvrait sur une pièce carrée. Une lourde table de chêne était disposée en son centre. Un homme solidement bâti aux cheveux châtains et à la barbe striée de blanc y était installé, il posa sa plume en les voyant entrer : Gaspar des Macquelines en personne. Torquil ne le connaissait pas bien, mais il avait déjà croisé le trésorier au cours de l'évacuation en catastrophe de Saint-Jean-d'Acre.

Gaspar se leva et accueillit Arnault avec chaleur sans se soucier des distinctions de rang. Lorsque Torquil s'approcha pour le saluer, le vieux chevalier l'observa longuement.

— Notre frère nous a dit grand bien de toi, remarqua-t-il avec un sourire avant de se tourner vers Arnault. Est-ce qu'il comprend ce qu'on attend de lui ?

— En général, oui. Et il est prêt à nous faire confiance, répondit Arnault.

— Est-ce bien vrai, jeune Lennox ? demanda Gaspar à Torquil.

Celui-ci sentait bien qu'il s'agissait là d'une sorte d'examen de passage.

— Je le jure sur mon honneur.

— Alors, au nom de ton honneur, je veux bien accepter tes services, fit Gaspar en inclinant la tête. Applique-toi avec confiance dans les petites tâches et de grandes choses s'ensuivront. Même si tu ne devais jamais rien apprendre d'autre, rappelle-toi toujours cela.

Il se pencha alors pour ramasser un petit coffre rectangulaire et le déposer sur la table. Il était fait de bois clair cerclé d'argent, et poli avec un tel soin qu'il renvoyait des reflets satinés. Sa vue ramena immédiatement Torquil à la dernière nuit qu'ils avaient passée à Saint-Jean-d'Acre, quelques heures à peine avant la chute de la grande citadelle au bord de la mer. Il se souvint avec une clarté irréelle d'avoir vu un coffre semblable à celui-ci que l'on embarquait sur une galère sous l'œil attentif de Théobald Gaudin, le trésorier de l'Ordre. Ce coffre aurait pu échapper à l'attention de Torquil dans la confusion de la retraite s'il n'avait eu alors la certitude que son contenu était bien plus précieux que de l'or ou de simples diamants.

Tandis que le jeune Ecossais regardait la réplique plus petite de ce coffre, les mêmes impressions le submergèrent comme une vague de chaleur. Il serra les mâchoires pour ne pas céder à la tentation de poser les dizaines de questions qui lui traversaient l'esprit. Ce ne fut qu'avec difficulté qu'il parvint à détourner le regard.

Apparemment indifférent au trouble du jeune homme, Gaspar prit la cassette sous son bras et se dirigea vers la porte située derrière la table, l'ouvrant sur un palier éclairé par une torche.

— Suivez-moi, dit-il. Le père Bertrand nous a ménagé un lieu de travail. Il ne faut pas le faire attendre.

Ils étaient au milieu d'un escalier en colimaçon qui se perdait dans l'obscurité. Sans même s'assurer que ses compagnons obtempéraient, Gaspar commença à monter les marches. Arnault et Torquil lui emboîtèrent le pas, tâtonnant quand la lumière de la torche ne les éclaira plus. Sur le palier supérieur, une autre torche leur renvoya bientôt une lumière vacillante, mais ils ne s'arrêtèrent pas et continuèrent leur ascension. Arrivés au deuxième palier, tandis que Gaspar ouvrait le chemin, Arnault se tourna vers Torquil.

— Les pièces de ce niveau sont des salles d'archives qui ne communiquent pas avec le reste du donjon, dit-il. Tu monteras la garde ici. En attendant que je revienne avec le frère Gaspar, personne ne doit aller au-delà de cette limite. *Personne !*

Torquil redressa les épaules, hocha la tête et porta la main au pommeau de son épée.

— Je comprends.

— Très bien, mais il y a autre chose, fit Arnault avec l'ombre d'un sourire. Peu importe ce que tu entendras ou verras, en aucun cas tu ne dois tenter d'entrer dans la pièce au-dessus du lieu où nous travaillerons.

Une vague inquiétude passa dans le regard du jeune homme.

— Ce que vous allez faire… est-ce dangereux ?

— Non, tant que nous respecterons les règles qui sont les nôtres, tout ira bien, répondit Arnault. Peux-tu jurer sur ton honneur de chevalier que tu obéiras à ces ordres ?

Torquil hocha la tête d'un geste vif, les mâchoires crispées.

— Je t'ai déjà donné ma parole que je n'interviendrais pas.

— C'est sur ordre que je te demande cette confirmation, fit Arnault en souriant pour s'excuser.

Puis il tourna les talons et continua son ascension vers l'unique pièce située au sommet de la tour. Le frère Bertrand l'attendait sur le seuil. Gaspar était déjà à l'intérieur. Lorsque Arnault entra à son tour, le prêtre templier referma la porte et tira prudemment le loquet. Un léger parfum d'encens ainsi que la pesanteur de l'atmosphère confirmaient que l'endroit avait été préparé avec soin.

— Je crois que vous trouverez tout ce dont vous avez besoin, déclara le père Bertrand en désignant la pièce d'un grand geste de la main. Nous pourrons commencer dès que vous vous serez préparés.

Il exécuta un dernier geste rituel devant la porte puis s'appuya au mur pour attendre. Arnault regarda tout autour de lui. La pièce était ronde ; des meurtrières avaient été pratiquées aux quatre points cardinaux. Une lampe de cuivre suspendue au plafond dispensait des taches de lumière sur la nappe de lin qui recouvrait la table juste en dessous. Un chandelier à sept branches en bronze en décorait chaque extrémité. Les bougies des chandeliers n'avaient pas encore été allumées.

Plusieurs coffres de bois étaient disposés sur le pourtour de la pièce, Arnault savait qu'ils contenaient les trésors du Temple qui n'avaient pas été répertoriés dans l'inventaire officiel. Gaspar avait posé sa cassette sur l'un d'eux et était occupé à l'ouvrir à l'aide d'une petite clef de cuivre suspendue au bout d'une chaîne qu'il portait autour du cou. Un autre coffre contenait les habits qu'Arnault devait revêtir pour la cérémonie : une tunique de lin, un manteau de soie pourpre dont les bords étaient ornés de grenades et de cloches dorées. L'éphod des prêtres avec ses chaînes d'or, la tenue des grands prêtres d'Israël.

Ce que Gaspar révélait maintenant en ouvrant le petit coffre avait été aussi sacré pour ces prêtres que pour leurs successeurs, c'était l'un des trésors rapportés de Saint-Jean-d'Acre. A l'intérieur se trouvait un petit reliquaire d'argent. La lumière de la lampe juste au-dessus faisait ressortir les inscriptions en hébreu sur son couvercle. Gaspar le souleva et on put distinguer un paquet drapé de soie blanche entouré de lacets de cuir. Sept sceaux étaient apposés sur le paquet, chacun portant un symbole hébreu.

Avec solennité, Gaspar rompit les sceaux et défit les lacets avant d'écarter les pans de soie. Apparut alors un objet plat ressemblant à un petit livre orné de douze gros joyaux disposés en quatre rangées de trois, sertis dans de l'or et attachés à une pièce d'étoffe, qui renvoyaient la lumière dans une profusion de couleurs.

Arnault retint son souffle. Il éprouvait chaque fois la même émotion devant un objet si ancien et d'une telle beauté, d'autant qu'il s'en dégageait une aura de puissance. La relique était tombée entre les mains du Temple de Jérusalem très tôt après son installation en Terre sainte, mais elle était plus ancienne que le Temple de mille cinq cents ans au moins. On pensait que le dessin était d'origine divine et avait été dicté à Moïse sur le mont Sinaï. Aaron, frère de Moïse, l'avait ensuite arboré sur sa tenue de grand prêtre d'Israël. Le plastron du grand prêtre avait survécu aux turbulences des siècles, trouvant toujours un gardien digne de lui. Et tout au long de cette période, l'objet n'avait perdu aucun des pouvoirs que lui conférait la présence conjuguée d'*Urim* et *Thummim*, les Lumières et les Perfections dont la puissance de divination demeurait un profond mystère. Bien qu'elles fussent rarement exposées à la vue des êtres humains, Arnault savait que les deux pierres qui véhiculaient les manifestations d'*Urim* et *Thummim* se trouvaient dans une poche à l'arrière du pectoral. Mais on ne se servirait pas de ces pierres ce soir là, ou tout du moins pas directement.

Arnault resta un moment à regarder fixement le plastron, partagé entre l'effroi et la fascination, conscient du fait que le Grand Maître aurait été très opposé à l'idée que l'Ordre conservât un objet de culte juif aussi puissant que celui là, bien qu'il appartînt à l'héritage commun des chrétiens, des Juifs et même des musulmans. Molay aurait considéré l'usage d'un tel objet comme un acte d'apostasie des plus condamnables. Et d'autres, plus tolérants que Molay, auraient néanmoins condamné toute tentative de visualiser l'avenir comme une tentative présomptueuse de se mêler des voies de la Providence divine.

Tandis qu'Arnault embrassait avec révérence le bout de ses doigts avant de toucher l'une des pierres du plastron, il songea qu'avec ses compagnons, il n'essayait pas d'intervenir pour influer sur les voies de la Providence mais qu'il cherchait plutôt à l'interpréter correctement — pour la plus grande gloire de Dieu. *Non nobis Domine, sed Nomini Tuo da Gloriam* était la devise de l'Ordre du Temple. Jamais auparavant on n'avait ressenti avec une telle force le besoin de connaître l'avenir. L'Ordre était dépossédé et assiégé, il n'avait pas rempli ses devoirs, et de sombres jours menaçaient le monde si Arnault et ses compagnons échouaient dans leur mission.

Montant la garde tout seul sur le palier, Torquil ne pouvait que se perdre en conjectures quant aux activités qui se déroulaient dans la pièce au-dessus de sa tête et qui exigeaient la présence de Gaspar des Macquelines et du père Bertrand. Ce n'était pas la première fois que les promesses d'Arnault avaient fait naître en lui plus de questions qu'elles n'avaient apporté de réponses. Et il en était de même de celles de Gaspar. Pourtant Torquil n'en éprouvait aucune inquiétude.

Sans doute était-ce en raison des nombreux mois qu'il avait passés à travailler en compagnie d'Arnault, souvent dans des situations particulièrement dangereuses. Il avait fini par hériter de cette sérénité dont son aîné faisait preuve partout où il allait. Même le fait que Torquil ait été désigné pour être le compagnon d'Arnault n'était pas une coïncidence : se retrouver posté en Terre sainte, depuis son Ecosse natale, travailler avec le chevalier français… Torquil pouvait seulement supposer qu'Arnault avait demandé spécifiquement que ce soit lui qui l'accompagne.

Depuis le début, Arnault avait fait preuve de discrétion, sans être pour autant furtif : certaines choses devaient rester secrètes.

Ce soir, ayant aperçu la cassette que le frère Gaspar avait emportée dans la chambre supérieure, Torquil s'était convaincu que les activités auxquelles ils se livraient n'étaient pas étrangères à ce qu'il avait lui-même ressenti cette autre nuit à Saint-Jean-d'Acre quand, avec Arnault, il s'était apprêté à embarquer à bord de la galère avec les trésors du Temple. Mais il n'avait aucune idée précise de ce dont il s'agissait.

Parfois, on percevait chez Arnault, lorsqu'il pensait que personne ne le regardait, une sorte de… sérénité, comme s'il écoutait des voix que personne d'autre ne pouvait entendre. Au début, Torquil n'avait vu là que le résultat de sa piété, l'habitude de la prière. Mais après plusieurs mois passés côte à côte, au cours desquels ils avaient été éprouvés physiquement et avaient couru les terribles dangers que leur imposaient leurs devoirs militaires, il en avait conclu que c'était autre chose, mais il n'avait jamais osé en parler ouvertement à son ami.

Il n'osait toujours pas, même si Arnault, tout comme Gaspar, lui avait promis qu'il connaîtrait de nombreuses révélations en temps voulu. S'il n'éprouvait aucune satisfaction particulière à attendre, sa confiance en Arnault l'aidait à être patient. Son heure viendrait. Mais s'il se rendait compte que l'Ordre avait atteint un moment critique de son existence, ce qu'Arnault et ses compagnons pouvaient bien faire par eux-mêmes afin de remédier à la situation dépassait complètement son imagination.

Ne pouvant réfléchir plus avant au présent, Torquil tourna ses pensées vers la lointaine Ecosse qui l'avait vu naître. Après être resté sur le palier un bon moment, il songea qu'il pourrait monter la garde tout aussi efficacement en s'asseyant sur la plus haute marche de l'escalier.

Le destin du peuple écossais, comme celui des chevaliers du Temple, était dans la balance. La mort de la Vierge de Norvège deux ans auparavant avait scellé la fin de la maison de Canmore, le trône d'Ecosse était vacant et attisait la convoitise d'une bonne dizaine de prétendants. Craignant une guerre civile, les gardiens du royaume s'étaient adressés à contrecœur à Edouard Plantagenêt pour arbitrer leurs rivalités.

Il y avait pour cela un prix à payer. Avant de donner son accord, Edouard Plantagenêt avait exigé de la noblesse écossaise d'être reconnu comme lord Paramount. Ayant obtenu cette concession, il avait fait en sorte que ce titre devienne une réalité en manipulant les luttes de succession à son avantage.

Sur les treize prétendants, on pouvait considérer que quatre avaient des revendications légitimes. Mais deux seulement étaient apparus comme des candidats dignes de considération : John Balliol de Barnard Castle et Robert Bruce d'Annandale. Ils devaient l'un comme l'autre recevoir la couronne des mains du roi anglais, ce qui signifiait qu'ils seraient placés sous la domination anglaise. Jusqu'à présent, Edouard s'était contenté d'avoir recours à des subterfuges diplomatiques et aux complexités de la loi pour retarder la décision finale, tout en renforçant sa position en Ecosse. Toutefois, si les mesures qu'il avait prises ne lui permettaient pas de placer la monarchie écossaise sous son contrôle, la menace d'une invasion demeurait bien réelle. De toute manière, Edouard avait décidé de dominer l'Ecosse. Restait à savoir si les Ecossais étaient encore en mesure d'agir pour maintenir leur indépendance.

Torquil était d'avis que le destin politique de l'Ecosse était une question que sa situation rendait plus épineuse encore. En prêtant serment à l'Ordre du Temple, il avait renoncé à tout autre lien féodal. Pourtant, il n'arrivait pas à se désintéresser des affaires de son pays. Pour le bien des amis et de la famille qu'il avait laissés derrière lui, il ne pouvait qu'espérer une intervention de la Providence afin de contrarier les ambitions territoriales d'Edouard Plantagenêt.

Alors que cette pensée lui traversait l'esprit, il prit conscience d'une soudaine transformation dans l'air. L'atmosphère de la tour qui sentait la pierre et le renfermé semblait se modifier sous l'impulsion d'un mouvement subtil. Ses sens s'éveillèrent, comme en attente. Au même moment, il crut sentir un souffle, impalpable mais bien réel, tel un voile invisible.

Il se releva lentement et porta la main au pommeau de son épée en essayant d'appréhender cette présence par les sens. C'était comme s'il écoutait un son trop pur pour que l'ouïe à elle seule parvienne à le percevoir. Pourtant il était conscient de sa présence comme de l'écho d'une musique très lointaine. Tout en retenant son souffle, il fut gagné par une certitude plus forte encore que la foi qu'il n'y avait rien à craindre : cette Présence, quelle qu'elle fût, les protégeait tous, lui-même et ceux dont il assurait la garde. Tout en restant vigilant pour prévenir l'arrivée d'autres présences beaucoup moins célestes, il s'abandonna à la joie que lui procuraient ces nouvelles sensations. Elles étaient si intenses qu'elles lui donnaient l'impression de retrouver un monde familier, comme s'il rentrait chez lui, et il resta ainsi à jouir de cette félicité.

Dans la chambre au sommet de la tour, agenouillé sur un coussin placé devant l'autel, Arnault était lui aussi conscient de cette Présence immanente qui prenait possession de l'espace. Gaspar et le père Bertrand l'avaient aidé à revêtir les habits de prêtre par-dessus sa tunique blanche de Templier, l'étole, l'éphod, les chaînes d'or qui retenaient le pectoral avec ses douze pierres mystiques.

Soudain écrasé par le poids de cette sensation, les poings serrés contre la poitrine, Arnault se serait prosterné si la Présence ne l'avait recueilli en son sein. Sa divine caresse lui procurait une extase et une douleur semblables à celles d'une flèche lui transperçant le cœur pour lui donner la lumière. Un feu sacré consumait son âme et son esprit dans les flammes de la révélation.

Il eut alors l'impression de voir toute la Création depuis le trône céleste. Tout autour de lui, jusqu'aux frontières les plus lointaines du cosmos, s'étendait une merveilleuse cité de cristal et d'or dont les milliers de tours scintillaient comme des joyaux contre le ciel étoilé. Tout en bas, très loin, au fond d'un gouffre d'air nocturne, il voyait la Terre, sombre globe à moitié dévoré par les ombres. Il aurait pu croire qu'elle était perdue, s'il n'avait remarqué qu'elle était encore rattachée au trône céleste par des chaînes d'argent d'une extrême finesse.

Les chaînes formaient une échelle reliant le ciel à la Terre. Des êtres lumineux montaient et descendaient sur cette échelle à la manière d'une danse solennelle. Un de ces êtres angéliques se détacha alors de la procession pour venir saluer Arnault. Tremblant, il inclina la tête en un salut muet, et il retint son souffle tandis qu'une voix, tel un mélange de feu et de musique dans sa pureté mystique, murmurait à son âme.

Ne crains rien, chevalier du Temple. Tes désirs me sont connus. La Pierre d'angle pour construire le Cinquième Temple se prépare. Vois par toi-même.

A la seconde même, Arnault se retrouva en haut de l'échelle, l'ange le prit par la main et ils amorcèrent leur descente.

La Terre, dans ses voiles de nuages, vint à leur rencontre. L'échelle des anges se transforma en un arc-en-ciel, un pont suspendu entre la lumière du soleil et la pluie. A sa base, il était entouré de brumes. Au milieu des brumes, on distinguait une pierre sombre chargée des résonances météoritiques d'un astre déchu.

Ainsi parle le Seigneur, béni soit Son nom. Vois la couche où dormit Jacob, fils d'Isaac. Suis les pas de saint Colomba, et tu trouveras l'héritage d'Israël : le séjour des saints et le trône des rois. Construis ton Temple sur cette fondation, et il ne s'effondrera pas.

A ces mots, un éclair sortit de la pierre. Il jaillit jusqu'aux joyaux du plastron sur la poitrine d'Arnault, ranimant une puissance première si violente qu'il en eut le souffle coupé.

Arnault se pencha en avant, plié en deux, et poussa un cri de surprise, il croisa les bras devant le pectoral avant de s'effondrer. Gaspar et Bertrand s'approchèrent immédiatement, mais ils craignaient d'intervenir, car les joyaux du plastron brillaient de mille feux renvoyant leur lumière d'arc-en-ciel dans toute la pièce.

— Faut-il mettre fin à cela ? murmura le prêtre, prêt à agir.

— Pas encore, lui répondit Gaspar. Laissons la vision aller à son terme.

Avant même que Bertrand ait eu le temps de poser une autre question, l'émanation de feu disparut aussi brusquement qu'elle était apparue, et les joyaux reprirent leur aspect normal.

Arnault frissonnait et respirait difficilement, il laissa retomber ses bras le long de son corps, ses paupières tremblaient. Au bout d'un moment, il se redressa légèrement et ouvrit les yeux.

— Arnault, souffla le prêtre.

Arnault leva une main tremblante jusqu'à sa poitrine et caressa timidement une des pierres. Il avait du mal à retrouver la vue. L'étoffe était intacte, les pierres étaient redevenues de simples pierres.

Encore un peu étourdi et en proie au vertige, il les laissa l'aider à se relever pour atteindre l'un des coffres sur lequel il s'assit, puis les deux hommes lui enlevèrent le plastron et le reste de sa tenue de prêtre. Il leur assura que son état était dû à une grande fatigue physique et non à l'invocation elle-même. S'interrompant souvent, il leur décrivit sa vision, encore tout émerveillé. Bertrand et Gaspar l'écoutaient en échangeant des regards perplexes.

— Ce que tu nous relates correspond aux descriptions bibliques sur la vraie vision, remarqua Gaspar, s'asseyant sur un autre des coffres et tout en continuant à observer Arnault. La question est maintenant de savoir ce que cela signifie.

Arnault secoua lentement la tête, il repensait à cette autre vision qu'il avait eue deux ans plus tôt sur une île lointaine des Orkney, et il fut gagné par la certitude que ces deux visions faisaient partie d'un ensemble plus important, établissant un lien entre la mort de la petite Vierge et le dilemme auquel le Temple devait maintenant faire face. Il ne voyait pas exactement quel pouvait être ce lien et pourtant…

— Je crois comprendre, dit-il en fronçant les sourcils. Ce n'est pour l'instant qu'une vague intuition. Mais il me semble que cette vision nous a désigné l'Ecosse comme étant le lieu où nous devons bâtir notre nouveau Temple.

— L'Ecosse ? fit le père Bertrand.

— Qu'est-ce qui t'amène à cette conclusion ? demanda Gaspar.

— Laissez-moi réfléchir un instant, murmura Arnault.

Cachant son visage dans ses bras, il essaya d'interpréter ce qu'il venait de voir. Sa fatigue rendait la tâche ardue. Pendant ce temps, Gaspar et Bertrand s'occupaient de rendre à la pièce son aspect habituel et remettaient dans les coffres l'accoutrement de grand prêtre. Quand ils eurent fini, Arnault était prêt à développer de façon plus cohérente ses premières remarques.

— Vous vous souvenez peut-être que j'ai des parents éloignés en Ecosse, ce qui explique que je sois familier de ce que je vais vous exposer, dit-il en s'étirant le cou et en se frottant la nuque de sa main calleuse. De plus, les jours que j'ai passés auprès du jeune Lennox m'ont permis de réfléchir plus avant à ces questions. Il m'apparaît maintenant avec davantage de clarté que la pierre figurant dans la vision que je viens d'avoir est celle que les Ecossais appellent la Pierre du Destin, et qui a servi de trône à tous les rois écossais depuis Kenneth MacAlpin. Si mes souvenirs sont bons, cette pierre est aux mains des frères de l'abbaye de Scone, non loin de Perth.

Gaspar paraissait songeur, mais le père Bernard leur adressa un regard intrigué.

— J'ai entendu parler de telles pierres, dit-il.

Arnault hocha la tête d'un air distrait.

— D'après la légende, la pierre écossaise fut rapportée d'Irlande par saint Colomba qui, si vous vous en souvenez, appartenait à la famille royale du Leinster. La légende irlandaise affirme que la pierre venait d'Israël et était passée par l'Egypte. Elle fait partie de l'héritage d'une princesse juive, la fille exilée du roi Zédékiel, qui épousa un roi irlandais et donna son nom au lieu saint de Tara en Irlande. Je ne connais pas d'autre pierre qui réponde aussi fidèlement aux critères qui m'ont été donnés par l'ange.

— Je dois reconnaître que tous les éléments semblent coïncider, dit Gaspar. L'injonction de suivre les traces de saint Colomba peut être prise comme une consigne très claire.

— De toute manière, intervint le père Bertrand, même si ton interprétation est exacte, je ne vois pas comment nous pourrions agir en fonction de cette vision tant que la question de la succession d'Ecosse n'aura pas été réglée pour le meilleur ou pour le pire.

— Tout à fait. Je pense d'ailleurs qu'il serait prudent d'envoyer l'un d'entre nous en Ecosse pour s'enquérir de la situation. Je crois être la personne désignée pour cette mission. Et je suggère également que le frère Torquil m'accompagne.

Gaspar hocha la tête.

— Je n'y vois pas d'inconvénient. Mais la décision

finale ne dépend pas de moi, bien sûr. Dès que je serai de retour à Paris, je fournirai un rapport complet sur le travail que nous avons accompli cette nuit. Si le Maître est d'accord avec nos conclusions, tu peux t'attendre à recevoir de nouveaux ordres avant la fin de l'automne.

— Es-tu certain que le frère Torquil soit prêt à accomplir une telle mission ? demanda le père Bertrand à Gaspar.

Gaspar se leva et hocha la tête.

— Nous le saurons bien vite. En tout cas, il est écossais. Et d'après ce que tu nous as dit sur ses progrès, Arnault, il me semble que le moment est venu de le mettre à l'épreuve pour voir sa vraie nature.

CHAPITRE 5

Malgré tout le plaisir qu'il en éprouvait, Torquil Lennox ne se serait jamais imaginé qu'on le renverrait en Ecosse en compagnie d'Arnault de Saint-Clair. Et pourtant ils chevauchaient maintenant à travers une grande étendue de fougères, battue par le vent d'octobre, à moins d'une journée de marche d'Edimbourg. Il avait la sensation de pouvoir déjà respirer au loin le parfum de la lande tandis qu'il songeait aux circonstances quelque peu inhabituelles de leur retour.

Tout le monde savait que le Grand Maître avait l'intention de lancer une nouvelle croisade dès que l'Ordre retrouverait sa puissance. On déployait des efforts considérables afin d'enrôler de nouveaux chevaliers pour remplacer ceux qui étaient morts en défendant Saint-Jean-d'Acre et ses environs. On avait grand besoin de vétérans expérimentés à Chypre, comme Arnault et Torquil, pour enseigner l'art de la guerre dans le désert aux nouvelles recrues. Malgré cela, ils avaient tous deux été rappelés à Paris vers la fin du mois d'août et se rendaient maintenant à leur nouveau poste en passant par la commanderie de Balantrodoch.

Leurs ordres leur avaient été donnés à l'initiative de Gaspar des Macquelines, après qu'il eut été nommé trésorier au Temple de Paris. Cela suffisait pour que Torquil se demande si leur mission n'avait pas un rapport avec les travaux mystérieux auxquels Arnault et Gaspar s'étaient livrés quelques mois auparavant à Nicosie. Ses propres souvenirs de cette nuit-là demeuraient étrangement flous, à la fois obscurs et lumineux. Plus d'une fois, il avait été tenté de mentionner son expérience à Arnault, mais le rêve — si c'était bien de cela qu'il s'agissait — était si différent de tout ce qu'il avait vécu jusque-là qu'il ne trouvait pas les mots pour en parler.

Leur présente mission, en revanche, paraissait relativement simple. Après presque deux ans de débats et d'atermoiements, le processus juridique concernant la succession écossaise arrivait à son terme. On s'attendait qu'Edouard Plantagenêt désignât un monarque écossais avant la fin de l'année. Une délégation de Templiers, dont Arnault et Torquil faisaient partie, devait se rendre à Berwick pour assister aux ultimes débats et à l'intronisation du nouveau roi des Ecossais, quel que soit le nom de celui-ci.

Munis d'ordres émanant du Visiteur de France et signés de sa main, ils avaient quitté Paris pour se rendre à Calais puis à Londres où ils s'étaient présentés à Guy de Foresta, Maître d'Angleterre. Armés des sauf-conduits adéquats pour se diriger vers le Nord et de l'autorité nécessaire pour réquisitionner des chevaux frais en chemin, ils avaient suivi la vieille voie romaine qui menait jusqu'en Ecosse, passant par Ancaster, Lincoln et York, puis étaient passés de l'autre côté du mur d'Adrien à Corbridge. Ils avaient ensuite dépassé l'abbaye frontalière de Jedburgh. Presque quinze jours s'étaient écoulés depuis qu'ils avaient quitté Paris et ils avaient enfin retrouvé des détails du paysage qui leur étaient familiers. A présent, ils pensaient atteindre les portes de Balantrodoch avant la nuit.

Quelque peu agité, Torquil rejeta sa capuche en arrière et se frotta les cheveux et la barbe. Taillée avec soin comme l'exigeait la mission diplomatique qu'ils s'apprêtaient à remplir, elle avait en outre retrouvé sa teinte cuivrée. Depuis l'aube, il avait plu par intermittence, et la lande de chaque côté du chemin luisait de l'éclat des gouttelettes sur les feuilles. Le paysage automnal recouvert de brume paraissait étrangement flou après les grands espaces de Syrie et de Chypre, écrasés de soleil, mais le froid mordant lui fouettait le sang.

Ce retour eût été bien plus joyeux s'il n'avait été aussi conscient que son pays risquait de perdre son indépendance. Et il entretenait encore des doutes quant à certains aspects de leur mission, ayant toujours pensé que l'Ecosse était trop petite pour tenir une place d'importance dans les plans d'une organisation aussi puissante que le Temple. Il savait qu'Arnault était un sympathisant de la cause écossaise, mais en cela il se démarquait de la plupart des frères templiers, dont le Maître du Temple écossais. Torquil pouvait comprendre, même à contrecœur, pourquoi un chevalier anglais de naissance comme Brian de Jay était favorable à une union avec l'Angleterre. Ce qu'il ne comprenait pas, c'étaient les raisons qui poussaient Gaspar des Macquelines à s'intéresser d'aussi près aux affaires écossaises, alors qu'il était lié par ses responsabilités à la trésorerie du Temple de Paris.

Il avait songé à s'en enquérir auprès d'Arnault, mais l'attitude de son compagnon l'avait fait hésiter. Vu la participation de Gaspar à ce qui s'était passé à Nicosie, et en raison des mises en garde assez claires d'Arnault sur le danger qu'ils encourraient en cas de découverte — sans même compter ses allusions mystérieuses aux générations futures et à l'avenir de l'Ordre —, Torquil n'avait jamais osé mentionner cette nuit-là, même s'il y avait songé plus d'une fois. Il jeta un coup d'œil en direction de son mentor qui semblait sommeiller sur sa selle, et décida à nouveau de garder le silence, tournant son regard vers une ligne de crêtes sur la gauche noyée dans un voile de nuages bas.

Pendant ce temps, Arnault était pleinement conscient que son jeune compagnon était assailli de mille questions. De toute manière, il ne pouvait pas lui donner de réponses pour le moment, en tout cas pas avant d'avoir atteint Balantrodoch.

Il ne savait pas du tout comment on les y recevrait. Si Brian de Jay s'était montré compétent dans la mission qu'on lui avait confiée dans l'affaire de la Vierge de Norvège, il n'en demeurait pas moins un personnage difficile, et son caractère ne s'était certainement pas amélioré depuis que son autorité s'était accrue avec le titre de Maître d'Ecosse. De même, il avait été très contrarié que Torquil soit désigné pour se rendre en Palestine. Arnault avait fait part de ses réserves à Gaspar comme au Visiteur de France lorsqu'on lui avait remis ses ordres, mais il était parfaitement normal de retrouver le Maître d'Ecosse à la tête de la délégation de Berwick.

Torquil avait fait écho à ses réserves au cours de leur long périple vers le Nord. Bien qu'il fût normalement le tact et la tolérance mêmes, le jeune homme avait clairement fait comprendre que, s'il était ravi de revoir son Ecosse natale, il était moins enthousiaste à l'idée de se retrouver sous l'autorité du Maître d'Ecosse. Sur l'insistance d'Arnault, il avait décrit ce qu'était la discipline militaire selon Jay, ce dont il avait fait l'expérience quand il était une jeune recrue du Temple. A la réflexion, Arnault soupçonnait que la réalité avait été bien pis que la condescendance et les occasionnelles intimidations que Torquil avait évoquées. Ce qui signifiait également qu'ils allaient tous deux devoir faire preuve de prudence dans les semaines à venir.

Heureusement, ils allaient avoir au moins un allié quand ils arriveraient à Balantrodoch. Luc de Brabant était les yeux et les oreilles du Cercle en Ecosse depuis plus de dix ans, bien avant l'arrivée de Jay. Il occupait une place qu'on n'aurait pu en aucun cas lui ravir dans les échelons supérieurs de l'Ordre. Ses talents cachés étaient supérieurs à ceux qui lui avaient valu le poste de trésorier de la commanderie. L'amitié d'Arnault avec Luc remontait au temps où lui-même était entré au Temple et où on l'avait peu à peu repéré pour faire partie du Cercle, et à la décennie qui avait suivi. C'était à Luc qu'Arnault avait confié ses observations quant aux circonstances de la mort de la petite princesse. Et il était convaincu que si quelqu'un pouvait pénétrer au cœur de ce mystère, c'était bien celui-ci.

Arnault tira sur le mors involontairement alors que son cheval trébuchait sur une racine, le faisant brusquement sortir de sa rêverie. Ils venaient de pénétrer dans une vallée boisée flanquée de collines abruptes. Le chemin n'était plus qu'un sentier de boue, sinuant entre les sorbiers et les sureaux. Il entendait le ruissellement d'un petit cours d'eau sur leur gauche. Il allait demander à Torquil quel était le nom de ce ruisseau quand il aperçut une forme blanche se mouvant entre les arbres un peu plus loin.

Torquil l'avait également remarquée. Il plissa les yeux, puis se détendit en reconnaissant un autre cavalier vêtu du même manteau blanc que celui qu'ils portaient, sa capuche remontée sur la tête pour se protéger de la bruine. Il avançait vers eux sans se presser. Les ayant vus à son tour, le voyageur arrêta sa monture derrière un tronc qui barrait le chemin et leva la main pour les saluer, puis il rejeta sa capuche en arrière, révélant une épaisse mèche de cheveux argentés, des yeux gris au regard perçant, un nez aquilin et une barbe blanche.

— Luc de Brabant, par ma foi ! s'exclama Arnault en éperonnant son cheval tandis que Torquil le suivait de près.

Comprenant leur intention, le vieux chevalier fit reculer sa monture et les observa en souriant tandis qu'ils sautaient par-dessus le tronc pour venir ensuite se placer de part et d'autre de son cheval.

— Heureux hasard, mes frères ! dit-il en riant et en calmant sa monture qui, narines dilatées, se frottait au nez des deux autres chevaux, les trois animaux établissant rapidement leur hiérarchie équine.

— Heureux hasard, en effet, répondit Arnault. Mais que fais-tu là ?

Les yeux gris du trésorier étincelèrent.

— Je venais à votre rencontre, bien sûr ! J'avais le sentiment que vous emprunteriez ce chemin.

Il était tout à fait possible que Londres ou Paris ait envoyé un messager pour prévenir la communauté de Balantrodoch de leur arrivée imminente. Mais Luc de Brabant possédait des méthodes qui lui étaient propres pour s'informer des événements à venir. De toute façon, Arnault était heureux de l'avoir maintenant à son côté, car une fois qu'ils auraient atteint leur destination, ils devraient faire preuve de la plus grande prudence. Pendant ce temps, Luc avait tourné son attention vers Torquil, et s'était penché en avant pour lui donner une tape amicale sur l'épaule.

— Et toi, frère Torquil, comment vas-tu ? Dis-moi, Arnault, est-il possible que ce gentil chevalier soit le louveteau impétueux qui t'a suivi à la guerre ?

Torquil ne put s'empêcher de rougir.

— Oui, je crains que ce ne soit bien le même, fit Arnault avec un large sourire. Et tu n'imagines pas tout ce qu'il a accompli depuis.

— Alors, il faut féliciter son instructeur, répondit Luc. Ça fait un moment que j'attends d'échanger des récits avec vous deux depuis que j'ai appris que vous veniez.

— Qui te l'a dit ? Paris ? Londres ? demanda Arnault.

— Oh, Paris, bien sûr, répondit Luc d'un air détaché. Venez, la commanderie est à moins d'une heure d'ici, comme le frère Torquil doit s'en souvenir. Vous pourrez me dire en avançant ce qui se passe en Terre sainte et sur le continent.

Les trois hommes se mirent en marche le long du chemin.

Tout en donnant à son compagnon les dernières nouvelles de la vie militaire, Arnault observait les changements qui s'étaient opérés chez lui au cours des deux dernières années. Ses cheveux étaient maintenant blancs plutôt que gris et malgré son air enjoué, on remarquait que les rides s'étaient creusées sur son visage. Comme la conversation en revenait à la situation en Ecosse, Arnault devina pourquoi Luc paraissait aussi inquiet.

— Il paraît qu'Edouard aurait l'intention de donner la couronne à John Balliol, dit-il tandis qu'ils passaient devant un monticule dont l'herbe avait été brûlée par les gelées d'automne. Le lien de Balliol avec la maison de Canmore vient d'une des filles aînées de David, comte d'Huntingdon, alors que Robert Bruce d'Annandale descend d'une des filles cadettes de la même lignée. La revendication de Balliol du point de vue dynastique semble être la plus forte.

— Seulement d'après les lois anglaises sur la primogéniture, intervint Torquil. La tradition écossaise permet une plus grande liberté de choix en matière de succession.

Il se tut devant l'air étonné d'Arnault, mais Luc lui fit signe de continuer en hochant la tête.

— La tradition écossaise ne considère pas que le lien

du sang est ce qu'il y a de plus important, expliqua Torquil. Mais plutôt de savoir lequel des candidats est le plus à même d'assumer les responsabilités dont il héritera avec la couronne.

— C'est ce que j'avais cru comprendre, répondit Luc. La difficulté, évidemment, consiste à trouver un accord parmi les prétendants sans en venir à la guerre civile. C'est pour cette raison que les Ecossais sont forcés d'accepter les revendications d'Edouard en tant que lord Paramount. Maintenant qu'on approche d'une décision, le nouveau roi sera obligé de se faire l'homme lige du roi d'Angleterre.

Arnault poussa un grognement d'impatience.

— On ne peut rien faire pour empêcher ça ?

Luc secoua la tête.

— La situation est trop avancée pour que l'on puisse revenir en arrière. Il faut laisser les choses suivre leur cours. Les chances d'opérer un changement viendront après que la couronne aura été attribuée. Et tout dépendra largement de la personnalité de l'homme qui montera sur le trône d'Ecosse.

— Tu dis que ce sera probablement Balliol ? demanda Arnault. Sera-t-il autre chose qu'une marionnette aux mains des Anglais ou aura-t-il la force d'affirmer son indépendance… et celle de l'Ecosse ?

Luc réfléchit quelques instants.

— Il bénéficie d'un soutien important chez les familles nobles d'Ecosse, notamment les Comyn de Buchan et de Badenoch. Ce dernier est marié à la sœur de Balliol.

Il marqua une pause, l'air vaguement inquiet et Arnault le considéra en inclinant la tête sur le côté.

— Tu n'as pas l'air de faire totalement confiance au parti de Balliol, dit-il.

— Non, je ne leur fais pas confiance, répondit Luc sombrement. Balliol n'est pas un personnage très enthousiasmant et les Comyn sont des intrigants. S'ils soutiennent Balliol, tu peux être sûr que c'est pour leur propre bénéfice.

— Etait-ce de cela que tu voulais nous parler avant que nous arrivions à Balantrodoch ? demanda Arnault.

— A vrai dire, ma plus grande inquiétude concerne autre chose qui nous touche encore de plus près.

Arnault lui lança un regard perçant, il songea immédiatement à Brian de Jay.

— S'il s'agit d'une question confidentielle au sujet de l'Ordre, je crois que tu peux avoir une totale confiance en frère Torquil.

— Très bien, fit Luc en jetant un regard circulaire sur la lande, geste qui n'échappa pas à l'attention d'Arnault. Tout cela va vous paraître bien étrange, et c'est pour cette raison que je ne voulais pas en parler à la commanderie.

— Nous t'écoutons, dit Arnault.

— Tu m'avais demandé, lors de ton dernier séjour en Ecosse, si une personne dans une position d'éminence pouvait utiliser des moyens, disons illégitimes, pour influencer le cours des affaires écossaises.

Torquil leur lança un regard dans lequel on lisait l'étonnement. Mais Luc continua à voix plus basse.

— Après ton départ, j'ai fait ce que tu m'avais demandé, mais comme tu le sais déjà mes enquêtes ne menèrent à rien. Toutefois, depuis le début de l'année, un nouvel élément a été mis au jour qui a éveillé ma curiosité. Torquil est écossais et connaît cette région, ainsi que la culture locale, c'est pour cette raison que je serais heureux d'avoir son opinion.

Il reprit son souffle avant de continuer.

— Au mois de mars, un de nos métayers labourait la terre à l'extrémité de la propriété dont il a la charge, là, il a découvert par hasard une ancienne tombe païenne et un cercueil de pierre dont le contenu était parfaitement préservé. Cette découverte lui inspira une telle peur qu'il n'osa même pas inhumer à nouveau le corps. Il en informa l'homme qui dirigeait le domaine, qui lui-même le fit savoir à la commanderie, demandant que quelqu'un vienne examiner cette dépouille et prenne la décision qui s'imposait. L'homme qui montait la garde à la porte vint m'en référer, en conséquence je fus le seul à me rendre sur le site en compagnie de notre prêtre pour inspecter la tombe.

Torquil écoutait avec la plus grande attention. Son visage n'exprimait pas la moindre émotion. Arnault inclina la tête pour signifier à Luc de continuer.

— Le corps était celui d'un homme de grande taille, apparemment un prêtre shaman de la tradition picte, continua le trésorier. Son squelette était encore vêtu de la robe des druides, et il portait une couronne de feuilles qui tomba en poussière dès qu'on la toucha. Des pièces romaines, sans doute pré-chrétiennes, lui recouvraient les yeux, bien que je conclue plus tard que la tombe n'était probablement pas aussi ancienne que ça. Parmi les offrandes enterrées avec lui se trouvaient une amulette de bronze ornée de la tête d'un taureau, et un coffret d'ivoire contenant des baguettes couvertes de runes, comme celles qu'on utilisait pour la divination. Les caractères sur leur surface étaient d'un genre que je n'avais encore jamais rencontré. Et le sentiment que j'en retirai fut… d'impureté, si tu comprends ce que je veux dire. Plutôt que de laisser ces objets à la portée du premier venu, je les fis transporter dans une de nos caves pour les mettre en sécurité, jusqu'à ce que je puisse les étudier de plus près.

Les informations que Luc venait de lui donner avaient éveillé la curiosité d'Arnault, d'autant que certains aspects du récit étaient codés en raison de la présence de Torquil, qui écoutait avec un mélange de fascination et de dégoût.

— Ces objets t'ont-ils appris quelque chose ? demanda Arnault.

— Non, répondit Luc, et c'est là la partie la plus étrange de ce récit. J'avais mis les pièces à part dans l'espoir de pouvoir dater l'enterrement, mais je songeai alors que si j'essayais de traduire les runes, ce serait plus facile en travaillant sur des transcriptions plutôt que sur les baguettes elles-mêmes. Je me rendis donc à la cave deux jours plus tard dans le but d'accomplir cette tâche, et m'aperçus alors que les objets avaient disparu.

— Disparu ! s'exclama Torquil. Tu veux dire que quelqu'un les avait volés ?

Une grimace déforma l'espace d'un bref instant le visage de Luc.

— Je ne suis pas sûr qu'on puisse affirmer qu'ils aient été « volés ». Lorsque j'interrogeai ceux qui avaient accès à la cave, on m'informa que les objets provenant de la tombe ainsi que les ossements avaient été emmenés par Brian de Jay pour être détruits.

Cette fois, ce fut Arnault qui parut perplexe.

— Tu as pu savoir pourquoi ?

— D'une certaine manière. D'après ce qu'on m'en a dit, après avoir vu ces objets par lui-même, notre bon frère Brian déclara qu'ils étaient le produit de la sorcellerie païenne et une abomination dans notre maison. Deux chevaliers, deux frères du nom de John et Robert de Sautre, reçurent pour mission de se débarrasser de ces objets. Lorsque je voulus savoir ce qu'ils en avaient fait, ils me répondirent qu'ils avaient suivi les instructions de Brian de Jay et les avaient placés dans un coffre qu'ils avaient ensuite jeté dans un lac à plusieurs kilomètres de là. Bien sûr, dit-il pour conclure, je n'ai que leur parole.

— Mais… qu'est-ce qu'ils auraient pu en faire d'autre ? demanda Torquil.

— Je ne sais pas, dit Luc, et c'est ce qui m'inquiète.

Arnault regarda la brume qui se levait. Il était songeur et perturbé. Il n'aimait pas se dire que Jay éprouvait peut-être quelque intérêt pour ce genre d'objets occultes, d'autant plus qu'il avait été présent lorsque les forces de l'Ombre avaient tenté d'enlever l'âme de la petite Vierge de Norvège. L'idée que le Maître d'Ecosse puisse être en train de se constituer une collection d'objets de ce genre était encore plus inquiétante. La possibilité qu'il tente d'en apprivoiser les pouvoirs était pire que tout.

Il était également possible que Jay fût habité par les mêmes préjugés que le Grand Maître quand il était confronté à des objets d'origine non chrétienne. Dans ce cas, ces reliques païennes et les ossements de leur propriétaire se trouvaient effectivement au fond du lac sans nom où les frères de Sautre prétendaient les avoir jetés.

— Nous devons tous rester vigilants et ne rien dire, fit il à haute voix, en regardant le ciel qui s'assombrissait avec le crépuscule. Même s'ils ont tous trois agi par piété, je ne crois pas que l'affaire s'arrêtera là.

CHAPITRE 6

Un morne crépuscule d'automne s'abattait sur le paysage quand ils arrivèrent aux portes de Balantrodoch. Ils avaient à peine mis pied à terre qu'une cloche se mit à sonner, appelant la communauté à vêpres. Ils confièrent leurs montures à deux frères et se mêlèrent aux autres silhouettes vêtues de blanc qui se rendaient à la chapelle depuis tous les coins de la commanderie.

Des torches avaient été allumées de chaque côté de l'entrée. D'autres avaient été disposées stratégiquement de façon à chasser les ombres des façades des autres bâtiments de la cour. Arnault remarqua de nombreux changements depuis sa dernière visite. De nouveaux bâtiments avaient été construits sur le côté sud et le mur d'enceinte avait été renforcé par une tour de guet au coin des murailles ouest et sud. Autant de projets ambitieux mais fort coûteux.

Des changements avaient également été apportés aux arrangements domestiques. Tandis qu'ils gravissaient les marches menant à la chapelle, Arnault regarda par deux fois le tympan tout neuf qui avait été érigé au-dessus du porche, richement décoré de sculptures représentant le Jugement dernier. De même, les solides portes de chêne dont il se souvenait avaient été remplacées par de nouvelles portes ornées de scènes d'inspiration biblique, sculptées dans le bois. Le coût de ces améliorations avait dû être considérable, et Arnault se demanda d'où provenait l'argent qui avait financé ce luxe.

Il lui fallut faire un effort pour chasser ces pensées et se consacrer aux prières de vêpres. Un peu plus tard, ayant reçu l'ordre de se présenter devant Brian de Jay, il se rendit en compagnie de Torquil jusque dans la maison du Maître, qui avait été agrandie depuis sa dernière visite, comme le remarqua Arnault. Les fenêtres de l'étage supérieur étaient maintenant équipées de panneaux de verre plombé.

Propre comme un sou neuf, en grande forme, Jay les reçut avec un air satisfait. Arnault, de son côté, était prêt à lui témoigner les signes habituels de respect dans l'espoir d'atténuer le ressentiment qu'il éprouverait quand il lirait les ordres dont il était porteur, facilitant ainsi leur mission. Ce fut donc avec la courtoisie requise qu'il salua le Maître d'Ecosse et lui tendit les documents scellés que lui avait donnés à Paris Hugues de Paraud, Visiteur de France. Torquil s'efforça de se montrer tout aussi poli mais visiblement avec moins de succès, car Jay lui adressa un regard sévère.

— Un chevalier de rang inférieur n'a pas à assister aux entrevues de ses supérieurs, frère Torquil, déclara-t-il au jeune homme. Tu te retireras et tu attendras dans le couloir qu'Arnault et moi-même ayons fini.

Arnault était persuadé que Torquil avait grincé des dents en entendant Jay faire preuve de tant de condescendance à son égard. Ce fut seulement quand il fut sorti que ce dernier brisa les sceaux. Arnault étudia son expression avec attention tandis qu'il lisait les ordres qu'on venait de lui remettre. Après les avoir lus une deuxième fois, Jay releva les yeux et lui adressa un regard glacial.

— Connais-tu le contenu de cette missive ? demanda-t-il.

C'était effectivement le cas, mais il songea qu'il était préférable de le nier.

— Je remplis essentiellement un rôle de messager, dit-il diplomatiquement. C'est à toi de décider en fonction des ordres que tu viens de recevoir s'il te semble approprié de m'en faire part.

Cette réponse lui valut un regard scrutateur de son interlocuteur, mais Arnault garda un visage impassible. Au bout d'un moment, le Maître d'Ecosse dut plier.

— En ce qui concerne la succession d'Ecosse, dit-il à Arnault, il a été décidé que l'Ordre devait jouer un rôle d'observateur impartial et juste. En tant que Maître d'Ecosse, j'ai reçu pour instruction d'assembler une délégation qualifiée et de me mettre en route vers Berwick pour prendre note de tout ce qui s'y déroulera.

« Il me paraît tout à fait normal que l'on demande ma présence, continua-t-il en s'adossant à sa chaise avec un petit sourire arrogant. Ce serait une insulte à la dignité du roi d'Angleterre que d'envoyer quelqu'un d'autre que le Maître d'Ecosse à la tête d'une telle délégation. Il est normal que tu en fasses partie toi aussi, en tant qu'agent du Visiteur de France, d'autant que nous avons œuvré de concert au traité de Bingham qui n'a malheureusement rien donné. Ce que je ne saisis pas, fit-il avec une grimace amère, c'est la raison pour laquelle on m'ordonne d'inclure le frère Torquil dans cette délégation. De plus, il semblerait qu'il ait été définitivement soustrait à mon commandement.

Arnault prit bien soin de donner une réponse apparemment neutre et impersonnelle.

— J'ai cru comprendre, dit-il, que le Visiteur est extrêmement satisfait du travail qu'il a accompli au cours des deux dernières années. Grâce notamment à l'excellente préparation dont il a bénéficié avant son départ de Balantrodoch, ajouta-t-il pour complimenter Jay indirectement. De plus, comme le frère Torquil est écossais, on a dû penser qu'il pourrait faire valoir le point de vue d'un natif de ce pays au cours des débats.

De toute évidence, Jay n'était pas satisfait du tout, mais il accepta sans broncher la logique de ces explications.

— Très bien. Il semble que ces décisions aient été prises par des gens qui nous sont supérieurs. J'espère que tu es prêt à gagner ta pitance parmi nous en attendant notre départ, remarqua-t-il avec une gaieté forcée qui ne trompait pas sur ses véritables sentiments. L'Ecosse est loin de la Terre sainte, mais nous tenons à maintenir un niveau élevé de comportement et d'entraînement militaire. Tu peux te retirer.

Arnault et Torquil n'ignoraient pas que le Maître d'Ecosse déciderait d'ajouter qui il voudrait à la délégation de Berwick. Ce retour à Balantrodoch après deux ans d'absence avait convaincu Torquil que la compagnie de Jay serait pour le moins pénible. Mais la situation parut plus inquiétante encore lorsque à la réunion du chapitre le lendemain matin, Jay donna les noms de ceux qu'il avait choisis : un chevalier du Yorkshire, du nom de Thomas Helmsley, et le cadet des frères de Sautre, Robert, dont la participation à l'escamotage des objets trouvés dans la tombe picte avait déjà donné à Luc des raisons d'être inquiet. L'aîné, John, prendrait en charge la direction de Balantrodoch en l'absence de Jay.

Les de Sautre, comme Jay lui-même, étaient d'origine anglo-normande et étaient arrivés à la commanderie écossaise après le départ de Torquil deux ans auparavant. Tous deux avaient des cheveux et des yeux sombres, mais en dehors de cela, ils étaient si différents que s'ils n'avaient pas porté le même nom, personne n'aurait pu deviner qu'il s'agissait de deux frères. John, l'aîné, était maigre et taciturne, il avait une barbe peu fournie, le teint mat, et affichait en permanence une grimace méprisante. Son frère, en revanche, était gras et rose comme un enfant de chœur, il était obséquieux, avait de grosses lèvres rouges et humides qui formaient une moue au milieu de sa barbe noire quand il ne souriait pas bêtement. John était solitaire, Robert était sociable au point de devenir envahissant. Un peu plus tard, le jour de leur nomination, il rechercha activement Torquil pendant une des périodes de loisir qu'autorisait la règle de l'Ordre. Ce dernier était assis sur un banc, à l'extérieur du grand réfectoire, occupé à nettoyer méthodiquement son épée tout en jouissant de la fraîcheur de l'air d'Ecosse, lorsque Robert de Sautre vint le rejoindre d'un pas léger et s'assit à côté de lui sans y avoir été invité.

— Puisque nous allons nous rendre ensemble à Berwick, dit-il à Torquil en guise de salut, j'ai pensé qu'on pourrait faire connaissance. D'où viens-tu et qu'est-ce qui t'a décidé à entrer dans l'Ordre ?

Les règles de la courtoisie chevaleresque ne permettaient pas à Torquil d'exprimer les pensées qui lui traversèrent immédiatement l'esprit. Peut-être était-ce les remarques dont Luc lui avait fait part la veille, il n'en restait pas moins qu'il avait tout de suite éprouvé une vive antipathie pour les frères de Sautre.

— Ma famille possède un manoir dans le comté de Lennox, dit-il au jeune de Sautre. Mon frère aîné en est l'héritier, j'ai donc choisi de suivre la Croix.

Robert de Sautre lui adressa un de ses sourires veules.

— Il n'était pas nécessaire de rentrer dans notre Ordre pour aller se battre en Terre sainte.

— C'est vrai, concéda Torquil avant d'ajouter à contrecœur : l'abbé de Saint Kenneth's, près de chez moi, m'a conseillé de devenir chevalier du Temple, et il m'a semblé alors que c'était là un bon conseil.

L'abbé Machar avait été croisé dans sa jeunesse et s'était distingué en défendant Jérusalem lors d'un de ses nombreux sièges. Torquil n'avait aucune intention de confier à de Sautre qu'il avait écouté, comme fasciné, les histoires de son aîné qui lui parlait de patrouilles dans le désert et de combats sur les fortifications. Il était encore moins enclin à raconter la véritable raison qui l'avait poussé à devenir un Templier.

Cette décision lui avait été inspirée par un rêve qu'il avait fait environ cinq ans auparavant. Cette nuit-là, il s'était réveillé — ou du moins avait-il eu l'impression de se réveiller — pour trouver au pied de son lit une apparition lumineuse qu'il pensait être l'archange Michel, son épée étincelante à la main et vêtu d'une armure qui brillait de l'éclat du soleil. Il avait obéi à cette créature qui lui avait fait signe de se lever et il s'était senti soulevé sur des ailes de feu et entraîné jusqu'à un édifice magnifique aux mille tours, entouré de murailles et de campaniles et suspendu dans une sphère de cristal entre la Terre et le ciel.

D'une voix si mélodieuse qu'elle en paraissait céleste, son guide avait demandé : « *Qui défendra le Temple contre les armées des Ténèbres ?* »

Devant le spectacle de ce Temple magnifique, Torquil avait senti une violente aspiration naître en lui. Mais alors qu'il était en pleine contemplation, une horde de créatures démoniaques s'était levée, ils se jetaient contre la sphère de lumière et la frappaient de leurs armes sorties de l'ombre. A travers ce vacarme, Torquil avait entendu à nouveau la voix angélique qui répétait : « *Qui défendra le Temple contre les armées des Ténèbres ?* »

— J'irai ! Emmène-moi ! avait répondu Torquil.

Avec un sourire, l'archange avait fait apparaître un

charbon ardent dans la paume de la main droite du jeune homme. La braise s'était transformée en une épée. Maîtrisant sa peur, Torquil s'était avancé vers l'ennemi. Alors qu'il s'apprêtait à frapper un premier coup, il s'était réveillé en sursaut pour se retrouver dans l'environnement familier de sa chambre.

Le rêve avait été si vivace et si envoûtant qu'il était allé demander conseil au père Machar. L'abbé avait confirmé Torquil dans ses conclusions et lui avait déclaré qu'il avait été appelé pour défendre la ville de Jérusalem. Et l'imagerie du rêve se référant au Temple suggérait qu'il devait pour cela se faire Templier. Mais il n'avait jamais évoqué ce rêve devant une autre personne que le père Machar.

— Si tu es du comté de Lennox, dit Robert de Sautre, interrompant ses souvenirs, tu espères sans doute voir la couronne d'Ecosse revenir aux Bruce d'Annandale.

Il était vrai que le comte de Lennox était lui-même un partisan de Robert Bruce et de sa famille. Cette question était cependant si éloignée des réflexions présentes de Torquil qu'il fut totalement surpris.

— Je ne suis pas sûr de te suivre, dit-il.

De Sautre eut un autre de ses sourires désarmants.

— Permets-moi alors de te présenter les choses différemment. Si le choix ne dépendait que de toi, qui nommerais tu pour monter sur le trône d'Ecosse ?

Torquil n'allait pas se laisser entraîner dans ce genre de spéculations.

— Je nommerais l'homme capable de prouver que son droit est le meilleur.

— Mais quel genre de preuve demanderais-tu pour être convaincu ? fit de Sautre en gloussant.

— Ce n'est pas moi qu'il faut convaincre, répondit Torquil sèchement. Si tu t'intéresses aux détails des lois de succession, je suggère que tu t'adresses à un avocaillon.

— Oh, je suis sûr que nous aurons tout le loisir d'en écouter quand nous serons à Berwick, répliqua de Sautre qui refusait d'abandonner la partie. Mais j'imagine que tu n'as pas eu la possibilité de t'informer des affaires courantes de ce pays quand tu étais en Terre sainte. Peu importe. Dis-moi, comment était-ce là-bas ? Nous n'avons pas souvent l'occasion de parler avec des vétérans des campagnes récentes, ici à Balantrodoch.

Soulagé à l'idée de pouvoir changer de sujet, Torquil lui fit le récit des expériences les plus communes aux croisés de Terre sainte. Tandis qu'une assemblée se formait autour d'eux, Torquil se demanda si Jay avait envoyé le jeune de Sautre pour le sonder.

Pendant ce temps, Arnault était en compagnie de Luc de Brabant dans la cave de la trésorerie où les objets pictes avaient été précédemment entreposés.

— C'est là que je les ai vus pour la dernière fois, dit Luc en brandissant une torche et en désignant le coin gauche de la pièce. Je regrette de ne pas avoir immédiatement copié certaines des inscriptions runiques. Nous aurions pu nous faire une meilleure idée de ce que nous affrontons.

— Et peut-être pas. Tu ne peux pas te reprocher de ne pas avoir deviné que Jay ferait disparaître ces objets.

Il se pencha et passa la main sur les dalles à l'endroit que Luc lui avait désigné. Il en retira une sensation légère et pourtant répugnante au bout des doigts, comme s'il venait de toucher la trace laissée par une limace. Il se releva avec une grimace de dégoût et frotta son pouce contre son index et son majeur.

— As-tu essayé de toucher le sol en cet endroit ? demanda-t-il.

— Oui, mais je n'ai pas ton talent, répondit Luc avec un sourire.

— Dans des moments comme celui-ci, j'aimerais moi aussi ne pas avoir ce don. Toujours est-il que quelque chose a laissé sa marque ici. Si j'en crois mon impression, c'est sûrement les baguettes avec les inscriptions runiques, et je crois qu'on peut songer sans grand risque de se tromper que celles-ci traitaient d'un sujet autrement plus sinistre que le commerce des peaux ou du bétail.

— J'aimerais savoir ce qui leur est vraiment arrivé, marmonna Luc.

— As-tu la preuve que le coffre n'est pas au fond du lac où les hommes de Jay sont censés l'avoir jeté ? demanda Arnault.

— Non. J'ai essayé plus d'une fois de visualiser l'endroit où il pouvait se trouver, mais sans résultat. Pour autant que je le sache, le coffre a aussi bien pu être emporté par les fées.

Arnault s'efforça de ne pas sourire en entendant Luc, normalement si réfléchi, avoir tout d'un coup recours à une image du folklore local. Mais les implications de ce qu'il venait de dire ne donnaient pas envie de rire.

— Je doute que le petit peuple ait eu quoi que ce soit à voir avec cette affaire, ajouta-t-il, mais il existe de nombreux voiles opaques entre ce qui se voit et ce qui ne se voit pas. C'est un voile bien épais qui recouvre les actes qui se sont déroulés ici. Je me demande, pourtant… Ensemble, nous pourrions peut-être découvrir ce qui s'est réellement passé.

— J'espérais que tu me ferais cette proposition, répondit Luc. C'est pour cette raison que je voulais de nouveau inspecter la cave. J'ai encore en ma possession les pièces romaines qu'on a retrouvées sur le corps, dit-il en les montrant au creux de sa main. J'ai pensé qu'elles pourraient nous servir de lien. On essaye ?

— Pourquoi pas ? répondit Arnault en lançant un

regard vers la porte fermée. Tu penses qu'on risque d'être dérangés ?

— Pas à cette heure-ci. Cette partie du sous-sol est entièrement réservée aux réserves et bien sûr aux salles des trésors. La plupart des frères savent que je suis susceptible de leur demander de remuer de lourds coffres et des sacs s'ils se trouvent dans le coin quand je dresse des inventaires, ce que j'ai d'ailleurs beaucoup fait depuis que toute cette histoire a commencé.

— Voyons voir, dit alors Arnault en prenant une des pièces pour l'examiner à la lumière d'une torche. Au pis, il ne se produira rien.

Après avoir tiré un autre coffre près de l'endroit où les objets avaient précédemment été entreposés, les deux hommes s'assirent dessus côte à côte, chacun tenant une pièce au creux de sa main.

— Dis moi maintenant très précisément ce que nous recherchons, dit Arnault. Tu as mentionné la cassette contenant les tablettes d'ivoire. Qu'en est-il des ossements et des autres objets découverts dans la tombe ?

— Tout avait été mis au fond d'un sac de cuir pour être apporté ici, à l'exception de la cassette.

— C'est donc cela que nous recherchons, les restes de l'homme dont les yeux ont été recouverts par ces pièces de monnaie. Commençons.

Ils fermèrent les yeux et s'efforcèrent de se concentrer en contrôlant leur respiration, chacun recherchant le tabernacle dc calme au centre de son être. Comme leurs âmes et lcurs corps trouvaient la paix, Arnault annonça leur entrée dans le monde spirituel en murmurant la devise de l'Ordre comme une prière. La voix de Luc se joignit à la sienne.

— *Non nobis Domine, sed Nomini Tuo da Gloriam.*

Le murmure de leurs deux voix sortait d'un profond silence intérieur. Arnault se concentra sur la pièce qu'il tenait au creux de la main et se trouva emporté par un souffle brumeux de couleur argentée qui n'était limité ni par le temps ni par l'espace. Le paysage qu'ils découvrirent était pâle et lisse, s'étendant au loin comme une vaste étendue de sable. Il chercha un signe pour s'orienter. La brume se mit à tourner sur elle-même en un immense tourbillon, et dans l'obscurité il aperçut une ombre qui s'enfuyait.

Il ne pouvait lui donner une forme distincte, mais elle était de la taille d'un homme. Il savait que Luc l'avait vue lui aussi. Ils partirent à sa poursuite dans l'espoir d'en avoir une vision plus précise, mais elle s'effaça dans le brouillard. Intrigué, Arnault se concentra encore sur la pièce, il regarda en haut et en bas, à gauche et à droite, se demandant où ce spectre avait bien pu fuir, et fut attiré par un autre mouvement à peine perceptible sur sa gauche.

Il recommença à avancer, envoyant Luc vers la droite par la simple transmission d'une brève pensée. A nouveau le soupçon d'une présence s'évanouit devant lui, se délitant dans la brume dont elle était sortie. Un instant plus tard, il la distingua de nouveau, à quelque distance sur la gauche. Lorsqu'il changea sa course pour rester en contact, elle s'évanouit sous ses yeux, aussi fugace qu'une ombre.

Un jeu de cache-cache commença alors. Arnault songea que les formes aperçues brièvement cherchaient à l'attirer en changeant continuellement d'aspect. Au début, il crut voir devant lui un jeune homme nu aux longs cheveux blonds, ensuite un chaman vêtu d'une robe blanche, portant une grande barbe, puis un loup qui galopait, la langue pendante entre ses terrifiantes mâchoires. Le brouillard semblait prendre part au jeu, ouvrant parfois la voie pour se refermer sur les poursuivants et leur faire perdre la trace de leur gibier.

Mais ces images restaient toujours floues. Plus le jeu

se prolongeait et plus Arnault était convaincu qu'on essayait de l'appâter. Après plusieurs échecs, il fit signe à Luc d'abandonner la partie. Cette reconnaissance tacite de leur défaite fut saluée par un hurlement aigu de dérision, comme l'écho d'un croassement de corbeau.

Ou le rire malveillant d'un fantôme.

Abandonnant la poursuite, et s'efforçant d'ignorer le frisson qui lui parcourait la colonne vertébrale tel un mauvais présage, Arnault quitta son état de transe. Luc le suivit d'un battement de cœur, et les deux hommes échangèrent un regard dans lequel se lisait une certaine gêne.

— Tu as entendu quelque chose ? demanda Arnault.

Luc hocha la tête. Son visage ridé était très pâle.

— Tu avais déjà entendu une chose pareille ? insista Arnault.

— Non, répondit Luc avant d'ajouter gravement : Mais je crois que nous nous sommes approchés de très près de l'homme qui était enterré dans cette tombe ou d'une entité peu recommandable à laquelle il était associé.

Il prit la pièce dans la main d'Arnault et l'examina avec la sienne.

— Quelle que soit cette entité, elle a vite fait de prendre notre mesure, dit Arnault. Tu dis que c'était une tombe picte ? Une chose est sûre, j'en retire l'impression que nous avons affaire à un pouvoir ancien.

Il réfléchit un instant en silence.

— Je me demande si notre fermier n'est pas tombé par hasard sur la tombe d'un sorcier païen.

Luc hocha la tête lentement.

— C'est possible. Les légendes celtes abondent en récits de sorciers et de magiciens. Certains d'entre eux ont mené de violents combats contre les saints venus christianiser ces contrées. Et il semblerait qu'ils aient détenu un pouvoir réel.

Il marqua une pause.

— J'espère que tu n'es pas en train de suggérer que notre homme avec ses baguettes runiques est l'un d'entre eux et que ses pouvoirs sont encore actifs ?

— Je ne sais pas exactement ce que je suis en train de suggérer, répondit Arnault en lançant un autre regard autour de lui. Mais je crois qu'il serait sage de laisser ces pièces de côté tant que nous n'aurons pas une image plus claire de la situation. En tout cas jusqu'à ce que je revienne de Berwick avec Torquil.

— Il serait peut-être plus prudent alors de les enfermer en lieu sûr, là où une telle entité ne pourra pas s'en servir pour établir un lien avec ce monde, derrière le tabernacle du Saint Sacrement par exemple, dit Luc sombrement.

— Ce serait là une excellente précaution, répondit Arnault. Il n'en reste pas moins qu'on ne sait toujours pas ce qui est arrivé aux autres restes de l'occupant de la tombe. Ils se trouvent peut-être au fond d'un lac… ou peut-être pas. Tu devrais ouvrir l'œil et essayer de savoir où les frères de Sautre se sont débarrassés de ce coffre.

CHAPITRE 7

La délégation de Templiers se mit en route le lendemain matin sous un sombre ciel d'octobre : le Maître d'Ecosse, accompagné des frères Thomas de Helmsley et de Robert de Sautre, et d'Arnault et de Torquil représentant le Visiteur de France. Le frère Thomas, bien qu'il se pliât scrupuleusement aux règles de la vie militaire et fît preuve d'une grande piété, s'avéra un compagnon peu amène et peu disert, tout comme les trois sergents d'armes qui les accompagnaient pour prendre soin de leurs montures et de leur équipement, chacun traînant derrière lui au bout d'une longe un poney lourdement chargé. Arnault et Torquil furent obligés de faire semblant d'être très amusés par les plaisanteries de toutes sortes qu'échangeaient Robert de Sautre et Brian de Jay. La tension fit passer ces trois jours de voyage comme une longue semaine.

Le bourg royal de Berwick sur Tweed était perché sur une colline à l'embouchure du fleuve. Il était au centre du commerce de la laine entre l'Ecosse et les Pays-Bas, la taille et la splendeur des maisons le long des artères principales témoignaient de la richesse de la ville. Depuis la place du Marché, au bout de la grand-rue, on pouvait voir le port en contrebas, dont les eaux grises étaient couvertes de bateaux de pêche. Deux cotres flamands étaient amarrés au quai où de la laine et des peaux attendaient d'être chargées en échange du grain et de l'étoffe fine importés de Bruges.

Le château de Berwick dominait la ville, une imposante place forte entourée d'énormes fortifications. Mais comme ils passaient les portes, Torquil, écossais de naissance, ne put réprimer un grognement d'indignation en voyant les trois lions des armes d'Angleterre, flotter au sommet du donjon, affirmant avec arrogance à tous les nouveaux venus qu'Edouard Plantagenêt, roi d'Angleterre avait pris possession de tous les châteaux du domaine royal en attendant son jugement quant à la succession d'Ecosse. Edouard rappelait aussi de cette manière, et sans aucun scrupule, qu'il représentait le seul pouvoir royal en Ecosse jusqu'à ce qu'il décide d'y renoncer selon ses propres termes.

Comme prévu, les rues étroites de Berwick étaient bondées, une foule de clercs, de domestiques, de sergents d'armes, de marchands et d'aventuriers s'y bousculait. La population de la ville, qui comptait d'habitude environ trois mille âmes, avait considérablement augmenté avec l'arrivée de centaines de visiteurs venus des deux côtés de la frontière, et qui tous attendaient la déclaration d'Edouard en se battant pour trouver un endroit où loger. Parmi ceux qui avaient la chance de posséder une maison dans le bourg même figuraient les officiers héréditaires de la couronne d'Ecosse, le connétable, le chambellan, le chancelier et l'intendant. Tous les autres devaient se débrouiller en fonction de leur rang et de leurs moyens.

Le château avait bien entendu été investi par Edouard, sa maisonnée et ses officiers. En ville, tous les logements avaient été loués depuis longtemps. Les maisons religieuses au sein du bourg étaient pleines à craquer. De même, les auberges n'avaient plus le moindre lit ou la moindre paillasse à offrir. De l'autre côté de la Tweed, dans le village anglais de Spittal, l'hôpital avait été converti en hôtel le temps que dureraient les délibérations. Ceux qui n'avaient pas pu trouver de toit devaient se contenter d'une tente plantée sur les terrains communaux qui s'étendaient en dehors de la ville.

Les membres les plus éminents du clergé anglais étaient logés au château de Norham, siège administratif d'Anthony Bek, principal conseiller du roi Edouard. Plus soldat que prêtre, l'évêque Bek s'était distingué par sa connaissance de la chose militaire plus que par l'accomplissement de son devoir pastoral. Les prélats écossais, dont William Fraser de Saint Andrews et Robert Wishart de Glasgow, avaient choisi de résider à l'abbaye de Coldingham du côté écossais de la frontière, à quelques heures de là. La nuit précédente, en entendant décrire cet arrangement, Torquil avait fait remarquer à Arnault que c'était probablement autant la prudence écossaise que le désir de confort qui avait inspiré à ces prélats de garder leurs distances avec les gens bien armés de la suite de Bek.

— Bek est peut-être un évêque, marmonna Torquil, mais il est anglais et je ne lui fais pas confiance.

Les Templiers se rendaient dans une maison relativement grande avec un étage, dans le quartier flamand de la ville. Elle avait été donnée à l'Ordre par la famille d'un frère mort pendant le siège de Tripoli. Bien qu'elle ait été louée depuis à un riche négociant en laine flamand, un certain Johan Lindsay et sa famille, celui-ci avait tout de suite accepté d'héberger les Templiers en échange d'une baisse de son loyer.

Le crépuscule tombait déjà en cette fin d'octobre quand les Templiers entrèrent dans la cour de la riche demeure. A peine une heure plus tard, ils étaient attablés devant un plantureux repas de viandes avec Lindsay et ses deux solides fils, sa femme et sa fille encore adolescente s'étant retirées par respect pour la règle de l'Ordre qui interdisait tout contact avec les femmes. Sur l'invitation d'Arnault, Lindsay rapporta à ses hôtes templiers les nouvelles qui se répandaient localement sur les négociations.

— Très franchement, la population de Berwick souhaite surtout que cette dispute soit réglée avant la fin de l'année, déclara Lindsay. Certains bénéficient sans doute financièrement de cet afflux de visiteurs, mais les ressources de la ville atteignent maintenant leurs limites. Les rues sont pleines d'ordures, les systèmes d'évacuation sont bloqués, les cours de justice locales ne fonctionnent plus et les vols ont doublé par rapport à l'année dernière. Moi qui vous parle en tant que marchand, je peux vous dire que les gens d'ici ne se soucient guère de savoir qui héritera de la couronne. Tout ce qu'ils veulent, c'est s'en retourner à leurs affaires.

Arnault n'était pas surpris d'entendre de tels propos. D'après les conversations qu'il avait eues avec Torquil et Luc, il savait que les Gardiens d'Ecosse avaient fait de leur mieux pour gouverner le pays durant l'interrègne mais que leurs pouvoirs avaient été limités. Seul un monarque pouvait présider aux assemblées du Parlement, confirmer les chartes ou traiter avec un autre souverain étranger. Tant que l'Ecosse n'aurait pas à nouveau un roi, les villes royales telles que Berwick continueraient à souffrir de toutes sortes de problèmes.

Deux jurys, l'un anglais et l'autre écossais, examinaient séparément et en détail les demandes des prétendants au trône d'Ecosse. Le jury anglais, qui se composait de vingt-quatre personnes, était constitué de barons choisis par Edouard Plantagenêt. Le nombre des jurés écossais s'élevait à quatre-vingts, la moitié d'entre eux avaient été choisis par Balliol et les autres par Bruce, les deux hommes qui étaient déjà considérés comme les principaux candidats à la succession. A la demande d'Edouard, ces jurys délibéraient derrière des portes closes dans les étages supérieurs du donjon. Les conclusions écrites des jurés étaient transmises au roi anglais et à ses conseillers dans la grande salle du château, en présence des prétendants écossais, de leurs auditeurs et d'éminents témoins séculiers et religieux. Les rapports étaient alors confiés aux experts en droit d'Edouard qui les passaient en revue une dernière fois et qui avaient récemment rejeté la candidature du comte Florence de Hollande, si bien qu'il ne restait plus en lice que John Balliol et Robert Bruce dont les partisans s'affrontaient avec toujours plus d'acharnement.

— D'après ce que nous avons compris, on considère généralement que Balliol est le mieux placé d'un point de vue juridique, dit Arnault.

— Et c'est vrai, répondit Lindsay avec une grimace. C'est d'ailleurs bien triste.

— Pourquoi dites-vous cela ? demanda Jay sèchement.

Lindsay haussa les épaules.

— Remarquez, moi, je suis flamand, pas écossais, mais si les Ecossais veulent être un peuple libre et indépendant à l'issue de toute cette affaire, leur nouveau roi, quel qu'il soit, devra faire face aux exigences d'Edouard qui demandera à être reconnu comme le seigneur féodal de l'Ecosse. Et il faudra plus de fermeté, à mon avis, que n'en a Balliol.

— Et vous pensez que les Bruce sont mieux armés pour opposer une telle résistance ? demanda Robert de Sautre avec ce rire affecté qui le caractérisait.

— Absolument, répondit Lindsay quelque peu brusquement. Les Bruce ne sont les laquais de personne. Ce que le grand-père commencera, son petit-fils l'achèvera.

Le lendemain matin, Jay mena la délégation des Templiers jusqu'au château. Ils y furent reçus par Sir William Latimer, chevalier de la maison royale d'Edouard, auquel Jay demanda officiellement la permission d'assister à la séance de la cour.

— Nous accéderons naturellement à votre requête, répondit Latimer à Jay, si vous êtes prêts à jurer, vous et vos frères, que vous n'abuserez pas de votre privilège en débattant des délibérations de la cour en dehors des limites de la chambre.

Ces serments n'étaient en fait qu'une formalité habituelle et Jay accepta cette condition sans hésitation. Quand chaque Templier eut prêté serment, Latimer les fit passer par une porte qui menait à la galerie des ménestrels située à l'extrémité de la grande salle du château. Là, ils s'assirent parmi de nombreux autres observateurs dont des représentants de plusieurs ordres religieux, un émissaire norvégien et un légat du pape. De cet endroit on pouvait tout voir et tout entendre de ce qui se passait dans la grande salle, et les membres de la délégation des Templiers purent poser les yeux sur le roi anglais pour la première fois.

Edouard Plantagenêt était assis sous un dais à l'autre extrémité de la salle, entouré d'une poignée de conseillers. Il était dégingandé, avait des cheveux jaunâtres, le teint pâle, un regard glacial et impénétrable comme la surface d'un lac en hiver. Il écoutait, les yeux mi-clos et sans broncher, les discours des divers juristes, les doigts d'une main fine posés sur un genou et l'autre main serrant sur sa poitrine un pendentif d'or pendu à une grosse chaîne, comme s'il songeait retenir avec la même poigne le royaume d'Ecosse.

— Pour qui se prend-il ? marmonna Torquil à voix basse de façon que seul Arnault puisse l'entendre.

Arnault qui ne se sentait pas insulté de la même manière par l'attitude du roi, s'occupait plus de prendre la mesure des prétendants, Bruce et Balliol, qui étaient également présents dans la salle accompagnés de leur entourage. John Balliol de Château Barnard était un homme maigre au visage en lame de couteau qui avait passé la cinquantaine et dont le regard trahissait la cupidité. Tout à l'opposé, Robert Bruce d'Annandale était rond et truculent comme un gros ours, encore animé d'une fougue toute guerrière malgré ses soixante-douze ans. Arnault pensait qu'il était probable qu'il ait légué plus que son nom à son petit-fils : un jeune homme de dix-huit ans, plein d'ardeur. On voyait dans ses yeux gris le reflet de l'esprit indomptable de son grand-père.

A la droite de Balliol se tenait son beau-frère John Comyn de Badenoch, dit le Noir, accompagné d'un jeune homme à l'air intelligent qui devait avoir à peu près le même âge que Torquil. C'était certainement le fils de Comyn. Son regard allait sans cesse de droite et de gauche et l'excitation que l'on lisait dans son regard de prédateur évoquait pour Arnault un félin en chasse. Bien que Comyn fût officiellement le partisan le plus enthousiaste de Balliol, Arnault fut frappé de l'étrange impression que c'était lui, et non pas Balliol, qui détenait l'autorité. Cette impression l'incita à étudier de plus près Comyn et son fils.

A première vue, rien n'aurait pu faire penser que les Comyn, père et fils, étaient autre chose qu'un noble influent et riche accompagné de son héritier aux nombreux talents. Mais tandis qu'Arnault continuait à les étudier, sa vision fut troublée par une sorte d'obscurcissement de l'atmosphère, comme s'ils avaient été recouverts d'un voile à la fois sombre et transparent.

Il se redressa et se frotta les paupières. Quand il ouvrit à nouveau les yeux, l'ombre avait disparu. Il se demanda s'il n'avait pas tout simplement été la victime d'un jeu de lumière. Le voyant perplexe, Torquil se pencha vers lui et lui demanda à voix basse :

— Que se passe-t-il ?

N'étant absolument pas certain de ce qu'il avait vu, Arnault se contenta de secouer la tête et de sourire.

— Rien de bien important, répondit-il en un murmure, en espérant que c'était là la vérité. Je crois avoir juste perdu momentanément ma concentration.

Mais ses instincts profonds le prévenaient qu'il vaudrait mieux à l'avenir garder l'œil sur les Comyn.

Tous sortirent de cette première journée à la cour de jugement dans une sorte de vertige dû aux complexités de la loi et de ses interprétations. D'autres débats s'enchaînèrent dans les jours et les semaines qui suivirent et octobre fit place à novembre. Les experts continuaient à s'affronter à coups de raisonnements et de réfutations tandis que les partisans des deux camps échangeaient des invectives.

Puis, le soir du 16 novembre, alors que la cour s'était retirée, les porte-parole des deux jurys se retrouvèrent en présence du roi Edouard pour livrer la conclusion de leurs délibérations. Edouard les reçut en privé. Quand ils eurent fini, il convoqua l'assemblée à l'extérieur du château pour le matin du 17 novembre afin d'entendre la proclamation publique du jugement.

Ce soir-là, les habitants de Berwick allèrent se coucher dans un brouhaha de rumeurs. Au château, les torches et les lampes brûlèrent tard dans la nuit tandis que dans les étables les hérauts se préparaient à aller porter la nouvelle jusque dans les coins les plus reculés du royaume. Les domestiques et les secrétaires de la chambre du roi veillèrent jusqu'à l'aube et se préparèrent à marquer l'occasion avec le cérémonial requis. Les chevaliers de la suite du roi revêtirent leurs plus beaux atours pour faire honneur à leur seigneur quand il apparaîtrait dans les rayons du soleil et ferait la déclaration que tous attendaient.

Le lendemain matin, la délégation de Templiers se retrouva parmi la foule bruyante et impatiente qui s'était rassemblée en dehors des murailles du château. On ne les fit pas attendre longtemps. Comme le soleil automnal montait dans le ciel gris, les trompettes annoncèrent l'arrivée d'Edouard d'Angleterre sur les remparts, splendide dans sa robe d'or et d'hermine, une couronne d'or sur le front. Derrière lui, à la tête de sa suite, venait John Balliol de Château Barnard.

Nulle part on ne voyait Bruce d'Annandale. Tout le monde avait compris ce que signifiait cette absence. Le son des trompettes résonna à nouveau, annonçant l'imminence de la proclamation officielle. La foule criait déjà : « Vive John Balliol ! Vive le roi John ! »

Une procession passa les portes du château et se rendit au pied des murailles. Là, en plein air, tandis que les bannières claquaient dans le vent glacé, Balliol fut invité à s'avancer devant le roi d'Angleterre et à placer ses mains entre les siennes. D'une voix puissante, Edouard Plantagenêt annonça qu'il remettait le royaume d'Ecosse au monarque auquel il revenait de droit. Toutefois Arnault ne put s'empêcher de remarquer la signification du geste que venait d'accomplir Balliol, un geste qui le mettait tacitement dans une position de vassal, reconnaissant la légitimité et le pouvoir de son seigneur.

Confirmant l'impression que la souveraineté de Balliol était déjà compromise, le nouveau roi d'Ecosse rendit formellement hommage au roi d'Angleterre. Le serment de Balliol avait été soigneusement rédigé, précisant qu'il reconnaissait Edouard comme son seigneur uniquement sur les terres que celui-ci lui avait cédées en Angleterre, mais Arnault pensait qu'Edouard sc soucierait peu de ce détail technique.

Alors que cette partie de la cérémonie s'achevait, les Bruce d'Annandale apparurent, sans fanfare ni trompette. Ils étaient accompagnés du comte de Gloucester, leur allié par mariage. Leurs visages fermés exprimaient une sombre détermination. La foule laissa passer la troupe des partisans des Bruce, craignant une réaction violente, tandis qu'ils se dirigeaient vers le dais où Balliol attendait de recevoir leur serment.

Les Comyn et leur suite étaient visiblement tendus et on les voyait prêts à sortir leurs armes. Mais le comte de Gloucester avait rattrapé Robert Bruce l'aîné et le retenait de sa main gantée. Ensemble, ils marchèrent vers le roi Edouard et s'arrêtèrent devant son dais. Alors que tous les regards étaient braqués sur eux, le comte de Gloucester s'adressa à Edouard d'une voix puissante.

— Souvenez-vous, Majesté, du jugement que vous avez rendu aujourd'hui, dit-il en criant presque. Et n'oubliez pas que vous serez vous-même jugé au Jugement dernier !

En entendant cet avertissement, chacun retint son souffle dans la foule, le roi Edouard avait à peine eu le temps de jeter au comte un regard glacial que Robert Bruce lui lançait à son tour un défi à peine voilé.

— Je serai bref, nobles seigneurs. Ma famille s'est longtemps battue avec acharnement pour défendre ses droits à la couronne d'Ecosse. Comme le jugement s'est fait contre nous, j'éprouve le sentiment qu'il est de mon devoir de ne pas rester à la cour d'Ecosse. Aussi me faut-il renoncer à mon titre de comte de Carrick au profit du fils qui porte mon nom. Qu'il fasse ce qu'il faut ici, aujourd'hui, et permettez-moi de me retirer avec les honneurs que j'ai mérités en consacrant ma vie au royaume.

Puis le doyen des Bruce d'Annandale et son allié Gloucester s'inclinèrent devant le roi Edouard avant de s'en aller. Leur départ s'accompagna des murmures inquiets de la foule. Il fallut plusieurs minutes avant que les officiers du roi puissent rétablir le calme. Quand le silence revint, le beau-frère du nouveau roi s'avança d'un pas décidé et mit un genou à terre devant Balliol.

— Moi, John Comyn, seigneur de Badenoch, prête serment devant mon roi John Balliol, cria-t-il. Je lui présente en témoignage de fidélité mon épée et mon bras droit, pour défendre le royaume de nos ancêtres et l'honneur de la couronne écossaise !

Ce discours provoqua les vivats de la foule, qui se firent plus sonores encore quand un cousin des Comyn, le comte de Buchan, s'approcha pour prêter serment à son tour. Son exemple fut suivi par les comtes et les autres nobles qui avaient soutenu Balliol au cours de cette longue bataille juridique. Quand ils eurent tous rempli leurs obligations féodales, les regards se tournèrent à nouveau vers les représentants de la famille Bruce.

Un silence pesant s'abattit sur l'assemblée. Puis le nouveau comte de Carrick s'avança et s'agenouilla sous le dais, comme le voulait la coutume, pour prêter serment devant le nouveau roi. Son profil exprimait une sombre résignation. Plusieurs membres du parti de Comyn ricanaient ouvertement devant sa défaite. Mais Arnault se demandait s'ils n'oubliaient pas un peu vite qu'en sacrifiant son honneur, le nouveau comte préservait celui de son père et de son fils.

La cérémonie solennelle des hommages fut suivie par une grande fête qui se prolongea pendant plusieurs jours. Lorsqu'il devint évident que les événements de la journée n'engendreraient pas d'hostilités, en tout cas pas pour le moment, Brian de Jay commanda pour lui-même et ses chevaliers un tonneau de bière et les autorisa à boire dans la maison de Johan Lindsay, se faisant lui-même l'illustration de l'expression populaire : « Boire comme un Templier ! »

Torquil, bien qu'il se sentît obligé d'accepter de bonne grâce la générosité de Jay, ne voyait aucune raison de faire la fête.

— Mais peut-être avons-nous là une bonne occasion de boire pour ne plus penser, dit-il sombrement à Arnault, tandis que les deux hommes remplissaient leurs coupes d'une bière insipide, un peu à l'écart du reste de l'assemblée.

Car les bruits de la fête ne pouvaient faire oublier que John Balliol avait remporté la couronne au prix de l'indépendance écossaise. Edouard d'Angleterre s'était affirmé comme le suzerain de l'Ecosse, et Balliol étant à ses ordres, rien ne pouvait plus l'empêcher d'annexer l'Ecosse à son royaume.

CHAPITRE 8

Avec l'élection de John Balliol au trône d'Ecosse, les devoirs de la délégation de Templiers menée par Brian de Jay consistaient désormais à maintenir la paix et à agir en observateurs neutres. Car le processus qui avait démarré à Berwick culminerait à l'abbaye de Scone près de Perth, autrefois capitale de l'ancien royaume picte de Dalriada, où l'accession au trône de Balliol se ferait sur la pierre sacrée du royaume, dite Pierre du Destin.

C'était là que devaient se présenter les Grands d'Ecosse le 30 novembre, jour de la Saint-André, pour être témoins de l'intronisation du nouveau roi. Comme on disposait de quinze jours afin de laisser à la cour le temps de se mouvoir, Brian de Jay déclara qu'on ferait le voyage en passant par Balantrodoch.

— Je voudrais prendre une escorte supplémentaire avant de continuer jusqu'à Scone, expliqua-t-il aux autres Templiers, pendant qu'ils se servaient dans le tonneau de bière au milieu de la salle à manger de Johan Lindsay. Mais ce détour ne devrait pas trop nous retarder. Nous partirons à l'aube.

Tandis que la population de Berwick se consacrait aux réjouissances qui avaient lieu partout en ville,

Brian de Jay et ses chevaliers finirent leur tonneau et les sergents d'armes préparèrent le départ de Berwick, le lendemain matin. Beaucoup plus tard, alors que tous avaient regagné leurs paillasses dans la maison de Lindsay, Arnault s'assit à la table placée sur des tréteaux devant la cheminée de la cuisine. Il tenait à la main une plume, un encrier était posé devant lui. Il apportait les dernières touches à son rapport sur les événements de la journée, tous les détails étant encore frais dans son esprit.

Arnault était troublé par les inquiétudes qu'avait exprimées Torquil, selon lequel l'élection de John Balliol n'était que le prélude à d'interminables luttes avec Edouard d'Angleterre. Il tâcha toutefois de faire un rapport concis et objectif. La lumière vacillante des flammes dans la cheminée et la lampe devant lui renvoyaient un ensemble d'ombres formant un motif hypnotique sur le mur. Avant même de pouvoir s'en rendre compte, il se mit à somnoler, il fut dans un monde peuplé de rêves, entre le sommeil et la transe, et la plume glissa d'entre ses doigts.

Un peu plus tard, son sommeil fut interrompu par un terrible vacarme, semblable au rugissement d'un canon. Il se réveilla en sursaut au bruit de hurlements et de plaintes suivis du bruit métallique d'armes s'entrechoquant. Il était presque dans une obscurité totale car la lampe s'était éteinte et le feu mourait dans l'âtrc. Comme ralenti par une épaisse boue qui lui aurait collé à la peau, il se scntit refermer sa main sur le pommeau de son épée et contracter les muscles de ses cuisses pour se mettre debout d'un bond. Il se précipita vers la porte donnant sur la cour et arracha les barres qui la bloquaient de l'intérieur, l'ouvrit brutalement et se retrouva enfin dans la rue.

Il fut assailli par le chaos, les hurlements aigus de femmes et d'enfants auxquels répondaient les cris de

guerre des soldats, le fracas d'explosions successives. La rue était une scène infernale de feu et d'ombre, des hommes en armes surgissaient au milieu de nuages de fumée en brandissant leurs épées. Une famille venait dans sa direction, poursuivie par deux hommes d'armes aux regards fous, le père se retourna pour protéger la fuite de sa progéniture et les soldats le taillèrent en pièces, puis ils levèrent leurs armes rougies de sang pour s'en prendre à la mère et à l'enfant.

Horrifié, Arnault s'apprêtait à se lancer à la rescousse, quand tout d'un coup le chaos s'évanouit sous ses yeux, il était en train de se lever de son tabouret devant la cheminée, les doigts crispés sur la poignée de son épée, entouré de silence.

Le cœur battant, il sortit lentement l'arme de son fourreau et marcha prudemment entre les corps endormis de ses frères templiers, il ouvrit la porte et se glissa silencieusement dans la cour. L'air y était glacial. Il alla tout droit vers la porte qui donnait sur la rue. La nuit était noire et paisible, les volets des maisons étaient fermés pour ne pas laisser entrer le froid de novembre, on entendait tout juste des rires et des chants qui s'échappaient d'une taverne à proximité. Mais pas la moindre trace de feu ou de fumée, pas de soldats en maraude, pas de cadavres étendus dans le caniveau.

Ce n'était donc qu'un rêve, mais ces images étaient si stupéfiantes et si horribles qu'il n'arrivait pas à les oublier. Il respira profondément pour ralentir les battements de son cœur, remit l'épée dans son fourreau, retourna lentement dans la maison et en barricada la porte. Avant de s'asseoir à nouveau sur son tabouret, il ranima les braises et se demanda si ce rêve avait pu être inspiré par les remarques amères de Torquil après l'élection de John Balliol. Mais les images restaient tellement vivaces qu'Arnault craignit qu'elles n'aient une valeur prophétique : les soldats d'Edouard, pillant et mettant à sac toute l'Ecosse dans une frénésie de meurtre.

Inquiet à titre personnel, car il s'était pris d'amitié pour ce Johan Lindsay et sa famille, honnêtes et terre à terre, Arnault se demanda ce qu'il pouvait faire pour les protéger. Si ce cauchemar devenait réalité, il était plus que probable que le petit îlot de paix dans lequel vivait ce marchand serait pris dans la tourmente. Mais la maison dans laquelle il habitait était la propriété du Temple.

Il rafraîchit sa plume et après avoir trouvé un bout de parchemin, la plongea à nouveau dans l'encrier. Il réfléchit encore quelques instants avant d'écrire ce message bref et direct.

Je déclare par le présent document que l'habitant de cette maison et sa famille sont sous la protection de l'Ordre du Temple de Jérusalem. Que nul ne leur fasse aucun mal au risque de perdre son âme.

Arnault n'avait pas vraiment l'autorité requise pour émettre un tel document, mais il apposa sa signature de chevalier du Temple au bas du parchemin et y ajouta un dessin supplémentaire. Cet élément était en fait un puissant symbole, une bénédiction qui transformait le document en une amulette capable de protéger son propriétaire. Il ne pouvait pas faire grand-chose de plus. Quand l'encre fut sèche, il roula le parchemin et l'attacha avec un lacet de cuir, puis il pria pour que son hôte soit suffisamment convaincu des vertus de ce document pour le garder près de lui à l'avenir.

Il trouva un moment pour le lui donner le lendemain matin, tandis qu'un sergent d'armes s'occupait d'harnacher les chevaux et que Jay et ses deux chevaliers servants s'assuraient que ce même sergent n'avait rien oublié de leur équipement.

— Je te prie d'accepter ceci, dit Arnault à Johan

Lindsay en le prenant à part. Je souhaite que tu le conserves, pour ton bien et pour celui de ta famille.

Lindsay haussa un sourcil d'un air interrogateur.

— Qu'est-ce que c'est ?

— Un témoignage de l'estime que nous te portons, dit Arnault. Ou, si tu préfères, une garantie écrite contre des malheurs futurs.

Plus étonné encore, Lindsay défit le lacet de cuir qui entourait le parchemin et se mit à lire. Puis il leva les yeux et regarda Arnault.

— J'apprécie ton geste, frère Arnault, mais… qu'est-ce qui te fait penser que nous aurons besoin d'un tel document ?

Arnault choisit ses mots avec prudence pour répondre à cette question.

— C'est une simple précaution, rien de plus. D'après ce que nous avons pu voir au cours des dernières semaines, il me semble que les problèmes de l'Ecosse sont loin d'être résolus. Après avoir arbitré la succession écossaise, le roi Edouard pense peut-être être en droit de dicter le cours des affaires écossaises. Tu disais le soir où nous sommes arrivés que tu avais des doutes quant à la force de John Balliol pour résister à Edouard. Je partage tes doutes.

Puis, avec un geste en direction du parchemin, il ajouta :

— S'il devait y avoir une guerre, j'espère que tu n'hésiteras pas à invoquer la protection de l'Ordre, qui sera reconnue par tous les partis comme une autorité neutre.

Lindsay roula à nouveau le parchemin et l'entoura du lacet de cuir.

— Je te remercie de me faire ce cadeau, dit-il à Arnault avec un sourire en coin. Ça ne fait pas de mal de savoir où trouver un port au milieu de la tempête.

Trois jours plus tard, la petite troupe de Templiers retrouva les portes de Balantrodoch sous la neige. John de Sautre les attendait dans la cour pour leur souhaiter la bienvenue. Après avoir confié les chevaux et leur équipement à un palefrenier, Brian de Jay convoqua toute la communauté à la chapelle pour leur transmettre les nouvelles de Berwick et désigner une délégation qui se rendrait à l'intronisation à Scone. Au cours des vêpres, on pria pour le nouveau roi, mais tandis qu'il priait à genoux avec Torquil près de lui, Arnault fut à nouveau assailli par les images de la vision qu'il avait eue avant le départ.

Toute contrainte fut levée pour la durée du souper et ce fut le repas le moins formel auquel Arnault eût jamais assisté depuis que Jay était à la tête de la communauté. On eut ce soir-là le droit de discuter à table des nouvelles qui avaient été données à vêpres. Après complies, comme la communauté s'apprêtait à se retirer, Arnault, accompagné de Torquil, alla échanger quelques mots en privé avec Luc dans son minuscule bureau donnant sur le cloître ouest.

Choisissant ses mots — bien que le temps fût venu de mettre Torquil au courant de ce que Luc et lui-même faisaient, et tout en ayant conscience que Torquil n'en serait pas choqué —, Arnault décrivit à Luc la vision qu'il avait eue à Berwick, tout en observant les réactions de Torquil du coin de l'œil.

— Si les visions prophétiques existent effectivement, dit-il pour conclure et sachant que Luc comprendrait pourquoi il prenait de telles précautions oratoires, et les Saintes Ecritures nous affirment que c'est bien le cas, on peut en déduire que cette vision nous met en garde contre ce qui risque d'advenir, sans nous dire quand ce désastre va s'abattre sur nous ni comment on peut l'arrêter.

« Mais peut-être que tout cela a simplement été le résultat des remarques pessimistes de Torquil quant à l'élection de Balliol, ajouta-t-il avec un sourire en regardant le jeune homme. Tu ne faisais pas un très joyeux compagnon ce soir là, frère Torquil, avec tes sombres présages d'Ecossais au sujet du nouveau roi.

Torquil grommela, il n'était pas vraiment surpris par cette remarque.

— Ce n'est pas à un Ecossais qu'on apprendra à entrevoir l'avenir, dit-il. Dans les Highlands, nous appelons cela le don de seconde vue. Mon père possède ce don, mais en général il n'est sûr de rien tant que ça ne s'est pas vraiment passé.

— Tu es sûr que ça ne s'appelle pas plutôt des souvenirs ? dit Luc avec un sourire amusé.

— Tout doux, Luc, intervint Arnault. Je suis bien prêt à croire qu'on détient des talents cachés dans la famille de notre ami Torquil. Sinon, comment travaillerait-il si bien en collaboration avec des hommes aux vocations si étranges, tels que toi et moi ?

— Tout à fait vrai, reconnut Luc, conscient que les paroles d'Arnault devaient s'entendre à plusieurs niveaux. Pour ce qui est des visions prophétiques, toutefois, il me semble que la grande question, hormis le fait de savoir si elles sont vraies ou mensongères, est de déterminer si leurs images appartiennent à un avenir déjà établi ou si elles ne sont que les reflets de possibilités futures.

— Il faut sûrement penser qu'il s'agit de cette dernière proposition, intervint Torquil, avant de retomber immédiatement dans le silence tandis que ses deux aînés le considéraient avec étonnement.

— Je t'en prie, continue, dit Luc. Je suis d'accord avec toi, mais j'aimerais entendre les raisons sur lesquelles tu t'appuies.

— Eh bien, si les hommes jouissent de leur liberté de

conscience et de pensée, il me semble que l'avenir doit toujours être fluide. Sinon, quelles raisons aurions-nous d'espérer ? Le frère Arnault a sans doute fait de son mieux pour protéger quelques innocents à Berwick. Maintenant nous devons tous placer notre confiance en…

Il s'interrompit car un bruit assourdissant retentissait à l'extérieur du bureau, plus loin dans l'aile ouest du cloître. Tous avaient sursauté et Luc lança un regard inquiet dans la direction d'où provenait ce bruit.

— Au nom du Seigneur ! murmura-t-il. Il ne devrait y avoir personne par ici à cette heure-ci…

Il saisit la lampe, se leva et se dirigea vers la porte. A l'exception d'un poignard, il n'avait pas d'armes, mais Arnault et Torquil le suivirent en échangeant des regards perplexes, la main au pommeau de leurs épées. Comme ils quittaient la pièce, ils entendirent à nouveau le fracas du bois qui se brise en mille morceaux venant du bout du couloir sur leur gauche. Ils se mirent à courir, Luc en tête.

Tout était silencieux quand ils arrivèrent devant une série de portes au bout du couloir. Le trésorier tendit la lampe à Arnault et choisit rapidement une clef parmi celles qui pendaient à sa ceinture, puis il ouvrit la porte devant laquelle ils s'étaient arrêtés.

La pièce était sombre et sans fenêtres. Et vide.

Luc passa à la porte suivante en laissant la précédente entrouverte. Alors qu'il tournait une nouvelle clef dans la serrure et donnait un coup d'épaule pour repousser le battant, un souffle d'air glacial vint éteindre la lampe. Ils se retrouvèrent tous trois dans le noir. Luc fit un bond en arrière et étouffa un juron. Il demanda à ses compagnons de monter la garde devant l'entrée tandis qu'il retournait en arrière dans le couloir pour rallumer la lampe à une torche. Pendant ce temps, même si on ne voyait rien à l'intérieur de la pièce, à l'exception d'un rayon de lune qui s'infiltrait par une meurtrière, les deux hommes avaient sorti leurs épées de leurs fourreaux.

Quand Luc revint, ramenant aussi la torche, il la tendit à Torquil avant de faire signe à Arnault de passer devant. Ce dernier s'exécuta, se glissant sur la gauche le dos au mur, tandis que Luc le suivait la lampe brandie devant lui. La pièce était petite, le mur du fond couvert de volets de bois derrière un bureau et un tabouret sur lesquels tombait la lumière du jour quand on les ouvrait. Torquil entra dans la pièce à son tour et la torche qu'il tenait, augmentant la lumière disponible, donna vie à l'endroit et leur permit de voir un grand livre relié de cuir, ouvert et retourné par terre devant le bureau, entouré de feuilles de parchemin éparpillées un peu partout comme des feuilles mortes.

Stupéfait, Luc se précipita vers le livre, s'accroupit, posa sa lanterne et le ramassa avec un soupir. Arnault le suivit plus prudemment, scrutant les ombres aux quatre coins de la pièce et faisant signe à Torquil de refermer la porte derrière lui comme il venait s'accroupir auprès de son aîné, l'épée posée sur ses genoux. Une atmosphère étrange régnait dans la pièce…

— Qui a pu faire une chose pareille ? marmonna Luc, en retournant le livre pour évaluer les dégâts.

C'était un superbe exemplaire de la vie de saint Colomba par Adamnan.

Il passa le bout des doigts le long du dos déchiré où plusieurs pages avaient été arrachées. Elles étaient éparpillées alentour, couvertes de taches d'encre, froissées, et Luc poussa encore un soupir en les ramassant et en les serrant contre sa poitrine comme un oiseau blessé.

Arnault lança un coup d'œil derrière Luc. D'autres feuilles étaient éparpillées au pied du tabouret, derrière le bureau, auprès d'un encrier renversé, tachées par l'encre encore fraîche. Il trouva un bout de chandelle et l'alluma à la flamme de la lampe que tenait Luc, puis il se pencha pour ramasser une des pages, les lettres délicatement calligraphiées étaient recouvertes d'une tache qui ressemblait à une grosse araignée.

— Ça a dû arriver quand on a entendu ce grand bruit, mais je me demande comment le coupable a pu s'enfuir sans qu'on le voie. L'encre est encore fraîche. Et on dirait que cette page ne fait pas partie de ce livre, dit-il à Luc après avoir remarqué que le bord n'avait pas été coupé droit.

— Tu as une idée de ce que cela peut bien être ?

Luc reposa le livre et vint prendre le parchemin d'entre les mains d'Arnault, puis secoua la tête de droite et de gauche, visiblement exaspéré.

— Quel dommage ! dit-il. Oui, malheureusement je sais ce que c'est. Il s'agit de l'œuvre du frère Colman. Il occupe son temps libre à recopier l'ouvrage d'Adamnan. Ce n'est pas une activité courante dans nos maisons, comme tu le sais, et Colman est un frère séculier qui n'a pas reçu une éducation très approfondie, mais il avait trop de talent pour qu'on ne l'encourage pas dans cette voie.

Il jeta un autre regard sur la pièce, il avait l'air sombre.

— Je lui ai donné cette petite pièce pour qu'il puisse s'adonner à sa passion, il y a quelques années de cela. Quand Jay est arrivé, il a voulu reprendre la pièce — tu imagines ce qu'il peut penser des hommes qui cherchent à s'élever au-dessus de leur condition — mais à ce moment-là, l'œuvre de frère Colman avait déjà acquis une petite renommée, du moins dans la région, j'ai pu persuader Jay de l'autoriser à continuer en le convainquant que ces travaux apportaient un certain prestige à notre maison. La condition était que le frère Colman ne devait pas négliger ses devoirs domestiques au profit de ses heures d'écriture. Et bien entendu, celles-ci représentaient une source de revenus supplémentaires.

— Effectivement, voilà qui doit compter énormément pour Jay, répondit Arnault. Ce qui ne nous explique pas qui a fait cela et pour quelles raisons.

— Je n'arrive même pas à l'imaginer, répondit Luc en examinant à nouveau le volume endommagé et en indiquant à Torquil par un signe de tête qu'il l'autorisait à venir se joindre à eux. On va peut-être pouvoir réparer en partie les dégâts, mais la valeur du livre en aura été sérieusement réduite. Jay va réclamer des explications et je n'ai pas la moindre idée de ce que je vais lui dire.

Arnault remit son épée au fourreau avant de se baisser pour ramasser le coffret de bois dans lequel on transportait le livre. Un des coins du coffret avait été abîmé, visiblement parce qu'il avait été jeté contre le mur. En le soulevant, Arnault sentit un souffle hivernal qui lui glaça le sang, suivi d'une odeur de moisissure à la fois douceâtre et écœurante, aussi mémorable que répugnante, et qu'il avait rencontrée pour la dernière fois dans une ferme des lointaines Orkney.

La ressemblance était tellement frappante qu'il eut l'impression de recevoir effectivement un coup, et il fut projeté en arrière. Le coffret lui échappa et tomba par terre avec un bruit creux, tandis qu'il s'appuyait contre le mur pour garder son équilibre et tentait de retrouver cette sensation. Mais elle s'était déjà évanouie.

— Arnault ? appela Luc à voix basse au bruit du coffret qui tombait.

Comme Arnault ne lui répondait pas immédiatement, il courut vers lui, suivi de Torquil.

Un peu étourdi, Arnault secoua la tête et essaya de ramasser le coffret en tâtonnant. Ce n'était maintenant rien d'autre qu'un objet abîmé. Toutefois, une multitude de pensées désagréables se succédaient dans son esprit, en particulier l'impression irréfutable que ce qui s'était passé là, dans le bureau de frère Colman, avait un rapport direct avec la mort de la petite princesse norvégienne et l'extinction de la lignée royale des Canmore.

— Ça va, répondit-il à Luc, hésitant encore à exprimer ses convictions, et conscient qu'il devait être prudent en présence de Torquil.

— Je me demande tout d'un coup si ce qui s'est passé ici n'est pas un peu plus grave qu'un simple acte de vandalisme. Combien de personnes ont la clef de cette pièce ?

— Il y a moi, répondit Luc, et le frère Colman, bien sûr, mais il ne détruirait jamais son propre travail, et encore moins un livre comme celui d'Adamnan…

— Personne d'autre ? demanda Arnault avec impatience.

— Il y a Jay, évidemment, et quelques autres. Mais tout le monde est couché ou à peu près. Et tout s'est passé au moment où nous avons entendu ce bruit, j'en suis certain. Tu l'as dit toi-même : l'encre était encore fraîche. Pourtant personne n'aurait pu s'échapper aussi rapidement, et en plus d'une pièce fermée à clef. Comme tu le vois, les volets n'ont pas été touchés et l'autre fenêtre est trop haute et trop étroite pour offrir une issue.

— C'est ce que je pense également, répondit Arnault. Nous trouverons peut-être la réponse dans les pages elles-mêmes.

Il emporta la boîte vers la partie la mieux éclairée de la pièce puis demanda à Luc et à Torquil de rassembler toutes les pages, celles de frère Colman comme celles arrachées à l'original, et de les remettre dans l'ordre. Elles étaient toutes tachées ou déchirées mais en comparant les deux versions, Arnault put reconnaître deux titres de chapitre consécutifs encore identifiables quand on rassemblait les pages des deux exemplaires.

— Voilà qui est très intéressant, remarqua-t-il. Ces

deux chapitres traitent d'un magicien païen du nom de Briochan. Ici, au chapitre-trente trois, de *Briochana mago*. Et *De beati viri contra Briochanum refragatione*, au chapitre trente-quatre.

Torquil hocha la tête d'un air avisé en entendant les paroles d'Arnault et il s'approcha pour mieux voir. Il était visiblement plus versé dans son héritage celte que les deux autres ne l'avaient imaginé.

— Oui, et cette deuxième référence est un passage connu, remarqua-t-il avant que Luc ait eu le temps d'ajouter quelque chose.

Il suivit une ligne du texte avec son index.

— L'abbé Machar nous l'avait fait apprendre par cœur, à moi et à mes frères, quand nous étions ses élèves à St Kenneth. Briochan était le grand druide du roi Brude à l'époque où Colomba se rendit dans le royaume d'Urquhart. Il représentait alors un grave danger. Mais comme il est dit dans ce chapitre, « Colomba l'emporta sur Briochan au cours de diverses épreuves pour démontrer leurs pouvoirs », un peu comme Moïse l'emporta sur les magiciens de Pharaon.

— En effet, murmura Arnault, en regardant Torquil avec respect. Je... j'imagine que tu ne sais pas ce qui est arrivé à ce Briochan... où il est mort exactement ?

Torquil se contenta de secouer la tête, et Luc haussa les épaules comme Arnault lui posait la même question du regard. Mais une étincelle dans l'œil de son aîné fit comprendre à Arnault que celui-ci avait établi le rapport qu'il essayait lui-même de nier, qu'il avait volontairement rejeté.

Arnault leur confia alors qu'il avait senti une odeur de pourriture en ramassant le coffre destiné à recevoir l'ouvrage relatant la geste de Briochan. Il savait que Luc se souviendrait du récit de ses impressions au moment de la mort de la petite Vierge de Norvège, deux ans auparavant.

— Quel rapport pourrait-il y avoir ?…

— Je ne sais pas fit Arnault en l'interrompant brusquement. Ou, pour être précis, je suis quasiment certain qu'il y a bien un rapport, mais je ne sais ni pourquoi ni comment. De même, et j'ignore également pourquoi, que j'ai le sentiment que les objets de la tombe païenne qui ont disparu ont quelque chose à voir dans cette affaire.

— Est-ce que tu suggères que la tombe était celle de Briochan ? chuchota Luc avant de se retourner d'un air inquiet vers Torquil qui écoutait les lèvres serrées et les yeux écarquillés.

Arnault suivit le regard de Luc et, à son tour, tourna son attention vers le jeune chevalier, qui allait être testé encore une fois et plus tôt que prévu quant à ses compétences pour servir un jour au sein du *Cercle*.

— Frère Torquil, dit-il à voix basse. Ce que tu vas entendre doit rester entre nous trois. Tu ne devras même pas en parler à ton confesseur. Tu comprends ?

Torquil hocha la tête d'un air solennel et Arnault reprit.

— Je peux te dire que ceci est proche de ce dont tu as été témoin à Nicosie. Je te promets de te donner de plus amples explications plus tard quand je le pourrai. Es-tu d'accord ?

— Je t'en fais le serment, murmura Torquil avec ferveur, en faisant le signe de la croix et en posant les lèvres sur l'ongle de son pouce.

Ayant résolu cette question, Arnault se tourna à nouveau vers Luc.

— Maintenant, en ce qui concerne cette tombe, dit-il sans perdre de temps, je ne sais s'il s'agit de celle de Briochan, mais c'est certainement la tombe de quelque sorcier païen dont la dépouille a séjourné à Balantrodoch pendant quelque temps. Je crois que les baguettes couvertes de runes que tu as évoquées nous le prouvent. Et nous ne sommes pas sûrs de ce qu'elles sont devenues.

— Continue, dit Luc en se frottant la barbe.

— J'en conclus que la personne responsable de ce gâchis, ajouta Arnault en désignant les livres abîmés, semble vouloir effacer toute référence à Briochan.

Il respira profondément avant de poursuivre.

— J'ajouterai que l'odeur que j'ai sentie en ramassant le coffre destiné au livre d'Adamnan est sans aucun doute la même que celle qui m'est parvenue le jour de la mort de la petite Vierge. Maintenant, à vous de me dire le rapport entre ces divers éléments.

Arnault regarda ses deux compagnons qui méditaient ses paroles en silence, Luc avec distance et posément, Torquil s'efforçant de ne pas trahir la stupeur dans laquelle les révélations de son mentor l'avaient plongé. Mais avant même qu'ils aient eu le temps de répondre, ils entendirent un bruit de bottes dans le couloir.

Luc mit un doigt devant sa bouche, jeta rapidement les pages abîmées sur le sol, ramassa le livre et se rendit au centre de la pièce où il commença à pousser des exclamations d'horreur. Comprenant ses intentions, Arnault et Torquil l'imitèrent immédiatement. Quand la porte s'ouvrit, ils paraissaient tous trois occupés à évaluer les dégâts qu'avaient causés quelques vandales dans cette pièce.

— Frère Luc ! s'exclama Brian de Jay sèchement en brandissant une torche, entouré des frères de Sautre. Frère Arnault ! Frère Torquil !

Puis son ton devint moins cassant au point de se faire mielleux.

— Que faites-vous donc ici ?

Luc se retourna, tenant l'ouvrage à la main, son visage exprimait le regret et la consternation.

— Nous étions dans mon bureau, nous avons entendu un grand bruit et nous nous sommes précipités ici.

Regarde. Des mois de travail du frère Colman ! Tu te rends compte !

Jay lança un regard circulaire sur la pièce et on le vit pâlir. Mais il retrouva très vite son calme. Les frères de Sautre avaient eux aussi l'air mal à l'aise.

— Comment cela a-t-il pu arriver ? marmonna Jay, et l'expression dans ses yeux fit réfléchir Arnault.

— Bonne question, dit ce dernier en indiquant les volets clos. Comme tu le vois, la pièce était hermétiquement fermée.

— Visiblement ça n'a pas suffi. Mais, par Dieu, j'aurai les réponses que je cherche ! Celui qui a fait ça a commis un vol envers l'Ordre. Il a détruit ce qui appartenait à l'Ordre ! Il va regretter d'être né. Frère John, alerte toute la garnison jusqu'au moindre sergent et réveille tous les frères. Fais allumer des torches dans la cour. Je veux que tout le monde soit interrogé, en commençant par le frère Colman.

L'activité frénétique qui s'ensuivit et les innombrables interrogatoires permirent paradoxalement à Arnault, Luc et Torquil d'éviter les questions embarrassantes sur leur présence si près du lieu où les actes de vandalisme avaient été commis. Jay y avait vu un défi d'un membre de la communauté, animé par un désir de vengeance. Le frère Colman fut très vite innocenté, mais il passa l'heure qui suivit à pleurer sur la perte de son précieux manuscrit. On fit passer à tous les hommes des interrogatoires complets mais aucun de ceux qui s'alignèrent dans la cour de la commanderie ne trahit la moindre connaissance des événements en question.

Quand on renvoya les frères à leurs couches plusieurs heures plus tard, Arnault ignorait toujours ce qui s'était passé et n'avait pas eu la possibilité d'en discuter avec Luc ou Torquil. Il déroula ses couvertures et s'allongea les yeux rivés au plafond du dortoir que des lampes éclairaient toute la nuit d'une lumière douce. Il réfléchissait et analysait les divers éléments du mystère de Balantrodoch.

Il se dit d'abord qu'il était peu probable que l'agression perpétrée ce soir-là fût le résultat de l'interférence d'une entité spirituelle, mais il était incapable de s'expliquer comment un agent humain avait pu agir ainsi dans le bureau de frère Colman sans se faire prendre.

Et quelles étaient les raisons derrière cette attaque ? On pouvait envisager que la sévérité avec laquelle Brian de Jay exerçait son office ait pu inspirer un acte de rébellion. C'était d'ailleurs ce que Jay lui-même avait pensé. C'était pourtant peu probable compte tenu de l'obéissance du Temple à la discipline militaire et de la sévérité des punitions qu'on encourait pour avoir enfreint les règles. Jay ayant été absent de Balantrodoch depuis plus d'un mois, il était difficile de s'imaginer que son retour ait pu inspirer aussi rapidement un tel ressentiment. Et ça n'expliquait pas comment un homme avait pu accomplir ces actes.

Comme il ne trouvait pas de réponse à cette dernière question, Arnault dut à nouveau envisager à contrecœur qu'il s'agissait peut-être d'une intervention surnaturelle, c'était la seule explication possible si aucun être humain n'avait pu commettre ce forfait. Il pouvait même mettre un nom sur l'entité responsable, et ce même s'il paraissait trop incroyable que l'esprit de Briochan, sorcier picte du VIe siècle, ait trouvé une raison de s'introduire dans un établissement chrétien pour détruire les pages d'un livre le concernant. Pourtant, il fallait bien reconnaître que les pages consacrées au vieil adversaire de saint Colomba avaient été la cible de cette attaque.

Et puis il y avait cette odeur de putréfaction qui lui avait rappelé la mort de la jeune Vierge de Norvège. Et même si Arnault était raisonnablement certain qu'aucun lien n'existait avec le fait que Brian de Jay ait participé à cette mission infructueuse, il n'en restait pas moins troublé par la responsabilité que Jay avait prise dans la disparition des objets mortuaires que Luc avait brièvement étudiés.

Comme il s'enfonçait progressivement dans le sommeil, il songea qu'il devrait vérifier si la tombe était bien celle de Briochan lui-même. Mais toutes ces spéculations lui semblèrent alors trop absurdes et il succomba finalement à la fatigue.

CHAPITRE 9

En tant que représentants du Visiteur de France, il n'était pas question qu'Arnault et Torquil soient exclus de la délégation se rendant à Scone pour assister à l'intronisation du nouveau roi d'Ecosse. Mais le lendemain matin, lorsque, comme premier point de l'ordre du jour, Luc de Brabant reçut l'ordre de commander l'avant-garde de la délégation et de se mettre en route immédiatement après mâtines, Arnault ne put que se demander si ce bannissement avait quelque chose à voir avec les événements de la veille. Toutefois Jay ne fit aucune mention de l'incident.

— Tu te rendras dans le Nord le plus rapidement possible et tu commenceras à vérifier les mesures de sécurité qui ont été prises à Scone, lui indiqua Jay assis dans la chapelle sur son fauteuil de Maître en pierre sculptée. J'ai reçu l'ordre d'attendre un groupe de chevaliers anglais qui viennent du Temple de Londres. Nous vous suivrons dans quelques jours, avec en plus une demi-douzaine d'hommes de notre commanderie.

Ceux qu'on avait désignés pour partir en avance durent faire leurs préparatifs le plus rapidement possible et se mirent en route sans même avoir été autorisés à rompre le jeûne après la messe.

— On pourrait presque le soupçonner d'avoir voulu se débarrasser de nous au plus vite, marmonna Luc à l'adresse d'Arnault alors qu'ils étaient occupés à ajuster les étriers de leurs montures. Et Dieu sait ce que Flannan Fraser a fait pour mériter d'être banni en notre compagnie.

Il indiqua du regard le chevalier aux cheveux roux déjà en selle au côté de Torquil. Un autre Ecossais, qui devait avoir le même âge qu'Arnault, et qui semblait très bien s'entendre avec Torquil si l'on en jugeait par le ton de leur conversation.

— Ce ne serait pas un des laquais de Jay, envoyé pour nous espionner ? demanda Arnault à voix basse.

— Non, il est droit et honnête. Comme la plupart des hommes dans cette commanderie. Il n'y a que Jay et ses deux ombres, les frères de Sautre, qui m'inquiètent vraiment.

Leur soudain bannissement de Balantrodoch les incitait tous deux à se demander si Jay ne soupçonnait pas qu'ils lui cachaient quelque chose. La confiance d'Arnault envers le Maître d'Ecosse diminuait de jour en jour, et l'accumulation de circonstances douteuses suggérait que Jay devait avoir des plans bien à lui qui risquaient d'aller à l'encontre des projets du *Cercle*.

Tout cela pouvait être dû simplement au ressentiment de Jay vis-à-vis de leur statut, ils bénéficiaient en effet de son hospitalité sans vraiment être placés sous ses ordres. S'ajoutaient à cela des raisons beaucoup plus terre à terre en rapport avec la poursuite d'intérêts purement financiers.

Mais pour le moment, le plus important était que *Le Cercle* serait représenté à Scone pour l'intronisation de John Balliol. De toute manière, quels qu'aient été les projets de Jay, ils ne pouvaient pas avoir de rapport direct avec la succession écossaise. Ce voyage vers le Nord leur permettrait d'échapper à sa surveillance et de réfléchir aux diverses pièces du puzzle. Les remarques et les observations du frère Flannan qui était écossais de naissance leur apporteraient un point de vue nouveau et avisé sur les affaires de son pays.

Ils firent la route en direction d'Edimbourg sous une petite bruine et passèrent la nuit dans cette ville, hébergés par les moines de l'abbaye de Holyrood. Le lendemain, sous un ciel menaçant, ils engagèrent un batelier pour les transporter de l'autre côté de l'estuaire de la Forth depuis Queensferry. Au cours de la traversée, Flannan Fraser fit soudain allusion à la terrible nuit, six ans auparavant, durant laquelle le roi Alexandre III, grand-père de la petite Vierge de Norvège, avait fait le même voyage.

— On dit qu'il n'aurait pas dû tenter la traversée, la pluie s'abattait avec fureur et le vent soufflait avec une extrême violence, mais il parvint quand même de l'autre côté, dit Flannan comme ils atteignaient la plage d'Inverkeithing. Je me souviens bien de cette nuit. Plusieurs tuiles s'étaient envolées du toit à Balantrodoch, l'eau rentrait par le plafond du dortoir. Je pourrais difficilement l'oublier ! Mon lit était juste en dessous d'une de ces fuites.

Luc poussa un grognement perplexe en hochant la tête.

— Qu'est-il arrivé à Alexandre, exactement ? demanda Arnault à Flannan, curieux d'avoir son opinion sur la mort du dernier roi de la lignée des Canmore.

— Personne ne le sait vraiment, répondit Flannan. Il galopait en direction de Kinghorn quand son cheval a trébuché, paix à son âme. Depuis, l'endroit a été rebaptisé le précipice du roi.

Il se signa en souvenir du roi défunt.

— On dit qu'il était impatient de retrouver sa jeune épouse. Il voulait à tout prix un héritier mâle.

— Quel dommage que le destin ne l'ait pas voulu !

commenta Arnault avant de se signer à son tour, imité par les autres. Tu penses que John Balliol sera digne de lui succéder ?

Flannan lui lança un regard de biais comme pour se faire une idée de l'homme qui voyageait avec lui, puis il haussa les épaules et sourit.

— En tant que Templier et puisque tu viens de la part du chapitre de France, il me faut te répondre que ce n'est pas à nous qu'il revient d'émettre un jugement sur ces questions, puisque le seigneur auquel nous obéissons est au-dessus de Balliol et du roi d'Angleterre. Mais comme j'étais écossais avant d'être templier, ajouta-t-il avec un clin d'œil, et puisque je suis originaire des terres des Bruce, tout comme frère Torquil, je dois avouer que j'aurais préféré les Bruce. Mais bon… nous obéirons à qui de droit, n'est-ce pas ?

Luc et Arnault approuvèrent et Torquil hocha la tête. Arnault songea que ce chevalier écossais était sans doute un homme sur lequel ils pourraient compter, s'ils avaient un jour besoin d'alliés au sein de la commanderie écossaise.

Ils trouvèrent des chevaux frais à Inverkeithing et se dirigèrent vers le nord et le comté de Perth. La conversation tournait la plupart du temps autour des événements qui se dérouleraient à Scone et de leurs probables conséquences. Au cours des trois jours qui suivirent, Flannan s'avéra un agréable compagnon de route et une mine d'informations sur la politique et l'histoire locales.

— Savais-tu, frère Arnault, que l'on surnomme parfois Perth la ville de saint Jean ? demanda Flannan alors qu'ils avaient traversé la Tay à gué et dépassaient la ville de Perth pour poursuivre jusqu'à l'abbaye de Scone.

— Non, je ne le savais pas. Et pour quelle raison ?

— Je peux répondre à cela, s'exclama Luc. Les écrits de saint Jean de Patmos ont fortement inspiré saint Colomba et ses disciples.

— Colomba a donc œuvré dans cette partie de l'Ecosse ? demanda Arnault.

— Oui, ici et dans l'ouest. Mais la plupart de ses reliques se sont retrouvées à l'abbaye de Scone, qui fut construite et financée par le roi Kenneth MacAlpin. C'est bien cela, Torquil ? Et c'est ainsi que l'abbaye est devenue le gardien des Honneurs de l'Ecosse, en même temps que de la Pierre inaugurale.

— Je vois que le frère Luc a utilisé son temps à bon escient depuis que je suis parti avec toi en Terre sainte, dit Torquil en s'adressant à Arnault avec un large sourire. La première fois que je suis venu à Balantrodoch, ses notions d'histoire écossaise étaient aussi vagues que celles de vous autres Français. Mais je dois dire que vous avez fait tous deux beaucoup d'efforts pour vous informer. Tu n'es pas d'accord, frère Flannan ?

Celui-ci se contenta de hocher la tête poliment tandis que Torquil tournait son regard vers les collines qui s'étendaient devant eux sous la lumière pâle d'un soleil étouffé par les nuages.

— Quel merveilleux pays ! dit-il avec un soupir de satisfaction. Et comme je suis heureux que l'Ordre m'ait envoyé ici pour y accomplir ses œuvres !

Arnault ne répondit pas, mais échangea un sourire avec Luc, puis il désigna d'un signe de tête un tronçon de route qui leur permettrait de galoper quelque temps et de changer de rythme.

Ils arrivèrent à Scone en fin d'après-midi, alors que le crépuscule tombait. Se rappelant les conditions qu'ils avaient rencontrées à Berwick à cause de la foule des visiteurs, Arnault et Torquil s'étaient préparés à dormir sous une tente dans les prés autour de l'abbaye. Mais de toute évidence Luc avait d'autres projets.

— Je vais aller dire un mot à l'abbé Henry, expliqua-t-il comme ils arrivaient en vue du portail de l'abbaye. Frère Flannan le connaît déjà. Je lui avais parlé de frère

Colman un jour où il avait eu besoin de faire copier un manuscrit. Et depuis nous entretenons des relations amicales. Je lui ai envoyé un message dès que j'ai su que l'Ordre voulait qu'une délégation assiste aux cérémonies du couronnement, même si je ne savais pas encore que j'en ferais partie. Les possibilités d'accueil de l'abbaye ne sont pas illimitées, mais je crois qu'il pourra quand même nous trouver des quartiers plus confortables qu'une simple tente. Vous verrez, vous vous entendrez bien avec lui, c'est un homme estimable.

L'abbé Henry était occupé quand ils arrivèrent, mais grâce à sa bonne volonté, les quatre Templiers furent conduits à une chaumière cachée au milieu des bois sur le domaine de l'abbaye. Elle avait été construite à l'origine pour servir de retraite à l'un des bienfaiteurs de l'abbaye. Le plancher des deux petites pièces avait été balayé et lavé à grande eau, la pièce la plus grande était meublée d'une planche posée sur des tréteaux et de quelques tabourets disposés autour d'une cheminée où des fagots attendaient qu'on vienne les enflammer. Au bout de la maison se dressait une remise assez grande pour abriter les chevaux et pleine de foin fraîchement coupé.

— Comme le toit a besoin d'être réparé, nous avons jugé que ce logement ne conviendrait pas à nos nobles visiteurs, expliqua le frère Mungo avec un large clin d'œil qui montrait bien qu'il n'y avait pas là un mot de vrai. Mais puisque vous avez fait campagne par tous les temps, l'abbé espère que vous trouverez cette situation supportable. Il vous invite à vous joindre à nous pour le repas et la prière.

— Nous en sommes honorés, répondit Luc au moine. Je vous prie d'exprimer notre reconnaissance à l'abbé Henry et de l'assurer que nous sommes très heureux de l'hospitalité qu'il nous offre.

Après s'être occupés de leurs chevaux et avoir défait

leurs bagages dans la plus petite des deux pièces, les quatre Templiers allèrent rejoindre la communauté des moines pour le souper dans le réfectoire, ainsi qu'on les y avait invités. Puis ce fut complies dans l'église de l'abbaye. Comme ils y entraient, Luc leur désigna en silence la chapelle au nord du sanctuaire.

— C'est là que se trouve la Pierre du Destin, murmura-t-il.

Depuis la partie de la nef où ils se trouvaient, ils ne pouvaient apercevoir la pierre, mais Arnault décida d'aller la voir de plus près dès qu'il en aurait l'occasion.

Le lendemain matin, après mâtines, les quatre chevaliers du Temple furent invités par l'abbé Henry à se joindre au chapitre quotidien de l'abbaye.

— Les circonstances qui entourent ce couronnement représentent un changement considérable par rapport au passé, déclara l'abbé Henry à l'assemblée pour expliquer la présence des Templiers. Les opposants à Balliol seront ici en nombre et en force et en tant qu'hôte de cette cérémonie, je manquerais au devoir et à la prudence si je ne prenais pas toutes les précautions pour empêcher tout acte de violence.

« Beaucoup d'entre vous connaissent le frère Luc, continua l'abbé. Je lui ai demandé, à lui et à ses frères, de se joindre à nous ce matin, car l'Ordre du Temple jouit d'une réputation méritée d'intermédiaire impartial dans les situations délicates. D'autres chevaliers du Temple viendront les rejoindre avant l'arrivée des principaux participants à la cérémonie. Les frères Luc, Arnault, Torquil et Flannan sont prêts à nous aider dans les préparatifs qui assureront la paix pendant la semaine à venir.

Pendant leur long trajet vers le Nord, Luc leur avait déjà demandé de réfléchir à cette question. Flannan avait donc préparé toute une série de mesures qu'ils pourraient suggérer, ayant fait leurs preuves par le passé, revues pour s'adapter aux conditions uniques de la situation présente de l'Ecosse. Arnault avait lui aussi apporté sa contribution à ce projet que Luc présenta au chapitre de l'abbaye.

Un précédent avait été établi à Berwick. Tous les participants y avaient prêté le serment de se conduire en fonction des règles et de la bienséance. A ce serment devrait s'ajouter une interdiction de porter des armes. Les comtes et les chefs de clans seraient rendus responsables du comportement de leurs suites, et on établirait un barème d'amendes pour tous ceux qui enfreindraient les règles. Si ces mesures ne permettaient pas de garantir la paix en dehors des limites de l'abbaye, les Templiers espéraient au moins décourager les plus impulsifs de se laisser emporter par la colère.

L'abbé Henry approuva ces dispositions promptement et demanda aux quatre Templiers de les mettre à exécution. Une de leurs premières missions consista à entrer en contact avec le contrôleur de la maison royale pour s'assurer que toutes les factions rivales seraient logées séparément.

Lorsque John Balliol arriva, comme l'exigeait son statut de futur roi, on lui offrit ainsi qu'à sa suite la maison que l'abbaye réservait à ses hôtes. Il s'y installa avec les Comyn de Badenoch et l'évêque de St Andrews, William Fraser. Des Grands d'Ecosse moins farouchement dévoués à sa cause comme le comte Malise de Strathearn et Lord Soules de Liddesdale furent logés dans la résidence des moines, et les hôtes moins prestigieux furent accueillis là où on leur trouva tant bien que mal de la place dans l'enceinte de l'abbaye.

La délégation des Bruce fut de celles qui choisirent de s'installer dans le bourg voisin de Perth. Choix approuvé par l'évêque Wishart de Glasgow, qui préférait rester à l'écart de l'abbaye et des cléricaux anglais qui s'y trouvaient.

Quand Brian de Jay arriva avec son escorte et le contingent de Templiers anglais — huit en tout, dont trois sergents d'armes —, la plus grande partie du travail avait déjà été accomplie. Ne voyant rien à redire aux arrangements pris par ses subordonnés, Jay les laissa continuer et, avec les frères de Sautre, alla se joindre aux autres hôtes de l'abbaye pour faire montre d'esprit de convivialité. Pendant ce temps, les sergents organisèrent le coucher des nouveaux arrivants dans la plus grande des deux pièces de la chaumière et les Templiers anglais se rendirent auprès des représentants du roi Edouard. Comme la chaumière ne devait servir que de dortoir, on ne pensa pas qu'elle puisse devenir la scène d'affrontements malencontreux dus à cette promiscuité.

Les préparatifs continuaient à un bon rythme. Arnault décida de s'occuper personnellement de faire prêter serment à la délégation des Bruce. Deux jours avant la date prévue pour la cérémonie, il se rendit en compagnie d'un sergent dans la maison qu'ils avaient louée sur les rives de la Tay. Il fut reçu sinon chaleureusement, du moins avec courtoisie par le nouveau comte de Carrick et son fils qui écoutèrent sans offrir le moindre commentaire, tandis qu'Arnault expliquait les raisons de sa visite.

— Je suis prêt à croire que cette demande m'est faite de bonne foi, répondit le comte à Arnault après mûre réflexion. Montrez-moi le document et permettez moi de lire ce que l'on attend de moi.

Le document à la rédaction duquel Arnault avait participé portait déjà de nombreux sceaux et signatures. Le comte de Carrick en prit bonne note, il lut le texte puis le montra à son fils avant de tourner à nouveau son attention vers le visiteur.

— Je prêterai serment s'il le faut, déclara-t-il, mais si quiconque rompt cet accord, sachez que je me considérerai libre de ne plus m'y tenir.

Lorsque le comte eut à son tour apposé son sceau et sa signature, Arnault prit congé après l'avoir remercié. Le jeune Robert Bruce le suivit lorsqu'il quitta la pièce. Arnault observa le profil aquilin du jeune homme et son visage tendu, il sentit qu'il avait quelque chose à ajouter aux paroles de son père. Comme ils approchaient de la porte, le jeune Bruce le dépassa et posa sa main sur le loquet en se tournant vers Arnault.

— Ne te trompe pas sur nos sentiments, Templier, fit-il d'une voix calme et implacable. Malgré tous les serments, la loyauté de ma famille va d'abord à l'Ecosse et à notre maison. Non pas à cette marionnette de Balliol ou à n'importe quel autre pion qu'Edouard d'Angleterre viendra placer sur le trône d'Ecosse.

On sentait derrière cette sombre déclaration une personnalité d'une force qu'Arnault avait rarement rencontrée chez quelqu'un d'aussi jeune, mais cette force devait encore être maîtrisée et disciplinée. Avec le temps, ce serait peut-être le cas, mais on ne sentait pour le moment qu'une énergie pure, qui demandait à être tempérée par la maturité et le jugement.

— Pourquoi es-tu si sûr que Balliol n'est pas un homme indépendant ? demanda-t-il.

Le jeune Bruce fit une grimace.

— Parce qu'il dansait la gigue pour Comyn bien avant d'entendre la musique anglaise, répondit-il amèrement. Maintenant que c'est Edouard Plantagenêt qui joue, notre nouveau roi va devoir apprendre à danser rapidement, sinon nous aurons bien vite des soldats anglais ici pour nous apprendre à tenir le rythme !

Surpris, Arnault se demanda s'il s'agissait là de simples spéculations ou de réelle prescience.

— A t'entendre, tu es déjà en guerre.

— Oui, c'est déjà la guerre, répondit le jeune Bruce sombrement. Seulement Balliol ne le sait pas encore.

Pendant les deux jours qui suivirent, les visiteurs continuèrent à affluer vers Scone et ses environs. Tandis que Luc, Flannan et Arnault étaient pris par toutes sortes de devoirs, Torquil, qui était le plus jeune des chevaliers, se retrouva dans le rôle de factotum de la délégation des Templiers. Même si toutes les corvées domestiques les plus basses restaient le domaine des sergents d'armes, Brian de Jay semblait trouver un malin plaisir à inventer des tâches qui réclamaient l'attention d'un chevalier du Temple.

En conséquence, Torquil passa ses journées à transmettre des ordres de réquisition, à surveiller les livraisons de provisions, à porter et rapporter un flot ininterrompu de messages entre le Maître d'Ecosse et les autres dignitaires présents à l'abbaye. Il ne rencontrait Luc et Arnault que pendant les repas et les moments de la journée consacrés à la prière ; dans un cas comme dans l'autre, la conversation était impossible. Torquil commençait à se demander si ce n'était pas là le moyen qu'avait trouvé Jay pour les empêcher d'échanger les nouvelles récentes.

Le roi Edouard s'était retiré de Berwick à Newcastle, laissant à Anthony Bek, évêque de Durham, le soin d'assister à sa place au couronnement. Au soir du 29 novembre, les Templiers reçurent une invitation de la part de Bek leur demandant de venir dîner chez l'abbé, en sa compagnie et en celle de tous les ecclésiastiques de haut rang qui étaient venus à Scone pour la cérémonie. Jay le Maître d'Ecosse accepta l'invitation en son nom et en celui de membres choisis de son entourage, trouvant là l'occasion de faire preuve une fois de plus de l'antipathie qu'il éprouvait à l'égard de

Torquil depuis qu'il était revenu avec Arnault. De tous les chevaliers, seul Torquil fut mis à l'écart, sous prétexte qu'il fallait quelqu'un de son rang pour patrouiller dans le périmètre de l'abbaye et être sûr que la sécurité était en place pour la cérémonie du lendemain.

Loin de se sentir insulté par cette brimade, Torquil en fut soulagé. En plus de l'hostilité qu'il éprouvait envers Jay, son instinct d'Ecossais l'incitait à voir le très anglais Bek comme un ennemi. Et il n'était pas certain de pouvoir cacher son animosité devant le prélat. Une fois que Jay et les autres furent partis dîner, il recruta deux des trois sergents pour l'accompagner dans sa ronde. S'étant assuré que tout était en ordre, il demanda à ses auxiliaires de continuer leur patrouille et d'organiser un système de roulement avec le troisième sergent qui avait profité de son moment de liberté pour dormir. Puis il alla dans l'église de l'abbaye prier pour l'avenir de son pays et jeter un coup d'œil à cette fameuse Pierre du Destin.

L'église était déserte, seule une lampe rouge répandait sa lumière et les flammes des cierges illuminaient la voûte du transept nord. Quelque peu gêné, Torquil remonta la nef puis s'agenouilla devant l'autel. Il passa ensuite la porte qui menait à la petite chapelle où il avait aperçu la Pierre pour la première fois quelques jours auparavant. Au matin, on la transporterait au-dehors pour l'intronisation.

La Pierre était au milieu de la chapelle, juste sous la clef de voûte, éclairée par des bougies aux flammes vacillantes, disposées en rang le long de l'autel. Dans cette lumière, on voyait un gros bloc de pierre noire de la forme d'une chaise basse aux contours arrondis plutôt que droits. Sa surface était inégale comme celle du fer martelé et n'avait pas le lissé d'une pierre polie. Elle n'en avait pas non plus le reflet et certaines parties semblaient avoir été sculptées, même s'il n'en distinguait pas les formes dans cette obscurité. Deux crochets étaient enfoncés dans la pierre, sans doute pour y passer un bâton qui servirait à la transporter. Torquil pensa qu'il devait y avoir deux autres crochets semblables à l'arrière. Un léger creux sur sa surface supérieure confirmait l'impression qu'elle devait servir de siège.

Torquil fit un pas de plus, il ne pouvait s'empêcher de penser qu'en se retrouvant ainsi en présence de la pierre, il éprouverait une sorte de frisson mystique qui le rattacherait à son Ecosse bien-aimée. Mais la pierre restait inerte comme un tas de briques. Il tendit la main timidement pour effleurer sa sombre surface, se préparant à la retirer rapidement, mais ses doigts ne rencontrèrent qu'une masse rugueuse et morte au toucher.

Il retira la main et recula. Ce fut seulement à ce moment qu'il comprit qu'il avait espéré une sensation telle que celle qui s'était emparée de lui à Chypre. Une étincelle de magie qui confirmerait la vieille légende conférant à cette pierre des qualités merveilleuses et surnaturelles. Il était profondément déçu de n'avoir rien ressenti. Si cette prétendue Pierre du Destin n'était qu'un caillou sans vie, alors le rituel du couronnement n'était qu'une vaine cérémonie.

— Je croyais que la Pierre dormait, tout simplement, dit une voix derrière lui, sortant de l'ombre. Puis j'ai commencé à me demander si elle n'était pas morte.

Torquil se retourna lentement et vit frère Mungo, le vieux moine qui les avait accueillis à leur arrivée à Scone et leur avait montré leur logement. Son visage ridé si jovial lors de leur première rencontre paraissait maintenant mélancolique tandis que ses yeux bleus se tournaient avec regret vers la pierre.

— Qu'est-ce qui te fait penser qu'elle a un jour été vivante ? demanda Torquil.

Ses paroles parurent plus abruptes qu'il ne l'avait souhaité, mais le vieux moine n'y prêta pas attention.

— Si tu avais été présent à mes côtés, mon garçon, pour voir le couronnement d'Alexandre III, tu ne poserais pas cette question.

En entendant le ton du vieux moine, Torquil sentit tout d'un coup son cœur se serrer.

— C'était comment ? murmura-t-il.

Un sourire nostalgique se dessina sur les lèvres fripées de Mungo tandis qu'il posait la main sur la Pierre. Il ne répondit pas immédiatement et Torquil comprit qu'il cherchait ses mots pour décrire une expérience dont le langage ne parviendrait pas à rendre compte.

— C'était… magique, dit-il enfin. La manifestation d'une magie merveilleuse. Comme si la Pierre avait été un grand tambour prêt à vibrer sous les coups de baguette. Quand le roi s'est assis, le tambour s'est mis à vibrer de lui-même, telles les vagues s'abattant sur le rivage. On ne pouvait rien voir ni même entendre, mais on pouvait sentir la puissance qui émanait de ces grandes vagues, comme si le cœur du pays battait à l'unisson.

Il se tut et son regard croisa celui de Torquil.

— C'est saint Colomba lui-même qui a initié cette cérémonie pour l'intronisation du roi Aidan. L'ange du Seigneur décréta que quand le roi désigné s'assiérait sur le trône, il recevrait la puissance de servir le pays selon sa mesure. Et autrefois la puissance était toujours là, elle faisait sentir sa présence comme une source faisant vibrer la surface d'une mare. Mais aujourd'hui, c'est comme si la mare et la source s'étaient taries.

Il retomba dans le silence. Torquil ne savait que penser du témoignage du vieux moine, mais il était évident, en tout cas, qu'il était d'une totale sincérité.

— Et qu'est-ce qui est arrivé pour que tout change ainsi ? demanda-t-il.

Frère Mungo soupira.

— Qui sait ? Peut-être que notre peuple a mis la

patience de Dieu à bout une fois de trop. Peut-être avons-nous perdu la foi dans les miracles de saint Colomba. Peut-être encore trop de gens dans ce royaume ne voient-ils pas la Pierre du Destin comme le pilier de la souveraineté écossaise mais comme un obstacle à leur ambition.

Torquil songea à nouveau à Berwick. La plupart des nobles qui s'étaient trouvés là, y compris les Comyn de Badenoch qui n'étaient pas les moindres, s'inquiétaient moins du bien de l'Ecosse que de leurs propres terres et de leurs privilèges. Il lui paraissait injuste que les intérêts d'un petit groupe passent avant le bien-être de la majorité.

— Le trône est resté vacant pendant presque six ans, remarqua-t-il d'un air songeur. Il n'est pas étonnant que le pouvoir de la Pierre se soit amenuisé pendant cette période. Il suffira peut-être du retour de la monarchie écossaise pour la faire revivre.

Le vieux moine hocha la tête.

— J'espère qu'il en sera ainsi, l'avenir nous le dira, moi, j'en serais bien incapable. Que Dieu t'accorde les bienfaits du sommeil, mon jeune ami !

Torquil était très troublé par cette conversation, il y repensa en continuant sa ronde ; s'assurant que les sergents étaient à leur poste, il leur demanda de lui faire leur rapport, puis retourna vers la chaumière pour dormir quelques heures avant les événements cruciaux du lendemain. Il aurait aimé savoir si l'abbé Henry avait remarqué un changement dans la Pierre depuis la mort d'Alexandre III.

Il aurait souhaité parler des remarques du frère Mungo avec Arnault et Luc à leur retour, mais une de fois plus la présence envahissante de Brian de Jay et de Robert de Sautre l'empêcha d'aborder la question. Il se contenta de faire un rapport de routine à Jay, puis demanda la permission de se retirer.

Toutefois son repos fut loin d'être paisible. L'obscurité qui l'entourait était comme une couverture étouffante qui l'empêchait de bouger et de respirer. Il se tournait dans tous les sens, essayant en vain de trouver une position confortable. Quand enfin il sombra dans le sommeil, ses rêves furent encore plus sombres que la pièce.

L'obscurité résonnait de mille bruits, un souffle puissant comme une bourrasque dans la nuit répondait au rugissement de la mer se fracassant contre la falaise. Les bruits de l'orage et du tonnerre étaient traversés par les cris du vent qui ressemblaient par moments au rire d'un fou. C'était insupportable, il se boucha les oreilles et se détourna pour prendre la fuite.

Au premier pas, il se heurta à un obstacle infranchissable. Il fit un bond en arrière et ouvrit les yeux : il était en train de se débattre dans ses draps et ses couvertures, le dos contre le mur de la chaumière.

La bûche dans l'âtre s'était entièrement consumée et il n'en restait plus que quelques braises. Il en déduisit que c'était presque le matin. Il s'aperçut seulement alors qu'il s'agissait d'un rêve. D'un horrible cauchemar.

Il faisait froid dans la pièce. Il frissonna et se releva pour tirer à nouveau la couverture sur lui. A ce moment, une silhouette familière apparut sans bruit et vint s'agenouiller à côté de sa couche.

— Que se passe-t-il ? demanda Arnault à voix basse.

Avant que Torquil ait pu répondre, on entendit un froissement d'étoffe, Robert de Sautre sortit la tête de sous sa couverture et les regarda d'un œil torve.

— Qu'est-ce que c'est ? marmonna-t-il d'une voix pâteuse. Quelle heure est-il ?

— L'heure de se lever et de s'agiter, répondit Brian de Jay depuis l'embrasure menant à l'autre pièce. Nous n'avons plus qu'une vingtaine de minutes avant mâtines. Après, il y aura du travail.

CHAPITRE 10

L'intronisation de John Balliol devait avoir lieu au milieu de la matinée, après la grand-messe célébrée dans l'église de l'abbaye. Contrairement aux couronnements des souverains anglais qui se déroulaient comme un service religieux apparenté à l'ordination des prêtres, cette cérémonie serait d'un caractère purement séculier, en accord avec les anciennes traditions celtiques, et aussi parce que l'Ecosse n'avait pas encore obtenu de Rome le droit d'oindre ses rois.

Après s'être joints aux moines pour le premier office de la journée, les Templiers se dispersèrent et prirent leurs postes respectifs pour s'assurer que personne ne viendrait troubler la paix du moment. Ils étaient armés et en cotte de mailles sous leurs habits blancs, mais ils restèrent tête nue. Tandis que les Grands d'Ecosse et les invités se rassemblaient pour participer aux cérémonies, Brian de Jay se mit à l'écart avec le Maître d'Angleterre et quelques hommes du roi Edouard, regardant de gauche et de droite pour repérer tout signe de désordre.

Officiellement premier lieutenant de Jay pour cette opération, Luc de Brabant resta près de la porte de l'église de l'abbaye afin de surveiller le transport de la pierre jusqu'au sommet de la colline de Moot, au-delà du cimetière qui s'étendait à l'est de l'église. Arnault et Torquil s'étaient postés sur la colline avec Flannan Fraser pour surveiller les derniers préparatifs du lieu de l'investiture.

Au sommet de la colline s'étendait une étendue plate et herbeuse. L'herbe balayée par le vent y avait été légèrement jaunie par les premières gelées et on y était protégé seulement de trois côtés par des rangées d'arbres très anciens. En son centre, la structure d'un baldaquin sur lequel serait placée la Pierre du Destin avait été érigée la veille. Des ouvriers étaient occupés à l'habiller de riches étoffes et de draperies de soie, d'autres creusaient des trous dans le sol pour y planter des poteaux dorés reliés par une tresse de soie pourpre qui délimiterait le lieu de la cérémonie.

Du côté de l'église de l'abbaye, une petite procession de moines s'était mise en route et avançait lentement vers la colline. Ils transportaient la Pierre à l'aide de gros bâtons posés sur leurs épaules. Derrière, des nobles des grandes maisons écossaises portaient une étrange chaise dorée comportant un siège et des côtés amovibles, destinée à recouvrir la Pierre. Comme ce fardeau était beaucoup plus léger que la Pierre elle-même, ceux qui le transportaient arrivèrent bien avant les moines au sommet de la colline.

Les deux Templiers écossais observaient avec inquiétude les moines qui approchaient du sommet de la colline de Moot, craignant qu'ils ne laissent tomber leur charge. Ceux qui avaient apporté la chaise vinrent les aider, et avec force grognements et jurons étouffés dans les barbes, la Pierre fut placée sur la chaise déjà installée. Après avoir levé les yeux vers le ciel pour juger du temps qu'il ferait, un chambellan ordonna qu'on recouvre l'ensemble de riches étoffes en brocart de soie.

Regardant à son tour le soleil, mais cette fois pour se

faire une idée de l'heure, Arnault fit signe à frère Flannan et à un des sergents d'armes templiers de rester avec les hommes qui s'occuperaient de la Pierre pendant que les autres se rendraient à la messe. Flannan avait réclamé ce privilège et Arnault était heureux de pouvoir le lui accorder.

— Nous ferions mieux de retourner en toute hâte à l'église, dit-il à Torquil. S'il y a des ennuis aujourd'hui, ce sera sûrement là où on trouvera à la fois des Bruce et des Comyn. Il n'y a rien à craindre pour la Pierre.

Torquil hocha la tête, mais ne put s'empêcher de jeter un dernier regard sur la Pierre avant de diriger ses pas vers l'abbaye.

Le pâle soleil d'hiver était à la moitié de sa course vers le zénith quand les Grands du royaume s'assemblèrent dans la petite église de l'abbaye, la remplissant à craquer. Considérés en tant que moines-soldats comme des membres éminents du clergé présent, les Templiers avaient été placés dans le chœur pour assister à la messe, loin du sanctuaire, mais encore assez près de la suite du roi. Tendant le cou pour regarder par-dessus la foule qui se pressait devant lui, Torquil put observer les membres de la maison royale assemblés près de l'autel. Il remarqua que l'évêque Anthony Bek occupait une place de choix à la droite du nouveau roi, il paraissait aimable et bienveillant, Torquil n'en eut pas moins l'impression de voir un geôlier montant la garde auprès d'un prisonnier de marque.

Un chœur de moines entama l'antienne du saint patron de l'Ecosse. Comme l'abbaye de Scone dépendait du siège de Dunkeld, Matthew Crambeth, son évêque, avait réclamé le droit de dire la messe. A ses côtés, on pouvait voir les évêques Wishart de Glasgow, Fraser de Saint Andrews et Cheyne d'Aberdeen. Bien qu'ils eussent été divisés quant à la question de la succession d'Ecosse, les quatre prélats donnaient une image d'unité tandis que la messe commençait, accompagnée par la collecte traditionnelle en l'honneur de saint Andrew, et par de ferventes prières pour l'avenir du royaume.

La première lecture, prise dans le douzième chapitre du premier Livre des Rois, fut faite par l'évêque Wishart de Glasgow. Les passages choisis relataient en détail les guerres fratricides entre Israël et la tribu de Juda, les suivants décrivaient la résolution du conflit et comment elle avait été imposée au roi Réhoboam par un édit divin.

« *Haec dicit Dominus : Non ascendentis neque bellabitis contra fratres vestros filios Israel…* » Ainsi parla le Seigneur : « Tu n'iras pas faire la guerre contre tes frères les Israélites. Que chaque homme regagne son foyer, car telle est ma volonté… »

Ce n'était pas la lecture habituelle de la fête de saint Andrew, mais Torquil savait qu'il s'agissait sans aucun doute d'un conseil voilé à tous ceux qui étaient présents, leur enjoignant d'oublier leurs différends et de respecter la paix.

De même les psaumes que l'on lisait habituellement ce jour-là avaient été laissés de côté. On leur avait préféré un passage plus approprié à cette occasion que lut l'évêque de Saint Andrews d'une voix chevrotante.

« *Sedes tua, Deus, in saecelium saeculio...* » Ton trône, Seigneur, est éternel, le sceptre de ton Royaume est droit. Tu aimes le juste et tu hais le méchant…

Le texte des Evangiles avait été pris dans saint Matthieu, c'était le passage décrivant comment saint André et saint Pierre étaient devenus des disciples du Christ. Tandis que l'évêque Crambeth se lançait dans une homélie sur le thème de la vocation et en particulier celle des rois, Torquil jeta un regard vers Balliol. L'attention du nouveau monarque s'était portée sur une fresque représentant le Christ apaisant les flots. Contrairement à ce qu'il attendait, Balliol arborait une expression qu'on pouvait décrire au mieux comme indifférente, comme si son imminente intronisation était de peu de conséquence. Mais peut-être était-ce en raison de la présence de l'évêque d'Edouard d'Angleterre à ses côtés.

Torquil était tellement distrait par ces pensées qu'il n'accorda pas autant d'attention qu'il aurait dû à l'homélie, mais on en arrivait à la consécration et à l'élévation de l'hostie, et ses méditations s'élevèrent d'elles-mêmes vers la contemplation de réalités moins prosaïques. Quand il prit à nouveau conscience de son environnement, il se rendit compte que les évêques étaient en train de donner la communion.

Balliol et sa suite furent les premiers à recevoir l'hostie consacrée. Ils furent suivis par les officiers de la maison royale. Les Grands du royaume venaient ensuite. Torquil eut la surprise de voir les Bruce précéder les Comyn, mais il n'eut pas le temps de s'interroger plus avant sur cet ordre car Jay s'avança avec les Templiers anglais et fit signe à ses subordonnés de le suivre.

S'efforçant de retrouver son calme afin de recevoir le sacrement, Torquil emboîta le pas à ses supérieurs, juste derrière Arnault. Il s'apprêtait à monter les marches menant au chœur quand il croisa John Comyn et son fils qui se retiraient. Les deux Comyn arboraient cette expression distraite et presque vide typique de tout leur entourage, mais comme les deux hommes passaient juste devant lui, Torquil remarqua un geste rapide de l'aîné suggérant que celui-ci avait glissé subrepticement un petit objet blanc dans une poche de la manche de son habit de velours.

Comyn passa son chemin, marchant d'un pas mesuré comme si de rien n'était, et Torquil qui le suivait du regard reçut en conséquence un coup de coude amical du vieux chanoine qui se trouvait derrière lui. Il inclina la tête pour s'excuser et avança de nouveau, mais les pensées se bousculaient dans sa tête, le laissant à la fois choqué et perplexe. Il était presque certain d'avoir vu le seigneur de Badenoch dissimuler l'hostie au lieu de l'avaler.

Torquil essayait de revoir la scène dont il venait d'être témoin. Il parvint tout juste à maîtriser ses pensées pour les tourner vers la prière quand il s'agenouilla devant l'évêque pour recevoir à son tour l'hostie. Mais comme il retournait à sa place, à peine réconforté par sa propre communion, il se sentit à nouveau assailli par mille questions. Si Comyn avait effectivement pris dans la main et caché une hostie consacrée, on ne pouvait qu'y voir un acte blasphématoire de la pire espèce. Et Torquil était de plus en plus convaincu qu'il n'avait pas rêvé.

Ce mystère continua à le ronger pendant tout le reste de la messe si bien qu'il entendit à peine les dernières prières. Pour essayer de justifier l'acte de Comyn — en lui donnant les motifs les plus innocents —, il se demanda si, en raison d'une récente disgrâce ou plus simplement encore, parce qu'il n'avait pu se confesser et obtenir l'absolution à temps, le seigneur de Badenoch ne s'était pas jugé prêt à recevoir le sacrement. Et si, étant proche du nouveau roi, il s'était senti obligé de se présenter pour recevoir la communion avec le reste de la maison du roi, estimant que s'il avait refusé de se joindre aux autres, il aurait pu porter préjudice à celui-ci.

Il s'agissait sans doute d'un conflit de moralité et de bienséance politique, mais si Comyn était de ces gens pour qui la messe n'avait d'autre signification que sociale, qu'est-ce qui l'aurait empêché de communier simplement pour préserver les apparences ? Torquil savait bien que la foi de tant de soi-disant chrétiens était purement formelle. Tous ne partageaient pas sa dévotion, ou celle d'Arnault ou d'autres encore qu'il connaissait. Il n'en restait pas moins que d'avoir recraché l'hostie mettait en grand péril l'âme de celui qui commettait un tel acte. Qu'il ait agi par peur des conséquences spirituelles s'il mangeait le corps sacré du Christ et buvait son sang dans un état de péché, ou par mépris envers l'un des sacrements les plus saints.

Torquil jeta un regard en direction d'Arnault, il mourait d'envie de lui décrire ce qu'il venait de voir et il voulait qu'il lui dise qu'il se trompait dans son raisonnement, que ses craintes n'étaient pas justifiées. Mais le Templier fixait le sanctuaire où l'évêque d'Aberdeen lisait les Evangiles.

« *In principio erat Verbum…* » Au commencement était le Verbe…

Essayant de se convaincre qu'il avait peut-être été victime d'une illusion, Torquil s'obligea à la patience et se promit qu'il rapporterait à Arnault l'étrange conduite de Comyn à la première occasion. Il tenta de trouver un réconfort dans cette lecture qu'il connaissait si bien, puis dans la bénédiction finale.

Les prêtres se retirèrent dans la sacristie et les nobles quittèrent l'église par ordre de préséance. Durant ce mouvement de foule, Balliol et les officiers de l'Etat se rendirent eux aussi à la sacristie pour les derniers préparatifs de la procession inaugurale. Comme on en était convenu, les Templiers écossais et anglais se placèrent à des points stratégiques parmi les membres de la procession se rendant en haut de la colline de Moot. Leurs manteaux placés en évidence servaient à rappeler que tous étaient tenus par leurs serments de respecter la paix, et que les Templiers l'imposeraient par la force s'il le fallait.

Au sommet de la colline, on avait accroché aux branches des pins les bannières des grandes maisons. Les hommes importants du royaume arrivèrent au sommet et prirent place chacun sous sa bannière, accompagnés de leur suite. Arnault et Torquil étaient postés à l'est de l'aire où devait se tenir la cérémonie. Luc n'était pas très loin. Les autres Templiers occupaient tous des positions depuis lesquelles ils pouvaient observer la scène, dispersés au milieu de la foule des participants écossais.

Juste après midi, le soleil hivernal projeta l'ombre glaciale des arbres sur le lieu de cérémonie, recouvrant la chaise et la Pierre. Torquil frissonna et resserra les pans de son manteau pour se protéger du vent. Il sautilla d'un pied sur l'autre en attendant que la cérémonie commence. Il s'interrogeait encore sur le geste de Comyn, et se demandait ce qu'Arnault penserait des remarques que frère Mungo avait faites la veille au sujet de la Pierre. Mais avec tous ces gens autour d'eux, il n'osait pas lui en parler.

Le son des cornemuses annonça le début de la procession. Toutes les têtes se tournèrent en même temps. Une porte s'ouvrit sur le côté de l'église. On vit alors les trois musiciens, suivis par le nouveau roi. John Balliol portait une longue cape de velours pourpre bordée d'hermine et brodée de fils d'or. Il était coiffé d'un bonnet de velours rouge doublé d'hermine et décoré de plumes d'orfraie retenues par une broche. Ces marques de la royauté paraissaient presque incongrues sur ce personnage grand et dégingandé.

Il était accompagné sur la gauche par l'abbé Henry et sur la droite par Sir John de Saint John qui représentait le jeune comte de Fife. Les officiers royaux se tenaient derrière eux, menés par Gilbert de La Hay, connétable héréditaire d'Ecosse. Tous étaient également vêtus de riches vêtements d'or et de pourpre. Les membres de la procession portaient chacun un des symboles du pouvoir royal : la couronne, l'épée, le sceptre, la baguette blanche, et le soleil dardait parfois ses rayons pour faire briller d'un éclat passager l'or et les bijoux sous le pâle ciel d'hiver.

Ils commencèrent l'ascension de la colline au son plaintif des cornemuses. Lorsqu'ils atteignirent le sommet, Sir John de Saint John mena Balliol sous le riche baldaquin qui abritait à présent le trône et la Pierre. Tous tendirent le cou pour voir l'intendant royal, Sir James, replier les draperies qui recouvraient la Pierre pour la faire apparaître. Le silence s'abattit sur la colline comme il se tournait pour s'adresser à l'assemblée, tandis que Balliol restait entre lui et John de St John.

— Nobles seigneurs d'Ecosse, déclara Sir James d'une voix puissante, nous sommes ici et en ce jour pour être témoins de l'intronisation de John Balliol de Château Barnard, roi d'Ecosse. Vive le roi, qu'il règne avec sagesse et applique les lois et les coutumes de notre communauté et de notre souverain royaume !

On entendit un murmure parcourir la foule tandis que le chambellan s'approchait et présentait le manteau royal à Sir John de Saint John qui le posa sans un mot sur les épaules osseuses de Balliol. Puis, agissant au nom du comte de Fife dont la famille avait le privilège héréditaire de faire asseoir le roi sur son trône, Sir John prit le roi par la main et l'aida à prendre place sur la Pierre. Torquil songea que Balliol paraissait étrangement distrait comme il s'asseyait sur le siège.

Un *seannachie* s'avança alors pour déclamer selon la coutume l'ascendance du roi. C'était un vieillard barbu appartenant à la maison des seigneurs de Badenoch et s'appuyant sur un bâton de berger surmonté de bois de cerfs.

« *Slainte, Ard-righ Albainn* ! cria-t-il, *Iain Balliol, mac Devorguilla, nic Mairearad nic Dairbidh...* » Nous reconnaissons John Balliol, roi des Ecossais, fils de Devorguilla, fille de Margaret, fille de David, comte d'Huntingdon, fils de Henry, fils de David premier de la maison de Canmore...

Sur un rythme bardique, on écouta la litanie de

l'ascendance de Balliol telle que l'histoire l'avait retenue, et au-delà jusqu'aux époques de légende. Torquil, qui avait été élevé dans la tradition des Highlands, était fasciné par cette liste de noms que récitait le vieillard.

Pourtant, on avait l'étrange impression que Balliol lui-même n'avait aucun rapport avec tous ces ancêtres héroïques. L'excitation au sommet de la colline de Moot était palpable, mais Torquil avait presque le sentiment que la foule attendait l'apparition de quelqu'un d'autre qui ne s'était pas encore manifesté. Ce sentiment aussi, il aurait voulu en faire part à Arnault.

La litanie s'acheva enfin. Quand le *seannachie* se retira, le connétable d'Ecosse s'approcha et remit entre les mains de Balliol l'épée, le sceptre, la baguette blanche, chaque objet royal accompagné par quelques mots et repris ensuite pour laisser la place au suivant. Le Lord Maréchal suivait, qui s'agenouilla pour présenter une bannière antique, or et écarlate, décorée des armes royales d'Ecosse que les prédécesseurs de Balliol avaient de tout temps portées. Tandis que le sénéchal se retirait pour se placer derrière le trône, le champ d'or avec lion rampant s'agita et flotta dans le vent, réveillant un souvenir que Torquil n'arrivait pas à retrouver. John Comyn vint rejoindre le Lord Maréchal et plaça sa main sur la hampe du drapeau au-dessus de la sienne, presque comme s'il en prenait possession.

Mais vint le moment que tous attendaient et considéraient comme le plus important pour l'intronisation du roi, même si l'on pouvait discuter sans fin sur la prééminence ou non en Ecosse du couronnement sur la prise de possession du trône. Le chambellan s'approcha du roi par-derrière et ôta avec respect le bonnet dont il était coiffé. Puis il laissa la place à l'abbé Henry qui, en tant que gardien de la Pierre, était aussi porteur de la couronne. Un murmure parcourut l'assemblée, tandis que l'abbé brandissait cet ultime symbole de la royauté.

— John, fils de Devorguilla, fille de Margaret, déclara-t-il, reçois la couronne d'Ecosse, tu en es le roi légitime !

Et il ceignit le front de Balliol. Le vent fit claquer la bannière derrière le roi à cet instant précis, éveillant la conscience de Torquil. Il sentit son estomac se serrer et sa vue se troubler. Entre deux battements de cœur, il fut transporté en un autre lieu. Il voyait devant lui un hall immense aux murs couverts de tapisseries, illuminé par quantité de torches qui fumaient abondamment.

Un homme brun, grand et mince, était assis sur une chaise au haut dossier, il était vêtu d'un manteau doublé de fourrure et regardait les flammes dans l'âtre, deux chiens de chasse somnolaient à ses pieds. Au-dessus de la cheminée était accrochée la bannière de soie que l'on venait de remettre à John Balliol. Le lion écossais semblait presque prendre vie dans les courants d'air et les reflets des flammes. Avec la certitude que seules peuvent donner ces visions psychiques, Torquil sut sans le moindre doute que l'homme en face de lui n'était autre qu'Alexandre III, grand-père de la petite Vierge de Norvège, dernier monarque de la lignée des Canmore.

L'ouverture d'une porte permit d'entendre brièvement le souffle du vent à l'extérieur du grand hall, et Torquil sentit des courants d'air glacé qui traînaient comme des spectres aux quatre coins de la pièce. L'instinct le poussait à se rapprocher du feu mais il n'arrivait pas à bouger.

Une porte sur sa gauche s'ouvrit violemment et laissa entrer un homme coiffé d'un bonnet, enveloppé de lainages couverts de gouttes de pluie qui brillaient comme des perles. Le roi lui fit signe d'approcher et l'homme lui tendit un rouleau de parchemin. Le roi le prit et lui signifia son congé, puis il brisa le sceau de cire en forme de losange. Torquil s'approcha tandis que le roi déroulait le document pour lire le message qu'il contenait. Il était maintenant assez près pour voir les deux lignes d'un texte qui n'était pas écrit en français ou en latin, ni même en lettres gaéliques, mais en caractères anguleux qu'il reconnut sans savoir pourquoi comme étant des runes. Elles étaient accompagnées d'un sceau exécuté avec soin et d'une couleur qui évoquait le sang séché. Le sceau avait un taureau comme motif principal.

En le regardant, le roi devint blême. Le parchemin glissa d'entre ses doigts soudain inertes et s'enflamma. Au même moment, le champ de vision de Torquil se modifia violemment.

Un vent glacé le fit tituber et le plongea dans un sombre tourbillon qui le projeta sur le sol gelé. Il se releva difficilement au milieu de cette tempête et se rendit compte avec horreur qu'il était au bord d'une falaise.

Des vagues aux crêtes blanches s'écrasaient sur les rochers en dessous de lui, les embruns glacés se mêlaient à la neige et à la grêle. L'instinct le poussa à s'éloigner du bord. Il leva un bras devant ses yeux pour se protéger du vent et chercha refuge entre deux gros rochers. Ce ne fut que tardivement qu'il vit les torches qui venaient vers lui dans le lointain, sautillant dans le noir le long du chemin qui longeait la falaise.

Malgré la tempête, il arriva à distinguer un groupe de trois cavaliers. Le premier avait mis pied à terre et menait sa monture par la bride, brandissant en vain sa torche pour essayer d'éclairer la nuit. Le deuxième était brun et élancé, il reconnut le roi qu'il avait vu dans le grand hall.

Dans l'espace du même battement de cœur, une force plus froide et plus sombre encore que la tempête se dressa derrière Torquil. Emportée vers le ciel par de grandes ailes noires, elle plongea directement vers le roi et son destrier. Son mouvement éteignit les torches. On entendit alors dans le noir le martèlement frénétique des sabots sur la pierre, un cri rauque, un hennissement de panique brutalement interrompu.

Effaré, terrifié, Torquil s'avança en titubant vers la source de ces bruits. Il eut un mouvement de recul en voyant le cheval du roi à genoux, le roi lui-même se débattant dans l'étreinte d'une effroyable sorcière dont les cheveux ressemblaient à des algues.

Elle s'accrochait à la croupe du cheval, l'enserrant de ses cuisses nues et lépreuses. Ses bras maigres encerclaient la poitrine du roi, l'étouffant peu à peu. On voyait briller dans l'obscurité l'éclat vert des yeux de la créature, un cri d'angoisse s'échappa d'entre les lèvres du roi, juste avant qu'elle ne l'entraîne avec sa monture par-dessus le rebord de la falaise, dans le bruit atroce d'éclats de rire démoniaques. Torquil essaya de crier lui aussi, mais la tempête l'avait pris à la gorge et le son qui sortit de sa bouche était à peine plus fort qu'un toussotement étouffé.

Il parvint tout de même à attirer l'attention d'Arnault. Ce dernier vit le visage du jeune homme soudain blanc comme celui d'un cadavre, juste avant que ses jambes ne se dérobent. Il rattrapa Torquil en lui saisissant le coude, puis à voix basse il appela Luc à la rescousse. Ensemble, ils parvinrent à maintenir le chevalier écossais debout et l'éloignèrent de la foule. Personne ne s'en rendit compte, la clairière résonnant des vivats de l'assistance. Mais le mouvement de leurs trois capes blanches attira l'attention de Jay qui leur lança un regard furieux et leur fit signe sèchement de se retirer.

Luc et Arnault parvinrent à cmmener Torquil discrètement en le traînant à moitié jusqu'à couvert des arbres. Ils trouvèrent là quelques rocs qui affleuraient et le firent asseoir, la tête entre les genoux.

Torquil avait retrouvé le contrôle de ses jambes et respirait rapidement en secouant la tête comme pour se laver de la vision qui s'était imposée à lui. Au bout de quelques minutes, il entendit Arnault qui lui murmurait à l'oreille :

— Du calme ! Du calme ! Repose toi un moment et garde la tête baissée.

Il regarda autour de lui, ses yeux écarquillés trahissaient sa stupeur et la douleur qu'il ressentait sous son crâne.

— Que s'est-il donc passé ? murmura-t-il d'une voix rauque.

Arnault échangea un bref regard avec Luc qui vint soutenir le dos de Torquil.

— Parle !

Torquil plissa le front d'un air douloureux.

— Je ne sais pas, je… c'était une sorte de… de vision.

— Ferme les yeux et détends-toi pendant quelques minutes, lui conseilla Arnault en échangeant encore une fois un regard avec Luc. Il n'y a personne ici, ils sont encore tous au sommet de la colline.

Torquil obtempéra et ferma les yeux, respirant profondément comme le lui conseillait Arnault. Celui-ci fit signe à Luc de faire le guet puis s'accroupit et referma son poing droit plusieurs fois, se préparant physiquement à utiliser ses facultés. Puis se concentrant sur le noyau de plénitude qui se formait au centre de son être, il prit le poignet de Torquil.

— Respire encore une fois. Encore. Bien. Est-ce que tout s'éclaire progressivement ? demanda-t-il tandis que Torquil hochait la tête. Très bien. Maintenant, parle-nous de cette vision. Garde les yeux fermés.

Torquil leur décrivit ce qu'il avait vu, d'abord sur un rythme haletant, puis avec plus de fluidité. Il devint très vite évident que l'expérience avait plus effrayé leur jeune ami que les dangers physiques auxquels il avait déjà fait face dans les batailles. Quand il eut fini son récit, son visage avait retrouvé ses couleurs, mais il paraissait encore extrêmement perturbé.

Regardant Luc et se rappelant les pressentiments dont il lui avait fait part au sujet de l'extinction de la lignée royale des Canmore, Arnault se demanda si Torquil comprenait les implications de ce qu'il venait de leur raconter : la mort « accidentelle » d'Alexandre Canmore était la conséquence d'un acte de sorcellerie.

— Est-ce que… est-ce que je peux ouvrir les yeux maintenant ? demanda Torquil comme Arnault ne disait toujours rien.

— Bien sûr.

Arnault relâcha le poignet de Torquil et s'assit sur le rocher à côté de lui pour songer à ce que cette expérience signifierait pour Torquil lui-même. Avec Luc, ils avaient espéré que le jeune homme possédait des talents semblables aux leurs qui lui permettraient de servir au sein du *Cercle*, et ils avaient eu l'intuition que ce serait sans doute le cas, mais ils auraient préféré que ce talent se manifestât ailleurs et à un autre moment.

— Il est possible que tu nous aies donné là une information extrêmement importante, dit-il calmement.

Il était conscient qu'ils devaient s'en retourner à leurs devoirs avant d'attirer l'attention sur ce qui pouvait passer pour un vertige passager dû au manque de sommeil et de nourriture.

— Mais on en discutera une autre fois, et surtout n'en parle pas à Jay ni aux autres, même s'ils te posent des questions.

— Jamais je ne…

— Je le sais, fit Luc en l'interrompant. Pour tous, tu as oublié de te nourrir ce matin, et de voir le couronnement de ton roi écossais a été pour toi un moment d'une intense émotion, continua-t-il en hochant la tête tandis que Torquil le considérait avec un certain étonnement. Tu en as ressenti un vertige et nous t'avons emmené à l'écart car tu ne voulais pas causer de gêne à l'Ordre en t'évanouissant devant tout le monde. Tu n'auras pas besoin d'en dire plus.

— Il est évident que je ne dirai à personne d'autre ce que j'ai vu, marmonna Torquil avant de faire la grimace. Mais Jay va certainement profiter de ça. Il ne rate jamais une occasion de me faire passer pour un sot et de m'humilier.

— Humilité, mon jeune ami ! dit Arnault avec un sourire en lui donnant une tape sur l'épaule pour l'inviter à se relever. Nous reparlerons de tout cela en temps et en heure. Toi et moi, nous avons évité ces sujets de par le passé, mais je crois que tu es prêt à entendre certaines réponses.

— J'ai en effet besoin de réponses, dit Torquil. Il y a encore autre chose que je veux vous dire. Au sujet de la Pierre. Je voulais vous rapporter les paroles de frère Mungo, il m'a parlé hier soir, et il y a aussi ce que j'ai vu pendant la messe…

— Plus tard, fit Arnault en lançant à Luc un regard lourd de sens. Nous n'avons pas le temps pour le moment. Ton nouveau roi doit être en train de recevoir l'hommage des nobles du royaume. Et le Maître d'Ecosse, toujours très prévoyant, m'a demandé de prendre note de tous ceux qui lui jureront fidélité.

Au sommet de la colline, attendant son tour de prêter serment, le seigneur de Badenoch reprit ce qu'il avait caché dans sa manche et tandis qu'il se baissait — en apparence pour libérer son manteau qui se serait pris dans un éperon —, posa un objet rond et blanc dans du crottin de cheval. Puis il l'écrasa volontairement sous sa botte en se relevant, souillant et annihilant ce qui lui avait été offert comme une manifestation de pureté et de foi, avant de s'avancer pour offrir son épée au nouveau roi.

CHAPITRE 11

L'intronisation du nouveau roi d'Ecosse devait être suivie d'une fête qui se prolongerait tard dans la nuit. Compte tenu des quantités de vin qu'on allait consommer, les Chevaliers du Temple devaient rester discrets, mais présents et visibles. En conséquence, Luc et Arnault attendirent un bon moment avant de pouvoir se retirer et s'entretenir des événements de la journée.

Les implications de ces événements furent d'autant plus troublantes quand Torquil, sous prétexte de faire un rapport sur une échauffourée sans importance, informa Arnault de tout ce qu'il avait par force gardé pour lui jusque-là. Car s'il fut obligé de rester bref et quelque peu abscons, il parvint néanmoins à résumer la conversation qu'il avait eue la veille avec frère Mungo et à rapporter les gestes blasphématoires de Comyn.

Cette nouvelle information jointe aux éléments de la vision de Torquil obligea Arnault à revoir ses opinions dans plus d'un domaine. Il avait impérativement besoin d'entendre l'avis de Luc.

Il avait été impossible de voir celui-ci autrement que brièvement, et il avait juste eu le temps de mentionner en passant que Torquil lui avait apporté quelques informations supplémentaires. Mais Arnault était sûr que Luc avait parfaitement saisi ce dont il était question.

Aussi, alors que les Grands d'Ecosse buvaient à la santé de leur nouveau roi — et une fois que leur état les empêcha de se rendre compte que le nombre des Templiers présents avait diminué —, Luc et Arnault quittèrent-ils subrepticement la salle et se retrouvèrent-ils dans l'église de l'abbaye.

Le grincement de la porte qui s'ouvrait parut assourdissant à Arnault mais l'église était déserte, comme il l'avait espéré. Il y avait longtemps que les moines étaient allés se coucher après complies, et il était peu probable qu'ils reviennent avant mâtines, qui ne sonneraient pas avant plusieurs heures. A la lueur de la lampe au-dessus de l'autel répondait celle de tous les cierges qu'on avait allumés dans l'église en l'honneur de ce jour.

Guidé par cet éclairage, Arnault longea le mur et entra dans la chapelle où la Pierre avait retrouvé sa place habituelle. Luc apparut dans la lumière et fit signe à Arnault de venir le rejoindre.

— Alors ? Qu'est-ce que c'est que cette histoire avec Torquil ? demanda Luc à voix basse comme ils s'adossaient au mur opposé, depuis lequel ils pouvaient surveiller la porte de l'église sans être vus si un visiteur venait à se présenter.

— Notre jeune ami m'a fourni deux autres pièces du puzzle, d'un caractère plutôt fascinant, répondit Arnault. A la lumière de ce qu'il dit avoir vu cet après-midi, diverses interprétations, toutes pertinentes, s'offrent à nous sur les événements récents.

Il rapporta à Luc les remarques de Torquil concernant la Pierre ainsi que le geste des plus choquants qu'avait commis l'aîné des Comyn. Luc écoutait avec une incrédulité croissante, le regard fixé sur la Pierre du

Destin, qui n'était plus maintenant qu'un symbole creux.

— Mettons de côté pour le moment la question de Comyn, dit Luc quand Arnault eut achevé son récit. S'il a effectivement voulu désacraliser l'hostie, il n'y a pour l'instant aucun rapport direct avec ce qui nous concerne maintenant. Peut-être voulait-il s'en servir comme d'un talisman ? C'est de la bien piètre théologie, mais ça pourrait être pis encore.

— C'est vrai, reconnut Arnault.

— Quant à la Pierre qui aurait perdu de son pouvoir, ça me paraît beaucoup moins significatif au sens premier que ce que Torquil a vu durant la cérémonie, car nous avons là la confirmation de ce que tu as toi-même aperçu au moment de la mort de la Vierge de Norvège.

Arnault se contenta de hocher la tête.

— A part ça, qu'est-ce que tu penses de la vision elle-même ? demanda Luc. Penses tu qu'elle soit vraie ?

— J'aimerais pouvoir dire non, répondit Arnault. Et bien sûr, sa signification peut être totalement différente de son contenu. Mais ton instinct ne t'a pas trompé quand tu as repéré Torquil pour son potentiel. Et il nous a dit lui-même que son père avait le don de double vue. Depuis que tu me l'as confié, il n'a cessé de progresser, comme le prouvent les événements d'hier. Il se pourrait que le retour en Ecosse ait accéléré son évolution. Il me semble même que son éveil pourrait être directement lié à la situation présente de l'Ecosse.

— Je ne dirai pas le contraire, répondit Luc. Ce qui m'inquiète, c'est que sa vision de l'« accident » d'Alexandre établit un rapport très troublant avec tes propres craintes concernant la mort de sa petite fille. Ce qui suggérerait que *deux* souverains de la lignée des Canmore ont été éliminés par magie.

— J'ai fait de mon mieux jusqu'à présent pour ne pas en arriver à cette conclusion, concéda Arnault.

L'extinction de la lignée des Canmore a des conséquences bien assez sinistres même si on se contente d'en blâmer le destin.

— Je suis d'accord, dit Luc. Mais si l'extinction de cette lignée est le résultat d'actes délibérés et non pas d'un accident, alors il faut rechercher la responsabilité humaine dans cette affaire. Quelqu'un qui bénéficierait de cette situation et qui aurait le pouvoir de faire appel aux démons. Nous devons également nous rappeler, ajouta-t-il avec effroi, que les démons demandent un prix en échange de leur intercession et qu'ils n'ont pas l'habitude de se mêler des affaires humaines sans motif.

Arnault frissonna, mais ce n'était pas seulement en raison de la température glaciale qui régnait dans l'église.

— Voilà qui n'est pas très réconfortant. Tu sous-entends l'existence d'un magicien, quelque part en Ecosse, ou même de plusieurs qui auraient eu le pouvoir nécessaire pour faire s'éteindre la lignée des Canmore.

Il regarda Luc, frappé tout d'un coup par une idée plus glaciale que la nuit.

— Tu penses qu'il y a un rapport avec ce qui s'est passé à Balantrodoch ?

Luc releva la tête.

— Tu fais allusion à la destruction du manuscrit de frère Colman ?

— Et à la disparition de ces objets trouvés dans une tombe païenne, répondit Arnault. Tu disais toi-même que tu croyais sentir un sombre pouvoir émanant de ces baguettes couvertes de runes.

— Une pure coïncidence ? suggéra Luc comme s'il en doutait lui-même.

— Je ne crois pas beaucoup aux coïncidences, répondit Arnault, en tout cas pas dans la question qui nous concerne directement : savoir si quelqu'un a eu recours aux forces occultes pour faire tomber une dynastie. Et je ne peux m'empêcher de me demander maintenant si le frère de Jay, si cupide et si arrogant, n'aurait pas quelque chose à voir avec ce qui se passe.

— C'est impossible. Il n'a d'ambitions qu'au sein même de l'Ordre, il n'a aucune raison de se mêler de la succession écossaise, même s'il en avait la capacité. Quant à ta suggestion, je pense qu'il n'a pas la discipline nécessaire pour pratiquer la magie grise et encore moins la magie noire.

— Peut-être que nous l'avons largement sous-estimé, dit Arnault. Il était là quand la Vierge de Norvège est morte et il a certainement pris part à la disparition des objets mortuaires, soit pour les voler, soit pour les jeter au fond d'un lac comme il le prétend. Il n'y a aucun doute non plus qu'il était dans les parages quand le manuscrit du frère Colman a été saccagé.

— C'est vrai, et il était pressé de nous voir quitter les lieux, concéda Luc.

— En effet, reprit Arnault, et si tu cherches un motif, tu n'as pas besoin d'aller voir au-delà de l'Ordre lui-même. Tu disais toi-même qu'il était ambitieux. Autrefois, il aurait pu s'attendre à être posté en Terre sainte pour combattre les Sarrasins, il se serait peut-être couvert de gloire et aurait été promu de cette façon, s'il avait survécu. Mais l'Ordre a perdu sa mission en Terre sainte. Il a quand même pu se faire nommer Maître du chapitre écossais, aidé en cela par le fait qu'il a su se faire bien voir par la cour d'Angleterre…

— Mais il *est* anglais, souligna Luc. Et ce fut le Maître d'Angleterre qui le fit entrer dans l'Ordre, si mes souvenirs sont exacts.

— Oui, mais bon, cet aspect de son ascension pourrait être purement politique, admit Arnault. Dieu sait que l'influence politique joue son rôle au sein de l'Ordre.

— Mais que penser si Jay s'est effectivement impliqué dans des activités ésotériques ? Nous qui appartenons au *Cercle* ne sommes pas les seuls à avoir exploré ces domaines en Terre sainte. Et même si Jay lui-même n'y est jamais allé, d'autres s'y sont rendus, notamment du chapitre de Londres. Tout cela n'est que conjectures, bien sûr, mais compte tenu des circonstances qui entourent le sort des objets mortuaires de Briochan, sans parler de l'incident du manuscrit, je n'aime pas beaucoup la direction dans laquelle mes pensées m'entraînent, quelle que soit la participation de Jay.

Luc hocha la tête lentement.

— Je ne peux pas m'empêcher non plus de repenser à ces reliques. Nous ne savons toujours pas ce qui leur est arrivé. Nous ne pouvons pas non plus affirmer avec certitude qu'elles sont celles de Briochan. Mais nous pouvons déduire des événements de cette nuit là à Balantrodoch qu'un phénomène en rapport avec Briochan a certainement été réveillé.

— Mais pourquoi ?

Il se frotta la barbe en regardant un des cierges sur l'autel et se mit à réfléchir à haute voix.

— Briochan était un adversaire de saint Colomba, il tentait de résister au christianisme celte qui cherchait alors à prendre la place de la religion picte. En évinçant Briochan, Colomba assura la primauté du christianisme en Ecosse et établit une monarchie chrétienne celte, supplantant ainsi les vieilles coutumes pictes.

Arnault écoutait avec attention, et Luc continua son raisonnement.

— Si nous admettons que la mort d'Alexandre III et de sa petite-fille sont le résultat d'actes délibérés — la vision de Torquil et tes propres impressions sur la mort de la petite Vierge suggèrent que c'est là une possibilité —, il s'ensuit que quelqu'un ou quelque chose œuvre pour défaire ce que Colomba a accompli.

L'anéantissement de la lignée des Canmore représente sans aucun doute un pas dans cette direction. Et étant donné la découverte des reliques de Briochan, puis de leur disparition fortuite, nous sommes amenés à nous demander s'il n'y a pas là un rapport certain. Une tentative de faire renaître le culte de Briochan et de se servir de son pouvoir pour parvenir à des fins dynastiques.

— C'est fort possible, dit Arnault d'un air songeur. Même si ça ne me rassure pas pour autant. Je me demande si tous ces événements ont un impact sur la mission supérieure du Temple. Construire le Cinquième Temple, ici, en Ecosse.

— C'est une pensée qui me glace le sang, dit Luc. Nous savons, ou du moins nous croyons, que la Pierre sur laquelle les Canmore étaient intronisés sera un des fondements du nouveau Temple.

Il jeta un regard vers la Pierre avant de reprendre :

— Ce qui nous ramène à ce que disait Torquil, ou plutôt le frère Mungo : la Pierre est malade, elle a perdu ou elle est en train de perdre son pouvoir, un pouvoir dont le Temple et les souverains écossais ont besoin pour accomplir leurs missions respectives.

Un silence tendu s'abattit, jusqu'à ce qu'Arnault reprenne la parole.

— Si la Pierre a effectivement perdu de son pouvoir — qu'il y ait eu ou non interférence avec la succession écossaise — nous devons faire face à partir d'aujourd'hui à un problème totalement différent et extrêmement grave. Car même si John Balliol a été intronisé légalement, ça ne veut pas dire grand-chose si le pouvoir et la puissance lui ont été déniés.

Luc hocha la tête.

— Je vois où cela nous mène. La Pierre a toujours eu un lien mystique avec la monarchie écossaise depuis l'époque de saint Colomba. Elle fut le moyen par lequel la grâce divine était transmise aux rois Canmore successifs, comme un puits alimenté par la fontaine de grâce qu'est le Dieu souverain, sauf que dans ce cas le puits a été bouché ou endommagé, il ne peut plus se remplir, ou ce qui le remplit s'en échappe.

— C'est une bonne image, reconnut Arnault. Et quelle qu'en soit la cause, nous devons y remédier, déboucher le puits ou le réparer, sinon John Balliol portera une couronne dénuée de sens. Je crois qu'on devrait aller regarder de plus près cette Pierre du Destin.

— Alors il faudra que quelqu'un monte la garde, dit Luc, ajoutant sur un ton sarcastique : Depuis que Brian de Jay est devenu Maître de Balantrodoch, j'ai pris l'habitude d'être prudent.

— Voilà qui en dit long, répondit Arnault.

Luc se retira jusqu'à la porte entre la chapelle et le transept, puis, s'appuyant contre le mur, tourna ses regards vers la nef. Lui laissant le soin de mettre en place les protections nécessaires, Arnault s'approcha de la Pierre, il s'agenouilla à l'ouest et posa les deux mains sur la surface. Il murmura une prière, ferma les yeux et marqua une pause pour retrouver son calme.

Ses pensées et ses craintes se rassemblèrent comme un vol d'oiseaux et le monde extérieur recula lentement, disparaissant dans le profond silence qui marque la frontière entre l'éveil et la transe. Se tournant en lui-même par l'esprit, il chercha le joyau scintillant au rythme du cosmos qui était enfoui au sein de son être, puis il lâcha ses sens dans le monde spirituel.

Levant les yeux au-delà de la Pierre, vers l'autel illuminé par les cierges et la splendeur de sa vertu mystique provenant des innombrables messes qu'on y avait célébrées, il sentit la sainteté de la Présence tout autour de lui. Mais lorsqu'il baissa les yeux vers ses mains, la Pierre en dessous resta inerte et apparemment sans vie.

Il écarta les doigts et chercha plus profondément, songeant qu'il s'était sûrement trompé. Il avait pourtant toujours l'impression d'être agenouillé au bord d'un immense néant. C'était seulement au loin, dans l'infini, qu'il parvenait à ressentir une infime lumière qui suggérait que ce que la Pierre avait autrefois détenu pourrait un jour lui revenir.

Troublé, il se tourna encore une fois en lui-même, cherchant un éclaircissement, formulant une prière à l'intention de ces maîtres angéliques à qui il avait demandé du secours dans les épreuves qu'il avait traversées. Au bout de quelques instants, l'ombre d'une vision se dessina devant ses yeux, mais ce n'était que l'image d'une riche coupe sur une petite table ronde en marbre, de la même couleur que la Pierre, si ce n'est que du vin rouge comme du sang avait été renversé sur sa surface. La table était installée sous un baldaquin, le dais ressemblait à un nuage argenté reposant sur douze colonnes d'albâtre, formant un cercle éclatant autour d'une colonne de pure lumière blanche. Trois marches de marbre menaient à cette estrade.

Sans oser gravir ces marches, Arnault s'inclina par l'esprit et ouvrit les mains dans un geste de supplication. Tout devint plus lumineux encore autour de lui, comme si on venait d'allumer de nombreuses lampes, et il trouva le courage de demander en silence le droit de comprendre.

Un léger souffle de vent l'incita à relever les yeux. Le baldaquin avait disparu, les piliers devant lui s'étaient transformés en douze êtres dans leurs armures de lumière, chacun d'eux portant sur la poitrine la croix de l'Ordre comme tracée par des flammes. Un treizième se tenait en leur milieu, vêtu à la manière du Grand Maître de l'Ordre, il était ailé et avait une barbe et des yeux de feu. Avant même qu'Arnault puisse s'incliner à nouveau pour le saluer, l'être de lumière prit ses mains entre les siennes — exprimant ainsi son respect et saluant de cette manière un frère guerrier de la lumière — et il se pencha pour sceller cet échange par un baiser de paix fraternel.

L'extase sainte et transcendante que lui procura ce baiser angélique raviva en Arnault le souvenir de la vision qui lui était venue dans la tour à Chypre. Bien qu'il fût rassuré maintenant à la pensée que la Pierre qu'il avait sous la paume de la main serait un jour la pierre d'angle d'un cinquième Temple, il n'en restait pas moins que quelque chose dans la Pierre même l'inquiétait. Comme en une supplication, il prolongea sa vision au-delà de l'autel, au-delà de la Pierre, il formula ses besoins immédiats en une prière à peine audible, tandis que son regard intérieur restait prisonnier des yeux de feu de l'ange, qui tenait toujours ses mains jointes dans la prière.

— *Montre-moi*... fit-il en un murmure empreint de toute sa ferveur. *Montre-moi un signe*...

Le temps d'un instant interminable, il crut que les yeux de l'ange l'attiraient dans les flammes qui les animaient. Puis il eut l'impression que le sol fondait sous ses pieds. Soudain, il ne pesait plus rien et tombait au fond d'un précipice. Des vents violents soufflaient autour de lui, telle une tempête prisonnière d'un tunnel. Puis, tout d'un coup, il atterrit avec une force à lui briser les os et se retrouva à genoux.

Il essaya de se reprendre, de fixer son regard sur un point précis. Il était à nouveau agenouillé dans la chapelle de l'abbaye de Scone, face à la Pierre du Destin, mais il voyait désormais tout ce qui l'entourait d'un œil nouveau. Les objets n'étaient plus des substances fixes et solides mais un ensemble harmonieux d'énergies fluides. L'autel devant lui était un enchevêtrement d'arcs-en-ciel, les lampes devenaient les silhouettes d'êtres de feu. Mais sous ses mains, la Pierre du Destin restait sombre et sans vie à l'instar d'une pierre tombale.

Sa surface glacée absorbait la chaleur de ses doigts. Puis sa vision fut comme recouverte d'un rideau rouge.

Il ferma les yeux, s'étrangla, toutes les images devinrent floues et se mirent à tourner furieusement avant de se dissoudre. Une fois de plus, il eut l'impression de tomber, ses doigts s'agrippèrent à la Pierre.

Et tout d'un coup, il regagna l'enveloppe de son corps, titubant comme sous l'effet d'un vertige. Il essaya de se remettre à genoux car il avait basculé en arrière. Il s'assit lourdement sur le sol en faisant tinter sa cotte de mailles. Luc se retourna immédiatement, il fit un signe dans l'air devant lui pour relâcher les protections qu'il avait dressées à l'entrée de la chapelle, puis alla rejoindre Arnault. Inquiet, il posa une main sur son épaule et s'accroupit à côté de lui.

Arnault respira profondément et expira d'un coup. Il secoua la tête en voyant le regard interrogateur de Luc et laissa son aîné l'aider à se relever.

— Eh bien, je viens de vivre une expérience intéressante, murmura-t-il. Si j'en crois la vision que j'ai eue, Torquil et frère Mungo ne se sont pas trompés. Il y a quelque chose qui ne va pas au cœur de cette pierre. Je pense qu'il est possible de réparer le mal qui a été fait. Mais je n'ai aucune idée de la manière de s'y prendre.

Il tituba et faillit perdre l'équilibre. Sans un mot, Luc le mena vers un banc de pierre adossé au mur de la petite chapelle. Assis sur celui-ci, Arnault lui décrivit ce qu'il avait vu.

— Donc, la Pierre est morte, ou tout du moins très mal en point, conclut Arnault, les yeux fixés sur la masse sombre. Et la lignée des Canmore a été détruite. Se pourrait-il que quelqu'un ait agi sur la Pierre et ait également réveillé les pouvoirs de Briochan ?

— Mais qui serait capable de faire cela, et pour quelle raison ? murmura Luc. Je n'imagine pas que ça puisse être Jay.

— Je ne sais pas, mais tu le connais mieux que moi, dit Arnault. Et si ce n'est pas Jay, alors qui ? Un rescapé du culte de Briochan ?

— C'est possible, reconnut Luc. Nous sommes ici dans une contrée ancienne, peuplée de dieux antiques qui ne se plièrent pas de bon gré aux volontés du Christ et de Colomba.

— Exactement. Et si des fidèles de ces anciens dieux essayaient aujourd'hui de détruire tout ce que saint Colomba a laissé derrière lui, y compris la monarchie chrétienne d'Ecosse ?

— Effectivement, répondit Luc, et il est possible que le fait d'avoir remué les ossements de leur saint patron ait pu attirer leur attention sur le Temple.

Arnault hocha la tête d'un air sombre.

— J'y ai pensé. Il se pourrait que les événements qui se déroulent en Ecosse en ce moment soient liés à la crise plus profonde qui menace le Temple et même la civilisation tout entière. L'ordre ancien est sans cesse bouleversé, et toutes sortes de dangers déferlent sur le monde. La perte de l'Orient chrétien aura été le premier avertissement, et nous en voyons maintenant des signes partout. Seules les années à venir pourront nous dire quelles nations et quelles institutions sortiront de ce chaos. Mais toi et moi, ainsi que les autres membres du *Cercle*, nous allons devoir nous montrer très prudents dans nos choix si le Temple doit survivre au feu et remplir le rôle que lui a dévolu la Providence.

— Une perspective bien inquiétante. Que suggères-tu que nous fassions ?

— Dans l'immédiat, il faut continuer à ouvrir l'œil, et en particulier surveiller Jay. Mon travail ici s'achève avec le couronnement du nouveau roi d'Ecosse. Seul l'avenir nous dira ce que vaut ce couronnement, compte tenu de l'état dans lequel se trouve la Pierre. Je demanderai conseil à nos supérieurs quand je retournerai à Paris avec Torquil.

— Il faut absolument les mettre au courant de tout cela, approuva Luc.

— Encore autre chose, ajouta Arnault après une légère hésitation. En raison de la part qu'a prise Torquil aux événements récents, j'ai l'intention de parler de lui à Gaspar. Il n'y a aucun doute que le potentiel que tu avais remarqué commence à affleurer. Il est temps de l'initier. A moins que Gaspar ne me l'interdise, je vais soumettre la candidature de Torquil au Maître.

Luc fronça les sourcils. Une expression inquiète passa dans ses yeux gris.

— Es-tu sûr qu'il est bien prêt, mon ami ? Tu n'ignores pas ce que cela requiert. S'il n'est pas suffisamment prêt…

— Je sais ce qui arrivera, l'interrompit Arnault d'un ton assuré. Je suis prêt à parier sur ma vie — ou plutôt sur la sienne — qu'il s'en sortira.

— Nous avons besoin de lui, dit Luc, et il semblerait que l'Ecosse aussi ait besoin de lui.

CHAPITRE 12

Le lendemain matin, le nouveau roi d'Ecosse et sa suite prirent le chemin d'Edimbourg, et les derniers hôtes de l'abbaye de Scone commencèrent à se disperser. Le contingent des Templiers se mêla à la suite du roi, lui fournissant ainsi une discrète escorte. Arnault et Torquil voyagèrent en leur compagnie, avec l'intention de poursuivre jusqu'à Londres aux côtés des Templiers anglais. Mais lorsque le cheval d'Arnault fit une chute grave sous la pluie battante juste devant Edimbourg, le laissant avec une épaule et un bras fortement endoloris et temporairement incapable de manier l'épée, il décida de profiter de la souplesse des ordres qu'il avait reçus de Paris et de passer l'hiver à la commanderie écossaise. Si la promotion de Torquil devait en conséquence attendre le printemps, ce retard leur permettrait, comme le souligna Luc, d'observer les débuts du règne de John Balliol, et de garder un œil sur Brian de Jay.

Comme ils le prévoyaient, le Maître d'Ecosse ne fut pas vraiment ravi d'avoir deux bouches de plus à nourrir pour l'hiver, sans parler de leurs montures, et il fut furieux à l'idée d'offrir l'hospitalité à deux « espions » envoyés par le Visiteur de France et qui ne prenaient aucun de ses ordres. Toutefois, il ne pouvait pas non plus insister pour qu'Arnault se remette en selle dans l'état où il se trouvait, d'autant qu'on commençait à sentir cruellement les rigueurs de l'hiver. Quand les Templiers anglais reprirent leur route vers Londres, avec quelques jours de retard dus à une violente tempête de neige, ils emportèrent avec eux, entre autres rapports de routine destinés au Temple de Paris, le rapport officiel de Jay sur l'intronisation de John Balliol, ainsi qu'un récit codé rédigé par Arnault et Luc. Récit qui avait l'air d'un compte rendu banal adressé à la trésorerie de Paris mais qui était en réalité destiné à des instances supérieures du Temple dont le Maître d'Ecosse n'avait aucune idée.

Au cours des quatre mois de froid et d'inactivité qui suivirent, aucun incident étrange ne vint perturber la vie de la communauté de Balantrodoch. De même toutes les enquêtes, si subtiles fussent-elles, ne purent mener aux objets mortuaires qui avaient mystérieusement disparu. Toutefois, Luc et Arnault continuèrent à entretenir de sérieux doutes quant aux affinités et aux intentions de Brian de Jay, autant d'un point de vue ésotérique que politique. A Berwick comme à Scone, Jay avait sauté sur toutes les occasions de se faire bien voir par l'évêque Bek et par les autres représentants de la couronne anglaise désignés par le roi Edouard pour s'assurer du succès de sa politique écossaise. Peu après le retour à Balantrodoch, il devint évident qu'Edouard ne renonçait pas à son projet de soumettre l'Ecosse à son contrôle, et Torquil fit remarquer que le soutien actif que Jay lui manifestait risquait de créer des dissensions au sein de l'Ordre du Temple.

Pendant ce temps, on continuait à voir des signes de division parmi la noblesse écossaise. John Balliol se rendit à Newcastle peu avant Noël, allant à l'encontre des conseils que lui prodiguaient ses ministres les plus clairvoyants, et le jour de la Saint-Stephen, il y rendit hommage à Edouard d'Angleterre. Robert Bruce d'Annandale, deuxième du nom, fit la preuve de son indépendance en préférant renoncer au titre de comte de Carrick plutôt que prêter serment de féauté à John Balliol au retour de ce dernier.

Cette stratégie ostentatoire d'émancipation pratiquée par les Bruce soulignait les limites de l'autorité de Balliol, et une faiblesse qu'Arnault n'essaya même pas de cacher dans le rapport que lui et Torquil firent au Visiteur de France lors de leur retour à Paris, début mars.

Mais Arnault révéla les détails les plus étranges de la situation en Ecosse au seul Gaspar des Macquelines, au cours d'une réunion dans les entrailles de la trésorerie du chapitre de Paris.

Sur la suggestion d'Arnault, Torquil avait été envoyé à la commanderie de Prunay à une journée de cheval de Paris sous prétexte de remettre une lettre de Gaspar au trésorier provincial. Le vieux chevalier se concentra sur les paroles d'Arnault qui lui livrait les informations qu'il avait rassemblées avec Luc, et les conclusions qu'ils en avaient tirées. Arnault se garda bien de trop mettre en avant la part qu'avait prise Torquil dans ces événements.

— Nous avons été amenés à penser que quelqu'un s'était arrangé pour que la dynastie des Canmore s'éteigne, déclara-t-il pour résumer. Et nous supposons qu'on a eu recours pour ce faire à la magie noire. Nous soupçonnons la participation d'un groupe d'apostats qui veulent détruire les traditions chrétiennes de saint Colomba en faveur d'un retour au paganisme. Il est possible que nous ayons affaire à des fidèles d'un adversaire de Colomba du nom de Briochan. Luc poursuit l'enquête, et il continuera à nous tenir au courant.

— Une telle mission pourrait s'avérer dangereuse pour un homme seul, même avec les talents et la compétence de Luc, dit Gaspar en fronçant les sourcils. Je suis étonné que tu n'aies pas laissé là-bas le jeune Lennox pour l'aider.

C'était l'ouverture qu'Arnault espérait, maintenant qu'il avait préparé le terrain.

— J'y ai songé, dit-il. Mais Luc bénéficie là-bas d'un soutien digne de confiance, un autre Ecossais du nom de Flannan Fraser. Et j'ai une demande pressante à te faire en faveur de frère Torquil. C'est une requête que je ne veux plus différer et que je me refusais à te présenter par écrit.

Gaspar inclina lentement la tête, signifiant ainsi à Arnault qu'il lui donnait la permission de continuer. Arnault reprit son souffle et se lança :

— Tu sais déjà que je suis extrêmement satisfait du travail de frère Torquil, et à tous points de vue. Tu auras aussi deviné que sa contribution aux travaux ésotériques qui sont les nôtres prend maintenant une dimension digne de considération. Sa vision sur la mort d'Alexandre III m'a confirmé dans mes pressentiments et mes soupçons au sujet de la mort de la Vierge de Norvège. Et le calme avec lequel il nous a livré ses observations et ses conclusions m'a convaincu définitivement qu'il possède les qualités pour servir au sein du *Cercle*. Aussi j'aimerais qu'il soit reçu sans plus tarder.

Gaspar haussa un de ses sourcils broussailleux.

— Voilà une requête singulièrement audacieuse, mon ami, sans compter que tu lui ferais prendre ainsi un risque énorme.

— J'en suis conscient.

— Vraiment ? Comprends bien que je n'ai jamais douté du potentiel de ce jeune homme, mais lorsque nous nous sommes parlé pour la dernière fois, ses talents cachés commençaient seulement à se manifester. Veux-tu vraiment me faire croire qu'il a obtenu en quelques mois un résultat qu'il faut en général des années pour atteindre, si même on y parvient ?

— Il continue à progresser, et c'est bien sûr pour lui comme pour nous tous le parcours de toute une vie. Mais la réponse à ta question est oui, dit Arnault sans hésiter. Et ce non seulement grâce à la vitesse avec laquelle il a progressé, mais aussi grâce à la qualité de ses progrès. Je crois que l'épanouissement soudain de ses talents mystiques est d'origine divine et vient en réponse à la crise que nous devons maintenant traverser. C'est la raison pour laquelle je l'ai ramené avec moi, dans l'espoir qu'avec le Maître tu accepterais de l'initier pour le faire entrer dans notre groupe.

Gaspar accueillit ce discours par un silence songeur. Il prit enfin la parole sur un ton extrêmement mesuré.

— Mis à part le danger qu'encourrait frère Torquil, tu te rends compte qu'il n'y a pas de précédent à ce que tu demandes ?

— Il en est de même de notre présente situation, répondit Arnault. Avons-nous jamais envisagé dans notre grande sagesse que l'Ordre serait un jour chassé de Terre sainte ? Avons-nous un jour envisagé de nous retrouver sans patrie ? Qui sommes-nous pour refuser de changer nos habitudes, lorsque tout menace de s'écrouler autour de nous ?

— Nous sommes les gardiens d'une tradition sacrée, répondit Gaspar. Et c'est elle qui fait notre force.

— Et qu'adviendra-t-il de cette tradition si l'Ordre échoue dans sa mission de reconstruire le Temple ? répliqua Arnault. Nous prétendons croire aux signes et aux miracles. Nous demandons la voie à suivre à des sources qui inspireraient une telle peur à ceux qui ne les comprennent pas, quand ils savent seulement qu'elles existent, que nous risquons la mort et la destruction de l'Ordre. Si nous acceptons la véracité d'une vision qui nous ordonne de reconstruire le Temple sur le sol écossais, nous devons accepter qu'un Ecossais de naissance

puisse avoir reçu les dons nécessaires pour l'accomplissement de cette tâche.

Comme son supérieur gardait le silence, Arnault insista.

— Considère au moins la nature de ma requête, je ne demande pas cela comme le ferait un parent aveuglé par son amour pour un enfant précoce. Je te le demande car je suis convaincu que Torquil a un rôle à jouer dans cette mission, mais il ne pourra le faire tant qu'il ne saura pas exactement ce qui est en jeu. Acceptes-tu au moins d'en parler à Maître Jean ?

Gaspar s'agita sur sa chaise, puis il regarda Arnault droit dans les yeux. Il était visiblement troublé.

— Tu sais ce qu'implique cette initiation. Si ton jeune protégé n'est pas prêt, si tu as mal interprété la situation…

— Je sais ce qui risque d'arriver, dit Arnault, mais je suis sûr qu'il n'échouera pas.

— Est-ce là l'avis du visionnaire en toi ?

— Non, c'est une profession de foi. Qu'avons-nous de plus dans la tâche que nous avons entreprise ?

— Tu as raison, répondit Gaspar à voix basse.

— Alors tu parleras à Maître Jean ? demanda Arnault encore une fois.

— Puisque tu me le demandes, fit Gaspar avec un soupir. Mais j'espère que nous n'aurons pas à le regretter.

La nuit était tombée depuis longtemps lorsque Torquil revint de son excursion à Prunay, fatigué et transi de froid. Il avait à peine mis son cheval à l'écurie qu'un sergent s'approcha de lui en lui disant qu'Arnault désirait le voir. Il devait se rendre immédiatement dans une des pièces supérieures de la tour du trésor. Torquil remercia le sergent avec un soupir, car il n'avait rien

mangé depuis le milieu de la journée, et se rendit à la convocation.

La pièce en question se trouvait dans une des petites tours du rempart nord-ouest de la citadelle. Torquil franchit plusieurs postes de garde en donnant les mots de passe que lui avait appris Arnault le matin même, car la tour du trésor était gardée même à l'intérieur du Temple. Arrivé devant la porte que lui avait indiquée le sergent, il sortit son poignard de sa gaine et tapa contre le montant de bois avec le manche de l'arme. Comme on lui demandait à travers l'huis de se présenter, il se nomma en rengainant son poignard.

Ce fut Arnault qui lui ouvrit, faisant un pas en arrière et d'un signe de tête l'invitant à entrer. Il paraissait particulièrement grave et Torquil se demanda un instant s'il avait fait quelque chose pour le contrarier.

— Entre, dit Arnault calmement, je veux te présenter à quelqu'un.

Comme Torquil pénétrait dans la pièce, son protecteur ferma le verrou derrière lui. Le jeune Ecossais remarqua du coin de l'œil qu'Arnault faisait de drôles de gestes avec la main droite.

Un vieillard vénérable que Torquil n'avait encore jamais vu était assis à l'autre extrémité de la pièce derrière une écritoire encombrée de parchemins. Ses cheveux blancs et sa barbe argentée scintillaient tel du givre au-dessus de sa robe. Il releva la tête et la lumière de la lampe fit apparaître les nobles traits de son visage. Ses yeux noirs fixèrent Torquil et ce dernier s'arrêta brusquement devant ce regard comme s'il venait de se heurter à un mur.

— Maître Jean, voici Torquil Lennox dont nous avons parlé, dit Arnault avec respect. Vous m'avez déjà entendu vanter ses mérites. C'est à vous maintenant de lui faire passer un examen et de voir s'il est apte à recevoir une initiation plus approfondie.

L'homme auquel il venait de s'adresser inclina la tête presque imperceptiblement. Mais ses yeux sombres ne quittèrent pas Torquil. Son regard était doté d'une telle force que celui qu'il observait avait l'impression qu'on mettait à nu son âme. Torquil se sentait comme un prisonnier désarmé au milieu d'un camp ennemi.

Il avait en partie envie de s'enfuir pour se cacher, mais l'honneur et le courage lui ordonnaient de ne pas bouger et de maîtriser sa peur. Il était pétrifié par le regard du Maître qui le disséquait tel le scalpel d'un chirurgien, mettant au jour toutes ses faiblesses, ses moindres fautes et ses blessures les plus profondes. Torquil étouffa un cri, il avait l'impression de faiblir devant cet examen mais il ne lui serait jamais venu à l'esprit d'implorer la pitié.

Ce moment sembla durer une éternité. Puis le regard du Maître relâcha soudain son emprise. Torquil tituba légèrement, cligna des yeux en réalisant que l'expérience qu'il venait de vivre avait pris fin. Pendant qu'il essayait de se remettre, Maître Jean se tourna vers Arnault et parla à haute voix.

— Je te félicite pour ton discernement, frère Arnault. Mais la décision finale dépend d'une autorité plus haute que la mienne.

Il se tourna à nouveau vers le jeune chevalier.

— Frère Torquil, sur la recommandation de frère Arnault, je me propose de te révéler certaines connaissances que ne partage pas le reste de notre confrérie. Si tu devais trahir la confiance dont nous faisons preuve maintenant, la punition serait plus terrible encore que tu ne peux l'imaginer.

Il marqua une brève pause avant d'ajouter :

— Souhaites-tu que je continue ?

Même s'il se concentrait entièrement sur le Maître dont la présence mystérieuse demeurait quelque peu effrayante, Torquil restait conscient de la proximité d'Arnault, silencieux à son côté. Tout d'un coup, il eut le sentiment que le rapport permanent et rassurant que le liait à son mentor depuis le début avait disparu. Ce rapport lui était devenu tellement naturel au cours des deux dernières années qu'il se sentit soudain abandonné.

Mais il eut aussi immédiatement la certitude que ce sentiment serait passager. Arnault avait rompu le lien spirituel qui existait entre eux pour lui laisser plus de liberté face à ses choix. Et il savait à présent que son mentor avait suffisamment confiance en lui pour lui révéler certains aspects du travail secret auquel il n'avait fait jusqu'ici que des allusions voilées, sans que Torquil ose jamais lui poser les questions qui le taraudaient.

Ces certitudes firent naître en lui un étrange détachement, une sensation de paix. Maintenant que l'examen du Maître était fini et que la tension qu'il en avait ressentie s'était évaporée, la conscience de Torquil l'emmenait dans une contrée au-delà de la peur et de l'angoisse, c'était comme si une partie supérieure de son être avait déjà accepté son destin.

Il comprit que Maître Jean attendait encore sa réponse. Il avala sa salive avec difficulté et retrouva enfin sa voix.

— Oui, noble seigneur, dit-il, je veux que vous continuiez.

Le vieux chevalier accueillit cette réponse avec un hochement de tête.

— J'en suis heureux et je peux te faire le serment sur mon âme éternelle que le savoir et le service que j'attends de toi sont du domaine de la Lumière. Je dois toutefois te mettre en garde : même Sa Sainteté le pape ne saurait te sauver si tu devais révéler ces connaissances en dehors du *Cercle* dans lequel nous te proposons d'entrer. Si tu acceptes le fardeau et la joie de cette connaissance, je te demanderai de prêter serment sur la relique la plus sacrée que tu puisses imaginer. Et ce serment causera ta mort si tu ne le fais pas de tout ton cœur, de toute ton âme et de tout ton esprit, sans la moindre réserve et sans la moindre ambiguïté. Es-tu prêt à accepter ces conditions ?

Les paroles du Maître évoquaient des secrets bien au-delà de ce que Torquil aurait pu imaginer par lui-même. Toutefois, il songea en un éclair qu'il avait déjà vu le scintillement lointain de tels secrets dans les actes et les paroles d'Arnault. Il se rappelait la conduite passée de son ami qui suggérait que celui-ci obéissait à un idéal supérieur et mystérieux dont les autres dans son entourage n'étaient pas conscients et qu'ils n'auraient de toute manière pas pu comprendre.

En participant à ce travail, il pourrait s'acquitter en partie de la dette qu'il avait envers Arnault pour l'amitié et l'enseignement qu'il lui avait prodigués, il participerait de surcroît à une tâche qui allait bien au-delà de celle qu'il s'était fixée quand il avait rejoint les rangs du Temple et qui consistait à défendre la foi en Terre sainte. De plus, il était certain qu'Arnault ne l'aurait pas exposé à un danger mortel s'il n'était pas apte à le surmonter.

— Je suis prêt, dit-il.

— Je suis très heureux de voir que tu acceptes, dit Maître Jean d'une voix douce. Si tu avais refusé, le simple fait d'avoir entendu cette offre aurait obligé frère Arnault à te tuer pour s'assurer de ton silence.

Une main ferme se posa sur l'épaule gauche de Torquil, mais il tourna la tête vers la droite et l'endroit où se tenait Arnault. Il ne tressaillit pas en sentant la caresse de l'acier le long de sa gorge tandis qu'il baissait les yeux pour voir la main d'Arnault serrée autour du manche d'un poignard. Il n'éprouva aucune peur en relevant les yeux vers son mentor.

— Fais ce que tu dois faire, mais ceci n'est pas

nécessaire, dit-il avec conviction. Tes secrets seront bien gardés.

Maître Jean hocha la tête et Arnault retira la lame. Bien qu'il n'ait pas trahi la moindre émotion, Torquil ne put s'empêcher d'être soulagé. Mais avant même qu'il ait pu s'attarder sur cette nouvelle sensation, la voix du Maître réclama son attention.

— Tu n'es pas hors de danger, frère Torquil. Au contraire, ce n'est que le début. Je dois maintenant te mener ailleurs pour une dernière épreuve. Tu ne peux pas la refuser. A partir de maintenant, toute résistance signifie la mort pour toi.

Torquil chercha à nouveau le regard d'Arnault.

— Je suis entre tes mains et celles de Dieu, dit-il à mi-voix.

Et il savait que c'était là la vérité. Si un autre qu'Arnault l'avait mis dans cette situation, il se serait battu jusqu'à la mort plutôt que de se soumettre. Mais il avait fait face à de nombreux dangers au côté d'Arnault et il lui devait la vie. Il aurait fallu bien davantage que tout ce que pouvait dire ce mystérieux Maître Jean pour briser la confiance qui existait entre eux.

Le Maître se leva. Il saisit une lampe et ouvrit une porte derrière lui, sur la droite, qui donnait sur un étroit escalier en colimaçon s'enfonçant dans un puits d'ombre. Il descendit les marches sans prendre la peine de regarder si Arnault et Torquil le suivaient.

— Tu dois dorénavant garder le silence, murmura Arnault à l'oreille de Torquil en lui prenant le coude pour l'inciter à avancer. Tu comprendras tout au moment voulu.

Eclairés par la lampe du Maître, les trois hommes descendirent les marches l'un derrière l'autre. Au bout de quatre longues volées de marches, ils se retrouvèrent bien en dessous du niveau du sol, face à une lourde porte de chêne renforcée de barres de fer. Maître Jean l'ouvrit avec une des clefs qu'il portait à sa ceinture. Torquil suivit le Maître et pénétra dans une pièce voûtée aux dimensions d'une chapelle, meublée avec austérité.

A l'extrémité est de la pièce, on avait disposé une table de marbre rouge couverte d'un drap blanc immaculé, un grand crucifix était posé sur la table et la toile était frappée de la croix écarlate de l'Ordre, avec ses huit pointes représentant les huit béatitudes. Des lampes de bronze avaient été disposées à chaque extrémité de la table. Deux armoires d'une taille inhabituelle avaient été creusées dans la pierre du mur à gauche de ce qu'il comprit être un autel. Fermées par d'énormes serrures, elles ressemblaient plus à des coffres forts qu'à des armoires destinées à contenir les objets du culte.

Torquil les regarda avec curiosité en se demandant ce qu'elles pouvaient receler tandis que Maître Jean posait sa lampe et d'un geste demandait à Arnault de fermer la porte. Le Maître sortit alors de sous sa robe un collier d'où pendaient des clefs d'argent finement ouvragées. Il se servit de l'une d'elles pour ouvrir l'armoire de gauche.

Elle contenait deux candélabres d'argent et un encensoir qu'il plaça sur l'autel. Arnault l'avait rejoint et alluma les bougies à l'aide d'un cierge ainsi que l'encensoir. Tandis que les ombres battaient en retraite, comme chassées par un nuage parfumé, le Maître se saisit d'une deuxième clef pour ouvrir l'autre armoire. Il en sortit une flasque d'albâtre et un petit calice d'argent.

Puis il alla les poser solennellement au centre de l'autel avant de s'agenouiller, joignant les mains et inclinant la tête dans la prière. Arnault fit de même et Torquil suivit leur exemple. Il entendait le Maître qui parlait très doucement, mais n'arrivait à distinguer aucune de ses paroles tandis qu'Arnault répondait, lui aussi en murmurant. Torquil comprenait pourtant qu'ils priaient pour qu'on leur accorde la lumière et la pureté, encore une fois il les imita et demanda la protection de la divine providence.

Quand ils eurent fini leur litanie, ils se signèrent. Torquil se signa également. Il sentit les battements de son cœur qui s'accéléraient. L'instant d'après, ses deux compagnons se relevèrent et se tournèrent vers lui. Arnault fit signe à Torquil de faire de même.

— Il est dit dans les Saintes Ecritures que le prêtre tiendra la coupe amère, contenant l'eau qui révèle la vérité. Le moment de vérité est là, frère Torquil Lennox. Prépare toi à boire l'eau amère de cette coupe. C'est l'épreuve qui permet de séparer la vérité du mensonge comme avec une épée à double tranchant, cette épée frappera les incroyants et les indignes, ceux qui craignent de s'ouvrir totalement à la grâce de Dieu. Acceptes-tu de plein gré cette nouvelle épreuve ?

— J'accepte de plein gré, dit-il à voix basse. Que Dieu soit témoin de mon choix, car je lui appartiens.

— Ainsi soit-il, répondit le Maître. Approche-toi maintenant de Son autel.

Comme Torquil obéissait, le maître prit la flasque et enleva le bouchon, puis il se tourna vers Arnault qui leva le petit calice tandis que le chevalier le plus âgé y versait un liquide clair. Tout en murmurant une autre prière, le Maître dessina un signe compliqué au-dessus du calice, une sorte de croix mais qui se finissait sur une forme que Torquil ne reconnut pas.

— Cette coupe représente la vie et la mort en une seule gorgée, dit le Maître en reprenant le calice à Arnault pour le lever devant Torquil. Si le mal ou le mensonge souille ton cœur, il se changera en poison dans ton ventre et te frappera dans ton orgueil. Mais si tu n'as aucune raison de craindre le jugement et la miséricorde de Dieu, alors bois. Car si ton cœur est vraiment pur, il ne te sera fait aucun mal.

Torquil prit la coupe. Le liquide qu'elle contenait était sans odeur et, il le devinait, sans saveur. Il s'en remit à l'intercession des anges, ferma les yeux et porta la coupe à ses lèvres, pour boire le contenu d'un trait.

Les premières gouttes lui parurent amères. Toutefois, cette amertume s'évapora rapidement et il ne sentit bientôt plus rien. Il essaya de parler, mais ses lèvres et sa mâchoire étaient de glace. On lui prit le calice et on l'invita à poser les deux mains sur l'autel.

L'un après l'autre ses sens l'abandonnèrent. Il ne sentit plus le parfum de l'encens et il n'entendit plus rien. Tout son corps devint insensible. Une ombre s'abattit sur ses yeux et l'aveugla.

Il avait la sensation de flotter dans le néant. Pourtant il n'avait pas peur. Le vide qui l'entourait était chargé d'espoir, comme la nuit abyssale attendant un acte de création divine. Lui-même communiait avec l'abysse qui l'enveloppait, il était une âme vierge attendant de naître à un monde nouveau.

Il observa l'aube du premier jour de la Création avec un regard neuf. Des images éclatantes se formaient autour de lui, que la Lumière faisait vivre. Il se retrouva sur le flanc d'une montagne. Il était entouré de silhouettes qu'il devinait être celles d'Arnault et de Maître Jean vêtus de robes d'une blancheur stupéfiante.

Tous trois sentirent la caresse d'un souffle de vent. Soudain, Torquil entendit une voix qui chantait et qui semblait provenir du sommet enveloppé de nuages de la montagne qui les dominait. Envoûté, il commença l'ascension pour chercher la source de cette voix. Il savait d'instinct qu'Arnault et le Maître le suivaient de près. Quand ils arrivèrent à proximité des nuages, Torquil perçut un subtil parfum de roses. L'odeur se fit plus intense tandis qu'il progressait vers le sommet, plongé dans un épais brouillard. Quand il en sortit, il vit une éblouissante colonne de feu.

Là encore l'air était saturé d'un parfum de rose, pur et incandescent. Négligeant la chaleur, attiré par la douceur, Torquil laissa ses jambes le porter jusqu'au feu. Le parfum était enivrant. Sans s'arrêter pour réfléchir à ce qu'il faisait, il pénétra dans le cœur du brasier.

Le feu l'enveloppa. Il fut transporté dans une étreinte brillante et rosée. Les flammes qui le hissaient vers le haut étaient une mélodie, son âme était emportée vers une sphère de délices. Puis le parfum se fit plus léger, disparut, et il se retrouva à genoux devant les portes d'un grand temple.

Arnault et Maître Jean étaient à ses côtés. Torquil baissa les yeux et vit qu'il portait une robe blanche semblable aux leurs. Arnault avança vers les portes et posa ses mains à plat sur leur surface. Les portes s'ouvrirent vers l'intérieur.

Au bout de la pièce se dressait un tabernacle gigantesque couvert de voiles de soie écarlate. Les trois hommes s'en approchèrent et s'agenouillèrent. Certain qu'ils étaient en présence d'un objet saint, Torquil baissa les yeux tandis que la voix d'Arnault résonnait sous la voûte qui les surplombait. Les paroles semblaient sortir de lèvres à peine humaines, mais résonnaient bien au-delà du plan matériel.

— Glorieux Michel, Capitaine des Légions du Ciel, nous te présentons cet homme que nous souhaiterions recevoir au sein de la Confrérie du Cercle Sacré, pour qu'il puisse mieux servir Notre Seigneur Dieu. Puisse-t-il en être digne.

On sentit un mouvement à travers la grande salle, telle une présence s'approchant, qui n'avait rien de terrestre mais qui restait pourtant familière. Trouvant le courage de lever les yeux, Torquil vit les rideaux rouges qui s'écartaient de part et d'autre du tabernacle pour révéler un trône majestueux.

Ce trône était sculpté dans un feu de rubis, constellé d'orbes fulgurants semblables à des yeux de paon. Mais la noble Présence qui occupait le trône était plus glorieuse encore que le siège, vêtue d'un manteau, ou plutôt d'ailes faites de plumes de paon, les cheveux comme une flamme et les yeux comme des soleils jumeaux, son armure reflétant le tourbillon des galaxies. Ces yeux brûlaient l'âme de Torquil et le clouaient sur place. Ils entendirent une voix dans laquelle résonnaient l'unité et l'harmonie.

« *Torquil Lennox, reçois la bénédiction de ce Nom qui est au-dessus de tous les autres noms. Quels dons apportes-tu au Temple du Seigneur ?* »

Stupéfait que son nom soit connu, Torquil réfléchit à la question, mais son cœur était trop envoûté pour qu'il puisse répondre. Une partie de lui-même comprenait que le Maître servait de véhicule à ces paroles, et l'acceptait. Son âme pleurait de joie d'avoir reçu cette bénédiction angélique.

L'archange se pencha en avant et prit dans l'air environnant un charbon ardent qu'il posa sur les lèvres de Torquil. La flamme libéra sa langue et il put à nouveau parler. Toutefois, les mots qui sortirent de sa bouche lui parurent bien pauvres et bien grossiers.

— Je n'ai rien à offrir que moi-même, dit-il à l'archange en toute humilité. Mais j'offre tout ce que je suis de tout mon cœur !

Il baissa la tête, il n'avait plus rien à dire, mais le silence fut brusquement rompu par une symphonie de sons aussi clairs que le tintement de cloches de cristal. Etonné, il comprit qu'il entendait le rire de l'archange.

Ce rire emplissait la salle d'une joie éclatante. A travers un voile de lumière, Torquil entendit à nouveau la voix de l'être saint, mais elle ne lui parvenait plus filtrée par l'intermédiaire des deux hommes qui l'accompagnaient.

« *Aucun homme ne peut offrir plus, Torquil Lennox. Tel fut le don du fils de Dieu au monde. Sois reçu à jamais dans la confrérie de Sa Lumière éternelle.* »

Le tabernacle disparut dans un miroitement incandescent. Quand Torquil retrouva la vue, il était à nouveau dans la chapelle souterraine, entouré d'Arnault et de Maître Jean. Il avait la gorge sèche.

Le Maître se tourna vers lui.

— Maintenant, tremble de peur, purifie ton cœur et ton esprit de toute pensée matérielle, dit le Maître, car ce que nous allons te montrer est plus précieux que toute notion terrestre, un objet digne de notre plus profonde vénération, et que tu as toi-même contribué à rapporter de Saint-Jean-d'Acre. Sa présence ici est un secret jalousement gardé, tu dois maintenant jurer sur ta vie que tu ne trahiras pas ce secret. Que tous les anges et les saints et la compagnie des cieux soient témoins du serment que tu vas prêter. Que ce serment soit une lumière pour guider tes pas, un bouclier à ton bras et la protection de ton âme.

Sur ces paroles solennelles, le Maître se retourna pour ouvrir l'armoire de droite. Il y plongea le bras, fit glisser un panneau secret qui dévoila une porte cachée, et utilisa sa dernière clef pour ouvrir le coffre ainsi révélé.

Torquil sentit soudain une sorte de picotement lui parcourir la nuque, tandis que le vieillard sortait un objet rectangulaire enveloppé dans de la soie blanche, deux fois plus long qu'un avant-bras et deux fois plus étroit. La boîte qui apparut quand il retira la soie était recouverte de feuilles d'or et parsemée de pierres précieuses, c'était visiblement là un reliquaire d'une valeur exceptionnelle.

Mais même dans ses rêves les plus fous, Torquil

n'aurait jamais pu deviner ce qu'il contenait. Tout d'un coup la chapelle s'emplit d'une lumière vibrante, comme si le soleil lui-même venait d'y pénétrer ou comme si cette lumière était d'une nature spirituelle. Alors que Maître Jean se baissait pour embrasser le reliquaire, puis le soulevait pour le faire reposer contre son épaule gauche, Torquil vit que le couvercle de la boîte était formé d'une grille ouvragée. Derrière cette grille, on distinguait une étoffe beige sur laquelle était imprimé le visage d'un homme, blessé et sanglant, mais aussi serein et triomphant.

— Mon Dieu…

Les mots sortirent de la bouche de Torquil en un murmure avant même qu'il se rende compte de ce qu'il disait. Comme Arnault se penchait avec respect pour effleurer la boîte de ses lèvres, puis se tournait vers Torquil, le jeune chevalier comprit qu'il l'invitait à faire de même. Ses genoux se mirent à trembler et il crut qu'il allait tomber, mais il obéit. Lorsque ses lèvres touchèrent un des joyaux du reliquaire, il reçut une sorte de choc qui se changea en extase, et il fallut la poigne d'Arnault pour qu'il ne s'effondre pas sous le coup de l'émotion.

— Pose ta main sur le saint suaire du Christ, dit Maître Jean à voix basse, attendant ensuite que Torquil touche du bout des doigts la grille derrière laquelle apparaissait le visage divin.

— Par l'autorité de saint Michel, tu as été jugé apte à rejoindre notre compagnie, la Confrérie du Cercle sacré, dit-il. Ici, devant Dieu, je te demande de jurer allégeance à cette Confrérie, t'obligeant ainsi à servir le Seigneur jusqu'à la mort. Es-tu prêt à jurer ?

La voix de Torquil était à peine perceptible.

— Je le jure.

— Es-tu prêt à jurer que tu honoreras ceux qui exerceront leur autorité sur toi et que tu leur obéiras en toutes choses ?

— Je le jure.

— Es-tu prêt à jurer que tu ne serviras que cette lumière qui est le Christ, maintenant et à jamais ?

— Je le jure.

Entendant cette déclaration, l'expression solennelle du Maître fit place à une joie lumineuse.

— Torquil Lennox, j'ai le privilège d'être le témoin de ces trois serments au nom du Père, du Fils et du Saint-Esprit. Que Dieu t'aide dans tes entreprises et qu'Il te garde toujours sous Sa protection !

Il se retourna pour déposer le saint suaire sur l'autel.

— Je t'accueille parmi les frères du *Cercle* et je te salue avec ce baiser saint qui scelle notre amour fraternel.

Il se pencha en avant et donna à Torquil sur les lèvres un chaste baiser de paix. Ce fut la dernière chose dont le jeune chevalier écossais se souvînt avant de perdre connaissance.

Arnault le rattrapa et l'allongea doucement sur le sol. Maître Jean replaça la relique dans sa cachette avant de les rejoindre. Le visage d'Arnault était marqué par la fatigue mais il arborait une expression de fierté et de profonde satisfaction.

— Je t'avais dit qu'il était prêt, murmura-t-il en souriant tandis qu'il soutenait le corps inerte de Torquil.

— Il a encore beaucoup à apprendre répondit le Maître. Son apprentissage doit dès à présent commencer sérieusement. Et pour cela, je vais devoir l'éloigner de toi pour un temps.

— Tu ne veux donc pas qu'il retourne en Ecosse ? demanda Arnault.

Maître Jean secoua la tête.

— Pas encore. Pour l'instant, je souhaite qu'il reste ici, en France. C'est seulement ici qu'il pourra recevoir l'instruction dont il a besoin, s'il doit accomplir le destin qui est le sien.

DEUXIÈME PARTIE

CHAPITRE 13

Pendant son enfance, le jeune Comyn avait écouté son père lui raconter de nombreuses légendes sur le royaume païen qui florissait jadis autour de leurs terres de Badenoch. Les descriptions de batailles féroces et de dieux redoutables l'avaient fasciné. Mais en grandissant, comme il prenait conscience des réalités du monde, il en vint à la triste conclusion que ces époques étaient à jamais enfouies dans le passé.

Toutefois, alors que père et fils chevauchaient vers la forteresse de Burghead, le jeune Comyn pouvait voir des soldats sur les remparts et les bannières qui claquaient dans le vent du nord, affirmant à tous qu'ici au moins subsistaient quelques vestiges de ce passé. Mais pouvait-on le faire revivre, comme en rêvait son père ? Cela restait à voir. Si ce rêve devait devenir réalité, il lui fallait reconnaître que c'était là l'endroit où tout devrait se passer.

Il n'était venu à Burghead que deux fois par le passé. Il n'avait pas gardé le souvenir de sa première visite. Son père prétendait l'avoir amené là alors qu'il n'était qu'un nouveau né, pour le consacrer au service des dieux anciens. Mais il se souvenait de sa deuxième visite, peu après son treizième anniversaire. Il se rappelait les ruines hantées par des ombres inquiétantes, mais au cours des dix dernières années, Burghead avait connu une transformation spectaculaire.

La mer du Nord offrait de trois côtés une défense naturelle, deux larges fossés et un rempart protégeaient l'accès par la terre. Les fossés avaient été comblés, bien avant la première visite du jeune Comyn, mais les murailles étaient toujours là. Elles faisaient deux fois la taille d'un homme, les pierres en étaient recouvertes de mousse ici et là. Maintenant qu'il voyait cette forteresse avec les yeux d'un adulte, le jeune Comyn ne pouvait s'empêcher de penser que, peut-être, ils parviendraient à leurs fins.

Et ce serait grâce à la volonté inflexible de l'homme sombre qui chevauchait à côté de lui. Il détenait en plus de Badenoch une demi-douzaine de seigneuries et était le beau-frère du roi. Cet homme qu'on connaissait sous le nom de Comyn le Noir était le noble le plus puissant d'Ecosse, même si l'exercice de ses pouvoirs n'était pas encore à la hauteur de ses aspirations. Ce jour-là, cependant, il venait avec son fils et héritier, pour l'initier aux mystères de leur héritage commun, dans l'espoir que ce fils connaîtrait un jour la gloire et le destin auxquels le père avait si longtemps aspiré.

Une bourrasque leur apporta le parfum de la mer, énervant les chevaux. Le vieux Comyn éclata de rire et laissa sa monture partir au galop. Ils passèrent devant les ruines d'une vieille église, et il cracha par terre pour marquer son mépris. La chapelle avait été rasée par ses ancêtres pour punir les moines de l'avoir construite aussi près d'un lieu où les anciens dieux exerçaient encore leur influence.

Ils continuèrent au galop jusqu'au sommet de la colline suivante. Là, ils s'arrêtèrent pour contempler la vue qui s'offrait à eux. Une lueur de fierté illumina l'œil de l'aîné des Comyn tandis qu'il désignait l'horizon de sa main gantée.

— Vois le dernier bastion du royaume des Pictes, déclara-t-il avec l'autorité d'un patriarche qui répète de vieilles leçons destinées à un néophyte. Quand les pillards vikings ont attaqué Dalriada sur la côte ouest, les Scots qui vivaient là se sont enfuis vers l'est jusqu'aux royaumes pictes pour trouver protection chez nos ancêtres. Mais les Scots amenaient avec eux la religion maudite de Colomba et leur Christ blanc, et ces nouvelles croyances affaiblirent la détermination guerrière de nos pères. Ceux qui embrassèrent la nouvelle foi trahirent les pactes qu'ils avaient établis avec les dieux, et grâce auxquels ils avaient mené une vie prospère dans ces contrées. Ces traîtres de Scots pourrirent la monarchie picte par le mariage et la corruption. Quand ils eurent accompli la première partie de leur plan par la ruse, ils écrasèrent les derniers bastions de résistance par les armes.

Tout en parlant, il admirait les remparts de la citadelle visibles dans le lointain. On avait l'impression qu'il évoquait des événements qu'il avait lui-même vécus plutôt que des récits qui s'étaient transmis d'une génération à l'autre.

— Ce fut ici, à Burghead, que des nobles pictes irréductibles livrèrent leur dernière bataille, continua-t-il pour le bénéfice du jeune Comyn qui connaissait déjà tous les détails de cette histoire. Mais l'armée de Scots de Malcolm Canmore se jeta à l'assaut de ces remparts avec l'intention de tuer jusqu'au dernier membre de la famille royale, pour qu'aucun roi picte ne vienne réclamer son dû et ne s'assoie à nouveau sur le trône à la place d'un Canmore. Toutefois, quelques-uns d'entre eux échappèrent au massacre et ont maintenu depuis leurs anciennes traditions, ils attendent le jour où ils pourront revenir en force.

Il poussa un soupir d'aise à cette perspective et posa les coudes sur le pommeau de sa selle.

— Ce jour est proche, mon fils. Le sang des anciens rois coule dans nos veines, et dans leurs veines coulait le sang des dieux antiques qui donnèrent naissance à notre race. Ce sang est le pacte qui lie les hommes aux dieux. Avec la dernière des Canmore qui gît depuis maintenant sept ans dans sa tombe, nous pouvons invoquer ce pacte pour libérer notre pays.

John avait écouté son père en silence. Il avait entendu durant toute son enfance ces histoires sur le passé païen de sa famille. Mais il avait longtemps cru que les sentiments exprimés par son père n'étaient que des rêveries nostalgiques qui faisaient revivre pour lui seul les gloires passées. Il semblait qu'il parlait maintenant du présent, et de l'avenir, et qu'il pensait sincèrement ce qu'il disait.

— Je ferai de mon mieux pour être digne, non pas de notre nouveau roi, Balliol, mais de vous, mon père.

Comyn adressa un regard approbateur à son héritier, puis frotta sa barbe grise. Dans quelques jours, le jeune Comyn chevaucherait vers le sud pour rejoindre les comtes écossais qui rassemblaient une armée près de Carlisle. Il partait soutenir John Balliol, attaqué de toutes parts, mais ce n'était là qu'un prétexte.

Depuis son intronisation quatre ans auparavant, Balliol avait été humilié et dominé par Edouard d'Angleterre, il avait été traité comme un vassal et non comme un roi, toute résistance avait été écrasée à coups de paroles et avec la menace de l'usage de la force. Lorsque l'année précédente Philippe de France avait attaqué les domaines d'Edouard en Aquitaine, le roi anglais s'était préparé à la guerre, et avait ordonné à Balliol et aux Ecossais de fournir des soldats pour son armée.

Une fois de plus, incapable de faire preuve de l'autorité que les Ecossais attendaient de lui, Balliol avait accepté humblement. Mais la noblesse écossaise avait tardé à obéir aux ordres d'Edouard en avançant toutes les excuses imaginables, jusqu'à décider finalement de former un Conseil des Douze et de prendre en main les affaires de la nation puisque Balliol avait échoué dans cette entreprise.

Comyn le Noir occupait une place importante parmi les Douze et avait été l'un des principaux acteurs de l'alliance passée avec la France. Selon l'accord qu'il avait conclu avec Philippe, les Ecossais devaient attaquer l'Angleterre par le Nord. On espérait qu'ainsi Edouard payerait pour les insultes et les injustices qu'il avait infligées au pays.

— Balliol, murmura Comyn comme si ce nom était une obscénité. Il vaut encore mieux que ce soit lui plutôt que n'importe lequel des Bruce. Quand j'ai épousé ta mère pour le lier à moi, je savais qu'il était influençable. C'est pour cette raison que je lui ai apporté le soutien de notre famille, afin de le forcer à servir notre cause. Il a fallu ménager Edouard au début, bien sûr, jusqu'à ce qu'il appuie en personne le jugement final. On ne pouvait pas risquer de se lancer dans une guerre civile. Mais je n'aurais jamais imaginé que Balliol puisse être une telle marionnette et qu'il continue à s'humilier devant Edouard et à accourir chaque fois, tel un chien qu'on siffle.

Il cracha comme pour se débarrasser du goût amer que ces humiliations avaient laissé dans sa bouche.

— Mais il n'en retirera aucun profit. Maintenant qu'Edouard est en guerre contre la France, nous avons outrepassé l'autorité de notre soi-disant roi pour mener notre propre guerre contre l'Angleterre. Que ce faible de Balliol périsse là où il peut puisqu'il est incapable d'être à la fois un roi et un guerrier. Nous vaincrons nos ennemis et nous rétablirons l'antique royaume qui était le nôtre. Nos dieux depuis longtemps négligés sortiront de leur sommeil, au fond des lochs et des grottes, et ils reprendront leurs trônes au sommet des montagnes. Ils rendront la justice et se vengeront des mortels. Et nous, mon fils, nous serons à leurs côtés, rois de ce pays de par leur grâce.

— Nous devons d'abord remporter la victoire, lui rappela John, et nous devons le faire par la force de nos armes.

— Ce sera une victoire facile et ceux qui n'ont pas confiance en leurs dieux en perdront très vite les fruits, répliqua Comyn.

Il tourna à nouveau ses regards vers les remparts de Burghead dans le lointain, comme s'il cherchait à revoir les images du passé.

— Autrefois, nous avons rejeté les dieux de Rome et nous avons ainsi repoussé leurs armées au-delà de nos frontières, avec la Sombre Mère pour nous guider et son grand prêtre Briochan à nos côtés. Nous étions des guerriers si terribles que les Romains bâtirent un mur pour se protéger de nous, comme des souris terrifiées. Ici s'élevait le bastion des anciens dieux, capable de résister à toute invasion. Mais nous les avons abandonnés depuis longtemps et il nous faut subir en conséquence la domination d'un roi étranger. Si nous devons nous incliner devant lui, nous serons obligés d'embrasser sa foi, à moins de repousser toute faiblesse et d'en revenir aux anciennes traditions qui nous ont permis de chasser les légions romaines !

— C'étaient là des temps héroïques, père, l'interrompit John, tout en raccourcissant ses rênes pour retenir son cheval attiré par une étendue d'herbe tendre.

— Tu n'as pas encore vraiment la foi, remarqua posément Comyn père. Mais c'est seulement parce que tu n'as encore rien vu. Aujourd'hui, tout va changer, car tu recevras la bénédiction de la Sombre Mère qui te protégera dans les batailles à venir.

Il éperonna son cheval, et sans un regard en arrière, se lança vers le fort au bas de la colline. John le suivit plus lentement en se demandant sombrement à quels rituels antiques son père allait encore le soumettre. Peu attiré par les questions de la foi et impatient de rejoindre ses camarades dans le Sud, il ne parvenait pas à partager la passion de son père. Mais on ne refusait rien à Comyn le Noir, et son désir d'associer son héritier à ses intrigues était aussi irrésistible que la marée lançant ses vagues contre le promontoire rocheux devant eux.

Quand ils arrivèrent devant le portail qui avait été reconstruit, les gardes les saluèrent et les laissèrent passer. Le ciel était couvert et la lumière métallique qui illuminait les remparts donnait à John Comyn l'impression de quitter un monde qu'il connaissait pour pénétrer dans un domaine où le temps s'était arrêté, peut-être même où le temps s'écoulait à l'envers et où les jours anciens renaissaient malgré le passage des siècles.

Les portes se refermèrent derrière eux comme ils mettaient pied à terre et confiaient leurs montures à un homme vêtu d'un tablier de forgeron en cuir. John Comyn compta une demi-douzaine d'hommes autour d'eux, occupés à diverses tâches. L'air était chargé de sel marin, du parfum des feux de tourbe et de l'odeur entêtante du crottin de cheval, évoquant des images de guerriers aux jambes nues se préparant pour la bataille.

— Suis-moi, dit son père.

Comyn le Noir, qui avait pris un air sombre et paraissait tendu, mena son fils à travers un second portail. Ils arrivèrent dans la cour intérieure du fort. La citadelle se dressait devant eux, sa forme massive se détachant contre le ciel au sommet d'un monticule fait de main d'homme. Deux immenses pierres qui en gardaient l'entrée projetaient leurs ombres sur l'ensemble de la cour.

— J'ai rapporté ces deux pierres du Nord où elles

avaient été abandonnées depuis des siècles, déclara Comyn d'un air satisfait.

Le jeune Comyn considéra ces deux monolithes avec stupeur et effroi. Ces énormes blocs étaient deux fois plus grands qu'un homme et semblaient regarder par-dessus la muraille ouest telles deux sinistres sentinelles. Sur l'un d'eux, on avait gravé un taureau chargeant stylisé, doté d'un énorme sexe qui proclamait sa virilité. L'autre pierre était ornée d'une forme féminine primitive sortant de la mer, ses cheveux ondulaient comme des serpents, elle avait les hanches larges et les cuisses épaisses et un crâne pendait entre ses seins gonflés.

Des symboles abstraits étaient peints de couleurs vives autour de ces motifs, des spirales et des lignes droites, des zigzags et des cercles, comme ceux qu'on voyait sur de nombreuses pierres pictes dispersées un peu partout dans cette région.

— Siohnie et Gruagagh, les dieux de notre terre, expliqua Comyn en indiquant tour à tour le taureau et la femme. On se rappelle leur nom dans quelques rares lieux en Ecosse. Nous avons payé le prix de notre négligence sous la domination des Canmore et maintenant nous sommes les esclaves de l'Angleterre.

Tandis que son père parlait, John crut entendre un murmure incompréhensible dans son oreille droite. Comme si quelqu'un se tenait derrière lui et lui parlait avec des accents séducteurs. Il tourna vivement la tête, mais ne vit personne. Son regard fut attiré vers un escalier qui s'enfonçait dans la terre et il se rendit compte au même moment qu'il était seul avec son père dans cette cour.

— Ah, tu as entendu l'appel de Gruagagh, fit Comyn avec satisfaction en observant la réaction de son fils. C'est bien, mais le moment n'est pas encore venu.

Il posa une main sur son épaule avant d'ajouter :

— Continuons !

Quelque peu surpris car il ne croyait à rien de tout cela, John suivit son père entre les deux monolithes, jusqu'à l'entrée de la citadelle. Il commençait à se laisser gagner par l'atmosphère qui y régnait. Il savait à travers les histoires que lui avait racontées son père que c'était là que les derniers rebelles pictes avaient été brûlés par les hommes du roi Malcolm Canmore, invoquant leurs dieux pour qu'ils viennent les venger alors qu'ils périssaient dans les flammes. Comyn père avait plus d'une fois fait allusion à l'extinction de la lignée des Canmore comme à un acte de rétribution espéré depuis longtemps. Le sang avait racheté le sang. Il avait presque l'impression d'y avoir lui-même pris part.

Se demandant si c'était là la vérité — et l'espérant aussi en partie —, John réprima un frisson d'effroi à la pensée du destin de ses malheureux ancêtres. Tout en se dirigeant vers la citadelle, il crut entendre un crépitement de flammes comme si un grand feu brûlait dans le lointain. Il sentit une chaleur spectrale qui le recouvrait et la puanteur de la chair en train de brûler. C'était sans doute son imagination qui lui jouait des tours...

Il secoua la tête pour chasser ces ombres venues du passé et tourna ses regards vers le présent. Tout comme le rempart extérieur, les murailles de la citadelle avaient été restaurées. D'autres pierres avaient été intégrées dans le mur, représentant un taureau chargeant, des blocs récupérés dans les ruines de bâtiments qui s'étaient écroulés après le triomphe du Christ blanc sur les dieux pictes.

John se souvenait encore de la nuit où son père avait reçu l'ordre de restaurer ainsi la muraille. Alors qu'il commençait seulement à avoir de la barbe et qu'il avait eu l'autorisation de s'asseoir à table avec les hommes, il avait écouté, fasciné, l'homme assis au côté de son père, qui se nommait Torgon et prétendait être un prêtre des anciens dieux. Il avait évoqué leurs gloires passées avec une ferveur et une éloquence dignes des fidèles du

Christ blanc, appelant les fils d'Alba à reconstruire les antiques lieux saints du pays. Torgon avait spécifiquement ordonné à l'assemblée d'inclure dans les nouvelles murailles des représentations de taureaux. Ils seraient ainsi une barrière contre les ennemis et l'invocation d'une force indomptable.

On avait visiblement suivi à la lettre les instructions de Torgon !

Le jeune Comyn sortit de sa rêverie en entendant la voix de son père qui s'adressait à l'un de ses lieutenants, un vétéran barbu du nom de Seward qui était apparu entre les portes ouvertes de la citadelle. Ses avant-bras nus étaient ornés de runes tracées à l'encre bleue et sur son front était dessinée la tête d'un taureau, dont les cornes remontaient sur ses tempes.

— Est-ce que tout a été préparé selon mes ordres ? demanda Comyn.

Seward s'inclina devant lui.

— Oui, seigneur.

— Alors va-t'en et assure-toi que personne n'entre dans cette cour, dit Comyn. Je ne tolérerai pas d'être interrompu.

Seward salua et descendit la colline pour aller exécuter ses ordres, laissant les Comyn dans la citadelle. Il n'y avait pas de toit au-dessus d'eux mais la lumière du jour ne parvenait pas à disperser les ombres tapies le long des murs. Au centre, on avait installé un grand autel de pierre dans lequel des runes avaient été gravées. John savait qu'elles demandaient l'intercession des dieux anciens qui exigeaient en échange du sang et des prisonniers sacrifiés par noyade.

Lors de la dernière visite du jeune Comyn à Burghead, on avait effectivement offert un prisonnier et du sang aux dieux, mais il n'avait vu que le sacrifice d'un taureau comme celui qui était attaché derrière l'autel, puis on lui avait barbouillé le visage et les mains avec le sang de l'animal pour marquer sa maturité. Et il avait alors deviné quel sort attendait le jeune homme tremblant qui n'était pas plus âgé que lui et que Torgon menait vers le puits, les mains attachées dans le dos, avec pour unique vêtement une couronne de gui et de sorbier. Torgon était revenu seul. Pendant leur retour à la maison, son père lui avait expliqué que le garçon était un étranger qui avait été fait prisonnier au cours d'un raid au-delà de la frontière très au sud, et que par conséquent sa mort n'avait aucune importance.

Il ne fut donc pas étonné de voir un autre taureau ce jour-là, et il se demanda si on noierait un autre prisonnier. Mais il n'y avait derrière la bête que deux soldats qui eux aussi avaient le front marqué du signe du taureau et des tresses de gui et de sorbier autour des bras, ce qui indiquait qu'ils avaient été initiés aux mystères du culte. A leurs côtés se tenaient Torgon et son jeune assistant, vêtus de robes blanches. Ils étaient tous deux barbus et tonsurés en travers du crâne, d'une oreille à l'autre, à la manière celtique, le reste de leur chevelure était tressé, ils étaient marqués du sceau du taureau et avaient le front ceint de guirlandes de feuilles. Torgon portait un collier d'or autour du cou, signe de son rang, des bracelets de fer sur les avant-bras et avait à la main un long bâton de bois noir tordu. Le jeune prêtre tenait la corde qui maintenait le taureau et le laissait manger l'herbe qui poussait autour de l'autel entre les dalles de pierre disjointes de la cour.

Comyn leva la main pour les saluer, et les prêtres inclinèrent la tête. Sur un signe de Torgon, les soldats aidèrent le jeune prêtre à soulever le taureau et à le placer sur l'autel. L'animal était tellement placide que John pensa qu'il avait été endormi à l'aide d'une drogue. Torgon prit un bol et un goupillon de feuilles et se mit à faire le tour de l'autel, aspergeant le taureau et l'autel d'une eau dans laquelle avait macéré du gui.

Pendant ce temps, Comyn le Noir s'était débarrassé de ses armes et s'était mis torse nu, indiquant à son fils de faire de même. Le jeune prêtre alla peindre le sceau du taureau sur son front. Le jeune Comyn s'agenouilla aux côtés de son père devant l'autel après avoir été, lui aussi, marqué du signe du taureau. Il sentait des frissons lui parcourir les avant-bras et il savait que ce n'était pas seulement à cause de la fraîcheur de l'air marin.

Comyn père leva les bras et se lança dans une incantation en langue picte, il avait récemment enseigné ces paroles à son fils en prévision de ce jour et ce dernier se joignit timidement à lui. A la fin de la prière, Torgon abaissa son bâton au-dessus du taureau et entama un long chant plaintif qui fit passer des frissons dans le dos du jeune Comyn.

Le jeune prêtre et les soldats baissaient la tête mais ils continuaient à tenir les pattes du taureau pour l'empêcher de se débattre. John Comyn ne comprenait pas grand-chose à ce qui se disait, il avait toutefois reconnu les noms de Siohnie et de Gruagagh, puis de Briochan leur prêtre, qui avait d'abord été vaincu par Colomba avant d'être banni de la cour par le roi picte Brude, converti à la nouvelle religion. Briochan était mort en exil dans les marches écossaises, nul ne connaissait l'emplacement exact de sa tombe. Mais son nom demeurait un talisman et une pierre d'angle pour tous ceux qui cherchaient à préserver leur ancienne foi. Et c'était le service de Briochan à ses dieux que Torgon invoquait pour lui-même, avant de déposer son bâton.

Sans plus tarder, Torgon prit une serpe à sa ceinture et posa la lame sur la gorge du taureau. Puis il tira la lame vers lui d'un seul mouvement sec et précis. Le jeune Comyn vacilla en voyant le sang jaillir de la blessure comme de la bière d'un tonneau percé, éclaboussant la robe de Torgon et ruisselant sur les côtés de l'autel, tandis que la victime poussait des râles de mort en agitant ses membres entravés.

Impassible, Torgon reposa sa serpe et plaça un calice de pierre sous le flot de sang. Les mains toutes rouges, il apporta la coupe aux Comyn père et fils et après y avoir trempé les doigts dessina des symboles sanglants sur leurs joues et leur front. Puis il plaça le bol entre les mains de Comyn père.

Celui-ci baissa la tête tandis que Torgon l'aidait à se remettre sur ses pieds et que le jeune prêtre lui passait une cape écarlate autour des épaules, symbole de l'autorité des rois pictes qui, de son propre point de vue, lui revenait de droit. Ainsi vêtu et tenant la coupe comme un précieux trésor, il se tourna vers son fils qui osait à peine se relever.

— Suis-moi, maintenant, mon garçon, dit-il, car je vais t'amener devant nos dieux.

Précédé de Torgon, il retourna vers la cour où se dressaient les deux monolithes et s'approcha de l'ouverture qui descendait jusque dans les entrailles de la terre, sans prendre la peine de se retourner pour s'assurer que John le suivait. Le ton parfaitement neutre qu'il avait employé avait effrayé le jeune Comyn qui avait senti son estomac se serrer. Il lui emboîta néanmoins le pas, sachant qu'il devait assister à cette cérémonie jusqu'au bout avant de rechercher une gloire plus tangible sur le champ de bataille. Son malaise augmenta au fur et à mesure qu'ils se rapprochaient de l'escalier. Torgon les laissa passer, il n'avait visiblement pas l'intention de les accompagner.

Sans hésiter, Comyn le Noir commença à descendre les marches, faisant bien attention à chaque pas de ne pas renverser la moindre goutte du sang contenu dans le bol. Le jeune Comyn lança un dernier regard par-dessus son épaule avant de le suivre à contrecœur dans l'obscurité.

L'escalier fit un brusque coude, puis un autre, les

coupant de toute lumière. Le jeune Comyn avait attrapé un pan de la cape de son père, pour ne pas marcher dessus, mais il s'en servait maintenant pour ne pas se perdre dans cette nuit souterraine. Comme ils s'enfonçaient toujours plus avant, un froid glacial s'enroula autour de ses chevilles et remonta le long de son corps, lui inspirant une véritable terreur et menaçant de liquéfier ses entrailles. Même si la raison lui disait que son père ne lui aurait jamais fait courir un danger mortel, il ne pouvait se libérer du sentiment qu'on entrait là dans un monde souterrain où seuls des inconscients auraient osé s'aventurer.

Ils débouchèrent enfin dans un couloir et il aperçut une faible lueur par-delà les larges épaules de son père. Le couloir menait à une pièce taillée dans la pierre, illuminée par une torche fichée dans un anneau fixé au mur opposé et qui avait sans doute été allumée par un des prêtres, car personne d'autre ne se serait risqué jusque-là.

Sans hésiter, Comyn père entra dans la salle portant son bol de sang comme un précieux talisman, suivi de près par son fils qui écarquillait les yeux dans la pénombre. Devant eux, une mare ou un puits d'eau noir s'ouvrait telle une blessure au centre de la pièce.

Opaque et impénétrable, l'eau ne reflétait pas la moindre lumière, comme si tout éclat était absorbé et éteint par cette noirceur. John tendit le cou pour mieux voir, le puits paraissait sans fond. Puis un terrible vacarme, comme le fracas des vagues d'un océan souterrain qui n'aurait jamais connu le soleil, remonta lentement des profondeurs, et ils le ressentirent au creux de l'estomac plutôt qu'ils ne l'entendirent.

— Tiens ta langue, ne fais rien et ne dis rien tant qu'on ne te l'aura pas demandé, fit Comyn père à voix basse, avant de se presser contre la margelle du puits en faisant signe à John de l'imiter.

John obéit avec inquiétude. Son père avait les

mâchoires crispées, ses yeux reflétaient la flamme rouge de la torche qui, privée d'air, tremblait frénétiquement. John craignait de devenir fou si elle venait à s'éteindre, le laissant plongé dans l'obscurité.

Levant la coupe de sang au-dessus du puits en un geste d'offrande, Comyn le Noir se mit à chanter des incantations dans la langue picte, les anciennes paroles d'une prière païenne qui résonnait, incompréhensible, parmi les ombres, renvoyant l'écho d'un étrange chœur. Comme ces derniers murmures se taisaient, Comyn eut à nouveau recours à sa langue habituelle.

— Mère Gruagagh, accepte ce sang de ton amant Siohnie pour marquer la communion de la mer et de la terre fertile ! Accepte sa semence dans ta matrice marine, ouvre-nous la voie du passé et de l'avenir.

Puis il renversa le bol, le sang coula, épais et visqueux, se répandant dans la noirceur, créant un mouvement dans l'eau du puits, une succession de spirales qui rappelaient les motifs sur les monolithes dans la cour de la citadelle.

De petites bulles commencèrent à se former à la surface, au centre du puits, puis elles devinrent de plus en plus grosses. L'eau bouillonnait comme dans le chaudron d'une sorcière. La température tomba encore et, instinctivement, John se recroquevilla, jusqu'à ce que son père le rappelle à l'ordre par un grognement désapprobateur.

Les yeux rivés sur la surface de l'eau, John finit par voir un point de lumière verte qui remontait des profondeurs, de plus en plus éclatant et aveuglant. Des reflets d'émeraude se répandirent dans toute la pièce, réduisant la flamme de la torche à une minuscule étincelle. Les bosses et les fissures des murs autour d'eux prirent l'aspect de masques grimaçants, tels des visages de morts. Un souffle d'air glacial traversa la pièce et faillit éteindre la torche.

On sentit alors l'odeur écœurante de la chair décomposée et du sang avarié, comme si on venait d'ouvrir une tombe. John Comyn fut pris de nausée, mais quand il respira une nouvelle fois, il fut la proie d'une étrange ivresse, comme s'il avait bu une longue gorgée de whisky.

Au même moment, le bouillonnement des eaux s'apaisa. Ils virent alors une forme vague et pourtant répugnante qui s'approchait de la surface trouble de l'eau, entourée d'une flamme verdâtre. John vacilla, il remplit ses poumons d'air une troisième fois. Son père le saisit par le bras pour couper court à toute envie de retraite.

— Ne bouge pas ! fit Comyn père entre ses dents.

Il serrait le bras de son fils avec assez de force pour le marquer et se mit à chanter :

La mort et la décomposition donnent vie à la terre.
La dent du serpent et la corne acérée de la bête
Te vénèrent, ô Gruagagh,
Et t'offrent le sang et les fruits de la mer.

En réponse à cette incantation, les eaux s'ouvrirent et une forme géante apparut. Hideuse, sa tête touchait la voûte de la pièce. Son apparition souleva une vague glacée qui aspergea les murs.

C'était une femme aux seins pendants. Ses cheveux tombaient sur des épaules osseuses et ressemblaient à des entrelacs d'algues pourrissantes. Ses yeux au regard de glace étincelaient d'une flamme verte. Son visage plat était ridé et ravagé, sa bouche tordue par deux défenses de sanglier. Et pourtant cet être était transparent comme s'il n'occupait pas l'espace. La voix qui parla alors évoquait le vent d'hiver soufflant à travers les branches des arbres morts.

« *La mort et le dépérissement viendront à toi, mortel,*

à moins que tu ne me vénères et que tu n'apaises à nouveau ma soif de sang ! »

— Tu as reçu assez de sang comme ça, mère, répondit Comyn d'une voix assurée. Quand tout le royaume sera à nouveau à tes pieds, alors tu boiras tout ton soûl.

Etonné de voir son père aussi peu effrayé devant une telle apparition, le jeune Comyn se redressa, déterminé à ne pas faire preuve d'une lâcheté honteuse après l'exemple donné par son aîné. Il sentit l'approbation de son père tandis que ce dernier relâchait son bras, la créature tourna alors ses regards terrifiants vers lui et une grimace de mépris lui déforma les lèvres.

« *Et qui est ce crevard que tu as amené chez moi, un nouveau sacrifice à noyer dans mes eaux sacrées ?* »

— C'est mon fils, John, répondit Comyn. Il part à la guerre pour regagner ce qui nous a autrefois appartenu, il demande ta bénédiction et ta protection dans la bataille.

« *Me vénérera-t-il comme il se doit, se pliera-t-il à mes volontés ?* »

— Il connaît son devoir, répondit Comyn le Noir.

Les traits grotesques de la créature se déformèrent en une sorte de sourire.

« *Alors qu'il boive de mon eau, et qu'il goûte à la douceur de sa déesse* », fit elle en sifflant.

Son haleine était comme le vent de l'Arctique, fétide et répugnante, mais John ne vacilla pas.

Comyn tendit à son fils la coupe vide et lui fit signe de la remplir au puits. Sans réfléchir pour ne pas perdre son courage, et toujours à moitié convaincu que cette présence n'était qu'une illusion, John prit le calice et se pencha sur le bord du puits. Un étrange fatalisme s'empara de lui tandis qu'il plongeait le bol dans l'eau et le sortait, plein à ras bord. Les parois du bol étaient encore tachées de sang. John le leva à ses lèvres et but.

Un liquide glacial descendit le long de sa gorge, à la

fois amer et écœurant, mais il s'efforça de ne rien laisser paraître de son dégoût, convaincu qu'autrement il risquait sa vie.

Presque immédiatement, il eut l'impression d'être frappé entre les yeux avec une force énorme, c'était comme si une immense cloche s'était mise à tinter à l'intérieur de sa tête. Il s'assit sur le sol de pierre, tout tournait autour de lui, il eut juste la force de se retenir pour ne pas tomber en arrière. Pendant un instant qui lui parut interminable, la pièce sembla s'élargir et rétrécir au fur et à mesure qu'il emplissait et vidait ses poumons, on aurait dit que ces pierres étaient la partie vivante d'un redoutable léviathan.

Puis les vertiges s'arrêtèrent progressivement, et il se rendit compte que la peur et le dégoût qu'il avait ressentis initialement avaient disparu.

Il prit la main que son père lui tendait et se remit sur pied, il avait la curieuse sensation d'avoir été lavé de toute faiblesse humaine.

— N'a-t-il pas bu l'eau de ton puits avec courage, ô déesse ? déclara fièrement Comyn le Noir. N'est il pas digne de recevoir ta bénédiction comme un guerrier ?

En réponse, leur hideuse déesse se rapprocha encore, aspergeant le sol d'eau noire et glacée. La griffe d'un de ses doigts s'agita en direction de John qui la regardait avec des yeux écarquillés. Quelques minutes auparavant, il aurait reculé, paniqué, il aurait levé les bras devant son visage pour se protéger. Mais il n'avait aucune intention désormais d'agir ainsi, non pas parce qu'il pensait qu'elle ne lui ferait aucun mal, mais seulement parce qu'il acceptait que, si tel était son désir, elle en avait le droit.

Les doigts de la déesse s'attardèrent au-dessus de ses yeux, dessinant un motif étrange dans l'air, hypnotisant, envoûtant, puis elle le frappa d'une de ses serres entre les deux yeux avant de plonger à nouveau dans le puits.

« *C'est fait*, dit-elle d'une voix rauque, *le sang qu'il versera m'appartient et ses trophées de guerre seront exhibés en mon honneur.* »

— Et tu nous donneras la victoire ? demanda Comyn, pour que nous puissions rebâtir tes temples sous le soleil ? Et chanter ton nom dans les rues de nos villes ?

« *Vous donnerai-je la victoire* ? répéta-t-elle alors que ses yeux lançaient des flammes. *Nous verrons dans les jours à venir. Et la victoire a un prix. Tu demanderas à mon serviteur Briochan d'être ton guide pour que mon culte et mes armées puissent conquérir le pays, exterminer les incroyants et tous ceux qui souillent ce qui fut autrefois mon royaume. Je vais l'appeler pour qu'il revienne immédiatement. Briochannnn...* »

Son cri remua l'air comme le vent secouant les branches d'un grand arbre, et son visage se déforma en un rictus de désir. L'atmosphère devint plus lourde et les deux Comyn eurent bien vite du mal à respirer. L'air était épais, ils avaient l'impression d'être piétinés par des milliers de sabots traversant le pays avec une violence invincible. La force du taureau et la férocité du sanglier qui avaient autrefois secoué les montagnes et résonné dans les profondeurs de la mer se rassemblaient dans cette pièce tandis que la déesse étendait sa perception au-delà du royaume et des rivages mêmes de la mort.

Puis, soudain, on entendit un hurlement aigu.

« *Briochan*, cria-t-elle. *Briochan, mon bien-aimé, viens à mon appel, et mène mes serviteurs sur les chemins qu'ils doivent suivre.* »

Puis elle poussa un cri comme un chien de chasse pris dans un piège. Le bruit était effroyable. Le jeune Comyn se boucha les oreilles avec les deux mains. Son père se mordit la lèvre et serra les poings pour supporter les hurlements de détresse de sa déesse.

« *Il n'est plus en terre*, pleura-t-elle, *ses ossements, son trésor et toute sa puissance — tout cela est maintenant prisonnier des serviteurs du Temple perdu, les hommes vêtus de blanc qui arborent le symbole haï du dieu assassiné.* »

Elle se tira les cheveux, ses yeux brillants conféraient une lueur maladive à l'éclat de la torche et ses lamentations se muèrent en un hymne funèbre.

« *Ils recherchent aussi ce par quoi régnaient les héritiers de Ceann Mor. Et bientôt viendra le règne du Roi Sans Couronne, qui fera revivre ce que notre vieil ennemi a apporté à cette terre, et qui peut détruire tous tes désirs.* »

L'air était si épais qu'il croyait étouffer et le jeune Comyn avait du mal à comprendre ce que signifiaient ces paroles. La furie de la créature l'aurait presque incité à se mettre à genoux, et seul son orgueil lui permettait de rester debout.

« *Infidèles mortels, il n'en sera pas ainsi !* cria-t-elle. *Briochan sera libre et avant que sept ans ne se soient écoulés, le Roi Sans Couronne sera assassiné. Fais cela ou ne viens plus me demander de faveurs !* »

Après avoir glapi cet ordre, elle disparut dans les profondeurs du puits, ses cheveux s'agitant sur sa tête comme un nid de serpents. La lumière qui émanait du puits s'éteignit et le jeune Comyn se trouva soudain vidé de ses forces. Il titubait au bord du puits et seule la main de son père l'empêcha de tomber dans l'eau.

— Ce n'est pas le moment de faiblir, dit Comyn le Noir. Tu t'es bien comporté, mon fils. Tu as agi comme un homme. Mais il nous faudra plus que du courage si nous voulons remporter notre combat.

— Mais qu'est-ce que tout cela signifiait ? demanda le jeune Comyn à voix basse.

Le visage barbu de son père était très pâle. Pour la première fois, il paraissait troublé. Quand il parla à nouveau, on eut l'impression qu'il s'adressait plus à lui-même qu'à son fils.

— Le sort en est jeté, murmura-t-il, les troupes écossaises se rassemblent au sud, prêtes à se jeter sur le dos des Anglais comme des loups sur des agneaux. Nous ne pouvons plus reculer, il nous faut méditer le sens des paroles que nous venons d'entendre, mais avec ou sans les faveurs de notre protectrice, nous devons nous en remettre à nos valeurs pour remporter la victoire. Et dans la bataille, il nous faudra rechercher ceux que la déesse nous a désignés comme ses ennemis. Quand nous les aurons tués, alors nous aurons encore droit à ses faveurs.

John était pris de vertige et il avait du mal à suivre le discours de son père.

— Je ne comprends pas, dit-il faiblement. De quoi parlait-elle ? Pourquoi toutes ces histoires autour de Briochan ? Il est mort depuis des siècles.

Son père reprit lentement son souffle.

— La mort est un obstacle seulement pour les faibles, déclara-t-il, l'esprit de Briochan vit toujours et nous montre la voie. Il nous incite à croire en la religion qu'il nous a donnée, mais les moyens par lesquels nous pourrions le faire revivre ont été volés par des étrangers à notre sang. La déesse nous les a désignés.

— Les serviteurs du Temple perdu ? demanda John d'un air dubitatif. Voulait-elle parler des Templiers ?

— Oui, ceux qui portent la robe blanche et le symbole du Dieu assassiné, le Christ blanc, répondit Comyn père avec férocité. Certains d'entre eux possèdent même un pouvoir que je redoute. Sans l'intervention d'un Templier, l'innocence du dernier héritier Canmore aurait été offerte aux dieux antiques pour les apaiser, elle n'aurait pas simplement été arrachée à son existence terrestre. Et c'est en raison de la présence de Templiers au couronnement de John Balliol que j'ai tenu à souiller leur sacrement chrétien. Ils ne savent même pas à quel point cet acte a diminué le pouvoir de ce qu'ils essayent de préserver.

— Mais le fait qu'ils soient au service des Anglais devrait-il suffire à en faire des ennemis ? demanda John qui ne comprenait toujours pas très bien ce que son père voulait dire.

— Ils servent le Temple, c'est là la véritable raison pour laquelle il faut se méfier d'eux, répondit Comyn le Noir. Mais nous connaissons maintenant le visage de nos véritables ennemis. Pourvu qu'ils ne se rendent pas compte avant longtemps que *nous* sommes *leurs* ennemis. Et si nous voulons vaincre, alors les Templiers devront être les premiers à périr.

CHAPITRE 14

Au printemps 1296, suite à des rapports faisant état de défis de plus en plus nombreux des Ecossais, et d'un rassemblement de troupes anglaises se préparant à une campagne punitive dans le nord, frère Arnault de Saint-Clair se retrouva enfin à bord d'un navire faisant voile pour l'Ecosse, pour la première fois en trois ans — bien que le Temple comptât le temps en décennies et même en siècles, plutôt qu'en mois et en années.

A la proue de la svelte galère du Temple, accoudé à la lisse, il voyait Torquil Lennox qui clignait joyeusement les yeux dans les embruns, impatient de rentrer chez lui, son manteau blanc et ses cheveux cuivrés voletant au vent. Ce vent enflait la voile carrée du navire, frappée de la croix pattée de l'Ordre, et les poussait vers l'ouest à belle allure. Derrière eux s'étendaient les terres basses de la Hollande, récemment mécontente d'une longue alliance avec l'Angleterre. Devant eux, voilée par une fraîche brume de printemps, se déroulait la côte de l'Ecosse — nation tout aussi déterminée à s'affranchir de ses liens avec l'Angleterre.

Arnault se dirigea vers l'avant, saluant aimablement de la tête les membres de l'équipage, et vint rejoindre à la proue Torquil qui fermait d'une main gantée le manteau blanc porté sur sa tunique matelassée et son haubert.

— Tu essayes de voir dans l'avenir ? demanda-t-il.

Torquil fit la grimace.

— Si seulement je pouvais. Malheureusement, je vois le passé bien plus clairement que le futur.

— Tu n'es pas le seul, répondit Arnault avec une grimace, s'asseyant près du jeune homme dans un silence amical.

Dans son cas, c'était l'équivalent d'un aveu d'impuissance. Depuis leur départ d'Ecosse, au printemps ayant suivi l'intronisation de John Balliol, le déchaînement des événements qui menaçaient d'engloutir toute la chrétienté l'avait détourné de l'utilisation de son don de voyance.

Déjà à Balantrodoch, ils en avaient vu les signes avant-coureurs. Maintenant, la tempête était imminente, et il ne pouvait que miser sur la révélation octroyée à Chypre : à savoir que l'ordre sous-jacent du monde était inextricablement lié avec l'ordre politique d'Ecosse.

Présentement, la situation n'était pas brillante. Edouard d'Angleterre et Philippe IV de France se faisaient la guerre pour la possession du duché de Gascogne. Les Etats mercantiles d'Italie et les provinces d'Allemagne se débattaient dans des conflits d'influence et de souveraineté. L'abdication de Célestin V avait jeté la papauté en plein désarroi — situation que n'avait pas arrangée l'élection de Boniface VIII. Seules les nations situées à la périphérie de l'Europe jouissaient d'une certaine tranquillité, mais maintenant, elles commençaient à être prises dans le réseau d'alliances conflictuelles qui menaçait de paralyser et d'étouffer les Francs de l'Ouest.

Toutefois, la sombre tapisserie de ces événements était éclairée çà et là par quelques fils de lumière — fils qui brillaient d'autant plus sur le fond sombre de l'ensemble. L'un de ces triomphes, de l'avis d'Arnault, était la réussite constante de Torquil Lennox en qualité de membre actif du *Cercle*. Les trois ans écoulés depuis son initiation l'avaient vu bénéficier de la meilleure instruction que le Temple avait à offrir, à la fois dans les travaux conventionnels de l'Ordre, et à des niveaux inimaginables pour l'Ordre dans son ensemble.

Chez Torquil, les signes de sa maturité étaient immédiatement apparents pour quiconque l'avait connu auparavant. Extérieurement, il était plus puissant et moins impatient, car il avait appris à contrôler ses énergies pour favoriser le travail de ses facultés intérieures. Plus subtils étaient les signes par lesquels son esprit manifestait la force acquise. Mais pour Arnault, ils étaient clairement visibles, preuve qui justifiait sa confiance initiale en les promesses de Torquil.

Ces promesses n'avaient pas été faciles à réaliser. Poursuivant son instruction, pendant qu'Arnault s'acquittait de missions diplomatiques de complexité croissante pour l'Ordre et pour *Le Cercle*, le jeune chevalier écossais avait été envoyé dans une commanderie écartée de Toscane, où il avait passé six mois en prière et en méditation, pour se fortifier en vue de la suite de son instruction.

Après quoi, il était allé à Rome dans l'entourage du Grand Maître, au milieu des remous provoqués par l'abdication de Célestin et le long délai précédant l'élection du nouveau pape ; puis il avait prolongé son séjour de six mois, pour élargir sa connaissance des arts et des langues auprès des érudits résidant à la cour papale. A son retour à Paris, avec des incursions dans le monde de la finance — pour laquelle Gaspar des Macquelines l'avait trouvé doué —, il avait reçu une instruction soignée et graduée dans les disciplines ésotériques pratiquées par ceux qui gardaient les trésors les plus précieux du Temple, Arnault n'étant que l'un de ses instructeurs.

Mais, après avoir nourri les forces de son protégé, Arnault était toujours incapable de prédire quels seraient le rôle et la mise à l'épreuve de Torquil dans la plus grande œuvre de l'Ordre. Tout ce qu'Arnault et les autres membres du *Cercle* savaient avec certitude, c'est que Torquil semblait inextricablement lié aux mystérieuses instructions reçues à Chypre : à savoir que le Cinquième Temple, soit spirituel, soit matériel, soit les deux, serait établi en Ecosse en tant que reposoir permanent des trésors secrets des âges passés, passerelle jetée entre le Visible et l'Invisible.

Malheureusement, la tourmente politique régnant en Ecosse depuis le couronnement de John Balliol avait empêché *Le Cercle* d'effectuer dans ce but les travaux préparatoires, matériels ou autres. La dernière insurrection des barons écossais semblait vouée à la catastrophe, et Balliol avec elle. La situation en Ecosse se détériorant de jour en jour, Arnault et Torquil avaient été autorisés par leurs supérieurs du *Cercle* à entreprendre toutes les actions nécessaires pour la rétablir en faveur de la mission supérieure du *Cercle* — la remise de messages de routine servant de couverture à leur retour dans le pays. Mais bien des choses dépendraient de ce qu'ils pourraient accomplir au cours des jours et des mois à venir, avec Edouard apparemment prêt, une fois de plus, à écraser les Ecossais.

Un cri de la vigie attira l'attention des deux Templiers vers tribord arrière, où un large galion fonçait sur eux venant du nord. Les membres de l'équipage rejoignirent précipitamment leurs postes, et, à mesure que la distance se réduisait, permettant de distinguer son pavillon, Torquil se leva lentement et murmura « *Sassenach* », d'un ton presque inaudible, quoique peu d'autres navires eussent été assez téméraires pour s'aventurer dans ces eaux.

Un examen plus attentif de sa coque et de son gréement ne fit que renforcer cette première impression, à savoir qu'il s'agissait d'un navire anglais. Ses châteaux avant et arrière proclamaient sans doute possible que c'était un vaisseau de guerre. Cette manifestation de belligérance anglaise fut confirmée un moment plus tard quand un cri venant de l'autre vaisseau leur ordonna de mettre en panne, de par l'autorité d'Edouard, roi d'Angleterre.

Ce n'était sans doute qu'une simple formalité — car un navire appartenant à l'Ordre du Temple pouvait justement se réclamer de la neutralité, de même que les Templiers naviguant à son bord —, mais ce défi ne surprit personne. Après l'ouverture des hostilités entre l'Angleterre et la France, Edouard Plantagenêt avait pris des mesures pour imposer des contrôles à toutes les activités maritimes dans la Manche et la mer du Nord. Le nombre de vaisseaux de guerre patrouillant dans les eaux écossaises, surtout le long de la côte orientale, s'était multiplié, quand on avait su que le Conseil des Douze, qui gouvernait l'Ecosse, avait conclu une alliance officielle avec la France. Heureusement, on savait également que les Templiers anglais conseillaient le roi sur le déroulement des hostilités présentes, et Arnault avait reçu des documents leur donnant, à lui et à Torquil, une raison légitime d'entrer dans les eaux écossaises. Tandis que l'équipage mettait la galère au vent et carguait la voile, ils se rendirent tous deux sur le pont principal, regardant en silence le vaisseau anglais se ranger près d'eux, ses ponts hérissés d'archers.

Des grappins maintinrent les deux navires bord à bord, et les marins anglais posèrent une large planche entre eux pour permettre le passage du capitaine et de deux hommes d'armes. Déjà, la vue de deux hommes revêtus de l'habit de Templiers avait provoqué des remous sur le vaisseau anglais. Sous les yeux des archers anglais, Arnault s'avança fermement, sans rien dire, Torquil à son côté, le capitaine de la galère les suivant respectueusement. Le capitaine anglais attendait, nerveux, près de la lisse, et gratifia les deux chevaliers d'un salut courtois mais réservé, avant de tourner son attention sur le parchemin qu'Arnault lui tendait.

— Je vois que vous faites voile vers Berwick, nota-t-il sombrement, parcourant le document.

— Effectivement, dit Arnault.

— Effectivement. Et dans quel but ?

— Mission diplomatique, répondit Arnault. Nous venons sur ordre du Visiteur de France, comme vous voyez.

— Nous avons déjà des Templiers dans l'armée du roi Edouard, répondit le capitaine. Nul besoin de diplomatie. Le roi a l'intention d'écraser la rébellion.

— Le Temple préférerait la paix, dit Arnault. Personne ne désire que l'Ecosse soit attirée dans les hostilités qui menacent déjà le peuple de France. Mon frère et moi, nous sommes chargés de négocier une trêve entre les Anglais et les Ecossais, prélude à des négociations en vue d'une paix durable.

Serrant les dents, le capitaine anglais replia le document et le lui rendit.

— Si vous espériez arrêter une guerre avant qu'elle ne commence, dit-il, vous arrivez trop tard. Voilà trois jours qu'une armée écossaise a traversé la frontière et attaqué Carlisle.

— Vraiment ? dit Arnault, avec un regard à Torquil qui étrécissait les yeux. Avez-vous des nouvelles de cet engagement ?

— Rien de sûr, fut la réponse. D'après le dernier rapport, les habitants de Carlisle résistaient. Pour sa part, le roi Edouard a envoyé ses troupes assiéger Berwick.

A cette nouvelle, l'estomac d'Arnault se serra, car il se rappela la vision qu'il avait eue trois ans plus tôt. Le château de Berwick était fortifié, mais la ville elle-même n'était défendue que par un fossé et une palissade en bois — insuffisants pour faire reculer des Anglais déterminés. Repensant à la famille Lindsay, il espéra que sa déclaration écrite de protection leur servirait si ce qu'il avait vu se réalisait.

— Mais ces Ecossais têtus ne tiendront pas longtemps devant les forces du roi Edouard, déclara le capitaine anglais. En attendant, vous êtes libres de partir. Estimez-vous heureux que le Maître de votre Ordre pour l'Angleterre ait gagné la faveur du roi pour services rendus en cette campagne.

— Dois-je comprendre que le Maître d'Angleterre se trouve en Ecosse ? demanda-t-il.

— Sinon, où ? contra l'homme. C'est le principal conseiller du roi pour les affaires militaires écossaises, car il a auparavant servi votre Ordre en Ecosse. Il est venu dans le Nord avec l'armée, dans la suite du roi.

Remettant le document dans sa sacoche, Arnault dressa l'oreille à cette allusion à Brian de Jay, qui avait récemment succédé à Guy de Foresta en qualité de Maître d'Angleterre, et également d'Ecosse et d'Irlande.

La nouvelle n'était pas totalement inattendue, mais Arnault sentit Torquil réprimer son amertume, tandis que le capitaine et ses hommes retournaient à leur vaisseau. Mais dès que l'équipage anglais eut retiré les grappins et que le capitaine de la galère eut donné l'ordre de mettre le cap sur Berwick, le jeune homme ne se contint plus.

— Pour qui se prend-il, ce sac à vent prétentieux ? marmonna-t-il rageusement. Ce n'est pas le rôle de Jay de favoriser la cause d'Edouard de sa propre autorité.

— Ah, mais en cela il suit l'exemple de ses prédécesseurs, répliqua Arnault. Guy de Foresta était favorable à Edouard, lui aussi. De toute façon, tu as observé toi-même que Jay se soucie beaucoup plus de prestige que de justice. Quel que soit le conflit, il sera toujours du côté ayant le plus de chances d'accroître son importance.

Quelques années plus tôt, Arnault avait exprimé ses soupçons concernant Jay et ses motivations, mais ni Gaspar, ni Maître Jean, ni aucun autre membre du *Cercle* n'avait pu empêcher qu'il ne soit élevé à cette situation éminente. Arnault en vint à se demander si les forces du chaos, qui avaient tant perturbé son action, commençaient aussi à miner l'influence du *Cercle* dans son ensemble. L'idée que des énergies ténébreuses étaient à l'œuvre dans l'Ordre du Temple lui-même n'était pas de nature à le rassurer.

Pourtant, dans l'intervalle, la situation à Berwick exigeait une action immédiate. Si la cité tombait, les forces anglaises auraient la voie pratiquement libre pour envahir et conquérir le Nord. Même si l'armée écossaise se lançait à leur poursuite, Edouard aurait toujours le choix du terrain. Et une fois que les Anglais auraient le dessus, Arnault avait peu d'espoir que les Ecossais puissent sauver leur indépendance.

Ses pires craintes furent confirmées quand le navire arriva en vue des côtes écossaises. La brume de mer flottant sur Berwick était mêlée de lourds nuages de fumée grise. Torquil le rejoignit à la lisse et, ensemble, ils regardèrent approcher l'entrée du port, avec une consternation croissante. Tous deux avaient vu assez de sièges en Terre sainte pour reconnaître les signes d'un désastre imminent.

Panique et chaos régnaient sur le front de mer, avec des douzaines de gens se bousculant pour monter à bord de quelques bateaux de pêche amarrés aux quais, leur rappelant l'hystérie précédant la chute de Saint-Jean-d'Acre. Le capitaine de la galère, lui aussi vétéran des croisades, ordonna prudemment à l'équipage de jeter l'ancre à quelques encablures du quai, et posta des gardes armés sur le pont supérieur pour repousser toute tentative d'arraisonnement.

— Etes-vous certain qu'il est sage de tenter de débarquer dans ces conditions ? demanda-t-il à Arnault.

— Je n'ai pas le choix, j'en ai peur, répondit Arnault. Mettez un canot à la mer, mais avec un seul rameur.

Le canot les amena à l'écart du port, dans une crique sablonneuse, s'attardant juste le temps de les débarquer. Casqués, et légèrement armés de coiffes et de cottes de mailles, retroussant leur manteau pour le garder au sec, ils pataugèrent dans les creux et montèrent rapidement la courte pente rocheuse, puis s'enfoncèrent au milieu des ajoncs en direction de quelques maisonnettes de pêcheurs marquant la limite de la ville du côté de la mer. Ils sautèrent par-dessus un muret où séchaient des filets, puis s'engagèrent dans une étroite ruelle orientée vers l'ouest entre deux rangées de maisons. Devant eux, les rues grouillaient de monde, les citoyens de Berwick, désorientés, tournant en rond comme des moutons sans berger.

Une main sur la poignée de son épée, Arnault bloqua la route à un homme qui, l'air lugubre, traînait après lui sa femme et ses deux jeunes fils ; il leva l'autre main pour les arrêter.

— Que s'est-il passé ? demanda-t-il d'un ton pressant.

L'homme recula, les yeux fous, sa famille se blottissant craintivement derrière lui.

— Tu ne le sais donc pas ? haleta-t-il. Les Anglais ont enfoncé nos défenses. Il y a encore quelques combats à la périphérie, mais il n'y en a plus pour longtemps avant qu'ils se déchaînent dans les rues.

Il posa un regard effrayé sur les larges épées des deux Templiers, et Torquil dit :

— Tu n'as rien à craindre de nous. Seul un lâche peut s'attaquer à des civils innocents.

— Ce n'est pas ce qu'on nous a dit, lança la femme

par-dessus l'épaule de son mari, un peu enhardie par l'accent écossais de Torquil. On dit que le roi Edouard a ordonné à ses hommes de massacrer tout ce qui bouge. Par pitié, laissez-nous passer, beaux sires ! On doit fuir avant que les Anglais assassinent nos enfants sous nos yeux !

Les Templiers s'écartèrent sans un mot, et la famille partit en courant.

— Dieu du Ciel, ta vision était vraie ! murmura Torquil.

Arnault se contenta de hocher la tête, la mort dans l'âme. Par-dessus le brouhaha des cris et des bruits de course, il distinguait des sons éloignés qui lui glacèrent le sang : hurlements et gémissements, et violents cliquetis d'armes — sons qu'ils n'avaient tous deux entendus que trop souvent.

— Il faut trouver Jay, dit sombrement Arnault. Peut-être pourra-t-il persuader le roi Edouard que la merci est la meilleure part de la conquête.

Ils partirent en courant, la main sur la poignée de leur épée, en direction de la rivière Tweed, qui marquait le front des combats. A mesure qu'ils approchaient du centre de la ville, le tapage devenait plus assourdissant. La fumée qu'ils avaient vue du large devenait plus épaisse. Çà et là parmi les toits, ils voyaient l'affreux rougeoiement des charpentes qui se consumaient.

Torquil était devant quand ils arrivèrent au carrefour pavé de deux rues. La vue d'une enseigne au-dessus d'une porte les arrêta.

— Les Lindsay ! s'écria-t-il. Seigneur, leur maison est toute proche !

Ensemble, ils partirent dans la rue de droite au pas de charge. Certaines maisons brûlaient déjà. Devant eux, ils entendirent des bruits de casse et de déchirures, mêlés de cris de détresse. Ils arrivaient presque au niveau des bruits quand une porte s'ouvrit violemment, dégorgeant deux soldats anglais traînant entre eux une adolescente échevelée.

Deux autres soldats suivaient avec une seconde fille, peut-être un peu plus âgée que la première, corsage déchiré, un sein à l'air. Les deux filles étaient livides de terreur, trop traumatisées pour opposer beaucoup de résistance. Les épées des soldats dégoulinaient de sang.

A la vue des Templiers, ils s'immobilisèrent en désordre. Leur chef, un solide gaillard au nez cassé, leur adressa un sourire lubrique et un salut d'ivrogne, supposant apparemment qu'ils appartenaient au même camp. Avant que les Templiers n'aient pu rectifier cette erreur, un garçonnet de cinq ou six ans sortit en courant de la maison, se jeta sur le dernier soldat, sanglotant de fureur et le martelant sans succès de ses petits poings. L'homme l'assomma du pommeau de son épée et recula pour l'achever tandis que l'enfant s'écroulait.

— Gare à toi si tu frappes, Sassenach ! rugit Torquil en s'élançant, épée au poing.

Sa charge prit à l'improviste les deux premiers. Ils se débarassèrent de leur captive et se dispersèrent, laissant à Torquil la place d'attaquer les deux autres. Un coup puissant atteignit le premier à l'épaule droite, lui sectionnant pratiquement le bras, et il s'écroula en hurlant.

Le deuxième recula précipitamment, soudain dégrisé, mais quand il voulut se servir de sa prisonnière comme d'un bouclier, elle revint soudain à la vie et enfonça les dents dans son poignet. Beuglant des jurons, il arracha son bras et la jeta loin de lui. Une parade maladroite l'empêcha de s'embrocher sur l'épée de Torquil, mais il lâcha son arme sous l'impact et s'enfuit à toutes jambes.

Pendant ce temps, Arnault se débarrassait du premier des deux restants, plongeant sa lame dans un point faible de sa cotte de mailles, crevant le filet métallique et lui enfonçant son épée dans la poitrine. L'homme s'effondra, s'étouffant dans son sang, le sang écumant à ses lèvres, tandis qu'Arnault sautait par-dessus son corps pour attaquer le dernier soudard.

La mort de son camarade lui avait donné le temps de réfléchir à son attaque. Le grand gaillard s'élança vers Arnault, leurs épées se heurtant dans une gerbe d'étincelles. Plus agile que son adversaire, Arnault pivota sur les talons en relevant son épée. Son adversaire frappa dans le vide, et Arnault profita de cet avantage pour abattre violemment son arme, lui fendant le crâne en deux.

Il essuya sa lame sur le manteau du mort, puis se retourna vers les enfants. Ils étaient tous les trois recroquevillés sur le seuil de la porte, visages tournés vers le mur. Entrant dans la maison, Torquil en ressortit avec une couverture, qu'il jeta sur les épaules de la fille à la robe déchirée.

— Leurs parents ont été massacrés, dit-il tout bas à Arnault. On ne peut pas les laisser là.

— Alors, il faut les emmener avec nous, dit Arnault. Allons.

Guidant les enfants entre eux, ils continuèrent à remonter la rue, épée toujours au poing. Mais quand ils approchèrent du jardin familier des Lindsay, ils surent qu'ils arrivaient trop tard. Les grilles pendaient, dégondées, et la maison était en flammes. De Johan Lindsay et de sa famille, aucun signe.

— Impossible de savoir où ils sont allés, dit sombrement Arnault. Et ils pourraient être dans la maison, et morts, ajouta-t-il, montrant de son épée la maison incendiée.

— Ils sont peut-être allés à la Salle rouge, dit Torquil.

— La Salle rouge ?

— Oui, le siège de la guilde des drapiers flamands, répondit Torquil. John Lindsay n'était-il pas dans le commerce de la laine ?

— Mais bien sûr !

Arnault réfléchit un instant, puis fit un geste de son épée.

— Les nonnes de Sainte-Bride ont une maison par là, dit-il. Espérons que les Anglais ne violeront pas les maisons religieuses. Emmènes-y les enfants, puis rejoins les lignes anglaises et cherche le roi Edouard et ses commandants. Sers-toi de tous les arguments possibles pour obtenir la clémence envers la population locale. Si tu trouves Jay, essaye par la flatterie de te faire aider.

— Je ferai ce que je pourrai, acquiesça Torquil. Où seras-tu ?

— A la Salle rouge. J'ai donné à Johan Linday un parchemin de protection la dernière fois que nous étions ici. Il est locataire du Temple. S'il est là, il appréciera sans doute un peu de renfort pour appuyer ce document. Je te rejoindrai au camp anglais dès que je pourrai.

Laissant Torquil rebrousser chemin avec les enfants, Arnault se mit en route en direction de la Salle rouge. A chaque coin de rue, il voyait les preuves d'un massacre de masse et d'une armée en folie. Les voies menant au centre de la cité étaient jonchées de cadavres. L'air résonnait de rires d'ivrognes et de bruits de pillage, ponctués par le ronflement des flammes et, parfois, l'effondrement soudain d'une maison.

Le temps qu'Arnault arrive en vue de la croix marquant le centre de la ville, il n'avait rencontré qu'une poignée d'habitants encore vivants. Ceux qui disposaient de toute leur tête, il les envoya dans les maisons religieuses les plus proches. Pour les autres, il fut contraint de les confier à la Providence, tandis qu'il pressait le pas dans l'espoir de sauver la vie aux drapiers flamands.

Une forte odeur de fumée l'assaillit quand il tourna dans la Grand-Rue. Devant lui, sur la gauche, se dressait la Salle rouge, son toit crénelé grouillant d'activité. Les niveaux inférieurs étaient voilés de gros nuages de fumée noire troués parfois par l'éclair orange des flammes, le tout dominé par le rugissement du feu et les craquements sinistres de la charpente.

Murmurant une prière pour les occupants, Arnault s'avança à la hâte. Des soldats anglais encerclaient l'édifice, poussant des huées railleuses en brandissant leurs épées et leurs boucliers. De temps en temps, une volée de flèches lâchée du toit ensanglantait ces troupes, mais la fumée s'épaississait de minute en minute, à mesure que les flammes dévoraient les murs, intérieurs et extérieurs.

Tirant le meilleur parti de sa haute taille en armure et de son habit de Templier, Arnault se fraya un chemin dans les rangs, épée au poing, jusqu'au capitaine commandant le détachement.

— Que se passe-t-il ici ? demanda-t-il avec autorité, d'un ton cassant.

Le capitaine ravala une riposte acerbe après avoir regardé son questionneur.

— Il y a une trentaine de rats terrés dans ce trou, dit l'homme. Nous avons ordre de les enfumer pour les faire sortir, ou de les laisser périr dans les flammes.

— Leur avez-vous proposé la reddition ? demanda Arnault.

— Oui, dit le capitaine. Mais ils ont rejeté nos conditions. Pour moi, leur voyage vers l'enfer commence ici.

Comme en réponse à cette déclaration impitoyable, un boom retentissant résonna. Toutes les fenêtres visibles s'ourlèrent de feu en même temps, éclairant l'intérieur comme une forge d'alchimiste. Puis, avec un nouveau rugissement assourdissant, l'édifice s'effondra, enterrant tout et tous sous une montagne de gravats rougeoyants.

Une onde de choc parcourut la rue, arrosant les maisons voisines d'une pluie de cendres brûlantes. Les soldats anglais se retournèrent et détalèrent, s'abritant dans les allées et sous les portes. Arnault fut entraîné dans leur retraite. Quand il n'y eut plus de danger à regarder, il ne restait de la Salle rouge qu'un bûcher funéraire qui continuait à brûler.

Personne n'avait pu survivre dans ce brasier. Quel que fût le sort que la Providence avait réservé à Johan Lindsay et à sa famille, Arnault ne put qu'espérer qu'ils étaient entre les mains de Dieu, soit sur cette terre, soit au ciel. Ravalant sa rage et sa frustration comme une bile amère, il tourna le dos à ces dernières atrocités et partit à la recherche de Torquil.

Avec la ville envahie et la moitié de ses maisons en flammes, la garnison du château de Berwick résista moins que les hommes de la Salle rouge. Le temps qu'Arnault arrive en vue des grilles du château, les bannières royales du roi Edouard flottaient sur les remparts, comme lors de l'élection de John Balliol. Divers soldats de la maison du roi patrouillaient les lieux et occupaient le poste de garde.

Rengainant son épée et ôtant son casque, Arnault se présenta au premier garde venu.

— Un grand Templier roux ? Oui, il voulait une audience. Tu le trouveras quelque part par là, dit l'homme, lui montrant l'intérieur du château.

L'habit d'Arnault lui permit de s'introduire dans l'édifice sans autre difficulté. Se dirigeant vers le grand hall, il passa devant une rangée de chevaliers anglais avec des prisonniers attendant d'être confiés à l'un des gardiens du roi — tous, à en juger par leur tenue, riches bourgeois et grands bourgeois également, dont on pouvait s'attendre qu'ils payent grassement pour sauver leur vie et retrouver leur liberté. Tragique contraste avec les manants, abandonnés au carnage, à moins qu'Arnault ne pût faire quelque chose pour adoucir leur triste sort.

Le hall grouillait de soldats et de citadins anxieux, mais Torquil remarqua immédiatement l'arrivée d'Arnault, et se fraya un chemin vers lui, casque sous le bras.

— Les enfants sont en sécurité chez les nonnes de Sainte-Bride, dit-il. Mais j'ai quand même dû rappeler à une bande de mercenaires gallois que les maisons religieuses ne sont pas ouvertes au pillage. La mère supérieure m'a demandé de l'escorter jusqu'ici, pour solliciter la miséricorde du roi envers les habitants. Beaucoup d'autres ecclésiastiques sont là aussi, pour la même raison, mais jusqu'à présent, le roi a refusé de nous recevoir.

Ses yeux verts scrutèrent le visage tendu et noir de suie d'Arnault, et il ajouta :

— Tu as trouvé Johan Lindsay ?

— Quels qu'aient été les occupants de la Salle rouge, ils sont tous morts maintenant, dit Arnault sans détour. La soldatesque d'Edouard a incendié la maison. Le temps que j'y arrive, il était déjà trop tard.

Torquil branla du chef et se signa en murmurant :

— Puissent-ils reposer en paix. Je n'ai pas eu plus de chance avec Jay, soupira-t-il, et pourtant, je suis sûr qu'il est quelque part par ici. J'ai aperçu Robert de Sautre en arrivant, mais il était au milieu d'un groupe de chevaliers montés, et je n'ai pas pu les rattraper. Qu'est-ce qu'on fait maintenant ? ajouta-t-il en se redressant.

Avant qu'Arnault ait eu le temps de répondre, une voix suffisante qu'ils connaissaient bien domina les murmures anxieux emplissant la salle, venant de quelque part au-dessus d'eux.

— On m'a dit qu'un frère templier me cherchait. Maintenant, je vois qu'il y en a deux.

Arnault et Torquil se retournèrent en levant les yeux. Brian de Jay les examinait du haut de la galerie surplombant la salle. Quand il vit leurs visages, ses yeux s'écarquillèrent.

— Tiens, frère Arnault de Saint-Clair, et le toujours fidèle frère Torquil Lennox, remarqua-t-il avec une affabilité qui sonnait faux. Je n'avais pas idée que nous recevrions des visiteurs aussi illustres. Quand un de mes servants d'armes m'a dit que deux Templiers avaient débarqué d'une galère dans le port, je lui ai reproché de répandre des rumeurs. Maintenant, je vois qu'il disait vrai. Venez donc me rejoindre, *tout de suite*.

Dans un coin du hall, ils avisèrent un escalier en spirale qu'ils empruntèrent pour monter à l'étage, où Jay les salua d'un bref hochement de tête, puis les précéda jusqu'à une petite pièce donnant sur la mer. Sans les quitter des yeux, il s'assit derrière une table couverte de lettres et de plumes, mais il ne les invita pas à s'asseoir — à l'évidence pour leur rappeler la déférence qu'ils lui devaient en sa qualité de Maître d'Angleterre.

— Vous semblez épuisés, remarqua-t-il. Vous auriez été mieux reçus si vous aviez débarqué sur la rive anglaise de la Tweed. Maintenant, dites-moi ce qui vous amène en ce pays arriéré et en ces temps déplorables.

Arnault sentit Torquil se raidir, et lui jeta un bref regard, l'avertissant dc tenir sa langue et sa colère.

— Paris nous avait envoyés pour négocier une trêve entre les Anglais et les Ecossais, dit-il d'un ton neutre. Je regrette que nous soyons arrivés trop tard pour remplir l'essentiel de notre mission. C'est maintenant notre devoir de consacrer nos talents diplomatiques à l'obtention de quelque modération dans le traitement de ceux qui n'ont pas porté les armes. Etant donné votre passé diplomatique, je suis sûr que nous pouvons compter sur votre aide.

— Quoi, *maintenant* ? dit Jay d'un ton incrédule.

— Maintenant plus que jamais, répondit Arnault. On sait que le roi Edouard vous tient en haute estime. Si vous lui recommandez la clémence envers les habitants de Berwick, je suis certain qu'il vous écoutera.

— Je doute fort que quelque chose soit possible, dit Jay.

— Si je pouvais m'en charger moi-même, je le ferais, dit Arnault. Mais, hélas, je n'ai pas votre réputation. En tant que Maître d'Angleterre et confident du roi, on vous considère capable de réussir là où d'autres échoueraient. Inutile de dire qu'il serait tout à votre crédit d'incliner le roi Edouard à la clémence envers ceux qui ne lui ont pas nui.

Jay succomba à cet appel à sa vanité, et Arnault en fut soulagé.

— Je ferai ce que je pourrai, dit le Maître d'Angleterre. Mais quant à mettre fin à cette guerre, vous auriez aussi bien pu rester en France et vous épargner ces fatigues. Les Ecossais sont trop entêtés, ça leur cause du tort, et seules des mesures draconiennes les feront changer.

CHAPITRE 15

Après beaucoup de supplications passionnées du clergé de Berwick, Edouard d'Angleterre condescendit enfin à ordonner la fin des massacres. Entre-temps, en l'espace de trois jours, près des trois quarts de la population de Berwick avaient péri par l'épée — peut-être vingt mille âmes. Des monceaux de cadavres encombraient les rues : hommes, femmes et enfants de tous âges, abattus sans discrimination. La puanteur des corps en décomposition empestait l'atmosphère, et les conquérants furent obligés de les jeter à la mer ou de les enterrer à la hâte dans des fosses creusées à l'extérieur de la ville.

— L'intercession de Jay s'est révélée à peu près aussi valable que l'honneur d'une catin, grommela Torquil sous le mouchoir noué sur son nez et sa bouche, quand il alla avec Arnault inspecter les fosses communes, l'un des rares lieux où ils pouvaient parler sans crainte d'être entendus.

— Je n'en disconviens pas, répondit Arnault. Mais je ne crois pas que quiconque eût pu convaincre Edouard d'annuler son ordre originel avant que l'essentiel des dommages ait été fait. A l'évidence, il voulait faire de Berwick un exemple, pour intimider le peuple écossais dans son ensemble. La propagation de la peur peut souvent faire plus de dégâts que des engins de siège quand il s'agit d'affaiblir la résolution d'un ennemi.

— Mais d'autre part, dit sombrement Torquil, ça peut convaincre les gens qu'ils n'ont rien à perdre en combattant jusqu'à la mort.

La vitesse à laquelle les événements évoluaient en Ecosse donna une nouvelle urgence à leur mission. Pourtant, près d'une quinzaine s'écoula avant qu'ils ne soient autorisés à quitter Berwick. Brian de Jay se préparait à retourner à Londres et, de là, à se rendre à Chypre pour remettre les loyers et revenus annuels de l'Ordre au Grand Maître. Apprenant qu'Arnault et Torquil demeuraient en Ecosse, Jay fit très peu d'efforts pour cacher son mécontentement.

— Il n'est pas question de négocier une trêve en ce moment, les informa-t-il au cours d'une réunion où Guy de Foresta, ancien Maître d'Angleterre, était présent également, car il accompagnerait Jay à Chypre. En ces circonstances, je trouve que l'Ordre serait mieux servi si vous retourniez en France. Aucun doute que le Visiteur n'ait d'autres projets pour vous, maintenant que votre mission a échoué.

— Au contraire, le Visiteur ne pensait pas que la guerre éclaterait avant que nous arrivions pour la prévenir, répondit Arnault. Mais dans cette éventualité, nos ordres stipulent que nous devons contacter divers membres influents du clergé écossais et solliciter leur avis concernant la meilleure façon de résoudre ce conflit.

— Qu'y a-t-il à résoudre ? maugréa Foresta. Il y a quatre ans, John Balliol a rendu hommage au Roi Edouard, le reconnaissant comme suprême suzerain d'Ecosse. Depuis lors, il a violé ses obligations féodales et s'est révolté contre son seigneur. Il est incontestable que Balliol est coupable de trahison, et tous ceux qui combattent pour sa cause sont coupables du même crime. Il n'y a pas de plus grande faute — et jusqu'à ce qu'ils le confessent et fassent amende honorable, il n'y a plus rien à dire.

— Cette analyse est irréfutable, dit Arnault avec douceur. Pourtant, on ne peut pas négliger la possibilité que John Balliol soit tombé sous de mauvaises influences. Dans ce cas, qui pourrait mieux sonder la conscience du roi d'Ecosse que ces clercs éminents — abbés, prêtres et prieurs — dont on peut penser qu'ils ont à cœur l'intérêt du peuple écossais ? Si Balliol a nui à la communauté écossaise, son propre clergé est le mieux placé pour le persuader de ses erreurs et le convaincre de s'amender.

Jay émit un grognement dédaigneux.

— Votre foi en l'impartialité de l'Eglise écossaise est singulièrement mal fondée. Il suffit d'examiner la carrière d'hommes tels que l'évêque Wishart de Glasgow, pour voir qu'ils ont épousé la cause de l'indépendance écossaise comme n'importe quel membre de la racaille de Balliol.

— C'est pourquoi frère Torquil et moi-même avons ordre de chercher ailleurs des conseillers parmi les religieux d'Ecosse, répondit Arnault avec calme. Avec tout le respect que je vous dois, je vous exhorte à nous laisser partir. Les intentions du Visiteur sont clairement exprimées dans son ordre de mission. Plus longtemps nous restons ici, plus la situation peut se détériorer au-delà de toute possibilité de sauver quelque chose pour le peuple écossais.

Les lettres de créance qu'Arnault avait reçues à Paris avaient été soigneusement rédigées pour accorder à lui et à Torquil plus de liberté de mouvement qu'à aucun frère de leur Ordre. Les documents portaient la signature d'Hugues de Paraud, qui venait immédiatement après le Grand Maître dans la hiérarchie du Temple, et, quoique Jay eût aimé discuter ce point, il ne pouvait pas contrecarrer ces ordres sans se rendre lui-même coupable d'un abus d'autorité. A la fin, il les avait autorisés à partir de mauvaise grâce. Mais Arnault était certain que le Maître d'Angleterre utiliserait tous les moyens à sa disposition pour garder l'œil sur eux.

Leur première destination était Balantrodoch, apparemment pour remettre à Luc des documents comptables. En réalité, ils avaient besoin de son estimation actuelle des aspects les moins évidents de la situation en Ecosse.

Des rapports partiels du sac de Berwick les avaient précédés d'au moins une semaine ; mais la perspective d'un récit par des témoins oculaires fut suffisante pour que John de Sautre, précepteur d'Ecosse, convoque une seconde réunion du chapitre le jour de leur arrivée. Les frères écoutèrent avec la plus grande attention, bombardant les arrivants de questions, après quoi les discussions passèrent à des spéculations sur la direction que le conflit pouvait prendre.

— On nous laisse à penser que les comtes écossais ont abandonné le siège de Carlisle et se sont retirés à Annandale, leur dit Torquil, exposant le point de vue écossais. Apparemment, ils ont infligé peu de dommages aux défenses de la ville. Le dernier rapport affirmait que l'armée écossaise s'était rassemblée à Jedburgh, l'utilisant comme base pour des actions de harcèlement de l'autre côté de la frontière.

— Comment Edouard a-t-il réagi ? demanda Flannan Fraser.

— Jusqu'à présent, il a refusé de les poursuivre, dit Arnault. Quand nous avons quitté Berwick, Edouard rassemblait ses forces pour marcher vers le Nord et Dunbar. S'il prend la ville, son prochain objectif sera sans doute Edimbourg. Et si on ne l'arrête pas à

Edimbourg, rien ne l'empêchera de traverser l'estuaire et de pénétrer jusqu'au cœur de l'Ecosse.

Plus tard, quand John de Sautre tenta maladroitement de sonder leurs intentions, Arnault répéta ce qu'il avait déjà dit à Jay concernant l'ordre qu'ils avaient reçu de contacter divers religieux écossais, lui révélant de plus qu'ils avaient l'intention de se rendre d'abord auprès de l'abbé de Scone — ce qu'ils firent en effet, mais pour une raison différente. Peu après, tandis que Torquil s'occupait de vérifier les fers des chevaux et prenait toutes dispositions pour un départ matinal le lendemain, Arnault alla voir Luc de Brabant dans son bureau de la trésorerie, et lui remit les documents dont il était porteur.

— Torquil n'est pas avec toi ? demanda Luc, faisant entrer Arnault et inspectant le couloir derrière lui avant de refermer la porte.

— Il s'occupe des chevaux, répondit Arnault.

Il lança à Luc un regard interrogateur quant à la sécurité de la pièce, mais Luc se contenta d'un sourire ironique et lui montra un banc le long du mur extérieur, sur lequel ils s'assirent.

— Nous pouvons parler ici. Quelles nouvelles de Paris ?

— Oh, tu ne trouveras rien d'inquiétant là-dedans, dit Arnault, lui tendant les documents officiels. Grâce à ta gestion parfaite, la stabilité financière des maisons écossaises est au-dessus de tout reproche.

— Piètre louange, étant donné l'état du reste du pays.

Luc posa les documents sans même les regarder.

— Puisque vous allez à Scone, je suppose qu'on vous a donné des instructions à ce sujet.

— Effectivement, acquiesça Arnault. Le destin du Cinquième Temple continue à susciter de vives inquiétudes dans le Cercle intérieur. Ayant déterminé que la Pierre du Destin pouvait être une pierre angulaire à plus d'un niveau, ils pensent que certaines clarifications sont essentielles avant que nous nous engagions à grande échelle.

Luc se contenta de hocher la tête, tandis qu'Arnault poursuivait.

— La situation en Ecosse se détériore rapidement, et mes ordres officiels reflètent cette réalité. L'autorité de Balliol se désintègre à toute allure. Le Conseil des Douze ne s'est pas montré plus efficace. Le siège de Carlisle était voué à l'échec avant même de commencer, et maintenant, les comtes s'apprêtent à affronter les armées d'Edouard à Dunbar — pratiquement sans avoir une chance contre lui. En l'état actuel des choses, l'Ecosse perdra vraisemblablement son indépendance dans l'année.

— Le Visiteur croit-il vraiment que le clergé peut faire une différence ? demanda Luc.

— Je ne crois pas. Il a pu, dans une certaine mesure, atténuer les horreurs de Berwick ; mais je doute que leur parole compte beaucoup en ce qui concerne Balliol. Néanmoins, je suis chargé de les consulter — ce qui nous donne, à Torquil et à moi, toute raison d'aller à Scone pour discuter de ces questions avec l'abbé Henry.

— Et aussi, je gage, de discuter de la Pierre, dit Luc, hochant la tête d'un air entendu.

Arnault opina également.

— Cela correspond à tes propres recommandations de ces dernières années. Sous les Canmore, la vitalité de la monarchie écossaise dépendait du pouvoir investi dans la Pierre du Destin. Et nous savons que, au moins depuis le jour du couronnement de Balliol, la Pierre n'est plus ce qu'elle était.

« Prenant tout cela en compte, Torquil et moi sommes chargés de faire les évaluations suivantes : premièrement, est-il possible de rendre son pouvoir à la Pierre du Destin ? Et deuxièmement, cette injection de pouvoir pourrait-elle revitaliser la monarchie écossaise actuelle et lui permettre de préserver la liberté de l'Ecosse ?

— Questions que je me suis posées plus d'une fois ces dernières années.

— Et l'abbé Henry ? demanda Arnault. Crois-tu qu'il se les soit posées en tant que Gardien de la Pierre ? Plus précisément, y a-t-il des chances qu'il verse dans l'hystérie s'il apprend que nos méthodes d'investigation sont… euh… rien de moins qu'orthodoxes ?

— En fait, j'ai des raisons de penser qu'il serait plutôt ouvert à ces méthodes, répondit Luc, pensif. N'oublie pas que les populations de ces îles ont toujours tenu le mysticisme en haute estime. Scone est un monastère augustinien, mais leur spiritualité doit beaucoup à Colomba ; tu ne le sais peut-être pas, mais nombre de reliques de Colomba sont conservées à la cathédrale de Dunkeld, à seulement quelques heures de Scone. La plupart des fils les plus célèbres de Scone avaient des rapports avec la communauté d'Iona, où Colomba avait établi sa première maison. Et, naturellement, c'est saint Colomba qui apporta en Ecosse la Pierre du Destin.

— Je ne l'oublie pas, dit Arnault. Et bien avant l'époque de Colomba, on dit que la Pierre avait été l'oreiller de Jacob dans le désert, ce qui peut-être lui donne des affinités avec un autre lieu sacré de la Terre sainte, déjà à la garde du Temple. Et c'est pourquoi l'on m'a confié ceci.

Du corsage de son habit, il sortit un paquet plat qu'il portait contre son cœur depuis son départ de Paris, suspendu à son cou par un cordon de soie blanche. Il avait à peu près la taille et la forme d'un petit livre enveloppé d'une toile cirée et de plusieurs couches de soie qui, une fois écartées, révélèrent un puissant trésor : le plastron du grand prêtre d'Israël. Luisant à la faible lumière dispensée par l'unique fenêtre de la pièce, les douze gemmes cousues dans le lin reflétaient toutes les couleurs de l'arc-en-ciel.

Les yeux de Luc se dilatèrent et sa mâchoire s'affaissa.

— L'urgence doit être pire que je ne le craignais, s'ils t'ont permis d'apporter *ça* ici, dit-il en un souffle. Tu as pris un risque terrible !

— Mais acceptable, étant donné les circonstances, dit Arnault renveloppant la relique. Comme la Pierre, le plastron est un héritage laissé au monde par nos ancêtres hébreux, qui ont bâti les quatre premiers Temples à Jérusalem. C'est par l'intermédiaire du Plastron que nous avons reçu la révélation que l'Ecosse devait être le site du Cinquième Temple, avec la Pierre du Destin comme pierre angulaire. Espérons qu'en rapprochant le Plastron et la Pierre, nous pourrons découvrir comment procéder.

— Je regrette de ne pas pouvoir t'accompagner, dit Luc d'un air grave. Bien que j'aie toute confiance en l'abbé Henry, je sais que ma présence le rassurerait. Mais ici, on me considère déjà comme l'espion de Paris. Je suis certain que de Sautre a ordre de me surveiller étroitement.

— Il a sans doute des ordres similaires à mon sujet, répondit Arnault, remettant le Plastron sous sa robe. C'est toujours un fidèle de Jay ?

— Sans aucun doute, acquiesça Luc. Et son sycophante de petit frère est le bras droit de Jay à Londres. Tout ce qui se passe ici, tu peux être certain que Jay en est informé dans la semaine.

— Toutefois, il est en route pour Chypre, avec Guy de Foresta et le tribut annuel de la province anglaise, de sorte qu'il y aura une interruption de plusieurs mois dans les rapports de ses services secrets, dit Arnault avec une certaine satisfaction. Mais l'intérêt que nous portent les frères de Sautre sera suffisamment gênant.

On m'a déjà mis sur la sellette au sujet de mon voyage à Scone, soupira-t-il en branlant du chef.

— Et nous ne savons toujours pas quel rapport eux — et Jay — ont avec les reliques païennes disparues — ni avec ce qui s'est passé au scriptorium. S'il n'était pas probable que la magie noire fut la cause de la mort d'Alexandre III, de la Vierge de Norvège et de ce qui est arrivé à la Pierre, je ne m'inquiéterais pas autant ; les preuves que des agissements similaires se préparent sans doute à Balantrodoch sont purement circonstancielles, et je ne vois rien qui relie ces phénomènes à la question écossaise dans son ensemble.

— Mais c'est un signe de ces temps troublés : nous devons considérer que l'opposition peut venir de l'intérieur de notre Ordre, et à ce niveau éminent.

— Oui, dit Luc, nous devons être rusés comme le serpent, ainsi que nous l'enseignent les Ecritures. Et il y a autre chose à quoi tu n'as peut-être pas pensé.

Il poussa un profond soupir sous le regard interrogateur d'Arnault.

— Malgré notre fidélité aux vœux que nous avons faits à notre Ordre et à son œuvre, nous sommes engagés envers une œuvre supérieure par nos liens avec *Le Cercle*. En conséquence, nous devons nous préparer au jour où notre dévouement à cette œuvre sera en contradiction avec nos vœux chevaleresques envers l'Ordre dans son ensemble.

CHAPITRE 16

Comme prévu, Arnault et Torquil quittèrent Balantrodoch le lendemain matin. John de Sautre n'avait plus rien dit au sujet de leur mission, mais le temps qu'ils contournent le vaste tertre du château d'Edimbourg, Torquil fut certain qu'ils étaient suivis.

— Ça t'étonne ? demanda Arnault, chevauchant vers le bateau qui leur ferait traverser l'estuaire de la Forth.

— Non, ça m'indigne, rétorqua Torquil, fulminant intérieurement. Pour qui se prend-il, John de Sautre ? Tu lui as montré tes ordres. Ils n'ont rien à voir avec lui.

— Il pense qu'il est le Précepteur d'Ecosse et que nous opérons sur son territoire, dit doucement Arnault. De plus, je suppose que Brian de Jay lui a demandé de nous avoir à l'œil. Jay nous considère comme une menace, parce que nous ne sommes pas sous son commandement.

— Je sais tout ça, maugréa Torquil.

L'impression d'être suivis persista quand ils eurent franchi l'estuaire et qu'ils se dirigèrent vers Kinross et Perth, évitant le vaste complexe ecclésiastique de Dunfermline. Qui que fussent leurs suiveurs, ils eurent soin de ne pas se montrer.

— Crois-tu que ce soient des acolytes de de Sautre ? marmonna Torquil à l'adresse d'Arnault.

— C'est la supposition la plus vraisemblable, répondit Arnault, résistant au désir de regarder derrière lui.

— Nous pourrions leur tendre un piège, dit Torquil.

— Dans quel but ? Je n'ai pas fait mystère de notre voyage à Scone. Il est plus simple pour tout le monde que nos discrets amis ne réalisent pas que nous avons conscience de leur présence. Si ce sont bien des hommes de de Sautre, ça ne servirait qu'à leur faire se demander pourquoi nous pensions pouvoir être suivis.

— Et si ce *ne sont pas* des hommes de de Sautre ? demanda Torquil, le regardant de travers.

L'idée était déjà venue à Arnault que Brian de Jay et les de Sautre n'étaient peut-être pas les seuls à s'intéresser à leurs affaires.

— Si ce *ne sont pas* des hommes de de Sautre, il est sans doute préférable de les laisser tranquilles, du moins pour le moment. Si nous empêchons ce groupe de nous suivre, ils seraient peut-être remplacés par d'autres, plus adroits et plus dangereux.

Leurs suiveurs continuèrent leur filature. Le temps que les deux Templiers arrivent à l'abbaye de Scone, cette vigilance obligatoire était devenue pénible. C'est avec soulagement qu'ils entendirent les grilles de l'abbaye se refermer derrière eux.

L'abbé Henry les accueillit cordialement. Il était plus grisonnant et fatigué qu'à leur dernière visite — ce qui n'était pas surprenant, car l'instabilité de la monarchie de Balliol avait miné le pays dans son ensemble, et la paix de l'esprit ne régnait nulle part, même dans l'enceinte censément neutre d'une communauté monastique.

Des bribes de nouvelles sur la chute de Berwick avaient atteint l'abbaye quelques jours plus tôt, et l'abbé était impatient d'en avoir des détails. Tandis qu'on leur préparait la maison des invités, il convia Arnault et

Torquil dans son cabinet de travail pour une légère collation. Après une prière d'action de grâce pour la nourriture et l'arrivée de ses hôtes, il servit lui-même le vin pour tous trois.

— Ça me fait plaisir de vous revoir tous les deux, les assura-t-il, bien que j'eusse préféré des nouvelles plus réjouissantes. Mais avant de parler de ces tristes affaires, dites-moi ce que devient mon frère Luc.

— Il va bien, Révérend Père, et vous envoie ses plus sincères amitiés, dit Arnault.

— J'en suis toujours heureux, répondit l'abbé. C'est un homme doux et bon. Il sert bien le Temple et Notre Seigneur. Mais dites-moi ce qui vous amène à Scone. Vous n'êtes pas seulement porteurs de mauvaises nouvelles, je suppose ?

— Non. Nous venons vous demander votre aide.

— *Mon* aide ?

— Officiellement, dit Arnault avec une ombre de sourire, nous sommes ici pour solliciter vos conseils, et ceux d'ecclésiastiques écossais, concernant ce qu'on peut faire pour modérer la folie de Balliol par rapport à Edouard d'Angleterre. Malheureusement, comme Edouard marche vers le Nord pour combattre des forces écossaises à Dunbar au moment même où nous parlons, je doute qu'il soit enclin à la douceur envers les Ecossais et leur roi. Et les supplications du clergé ne seront sans doute pas plus efficaces qu'à Berwick.

L'abbé Henry étrécit pensivement ses yeux bruns en considérant les deux chevaliers.

— Vous avez dit « officiellement ». Dois-je comprendre qu'il existe une raison officieuse à votre visite ?

Arnault regarda Torquil, qui posa son verre et dit, choisissant ses mots avec soin :

— Frère abbé, vous savez que je suis un compatriote. Quand j'ai combattu en Terre sainte, il me semblait que toutes les aspirations de la chrétienté visaient à conquérir Jérusalem, la Ville sainte.

« Cette quête est une bonne et sainte chose — mais quand je suis revenu en Ecosse, je me suis demandé si elle faisait partie d'une cause plus vaste, dans laquelle l'Ecosse jouerait un rôle central. Des ténèbres planent sur ce pays, surtout depuis la mort du dernier Canmore, ténèbres répandues par quelqu'un, ou quelque chose déterminé à détruire tout ce qui est bon en ce monde. Si ces ténèbres ne sont pas contenues et dissipées, elles pourraient continuer à s'étendre jusqu'à ce qu'elles aient avalé toute la chrétienté. »

Le visage de l'abbé Henry était devenu très grave, et il ne répondit qu'après un silence méditatif.

— Je crains que vous n'ayez pas dit tout ce que vous avez sur le cœur, frère Torquil. Si les chevaliers de votre Ordre ont en ce domaine des connaissances qui dépassent celles du clergé dans son ensemble — et d'après mon amitié avec frère Luc, je pense que c'est le cas —, je vous prie ardemment d'exposer simplement ce que vous avez à dire.

Torquil regarda Arnault, qui se permit un soupir de soulagement.

— C'est pour cette raison que nous sommes revenus en Ecosse, frère Torquil et moi, dit-il. Car nous en sommes venus à croire que la cause et le remède aux maux d'Alba résident ici, à Scone, dans la Pierre du Destin.

— La Pierre ? murmura l'abbé Henry.

— Oui. Considérez-la à la lumière des traditions mystiques écossaises, poursuivit-il. Depuis l'époque de Colomba, la Pierre a été le plus grand talisman de lumière de l'Ecosse, son palladium, la pierre angulaire de la souveraineté écossaise. Mais ces dernières années, sa lumière a baissé, de même que le pouvoir de la monarchie écossaise. Si cette nation doit survivre à la tempête imminente, il semble que nous devions trouver un moyen de raviver la flamme secrète de la Pierre. C'est seulement alors que la couronne et le royaume retrouveront leurs forces.

L'abbé sembla stupéfait, mais soulagé également.

— Comme c'est curieux que vous parliez ainsi ! dit-il. Il y a vingt ans, je n'aurais même pas imaginé qu'une relique aussi ancienne et sainte que la Pierre pût perdre sa vertu. Mais depuis quelque temps, mon cœur me dit que tout n'est pas comme ce devrait être.

— Depuis quand ? demanda Torquil.

L'abbé Henry tourna son attention vers le jeune chevalier.

— Depuis, je crois, l'année où mourut le roi Alexandre III, dit-il lentement. J'ai remarqué alors que quelque chose n'allait pas. Mais c'est seulement lors du couronnement de John Balliol que j'en ai été sûr.

Torquil ravala l'air, et Arnault se pencha vers lui, soudain passionné.

— Pouvez-vous décrire ce qui n'allait pas, à votre avis ?

L'abbé plissa le front, s'efforçant de traduire ses intuitions en paroles.

— Cela ressemble au sentiment éprouvé parfois devant un autel inutilisé depuis longtemps — ou un autel profané. Une étincelle peut y demeurer, mais un tel autel semble entièrement différent de celui sur lequel on offre tous les jours le saint sacrifice de la messe.

Arnault hocha la tête, comprenant ce que l'abbé tentait d'expliquer.

— C'est peut-être une particularité de notre race celtique, de sentir ces choses, poursuivit l'abbé Henry. Il paraît que les grands saints peuvent distinguer une hostie consacrée du pain ordinaire, ce qui me semble vraisemblable si l'on accepte que les entités diaboliques ne supportent pas la présence divine dans l'hostie. Ce n'est pas seulement la foi qui est impliquée, c'est clair. Mais je ne peux pas vous dire ce que c'est.

« La décadence de la Pierre s'apparente à toutes ces choses. Et lors du couronnement de John Balliol, il m'a semblé soudain qu'il ne restait en elle qu'une étincelle.

Arnault regarda Torquil, qui à l'évidence mourait d'envie de parler, et lui fit signe de s'exprimer.

— Père abbé, dit Torquil, la veille du couronnement de John Balliol, l'un de vos frères m'a dit à peu près la même chose — le frère Mungo.

— Ah, le frère Mungo, dit l'abbé en souriant. Hélas, Dieu l'a rappelé à lui — puisse-t-il lui accorder le repos — mais c'était un saint homme. Curieux que vous l'évoquiez maintenant.

— Comment cela ? demanda Arnault.

— Le frère Mungo nous était venu de la communauté d'Iona, fondée, comme vous le savez peut-être, par le bienheureux Colomba lui-même. Et je trouve bizarre que vous en parliez, parce que la semaine dernière un autre frère de la communauté de Colomba est apparu à nos grilles, demandant à faire retraite parmi nous, un certain frère Ninian. Plus curieux encore, il a passé une grande partie de ses journées en contemplation devant la Pierre. Je ne vois pas comment il pouvait savoir que vous veniez — ni pourquoi. Mais il me semble que ce ne peut pas être une coïncidence. Vous êtes peut-être destinés à faire sa connaissance.

— C'est sans doute le cas, acquiesça Arnault. Mais avant cela, il y a autre chose que vous devez savoir, concernant l'intérêt que nous portons à la Pierre — et je choisis mes mots avec soin, parce que je ne veux pas vous offenser ni vous scandaliser.

— Si nous parlons de l'Invisible, répondit l'abbé Henry, je vous assure que je ne considérerai pas vos paroles comme scandaleuses, si c'est ce que vous craignez, frère Arnault. Parlez librement, je vous prie.

— Très bien. Voici nos suppositions. Vous avez dit que vous aviez remarqué un changement dans la Pierre après la mort d'Alexandre III. La dernière fois que nous sommes venus ici, frère Luc, frère Torquil et moi, c'était à la suite d'indications suggérant que la magie noire était impliquée dans la mort d'Alexandre et de la petite Vierge de Norvège. Incidemment, j'étais présent à la mort de la Vierge. Nous devons remonter à la source du mal. Mais il y a toutes raisons de croire que l'affaiblissement du pouvoir de la Pierre puisse être l'un des effets de cette cause.

L'abbé Henry pâlit à ces paroles, et il frissonna.

— Dieu du Ciel, pourquoi Luc ne m'en a-t-il pas parlé ? murmura-t-il.

— N'accusez pas Luc, je vous en prie, dit Arnault. Il ne savait pas comment cette hypothèse serait reçue, et il nous manque encore des preuves plus convaincantes. Même actuellement, nous ne pouvons citer aucun nom. Mais au vu de la crise actuelle, je pense qu'un examen plus approfondi de la Pierre s'impose, et je crois, Révérend Père, que plus tôt vous nous présenterez au frère Ninian, mieux ça vaudra.

— Je vais envoyer un frère convers le chercher immédiatement, dit l'abbé Henry en se levant. En ces circonstances, je suis certain qu'il est aussi impatient que vous de vous rencontrer.

Le frère convers revint peu après, accompagné d'un homme grand et frêle que son habit blanc et sa tonsure celtique désignaient comme un moine de la communauté de Colomba. Pendant que l'abbé Henry faisait les présentations, Arnault se permit d'approfondir ses premières impressions.

Le frère Ninian semblait friser la quarantaine ; il était glabre et de port plein de grâce, avec des cheveux de lin noués en queue de cheval derrière sa tonsure, et des yeux gris, couleur d'agates délavées par la pluie. Il avait les mains fines, avec de longs doigts fuselés d'artiste. Une attitude sereine suggérait une spiritualité profonde, rare même chez ceux consacrant leur vie à la prière et au renoncement.

De son côté, frère Ninian observait les deux chevaliers avec une curiosité aussi candide que résolue. Sur une profonde inspiration, un sourire radieux transforma son visage, les yeux étincelant comme des puits éclairés par le soleil, débordant d'amour et de compassion.

— Que Dieu soit loué ! murmura-t-il. Vous êtes ceux qu'on m'a dit d'attendre.

Cette déclaration surprit et intrigua ses trois interlocuteurs.

— Qui vous a dit que nous serions là ? hasarda Arnault.

— Eh bien, *Cra-gheal* lui-même, répondit Ninian.

— *Cra-gheal ?*

— C'est du vieux gaélique, dit Torquil avec animation, avant que Ninian ait pu s'expliquer. *Cra-gheal — le rouge-blanc*. C'est l'un des noms donnés à l'archange saint Michel. C'est bien de saint Michel que vous parlez, frère Ninian ?

— Bien sûr. Michel des Blancs Etalons, Michel des Batailles. *Cra-gheal* m'a ordonné de venir ici et d'y attendre l'arrivée de deux moines-soldats qui porteraient son insigne en témoignage de leur appartenance, dit-il, montrant la croix pattée sur la tunique et le manteau des deux Templiers. Le grand Michel n'est-il pas l'un des patrons de votre Ordre ?

— Effectivement, reconnut Arnault.

Ninian hocha la tête, considérant l'affaire classée.

— Alors, je sais pourquoi vous êtes là : pour travailler à la restauration de la Pierre du Destin.

Il tourna les yeux vers la petite fenêtre de la pièce et poursuivit, ses auditeurs suspendus à ses lèvres.

— J'étais debout en haut d'un rocher sur le rivage

d'Iona, dit-il, quand la voix de *Cra-gheal* s'est élevée des eaux, m'ordonnant de me lever et de me rendre où dort la Pierre. En ce lieu viendraient deux de ses guerriers sur la terre, cherchant le moyen de ranimer la Lumière qui nous vient des temps anciens. Il m'a prié de vous offrir mon aide et mes conseils selon la sagesse qui m'a été accordée.

La lueur qui éclairait son regard quand il reporta les yeux sur eux témoignait de la véracité de cette déclaration, et Arnault ne douta pas que frère Ninian n'ait eu la faveur d'une révélation mystique — ou qu'il acceptât sans réserve le cadre ésotérique qui guidait leur mission présente. Brièvement, et sans mâcher ses paroles, Arnault mit Ninian et l'abbé Henry au courant de ce qu'il se proposait de faire, sans omettre de mentionner le Plastron du grand prêtre.

— Ce que je propose nécessite des préparatifs, dit-il, de préférence pendant plusieurs jours. Puisque le 1er mai est dans trois jours et que, d'après frère Torquil, c'est aussi le jour de l'an de l'ancienne année écossaise, je propose que nous choisissions ce jour, et que nous utilisions le temps qui nous en sépare pour nous préparer par le jeûne et la méditation.

— Choix heureux et prometteur, acquiesça Ninian. C'est la veille de l'ancienne fête de *Bealtuin*, ou Beltane, où l'on allume encore des feux de joie sur les hauteurs pour accueillir l'été. La nuit n'est pas moins puissante en ce temps où nous donnons notre allégeance au Fils et non plus au soleil.

— C'est certainement vrai, déclara l'abbé Henry, hochant solennellement la tête, de sorte qu'Arnault et Torquil n'eurent pas besoin de commenter cette assurance selon laquelle aucun d'eux ne devait se sentir entravé par l'expression conventionnelle de pratiques religieuses.

Les deux jours suivants, frère Ninian et les deux

Templiers s'immergèrent dans le rythme des prières de la communauté monastique, assistant tous les jours à la messe et récitant tous les offices liturgiques quotidiens, les chevaliers ayant dépouillé leur cotte de mailles et leurs armes pour affirmer l'aspect religieux de leur vocation. Pourtant, le dernier soir, les deux Templiers s'armèrent avant complies et demeurèrent après dans l'église abbatiale, passant la nuit en prière.

C'était une pratique qu'aimait Arnault, et qui était aussi très chère à Torquil : elle leur permettait de se ressourcer, et, dans le cas d'Arnault, était source, également, d'illumination. Agenouillé au pied du sanctuaire, devant l'autel du Saint Sacrement, il tenait son épée dégainée à bout de bras, les mains juste sous la garde, la pointe légèrement posée sur le sol.

D'abord, il fixa son regard au centre de la croix formée par la garde et la lame, et murmura la devise de l'Ordre : « *Non nobis Domine, sed Nomini Tuo da Gloriam...* » Puis il élargit son champ visuel pour y inclure les cierges brûlant sur l'autel, et laissa son esprit s'envoler librement, comme une colombe cherchant un perchoir en un lieu désert.

Son esprit se posa un instant sur Frère Ninian, agenouillé dans la chapelle de la Pierre, comme tous les soirs. Avec sa discrétion, son amour et son respect pour toute la création, frère Ninian rappelait à Arnault les religieux de Saint-François d'Assise, qui, comme lui, embrassaient l'esprit divin en toutes choses et honoraient Dieu et la nature en un acte unique d'adoration.

Pourtant, dans le cas de Ninian, ces attitudes et ces pratiques étaient l'héritage du passé mystique d'Ecosse. Par ses manières et son apparence, ce frère aurait presque pu être l'incarnation vivante de ces époques reculées. Son habit blanc et sa tonsure celtique le reliant à la spiritualité des druides, qui avaient vu en l'enseignement du Christ l'épanouissement et l'extension du concept trinitaire qu'honoraient leurs traditions depuis longtemps.

Et pourtant, il n'y avait rien de distant ou de réservé dans ses idées sur la guerre et la politique, comme les Templiers l'avaient découvert à leur première rencontre. Au contraire, la conscience qu'il avait de l'esprit résidant dans toute chose illuminait sa compréhension des besoins actuels de l'Ecosse.

Ses pratiques s'enracinaient dans le sol écossais, et cela fut évident le lendemain, le 1er mai. Quand les Templiers sortirent de l'église abbatiale après la messe, à cette « troisième heure » de l'ancien monde, quand le Saint-Esprit descendit sur les Apôtres, ils aperçurent la silhouette vêtue de blanc de frère Ninian, qui se dirigeait vers le sommet tout proche de Moot Hill, où il passa le reste de la journée à jeûner et à prier. Tenus aux mêmes pratiques, les deux Templiers ne le revirent pas avant le soir quand, en compagnie de l'abbé Henry, ils se rendirent tous dans la chapelle de la Pierre pour exécuter le rite divinatoire.

Minuit approchait. L'église était déserte et silencieuse, sombre à l'exception de la lampe du Saint Sacrement au-dessus du tabernacle et des lanternes qu'ils avaient apportées pour éclairer leur chemin. Tandis que l'abbé Henry enlevait deux cierges d'un chandelier et les remplaçait par des neufs, Arnault et Ninian allèrent au fond de la chapelle, où Ninian sortit plusieurs petits objets d'une aumônière en peau de daim qu'il portait à la ceinture. Arnault resta ces précieuses minutes la tête dans ses mains, se préparant au travail à venir.

L'autel de la chapelle latérale était dédié à saint André. Quand l'abbé Henry eut allumé les cierges de l'autel, il éteignit les lanternes et s'agenouilla pour demander à Dieu de protéger les participants et d'assurer le succès de leur entreprise. Torquil, pour sa part, dégaina son épée et fit le tour de la chapelle dans le sens du soleil, traçant un cercle protecteur et s'arrêtant aux quatre points cardinaux pour ajouter un nouveau symbole de protection. Ayant refermé le cercle, il se posta juste à l'entrée de la chapelle, regardant vers l'extérieur, tenant son épée à deux mains, prêt à défendre l'espace sacré et ses occupants contre toute intrusion, physique ou autre.

Arnault sentit la fin de cette partie du travail, et leva les yeux pour constater que Ninian le regardait avec calme. Avec une ombre de sourire, Arnault sortit le Plastron de sa cachette, contre son cœur. Ninian, grave et respectueux, le regarda ôter la toile cirée et les enveloppes de soie, baisant avec révérence les doigts de sa main droite, puis demandant du regard la permission d'Arnault avant d'effleurer l'une des gemmes.

— Objet sacré, dit-il en un souffle. Que Dieu vous accorde le discernement de l'utiliser sagement !

Ce disant, il recula d'un pas et s'inclina devant Arnault, lui faisant signe de commencer en montrant la Pierre. Se recommandant mentalement à Dieu, Arnault tomba à genoux derrière la Pierre, comme il l'avait déjà fait, puis prit une profonde inspiration pour se stabiliser avant de suspendre le Plastron à son cou pour qu'il repose sur son cœur.

— Dieu Tout-Puissant, Père éternel des Lumières, pria-t-il tout haut, en Qui il n'est aucunes ténèbres, et devant Qui aucun secret n'est caché, soulève le voile obscurcissant mes yeux mortels et éclaire mon âme. Je prie que mon esprit discerne la nature des vérités cachées et que mon cœur connaisse clairement Ta volonté.

Sur quoi il se tut et s'assit sur les talons. Tandis que l'abbé Henry poursuivait ses prières d'intercession, Ninian prit un petit bol en bois qu'il avait rempli d'eau de pluie conservée dans un flacon, remuant le contenu à l'aide d'un rameau d'aubépine coupé un peu plus tôt au clair de lune.

— J'ai parlé au bois, psalmodia-t-il doucement, et il m'a chanté la terre. J'ai parlé à l'eau, et elle m'a chanté le ciel. Bénis soient le bois et la terre, l'eau et le ciel en témoignage de leur Créateur. Que leurs chants soient sur mes lèvres, à la louange de Dieu.

Puis il se servit du rameau d'aubépine pour asperger la Pierre en un geste de bénédiction. Des pétales d'aubépine s'envolèrent, fragiles et odorants.

— Créature de la terre, murmura-t-il, sois bénie au nom de Celui qui est au-dessus de tous les autres. Eveille-toi et prends conscience de ce que tu es : le vaisseau du pouvoir de Dieu !

Il s'inclina profondément devant la Pierre, puis il posa le bol et s'agenouilla en face d'Arnault, sortant de son aumônière un galet gris poli par l'érosion, de la taille d'un œuf de poule, avec un trou naturel en son centre, qu'il posa dans les mains en coupe du Templier.

— On appelle ça un *keekstane*, une pierre-voyante, expliqua-t-il. Ces objets sont des présents rares de la nature. Le trou est une fenêtre sur le monde des choses cachées. Je vous le donne, en qualité de celui à qui la Vision vraie sera peut-être révélée.

Le cœur battant, Arnault referma les mains sur le *keekstane*, se préparant à faire appel à ses perceptions intérieures. Au bout d'un moment, il invoqua le pouvoir du Plastron et sentit bientôt sa poitrine se réchauffer, et il perçut un frémissement concomitant du *keekstane*.

Penchant la tête, il commença à chercher un lien entre les deux. Bientôt, il prit conscience d'une sensation de chaleur irradiée par le Plastron, qui s'aviva et se répandit dans sa poitrine, accélérant son sang. L'acte de respirer semblait attiser l'éclat et la chaleur de la flamme, comme un soufflet de forge. Elle embrasa son cœur qui brûla dans sa poitrine comme une braise.

La chapelle de la Pierre sembla onduler autour de lui quand il releva la tête, les mains fermement refermées sur le *keekstane* qu'il tenait contre le Plastron. Avec une impression de vertige, il se sentit soulevé sur un plan supérieur de perception, où la solidité du sol sous ses genoux semblait la seule chose l'ancrant dans le monde matériel. Tout le reste était allumé et transformé par le feu qui brûlait dans son cœur.

La chaleur de sa poitrine dépassa le seuil de la douleur, mais alors même qu'Arnault haletait, le feu se déchargea d'une brusque secousse. Un éclair éblouissant émana du centre de sa poitrine, et, au même instant, toutes les gemmes du Plastron prirent vie en un arc-en-ciel d'un éclat surnaturel.

Les mains tremblantes, Arnault osa soulever le *keekstane* devant ses yeux. Vue à travers la fenêtre du *keekstane*, baignée dans cette lumière surnaturelle, la Pierre du Destin subit un changement stupéfiant. Sa densité opaque s'écoula comme du vin d'une coupe. La masse restante devint aussi transparente qu'un bloc de verre. Sondant ses profondeurs vitreuses, Arnault, regardant toujours à travers le *keekstane*, vit un arc-en-ciel de feu relier le Plastron et la Pierre.

Des couleurs chatoyantes parcouraient sa surface en lignes de force crépitantes. Au même instant, au cœur même de la Pierre, apparut en réponse un éclair éblouissant. Comme une semence d'étoile, il s'épanouit vers l'extérieur, rencontrant les couleurs dansant à la surface et s'y fondant. Puis, tout aussi soudainement, l'éclair mourut, ne laissant derrière lui qu'un fantôme de lueur.

Sa disparition donna à Arnault l'impression d'être écartelé — comme s'il était entraîné à l'intérieur de la Pierre. Au cœur de la Pierre, il sentit une pulsation d'énergie invisible, qui battait tel le cœur d'un mourant. En un instant déchirant, il sentit que la réanimation était possible — mais pas du tout certaine.

Comme en réponse à cette révélation, il sentit soudain

une douleur déchirante dans sa poitrine, on aurait dit qu'on lui arrachait le cœur. L'angoisse lui coupa le souffle. Son corps s'effondra, entraînant avec lui le royaume de sa vision. Tandis qu'il glissait vers le sol, le *keekstane* lui échappant des mains, une voix sembla lui murmurer par-dessus le tumulte affaibli :

Le Royaume est tombé aux mains d'un apostat ! Seul le sang peut payer le prix de la rançon. Le temps du Roi Sans Couronne approche — le temps du guerrier-victime, vaillant au combat. Pour lui, le sacrifice ; pour ses successeurs, la victoire !

CHAPITRE 17

— Le fait que la Pierre du Destin conserve une étincelle de son ancien pouvoir est réconfortant dans une certaine mesure, dit l'abbé Henry d'un ton las. Mais si nous ne trouvons pas le moyen d'attiser cette braise, je crains que l'avenir de ce pays ne soit bien sombre. Quant à redresser la situation, nous n'avons que des devinettes et des énigmes.

— Les prophéties sont toujours obscures, j'en ai peur. Ce n'est quand même pas sans raison que nous avons reçu ces conseils, dit Arnault installé dans un fauteuil, devant la cheminée du bureau de l'abbé Henry.

Le jour s'était levé et il avait pu dormir quelques heures, mais il n'avait pas encore entièrement récupéré des épreuves de la nuit. Avachi dans un fauteuil voisin, Torquil semblait tout aussi épuisé et perplexe. Seul frère Ninian, debout près de la fenêtre, conservait une apparence de calme imperturbable.

Arnault ne se souvenait de rien après la vision qui l'avait terrassé. Il s'était réveillé à l'infirmerie du monastère, veillé par frère Ninian. Peu après, Torquil et l'abbé Henry les avaient rejoints. Le Plastron avait été renveloppé et avait retrouvé sa cachette, sous la chemise d'Arnault, contre sa peau. Sur le conseil de Ninian, il avait suspendu le *keekstane* à son cou par un cordon de cuir.

— Quel que soit le sens de la prophétie, dit l'abbé Henry, il est dans notre intérêt de l'interpréter aussi vite que possible. Une ombre plane effectivement sur la Pierre et sur le pays, apparemment destinée à nous plonger dans les ténèbres païennes. Le remède semble entre les mains de ce Roi Sans Couronne. Et si nous ne trouvons pas qui il est — et comment il rendra son pouvoir à la Pierre —, le roi Edouard anéantira le pays, et les ténèbres anéantiront nos âmes.

Une longue discussion s'ensuivit. Diverses hypothèses et propositions furent examinées, toutes rejetées comme indéfendables. Le débat se termina par un silence frustré, finalement rompu par frère Ninian.

— Puisque *Cra-gheal* m'a envoyé pour vous aider, c'est peut-être pour que vous reveniez avec moi à Iona, dit-il. Dans notre bibliothèque figurent beaucoup de textes anciens et de manuscrits. Quelques-uns même de la main de Colomba en personne. De plus, nous conservons les traditions orales de notre lointain passé. Certains de nos frères sont entraînés à la *seannachie*, qui leur donne accès à la sagesse ancestrale. Il se peut que l'un d'eux comprenne ce qui maintenant nous échappe.

Arnault et Torquil s'éclairèrent à cette proposition, et l'abbé Henry hocha la tête avec enthousiasme.

— Nous viendrons, bien sûr, répondit Arnault.

Après une brève discussion des aspects pratiques du voyage, ils décidèrent de partir le lendemain matin. Torquil et frère Ninian préparèrent les provisions après l'office de midi, pendant qu'Arnault dormait quelques heures.

Mais peu avant les vêpres, alors qu'Arnault les avait rejoints à l'écurie pour inspecter les montures disponibles, ils entendirent des claquement de sabots dans la cour, des pas précipités et un murmure grandissant de voix anxieuses. Arnault jeta un coup d'œil dehors, puis fit signe aux autres de le suivre, car un cavalier épuisé, monté sur un cheval écumant, venait d'entrer dans la cour de l'abbaye, et deux frères convers soutenaient les flancs du cheval pour l'empêcher de s'effondrer, tandis que des moines émergeaient de toutes les portes entourant la cour.

— Les Anglais ont pris Dunbar ! haleta le cavalier, glissant lourdement à bas de sa monture. Au moins trois comtes sont prisonniers, et beaucoup d'hommes de haut rang. Maintenant, Edimbourg est menacé, et après, toute l'Ecosse !

Des cris consternés accueillirent cette nouvelle, assortis de clameurs demandant des détails, qui restèrent rares. D'après ce que comprirent les Templiers, de graves erreurs stratégiques avaient condamné la défense écossaise dès le départ, et le roi John battait en retraite vers le Nord avec les Comyn et d'autres de sa baronnie. La cavalerie du comte Warenne avait eu l'honneur d'attaquer et de prendre Dunbar pour le roi Edouard — et à présent, on croyait que le roi anglais et le gros de son armée se dirigeaient vers Edimbourg sans se presser.

— Et voilà pour la sagacité militaire de John Balliol, maugréa rageusement Torquil comme il s'éloignait avec Arnault. Et que faisaient ces imbéciles de comtes ? Ils auraient pu tenir Dunbar !

— Tes compatriotes manquent d'expérience en l'art de la guerre tel qu'Edouard le pratique, dit Arnault. Reste à voir quelle leçon ils vont tirer de ce désastre.

Impossible de savoir jusqu'à quand les Anglais resteraient dans les environs de Dunbar avant de reprendre leur avance. La perspective d'armées anglaises en marche donna à réfléchir à Arnault.

— L'idée me vient, dit-il, qu'il n'est peut-être pas de bonne politique pour deux Templiers de circuler ouvertement sans être attachés à un contingent anglais. Je me demande si ce n'est pas le moment de nous rendre invisibles, peut-être en nous déguisant.

— Oh ? fit Torquil, haussant un sourcil éloquent en pensant à leurs déguisements précédents.

Arnault gloussa.

— Rien d'excessif, cette fois. Nous serons... des pèlerins retour de Terre sainte, en route pour faire retraite et pénitence chez les bons frères d'Iona. Cette fiction nous obligera à laisser nos armures en arrière et à emprunter des habits à l'abbé Henry, mais je crois que cette couverture nous permettra quand même d'emporter nos épées.

— Au moins, ça veut dire que nous voyagerons léger, dit Torquil, à l'évidence soulagé.

L'abbé Henry ajouta la touche finale, leur fournissant des habits noirs d'Augustiniens et deux vieux bourrins des écuries abbatiales en remplacement de leurs fringants étalons. Ainsi déguisés, leurs bagages attachés à l'arrière de leurs selles et leurs épées fixées sous leurs genoux — frère Ninian monté sur le solide poney de montagne qui l'avait amené d'Iona —, ils s'éclipsèrent de bonne heure le lendemain matin, en route vers le Nord et la ville épiscopale de Dunkeld.

La route de Dunkeld était bonne, et ils parcoururent les quinze miles qui les en séparaient en moins d'un jour. Devant les regards craintifs et les rumeurs circulant parmi les habitants, ils comprirent que la nouvelle de la chute de Dunbar les avait précédés. Le soir, ils logèrent dans un hospice contigu à la cathédrale, et partirent à l'aube le lendemain, suivant le chemin vers le nord, puis vers l'ouest le long de la Tay.

Le temps variable du printemps vira à l'orageux, et ils mirent presque une quinzaine à traverser l'Ecosse dans sa largeur. La route le long du cours de la rivière se rétrécit en une piste étroite vers la rive nord du Loch Tay, disparaissant parfois sous des broussailles envahissantes.

Ils virent peu de villages, consistant généralement en quelques huttes misérables bâties dans des clairières déboisées à la hâte. Les paysans et pêcheurs habitant ces cabanes se méfiaient des étrangers et gardaient leurs distances.

Le terrain devint de plus en plus sauvage à mesure qu'ils avançaient vers l'ouest. Tous les sons étaient assourdis par les forêts environnantes. Plusieurs fois par jour, en général vers le crépuscule, leur passage effrayait de petits groupes de cerfs qui s'enfuyaient devant eux, paniqués. La piste zigzaguait au fond d'une longue vallée formant un pont entre la partie inférieure du Loch Tay et les eaux supérieures du Loch Awe. D'épaisses forêts couvraient le fond de la vallée, et ils durent démonter plus d'une fois pour dégager la voie devant eux, jusqu'au moment où ils arrivèrent devant un vaste panorama d'eau bleu acier.

— Je connais cet endroit, dit Ninian, c'est là que l'Awe se jette dans le loch. Plus loin se trouve le col de Brander — et après ça, le Loch Etive et la voie vers la mer.

— J'espère que tu ne vas pas nous demander de traverser à la nage, dit Torquil.

Le moine secoua la tête en souriant.

— Il y a un gué à un mile en amont. Je vais vous montrer le chemin.

Une étroite plage rocheuse séparait la forêt du loch. Comme les trois cavaliers émergeaient de l'ombre des arbres, le silence primal fut rompu par des cris venant de quelque part sur leur droite, suivis de sons confus. Tapage ponctué par des cliquetis familiers de métal contre métal.

Lançant un regard éloquent à Torquil, Arnault mit pied à terre, jetant ses rênes à frère Ninian et détachant son épée de sa sclle, imité par Torquil.

— Reste avec les chevaux, dit-il tout bas à Ninian.

D'après les cris, les grognements et le fracas des armes, Arnault jugea qu'il devait y avoir huit ou dix combattants. Il révisa son estimation un instant plus tard, quand il aperçut trois solides Highlanders jambes nues combattant dos à dos au milieu d'une clairière, lances baissées en une posture défensive pour tenir en respect cinq cavaliers.

Les Highlanders repérèrent Arnault et Torquil avant les cavaliers. Leur chef roux, remarquant qu'ils étaient armés, rejeta la tête en arrière et vociféra :

— A nous, si vous êtes de sang écossais ! Sinon, allez au diable !

Les cavaliers étaient tous en tuniques de cuir et casques d'acier, armés d'épées et de longues lances de cavalerie. Le capitaine fit pivoter sa monture pour affronter les arrivants, écarquillant les yeux à la vue de deux adversaires supplémentaires. Il aboya un ordre à deux de ses subordonnés qui chargèrent. Les deux Templiers se mirent en posture défensive, car leurs lances donnaient aux cavaliers l'avantage de l'allonge.

— Synchronisation, murmura Arnault à Torquil entre ses dents, tandis que leurs deux adversaires éperonnaient leurs montures, s'écartant l'un de l'autre à mesure qu'ils approchaient.

Serrant son épée à deux mains, Arnault attendit la dernière seconde pour se déplacer, puis, alors que la lance de son ennemi frôlait sa poitrine, il abattit sa lame de toutes ses forces sur la hampe de la lance.

Elle se brisa dans un grand craquement, et son propriétaire chancela sur sa selle. Jetant son arme inutile, l'homme se dressa sur ses étriers en jurant, et fit pivoter sa monture, ne l'arrêtant que le temps de se réarmer de la masse d'armes attachée à sa selle.

Regardant du coin de l'œil les trois Highlanders qui tenaient en respect les trois autres, Arnault vit soudain le capitaine tomber de sa selle à la renverse, une dague plantée dans une orbite. Torquil était toujours debout après la première charge de *son* adversaire, et comme leurs deux assaillants tournaient pour un second passage, il plongea sous la lance et saisit le mors du cheval qui se cabra, désarçonnant son cavalier.

Le tonnerre des sabots approchants avertit Arnault du danger. Alors que Torquil bondissait sur son ennemi, Arnault vit et entendit la masse d'armes qui s'abattait sur lui, mais il esquiva, bondit agilement de côté et leva son épée ; la lame glissa entre deux coutures, transperçant l'autre jusqu'au cœur. Il dégringola de sa selle, entraînant l'arme d'Arnault, et les deux cavaliers restants rompirent brusquement l'engagement.

Se précipitant pour récupérer son arme, Arnault roula sur lui-même pour ne pas être piétiné par les deux cavaliers qui s'enfuyaient au galop et disparurent bientôt à leur vue, laissant les deux Templiers déguisés en compagnie des trois Highlanders et de trois cadavres. Le grand chef roux s'arrêta le temps de crier des injures en gaélique aux fuyards, en brandissant le poing, puis il s'avança vers Arnault et Torquil, les saluant de la main.

— Que saint Michel vous bénisse pour votre aide bienvenue, dit-il. Et d'autant plus que vous avez l'air d'étrangers, et je ne crois pas que vous avez appris *ça* au monastère, ajouta-t-il, montrant de la tête les épées que les deux Templiers essuyaient sur les manteaux des cadavres. Je m'appelle Euan MacDougall, du clan d'Alexander MacDougall, comte de Lorn. Qui êtes-vous, et qu'est-ce qui vous amène par ici ?

Arnault adressa un regard perplexe à Torquil, qui salua amicalement de la tête leur interlocuteur.

— Nous sommes rentrés récemment de Terre sainte, dit-il, accentuant son accent écossais, déformant à peine la vérité. Nous allons en pèlerinage chez les saints moines d'Iona. Qui étaient ces hommes ? ajouta-t-il, montrant les trois cadavres. Des hommes de Hieland Nae ?

Leur nouvel ami retroussa les lèvres.

— Non. Et pas de Sassenach non plus. Des jeunots irlandais envoyés par Edouard. Ces morveux n'étaient que des éclaireurs. Le gros de la troupe a remonté le Loch Fyne et accosté il y a quelques jours près d'Inveraray. On les a regardés débarquer et on est repartis ventre à terre pour raconter ce qu'on avait vu — mais on dirait qu'on nous a vus aussi. Ces cinq-là nous ont rattrapés juste avant votre arrivée, pour nous réduire au silence.

Il s'interrompit suite à un craquement de branches, annonçant l'arrivée de frère Ninian sur son poney, menant un cheval perdu par la bride, en plus de leurs deux montures. Son air anxieux disparut à la vue de ses deux compagnons, sains et saufs.

— Voilà frère Ninian d'Iona, dit Torquil à MacDougall. Moi, je suis le frère André, en l'honneur du saint écossais, mais je suis originaire du comté de Lennox. Frère Michel que voilà est français, alors il ne comprend pas le gaélique.

Euan MacDougall accepta ces explications sans réserves, leur adressant à tous trois un large sourire.

— Enfin, on peut pas le lui reprocher. Tout le monde n'a pas la chance d'être écossais. Mais si vous voulez nous suivre, je peux vous offrir un abri à Dunstaffnage, en remerciement de votre aide — et de là, vous trouverez peut-être un bateau pour Mull. On va rester juste le temps d'enterrer les morts et après on s'en ira en vitesse pour raconter ce qu'on a vu à sa seigneurie.

— Frère *Michel*, murmura Arnault à Torquil un peu plus tard, comme ils aidaient à creuser trois fosses peu profondes. C'est un nom qui suscite bien des espoirs.

— Mais qui te va bien, rétorqua frère Ninian, puisque nous travaillons pour *Cra-gheal*.

Chevauchant avec les hommes de MacDougall, la

nuit les surprit avant qu'ils n'arrivent de l'autre côté du col de Brander. Ils campèrent en vue du pic de Ben Cruachan et repartirent de bonne heure le lendemain matin, espérant arriver au château de Dunstaffnage avant la nuit. A l'extrémité occidentale du col, près des sources du Loch Etive, ils rencontrèrent des cavaliers de MacDougall qui, après une rapide conversation en gaélique, repartirent vers le sud, sur les traces des mercenaires irlandais. Les trois pèlerins et leur escorte continuèrent vers le château, sous un ciel promettant plus qu'une brève ondée.

Le comte de Lorn n'était pas là, étant parti vers le sud pour vérifier des rapports sur la présence de navires de guerre anglais près de Seil. En son absence, les trois pèlerins furent reçus par le capitaine de la garnison, qui les fit loger décemment parmi les hauts domestiques du comte. Quand Torquil s'enquit d'un bateau pour Mull, on lui dit que le capitaine d'une galère ancrée à l'abri du château les accepterait peut-être à son bord. Le capitaine en question se montra suffisamment dédaigneux de la marine anglaise pour accepter l'or que Torquil lui proposa, et ils convinrent d'appareiller le lendemain à la première marée. Comme rien n'était prévu à bord pour le transport des animaux, Euan s'arrangea pour que leurs montures soient hébergées au château jusqu'à leur retour.

— Et si vous ne revenez pas, dit-il joyeusement quand ils se retirèrent pour la nuit, les bêtes valent plus que ce qu'elles mangeront.

Ils s'allongèrent pour dormir, sans autre souci que le temps.

Cette inquiétude se révéla fondée quand une tempête éclata pendant la nuit, apportant de violentes bourrasques de pluie. A l'aube, les nuages s'étaient dissipés, mais les eaux du Loch de Lorn étaient déchaînées et écumantes, fouettées par un fort vent d'ouest.

— La traversée sera rude, remarqua Arnault avec appréhension en descendant vers le rivage, munis de pain, de fromage et de bouteilles de bière en gré pour le voyage, les deux chevaliers armés de leur épée.

La galère était toujours au mouillage, mais le capitaine et plusieurs de ses matelots arpentaient la plage, l'air sombre. Dès qu'il aperçut ses trois passagers, le capitaine se porta à leur rencontre.

— On peut pas appareiller avant que le vent tourne, dit-il à Torquil. Ni pour or ni pour argent. Même en ramant de toutes nos forces, on ne peut pas aller contre une tempête pareille.

Torquil échangea des regards contrariés avec Arnault et frère Ninian.

— D'après vous, ça va durer jusqu'à quand ? demanda-t-il.

Le capitaine haussa les épaules.

— Je peux pas dire. Le vent et la mer ont leur tête à eux. Il faut être fou pour les contrarier.

Arnault réprima un soupir mécontent.

— Alors, je suppose que nous n'avons d'autre choix qu'attendre un changement de temps, dit-il avec calme.

— Pas nécessairement, dit Ninian. Notre mission est importante. Il y a peut-être quelque chose à gagner en s'adressant à une plus haute autorité. Reste près de ton bateau, ajouta-t-il, se tournant vers le capitaine. Je crois que tu auras bon vent avant longtemps.

— Tu sais quelque chose que nous ignorons ? demanda Torquil avec curiosité alors que le capitaine s'éloignait en haussant les épaules.

— Colomba nous a amenés jusque-là, dit Ninian avec calme. Avec sa protection, nous pouvons terminer ce voyage sans perdre de temps.

Faisant signe aux Templiers de l'accompagner, il se mit à longer la plage. Sentant qu'il ne s'agissait pas d'un caprice, Arnault fit signe à Torquil de se taire. Ninian semblait flâner sans se presser, se baissant de temps en temps pour ramasser et examiner des cailloux jonchant le sable. En peu de temps, il trouva quatre pierres lisses de quartz poli et un morceau de bois flotté tout blanc après son long séjour dans l'eau.

Emportant ces objets, il les précéda jusqu'à une étendue de sable plate et ferme, à la limite de la ligne de marée. Les Templiers le regardèrent en silence à quelques pas. Il s'accroupit et, avec le bâton de bois flotté, dessina un cercle dans le sable, un peu plus grand qu'une tête d'homme. A l'intérieur, il traça deux diamètres, séparant le cercle en quatre quadrants par le signe de la croix.

Se signant lui-même, il adopta ensuite une posture familière de suppliant, visage levé, paumes tournées vers le ciel.

— O grand Colomba, dit-il doucement, est-ce vraiment ta volonté que nous soyons échoués sur ce rivage quand nos cœurs aspirent tant aux conseils de ta maison ? Sans doute n'est-ce pas difficile pour toi d'obtenir de Dieu une petite faveur, l'envoi d'un bon vent pour arriver à notre destination.

Les Templiers furent stupéfaits d'entendre Ninian s'adresser à son patron spirituel en termes si familiers, presque réprobateurs. Pourtant, cette familiarité témoignait des proches affinités personnelles qui, à l'évidence, existaient entre Ninian et le saint de sa maison, malgré le temps et l'espace. Echangeant un regard étonné, ils attendirent la suite avec intérêt.

Fredonnant entre ses dents, Ninian prit ensuite les quatre pierres qu'il avait ramassées et en posa une à chacun des points cardinaux du cercle qu'il avait tracé. Cela fait, il tourna ses paumes vers le ciel, en un geste de supplication, et leva les yeux en chantant doucement :

Bénis pour moi, ô Dieu, les quatre éléments.
Bénis pour moi, ô Dieu, les quatre quadrants du ciel.
Bénis pour moi, ô Dieu, les quatre vents.
Ordonne à ceux qui me retiennent de s'endormir,
Et réveille ceux qui me favorisent.

Sur quoi, il tendit le bras et intervertit les pierres posées à l'est et à l'ouest.

— Comme le monde tourne, ainsi tourne la roue du ciel, murmura-t-il. Comme le ciel tourne, ainsi tournent les vents sous le ciel.

Il resta accroupi, tête baissée et yeux clos, en une attitude de prière. Au milieu du fracas incessant des vagues et des cris des mouettes, le silence s'installa lentement, la nature autour d'eux semblant retenir son souffle.

Ensuite, après une attente qui parut interminable, Arnault réalisa que le fort vent d'ouest commençait à tomber. Chaque rafale était plus faible que la précédente, jusqu'au moment où même la brise cessa. Tandis que le vent se calmait, les vagues disparurent et la mer devint calme et unie comme un miroir réfléchissant le ciel.

Puis, tout aussi doucement, alors qu'Arnault jetait à Torquil un regard émerveillé, un nouveau vent se leva de l'est, qui d'abord effleura leurs joues comme une plume. Le vent forcit, apportant avec lui le parfum des bruyères et des ajoncs poussant en haut des falaises.

Le vent continuant à forcir, Ninian releva la tête et ouvrit tout grands les bras en un large geste embrassant la mer et le ciel, les yeux brillant de reconnaissance et de plaisir. Baissant les bras, il se mit à ramasser ses pierres, chacune avec une phrase de remerciement.

— Merci à toi, Michel des Anges, et merci à toi, Bride, Source de bénédictions. Merci à toi, douce Marie, et merci à toi, Colomba du rocher. Merci à toi dans le ciel et sur la terre, pour les mots que tu as dits à l'oreille du Berger de mon cœur.

Quand toutes les pierres furent ramassées rituellement et rejetées, une par une, à la mer, Ninian se releva et frappa trois fois dans ses mains, sautant en arrière quand la vague suivante monta assez haut pour effacer le cercle tracé dans le sable. Il rejoignit ses compagnons, sans apparemment remarquer leur air émerveillé.

— Retournons au bateau, dit-il. Notre capitaine sera impatient de lever l'ancre, et notre traversée devrait être rapide et sûre.

CHAPITRE 18

En moins de trois heures, le bateau accosta à une plage de galets au sud de Mull. Après avoir aidé à tourner le nez du bateau vers le large, les trois passagers pataugèrent jusqu'au rivage, Arnault s'émerveillant toujours de l'aspect qu'avait pris la nature en réponse aux prières de Ninian. Cette démonstration éloquente de la protection accordée par Colomba à ses ouailles encouragea Arnault dans l'idée que le saint d'Iona ne serait pas sourd à leurs propres demandes. Il lui tardait plus que jamais de faire la connaissance du prieur de Ninian, l'abbé Fingon.

Mais d'abord, ils devaient traverser à pied le sud de l'île. Ninian les avait déjà prévenus que le terrain entre le débarcadère et Iona serait aussi accidenté qu'ailleurs. Les rares habitations étaient quelques huttes de paysans. Le seul bétail qu'ils aperçurent consistait en un assortiment bigarré de moutons dispersés dans la nature, plus quelques vaches étiques, et un unique poney ensellé.

— Voilà longtemps que nous n'avons pas eu à charrier nos affaires sur le dos, remarqua Torquil, soulevant sa part des provisions.

— Estime-toi heureux que nous ayons laissé nos armures à Scone, répondit Arnault.

Il glissa son épée entre son dos et son sac, remuant pour lui trouver une assise plus confortable. Puis il regarda frère Ninian.

— Par où maintenant ?

Ninian tendit le bras derrière lui, là où un étroit sentier, pas plus large qu'une piste de gibier, disparaissait au milieu des fougères et des ajoncs.

— Par là. Il nous reste à peu près trois ou quatre heures de jour.

— Alors, je propose que nous avancions le plus loin possible avant la nuit.

Le sentier en question était accidenté. En ce premier après-midi de marche, ils ne virent pas une seule créature vivante, à part deux faucons en chasse, et quelques moutons sauvages errant parmi les fougères encadrant le sentier des deux côtés. Le soir, ils campèrent à la belle étoile et, après un repas frugal tiré de leur sac, ils s'enroulèrent dans leurs manteaux sur la rive d'un petit ruisseau. Ils repartirent à l'aube le lendemain, espérant arriver au milieu de leur voyage avant la fin de la journée.

Le chemin qu'ils suivaient zigzaguait à travers plusieurs vallées communicantes. Leurs sacs semblaient de plus en plus lourds à mesure qu'ils peinaient à travers les fougères. Vers le milieu de l'après-midi, ils aperçurent deux poneys gras harnachés de paniers d'osier, qui paissaient tranquillement dans un petit pré d'herbe rare. Derrière eux s'étendait une tourbière où deux hommes, vêtus de blanc et tonsurés comme Ninian, coupaient diligemment des blocs de tourbe à l'aide d'instruments à long manche, leur robe retroussée entre les jambes.

— Ah, quel heureux hasard ! dit Ninian agitant les bras pour attirer leur attention. *Se do bheatha !* cria-t-il.

Les deux moines relevèrent la tête, le visage fendu d'un grand sourire à la vue de Ninian.

— *Go mbeannai Dia dhut !* cria l'un d'eux en réponse.

Jetant leurs outils sur le talus, ils sortirent de la fosse et se hâtèrent vers les voyageurs. L'un d'eux était mince et brun, l'autre semblable à Torquil par la taille et la carrure, mais avec des cheveux plus clairs. Leurs bras et leurs jambes étaient couverts de boue, leur habit portait également des traces de tourbe, mais ils étaient sans conteste des frères de la communauté de Ninian, ce que confirmèrent leurs fougueuses embrassades et leur joyeux bavardage en gaélique, avant que Ninian ne revienne au latin pour faire les présentations.

— Voici frère Fionn et frère Ciaran, dit-il, montrant d'abord le brun, puis le blond. Ils sont venus de Mull il y a deux jours pour prendre du combustible. Si nous les aidons à charger les poneys, nous pourrons rentrer à Iona tous ensemble.

La perspective de la compagnie et de la fin du voyage fit plus que compenser les quelques heures passées à couper et charger de la tourbe. Posant leurs manteaux et leurs sacs, les deux chevaliers se mirent au travail avec plaisir au côté de Ninian et des deux moines. Bien avant le crépuscule, les paniers étaient pleins.

— Il y a une bergerie à un mile à l'ouest d'ici, annonça frère Fionn, tandis qu'ils lavaient le plus gros de la boue dans un ru se jetant plus bas dans le ruisseau. Nous pourrons y dormir ce soir, puis repartir pour Iona au matin.

La bergerie était une cabane en pierre sèche, mais elle fut un abri bienvenu contre le vent froid qui se leva après le coucher du soleil. Ils firent boire les poneys, les lâchèrent pour paître, allumèrent un feu, puis la conversation reprit entre Ninian et les deux moines, portant surtout sur les nouvelles de leur petite communauté. Cuisant du porridge dans un sac en cuir, parlant de la pêche et des troupeaux, les trois moines semblaient bien loin des complexités de la guerre et de la politique.

Pourtant, il fut bientôt évident qu'ils n'étaient pas

aussi isolés qu'ils en avaient l'air, quand frère Fionn interrompit son discours sur la fabrication du parchemin pour demander des nouvelles de la guerre de John Balliol contre Edouard d'Angleterre. Chose étonnante, les moines d'Iona étaient même au courant du destin de Berwick, et s'inquiétaient aussi du sort d'autres bourgs de la côte est. Lorsque Torquil décrivit la défaite déshonorante de l'armée écossaise à Dunbar, frère Ciaran secoua sa tête hirsute, consterné.

— Nous autres Ecossais, nous n'avons pas étudié la guerre comme les Anglais, remarqua-t-il. Si l'Ecosse doit garder son indépendance, notre peuple devra compenser par la ferveur et la foi ce qui lui manque en expérience.

— Alors, vous n'êtes pas opposés à l'idée de combattre ? demanda Arnault.

— Pas si la cause est juste, dit frère Fionn. En massacrant la population de Berwick, Edouard a prouvé qu'il était un tyran sans conscience. Permettre à un monstre de continuer à faire le mal aux dépens d'innocents, ça ne peut pas être permis.

— Effectivement, intervint Ciaran. En qualité de serviteurs de Notre Seigneur sur la terre, nous devons être prêts à défendre la vie des autres aussi loyalement que nous sommes prêts à sacrifier la nôtre.

Le mot de sacrifice rappela une fois de plus à Arnault le mystérieux Roi Sans Couronne de la prophétie, et il lui sembla de plus en plus probable que cette capacité d'autosacrifice pourrait bien, à la fin, faire la différence entre la victoire et la défaite.

Leur petit groupe avança rapidement le lendemain, et arriva en vue d'Iona sous le soleil rose doré du crépuscule. Le ruban d'eau d'un demi-mile de large, séparant l'île de Colomba de l'île de Mull, était calme comme un lac, reflétant les bâtiments monastiques nichés dans les douces collines de l'île. Frère Fionn descendit au bord de l'eau et lança un appel, sa voix résonnant à la manière d'un carillon dans la distance. Peu après, un bateau à fond plat quitta la rive opposée, traçant un grand V dans son sillage, deux hommes en blanc manœuvrant les rames.

Le temps de décharger les poneys et de les mettre à la pâture, le bateau avait terminé la traversée. Laissant les frères Fionn et Ciaran empiler les blocs de tourbe sous un appentis pour qu'ils sèchent, Ninian et les deux solides templiers eurent tôt fait de charger le bateau de tourbe sèche pour le voyage de retour. Quand ils furent tous les trois montés à bord, Torquil et Ninian prenant les rames, Arnault fut frappé par l'idée qu'ils laissaient le monde matériel derrière eux en faveur d'un lieu où le temps n'existait pas. L'impression était illusoire, il le savait ; pourtant il y avait quelque chose d'étrangement durable dans le groupe d'édifices qui grandissaient devant eux, comme si les pierres elles-mêmes avaient été dotées de l'esprit du fondateur dans une certaine mesure.

Le petit bateau aborda sur une plage de galets, pris en main par deux novices au visage poupin qui ne dépassaient vingt ans ni l'un ni l'autre. Les trois passagers pataugèrent jusqu'au rivage, portant leurs affaires, et un second groupe de novices rejoignit les deux premiers et ils se mirent tous à décharger la tourbe, certains se chamaillant joyeusement pour avoir le privilège de retourner chercher de la tourbe dans le bateau, les autres jetant des regards curieux mais amicaux sur les deux Augustiniens armés d'épées arrivés avec Ninian.

En haut de la pente venant du débarcadère, un mur en pierre sèche à hauteur de taille entourait les bâtiments monastiques, de même qu'un cimetière où reposaient nombre des anciens rois d'Alba. Dans les champs hors ce mur, moutons et vaches paissaient paisiblement dans l'obscurité grandissante. Comme Ninian conduisait ses compagnons vers l'abbaye, une cloche résonna près de l'église, appelant la communauté à la prière du soir.

D'après les conversations de la semaine précédente, les Templiers avaient compris que la communauté se composait d'une vingtaine de moines, dont une douzaine, qui constituaient les anciens de l'ordre, avaient prononcé leurs vœux, comme Ninian, et de presque autant de novices à différents stades de leur formation, tous sous l'autorité de l'abbé Fingon, leur prieur. La plupart se dirigèrent vers l'abbaye tandis que Ninian conduisait ses compagnons vers le son de la cloche. L'église était de proportions harmonieuses, sans aucun des coûteux embellissements que Jay avait prodigués à la chapelle de Balantrodoch.

Ils constatèrent que l'abbé lui-même sonnait la cloche, qu'il tendit à un autre frère souriant avant de s'avancer pour les accueillir. C'était un homme élancé aux cheveux blancs, au large front creusé de rides et aux yeux bleus pénétrants. L'âge et l'étude l'avaient un peu voûté, mais sa voix avait toujours la clarté de la jeunesse quand lui et Ninian se donnèrent l'accolade et le baiser monastique de paix.

— Bienvenue, mon fils ! s'exclama-t-il avec chaleur. Nous avons prié tous les jours que tu reviennes sain et sauf. Ta quête a-t-elle été fructueuse ?

Ninian pencha la tête, montrant ses compagnons en noir.

— Oui, mon père. Malgré leurs vêtements trompeurs, ce sont des guerriers de *Cra-gheal* : frère Arnault de Saint-Clair et frère Torquil Lennox, Chevaliers du Temple. Ils ont de graves nouvelles concernant la Pierre du Destin, et des questions qui ont besoin de réponses.

L'abbé Fingon salua les deux Templiers et prit leurs mains dans les siennes en observant attentivement leur visage.

— Soyez les bienvenus dans cette maison, mes

frères. A l'évidence, nous avons bien des choses à nous dire. Toutefois, notre premier devoir est envers Notre Seigneur. C'est l'heure des vêpres. Venez vous joindre à nous, et ensuite, nous aurons tout le temps de discuter de nos intérêts communs.

Se retournant pour entrer dans l'église, ils passèrent devant un calvaire, deux fois haut comme un homme et admirablement sculpté. La partie supérieure de la croix représentait la Cène, et la partie inférieure, Jésus apaisant la tempête. Les bras latéraux étaient décorés de feuillages qui rappelèrent à Arnault les manuscrits irlandais qu'il avait vus dans la bibliothèque d'une abbaye de sa Bretagne natale.

L'intérieur de l'église ne sentait pas l'encens, mais de subtils parfums floraux, mêlés à une odeur de cire d'abeille. Des guirlandes de feuillages ornaient le haut du crucifix du chœur et l'autel drapé de blanc était éclairé de cierges crème doré exhalant des senteurs de bruyère, de thym et de miel, donnant à l'église un air de sanctuaire antique.

Arnault et Torquil prirent place au milieu de la communauté, à droite et à gauche de Ninian, et l'abbé Fingon alla se placer au milieu du chœur. Levant les mains en un geste de louange, il psalmodia une antienne d'action de grâces en gaélique, que Torquil comprit parfaitement, puis passa au latin pour la litanie d'ouverture sans rompre le rythme. L'harmonie des répons chantés par les moines était d'une beauté saisissante.

L'office se déroula conformément à ce que connaissaient les deux Templiers, mais les moines avaient tendance à revenir au gaélique pour les hymnes, et parfois même les prières étaient mêlées de poignantes invocations issues de la tradition celtique, leur rappelant la prière de Ninian qui avait fait tomber le vent.

Mais la transition du latin au gaélique, et vice versa, se faisait sans heurt, cette souplesse soulignée une fois de plus quand ils attaquèrent l'antique et magnifique *Phos hilarion*, louant Dieu du coucher du soleil et de la radieuse lumière vespérale, symbolisant la présence persistante de Dieu dans la nuit à venir. L'entrelacement de ces nombreux fils de la tradition spirituelle, aussi éclatant que les miniatures ornant les pages des précieux psautiers enluminés dans les scriptoria des grandes abbayes des pays celtiques, émut profondément Arnault, ces harmonies éveillant des résonances au plus profond de son esprit.

Le repas très simple qui suivit au réfectoire fut pris dans un silence contemplatif, et une atmosphère de tranquillité et de joie durables. Après la prière d'action de grâce, tandis qu'on débarrassait les tables, l'abbé Fingon invita ses hôtes à l'accompagner dans son cabinet de travail, faisant signe à Ninian de les suivre ; il les précéda dans une petite pièce blanchie à la chaux située sur le côté est de la cour.

Devant un bon feu, Fingon écouta attentivement les deux Templiers qui lui exposèrent leur mission et décrivirent leur examen de la Pierre en détails méticuleux. Quand Arnault lui montra le Plastron, le visage de l'abbé se fit pensif, plein de profond respect et de discernement.

— Curieuse et heureuse juxtaposition, dit-il. Ces deux présents du ciel — la Pierre et le Plastron — ont toujours existé dans le même but : mettre la Lumière divine à la portée des mortels. Avec l'aide de Dieu, il se peut que nous nous servions de ce but commun pour comprendre Sa volonté.

Arnault lui rapporta la prophétie concernant le Roi Sans Couronne, et l'abbé demanda le silence du geste et ferma les yeux, se répétant ses paroles, comme pour les fixer dans sa mémoire. Cela fait, il tomba dans une rêverie pensive, tripotant une croix en bois suspendue à son cou par un cordon de cuir.

— « *Le Royaume est tombé aux mains d'un apostat* », répéta-t-il d'un ton songeur. Il semblerait que ce soit quelqu'un proche du trône — mais il ne faut pas supposer que c'est le roi lui-même — qui a tourné le dos à la foi de Colomba.

— Pourquoi dites-vous que ce ne peut pas être John Balliol ? demanda Torquil.

— Parce que, étant donné l'état d'affaiblissement de la Pierre du Destin, c'est lui qui a le plus souffert, n'ayant pas reçu le divin mandat qui devait accompagner son couronnement.

— Excellente remarque, approuva Arnault. Mais si ce n'est pas Balliol, alors, qui ?

— Patience, mes amis, répondit Fingon. La possibilité que nous devons envisager en priorité — basée sur votre vision, frère Torquil — est la suivante : l'extinction de la dynastie des Canmore est-elle l'entrée en matière d'une campagne destinée à restaurer les aspects les plus sombres de l'ancienne foi païenne ? L'affaiblissement de la Pierre du Destin tendrait à indiquer que cette campagne a réussi pour l'essentiel. Balliol lui-même n'est peut-être qu'un instrument. Mais si, à un niveau quelconque, l'Ecosse est maintenant gouvernée selon les traditions païennes, les répercussions pourraient être très graves.

— Comment cela ? demanda Arnault.

Le visage de l'abbé Fingon se fit encore plus préoccupé.

— Un retour aux anciennes coutumes signifie un retour à *toutes* les anciennes coutumes, dit-il sombrement. Au temps de l'ancienne religion, avant la venue de Colomba et de ses disciples, le roi était rituellement marié au pays. Cela se faisait de différentes façons, suivant la région. Dans certaines provinces celtiques, ce mariage était consommé par l'union avec une jument, qui était ensuite rituellement égorgée. Mais les effusions de sang restèrent un trait commun et parfois, même à l'époque romaine, l'offrande du sang était celle du roi lui-même ou d'un remplaçant approprié, rituellement désigné.

Torquil hocha la tête, à l'évidence familier de ces traditions, et Arnault crut se rappeler des références à des pratiques similaires dans sa Bretagne natale.

— L'avènement du christianisme mit un terme à ces usages, poursuivit l'abbé Fingon. En Ecosse, quand ses rois embrassèrent la religion chrétienne, le Christ lui-même devint la victime sacrificielle dont le sang soutient le pays et le peuple. La Pierre du Destin nous fut donnée, par l'intermédiaire de Colomba, non seulement comme symbole de cette union, mais comme le vaisseau matériel par lequel cette vertu sacramentelle était transmise d'un monarque à un autre.

— En d'autres termes, dit lentement Arnault, en ce qui concerne la royauté aussi bien que la rédemption de l'humanité, le divin sacrifice du Christ rendit tous les autres sacrifices inutiles.

L'abbé Fingon approuva de la tête.

— C'est exact, aussi longtemps que le lien entre le monarque terrestre et son divin substitut était maintenu grâce à une lignée successorale ininterrompue. A la mort d'un roi, le pouvoir revenait à la Pierre, jusqu'au couronnement de son successeur légitime.

« Mais maintenant, il semble que le lien entre la Pierre et la monarchie ait été rompu, par au moins deux actes de régicide. Il est donc possible que seul un autre sacrifice, en imitation de celui du Christ, puisse réparer les dommages et restaurer le pouvoir vital de la Pierre. Ce sera peut-être simplement une mort sur le champ de bataille. J'hésite à établir un lien trop étroit entre ces anciennes pratiques et ce que la plupart trouveraient incompatible avec notre foi chrétienne, mais nous parlons ici d'un lien primal entre le roi et la terre.

— « *Seul le sang pourra payer la rançon* », cita pensivement Torquil. Cela semble annoncer une oblation rédemptrice.

— Le sang du Roi Sans Couronne ? hasarda Arnault.

— C'est vraisemblable, dit l'abbé Fingon.

— Mais… qui est-il, et comment le trouver ?

— C'est là notre première difficulté, dit Fingon. Il semblerait que John Balliol n'ait pas prouvé — quelle qu'en soit la raison — qu'il était un réceptacle approprié pour la royauté sacramentelle. Par extension, je précise que cela rend son fils également inacceptable.

— Mais Balliol était le descendant le plus direct des Canmore, objecta Arnault.

— Le plus âgé, oui, répondit Fingon. Mais la loi de primogéniture — selon laquelle le fils aîné du roi succède à son père — est une innovation relativement récente en Ecosse. Autrefois, quand le roi n'était que le chef des chefs, et les chefs de bien des clans sont toujours choisis ainsi, le roi était élu parmi un groupe de candidats d'ascendance royale ou aristocratique, parent à un degré quelconque du roi ou chef précédent. Pratique connue sous le nom de *derbfine*. Le choix de John Balliol parmi d'autres concurrents est partiellement le reflet de cette tradition.

Arnault hocha la tête — ce même hiver, à Balantrodoch, Luc et Torquil avaient passé des heures à lui expliquer ce concept — tandis que Fingon poursuivait :

— L'individu ainsi élevé recevait le titre de *tanist*. Et à l'époque pré-chrétienne, le *tanist* assurait souvent ses droits au trône en tuant tous ses rivaux politiques, en sacrifice aux dieux. De nos jours, le *tanist* est simplement l'héritier désigné, qui peut être ou ne pas être le fils aîné du chef.

« Compte tenu de tous ces précédents, et y ajoutant l'importance de votre Roi Sans Couronne, il me semble que si la souveraineté de l'Ecosse doit être restaurée, l'ancien sacrifice royal du *tanist* — le Roi Sans Couronne — doit être renouvelé — mais de façon chrétienne.

Réalisant ce qu'il pensait avoir compris, Arnault prit une profonde inspiration.

— Voulez-vous dire qu'au lieu de tuer ses rivaux, ce Roi Sans Couronne que nous cherchons doit être prêt à s'offrir *lui-même* en sacrifice, à l'imitation du Christ ?

— En un sens, oui ; c'est mon impression, acquiesça Fingon. Si les exigences du passé et les besoins du présent doivent être conciliés, les anciennes institutions préchrétiennes doivent être redéfinies en termes spirituels.

— Suggérant qu'il peut exister quelque *derbfine* spirituel, hasarda Torquil, des rangs duquel se lèvera un *tanist* pour assumer le manteau de Roi Sans Couronne, en réalisation de la prophétie.

— La notion de *derbfine* spirituel est juste, approuva Fingon. Mais il serait peut-être plus exact de dire que le *tanist sera* appelé, au sens où l'on est appelé à la prêtrise. Et naturellement, au sens spirituel, un prêtre s'offre lui-même en sacrifice sur l'autel, avec le Christ, chaque fois qu'il célèbre la messe.

« Mais je crains que votre Roi Sans Couronne ne soit appelé à faire un sacrifice plus littéral, sans exclure le sacrifice spirituel — *seul le sang pourra payer la rançon*. Et c'est seulement après l'offrande et l'acceptation de ce sacrifice que la Pierre du Destin retrouvera son plein pouvoir pour le bénéfice de ses successeurs qui, là encore, devront être trouvés parmi le *derbfine* à partir duquel la succession royale sera rétablie.

Muet d'horreur devant les implications de ces paroles, Arnault ne put que le regarder, incrédule. Et il lui fallut plusieurs secondes avant de s'être assez ressaisi pour regarder Torquil, tout aussi accablé.

— Cela exige mûre réflexion, dit lentement Arnault. Et même si ce que vous dites est vrai, il y a des considérations pratiques à envisager. Au moment où nous parlons, Edouard d'Angleterre ravage l'Ecosse, que ce soit à cause de ce qui, selon nous, est en train de se passer, ou qu'il n'en récolte que les bénéfices, le fait demeure que s'il réussit à conquérir l'Ecosse, il sera sans doute impossible de sauver la souveraineté écossaise. Nous devons trouver et identifier ce Roi Sans Couronne avant qu'il ne soit trop tard.

— Je suis d'accord, dit Fingon. Mais si le Roi Sans Couronne doit subir le martyre, il devra savoir ce qu'il fait et pourquoi. Ce doit être un sacrifice volontaire.

Arnault ferma brièvement les yeux, encore écrasé par l'énormité de ce qui les attendait.

— Père abbé, je ne sais par où commencer, murmura-t-il. Je suis un Templier, et je ne suis pas dans mon pays. Mais le Temple — enfin, le Temple intérieur — s'inquiète au sujet de la Pierre du Destin, car elle doit être la pierre angulaire du Cinquième Temple, de la Nouvelle Jérusalem, sans doute en un sens spirituel plutôt que littéral. Mais la Pierre elle-même — ou la vertu qu'elle est censée contenir — est liée à la succession écossaise. Pour cette raison, il est normal que le Temple aide à résoudre le problème royal de ce pays, mais comment ?

— Pour ça, dit Ninian, prenant la parole pour la première fois, nous pourrons peut-être vous aider. Car il est clair que, comme le Temple, nous avons un rôle décisif à jouer dans ces événements. Pourquoi *Cra-gheal* m'aurait-il ordonné de vous chercher si ce n'était pour vous aider à résoudre ces questions ?

L'abbé Fingon hocha lentement la tête, assimilant cette remarque.

— Je suis d'accord, dit-il finalement. Et en ces circonstances, il me semble que nous avons toute raison de demander des éclaircissements à Colomba lui-même. Mais cela doit se faire dans l'esprit adéquat et au moment opportun. Il est préférable de faire ces choses à la pleine lune, dit-il, levant les yeux sur Arnault et

Torquil, quand toutes les saintes influences de la nature pourront être rassemblées pour soutenir nos prières et nos supplications. La lune est actuellement dans son dernier quartier. Accepteriez-vous d'attendre jusqu'au tournant du cycle ?

Les deux Templiers se regardèrent, mais leur réponse ne faisait aucun doute.

— Nous attendrons, acquiesça Arnault.

Car il ne voyait pas ce qu'ils pouvaient faire d'autre.

CHAPITRE 19

Les trois semaines qui suivirent renforcèrent l'impression qu'Arnault avait eue en quittant l'île de Mull, à savoir qu'Iona vivait en dehors du monde et des affaires humaines. L'abbé Fingon, remarquant que les robes noires d'emprunt des Templiers les distinguaient du reste de ses ouailles, les autorisa à adopter la robe blanche de son ordre, qui ressemblait un peu à l'habit de Templier qu'ils avaient laissé à Scone ; mais pour Arnault ce fut comme si, en enfilant la robe de la communauté, il avait aussi assimilé une partie de sa spiritualité, se mettant en accord avec le cœur du pays et avec ses pulsations profondes. Il n'en fut pas moins templier ; en fait, il le fut davantage.

Tous les matins, juste après l'office de prime, il descendait sur la plage où Colomba avait abordé, et il y restait seul, à observer les nuages reflétés par la surface changeante de la mer, comme s'ils pouvaient lui montrer la forme des événements à venir. Le temps était paradisiaque, mais au fond de son cœur, il savait que c'était le calme précédant la tempête. Dès qu'il aurait quitté l'île avec Torquil, il pressentait qu'ils plongeraient dans un ouragan.

Il passa une partie de son temps à méditer sur le

Cinquième Temple, s'efforçant d'approfondir sa compréhension de sa signification. Jusque-là, la construction du Temple lui avait toujours paru abstraite, réservée à l'avenir. Maintenant, il commençait à envisager le Temple de la Nouvelle Jérusalem comme un tabernacle aux nombreuses portes, suspendu entre le ciel et la Terre. Comme l'Echelle de Jacob, le Cinquième Temple était destiné à enjamber un infini de temps et d'espace, pour que les âmes des pèlerins aspirant à la Lumière puissent évoluer librement entre les royaumes terrestre et divin.

Comme leur maison, les moines d'Iona semblaient appartenir à un monde à part. Revêtu de leur habit, Arnault profitait de toutes les occasions de se familiariser avec leurs pratiques religieuses, encourageant Torquil à l'imiter. Les frères de Colomba observaient une règle qui n'était pas très différente de celle des Templiers, basée sur celle des Cisterciens et des Bénédictins, mais leurs méditations et leurs disciplines spirituelles, et même la liturgie qu'ils avaient en commun avec le reste de l'Eglise catholique, respiraient un air de libération. Pour Arnault, qui respirait maintenant le même air, il semblait que Ninian, Fingon et leurs frères dénouaient doucement des choses très étroitement ligotées ailleurs dans le monde.

Le jour de la pleine lune passa comme les précédents, au rythme des prières quotidiennes de louange et d'intercession, mais aussi à jeûner en prévision du travail de la nuit. Après la messe, au cours de laquelle ils reçurent tous la communion, tandis que Fingon et Ninian se retiraient dans la solitude de leur cellule et que Torquil s'attardait dans la sérénité de l'église, Arnault rendit une dernière visite à la plage de Colomba. Au bord de l'eau, parmi les pierres polies par le ressac, il en ramassa une de ce marbre blanc et vert caractéristique d'Iona. Fermant les yeux, il la palpa légèrement, se familiarisant par le toucher avec sa forme et son grain.

— Miséricordieux Colomba, père et frère, dit-il doucement, ayant appris de Ninian que le saint celte ne détournait pas son visage des prières familières, accorde-nous ta faveur pour l'œuvre de ce soir. Tu as adopté ce pays, comme je l'ai fait moi-même. Maintenant, ce pays est en danger. Je sais que la main de Dieu agit sur la terre par l'intermédiaire des hommes — et voilà bien des années que je me suis fait Son instrument. Ce soir, je te demande de nous honorer de tes conseils, afin que moi et mes frères sachions comment procéder. Je te demande cela au nom du fils de Marie pleine de grâce, au nom de Jacques et de Jean le bien-aimé, et au nom de Michel *Cra-gheal* aux épées flamboyantes. Amen.

Juste avant le crépuscule, la communauté se réunit pour les vêpres comme à son habitude. Après, au lieu de les congédier pour le repas du soir, l'abbé Fingon appela Ninian et les deux Templiers et les bénit, en une invocation murmurée en gaélique, dont Arnault ne saisit que quelques mots. Puis l'abbé leur tendit à chacun une coupe de faïence vernie où brûlait une chandelle votive, allumée auparavant à la lampe du Saint Sacrement pendant le *Phos hilarion*. Il en prit une quatrième, avant de glisser dans son corsage une petite fiole d'eau bénite. Puis, précédant ses trois compagnons, il sortit de l'église et se dirigea vers le tumulus funéraire de Colomba. Le reste de la communauté demeura dans l'église afin de prier pour eux quatre, et de chanter doucement des invocations au Christ et à Marie, à Colomba et à Bride et à bien d'autres intercesseurs celtes.

La soirée était douce et claire, la mer calme comme un miroir, les premières étoiles commençant juste à se lever. Au sommet du tumulus, du côté de la cellule de

Colomba, se dressait une pierre plate et lisse d'environ deux pieds de côté, avec un creux en son centre, où luisait une flaque d'eau, pure et tranquille. Les dernières lueurs s'éteignaient dans le ciel occidental. A l'est, les collines escarpées de Mull étaient nimbées d'un halo argenté annonçant le lever de la lune.

Imitant l'exemple de Fingon, ils posèrent leurs lampes devant eux sur la pierre, encadrant la flaque d'eau de pluie des quatre directions de la croix. Cela fait, l'abbé Fingon bénit ses trois compagnons et lui-même du signe de la croix, bénédictions accompagnées d'une invocation quadripartite prononcée en latin monastique par égard pour Arnault, mais portant la marque des images poétiques celtiques :

Au nom de Michel à l'Etalon blanc,
Cache-nous sous ton bouclier,
Et défends-nous de ta lame étincelante.

Au nom de Marie la généreuse,
Mère du Berger des Troupeaux,
Enveloppe-nous dans le manteau de pouvoir de ton Fils.

Au nom de Bride la Bienheureuse, servante de la terre,
Chante-nous ton nourrisson,
Que son nom dans nos oreilles ouvre nos cœurs.

Au nom de Colomba le juste et le puissant, berger des âmes,
Guide-nous par ta clairvoyance,
Et révèle ce qui est caché.

Ce disant, il déboucha la fiole d'eau bénite et en versa quelques gouttes dans l'eau de pluie. Tandis que des ondes troublaient brièvement le miroir, il dit doucement :

— O toi, Michel *Cra-gheal*, Gardien du Ciel, sanctifie cette eau, tombée des cieux sous forme de pluie.

D'autres gouttes d'eau bénite suivirent les premières, accompagnées d'autres invocations.

— O toi, Marie la tendre, Mère de l'Agneau, sanctifie pour nous cette eau, larmes des étoiles.

« O Bride, mère adoptive, poursuivit-il, versant de l'eau bénite pour la troisième fois, sanctifie pour nous cette eau, rosée des nuages.

« O Toi, Colomba le Bienveillant, apôtre de la mer et du rivage, conclut-il, vidant la fiole, sanctifie pour nous cette eau, miroir du ciel.

Il posa le flacon vide et ils attendirent en silence que les ondulations se calment, laissant l'eau de la flaque aussi claire et lisse qu'une vitre.

Lentement, le bord blanc de la lune apparut à l'est au-dessus des collines et monta lentement, projetant des lunules argentées sur la mer. Quand son bord inférieur s'éleva sur l'horizon, Fingon se tourna face à elle, ouvrant les bras tout grands.

Salut à toi, Mère des Etoiles,
Fille adoptive du soleil,
Gemme qui nous guide dans la nuit,
Lampe de grâce et de beauté !

Pendant qu'il parlait, une douce luminosité se répandit sur le tumulus, argentant leurs robes. Sa brillance stimula l'eau de la flaque, transformant sa surface en un miroir iridescent.

Sans aucun doute, Arnault sentit le pouvoir monter soudain en lui, s'élevant de la flaque en une arche de cathédrale, s'incurvant très haut au-dessus de leurs têtes, comme si les petites flammes de leurs chandelles votives devenaient les assises de quatre arcs ascendants supportant une voûte. L'air devint lumineux, crépitant doucement d'une énergie invisible. Un vent léger se leva dans les rochers environnants, apportant de subtiles senteurs et l'impression d'une Présence immanente.

D'un commun accord, ils tournèrent leur visage vers le vent, l'abbé Fingon tendant les mains en un geste de supplication qui rappelait celui de Ninian sur la plage de Dunstaffnage.

— Bon Colomba, père et frère, dit-il presque sur le ton de la conversation, tu sais ce qui nous trouble. Voudras-tu te montrer à nous, afin que nous puissions solliciter tes conseils de sage et de berger des âmes ?

Le vent odorant forcit, troublant la surface de l'eau. La belle image de la lune disparut dans les ondulations. Instinctivement, Arnault se pencha vers la surface, le *keekstane* dans la main droite, attendant que les mouvements s'immobilisent. Quand l'eau eut retrouvé son calme, Arnault retint son souffle, car l'image se formant devant ses yeux n'était plus celle de la lune, mais d'un visage d'homme.

C'était un visage frappant, émacié mais plein de grâce, l'ascétisme adouci par l'intelligence brillant dans les yeux clairs. Et ça ne semblait pas être une illusion, mais un visage vivant, subtil et expressif comme ceux de ses compagnons. Arnault ne douta pas un instant que cette image ne fût effectivement la vision destinée à révéler la présence réelle du saint qu'ils avaient invité à descendre parmi eux. Les lèvres finement ciselées ne bougeaient pas, mais il semblait entendre une voix qui n'en était pas une et qui parlait à son âme.

Ma Pierre a besoin de tes soins, chevalier de cragheal, dit-il.

— Je le sais, frère Colomba, murmura Arnault. J'ai cherché la Pierre et j'ai senti sa faiblesse, mais je sollicite tes conseils concernant un Roi Sans Couronne par qui elle pourra retrouver la santé.

Une ombre de sourire retroussa un coin de la bouche expressive du saint.

Et à la gloire de qui le cherches-tu, chevalier de Cragheal ? demanda le saint.

— A la gloire de la Trinité, de Celui qui est le Chef des Chefs, dit hardiment Arnault, employant l'imagerie celtique qu'il avait assimilée ces dernières semaines en compagnie de Ninian et des autres moines. Et la devise de mon Ordre — la devise de l'Ordre de *Cra-gheal* — nous déclare au service de la gloire de Dieu. *Non nobis, domine*…

« Bien que le but extérieur de notre Ordre soit assez terre à terre, poursuivit-il, son devoir intérieur est d'ériger le Cinquième Temple à la gloire du saint nom de Dieu — et dont la Pierre du Destin sera la pierre angulaire et l'Ecosse, la fondation. On m'a donné à entendre que le succès de cette mission dépend de la liberté de l'Ecosse — qui est liée au pouvoir déclinant de la Pierre — qui ne pourra être restaurée que par la rançon du Roi Sans Couronne. Je sollicite un signe par lequel je le trouverai.

Absorbé dans cet appel passionné, c'est seulement quand il eut fini de parler qu'il prit conscience d'une chaleur s'irradiant du Plastron. Une aura aux couleurs de l'arc-en-ciel émanait des gemmes, non crépitante d'énergie comme à Scone, mais doucement chatoyante dans le silence du clair de lune. Dans ce silence, l'abbé Fingon parla, pas pour supplier, mais pour remarquer :

— Les Mages ont reçu le signe de l'étoile pour les guider jusqu'à Bethléem. Ne cherchaient-ils pas, eux aussi, un Roi Sans Couronne ?

Le visage sévère reflété dans l'eau sourit.

Mes fils sont sages — mes fils d'Iona, et mes deux fils d'adoption.

Son regard lumineux revint se poser sur Arnault.

Sache que celui qui sera sacrifié, en imitation de

Notre Seigneur, partage ces traits avec son Maître : Ce sera un homme de douleurs, d'origine obscure et rejeté par les autres hommes.

L'image du saint commença à s'estomper dans le clair de lune. Arnault se pencha, pour mieux entendre ses dernières paroles.

Là où est la Pierre est aussi la volonté qu'il soit trouvé. Il accompagnera la Pierre dans les ténèbres, et par lui elle sera restaurée, pour être la pierre angulaire dont dépendent un royaume terrestre et la Nouvelle Jérusalem. Il se fera bientôt connaître — et vous l'instruirez de son destin.

CHAPITRE 20

— Je n'avais jamais cru possible que même une marionnette de roi puisse être si lâche, marmonna le jeune John Comyn à l'adresse de son père, le seigneur de Badenoch. Et je n'arrive pas à décider quel chancre me ronge le plus les entrailles, de l'arrogance des chiens anglais, ou de l'incapacité de John Balliol à se battre comme un homme.

Ils étaient debout sur une hauteur dominant les feux de camp de l'armée féodale écossaise, dispersée devant eux dans les collines boisées et les gorges de la campagne de Grampian. Minuit était passé depuis longtemps. Derrière eux, fantomatique à la lumière de la lune déclinante, se dressait un cercle de pierres localement connu sous le nom de Sunhoney — association de mots bénéfiques que démentaient ses affinités antiques et ténébreuses. C'était pour ce cercle, et non pour un avantage stratégique quelconque, que l'armée avait été conduite ici sur l'insistance de l'aîné des Comyn.

Alors qu'il était sur la route de Dunbar, le roi John Balliol avait abandonné sa base d'Haddington et retiré ses forces dans les Highlands du centre. Ils marchaient maintenant depuis des semaines. Pris entre la vanité et la peur, le roi oscillait quotidiennement entre deux extrêmes, braillant un instant des fanfaronnades, et tremblant comme une feuille l'instant suivant. Jusque-là, il n'avait manifesté aucun don pour la stratégie et encore moins pour le commandement, sans autre intention apparente que de mettre autant de distance que possible entre son armée et les Anglais.

A présent, il se préparait à demander la paix, et à se jeter avec son armée à la merci d'Edouard d'Angleterre. Pour sa part, le roi Edouard semblait se contenter de rester tapi dans le Lothian, consolidant sa domination sur les bourgs de la côte est, sans se presser.

— John Balliol ne vaut pas plus qu'une vessie vide de mouton qui claque au vent, acquiesça Comyn d'un ton méprisant. S'il ne veut pas jouer le rôle d'un roi, il ne mérite rien de mieux que d'être jeté nu sur un tas de fumier. S'il manque à ses devoirs envers nous, je donnerai ses os à ronger à la déesse, en plus de ceux des Templiers.

Sa voix se brisa soudain dans sa rage.

— Ces traîtres, ces valets étrangers, ils paieront, et ils paieront chèrement ce dernier outrage !

John Comyn regarda durement son père, mais la véhémence de cette tirade l'avertit que tout commentaire serait malavisé.

— Le Maître d'Angleterre a emporté les reliques de Briochan à Londres, annonça le seigneur de Badenoch d'une voix blanche. L'ambition de frère Brian de Jay est beaucoup plus retorse que nous ne l'imaginions.

Le jeune Comyn respira un grand coup à cette révélation.

— Il les a emportées en Angleterre, tu en es sûr ?

— Je voudrais me tromper ! répondit sèchement son père. La déesse me l'a montré dans une vision — faveur que j'ai chèrement payée ! Je soupçonnais depuis le début que la découverte de la tombe de Briochan n'était pas une pure coïncidence. J'ai tout lieu de croire que ses reliques sont maintenant cachées dans un lieu secret à l'intérieur du Temple de Londres — ce qui signifie qu'elles nous sont aussi inaccessibles que si Jay les avait jetées à la mer, ou dans un lac de montagne près de Balantrodoch, comme on l'a prétendu quand j'ai fait procéder aux premières recherches concernant le sort de la tombe.

— Que vas-tu faire ? demanda John.

Le visage rude de son père était hagard et tiré, les yeux rougis par le manque de sommeil. Depuis trois jours, il communiait avec ses ténébreux patrons, se retirant dans l'abri secret des antiques pierres pour invoquer le pouvoir de la lune déclinante, offrant chaque nuit des sacrifices de sang, de semence et d'âmes, de plus en plus coûteux. Il venait seulement de recevoir une réponse.

— L'obstacle n'est pas insurmontable, dit froidement Comyn. Le fait que les Templiers n'ont sans doute pas conscience de l'intérêt que nous portons à ces reliques joue en notre faveur. Mais Jay est très ambitieux, comme l'a prouvé sa servilité envers Edouard à Berwick. Quoiqu'il se doute peut-être que les reliques de Briochan confèrent un potentiel de pouvoir à leur possesseur, je parierai qu'il les considère plutôt comme un moyen de favoriser ses propres ambitions.

— En pratiquant une magie païenne ? dit John, stupéfait. C'est sûrement impie pour un chrétien.

Comyn réprima un sourire dédaigneux.

— Certains croient qu'une partie de l'Ordre a été contaminée par ses contacts avec les hérésies sarrasines — mais l'état de l'âme de Brian de Jay m'intéresse moins que le recouvrement des reliques de Briochan. Tu as vu l'usage que nous faisons de leurs choses saintes ; de la même façon, il pourrait profaner des choses que nous tenons pour sacrées.

« Pour éviter cela, on m'a indiqué un moyen de récupérer ces reliques.

Jetant un coup d'œil derrière eux, Comyn se rapprocha de son fils et baissa la voix.

— Le second de Jay, le Templier nommé John de Sautre, reste en Ecosse. Mais son frère Robert est parti vers le sud dans la suite de Jay, et Jay est allé à Chypre. Le lien du sang entre deux frères est puissant, comme tu le sais. Si nous parvenons à capturer John de Sautre, nous pourrons atteindre Robert à travers lui — et lui, à son tour, pourra être contraint de voler les reliques de Briochan et de nous les apporter.

Le jeune Comyn hocha la tête, l'air dubitatif.

— Je comprends en gros ce que tu proposes, acquiesça-t-il, mais je suppose que ce John de Sautre, soit chevauche avec les conseillers d'Edouard, soit s'est retiré dans la commanderie principale de Balantrodoch, qui non seulement est très bien fortifiée, mais se trouve maintenant sous le contrôle des Anglais ?

Son père leva une main péremptoire.

— Je ne propose pas de les attaquer dans leur repaire, ni même de pénétrer les lignes anglaises. Notre position sera déjà assez précaire dans les semaines à venir si Balliol se rend. Edouard ne manquera pas de noter la part qu'a prise notre famille dans la rébellion.

« Néanmoins, les Templiers constituent un obstacle de plus en plus irritant pour nos plans. J'ai appris, de sources différentes, que le Temple abrite des factions hostiles entre elles. Il y a quelques semaines, juste après Berwick, deux chevaliers ont quitté Balantrodoch pour Scone où ils ont passé plusieurs jours avant de repartir en compagnie d'un moine de la famille du maudit Colomba.

« Qu'ils soient partis vers le nord et en cette compagnie m'incline à croire qu'ils allaient dans l'île d'Iona — probablement sans l'autorisation de leurs supérieurs, car ils ont quitté Scone en secret, déguisés en pèlerins. Et peu après, le Maître d'Ecosse a quitté précipitamment

Balantrodoch avec une escorte armée, faisant des recherches et posant des questions le long de leur itinéraire.

— Pourquoi des Templiers iraient-ils à Iona ? demanda John, sceptique. Et n'est-ce pas un grave manquement à leur règle que d'abandonner l'habit de Templier ?

— Les manquements à leur discipline militaire ne me concernent pas ! dit sèchement Comyn. Et il est prématuré de penser que la visite des Templiers à Iona puisse annoncer une alliance avec ceux qui exercent le pouvoir de Colomba. Mon intérêt immédiat, c'est le très utile Maître d'Ecosse, qui n'est plus en sécurité dans sa commanderie fortifiée de Balantrodoch. Quels que soient les différends internes entre les Templiers, c'est lui qui détient la clef donnant accès à Brian de Jay et à la cachette des reliques de Briochan.

« C'est pourquoi j'ai l'intention de profiter de l'incursion de de Sautre dans l'ouest pour envoyer un contingent des nôtres à sa poursuite, afin de leur tendre une embuscade, à lui et à ses hommes. Quand ils seront prisonniers, nous sacrifierons à la déesse ceux de moindre importance, et nous ferons subir de tels tourments à de Sautre qu'il sera bientôt prêt à faire tout ce que nous lui demanderons.

Une sombre passion couvait dans les yeux de John Comyn.

— Laisse-moi les commander, père ! murmura-t-il. Je sais comment faire, et je jure que ces Templiers supplieront à grands cris qu'on leur accorde la miséricorde de la mort !

Le père secoua la tête.

— Je voudrais pouvoir t'accorder cette satisfaction. Mais on a besoin de nous ici, pour soutenir notre fantoche de roi et tenter de conserver un semblant d'armée. Si Balliol est détrôné pour être remplacé par Edouard, nous ne serons pas plus proches de notre but. Mon lieutenant, Seward, tendra cette embuscade, et Torgon l'accompagnera. C'est le véritable serviteur de la déesse, et il sait comment faire appel à ses pouvoirs quand la nécessité l'exige. Ensemble, ils obtiendront ce que nous voulons, ou ils mourront en essayant.

John de Sautre ne ressentait qu'un mépris haineux pour l'Ecosse et son peuple. Pour sa part, ce n'étaient que des étendues barbares, des déserts de forêts lugubres, des lochs mornes et des tourbières infestées de moucherons. Même les bruyères pourpres couvrant les collines en été paraissaient criardes et artificielles à ses yeux, semblables à une peste perpétuelle.

Son aversion devint spécialement virulente alors qu'il regardait ses hommes lever le camp au bord du Loch Tay. L'air matinal était humide et froid, et une brume épaisse s'étendait sur les eaux. Depuis qu'ils avaient quitté Balantrodoch, leur marche avait été entravée à chaque pas par les mauvaises routes et le mauvais temps. Après plusieurs nuits passées à la belle étoile sous le crachin, sa répugnance était devenue telle qu'il ne trouvait pas de termes assez venimeux pour l'exprimer.

Il souhaita, et non pour la première fois, être de retour dans les verts pâturages de son Huntingdonshire natal, où les manants restaient à leur place. Les gens de ce pays arriéré faisaient preuve d'une indépendance inconvenante. La veille encore, avec son groupe de Templiers, ils avaient rencontré une poignée de paysans qui avaient obstinément refusé de répondre à toute question posée en anglais, en français ou en latin. En d'autres circonstances, il aurait ordonné de les fouetter vigoureusement, pour leur apprendre à respecter leurs supéricurs, mais pour le moment il devait s'occuper d'affaires plus pressantes.

Harcourt, son second, s'approcha de lui à pied, gesticulant pour écarter un nuage de moucherons.

— Les hommes sont prêts, messire, dit-il. Ils attendent vos ordres.

De Sautre accueillit cette nouvelle d'un grognement.

— Dites-leur de se mettre en selle, ordonna-t-il. Envoyez d'Urville en éclaireur pour reconnaître le terrain, qu'il reste aussi discret que possible. S'il aperçoit notre gibier, qu'il revienne immédiatement au rapport pour d'autres instructions.

Il ne savait pas lesquels méritaient davantage son courroux, d'Arnault de Saint-Clair, ou des imbéciles incompétents qui avaient laissé Saint-Clair et le tout aussi exaspérant Torquil Lennox glisser entre leurs doigts. En partant, Brian de Jay avait donné des ordres pour qu'on les surveille étroitement. De Sautre avait confié l'affaire à trois hommes censément expérimentés, mais Saint-Clair et Lennox s'étaient montrés trop astucieux pour eux. Quand Lamballe, Quincy et Rutheford avaient perdu leurs proies à Scone, de Sautre s'était vu contraint de prendre la relève.

Arranger son départ n'avait pas été facile. Le roi Edouard avait ordonné que tous les combattants fidèles à sa cause se rassemblent à Castletown, avant de marcher sur Edimbourg. Les Templiers n'étaient pas obligés d'obéir à une autorité séculière, ne dépendant que du pape et de leurs supérieurs dans l'Ordre, mais Brian de Jay, et les autres Maîtres d'Angleterre avant lui, avait établi un précédent, selon lequel les Templiers conseillers restaient au côté du roi.

De Sautre avait obtenu l'autorisation de partir vers le Nord, en avance sur l'armée, sous prétexte de reconnaître le terrain. Jusque-là, ils n'avaient pas vu grand-chose pouvant faire penser que les partisans de Balliol avaient très envie de combattre — situation qui le laissait libre de poursuivre ses propres objectifs.

Il fit pivoter son destrier alors que le chevalier nommé d'Urville s'engageait sur un étroit sentier et disparaissait presque aussitôt parmi les arbres. Ils allaient lui laisser quelques minutes d'avance avant de le suivre. S'arrêtant près de lui, Harcourt serra les rênes à sa monture et se permit un soupir exaspéré.

— Rappelez-moi une fois de plus pourquoi nous attendons dans cet endroit perdu, gelés, trempés et dévorés vivants par les moucherons, maugréa-t-il.

— Parce qu'ils sont partis de leur propre initiative, qu'ils sont peut-être devenus apostats, et que nous devons les ramener ! dit sèchement de Sautre. S'ils sont allés à Iona, c'est le chemin le plus court pour revenir à Scone.

Il avait obtenu ces renseignements en payant certains serviteurs attachés à l'abbaye de Scone. Tout en affirmant qu'ils ignoraient où s'étaient rendus leurs récents visiteurs templiers, qui avaient passé le plus clair de la semaine en prière et en méditation avec la communauté monastique, plusieurs de ses informateurs se rappelaient qu'ils avaient cessé de voir les deux Templiers à peu près en même temps qu'un moine de Colomba était parti, peu après la défaite de Dunbar.

Une petite promenade dans les écuries de l'abbaye lui avait fait découvrir la présence de deux pur-sang, et un palefrenier obligeant l'avait informé que, oui, deux Templiers avaient laissé temporairement ces animaux en échange de deux solides bourrins, et qu'ils les reprendraient à leur retour, avec leurs armures et le reste de leurs affaires laissés à la garde de l'abbé, qui refusa de spéculer sur leur destination probable. Mais d'autres questions posées le long de la route du nord avaient révélé qu'un moine de Colomba était passé par là au moment adéquat, accompagné de deux pèlerins barbus habillés en noir avec leur épée attachée sous leur selle, et qu'ils avaient tourné vers l'ouest en quittant l'hospice de Dunkeld.

Rien de tout cela ne correspondait avec les ordres que Saint-Clair avait montrés à de Sautre, les autorisant, lui et Lennox, à contacter divers ecclésiastiques écossais au sujet de l'instruction de la conscience du roi Balliol. De Sautre concevait à la rigueur qu'ils aient pu demander conseil à l'abbé de Scone — mais à celui d'Iona ? Et pourquoi Saint-Clair et Lennox avaient-ils jugé bon de se déguiser, à moins que ce fût pour cacher quelque chose ?

— Je ne comprends toujours pas pourquoi ils ont fait ça, dit Harcourt. Ce sont tous deux des vétérans, ils connaissent bien la chaîne de commandement.

— Cela ne vous concerne pas, dit froidement de Sautre, car il partageait les soupçons de Brian de Jay, à savoir que Saint-Clair et Lennox, à l'évidence en faveur auprès des autorités supérieures du Temple de Paris, avaient rapporté leur comptant de secrets de la Terre sainte, secrets qu'une élite à l'intérieur de l'Ordre tentait de garder à son profit.

— Agir de leur propre autorité témoigne de mépris pour la Règle de l'Ordre. A tout le moins, ils sont obligés de prévenir de toute modification de leurs plans l'autorité supérieure locale, à savoir moi. D'une façon ou d'une autre, je vais les ramener à Balantrodoch pour répondre de leurs actes.

Heureusement, la Règle conférait à de Sautre toute l'autorité nécessaire pour emprisonner deux renégats, jusqu'à ce qu'on puisse les contraindre à révéler toutes leurs activités secrètes. Il aurait été ravi d'avoir un prétexte pour leur tirer la vérité à coups de fouet, après tous les efforts, dépenses et souffrances que lui avait coûtés ce voyage, mais ce plaisir devrait être réservé à Brian de Jay à son retour de Chypre. Néanmoins, de Sautre avait bien l'intention de rendre la vie impossible à ses frères égarés, jusqu'à ce que toute la vérité éclate.

Arnault remarqua à peine les averses intermittentes et même les pluies battantes qui les accompagnèrent à leur départ d'Iona. Les révélations de saint Colomba lui donnaient tant à penser qu'il n'avait aucune attention à consacrer au temps. Quand Torquil interrompit ses réflexions en proposant une halte pour reposer les chevaux, il fut tout étonné de constater que son capuchon et les épaules de son manteau noir étaient trempés.

Bien plus d'une semaine semblait s'être écoulée depuis que lui et Torquil avaient fait leurs adieux à frère Ninian et à l'abbé Fingon sur la plage d'Iona, après avoir repris leurs robes noires de pèlerins. Ils s'arrêtèrent de nouveau à Dunstaffnage, pour profiter de l'hospitalité de l'hospice et récupérer leurs montures, où on les avait avertis que des mercenaires irlandais étaient toujours dans les parages, mais jusque-là, ils n'avaient pas eu de problèmes, à part l'inconfort mineur de coucher à la belle étoile sur un sol mouillé.

De gros nuages filaient dans le ciel, annonciateurs de pluie. Vaguement conscient d'un besoin urgent, Arnault arrêta son cheval et se mit en devoir de démonter.

— Attention à la boue ! l'avertit Torquil.

Arnault stoppa son mouvement et regarda le sol près de son cheval — qui avait de la fange jusqu'aux boulets — puis marmonna un remerciement et se remit en selle, faisant avancer l'animal en terrain plus sec.

— Je suis plus préoccupé que je ne le pensais, j'en ai peur, dit-il, sautant à terre.

Il tendit les rênes à Torquil avant de remonter le sentier.

— J'essayais d'imaginer une histoire plausible pour de Sautre à notre retour.

— Il est certain qu'on ne peut pas lui dire la vérité, du moins pas toute, dit Torquil en mettant pied à terre. Sans parler de ce que nous avons fait à Iona, je suppose que notre indépendance et l'abandon de notre habit peuvent être considérés comme de l'insubordination pure et simple.

— Ça ne m'étonnerait pas, grogna Arnault de derrière un buisson. Il me fait l'impression d'un homme capable de tout pour affirmer son autorité.

Ils agissaient selon les ordres donnés par le Maître du *Cercle et* le Visiteur de France, mais ils savaient que, selon l'interprétation stricte de la Règle, de Sautre, en sa qualité de supérieur, pouvait exiger qu'ils lui rendent des comptes.

— N'était le fait que Luc doit être informé de ce que nous avons appris, j'éviterais Balantrodoch, poursuivit Arnault, et je me dirigerais directement vers le port de la côte est le plus proche, où nous trouverions un vaisseau pour Paris. J'avoue ne pas savoir quoi faire avant d'avoir l'avis du *Cercle*.

Il émergea des buissons et reprit les rênes de son cheval.

— Je serais beaucoup plus sûr de moi si nous savions ce qui s'est passé dans le reste du pays pendant notre absence.

Torquil acquiesça de la tête, puis ils firent quelques pas en silence pour reposer les chevaux. Depuis leur départ de Dunstaffnage, ils n'avaient rencontré personne qui pût leur donner des nouvelles fraîches des événements militaires et politiques survenus depuis la chute de Dunbar. Ce qu'ils craignaient le plus, c'était qu'Edouard ait continué sa campagne vers le Nord et appliqué la même stratégie qu'à Berwick, autorisant son armée à piller, massacrer et « lever le dragon », c'est-à-dire à déployer la bannière redoutée frappée du dragon, sous laquelle aucune des règles de la guerre ne serait respectée et aucune merci accordée. Au mieux, le roi anglais ajouterait d'autres victoires à son palmarès, raffermissant encore sa domination sur l'Ecosse.

— Si John Balliol est toujours en liberté, dit enfin Torquil, l'armée écossaise restera en activité. Il demeure notre roi, même s'il est un mauvais roi. Mais s'il a été capturé ?

— Dans ce cas, répondit Arnault, le résultat dépendra du loyalisme de ses commandants. Envers l'homme ou envers le pays ?

— Les deux devraient être inséparables, dit Torquil.

— C'est vrai, mais est-ce vrai pour John Balliol ? Je crains que non.

Ils marchèrent encore un peu, puis se remirent en selle. Ne voyageant plus en compagnie de frère Ninian, ils ne se faisaient plus passer pour des pèlerins et portaient maintenant l'épée au côté, mais leurs manteaux noirs cachaient qu'ils étaient armés et couvraient les sacs attachés derrière leur selle. Ils ne virent personne au cours de cette morne matinée.

Le sentier suivait le cours de la Dochart, aux eaux couleur d'étain sous le ciel plombé. Le courant s'accéléra à mesure que passait l'après-midi, le grondement distant d'une cataracte dominant graduellement tous les autres bruits.

Traversant des forêts denses de feuillus et de conifères, de plus en plus mouillés, ils avançaient sur un tapis odorant d'aiguilles de pin qui étouffait les pas de leurs montures, approchant d'une clairière proche des eaux bouillonnantes où Ninian les avait fait camper à l'aller. Autour d'eux, des feuillus vigoureux rivalisaient avec de majestueux conifères, bleu-vert dans la lumière déclinante, plusieurs abritant des colonies de freux dans leurs hautes branches — forêt vierge inviolée par la hache et par l'homme. Fasciné par cette preuve tangible de la splendeur et de la beauté de la création divine, Ninian n'avait pas compris pourquoi Arnault et Torquil traversaient rapidement, l'œil aux aguets, et Torquil avait dû lui faire remarquer que le grondement de la cataracte derrière eux pouvait masquer l'approche d'un ennemi.

De nouveau conscients de ce danger, les arbres s'éclaircissant et la clairière s'ouvrant devant eux, Arnault se surprit à prêter l'oreille pour tenter d'entendre par-dessus le fracas des eaux, et à scruter la pénombre grandissante, tandis que lui et Torquil talonnaient leurs montures pour dépasser cet endroit, contents qu'il reste assez de jour pour s'en éloigner avant de camper pour la nuit. Le cheval de Torquil hennit, et Arnault sut que ce n'était pas simplement leur intrusion qui provoquait l'envol explosif d'une nuée d'oiseaux, leurs croassements rauques presque étouffés par le fracas des eaux.

Les deux hommes tirèrent vivement sur leurs rênes, main sur la poignée de leur épée, fouillant les ombres du regard. Un éclair blanc fulgura brièvement sur leur gauche, se transformant presque aussitôt en une douzaine de cavaliers — six en habit blanc de Templiers, et six en habit brun de servants d'armes — avançant lentement sous le couvert des arbres, lance en arrêt, casque en tête.

Arnault s'immobilisa, laissant son épée au fourreau, et avertissant Torquil du regard de faire de même, scrutant les visages, se demandant s'ils seraient obligés de tenter le combat pour s'enfuir malgré leur infériorité numérique, et contre des frères templiers. N'importe où ailleurs dans la chrétienté, il aurait accueilli avec plaisir une rencontre impromptue avec des frères de son Ordre ; mais ici, loin de la commanderie la plus proche, il pouvait penser qu'ils étaient là pour lui et Torquil. Le cœur lui manqua quand l'un d'eux fit avancer son destrier. Les montures des Templiers dominaient de haut les bourrins de Scone.

— Ainsi, les enfants prodigues refont enfin surface, dit John de Sautre, posant son épée en travers de sa selle. J'espère que vous pouvez expliquer vos mouvements de ces dernières semaines.

Sur un geste de leur chef, les chevaliers de son entourage encerclèrent les arrivants. A leurs visages barbus imperturbables sous leurs bassinets, Arnault se demanda ce que de Sautre leur avait dit sur Torquil et lui-même.

— Une explication ? répondit-il avec douceur. Pardonnez-moi si je parais stupide, frère de Sautre, mais vous avez vu nos ordres. Et sans doute que Brian de Jay vous a parlé de notre mission avant de partir pour Chypre.

De Sautre retroussa ses grosses lèvres en un rictus.

— Mission ? C'est ainsi que vous appelez ce que vous faites ? Non, ni le Maître ni vos ordres ne mentionnaient que vous étiez exemptés de toute obligation envers la Règle, y compris l'humilité et l'obéissance à vos supérieurs, j'en ai peur. Oh, je suis certain que vous aviez une raison pour partir seuls en visite dans une obscure communauté d'hérétiques aux frontières de la civilisation, poursuivit-il d'un ton acide, mais je me permets de douter que cette mission ait reçu l'aval d'une autorité reconnue de l'Ordre.

Arnault sentit Torquil se hérisser, mais il lui lança un regard de mise en garde et répondit doucement :

— Alors, il semble que vous soyez victime d'un regrettable malentendu. Nos ordres sont discrétionnaires et émanent du Visiteur de France.

— Pardonnez-moi si je trouve cela difficile à croire, dit froidement de Sautre. Des chevaliers sous les ordres directs du Visiteur seraient vêtus conformément à la Règle de notre Ordre, sans aucun doute. Rejeter la livrée de Notre Seigneur équivaut à dédaigner Son Service. Il semble que vous ayez aussi peu de respect pour Lui que pour la Règle.

— Nous ne portions pas toujours notre habit non plus en Terre sainte, grommela Torquil. Mais vous ne pouvez pas le savoir.

De Sautre se tourna vers lui, l'œil furibond, le rouge de la colère aux joues, tandis qu'Arnault tendait un bras modérateur.

— Et qu'est-ce que c'est censé vouloir dire, exactement ? demanda de Sautre. Que vous opérez selon un agenda secret du Visiteur, et que cela vous exempte de l'adhésion à notre Règle ?

— Je regrette de ne pas pouvoir justifier les instructions du Visiteur, dit Arnault, sachant que de Sautre ne reculerait pas, quoique lui ou Torquil puisse dire.

— Vraiment ? dit de Sautre, aboyant un éclat de rire. Alors, vous n'aurez pas d'objection à nous accompagner à Balantrodoch pour que je puisse vérifier la véracité de vos assertions. Cela est en totale contradiction avec la chaîne de commandement habituelle, vous ne pouvez le nier.

« Pour preuve de votre bonne foi et de votre obéissance, vous nous remettrez vos épées. J'espère que vous nous éviterez, à vous et à moi, la honte de vous faire attacher. Il est possible que vos activités aient été autorisées par le Visiteur, je le concède, bien que j'en doute, mais tant que je n'aurai pas reçu de réponse de Paris et en attendant que frère Brian revienne de Chypre pour me relever des obligations en ma qualité de son remplaçant en Ecosse, considérez-vous en état d'arrestation.

— Avec tout le respect dû à votre rang et à votre office…, commença Arnault.

— Non ! aboya de Sautre, brandissant son épée. Je ne supporterai pas plus longtemps votre arrogance. Vous êtes bien tous les mêmes, vous autres chevaliers retour de Terre sainte, — contaminés par les péchés d'orgueil et d'hérésie. Il est temps de vous mettre au pas. Si l'on n'y met pas bon ordre, c'est le Temple dans son entier qui sera discrédité.

Arnault sentait sur lui le regard outré de Torquil, mais il ne voyait d'autre solution que de se rendre, et aux conditions de de Sautre. Les hommes qui les encerclaient étaient trop nombreux, et trop bien montés pour leur échapper — et de toute façon, il répugnait à verser le sang de ses frères. La mort dans l'âme, il accepta d'un hochement de tête.

— Si vous contactez Paris, le Visiteur confirmera notre statut spécial, dit-il d'une voix égale. Mais dans l'intervalle, nous vous suivrons.

Dégainant partiellement son épée de la main gauche, il talonna son cheval vers l'homme le plus proche, prêt à lui remettre son arme. L'air revêche, Torquil s'approcha d'un autre. Cette capitulation inattendue amena un sourire suffisant sur les lèvres de de Sautre, mais avant que leur reddition ne devienne effective, une volée de flèches noires s'envola du couvert des arbres, silencieuse dans le grondement de la cataracte, frappant trois hommes et blessant plusieurs chevaux.

Hommes et bêtes pivotèrent, affolés, cherchant frénétiquement du regard l'origine de l'attaque, et ils virent une vingtaine de silhouettes hétéroclites se déplacer sous les arbres, encochant des flèches pour un second assaut. Ils n'avaient pas des arcs de guerre anglais, et les flèches n'étaient pas assez puissantes pour tuer, sauf quand elles rencontraient des chairs non protégées.

Les hommes de de Sautre se dispersaient déjà, alors qu'il leur criait des ordres, tous couchés sur leur selle pour éviter d'être des cibles, jetant leurs lances et tirant leurs épées — car l'espace était trop restreint pour une charge de cavalerie. Certains démontèrent vivement, se mettant à couvert derrière de gros rochers proches de la rivière, d'autres tentant d'engager un corps-à-corps avec les archers — quoique avec des résultats pas toujours satisfaisants, car il y avait des lanciers parmi les archers, et les lances avaient plus d'allonge que les épées, sans parler de l'élément dc surprise, au moins jusqu'à l'élimination d'un premicr Templier.

En attendant, c'étaient les chevaux les plus touchés. La plupart sans cavalier — et ajoutant à la confusion, ils devenaient dangereux, leurs sabots ferrés labourant le tapis d'aiguilles de pin, paniqués et hennissant sous la pluie de flèches qui continuait. Un grand bai, frappé d'une flèche et toujours monté, faillit renverser le bourrin d'Arnault, et il se cabra, jetant immédiatement son cavalier vêtu de blanc aux pieds d'un petit homme noir qui apparut soudain, sortant de derrière un arbre puis disparut, sa dague rougie de sang templier avant que personne n'ait eu le temps de bien le regarder.

Calmant sa monture, Arnault battit en retraite en bon ordre avec Torquil et les autres, tous épée au poing, et tous Templiers maintenant, ligués contre un ennemi commun. Mais les flèches continuant à pleuvoir, Torquil fut obligé de démonter précipitamment quand son vaillant petit bourrin s'abattit avec un hennissement pitoyable, une flèche plantée dans la poitrine, et du sang sortant de ses naseaux.

Comme une autre volée de flèches pleuvait sur eux, Arnault se coucha sur l'encolure et rapprocha sa monture de Torquil, pour qu'il s'abrite derrière et s'accroche à son étrier, puis il fit maladroitement pivoter son cheval pour sortir de la ligne de tir — mais pas sans dommage car, tandis que Torquil détalait s'abriter derrière un rocher, le cheval d'Arnault subit le même sort que son compagnon d'écurie, abattu par une volée de flèches qui, individuellement, ne l'auraient que blessé, mais qui, en groupe, le tuèrent. Arnault roula sur le sol avec un *ouf* ! étouffé, et rampa pour rejoindre Torquil, parvenant tout juste à sauver son épée alors que d'autres flèches obscurcissaient le ciel, se brisant et ricochant contre les rochers.

— Je suppose que ce n'est pas le moment de nous enfuir, dit Torquil.

— Je t'assure que je le ferais si je pouvais, murmura

Arnault. Mais nous ne pouvons pas abandonner nos frères au massacre. Qui *sont* ces assaillants ?

— Pas des hors-la-loi ordinaires, ça, c'est sûr, dit Torquil, s'écartant précipitamment pour se mettre à l'abri comme plusieurs chevaux échappés passaient au galop, remontant la rivière. Et ce n'est pas une partie de chasse non plus.

Il sortit prudemment la tête de derrière le rocher qui les protégeait, puis l'avança un peu plus pour mieux voir.

— Seigneur Dieu, celui-là a un symbole bizarre peint sur le front…

Il recula en étouffant un juron tandis qu'une nouvelle flèche sifflait à ses oreilles, assez près pour l'ébouriffer. Arnault attendit un instant, espérant que le tireur choisirait d'autres cibles, puis risqua un regard de derrière leur abri.

Les assaillants sortaient de sous les arbres, maintenant rangés sur deux files, les archers devant, les lanciers derrière. Tous portaient sur le front le symbole que Torquil avait remarqué sur le premier : une forme bleue grossièrement triangulaire, avec des protubérances courbes partant des deux angles supérieurs, représentant peut-être un taureau ou un bélier. A sa vue, Arnault fut saisi d'un pressentiment inexplicable.

— *Jésus-Christ !* murmura-t-il en un souffle, en s'aplatissant.

Marchant majestueusement derrière les autres, venait un grand gaillard barbu aux longues jambes, en casque et haubert de cuir, qui semblait être le chef de la bande. Ses bras nus et musclés étaient couverts de spirales et de symboles runiques peints en bleu, en plus du symbole sur le front, lui donnant l'apparence d'un chef païen de l'ancien temps. Brandissant une lance dans sa main droite, il rejeta la tête en arrière et émit un rugissement.

Les archers cessèrent de tirer et reculèrent, permettant aux lanciers de se ruer à travers leurs rangs.

Glapissant et hurlant, ils chargèrent au milieu des arbres, bondissant par-dessus les rochers et autres obstacles. La voix de de Sautre domina le tapage, ordonnant à ses hommes de tenir bon. Resserrant la main sur leur épée — sans armure d'aucune sorte, ils étaient plus vulnérables que leurs frères templiers —, Arnault et Torquil, épaule contre épaule, regardèrent la première vague ennemie s'attaquer aux Templiers, rangés au bord de la clairière.

Curieusement, l'attaque semblait un engagement éclair. Vociférant comme des démons, les Highlanders se jetèrent sur la barricade de pierre, donnant de vicieux coups de lance entre les rocs. Arnault et Torquil virent un servant d'armes s'abattre dès les premières secondes — quoique apparemment blessé seulement — et deux ou trois assaillants reculer en grognant et en comprimant leurs blessures. Jetant un coup d'œil sur la ligne ennemie, Arnault aperçut plusieurs lanciers gisant sur le sol, morts ou blessés.

Comme il enregistrait ce fait, un ordre que vociféra le chef amena des renforts. Ceux-là étaient armés non de lances mais d'épées et de haches d'armes, avec des boucliers de cuir cloutés de cuivre. A leur nombre, Arnault devina que les archers avaient abandonné leurs arcs et se jetaient dans la mêlée.

Un autre chevalier et un servant d'armes furent blessés, mais les autres tinrent bon, refusant de céder du terrain. Tandis que continuaient les chocs d'acier contre acier, Arnault et Torquil prirent conscience d'un son plus insidieux pénétrant le fracas de la bataille, pulsant comme les roulements lointains du tonnerre. Le son était cadencé, lourd et morne tel le pouls de quelque monstrueux léviathan.

Etirant le cou pour voir d'où venait ce bruit, Torquil

donna un coup de coude à Arnault et attira son attention en amont de la rivière, où une silhouette solitaire en robe blanche regardait, debout sur un rocher. Ce qui semblait au premier abord une tête d'homme coincée sous le bras droit de la silhouette était en fait un tambour peint — et la source du bruit cadencé, réalisa Arnault, surprenant le mouvement des doigts fuselés volant sur la peau du tambour.

Et alors même qu'il écoutait — saisissant plus nettement le rythme maintenant qu'il en connaissait l'origine —, le son et la cadence augmentèrent en gravité et en volume sans rapport avec la distance et bien au-delà de la taille du tambour, dominant le bruit de la cataracte et le fracas du combat. Les voix rudes des Highlanders entonnèrent un chant guttural au rythme du tambour, dans aucune langue qu'Arnault connût, mais qui lui donna la chair de poule ; car ce chant conjura le souvenir d'une ferme d'Orkney, où une ombre glacée avait dévoré la chaleur d'une vie innocente.

Comme il établissait ce rapport, serrant le bras de Torquil pour l'informer du danger, le tambour se tut brusquement. Immédiatement, les attaquants cessèrent le combat et disparurent dans la forêt. Les Templiers s'arrêtèrent et refusèrent de les poursuivre, semblant soudain sentir un changement dans l'air, cherchant nerveusement autour d'eux quelque chose qu'ils ne pouvaient pas voir.

Le silence qui suivit fut aussi menaçant que le calme précédant la tempête. Tandis qu'ils regardaient, osant à peine respirer, des vrilles glacées de brume blanche s'élevèrent de la rive, près des pieds du tambourineur maintenant immobile — qui était presque certainement un chaman païen.

— Quelque chose arrive, murmura Torquil d'une voix rauque.

Son visage barbu était livide sous son bronzage et ses taches de rousseur.

— Je sais, répondit sombrement Arnault. Et je crois que je ferais bien de l'arrêter. Couvre mon dos. Ce sera rapide et sale, même si ça marche.

Se mettant à genoux, il planta son épée dans la terre, comme une croix, tandis que le tambourinage reprenait — plus grave cette fois, plus lent, et plus sinistre. Il prononça mentalement une prière en passant la main dans le haut de sa robe d'emprunt, et il en sortit le paquet contenant le Plastron. Le dépliant d'une main tremblante, il n'osa pas prendre le temps de le passer à son cou ni de se préparer comme il l'aurait dû ; simplement, il le tint sur son cœur avec révérence, déglutissant avec effort en rassemblant ses esprits, car *quelque chose* arrivait, c'était certain.

— *Non nobis Domine*, pria-t-il doucement. *Eripe me de inimicis meis, Deus meus*…

Sauve-moi de mes ennemis, ô mon Dieu, défends-moi contre ces instruments d'iniquité, et délivre-moi de ces hommes sanguinaires…

Le chant et le tambour continuaient à pulser, étourdissant ses sens. Dans la clairière, par un ou par deux, les Templiers abaissaient leurs épées, stupéfaits, les yeux hagards. Et pendant ce temps, la brume blanche s'élevant devant le chaman commençait à descendre la rivière vers la clairière, en vrilles épaisses, poussant un mur de froid devant elle. Avec des sourires mauvais, les Highlanders émergèrent des arbres, reprenant doucement leur chant sauvage.

Raffermissant sa concentration, Arnault répéta sa prière, sans s'apercevoir qu'il la prononçait maintenant en hébreu.

— *Ha tzilayni mayoyvay elohai… Sauve-moi de mes ennemis*.

A ces mots, une chaleur surgit sous ses paumes, chaleur qui s'accrut peu à peu, unie à une brillance soudaine, et poussant sur ses mains comme une chose vivante.

Il ouvrit les mains toutes grandes et lâcha prise, sentit un mouvement déferlant, tel l'envol d'un oiseau invisible. Les battements de tambour faiblirent. La rupture du rythme perturba la cadence du chant. Comme le batteur et ses partisans s'efforçaient de rétablir leur accord, une trouée se fit dans les nuages.

Un rayon de soleil jaillit de la trouée. Ainsi qu'une épée d'or transparent, il frappa le sol devant la brume mouvante. Les battements de tambour se turent. La brume se rétracta à la manière d'un ver blanc et aveugle, reculant et sombrant dans le sol, terrassée.

Continuant son avance, le rayon se dirigea vers l'amont et le batteur, l'entourant de lumière. Le chaman sortit brusquement de sa transe en criant, tituba en arrière pour s'extirper de la zone lumineuse, s'abritant les yeux de son bras. Des hurlements de détresse lui répondirent, qui se transformèrent en cris alarmés quand les Templiers secouèrent l'enchantement qui les avait paralysés, regardant nerveusement autour d'eux, l'épée au poing.

Le rayon de soleil disparut, mais le chaman païen continua à trébucher de l'avant à l'aveuglette vers le couvert des arbres, s'éloignant de la rivière. Le voyant battre en retraite, la plupart de ses partisans tournèrent brusquement les talons et s'enfuirent, sourds aux exhortations de leur chef couvert de runes, qui se dirigea aussi vers la forêt.

— Poursuivez-le ! tonna de Sautre, le montrant de son épée. Je le veux vivant !

Les Templiers passèrent à l'offensive, tirant le meilleur parti de l'avantage que leur donnait leur armure dans la poursuite des Highlanders. Ils les rattrapèrent et éliminèrent trois lanciers et deux sabreurs. Un chevalier et plusieurs servants d'armes harcelèrent les derniers fuyards, tandis que de Sautre et trois chevaliers encerclaient le chef et les deux derniers épéistes, abattant ces derniers sans cérémonie, puis avançant sur le chef pour le neutraliser. Une violente bagarre s'ensuivit, car ils voulaient éviter de le tuer. Pendant que ce combat distrayait leur attention, Torquil se tourna anxieusement vers Arnault.

— Je crois que c'est le bon moment pour filer, dit-il.

Arnault se redressa avec effort. Remettant distraitement le Plastron dans sa cachette, il accepta la main que Torquil lui tendait et se releva péniblement, reprenant machinalement son épée. C'est seulement alors qu'il trouva la force de sourire à Torquil.

— Par là, dit-il, montrant la rivière en amont. Attrapons deux chevaux égarés et partons.

CHAPITRE 21

— Je donnerais cher pour savoir qui étaient ces hommes, remarqua Torquil, plus tard dans la soirée, assis avec Arnault devant un petit feu de camp, dans un bois de pins écarté. On peut dire qu'ils étaient sauvages et poilus — sans doute originaires de l'extrême nord de l'Ecosse, mais je n'en ai jamais vu de pareils. Et ce symbole peint sur leur front ?

— Un genre de totem de clan ? hasarda Arnault. Ou peut-être un symbole religieux ? Ça ressemblait à une tête d'animal — un taureau, je crois. En termes magiques, un tel symbole peut s'utiliser comme nous utilisons les images des saints, pour concentrer l'attention, sauf que c'était… bon, je ne dirai pas « pré-chrétien », parce que ce qui nous a aidés à repousser leur attaque était également pré-chrétien.

— Quelque chose issu d'une lignée spirituelle différente, alors ? proposa Torquil. Pas judéo-chrétien mais… celtique, peut-être ?

Arnault secoua la tête, fixant les maigres flammes de leur feu.

— Si c'était celtique, ce ne l'était sûrement pas au sens où l'entendaicnt frère Ninian et les moines de Colomba. Ce n'était même pas druidique, je crois.

Ninian nous a dit que lorsque saint Patrick a christianisé ces régions et utilisé le trèfle pour illustrer la Trinité, certains druides étaient déjà prêts à cette façon de concevoir Dieu. Pour eux, la nouvelle foi ne supplantait pas l'ancienne, mais l'accomplissait.

— Je n'ai pas l'impression que les sauvages d'aujourd'hui la considéraient comme un accomplissement, grogna Torquil.

— Moi non plus, acquiesça Arnault. Incidemment, ça ne t'a pas paru bizarre que tes compatriotes relativement peu sophistiqués s'en prennent à un groupe de chevaliers montés et mieux armés, qui cherchaient déjà la bagarre ? Et pardonne-moi si ça sonne orgueilleux, mais je trouve difficile à croire qu'un groupe si important de Templiers n'ait pas été reconnu pour ce qu'il est. Se battre contre un tel détachement quand on ne peut pas faire autrement, c'est une chose. L'attaquer délibérément, c'en est une autre. Ces sauvages ne semblent pas avoir attaqué par hasard.

— Non, je suis d'accord. C'était une embuscade préméditée.

Ils avaient chevauché aussi longtemps que possible avant que la nuit ne les force à s'arrêter, espérant avoir laissé leurs frères templiers loin derrière. Torquil prit un bâton et tisonna distraitement le feu, s'efforçant d'oublier sa faim. Les fontes des chevaux qu'ils s'étaient appropriés ne contenaient pas grand-chose de comestible : un bout de pain sec et un peu de fromage moisi dans l'une — rien du tout dans l'autre — qu'ils s'étaient partagé, parce qu'ils n'avaient rien d'autre et qu'ils ne voulaient pas attirer l'attention. Ils en avaient conclu que de Sautre et ses hommes vivaient sur le pays, logeant et mangeant chez l'habitant.

— Quand de Sautre aura le temps de réfléchir, j'espère qu'il nous saura gré d'être restés pour lui sauver la peau avant de le semer.

Il fit une pause pour jeter quelques branches dans le feu.

— Bien sûr, mais s'il avait vu ce que tu as fait, je suppose que ça n'aurait pas servi notre cause.

— Ce qui constitue un autre mystère, dit Arnault. Ces sauvages n'étaient pas là pour nous, ils pourchassaient de Sautre et ses hommes. Nous sommes arrivés par hasard, juste à temps pour participer à ce qui aurait dû être un massacre. Le fait qu'ils étaient préparés à utiliser la sorcellerie signifie que ce n'était pas une simple échauffourée entre des forces ennemies. Ce n'était même pas une vengeance contre l'Ordre parce que Jay s'est souvent servi des Templiers contre des chrétiens. Je suis pratiquement certain que nos amis d'aujourd'hui n'étaient pas chrétiens. Je crois que celui, quel qu'il soit, qui est derrière l'attaque d'aujourd'hui en veut aux Templiers pour une raison différente. Et je crois savoir pourquoi.

— J'écoute, dit Torquil avec calme.

Prenant un bâton, Arnault tisonna le feu à son tour.

— Je n'ai pas encore tout compris, mais je commence à voir un lien entre Jay, les de Sautre, et les reliques païennes disparues qu'ils prétendent avoir jetées dans un lac, dont ils ignorent ou cachent le nom, et un sorcier païen du nom de Briochan — dont ces reliques étaient probablement les ossements, et c'est sans doute son fantôme qui a saccagé le manuscrit de frère Colman. En fait, je crois me rappeler que Luc a vu une amulette décorée d'une tête de taureau parmi les artefacts de la tombe.

Torquil siffla entre ses dents.

— Est-ce à dire que Jay et ses acolytes auraient conservé ces reliques, et que ce sont des partisans de Briochan qui ont attaqué de Sautre et ses hommes ?

— Quelque chose comme ça.

— Mais pourquoi Jay et les siens voudraient-ils des reliques païennes ?

— Peut-être pour la même raison que le Temple collectionne des reliques sacrées, afin d'avoir accès à des pouvoirs qui leur sont associés. Nous nous plaisons à dire que nous utilisons ces reliques au service de Dieu. Ceux qui révèrent les reliques de Briochan doivent penser la même chose, en les utilisant au service de leurs dieux. Et il se pourrait très bien que Jay et ses associés aient tenté — ou tentent encore — de s'approprier les pouvoirs de Briochan pour réaliser leurs propres desseins.

« Tous nos frères savent qu'au moins quelques artefacts chrétiens sont conservés au Temple — fragments de la Vraie Croix, diverses reliques de saints. Peut-être que Jay ou d'autres comme lui ont deviné que quelques frères d'élite gardent des trésors plus exclusifs et plus puissants, dont l'existence est ignorée du reste de l'Ordre. N'ayant pas accès à ces trésors, des mécontents de notre Ordre pourraient avoir décidé d'accéder à des sources alternatives de pouvoir extraordinaire, et tenté même de s'en servir à leur avantage.

— Cela ressemblerait bien à Jay, maugréa Torquil.

— Je crains que tu n'aies raison, malheureusement, malgré ma répugnance à parler ainsi d'un frère templier. Et si les héritiers légitimes de Briochan en sont venus à soupçonner que Jay leur a volé ces reliques, il n'est pas surprenant qu'ils en concluent que l'Ordre entier est responsable. D'où l'attaque de cet après-midi.

Torquil hocha la tête, franchement perturbé.

— Comme si ça ne suffisait pas que la Pierre soit affaiblie et que la monarchie écossaise soit minée par la sorcellerie, il nous faut maintenant nous inquiéter de la corruption régnant parmi nos propres *frères* !

Il poussa un profond soupir.

— Et c'est de Sautre qui nous traite de renégats ! Qu'est-ce que tu proposes ?

— Il nous faut accomplir la mission en cours, qui est de préparer les fondations du Cinquième Temple en Ecosse, dit Arnault. Nous ne devons jamais perdre cela de vue. Et quelles que soient les accusations que de Sautre porte contre nous au niveau officiel, nous n'avons rien fait que *Le Cercle* n'approuve. Je suppose que Gaspar et le Visiteur pourront tirer leurs ficelles habituelles derrière la scène pour nous tirer d'affaire, peut-être avec une réprimande officielle ou même une pénitence symbolique, mais je ne me fais aucun souci de ce côté, tant qu'on ne nous empêche pas de communiquer avec eux, et Luc y veillera. Dans l'intervalle, il peut continuer à assurer les liaisons, aussi longtemps qu'il ne se compromet pas en nous aidant ouvertement.

— C'est très bien pour le long terme, acquiesça Torquil, mais en attendant, je te rappelle que nous sommes des fugitifs, du moins en ce qui concerne de Sautre. Dommage que nous n'ayons pas eu le temps de lui demander des nouvelles de la guerre — mais je suppose que nous en aurons bien assez tôt. Où allons-nous maintenant ?

— A Scone, je crois, de préférence avant que de Sautre n'y arrive, répondit Arnault.

— Nous aurons une bonne avance sur lui, dit Torquil. Il a des blessés. Il ne pourra pas voyager aussi vite que nous, sans compter qu'il lui manque maintenant quelques chevaux, ajouta-t-il, réprimant un grognement de satisfaction ironique. Il ne sera pas heureux de constater que nous avons filé avec les deux meilleurs.

— Une dent de plus contre nous, dit Arnault. D'ici là, l'abbé Henry doit être informé de ce que nous avons appris à Iona. Pour le reste, je ne suis pas sûr. Mon instinct me dit que nous devrions rentrer à Paris aussi vite que possible, et faire préciser notre statut officiel. C'est peut-être la seule chose qui nous débarrassera de de Sautre — et de Jay, quand il saura ce qui s'est passé aujourd'hui.

Les deux jours suivants, ne buvant que de l'eau pour toute nourriture, ils profitèrent des heures de jour pour avancer vers l'est, évitant les villages et ne s'arrêtant qu'une seule fois dans un monastère pour s'informer de la situation militaire et demander l'hospitalité aux moines de Dunkeld. Ils repartirent vers Scone, leur frugal repas pesant comme du plomb dans leur estomac après l'annonce des nouvelles.

Pendant leur absence, comme on s'y attendait, Edouard, partant de Roxburghe, avait progressé vers le nord pour assiéger le château d'Edimbourg, qui avait tenu un peu plus d'une semaine avant de se rendre. De là, il avait marché sur Stirling, qui avait capitulé sans aucune résistance. On disait que le roi anglais se trouvait maintenant quelque part au sud de Perth — ce qui mettait Scone à distance de frappe.

Ils arrivèrent à l'abbaye de Scone à la nuit, et les grilles étaient fermées, mais le portier se souvenait d'eux et leur ouvrit immédiatement. Le temps de mettre leurs chevaux à l'écurie, en s'excusant auprès du frère palefrenier d'avoir perdu les deux montures prêtées par l'abbaye, l'abbé Henry avait été prévenu de leur arrivée et un frère convers les attendait pour les conduire à son bureau. A leur surprise, ils trouvèrent Luc de Brabant en compagnie de l'abbé.

— Seigneur Dieu ! s'exclama Arnault avec un grand sourire en serrant son aîné dans ses bras. Que diable fais-tu ici ?

A l'évidence, Luc était tout aussi soulagé de les voir, à la façon dont il donna aussi l'accolade à Torquil, mais les nouvelles qu'il leur communiqua assombrirent bientôt les retrouvailles.

— Vous ne savez donc rien ? dit-il. John Balliol a

demandé la paix. Ils ergotent sur les conditions, mais ce n'est qu'une question de temps.

— Où est Balliol ? demanda Torquil.

— Avec ce qui reste de l'armée écossaise, quelque part au nord-est d'ici, dit une voix écossaise venant de quelque part près de la cheminée. Il paraît qu'Edouard a envoyé Bek de Durham pour recevoir la reddition. Cela fait, il ne restera pas grand-chose pour empêcher le roi anglais de devenir le seul maître de tout ce qu'il y a entre Berwick et l'estuaire de la Moray.

Les deux arrivants se tournèrent vers l'homme, qui se leva lentement de son fauteuil. A peu près du même âge que Torquil, c'était un solide gaillard basané à torse de taureau, d'une bonne tête plus grand qu'Arnault — de taille déjà supérieure à la moyenne — mais avec une tignasse de boucles rousses, une barbe hirsute et des yeux bleus saisissants.

— Ah, William Wallace, je te présente les frères Arnault de Saint-Clair et Torquil Lennox, Chevaliers du Temple, dit Luc. Même si on ne le devinerait pas à leur tenue, ajouta-t-il, montrant leurs robes noires. Will est originaire de Strathclyde — son père était chevalier, au service de Jacques Stuart — mais j'ai fait sa connaissance à Dunfermline. Etant donné les circonstances, j'ai pensé que c'était une bonne idée de l'amener ici.

L'air d'innocence étudiée qu'avait pris Luc convainquit Arnault que c'était loin d'être toute l'histoire. Wallace lui-même entreprit de leur donner d'autres détails.

— J'étais pourchassé par des Anglais, dit-il avec un grand sourire. Leur capitaine me harcelait depuis Kincardine. Frère Luc a eu la gentillesse de me laisser grimper à un arbre pendant qu'il les expédiait dans la direction opposée.

— Mensonge que j'ai déjà avoué à mon confesseur, dit Luc avec un sourire cocasse en direction de l'abbé

Henry. Ce qu'il a omis de vous dire, c'est qu'il était en danger parce qu'il s'était arrêté pour m'aider à secourir quelques saintes religieuses, dont la charrette s'était cassée à quelques miles de la ville.

Wallace haussa les épaules.

— *Facis de necessitate virtutem*, cita-t-il. Faire de nécessité vertu.

Cet usage ironique de la sentence la plus connue de saint Jerôme fit sourire Arnault. Intrigué par cette manifestation inattendue d'érudition, il se mit à partager l'intérêt de Luc pour Wallace.

— Et puis-je savoir ce qui s'était passé à Kincardine pour que ce capitaine anglais soit si résolu à vous capturer ?

De nouveau, Wallace haussa les épaules en souriant.

— Mes lanciers ont abattu près d'un tiers de sa compagnie. Il semble penser que je suis responsable.

— Il a sans doute raison, dit l'abbé Henry. Même ton oncle Robert reconnaîtrait sûrement que tu es meilleur soldat que prêtre.

Devant l'air interrogateur d'Arnault et Torquil, il ajouta :

— Un oncle de Will a étudié ici un certain temps, avant d'être ordonné, alors je n'ai pas de scrupule à donner asile à quiconque porte son nom.

— Je n'ai pas l'intention de rester plus de quelques jours, les assura Wallace.

— Où irez-vous en partant ? demanda Torquil.

— Vers le nord, vers l'est, partout où l'on se bat, répondit Wallace, jusqu'à ce qu'Edouard d'Angleterre comprenne que l'Ecosse lui pose plus de problèmes qu'elle n'en vaut la peine.

Il se retira peu après, faisant valoir les fatigues accumulées de plusieurs semaines passées en fuite sans beaucoup de sommeil. Après son départ, Arnault et Torquil firent à Luc et à l'abbé un résumé de tout ce qui s'était passé depuis qu'ils avaient quitté Scone, environ deux mois plus tôt.

— L'incident de l'embuscade est troublant, dit l'abbé Henry. Je ne sais pas si elle a des liens avec nos autres problèmes, mais c'est réconfortant de savoir que saint Colomba ne nous a pas abandonnés. Quand même, cette histoire de Roi Sans Couronne demande réflexion. Devons-nous attendre qu'il apparaisse, ou sommes-nous censés partir à sa recherche ?

— Honnêtement, je ne sais pas, soupira Arnault. Et je suis trop épuisé pour prendre une décision avant une bonne nuit de sommeil. Nous n'osons pas rester ici longtemps, parce que de Sautre ne sera qu'un jour ou deux derrière nous, mais avant de partir, j'aimerais savoir comment la crise immédiate se résoudra.

— Je peux vous cacher quelques jours, dit l'abbé Henry, et même induire de Sautre en erreur s'il le faut. Que ferez-vous ensuite ?

— Nous retournerons à Paris, pour chercher l'autorisation de cette petite tromperie, dit Arnault, montrant sa robe noire. Et pour rapporter des lettres de créance du Visiteur qui assureront à John de Sautre — et à Jay — que nous avons agi selon nos ordres. Extérieurement, c'est ce que nous avons fait. Mais en tant que Templiers, nous ne servons pas à grand-chose en toute situation officielle si nos propres frères pensent que nous sommes apostats.

— L'êtes-vous ? demanda doucement l'abbé Henry. Apostats ? ajouta-t-il.

Arnault regarda Luc et Torquil avant de répondre en choisissant ses mots.

— Père abbé, nous vous avons confié beaucoup de choses concernant notre mission supérieure ; et vous savez que la Pierre et la souveraineté de l'Ecosse sont au cœur du problème. Disons que j'espère ardemment continuer à agir à l'intérieur de l'Ordre. Mais je vous avoue franchement que si nous sommes forcés de choisir, nous donnerons tous les trois la préférence à cette mission avant nos vœux envers le Temple terrestre.

— L'Ecosse a de la chance d'avoir de tels champions, dit doucement l'abbé Henry. Et, pour ce qu'elle vaut, vous avez tous les trois ma bénédiction sans réserve.

— Elle m'est plus précieuse que je ne peux l'exprimer, dit Arnault, soulagé. Incidemment, mon intérêt pour la Pierre me pousse à vous demander quelles mesures vous avez prises pour sa sécurité ?

L'abbé Henry le regarda solennellement.

— Eh bien, aucune, sauf que l'abbaye est un sanctuaire. Mon Dieu, croyez-vous que les Anglais veuillent s'en emparer ?

— Si vous étiez Edouard d'Angleterre, dit Torquil, ne la prendriez-vous pas ? Il est clair qu'il veut briser ce pays, détruire son identité en tant que nation. Une fois qu'il sera assuré de la reddition de Balliol, il est probable qu'il voudra s'approprier tous les objets symbolisant la souveraineté écossaise — et la Pierre sera au premier rang de cette liste, avec la couronne, le sceptre, et tout ce qu'il pourra trouver.

— Alors, nous devons déplacer la Pierre, la cacher, dit l'abbé.

— Cela semble assez clair, dit Luc, et j'aurais dû y penser moi-même. Mais je crains que ce ne soit seulement la moitié de la solution. Si Edouard vient ici et constate qu'elle n'est plus là, il organisera des recherches. Il n'aura pas de repos tant qu'il ne l'aura pas trouvée. Et il ne se fera pas scrupule d'utiliser la torture pour obtenir ce qu'il veut.

— Ayant été à Berwick, grommela Torquil, je le crois sans peine.

— Alors, dit Arnault, si le roi anglais veut une pierre, nous ferions peut-être bien de lui en donner une.

Luc cligna des yeux.

— Qu'est-ce que tu proposes ? Que nous en fassions une copie ?

— Quelque chose comme ça.

— Ça ne marcherait jamais, dit l'abbé Henry. La Pierre est beaucoup trop caractéristique.

— Pour vous, peut-être. Mais combien d'Anglais l'ont-ils vue de leurs yeux ? Edouard lui-même ne l'a sans doute jamais vue, alors comment distinguerait-il la vraie Pierre de la fausse ?

— L'évêque Bek s'en apercevrait, dit l'abbé Henry. Il assistait au couronnement de John Balliol.

— Cela ne veut pas dire qu'il l'ait bien regardée, répliqua Arnault. La Pierre était enchâssée dans sa chaise et recouverte de draps de soie jusqu'au moment où Balliol s'est assis dessus, et je ne crois pas que Bek faisait très attention aux meubles ce jour-là. Je doute beaucoup que quiconque présent il y a quatre ans ait jeté plus qu'un bref coup d'œil à la Pierre — ou qu'il puisse s'en rappeler les détails dans le cas contraire.

— Il a raison, approuva Torquil, se redressant avec intérêt. Et si la tromperie réussit, elle nous permettra au moins de gagner du temps, et cela devrait éviter que sa disparition ne devienne un prétexte à des représailles locales.

L'abbé Henry opina lentement.

— Nous ne devons pas perdre la Pierre. Trop de choses dépendent d'elle. Voyons, il y a une carrière de pierre à moins d'une demi-journée de cheval d'ici. Je pense que le maître carrier pourra nous fournir un bloc d'approximativement la même forme et la même taille. Mais il ne faut pas qu'il se doute de son emploi.

— Je suis absolument d'accord, dit Arnault. J'y avais déjà pensé. Dites-moi, père abbé : me tromperais-je en supposant que l'abbaye a besoin de quelques réparations ?

— Quel abbé n'a pas de réparations à faire ? dit ce dernier en souriant.

— C'est bien ce que je pensais. Il est peut-être temps de commander certains travaux. Aucun doute que les maçons que vous enverrez ne puissent spécifier de quel genre de pierres ils auront besoin, dit Arnault, montrant Torquil et lui-même, à l'approbation de l'abbé.

— Cela devrait être dans leurs cordes, acquiesça-t-il.

— Et en attendant, il serait peut-être bon de mettre la vraie Pierre dans un endroit moins en vue, peut-être dans la crypte.

L'air de plus en plus soulagé de l'abbé attesta de sa confiance croissante en ce plan.

— Excellente suggestion. Et si mes gens s'habituent à son absence, ils remarqueront moins les différences avec la pierre substituée. Mais, cela fait, où cacherons-nous la vraie Pierre ?

Arnault eut un soupir las, se massant la racine du nez.

— Je n'ai pas encore trouvé la solution de ce problème. Laissez-moi dormir dessus. Pour l'instant, disons que nous descendrons la Pierre dans la crypte demain, puis qu'on ira chercher une fausse pierre, en espérant que le roi anglais ne viendra pas frapper à notre porte avant que nous ayons procédé à la substitution.

Quand ils quittèrent l'abbé, Luc leur montra des lits dans la maison des invités qu'il partageait avec Wallace, lequel dormait déjà à poings fermés. Luc et Torquil s'endormirent bientôt mais, malgré sa fatigue, Arnault ne parvint pas à trouver le sommeil. Son esprit restait excité, en alerte, comme s'il anticipait une révélation.

Après avoir contemplé distraitement le plafond pendant une heure, il entendit un léger froissement d'étoffes qui lui fit tourner la tête. De l'autre côté de la pièce, Wallace s'était assis, jambes nues, se balançant au bord du lit, tête baissée, bras pendant à ses côtés. Il poussa un gros soupir, puis se leva lentement et, en chemise, se tourna vers la porte et s'avança en traînant les pieds. Il s'approcha d'Arnault, les yeux mi-clos, apparemment sans le voir. Arnault s'assit à son approche, lui passa la main devant les yeux quand il fut au niveau de son lit, mais Wallace ne s'en aperçut pas et continua à avancer lentement vers la porte.

Instantanément réveillé — et ne doutant pas que cet incident ne fût la raison de son insomnie —, Arnault attrapa sa cape, la jeta sur ses épaules et suivit Wallace, réveillant Luc et Torquil au passage.

— Qu'est-ce qu'il y a ? dit Torquil d'une voix ensommeillée, cherchant son épée à tâtons tandis qu'Arnault lui faisait signe de le suivre, ainsi qu'à Luc.

— Laisse ça. Suis-moi, c'est tout. Je n'arrivais pas à dormir, et maintenant Wallace fait le somnambule. Je crois qu'il doit y avoir une raison. Venez.

Ensemble, les trois Templiers suivirent le grand Ecossais dehors, et ils traversèrent le cloître. Wallace marchait lentement, mais avec un but apparent, étrangement raide, et oublieux des pavés irréguliers sous ses pieds nus. Voyant qu'il se dirigeait vers l'église, Arnault le précéda pour lui ouvrir la porte. Les yeux de Wallace, quand il passa sous la veilleuse du porche, étaient vides et vitreux. Les Templiers se regardèrent avant de le suivre à l'intérieur.

Au fond de la nef, la lampe du Saint Sacrement semblait un œil de rubis montant la garde dans l'église silencieuse, mais des cierges répandaient aussi une faible clarté sous l'arc conduisant au transept nord. Comme si l'église avait été illuminée par cent chandelles, Wallace se dirigea droit sur cette clarté.

— Va-t-il où je crois ? murmura Luc.

— Oui, visiter la Pierre, chuchota Torquil en réponse.

Leur faisant signe de se taire, Arnault pressa le pas, ses

compagnons sur les talons. Ils atteignirent la porte de la chapelle juste à temps pour voir Wallace passer derrière la Pierre, l'approchant par l'ouest. Avant qu'Arnault ait pu décider s'il fallait intervenir, Wallace tomba à genoux et, tendant les mains en aveugle, les posa de chaque côté du creux présent à la surface supérieure de la Pierre.

A la lumière de l'unique lampe de l'autel, ses yeux étaient calmes, sans expression, le blanc luisant comme du vif-argent. Arnault attendit, retenant son souffle. Pendant un moment, rien ne se passa, puis, à sa surprise, il vit une pâle luminescence bleu-vert émaner de la Pierre aux endroits où reposaient les mains de Wallace.

Luc respira bruyamment et serra l'épaule d'Arnault. Torquil n'émit pas un son, mais ses yeux s'étaient largement dilatés. Ensemble, ils virent la luminescence monter dans les mains et les bras de Wallace, continuant à se répandre jusqu'à ce que tout son corps soit nimbé d'une douce lumière.

Une odeur d'encens flottait dans l'air, surnaturelle dans sa suavité. Pour Arnault, ce parfum avait la qualité de la sainteté des anges. L'air absent de Wallace fit place à une expression de béatitude, ses yeux aveugles s'ouvrant tout grands avec émerveillement sur quelque chose que lui seul pouvait voir.

La lumière le garda encore quelques instants dans son embrassement chatoyant. Puis elle s'estompa lentement, comme de l'eau pure s'échappant par une fissure du roc. Wallace tendit des mains avides, s'efforçant de retenir le rayonnement qui s'estompait. Quand la lumière lui échappa, il poussa un cri étranglé et s'effondra sur le sol.

Comme un seul homme, les trois Templiers se ruèrent vers lui, Luc lui prenant le pouls à la gorge.

— Il va bien. Il n'est qu'évanoui, dit-il. Ramenons-le dans son lit.

A eux trois, ils parvinrent à transporter Wallace jusqu'à la maison des invités sans donner l'alarme — chose difficile pour un homme de sa taille. Aucun d'eux ne se hasarda à parler avant de l'avoir remis dans son lit.

— Qu'est-ce que ça voulait dire ? murmura Torquil pendant que Luc bordait Wallace.

Arnault recula et redressa les épaules en soupirant.

— Nous en parlerons avec l'abbé Henry pour voir ce qu'il en pense, dit-il doucement, mais je crois que nous venons d'assister à l'appel de William Wallace au service de la Pierre du Destin — peut-être même pour devenir le Roi Sans Couronne.

— Noble vocation, murmura Luc, mais si c'est exact, je le plains.

— Il semblait inconscient de ce qui se passait, murmura Torquil. Se rappellera-t-il quelque chose demain matin ?

Au même instant, Wallace grogna et remua dans son lit. Voyant qu'il allait se réveiller, Arnault fit signe à Luc et Torquil de reculer. Ils retournèrent se coucher, et s'allongèrent de façon à pouvoir observer discrètement. Arnault allait s'accroupir près de la couche du grand Ecossais, quand ses yeux s'ouvrirent brusquement. Voyant une silhouette proche de lui, il sursauta et chercha son épée.

— Du calme ! dit Arnault, lui arrêtant le bras. C'est frère Arnault. Je vous ai entendu remuer et grogner.

Le regard de Wallace s'éclaircit, il reconnut Arnault et se rallongea en se frottant les yeux.

— Désolé, mais je crois que j'ai rêvé. Je suppose que c'est parce que je me sens en sécurité ici. Au camp, ce genre de chose pourrait signifier la mort.

— Sortant juste d'une situation similaire, je crois que c'est à peu près ça, dit Arnault. Vous allez bien ?

Wallace soupira et recommença à se frotter les yeux. Il semblait toujours un peu étourdi.

— Quel rêve étrange !...

— Comment cela ?

L'expression de Wallace s'adoucit, et Arnault perçut comme un vestige des merveilles qu'il venait de voir.

— J'étais dans un lieu saint, murmura Wallace. L'air était plein de voix célestes qui chantaient les louanges de Dieu. Il y avait un homme en robe blanche — un abbé — donnant la Communion à l'autel. Il m'a appelé pour prendre part au festin, et je suis venu…

Sa voix mourut, ses yeux se révulsèrent et il retomba dans le sommeil. Quand Arnault fut certain qu'il ne se réveillerait plus, il se retira dans le couloir où Luc et Torquil le rejoignirent.

— Avez-vous entendu ce qu'il a dit ? demanda-t-il.

— Oui, dit Torquil en un souffle. Crois-tu qu'il est le Roi Sans Couronne ?

— Pour son bien dans cette vie, j'espère que non, dit Luc. Quoiqu'un tel sacrifice puisse avoir sa récompense au jour du Jugement. Mais je crois que la Pierre a choisi. Et dans ce cas, nous devons guetter les prochains signes et être prêts à l'assister autant que nous pourrons, afin de le préparer à la route qu'il devra parcourir — et nous avec lui.

CHAPITRE 22

Arnault et Torquil regagnèrent leurs lits, et Luc alla informer l'abbé Henry de la crise de somnambulisme de Wallace et de l'interprétation qu'ils lui donnaient. Le lendemain matin, entre prime et la réunion quotidienne du chapitre, l'abbé fit descendre la Pierre dans la crypte, Wallace prêtant sa force musculaire, tandis que Luc surveillait l'opération. L'abbé ne donna aucune explication aux frères qui aidèrent à la faire passer par l'étroit escalier, mais toute la communauté savait que les armées d'Edouard se trouvaient au nord de la Firth, et que l'abbaye recevrait des visiteurs anglais tôt ou tard.

— Croyez-vous que les Anglais viendront chez nous, père abbé ? demanda un frère, alors qu'ils dissimulaient la Pierre sous des dalles.

— J'espère que non, mon fils, répondit l'abbé.

— Ils trouveront sûrement la Pierre s'ils descendent jusqu'ici, dit le moine.

— Mais peut-être lui témoigneront-ils plus de respect s'ils doivent la remonter de la crypte, répliqua l'abbé. Et peut-être qu'ils ne penseront pas à l'emporter si elle n'est pas en pleine vue.

Un peu plus tard, tandis que toute la communauté assistait au chapitre, Arnault et Torquil, bien reposés après une bonne nuit de sommeil, se rendirent discrètement à la crypte, ayant revêtu les grossières tuniques et les tabliers en cuir des tailleurs de pierre, pour prendre les mesures de la Pierre. Pour compléter leur déguisement, ils avaient rasé leur barbe, signe trop visible de leur appartenance à l'Ordre, se colorant les joues et le menton de brou de noix pour foncer les endroits qui ne voyaient jamais le soleil.

— Il y a quelque chose que je ne comprends pas, dit Wallace, regardant Arnault et Torquil mesurer la Pierre avec une corde à nœuds. Frère Torquil est écossais, il est donc normal qu'il respecte la Pierre. Mais vous et frère Luc, vous êtes français. Et vous êtes tous les trois des Templiers. Pourquoi des Chevaliers du Temple attachent-ils tant d'importance à un symbole de la souveraineté écossaise ?

— Parce que nous connaissons son histoire, dit prudemment Arnault. Et que nous connaissons son potentiel. La Pierre est davantage — bien davantage — qu'un simple symbole. Mais même si elle n'était que ça, Edouard voudrait la posséder pour rompre le lien entre le peuple écossais et son passé.

Arnault étrécit les yeux avant de poursuivre, choisissant soigneusement ses paroles, car, bien que Wallace semblât n'avoir conservé aucun souvenir conscient de la nuit précédente, il était à l'évidence un acteur des événements futurs.

— Quelles que soient les vertus de la Pierre, en plus de son symbolisme, reprit-il doucement, sois sûr que certains partisans d'Edouard s'en doutent et qu'ils le pousseront à s'en emparer. Car une fois qu'elle sera entre leurs mains, ils trouveront le moyen de percer ses secrets.

En proie à une émotion soudaine, Wallace serra les dents.

— J'aimerais mieux mourir que seulement voir les

Sassenach poser les yeux sur elle ! dit-il avec passion, ignorant apparemment les autres allusions d'Arnault.

— Mourir pour ça serait gaspiller ta mort, intervint Torquil, regardant subrepticement ses frères templiers. L'Ecosse a besoin de patriotes tels que toi. Si tu veux servir la Pierre, tu peux nous aider à lui trouver une cachette.

Wallace cligna des yeux, puis s'accroupit et posa la main sur la Pierre, hochant lentement la tête, l'air vaguement absent.

— Je peux m'en charger. C'est un sacré poids à trimballer dans la campagne, mais le terrain entre ici et Dunkeld est aussi escarpé qu'à cent miles à la ronde. En fait, j'ai en tête plusieurs lieux qui pourraient convenir.

— J'espérais que tu ferais cette proposition, dit Arnault. Tu connais sans doute le pays beaucoup mieux que nous.

— Je me mets en route immédiatement, dit Wallace. Combien de temps avons-nous devant nous ?

— Impossible de le savoir, dit Luc. Avec de la chance, nous aurons notre pierre de substitution d'ici ce soir. Et après, nous devrons mettre la vraie en sûreté aussi vite que possible.

Arnault et Torquil partirent dans l'heure qui suivit, avec une charrette et un cheval des écuries de l'abbaye. Ils étaient méconnaissables en tant que Templiers dans leur tenue de tailleurs de pierre, et pourvus d'un bon de l'abbé Henry pour l'achat des pierres qu'il leur fallait. Wallace était parti un peu plus tôt, monté sur l'un des chevaux qu'ils avaient ramenés la veille ; et avec la bénédiction de l'abbé, Luc inventa des commissions qui éloigneraient de l'abbaye les rares moines informés du bref séjour de ses frères, en même temps que sa propre monture et le second cheval de de Sautre — car une visite de ce dernier et de ses hommes était probable dans la journée, même si les Anglais ne se manifestaient pas.

Ils arrivèrent à la carrière en début d'après-midi. Les pierres disponibles étaient de qualité variable. Le bloc le plus proche des dimensions de la Pierre était de la couleur du miel.

— C'est raisonnablement comparable en longueur et largeur, dit Torquil, dubitatif, finissant de le mesurer avec sa corde à nœud. Mais je voudrais qu'il soit plus haut. Et il devrait être noir.

— Nous pourrons le foncer avec de la boue, dit Arnault. Il faudra nous en contenter. Nous n'avons pas le temps d'en commander un autre — et de toute façon, ça éveillerait les soupçons. Le principal, c'est que cette pierre tienne sous le fauteuil du couronnement.

— Pas à moins de la soulever sur des blocs, dit Torquil, branlant du chef, mais il n'insista pas.

Ils achetèrent suffisamment d'autres pierres pour la camoufler sur le chemin du retour, puis ils rentrèrent à l'abbaye. Grâce à la longueur du jour en ce milieu d'été, ils arrivèrent bien avant la nuit, avec tout le temps de décharger les pierres en tas dans la cour de l'abbaye. Wallace n'était pas rentré, et de Sautre ne s'était pas encore présenté.

Il arriva le lendemain, tandis qu'Arnault et Torquil peinaient à l'écurie pour modifier un bât convenant au plus gros cheval de l'abbaye — car quand ils déplaceraient la Pierre, ce serait à cheval jusqu'au cottage où ils avaient laissé la charrette, vu que le bruit d'une charrette sortant de l'abbaye en pleine nuit aurait éveillé l'attention. Surveillant les grilles de l'abbaye du grenier à foin au-dessus de l'écurie, Luc faisait profil bas depuis leur retour et, son cheval n'étant plus à l'écurie, il comptait sur les moines de Scone pour affirmer qu'il avait poursuivi son voyage, si on le leur demandait. Luc siffla un avertissement, et les deux Templiers montèrent vivement l'échelle du grenier où, tous trois à plat ventre devant une persienne, ils virent leurs frères templiers entrer dans la cour.

La plupart, y compris de Sautre, avaient l'air épuisés, et plusieurs chevauchaient à deux sur la même monture — rappel ironique des sceaux originels des Templiers, montrant deux chevaliers sur le même cheval en témoignage de pauvreté. Quelques-uns avaient des pansements, et deux guidaient par la bride des chevaux chargés de cadavres.

Mais l'abbé était bien préparé à leur arrivée, ayant envoyé un serviteur de confiance vers le nord pour surveiller la route, et il affirma n'avoir vu aucun Templier renégat. (Et étant donné qu'Arnault et Torquil ressemblaient peu à des Chevaliers du Temple, d'abord dans leurs robes noires de pèlerins, puis dans leur tenue de tailleurs de pierre, et enfin dans les grossières chemises et culottes qu'ils portaient maintenant en prévision du déplacement de la Pierre, ce n'était pas tout à fait un mensonge.) L'abbé se montra aimable et coopératif, rappelant même à de Sautre que les Templiers dont il s'enquérait avaient laissé deux chevaux à l'écurie lors de leur passage, quelques semaines plus tôt. Et comme ils semblaient avoir grand besoin de montures...

Quoique très contrarié de ne pas obtenir de nouvelles des renégats, de Sautre accepta cette proposition d'assez mauvaise grâce, et partit peu après pour Perth, seuls deux chevaux portant maintenant double charge.

L'après-midi s'éternisa, sans nouvelles de Wallace. Dans l'intervalle, les rumeurs de la reddition imminente de John Balliol se multiplièrent. A l'approche du crépuscule, Luc revint au grenier où Arnault et Torquil sommeillaient pour passer le temps, afin de les informer des nouvelles parvenues dans la journée.

— Jusqu'à quand devrons-nous attendre ? demanda Luc. Pensez-vous qu'il lui soit arrivé quelque chose ?

— J'espère ardemment que non, dit Arnault.

— Nous devrions peut-être prendre les devants et procéder à la substitution ce soir, qu'il soit rentré ou non, dit Torquil. Nous pourrions cacher temporairement la Pierre en bas dans le foin, ou même partir tout de suite en direction de Dunkeld, par une petite route, en espérant rétablir le contact plus tard. Dans l'ignorance de ce que font les Anglais, ça me rend nerveux de la laisser ici plus longtemps qu'il ne faut.

Luc et lui jetèrent un regard interrogateur à Arnault, qui réfléchit un moment puis hocha la tête.

— Tu as raison. Nous allons préparer nos affaires et des vivres, et procéder à la substitution ce soir, décida-t-il. Si Wallace n'est pas rentré d'ici là, nous cacherons ici la vraie Pierre et attendrons jusqu'à demain soir, et s'il n'est toujours pas là, nous partirons seuls pour Dunkeld. Je suis certain qu'un mot de l'abbé Henry nous permettra d'y trouver refuge pendant quelques jours. Et si Wallace revient, l'abbé Henry pourra lui dire où nous sommes.

Torquil approuva de la tête.

— Je suis d'accord. Ça ne me plaît pas de rester ici sans rien faire.

Luc alla informer l'abbé Henry de leur changement de plan. Ils convinrent de se retrouver dans l'église juste passé minuit, au moment le plus sombre de la courte nuit d'été. Luc les rejoignit quand sonnèrent les vêpres, un panier de provisions au bras, et, à genoux dans le foin du grenier, ils récitèrent l'office ensemble, avec une émotion contenue, car ils ne savaient pas quand ils se reverraient.

Après quoi, ils partagèrent un léger repas de pain et de fromage arrosé d'un peu de bière, chacun absorbé dans ses pensées. Arnault et Torquil se préparèrent, revêtant la tunique matelassée et le haubert de soldats ordinaires, et Luc monta la garde pendant qu'ils dormaient, car ils devraient être bien reposés pour remonter la Pierre de la crypte.

Les ombres s'allongèrent peu à peu et la nuit commença enfin à tomber. Deux heures après complies, alors qu'il ne faisait pas encore tout à fait nuit, les grilles de l'abbaye s'ouvrirent brièvement pour livrer passage à un homme de haute taille monté sur un cheval templier d'emprunt. Wallace disparut aussitôt vers l'appartement de l'abbé ; et dès qu'un palefrenier eut fini d'étriller le cheval et se fut retiré, les trois Templiers descendirent du grenier. Luc et Arnault sellèrent rapidement deux chevaux frais appartenant à l'abbaye et Torquil harnacha de son bât le grand cheval de trait, entourant de chiffons les sabots des trois montures pour étouffer leurs pas.

— Dieu soit loué ! murmura Arnault quand le grand Ecossais entra dans l'écurie. Tu arrives pile à temps. Nous devons déplacer la Pierre ce soir même.

— Oui, je viens de voir l'abbé Henry. Je suis désolé d'avoir mis si longtemps, mais je crois avoir trouvé ce qu'il nous faut.

— Tu pourras nous raconter les détails en chemin, dit Luc, les poussant vers la porte. Commencez à intervertir les pierres. Torquil et moi, on finira de s'occuper des chevaux.

Arnault et Wallace traversèrent discrètement la cour et rejoignirent l'abbé Henry qui les attendait dans l'ombre de l'église, une lanterne sourde à la main. Ils s'approchèrent du tas de pierres dissimulant le bloc choisi pour remplacer la Pierre du Destin.

— J'ai fait jurer le secret au portier, les informa-t-il à voix basse. A moins de malchance, personne d'autre ne sera au courant.

En quelques minutes, ils entourèrent la Pierre d'une large courroie, puis glissèrent dessous deux solides perches qu'Arnault et Wallace chargèrent sur leurs épaules pour la transporter. L'abbé passa devant afin de les éclairer dans la lente descente de l'escalier menant à la crypte.

Là, ils procédèrent à l'échange, l'abbé Henry s'attardant pour noircir la fausse pierre tandis qu'Arnault et Wallace reprenaient les mêmes courroies et perches pour remonter la vraie. Elle était moitié plus large que la fausse, et beaucoup plus lourde, et même Wallace tremblait de fatigue en arrivant dans la cour.

Torquil les attendait avec le gros cheval de bât qui aurait l'honneur de transporter la Pierre du Destin. C'est seulement grâce à son aide et à celle de l'abbé Henry qu'ils parvinrent — avec force grognements et grimaces — à la hisser sur le bât, car ils devaient la soulever plus haut que leurs têtes. L'abbé Henry les accompagna jusqu'au cottage où Luc patientait avec la charrette et deux chevaux de selle, une main sur la Pierre, à l'évidence répugnant à s'en séparer. Quand ils l'eurent transférée dans le véhicule, Arnault et Wallace la recouvrirent de peaux de mouton. Pendant que Luc et Torquil attelaient le grand cheval à la carriole, l'abbé Henry la tapota une dernière fois, puis recula.

— Que Dieu vous accompagne, mes frères, murmura-t-il. Même si cette entreprise ne réussit pas, les Templiers auront plus fait que le roi John pour l'indépendance de l'Ecosse.

— Ce n'est pas seulement pour l'Ecosse que nous œuvrons, père abbé, dit doucement Arnault pendant que Wallace sautait sur le siège du cocher. Vous possédez en la Pierre un trésor plus précieux que vous ne pensez. Luc, ajouta-t-il, hochant la tête à son adresse comme lui et Torquil prenaient les rênes des deux chevaux de selle, nous t'enverrons des nouvelles aussi souvent que nous pourrons.

— Que Dieu vous accompagne tous les trois, dit Luc. Je voudrais pouvoir venir avec vous, mais il faut quelqu'un pour garder l'œil sur ce que mijotent Jay et les de Sautre.

Arnault émit un grognement et se mit en selle, imité par Torquil.

— Malheureusement, je parie que nous n'avons pas fini d'entendre parler d'eux, répondit-il. Père Abbé, nous vous donnerons des nouvelles quand ceci sera terminé, promit-il. J'espère que ce sera bientôt.

— J'attendrai, dit l'abbé, levant la main pour les bénir. Jusque-là, que saint Colomba vous protège et puisse Dieu vous tenir dans le creux de sa main.

Le ciel d'été pâlissait à l'est quand ils quittèrent l'abbaye et s'engagèrent sur la route de Dunkeld. Ils croisèrent quelques voyageurs au cours de l'heure suivante, mais dans l'ensemble, la route était déserte. On aurait dit que toute la région retenait son souffle, comme le lièvre paralysé par le faucon qui décrit des cercles au-dessus de lui.

— Je commence à connaître un peu trop bien ce bout de chemin, grommela Torquil, par-dessus les grincements et craquements des roues.

— Réjouissez-vous des petits bonheurs, répliqua Wallace. Au moins, nous avons une route, pour le moment.

Personne ne parla des nuages qui commençaient à s'amonceler à l'est, car la perspective de la pluie n'était pas réjouissante, ajoutée à la tâche déjà ardue qui les attendait. Surveillant le temps avec inquiétude, ils arrivèrent aux abords de la forêt de Birnam, parlant peu, et encore, à voix basse. Un mile plus loin, sur les instructions de Wallace, ils quittèrent la route de Dunkeld et tournèrent vers l'ouest dans un sentier de bûcherons, qu'ils suivirent jusqu'à une petite clairière traversée par un filet d'eau courante.

— Il faut laisser la charrette ici, dit Wallace, sautant à terre pour dételer le cheval.

Conduisant le grand cheval de bât le long de la charrette, ils transférèrent la Pierre sur son dos et l'attachèrent, puis retournèrent la carriole pour faire croire qu'elle était abandonnée. Enfin, guidant le cheval par la bride, Wallace descendit le cours du ruisselet qui s'élargit bientôt en un étroit ruisseau. Les deux Templiers suivirent avec les chevaux de selle, portant la courroie et les perches pour le transport de la Pierre.

Ils peinèrent dans cette voie boueuse pendant près d'une heure, d'autres rus se jetant dans celui qu'ils suivaient, et furent finalement contraints de passer sur une piste rocailleuse le long de ce qui était maintenant un torrent impétueux. Le cheval de bât avançait lentement à cause du poids de la Pierre, et il baissa la tête avec gratitude quand ils firent une pause au confluent de leur torrent et d'un cours d'eau plus large, arrivant sur la droite.

— Maintenant, nous montons vers l'amont, dit-il, tendant le bras. Il y a une grotte dans cette gorge, à environ un demi-mile. C'est de l'autre côté, nous pourrons traverser un peu plus haut. Sur les dernières centaines de mètres, il faudra porter la Pierre.

Arnault et Torquil ne réagirent pas, mais accélérèrent l'allure.

Ils laissèrent là les deux chevaux de selle, attachés à un arbre, et suivirent en portant la courroie et les perches tandis que Wallace continuait, menant toujours le cheval par la bride. Après le coude suivant du torrent, le bruit du courant rappela aux deux Templiers un épisode qu'ils préféraient oublier, mais ils atteignirent le gué sans incident et attachèrent le cheval de bât à un arbre.

Découvrant la Pierre, ils l'entourèrent de la courroie puis mirent les perches en place pour la soulever du bât.

Enfin, chargeant les perches sur leurs épaules, Wallace à un bout et les deux Templiers à l'autre, ils descendirent précautionneusement dans l'eau qui leur arrivait aux genoux, tâtant le sol devant eux à chaque pas. Le ciel était couvert et il faisait froid, mais ils transpiraient tous les trois quand ils atteignirent l'autre rive.

Ils posèrent la Pierre sur un carré de sable et firent une pause pour reprendre leur souffle. Wallace leur montra du doigt l'endroit où le torrent émergeait d'une ravine. Les parois de la gorge étaient abruptes, cependant un éboulement avait laissé une étroite piste rocheuse entre le torrent et la falaise de droite. Les Templiers la lorgnèrent avec appréhension, mais Wallace leur adressa un sourire rassurant quand ils rechargèrent leur fardeau.

La marche devint encore plus difficile. Suspendue entre les perches, la Pierre se balançait comme un pendule incontrôlable, menaçant de les déséquilibrer à tout instant. Avec une lenteur exaspérante, ils avançaient pouce par pouce, ne déplaçant jamais un pied avant que l'autre ne fût fermement assuré. Près d'eux, le torrent était devenu une cataracte, ses eaux impétueuses prêtes à transformer le moindre faux pas en catastrophe — provoquant la blessure ou la mort.

Arnault surveillait tellement où il mettait les pieds qu'il ne réalisa pas qu'ils étaient arrivés avant que Wallace ne signale une halte. C'est alors seulement qu'il leva les yeux et vit la crevasse triangulaire au flanc de la falaise, environ huit pieds au-dessus du cours d'eau.

— C'est plus facile que ça n'en a l'air, les assura Wallace entre deux halètements.

Le temps qu'ils arrivent devant l'entrée de la caverne, Arnault avait les épaules en feu. Torquil s'était empourpré sous l'effort, et même Wallace semblait épuisé. Ils introduisirent sans heurt la Pierre dans la grotte, et restèrent immobiles plusieurs minutes, haletants, penchés les mains sur les genoux, trop essoufflés pour parler.

— C'est grand ? demanda-t-il à Wallace.

L'Ecossais sourit.

— Ça, ce n'est que l'antichambre. Il y a une salle plus grande juste derrière celle-ci. Ronde, comme une église de Templiers — elle vous plaira. Donnez-moi une minute, et je vais vous faire de la lumière.

Il s'accroupit, sortit de sa sacoche de ceinture une chandelle, une pierre à briquet et un petit tas de mousse sèche ; il produisit bientôt une minuscule flamme. Une pâle clarté s'épanouit autour d'eux ; Wallace leva la chandelle et ils virent une autre entrée au fond de la salle, de la taille d'une porte.

Wallace emporta la chandelle dans la deuxième salle, la fixa par quelques gouttes de cire, puis ils y transportèrent la Pierre qu'ils posèrent en son milieu. L'impression était bonne — environ quinze pieds de diamètre, avec une voûte s'arrondissant à peu près à la même hauteur. Après avoir dépouillé la Pierre de la courroie et des perches, qu'ils cachèrent au fond de la grotte, ils posèrent brièvement les mains dessus en signe d'adieu.

— Tu as bien choisi, dit Arnault à Wallace. C'est un temple digne de la Pierre, du moins pour le moment.

Il regarda Torquil, sachant qu'il comprendrait le sens caché de sa remarque.

— Oui, jusqu'à ce que revienne le roi, dit Torquil.

A son regard, Arnault comprit qu'il ne pensait pas à Balliol, mais à un roi qui ne serait jamais couronné.

L'homme dont ils croyaient qu'il serait ce roi se contenta de soupirer et fit à la Pierre une dernière caresse, l'ayant apportée en un lieu où elle pourrait attendre en sécurité — au moins pour le moment.

C'est seulement quelques mois plus tard, dans un bureau de la trésorerie situé dans les entrailles du Temple de Paris, que les frères Arnault de Saint-Clair et Torquil Lennox apprirent les conséquences de ce qu'ils avaient fait. Grâce à l'intervention de Gaspar des Macquelines, et à un rapport inventif et largement invérifiable d'Arnault, leurs agissements en Ecosse avaient été totalement justifiés par le Visiteur de France qui, une bonne semaine avant leur retour, avait déjà reçu une plainte circonstanciée du Précepteur d'Ecosse. La réponse, envoyée par Hugues de Paraud, Visiteur de France, confirmait froidement que les chevaliers cités dans la plainte dudit Précepteur avaient agi avec autorité pleine et entière, et impliquait que les ordres concernant ces chevaliers (que lesdits chevaliers avaient montrés au Précepteur) auraient dû suffire sans besoin d'enquête subsidiaire.

Les nouvelles de la reddition de John Balliol et de la réaction d'Edouard à cette dernière rébellion écossaise étaient également parvenues à Paris au retour d'Arnault et Torquil : Anthony Bek, agissant au nom du roi anglais, avait reçu la soumission de Balliol au château de Brechin, l'avait dépouillé des atributs de la royauté, avait arraché de sa tunique les armoiries rouge et or de l'Ecosse, brisé en quatre morceaux le grand sceau du royaume, et saisi la couronne, le sceptre, l'anneau et l'épée — et les avait envoyés à la Tour de Londres, de même que Balliol et son fils, avec bien des coffres de rapports et d'archives pillés au château d'Edimbourg, et même le célèbre crucifix de sainte Marguerite ainsi que la Pierre du Destin, auparavant conservée à l'abbaye de Scone.

Cette dernière rumeur attrista beaucoup le retour d'Arnault et Torquil au Temple de Paris. Au bout d'une semaine de repos et de discussions, après avoir rendu le Plastron au *Cercle*, ils se préparèrent à retourner en

Ecosse — toujours incognito — pour conférer avec l'évêque de Glasgow, Robert Wishart, qui fomentait discrètement une nouvelle rébellion dans l'ouest avec Jacques Stuart.

Mais peu avant la date fixée pour leur départ arriva une lettre de Luc de Brabant, remise en mains propres à Gaspar des Macquelines par un chevalier écossais du nom de Flannan Fraser. N'étant pas un initié du *Cercle*, le frère Flannan ne fut pas avisé de son contenu ; mais dès que Torquil en connut les grandes lignes, il décida de boire à la santé de son compatriote, en sa qualité de vrai et digne fils de l'Ecosse, simplement pour avoir apporté ces nouvelles.

— Frère Luc dit que les soldats anglais sont arrivés pendant la première semaine d'août, avec ordre d'Edouard d'Angleterre de s'emparer de la Pierre du Destin, dit Gaspar avec un petit sourire satisfait. Ce qu'ils ont emporté — mais je prie Dieu qu'ils ne le réalisent jamais —, c'est la pierre que vous leur avez laissée. Il dit que Wallace était là pour assister à la scène, déguisé en frère convers, et qu'il a demandé de vous dire que vous connaissez la charrette que les soldats anglais ont réquisitionnée pour transporter la Pierre du Destin.

Ravis, Arnault et Torquil s'esclaffèrent à cette nouvelle ; et devant l'air stupéfait de leurs compagnons, Torquil se ressaisit assez pour expliquer :

— Il veut dire qu'ils se sont servis de la charrette que nous avons utilisée pour mettre en sûreté la vraie Pierre, précisa-t-il, s'efforçant de reprendre son sérieux. Et ça, si Dieu le veut, c'est le plus près que les Sassenach s'approcheront jamais du symbole le plus sacré de la souveraineté écossaise !

TROISIÈME PARTIE

CHAPITRE 23

En septembre 1297, Londres était en ébullition — moins à cause de la canicule hors saison que des nouvelles stupéfiantes arrivées récemment du Nord. Les possessions du Temple dans ce pays étaient portées sur la carte d'Ecosse dépliée devant frère Brian de Jay, Maître d'Angleterre ; mais ce qui captivait son attention, c'était le récit que lui faisait le Maître d'Ecosse de la stupéfiante défaite anglaise à Stirling Bridge.

Sous les regards du château de Stirling, la moitié de l'armée anglaise avait franchi le pont sur la Forth, afin d'attaquer une armée écossaise inférieure en nombre, commandée par un fils de baron du nom d'Andrew Murray et un rebelle sorti de nulle part nommé William Wallace. Les Anglais auraient dû gagner haut la main, mais la canaille écossaise avait taillé en pièces la chevalerie anglaise, sous les yeux impuissants de leurs camarades restés sur l'autre rive.

Jay grinçait des dents à l'idée de l'incompétence des commandants anglais, Warenne et Cressingham. Leur stupidité intégrale avait réduit à néant des années de campagnes du roi Edouard, qui guerroyait actuellement en Gascogne contre Philippc IV. Cressingham, le trésorier du roi en Ecosse, l'avait payé de sa vie. On avait écorché son cadavre (disait la rumeur) et on en avait fait (les avis différaient sur ce point) un baudrier pour l'épée de Wallace, des sangles pour ses cavaliers, ou on avait découpé sa peau en petits morceaux envoyés triomphalement dans toute l'Ecosse.

— Et comme si ça ne suffisait pas, conclut aigrement John de Sautre, ces rebelles continuent de demander l'approbation de leur rébellion à Rome.

A ces mots, Jay se leva d'un bond et abattit son poing sur la table.

— Que Dieu les maudisse jusqu'au dernier ! s'écria-t-il. Chaque fois que nous éteignons les flammes de leur révolte, de nouvelles étincelles raniment les braises, et le feu reprend de plus belle. Qui est ce Wallace ? D'où sort-il ? C'est un rien du tout — même pas chevalier ! — et pourtant les Ecossais le suivent comme s'il était leur roi !

— On dit que des deux, c'est Murray le stratège, remarqua de Sautre.

— Murray n'est rien ! déclara Jay avec emportement. C'est Wallace le meneur d'hommes, et il revendique ses victoires au nom de Balliol ! Balliol, un roi fantoche déshonoré par son ignoble reddition. Sais-tu où il se trouve actuellement ? En résidence surveillée près de Londres — avec un veneur et une meute de dix chiens, bon sang ! Même pas considéré comme assez dangereux pour être enfermé à la Tour de Londres, où ces mollassons de rebelles devraient finir leurs jours ! C'est là qu'il attend le retour du roi Edouard, tel un toutou qui se languit de son maître, et il a quand même un tel champion !

S'approchant de la fenêtre, il contempla rageusement le panorama des toits et, au-delà, le cours argenté de la Tamise sous le soleil du soir. Le Temple de Londres occupait un site prestigieux que Jay, quand il était plus calme, trouvait parfaitement justifié par la renommée de l'Ordre. Il préférait de beaucoup être là, au cœur d'un puissant royaume, plutôt que dans les terres humides et désolées d'Ecosse, en train de donner la chasse à des Highlanders révoltés et à des Templiers dévoyés, mais l'Ecosse était toujours sous son autorité provinciale.

— Il doit y avoir autre chose, remarqua distraitement John de Sautre. Se pourrait-il que Wallace reçoive de l'aide ?

Jay pivota vers son subordonné, le regard furibond.

— Evidemment ! Sans doute de nos frères félons, Saint-Clair et Lennox, que tu as laissés filer entre tes doigts.

John baissa la tête pour cacher son expression.

— Le Visiteur de France nous a confirmé qu'ils avaient pleine autorité pour agir incognito et de leur propre initiative. Et depuis qu'ils nous ont échappé, nous n'avons plus aucune preuve de leur présence en Ecosse. Quant à ce qu'ils soient avec l'armée de Wallace, ce n'est qu'une supposition.

— Une supposition ! répéta Jay, sarcastique. Des suppositions, voilà tout ce qui me reste grâce à ton incompétence !

— Nous avons fait un prisonnier après cette embuscade, lui rappela John.

— Et l'on ne peut pas dire que ce soit grâce à votre habileté, gronda Jay. Vous lui avez quand même tiré de curieuses informations avant qu'il ne meure, je le concède. Il ne me serait jamais venu à l'idée que les Comyn étaient revenus à l'ancienne religion — je trouve fascinant que les restes découverts dans cette tombe près de Balantrodoch soient sans doute ceux du sorcier païen nommé Briochan —, comme cela m'a été confirmé par mes contacts ésotériques à Londres.

Son mécontentement s'évanouit, et il se caressa pensivement la barbe.

— Oui… et certaines reliques. Qui nous offrent

certaines… possibilités. Nous pourrons peut-être en tirer quelque avantage.

— Avez-vous l'intention de rendre ces choses aux Comyn ? demanda de Sautre.

— Pas exactement, répliqua Jay. D'autres solutions se présentent, si mes recherches se révèlent *exactes*.

Un coup respectueux frappé à la porte l'empêcha de développer. Il répondit sèchement d'entrer, et Robert de Sautre se glissa dans la pièce, son visage rond rayonnant d'une satisfaction coupable, comme un enfant qui vient de voler des pommes dans le jardin du voisin. Il jeta un regard furtif dans le couloir avant de refermer doucement derrière lui.

— Tu as réussi ? s'enquit Jay, haussant un sourcil interrogateur.

Le jeune de Sautre hocha la tête avec enthousiasme.

— Le geôlier a eu du mal à croire sa chance d'être si richement récompensé pour une tâche si insignifiante.

Il tendit à son supérieur un petit sac de cuir. Jay en dénoua les cordons et jeta un coup d'œil à l'intérieur.

— Tu es sûr que ça vient bien de Balliol ? demanda-t-il.

— J'étais présent, affirma Robert. Ça faisait partie de notre marché. Je ne voulais pas courir le risque d'une fraude ou d'une supercherie.

John de Sautre grimaça, conscient qu'il souffrait de la comparaison avec ses propres initiatives.

— Qu'est-ce que tu rapportes ? voulut-il savoir.

— Des cheveux et des rognures d'ongles de notre très royal prisonnier, John Balliol d'Ecosse, répondit Robert avec suffisance.

Le Maître du Temple fourra le sachet dans sa sacoche et tendit une clef à Robert.

— Va me chercher le coffret, dit-il. Et fais seller les chevaux.

— Où allons-nous ? demanda John.

— A l'abbaye de Westminster, pour trouver la réponse à nos questions et éclairer notre lanterne.

L'aîné des de Sautre fronça les sourcils, consterné.

— Par la sorcellerie ?

— Notre Seigneur lui-même n'a-t-Il pas pratiqué l'art de la prophétie ? rétorqua Jay. Saint Jean n'a-t-il pas eu des visions de l'avenir, prédisant la fin du monde ? Quel péché y a-t-il à les imiter ? Et qu'est-ce qui nous empêche de le faire si ce n'est le manque de courage ?

— Mais... qu'est-ce que cela a à voir avec John Balliol ? Dépouillé de son autorité, prisonnier de l'Angleterre, quel danger représente-t-il ?

— C'est ce que je me propose de découvrir, dit Jay. Je suis de plus en plus curieux au sujet de la Pierre du Destin, censément source des pouvoirs mystiques qui soutiennent le royaume d'Ecosse. Sur mon conseil, le roi Edouard s'est donné beaucoup de mal pour s'en emparer et la faire apporter à Londres. Et pourtant, bien qu'ayant perdu un trésor national aussi vital, les Ecossais refusent de rester à leur place. Pis, ils se sont trouvé un chef qui leur a donné une victoire que nous pensions impossible il y a encore quelques jours.

« Nous devons donc nous demander, conclut-il, si la proximité de la Pierre permet à Balliol d'en tirer des forces. Même ici, en Angleterre, exerce-t-il un pouvoir royal qui autorise son champion de faire la guerre en Ecosse ?

— Cela semble impossible, dit John, clignant des yeux sur la carte.

— Ce qui est possible est uniquement limité par la vision de celui qui regarde, déclara Jay. Et dans ce domaine, je ne me fixe aucune limite. Soyez sûrs que le combat dans lequel nous sommes engagés n'est pas une simple rivalité entre couronnes. Il concerne l'âme même de notre Ordre.

— Vous pensez aux félons Saint-Clair et Lennox ? hasarda John.

— A eux, et à tous les impies qui leur ressemblent, acquiesça Jay. Je suis convaincu qu'il existe, à l'intérieur de notre Ordre, une faction qui poursuit des objectifs secrets, ce qui ne présage rien de bon pour l'Angleterre ou pour le Temple.

Il eut un rictus amer en tripotant la poignée de son épée.

— Beaucoup de ceux qui ont servi en Orient ont oublié leur vraie vocation, grommela-t-il. Ils sont revenus de Terre sainte avec des accents bizarres, l'esprit déformé par des philosophies exotiques et hérétiques. Mais ce n'est pas là le pire. S'étant abandonnés à ces séductions, ils tentent maintenant de corrompre leurs frères d'Occident. Leur objectif est d'imposer ces pratiques étrangères à ceux qui sont restés fidèles à leurs vœux, ceux qui priaient pour la victoire du royaume du Christ pendant qu'ils se vautraient dans le luxe et pratiquaient des sciences interdites à tout vrai chrétien.

Les de Sautre approuvèrent de la tête sans interrompre leur supérieur.

— Ils ont conclu un pacte avec les ennemis du Christ, poursuivit Jay avec passion. Abandonnant Sa Sainte terre en échange de l'or et des secrets ténébreux des assassins et des sorciers. Comment des chevaliers chrétiens auraient-ils pu être chassés par les infidèles, à moins qu'ils n'aient trahi Dieu en faveur de gains terrestres ? En gage de ce marché monstrueux, ils ont accepté de se retirer aussi loin que possible de la scène de nos premières conquêtes, pour donner à leurs nouveaux alliés l'assurance suprême de la victoire. Et dans toute la chrétienté, termina-t-il d'un air sombre, quel pays est plus éloigné de Jérusalem que celui des Ecossais — contrée encore infestée de superstitions païennes et de cultes douteux ?

— Je ne comprends toujours pas ce que Saint-Clair et Lennox espèrent accomplir en aidant les Ecossais, dit John de Sautre.

Les yeux bleus de Jay se durcirent un peu plus.

— Ils voient dans le combat pour le trône d'Ecosse l'occasion de prendre l'ascendant dans le pays afin d'y fonder un nouvel ordre impie, pratiquant non pas la pauvreté et l'obéissance de vrais frères chrétiens, mais les vices qui sont la marque de leurs ennemis sans Dieu.

« Ne vous bercez pas d'illusions. S'ils établissent leur autorité ici — comme ils en ont nettement l'intention —, ce sera notre fin à tous. Nous serons condamnés à la paperasserie ou relégués dans des tours de guet solitaires, pendant qu'ils nous domineront grâce à leurs richesses fabuleuses et à leur sorcellerie.

Robert de Sautre considéra son supérieur avec une admiration frisant l'adoration.

— Je n'aurais jamais imaginé rien de semblable, seigneur. Et je doute qu'aucun homme, à part vous, ait pu concevoir l'ampleur de leur ambition et la noirceur de leurs crimes.

— Etes-vous donc avec moi, rétorqua Jay, dédaignant la flatterie, ou vous rendrez-vous docilement à ces vipères décidées à sucer le cœur de la chrétienté ?

— Nous sommes avec vous, seigneur, affirma sombrement John de Sautre.

— Jusqu'à la mort, renchérit Robert avec un sourire déplacé.

Après la tombée de la nuit, Brian de Jay et les frères de Sautre démontèrent devant l'entrée principale de l'abbaye de Westminster, Robert cachant un étroit coffret d'ivoire sous son manteau blanc. La présence de gardes à toutes les portes parut inusitée à Jay — il n'avait pas souvenir de telles mesures de sûreté avant l'arrivée à Londres de la Pierre —, mais il se dit que le roi Edouard se montrait simplement prudent concernant la sécurité de sa prise.

Passant avec indifférence devant la splendeur de la grande église érigée par Henry III, et suivi de près par ses deux acolytes en blanc, le Maître du Temple se dirigea d'un pas décidé vers le sergent de garde et lui tendit un ordre cacheté, le regardant saluer machinalement en examinant le sceau. Le document était une lettre de l'archevêque de Canterbury, accordant aux Templiers l'autorisation d'une messe spéciale à l'abbaye en action de grâces pour la victoire du roi Edouard en France et demandant son retour sans encombre. Jay éprouvait toujours beaucoup de satisfaction à exercer son influence ecclésiastique, et, dans le cas présent, s'y ajoutait le plaisir de la duperie. L'incursion de ce soir était censément une inspection de la partie de l'église où aurait lieu cette messe.

Le trois Templiers furent admis et trouvèrent l'intérieur suffisamment éclairé pour leur propos. Vêpres et complies étaient passées, et les moines ne reviendraient dans l'église que beaucoup plus tard pour l'office de prime. Jay renvoya le garde qui les avait fait entrer, et dit à John de Sautre de s'assurer que la porte était bien fermée derrière eux.

Le bruit martial de leurs pas résonnant sous la nef, entourée de chaque côté de hauts piliers de pierre semblables à de sévères sentinelles, Jay et ses deux acolytes traversèrent le chœur pour rejoindre l'antique chapelle d'Edouard le Confesseur, saint patron du roi actuel, et reposoir de la Pierre du Destin. Sur l'ordre du roi Edouard, une belle chaise de bronze avait été forgée pour abriter la Pierre qui, pour l'heure, était encore nue et sans ornements. D'une taille adéquate pour avoir été l'oreiller de Jacob, comme le prétendaient les légendes écossaises, elle était d'apparence étonnamment ordinaire, mais le

Maître du Temple en avait assez appris sur les pratiques mystiques pour savoir que de telles impressions étaient souvent trompeuses à dessein.

Jay prit le coffret des mains de Robert de Sautre, et lui fit signe de retourner à l'entrée de la chapelle, puis passa le coffret à John et ils s'approchèrent de la Pierre. Pendant que Jay allumait un cierge sur le côté de l'autel, John de Sautre posa son regard sur la Pierre du Destin elle-même — objet d'apparence assez banale, se dit-il. Ce faisant, il eut l'impression d'une présence près de son épaule.

Regardant vivement autour de lui, il ne vit personne et déglutit, mal à l'aise, sachant que donner libre cours à une sensation aussi irrationnelle ne ferait que provoquer les sarcasmes de son supérieur.

Indifférent au malaise de son subordonné, Jay revint examiner la Pierre de plus près. A part une légère indentation cruciforme, rien n'indiquait sa nature sacrée ; et quand il posa dessus sa main nue et ferma les yeux, il ne ressentit aucune émanation de force intérieure.

Tournant le dos à la Pierre, il prit le coffret d'ivoire des mains de John de Sautre, le posa par terre près de la Pierre, et s'accroupit pour l'ouvrir. Il s'y trouvait plusieurs objets qu'il avait prévus pour le travail de ce soir, mais il en sortit d'abord deux baguettes d'environ la moitié de son avant-bras, couvertes de runes pictes. Après avoir passé des heures à étudier des documents dans les bibliothèques de Balantrodoch et de Londres, et de nombreuses consultations avec des sources extérieures à l'Ordre, il avait enfin pu déterminer dans quel but ces baguettes de divination de Briochan pouvaient être utilisées. Tout d'abord, elles présentaient des affinités avec des énergies surnaturelles pouvant être utilisées par des esprits favorables à la cause de leur possesseur initial — et Jay était favorable à tout ce qui pouvait favoriser ses propres ambitions.

Une baguette dans chaque main, il revint devant la Pierre. Faisant signe à John de Sautre de s'écarter, il tendit les bras au-dessus de la Pierre et murmura une invocation, trop bas pour que les deux autres l'entendent. Répétant cette invocation, il déplaça plusieurs fois lentement les baguettes de droite à gauche et de gauche à droite, intensément concentré sur la détection de toute trace de force potentielle, si faible fût-elle. Il répéta trois fois cette opération, mais n'obtint aucune réaction indiquant qu'il subsistait quelque vestige des énergies autrefois investies dans la Pierre.

Fronçant les sourcils, Jay posa les baguettes et sortit de sa sacoche le sachet contenant les cheveux et les rognures d'ongles de John Baliol. Avec précaution, il plaça le sachet au centre de la Pierre, puis, reprenant les baguettes, il se remit à en balayer la surface. Sa voix montait et descendait en un chant guttural, demandant à Briochan d'être son guide. Mais la Pierre demeura obstinément inerte.

Avec un soupir exaspéré, Jay renonça à ses tentatives. Jetant les baguettes runiques près de sa sacoche, il se mit à faire rageusement les cent pas. Ses subordonnés restèrent à l'écart, n'osant dire un mot de peur d'attirer son courroux. Au bout d'un moment, il s'arrêta soudain, ses yeux bleus brillant d'un éclat fiévreux.

— Rien ! murmura-t-il, levant une main d'un geste brusque. Pas trace du pouvoir qui aurait dû s'éveiller quand j'ai posé sur elle ces témoignages de la présence de Balliol ! Et pourtant, nous savons qu'elle a été la clef mystique de la souveraineté de l'Ecosse pendant des siècles. Il doit manquer quelque chose, quelque chose qui nous aura échappé…

Robert de Sautre fut le premier à risquer une suggestion, s'éloignant un peu de son poste près de la porte.

— Cela ne tendrait-il pas à indiquer, dit-il avec hésitation, soit que Balliol n'est pas le vrai roi, soit que ce bloc n'est pas la vraie Pierre ?

— Soit cela, ajouta John, soit que *les deux* sont faux ?

Jay regarda pensivement les deux hommes, réfléchissant, puis il hocha lentement la tête.

— De telles suppositions ont peu de chances d'impressionner le roi à son retour, dit-il froidement. Je ne vois pas comment Balliol pourrait être un faux roi, mais si les hommes d'Edouard ont, d'une façon ou d'une autre, rapporté une fausse Pierre, nous ferions bien de réfléchir au moyen de rectifier la situation. Nous avons besoin d'informations complémentaires, poursuivit-il, comme se parlant à lui-même. Et à mon avis, nous ne pouvons pas nous permettre le luxe d'être trop difficiles sur la façon de les obtenir.

Robert de Sautre pâlit légèrement.

— Que voulez-vous dire ?

Le sourire pincé de Jay ressemblait trop à une grimace. Au fond de lui, il n'était pas tout à fait tranquille au sujet de ce qu'il allait tenter, mais son ambition le poussait comme un vent de tempête gonfle les voiles d'un navire sans gouvernail, le lançant dans des eaux inconnues qui, malgré leurs dangers, pouvaient contenir des trésors justifiant tous les risques.

Depuis des années, il soupçonnait de plus en plus l'existence de quelque clique ésotérique à l'intérieur de l'Ordre, qui avait accès à des connaissances mystiques conférant des pouvoirs. Ses tentatives pour la découvrir étaient restées totalement infructueuses — peut-être parce qu'il était trop prudent, sachant très bien que tout intérêt manifesté pour ces questions serait considéré comme hérétique, si ça venait à se savoir officiellement. Mais peu à peu, il avait trouvé, à l'extérieur de l'Ordre, des hommes qui avaient bien voulu l'accepter dans leurs rangs et l'instruire. Et il était décidé à tirer vengeance de ceux qui l'avaient exclu. Maintenant, il était certain que Saint-Clair et ce parvenu de Lennox étaient du nombre.

Quoi que ce fût que cherchassent Saint-Clair et ses affidés, cela semblait clairement lié aux objectifs des rebelles écossais. Il s'ensuivait que tout ce qui pouvait nuire aux uns, nuirait aussi aux autres — et cela pouvait être tout à fait possible par l'intermédiaire de la Pierre, dont on disait qu'elle incarnait le sens mystique de la cause écossaise. Jay avait décidé depuis longtemps qu'aucun risque n'était trop grand pour se rendre maître de ses secrets, même s'il fallait en venir à pratiquer la sorcellerie païenne.

Retournant au coffret ouvert, il tâta l'intérieur et en tira un parchemin plié, aux coins cachetés d'un sceau. Il l'ouvrit et en sortit ce qui semblait un morceau de parchemin plus petit et plus épais, portant l'image grossière d'une tête de taureau triangulaire. Une odeur métallique et moisie en émana quand il le posa sur la Pierre.

— Vous avez bien fait de m'envoyer ça, dit Jay, fouillant une fois de plus dans le coffret. Cela nous donne le symbole sous lequel opère la sorcellerie païenne des Comyn, mais de plus, le sang résiduel de la peau flagellée nous fournit l'offrande de sang d'un de leurs coréligionnaires aux dieux ténébreux qu'ils servent. Et ceci, ajouta-t-il, sortant un fragment d'os du coffret, c'est une phalange de l'index gauche de Briochan — qui a servi ces dieux il y a mille ans.

Ce disant, il posa l'os sur le bout de peau parcheminée et tendit à John de Sautre de l'amadou, une pierre à briquet et un petit brasero, lui disant d'y allumer du feu, tandis qu'il se remettait à fouiller dans la boîte. Le brasero allumé fut placé devant la Pierre, après quoi Jay posa un morceau de parchemin sur les braises et ordonna à John de Sautre de rejoindre son frère près de la porte, d'où ni l'un ni l'autre ne devait ni bouger ni parler. Sa voix avait quelque chose de tranchant qui poussa ses deux acolytes à lui obéir sans poser de questions.

Des volutes âcres s'élevèrent du brasero pour former un nuage de fumée tourbillonnante, tandis que Jay ramassait les baguettes runiques et la phalange de Briochan et reprenait son attitude antérieure. Comme un prêtre debout devant l'autel, il leva les bras, les baguettes runiques dans la main droite, la phalange dans la gauche, et entonna un chant en latin : ce qu'il y avait de plus proche de l'antique folklore qu'il avait pu reconstituer à partir de la subculture mystique de ses contacts londoniens.

Des vestiges d'antique sagesse celtique, de rituels mithraiques introduits par les Romains et d'autres branches de la tradition magique avaient été revivifiés par un influx de croyances cabalistes et soufies rapportées de Terre sainte par les croisés. Ces connaissances étaient jalousement gardées, mais Jay avait découvert un homme suffisamment riche et influent pour ouvrir les portes cachées des sociétés occultes et le faire accéder à une grande partie de leur savoir interdit.

Maintenant, il s'arma de ce savoir comme un autre se serait armé de son haubert et de son bouclier contre une légion d'ennemis, et ainsi paré, psalmodia son invocation avec la ferveur d'un véritable initié, oublieux du malaise de ses deux frères templiers.

— *Per deam terrae pedibus et stellarum caelestium, per taurum magnum qui desteram bellatoris firmat, iubeo te hanc sanguinem imbibere et secreta saxi sancti revelare.*

De nombreuses répétitions n'apportèrent aucune réponse, et Jay commença à douter de l'efficacité de certains éléments du sortilège. Mais juste comme il arrivait à bout de patience, il vit le morceau de parchemin frémir sur la Pierre.

De la fumée s'en éleva, âcre et acide, mais il n'interrompit pas ses psalmodies. Lentement, une silhouette floue commença à se former, tirant sa substance de la fumée, penchée sur la Pierre en une attitude prédatrice — silhouette d'un vieillard barbu et émacié en longue robe déguenillée, longue tignasse échevelée tombant sur ses épaules osseuses, une couronne de feuilles desséchées entourant sa tonsure. John de Sautre réprima un frisson, car il ne douta pas que l'apparition ne fût cette même présence invisible qu'il avait sentie en arrivant dans la chapelle. Briochan était avec eux depuis le début, soit en prévision de ce moment, soit parce que son esprit était lié aux restes trouvés dans sa tombe et les avait suivis partout où ils étaient transportés.

Le spectre tourna la tête et cria d'une voix creuse tel le cri de la mouette solitaire sur les eaux noires d'un océan primordial.

— *Déesse, ô ma déesse, reine du feu et de la vague, maîtresse des profondeurs de la terre en gésine, j'entends ton appel mais je ne peux pas y répondre*, se lamenta-t-il.

Les Templiers reculèrent devant ses mains tendues quand l'ombre de Briochan s'écarta de la Pierre et commença, d'un pas heurté, à faire le tour de la chapelle, comme pour trouver une sortie, accompagné du morne cliquetis des chaînes enserrant ses chevilles et entravant sa marche. Ses yeux étaient grands ouverts, et pourtant il sembla ne pas les voir avant que Jay ne l'interpelle par son nom.

— Briochan, serviteur de l'antique grande déesse, dit gravement le Maître templier, au nom de tes déités perdues et de Notre Seigneur Jésus-Christ, je te somme de t'arrêter et de prêter l'oreille à mes paroles.

Briochan pivota face au Maître templier, le visage déformé par une grimace de souffrance, comme fouetté par les paroles de Jay.

— *Ne cherche pas à me retenir, homme de la croix,* fulmina-t-il, *ou la déesse jettera tes entrailles aux chiens affamés des ténèbres !*

— Pas de vaines menaces, esprit ! ordonna Jay d'une voix ferme. Je possède les objets de pouvoir qui te plient à ma volonté — à la fois l'héritage de tes propres sortilèges et tes derniers restes terrestres. De par les ténébreuses contraintes de ta propre sorcellerie, tu es obligé de m'obéir !

Le morceau de phalange toujours dans une main, Jay mit les baguettes runiques en croix entre lui et le spectre. L'ombre de Briochan se plia en deux, son essence fantomatique se tordant comme une banderole de fumée déchirée par la brise, émettant un long gémissement. Le son ressemblait aux craquements de la membrure d'un navire pressée par la marée.

— *Enonce ce que tu exiges de moi, serviteur du dieu assassiné !* croassa-t-il, détournant son regard tourmenté du Maître templier.

Jay montra la Pierre de son menton barbu.

— Voilà la Pierre du Destin d'Ecosse, apportée ici pour mettre fin aux règnes des rois rebelles. Je t'ordonne de lui ouvrir le cœur et de me montrer le pouvoir qu'elle recèle à l'intérieur. Dis-moi comment je peux utiliser sa puissance à mon service.

Il décroisa les baguettes, mais les garda dans les mains. L'ombre de Briochan se redressa lentement, sa grimace torturée faisant place à un air hautain. L'entité jeta un regard dédaigneux sur les deux de Sautre, comme les remarquant pour la première fois, avant de se tourner face à la Pierre, vers laquelle il revint dans le morne cliquetis sur les dalles des chaînes entravant ses chevilles.

Debout au-dessus du brasero, tirant de la substance de la fumée, il étendit les bras au-dessus de la Pierre. Ses yeux se fermèrent et ses lèvres murmurèrent une invocation en picte, tandis qu'une faible luminescence verdâtre émanait de son corps émacié et s'étendait lentement pour englober la Pierre dans une aura maladive.

Une brise glacée troubla l'air. La psalmodie de l'ombre se termina sur un long soupir, et pendant un instant un silence absolu tomba sur la chapelle, comme d'un pendule arrêté au plus haut point de sa course.

Puis les yeux de Briochan s'ouvrirent brusquement et, renversant la tête en arrière, il éclata d'un rire caquetant. Jay se raidit de stupéfaction. Le rire se calma graduellement, persistant un moment dans les échos renvoyés par les murs, mais l'impression de dérision était indéniable.

— *Ce n'est pas le maudit cadeau de Colomba au roi Aidan !* annonça l'ombre. *C'est un bloc impuissant de pierre sans valeur qu'on vous a fait passer pour la vraie Pierre. Ton roi est un imbécile, comme vous tous !*

Brian de Jay releva un menton belliqueux, fronçant dangereusement les sourcils. Changeant de main les baguettes, il eut un geste brusque qui étouffa le rire du sorcier et fit pulser follement la frêle silhouette du spectre. Mais même cela ne parvint pas à effacer complètement le défi méprisant de son visage.

— Je ne t'ai pas convoqué pour te faire rire, l'avertit le Maître templier d'un ton tranchant. Si tu mens, je jure que tu ne seras jamais libre, mais que tu traverseras dans les tourments le pays de la mort païenne pendant toute l'éternité !

Briochan répondit d'une voix rauque et sèche, mais où s'entendait encore l'autorité de son ancien ministère.

— *Vous avez vous-mêmes attiré ce ridicule sur vos têtes, pour vous être laissé tromper si facilement*, rétorqua-t-il. *Tu ne peux pas m'en blâmer, même si tu m'as forcé toi-même à être le messager de ta honte.*

John de Sautre avait la gorge si sèche qu'il dut faire un effort pour prononcer quelques mots.

— Dit-il la vérité, seigneur ?

— Oui, reconnut Jay à contrecœur. Le sort est trop puissant pour qu'il y résiste.

— *Maintenant, vas-tu me libérer et me permettre de répondre à la déesse ?* demanda Briochan.

— Non ! rétorqua Jay. Tu vas me dire qui a la vraie Pierre, et à quel usage ils l'emploient !

Briochan leva les yeux vers le plafond de la chapelle, comme à la recherche d'une vision.

— *Je ne peux pas voir si loin, lié que je suis par ces maudites chaînes. La vraie Pierre est destinée à la fondation, je le sais — d'un temple à la mémoire de Colomba — mais peut toujours servir le temple des dieux, si son pouvoir peut être encore détourné.*

« Le vent et les flammes ne servent aucune cause que celle de la destruction de tout ce qui s'oppose à eux, poursuivit-il d'une voix maintenant faible et lointaine. *Les Parques sont en pleine confusion, et la face du roi change selon le jour et la nuit. L'éclair est prêt à frapper l'ouest ou l'est, pour confirmer la lignée des rois ou éclairer la voix de la déesse sortant des profondeurs de son exil.*

— Qu'est-ce que c'est que ces divagations ? murmura John de Sautre.

— Ne vous laissez pas abuser par ces devinettes, seigneur, l'exhorta Robert. Pressurez-le jusqu'aux moelles pour en tirer la vérité !

Briochan pivota vers les deux frères avec un rictus sauvage. Il tendit la main vers eux, doigts crochus comme des serres, et tous deux se plaquèrent contre le mur de l'église.

— Assez ! s'écria Jay, le congédiant d'un mouvement des baguettes.

Une rafale puante traversa la chapelle, et le spectre s'évanouit telle une flamme brusquement soufflée par un courant d'air. Le silence qui suivit sembla ensevelir les trois Templiers à la manière d'un linceul de mort étouffant.

Prenant une profonde inspiration, Jay essuya un filet de sueur froide coulant sur son front, et s'éclaircit la gorge avant de replacer les objets magiques dans leur coffret.

— Eteins le brasero et ne laisse aucune trace du travail de cette nuit, ordonna-t-il à John de Sautre. Et toi, assure-toi qu'aucun son n'a donné l'alarme, ajouta-t-il à l'adresse de Robert.

Tandis que ce dernier se hâtait d'obéir, Jay s'accroupit en face de John de Sautre et posa une main sur la Pierre.

— Ainsi, la vraie Pierre est toujours en Ecosse, dit-il pensivement. Mais où ?

— Peut-être chez les Comyn, hasarda John, éteignant les braises du pommeau de sa dague. Cela expliquerait pourquoi le fantôme n'a pas voulu révéler son emplacement.

Le Maître d'Angleterre secoua la tête, réfléchissant toujours.

— Non, c'est Wallace qui exerce maintenant le pouvoir de la royauté. N'a-t-il pas pillé Scone, chassant le sénéchal du roi Edouard avant sa victoire à Stirling ?

John de Sautre inclina la tête dans une affirmation bourrue.

— C'est possible. La substitution peut avoir été faite bien avant, mais si la Pierre avait été cachée dans les environs, Wallace aurait très bien pu mettre la main dessus.

— Exactement, acquiesça Jay, comme Robert de Sautre reparaissait sur le seuil, hochant la tête pour l'assurer que tout allait bien. Il me vient à l'idée que ce parvenu peut avoir trouvé le moyen d'en tirer de la force, bien qu'il ne soit pas couronné. Et je commence à me demander si nos deux frères dévoyés ne l'ont pas aidé dans cette usurpation. Nous savons qu'ils mijotaient quelque chose à Scone, avant de partir pour Iona. Et si nous voulons conserver la faveur et la protection du roi Edouard, nous devons mettre fin aux agissements de Wallace d'une façon ou d'une autre, et nous assurer qu'aucun roi écossais ne sera plus jamais couronné sur la Pierre.

— Comment pourrons-nous y parvenir ? demanda John, remettant le brasero dans le coffret. Wallace a déjà vaincu une armée.

— Si l'on veut se débarrasser d'une meute de chiens affamés, dit pensivement Jay, il faut leur jeter un os et ils se déchireront entre eux pour s'en emparer. Je crois que les Comyn n'aiment pas Wallace plus que nous — et nous possédons des os dont ils seront certainement friands.

Il ferma d'un coup sec le coffret contenant les reliques de Briochan et jeta un regard noir à la fausse Pierre.

— Une nouvelle armée se rassemble pour rencontrer Wallace sur le champ de bataille, mais il faudra davantage que la force militaire pour le vaincre. Nous devons retourner en Ecosse, mes frères, et mettre fin à son action une bonne fois pour toutes.

CHAPITRE 24

Il fallut plusieurs mois de préparatifs méticuleux avant que le Maître d'Angleterre ne puisse réaliser son objectif. Ce fut seulement en juillet de l'année suivante que le roi Edouard se remit en campagne pour punir l'Ecosse, mais quand il le fit, Brian de Jay et John de Sautre chevauchaient à ses côtés, prêts à servir son ambition et la leur.

Dans l'intervalle, ceux de leur Ordre qu'ils soupçonnaient de travailler à contrecarrer leurs desseins — toujours considérés comme renégats par Jay et les de Sautre, malgré la justification officielle d'un supérieur aussi auguste que le Visiteur de France — campaient avec les troupes écossaises qui luttaient pour les droits du toujours captif John Balliol, dont la cause avait été si vigoureusement soutenue l'année précédente à Stirling Bridge.

Toujours pourvus d'ordres secrets de leurs supérieurs, les frères Arnault de Saint-Clair et John Lennox étaient revenus en Ecosse quelque dix-huit mois plus tôt, non sous l'habit de Templiers, mais déguisés en hommes d'armes ordinaires, offrant discrètement leurs services à l'évêque Wishart de Glasgow et à Jacques Stuart, le plus grand propriétaire de l'ouest de l'Ecosse — s'insinuant au cœur de la résistance écossaise centrée sur le Sud-Ouest, et qui soutenait que l'abdication de John Balliol était invalide parce que obtenue sous la contrainte. William Wallace, second fils d'une simple famille de chevaliers vassaux de Jacques Stuart, avait fait partie des patriotes locaux qui continuaient à fomenter la résistance à l'occupation anglaise ; et quand il devint brusquement célèbre après avoir éliminé William Hazelrigg, le shérif anglais de Lanark, allumant la nouvelle révolte qui devait avoir son jour de gloire à Stirling Bridge, il garda le silence sur la véritable identité des deux « éclaireurs » qui s'étaient attachés à son service et lui fournissaient à l'occasion des renseignements stupéfiants.

Près d'un an avait passé depuis la bataille de Stirling Bridge — triomphe qui avait coûté la vie au brave et brillant Andrew Murray, mortellement blessé au cours du combat. Mais après la victoire, Wallace avait été élu Gardien d'Ecosse, et s'était ensuite décerné le titre de « commandant de l'armée du royaume d'Ecosse, au nom du célèbre prince John, par la grâce de Dieu illustre roi d'Ecosse, et du consentement de la communauté de ce royaume ». Il avait été armé chevalier peu après. Sous le commandement de Wallace — et profitant de l'absence du roi Edouard, guerroyant en France —, les Ecossais avaient repris leurs terres natales, ne laissant qu'une poignée de châteaux des basses terres aux mains des Anglais.

Mais les Ecossais savaient que d'autres épreuves se préparaient. Une trêve entre l'Angleterre et la France avait permis à Edouard d'abandonner sa campagne de Flandres et de revenir en Angleterre. En juin, ayant fait des levées dans le Nord pour composer un corps expéditionnaire, il avait commencé son avance implacable sur la côte orientale de l'Ecosse, répandant la peur et la dévastation sur son passage, afin de briser le moral des

Ecossais en leur montrant par la force le prix que leur coûtait la résistance.

Du point de vue des Ecossais, ils avaient quelques raisons d'être optimistes, en particulier le fait que l'intendance anglaise ne suivait pas et que, selon la rumeur, une bonne partie des soldats d'Edouard mouraient presque de faim, certains au bord de la révolte. Mais que la ténacité des Ecossais pût triompher grâce à la faim et au mécontentement des Anglais, cela restait à voir.

En cette veille de la fête de Sainte-Marie-Madeleine, l'armée campée dans le bois de Callendar, près de la ville de Falkirk, la victoire semblait possible. Depuis plusieurs jours, l'armée anglaise était immobilisée au temple de Liston, à quelque quinze miles à l'est, par une invitation des Maîtres anglais et écossais du Temple. Mais des rapports que Wallace venait de partager avec ses commandants indiquaient qu'Edouard avait l'intention de faire reculer son armée affamée jusqu'à Edimbourg dès le lendemain — car il ignorait totalement où se trouvait son ennemi insaisissable. Wallace envisageait une marche rapide le matin, pour tomber sur l'arrière-garde anglaise en retraite, détruisant leurs bagages et tuant autant de soldats que possible avant de se replier.

— Qu'en penses-tu ? murmura Arnault à Torquil, s'éloignant de la tente de Wallace, devant laquelle un groupe de chefs écossais continuaient à clarifier les instructions du Gardien.

Vêtus de la légère armure de cuir des éclaireurs, anonymes dans leurs capes noires, ils se fondaient parfaitement parmi les commandants et les nobles écossais, en vêtements plus recherchés, qui se dispersaient maintenant pour regagner leurs camps respectifs.

— En tant qu'Ecossais, je trouve miraculeux qu'ils continuent à l'écouter. Mais ils n'ont aucun autre espoir pour le moment.

Observant et écoutant les hommes qui les croisaient, Torquil s'émerveillait encore que Wallace ait pu prendre en charge une nation totalement battue et démoralisée, et, par sa seule force de caractère, l'ait remise sur la voie de la victoire et de la liberté, l'emportant par la valeur et la stratégie sur bien d'autres qui étaient ses supérieurs par le rang et l'expérience. Pourtant, le miracle le plus grand — et le plus terrible — se situait encore dans l'avenir ; car les semaines passant et les succès des écossais se multipliant, il ne faisait plus guère de doute que la Providence élevait Wallace à un état bien plus élevé, et qu'il était effectivement le Roi Sans Couronne annoncé par la prophétie.

Le rôle sacramentel de Wallace avait été scellé quand il avait été élu unique Gardien du royaume. John Balliol était prisonnier à Londres, et Wallace combattait en son nom, se faisant son champion et son substitut. Parmi les grands propriétaires écossais, beaucoup supportaient mal d'être conduits et gouvernés par un homme qui n'était que le second fils d'un simple chevalier. Mais pour Arnault et Torquil, ses origines relativement modestes n'étaient qu'un des signes qu'on leur avait dit de rechercher.

C'était aussi un homme de douleur ; car un acte qui avait fait de lui un hors-la-loi selon la loi anglaise — l'assassinat de William Hazelrigg — avait été provoqué par la part qu'avait prise Hazelrigg dans le meurtre brutal de sa jeune épouse. Wallace avait tué Hazelrigg dans un esprit de justice ; mais ce châtiment n'avait en rien adouci sa souffrance. Ce chagrin persistant était un autre signe de son destin royal symbolique et sacrificiel. Il restait une épreuve finale, celle que les Templiers redoutaient le plus, et c'était la trahison des siens.

Malgré leurs propres craintes, un sentiment d'attente indéniable planait sur tout le camp. Des odeurs d'orge et de navets pour le dîner du soir s'élevaient des marmites mais, à l'écart, un groupe s'exerçait à l'épée. La force de leurs coups témoignait de leur frustration rentrée, assortie d'une certaine résignation. Ici et là, des prêtres célébraient la messe ; et celle à laquelle Arnault et Torquil avaient assisté un peu plus tôt avait été suivie par un plus grand nombre qu'à l'ordinaire — signe certain que beaucoup s'attendaient à un face à face prochain avec la mort, et cherchaient à fortifier leur âme contre sa faux.

De nombreux lanciers, hommes du commun qui composaient le gros de l'armée, étaient accroupis autour des feux de camp, et durcissaient à la flamme la pointe de leurs armes en échangeant des propos décousus. Passant près d'eux, les Templiers les entendirent discuter à voix basse du meilleur moyen d'empaler le cheval d'un chevalier anglais en pleine charge. D'autres tripotaient des insignes et des amulettes dans l'espoir qu'ils leur portent bonheur, aussi confiants dans leurs anciennes superstitions qu'en leurs prières à Notre Dame.

Dans un repli de terrain situé à l'ouest du camp, les chevaux de la maigre cavalerie écossaise hennissaient et piaffaient nerveusement, comme à l'approche de l'orage. Arnault et Torquil eurent l'impression d'un danger moins naturel planant sur le camp, plus proche que l'armée anglaise campée à une bonne journée de marche — et ce n'était pas l'anxiété ordinaire que tout homme ressent avant une bataille.

Tandis qu'ils revenaient vers la tente de Wallace, ils scrutèrent les visages de certains officiers du Gardien. John Stuart passa près d'eux — commandant des archers de Selkirk Forest, qui auraient la lourde charge d'affronter les célèbres archers d'Edouard. Jacques Stuart, le frère de John, était là également, ainsi que les comtes d'Atholl et de Menteith, Malise de Strathearn et Malcolm de Lennox, qui aurait été le suzerain de Torquil s'il n'avait pas préféré ses vœux au Temple à ses serments féodaux.

John Comyn, héritier de Badenoch, était également très en vue dans ce groupe, l'air dur et féroce, représentant sa puissante famille qui avait fourni l'essentiel de la cavalerie écossaise. Capturé à Dunbar, avec trois comtes et plus d'une centaine de chevaliers et d'écuyers, il était resté plusieurs mois prisonnier en Angleterre ; jusqu'au jour où le roi Edouard l'avait libéré dans l'espoir que les Comyn pourraient rétablir une certaine stabilité dans ce pays turbulent.

Mais comme tant d'autres, le jeune Comyn avait repris les armes en faveur de John Balliol. Il se vantait de défendre la cause écossaise, mais il y avait quelque chose dans ses manières — une dureté, une certaine lueur dans ses yeux — qui effrayait Arnault et Torquil. Alors que tous les signes tendaient à désigner Wallace comme le Roi Sans Couronne, ils n'avaient pas encore identifié le mystérieux « apostat » dont parlait la prophétie.

Torquil était prêt à croire que le jeune Comyn était ce fameux apostat ; Arnault, partant du principe qu'ils cherchaient le chef d'un culte secret, arguait que le jeune Comyn ne faisait pas partie des mystérieux Highlanders qui les avaient attaqués à leur retour d'Iona — même s'ils n'avaient toujours aucune idée de l'identité de ces hommes.

Wallace se retira finalement sous sa tente avec Jacques Stuart pour conférer avec lui pendant un rapide repas, les autres se dispersèrent dans les ombres grandissantes pour aller dîner de leur côté. Il y eut quelques récriminations, mais la plupart des commandants de Wallace semblaient sombrement satisfaits de se trouver enfin à la veille d'une bataille, même si elle ne s'annonçait pas aussi glorieuse que beaucoup l'auraient souhaité. Les observant de la lisière de la clairière, Torquil se tourna vers Arnault.

— Je crois que ces hommes sont mécontents de ces ordres. Ils sont fatigués de jouer au chat et à la souris. Ils ont envie d'une bataille rangée.

— Et dans ce cas, dit Arnault, s'ils doivent affronter la cavalerie lourde d'Edouard sur un terrain de son choix, ils seront anéantis.

— Ils ont tenu à Stirling Bridge, remarqua Torquil.

— C'est vrai, mais Edouard n'était pas présent à ce moment-là, et les Anglais ont appris quelques petites choses depuis lors. De plus, Murray était à son côté — sans doute le plus grand stratège que j'aie jamais vu en action. Quelle tragédie pour l'Ecosse qu'il soit mort de ses blessures !

Torquil approuva de la tête, se signant machinalement en souvenir du regretté Murray.

— Oui, mais Wallace est un meneur d'hommes-né. Tu as vu le genre de loyauté qu'il inspire. Si, par miracle, il réussissait à chasser à nouveau Edouard par-delà la frontière, le peuple pourrait très bien lui offrir la couronne. Crois-tu qu'il l'accepterait ?

Arnault secoua la tête.

— Tu sais qu'il est destiné à autre chose. De plus, il n'est pas assez bien né pour gagner le soutien des nobles dont il aurait besoin pour régner. Enfin, son propre sens de l'honneur ne lui permettrait pas de franchir ce pas. Personne n'est plus digne que lui de la couronne — pourtant, il se battra jusqu'à la mort pour l'homme qui la porte ou devrait la porter. Et pour le moment, cet homme est encore John Balliol…

Il s'interrompit et fronça les sourcils, intrigué par quelque chose derrière Torquil.

— Qu'est-ce qu'il y a ? demanda Torquil.

— Retourne-toi doucement, murmura Arnault, montrant de la tête l'objet de son intérêt.

Se retournant lentement, Torquil suivit le regard de son mentor avec une désinvolture apparente, jusqu'à la silhouette très reconnaissable de John Comyn, debout au milieu de quelques serviteurs. Un petit homme trapu en culotte de cuir et chemise safran les quittait et se dirigeait à grands pas vers l'ouest du camp. Quelque chose dans son apparence donna envie à Torquil d'allonger le cou pour voir s'il n'avait pas quelque chose de peint sur le front, mais il se domina et se tourna à l'oblique vers Arnault, sans cesser d'observer l'homme, et Comyn, du coin de l'œil.

— Ai-je bien vu ce que je crois avoir vu ? murmura-t-il à Arnault.

— Plus tard, il m'intéresserait de savoir si ce que tu crois avoir vu correspond à mes impressions, rétorqua Arnault tout aussi bas, se dirigeant lentement dans la même direction — car Comyn avait quitté ses serviteurs et partait d'un pas décidé à la suite de l'Highlander.

A ce moment, un homme d'armes de l'entourage de Wallace heurta de l'épaule deux chevaliers des basses terres pour passer entre eux, levant la main pour attirer leur attention.

— Saint-Clair, un moment ! cria-t-il, tandis qu'Arnault et Torquil se retournaient. Avec votre permission, le Gardien voudrait vous parler.

Jetant un dernier regard sur Comyn qui s'éloignait, Arnault hocha la tête à l'adresse de Torquil.

— Je te rejoindrai plus tard, dit-il. Vois s'il y a des nouvelles de ce contact que nous attendions.

— Oui.

Arnault partit vers la tente du Gardien, et Torquil reporta les yeux sur le jeune Comyn qui avançait d'un bon pas vers l'ouest du camp — à l'opposé de son propre campement, sur le flanc est de l'armée. Le malaise de Torquil fit place à des picotements dans la nuque.

Ayant grand soin de ne pas avancer furtivement, Torquil se mit en devoir de le suivre, restant toutefois à bonne distance. Comyn traversa le camp en homme ayant un but bien défini en tête, sans regarder à droite ni à gauche, mais Torquil put lui emboîter le pas sans attirer l'attention, se faufilant discrètement dans le dédale des tentes, des feux de camp et des hommes.

Comyn arriva enfin à l'endroit où les chevaux étaient à l'attache, à la périphérie ouest du camp, où le Highlander que Torquil avait vu tenait deux chevaux par la bride, parlant amicalement avec un palefrenier. Comyn les salua cordialement, échangeant avec eux des plaisanteries que Torquil n'entendit pas, et ils se mirent tous deux en selle et suivirent lentement la périphérie ouest du camp, sans se presser. Pourtant, Torquil avait de plus en plus l'impression qu'il se passait quelque chose de grave.

Plus loin dans la rangée de chevaux, Torquil échangea quelques mots avec un palefrenier qui lui confia une monture, et il partit aussitôt dans la direction où Comyn et son mystérieux compagnon venaient de disparaître — puis il les aperçut en train de traverser un rideau d'arbres à l'orée de la forêt, dont ils émergèrent brièvement pour s'engager dans l'étroite gorge d'un cours d'eau s'éloignant du camp.

Maintenant certain que Comyn mijotait quelque chose, Torquil suivit, utilisant les techniques durement apprises en Terre sainte pour les garder toujours en vue sans se faire voir lui-même. A plusieurs miles du camp, ils se dirigèrent vers une église en ruine, nichée dans un repli de terrain près d'un ruisseau.

Torquil resta en arrière pour les observer dans l'ombre d'un rideau d'arbres.

Ils s'arrêtèrent dans la cour de l'église et mirent pied à terre, et Torquil fit de même. Il glissa son épée au fourreau sous le rabat de sa selle, puis se mit en devoir de s'approcher, s'abritant du mieux qu'il pouvait, et se réfugia enfin derrière un mur délabré en pierre sèche — encore à quelque distance de l'église proprement dite, mais assez près pour constater qu'un autre cheval se trouvait déjà près du porche. Torquil aperçut brièvement une silhouette en noir qui apparut fugitivement sur le seuil pour faire signe d'entrer au jeune Comyn. Elle avait quelque chose de familier, mais Torquil ne put déterminer quoi.

S'efforçant de comprendre ce qui se passait, Torquil eut envie de s'approcher un peu plus, mais le Highlander restait près des chevaux, l'air de vaguement s'ennuyer mais surveillant le nord pendant que ses chevaux broutaient. Bientôt, les taches noires de deux cavaliers supplémentaires apparurent dans cette direction, et le Highlander passa vivement la tête par la porte de l'église.

Se renfonçant un peu plus dans sa cachette, espérant que ses vêtements de cuir et sa cape noire continueraient à le camoufler, Torquil réprima un cri — car la silhouette noire qui émergea de l'église avec le jeune Comyn, rabattant son capuchon noir en arrière, pour révéler un dur visage barbu qui avait vu plus que son compte de batailles, n'était autre que John Comyn l'aîné, seigneur de Badenoch, qu'on croyait jusque-là dans le Nord en train de défendre ses terres ancestrales.

Mais plus consternante encore était l'identité des deux cavaliers qui s'arrêtèrent devant l'église. Car leurs capes noires ne couvraient que partiellement leurs surcots blancs frappés de la croix pattée de l'Ordre du Temple ; et quand, eux aussi, rabattirent leurs capuchons en arrière, Torquil ne put plus douter qu'il contemplait Brian de Jay et John de Sautre.

CHAPITRE 25

Les implications étaient bouleversantes. Passe encore que le jeune Comyn crût bon de rencontrer clandestinement son père ; mais, à la veille d'une bataille, organiser un rendez-vous avec le Maître d'Angleterre et le Précepteur d'Ecosse — connus de tous comme conseillers d'Edouard —, c'était une trahison d'une ampleur renversante.

Et était-ce simplement pour de l'or que les Comyn étaient prêts à trahir ? Car John de Sautre avait un long et étroit coffret attaché sur sa selle, que Torquil aperçut quand il démonta. Et les deux Comyn le regardaient avec concupiscence lorsqu'il le détacha et le fourra sous son bras, lorgnant les Templiers avec méfiance tandis qu'ils disparaissaient tous les quatre dans l'église.

Torquil *devait* découvrir leurs plans, mais il n'osait pas s'aventurer plus près, car le Highlander étrillait maintenant les cinq chevaux tout en surveillant machinalement les abords de la ruine. Aucun doute qu'il ne surprît toute tentative de Torquil pour épier ce qui se passait à l'intérieur.

Torquil possédait encore un atout qui pourrait marcher — utilisé avec quelque succès dans le passé, mais auquel il n'avait jamais osé recourir en semblable circonstance. Mais les situations désespérées exigent des mesures désespérées. Car si les Comyn et les deux Templiers d'Edouard préparaient une trahison, les conséquences pour les patriotes écossais seraient inimaginables.

Se faisant aussi petit que possible, Torquil glissa la main dans son aumônière et, après avoir tâté à l'aveuglette, en sortit un disque de bois grossièrement circulaire d'à peu près la taille d'un œuf de poule. Appelé *sian*, ou talisman de protection, c'était une rondelle de sorbier — de tout temps considéré comme protecteur contre les forces du mal — dont les deux faces polies luisaient telle de la soie. D'un côté, il portait une croix gravée au feu, de l'autre une inscription à l'encre en ancienne langue celtique : *Mor do ingantaib dogni in ir genair Muiri*, le tout exécuté par les moines d'Iona pendant le cycle de la nouvelle lune, et accompagné des prières et bénédictions d'usage.

Torquil articula la formule en silence, faisant de ces paroles une prière, tandis qu'il traduisait mentalement : *Le roi né de Mary fait de nombreux miracles*.

Puis, faisant appel aux connaissances acquises au cours de ces semaines de méditation et d'étude dans la famille de Colomba, sur la bienheureuse île d'Iona, il serra le *sian* dans sa main droite qu'il porta à son front, récitant en silence le *Failte Mhoire*, le Je Vous Salue Marie, tel qu'il l'avait appris en gaélique. Il ne se rappelait plus en gaélique le *Frith Mhoire*, ou présage de Marie, mais il connaissait l'idée générale, et pensa que la mère de son Seigneur l'entendrait, même si les mots n'étaient pas tout à fait exacts.

« Le présage que la douce Marie fit pour son Fils, la reine Vierge regardant à travers sa paume… » Il fit un tube de sa main gauche, souffla trois fois à travers au nom des Trois Personnes de la Trinité, puis porta ce tube à son œil gauche et tourna son regard vers l'église en ruine, en murmurant ce qu'il se rappelait du *Failte na frithe*.

« Le présage que Marie fit pour son Fils, que Brigitte souffla à travers sa paume… Le Fils du Roi de la Vie soit mon soutien, pour me donner des yeux pour voir et des oreilles pour entendre… »

D'abord, il ne vit que la silhouette floue de l'homme gardant les chevaux dans la pénombre grandissante du crépuscule. Puis sa respiration se stabilisa et, plongeant au plus profond de son silence intérieur, il vit sans voir quatre silhouettes en capes noires debout à l'orient de l'église, devant l'autel délabré. De même, le murmure des voix lui devint graduellement audible, grâce à quelque faculté qui n'était pas son ouïe physique.

— N'essaye pas de m'impressionner par ton courage, Templier, disait le Comyn Noir. Réserve ça pour la bataille. Fais-moi plutôt voir ce que tu nous as apporté.

Il avança d'un pas, mais Jay s'interposa vivement, portant la main à son épée en guise d'avertissement.

— Pas si vite. Peux-tu me livrer en échange ce que nous sommes convenus ?

— Wallace ? rétorqua Comyn. Je peux te l'amener. Mais tu devras le tuer toi-même.

Torquil eut vaguement conscience d'un haut-le-cœur, mais il repoussa cette monstruosité et se concentra, de peur de laisser passer un renseignement vital.

— Me l'amener *où* ? rétorqua Jay. Tu n'obtiendras rien de moi tant que je ne saurai pas où est Wallace et quels sont ses plans.

Comyn étrécit les yeux.

— Et obtiendras-tu quelque chose de ton roi si tu ne lui apportes pas cette victoire ? N'éprouve pas ma patience, Templier. Avant de discuter plus avant de ce que *tu* désires, je veux examiner ce que tu as là. Si cela ne te convient pas, dégaine, et nous réglerons notre affaire avec du sang au lieu de mots !

Un silence électrique crépita entre eux, puis, brusquement, le Maître d'Angleterre retroussa les lèvres et lâcha son épée.

— Très bien. Procède à ton inspection. Frère John, par là, cela devrait convenir, dit-il, montrant un fût de colonne brisé formant une grossière table.

Impassible, John de Sautre s'avança et posa le coffret dessus. Les trois autres firent cercle tout autour de lui, et Jay présenta une petite clef au Comyn Noir.

Le seigneur de Badenoch prit une profonde inspiration avant d'ouvrir la boîte. Sa main noueuse trembla un peu quand il souleva le couvercle. Se penchant pour en examiner le contenu, son visage se contracta. Plissant le front de concentration, il tendit l'index gauche au-dessus du coffret et le promena plusieurs fois lentement de droite à gauche, comme pour tester l'air par une obscure méthode.

Les Templiers se regardèrent, sachant que tout dépendait de la réaction de Comyn. Le jeune Comyn surveillait étroitement les chevaliers, cherchant à détecter tout signe de tromperie. Le silence s'éternisa. Puis le Comyn Noir poussa un bruyant soupir et leva les mains en un geste d'action de grâce.

— Ce sont vraiment les reliques et les talismans de Briochan, murmura-t-il avec révérence. Nous allons le ramener à la maison, et la déesse nous comblera de ses faveurs.

Jay tendit la main et referma le couvercle avec un claquement sec. Le Comyn Noir pivota vers lui, furibond, mais Jay posa une main gauche possessive sur le coffret, main droite sur la poignée de son épée.

— Ces reliques n'iront *nulle part* tant que tu n'auras pas rempli ta part du marché, dit Jay.

Le jeune Comyn se plaça au côté de son père, tremblant de fureur.

— Tu n'es pas ici dans un de tes temples, déclara-t-il.

Nous sommes dans notre pays et tu nous parles avec respect !

— Non, tenons-nous-en à ce que nous avons convenu, dit Comyn, levant une main conciliante. Tu veux te battre contre Wallace et le tuer, Templier ? C'est possible. L'armée de ton roi n'est pas à plus d'un jour de marche du bois de Callendar, où le Gardien a dressé son camp. Demain matin, Wallace avancera, espérant surprendre l'armée anglaise en retraite et lui porter un coup fatal.

Jay serra le poing.

— Si proches, grommela-t-il. Si nous avions su…

— Tu sais maintenant, grâce à nous, l'interrompit Comyn d'un ton tranchant. Si vous avancez pour affronter Wallace au lieu de battre en retraite vers Edimbourg, ils n'auront d'autre choix que d'accepter une bataille rangée.

— Et après ? demanda Jay. Combattras-tu à son côté ?

Le Comyn Noir eut un rictus méprisant.

— William Wallace est un roturier et un usurpateur, déclara-t-il d'un ton amer. Et je ne risquerai pas la vie de mes hommes pour sa cause.

Le jeune Comyn suivit l'exemple de son père.

— A ce stade de la bataille, je retirerai notre cavalerie. Les autres cavaliers suivront. Nous les sauverons de la folie de Wallace en vue de prochains combats. En son temps, nous lèverons d'autres soldats pour servir la cause d'un roi — mais pas d'un roturier.

— Et Wallace lui-même ? demanda Jay. S'enfuira-t-il quand il vous verra abandonner le champ de bataille ?

— C'est un homme du commun, mais ce n'est pas un lâche, concéda le jeune Comyn. Il tiendra aussi longtemps qu'il pourra. Et tu n'auras qu'à le capturer, si tu peux l'attraper.

Avec une rapidité stupéfiante, Jay saisit le poignet du Comyn Noir et pressa sa paume contre le couvercle du coffret. Ses yeux flamboyèrent de surprise et d'indignation, mais Jay ne céda pas et le tint fermement.

— Jure sur ces reliques que tu tiens pour sacrées que tout ce que tu as dit est vrai et que tu rempliras ta promesse demain, dit le Maître d'Angleterre.

— De quel droit…, commença Comyn.

— Du droit que ce que nous t'apportons représente des reliques de pouvoir, dit froidement Jay. Tout ce que tu nous as donné en échange, ce sont des mots. Si tu ne jures pas, le marché ne tient plus !

L'espace de quelques battements de cœur, les deux hommes se défièrent du regard, sans ciller, en une bataille de volontés. Le jeune Comyn et John de Sautre s'étaient hérissés eux aussi, mains sur les poignées de leurs épées, hésitant à intervenir. Finalement, le Comyn Noir prit une inspiration sifflante.

— Je jure de par tout ce que je tiens pour sacré, murmura-t-il, les dents serrées, que tout ce que j'ai dit est vrai et que je ne briserai pas mon alliance avec toi.

Satisfait, Jay le lâcha et recula d'un pas, faisant signe à de Sautre de l'imiter. Ni l'un ni l'autre ne tenta d'interférer quand l'aîné des Comyn s'empara du coffret d'ivoire et serra son trésor sur son cœur. Ses yeux se dilatèrent, prenant une luminosité fiévreuse, comme si l'antique pouvoir de Briochan se diffusait déjà dans tout son corps.

— Viens, dit Jay à de Sautre. Le roi doit apprendre immédiatement ces nouvelles, avant qu'il ne batte en retraite.

Son subordonné acquiesça de la tête, mais comme les deux Templiers se retournaient pour partir, Comyn reprit la parole.

— Nous ne nous reverrons plus, Templier, car l'enfer que tu t'es préparé t'attend.

Le ton surnaturel de sa voix glaça Torquil, plus encore

que l'ampleur de la trahison décidée. Mais Jay répondit avec un rictus dédaigneux :

— Si nous nous revoyons jamais, tu seras à genoux devant mon roi, ou son bourreau.

Pivotant sur lui-même, il sortit majestueusement, de Sautre dans son sillage. Ils émergèrent de l'église et Torquil, réprimant un frisson, baissa la tête, mettant fin au sortilège. Son cœur battant la chamade, il se blottit derrière son pan de mur, s'efforçant de réaliser ce qu'il venait de voir et d'entendre, écoutant vaguement Jay et de Sautre qui se mettaient en selle — conscient que le jeune Comyn au moins, allait bientôt les imiter pour retourner au camp écossais par la même route.

Effectivement, le jeune Comyn sortit pour regarder avec le Highlander les deux Templiers partir au galop vers le nord. Les voyant ainsi occupés, Torquil remit le *sian* dans son aumônière et regagna furtivement l'endroit où il avait laissé son cheval, l'esprit en ébullition à l'idée des conséquences de la trahison.

Le fait que les Comyn conspiraient avec Brian de Jay pour trahir Wallace indiquait que leurs ambitions dépassaient largement celles du Maître du Temple — et il ne faisait plus aucun doute que les reliques de Briochan *n'avaient pas* fini au fond d'un lac, comme Jay et les de Sautre l'avaient prétendu. Que ces reliques fussent de simples babioles, ou des objets de pouvoir tels qu'en gardait le Cercle intérieur du Temple, Torquil n'en savait rien ; mais l'idée qu'elles étaient dans les mains des Comyn lui glaçait le sang.

Tout cela était secondaire par rapport à la traîtrise de plus grande envergure qu'ils s'apprêtaient à entreprendre contre Wallace. Avant tout, Arnault et le Gardien devaient être prévenus que Jay était en route pour informer Edouard de la position écossaise. En tant qu'unique témoin de la perfidie de Comyn, Torquil devait revenir au camp au plus vite. Le destin de l'armée écossaise passait avant tout, les faits et gestes des Comyn pouvant être jugés plus tard.

Presque arrivé sous le couvert des arbres, il jeta un coup d'œil en arrière et vit l'aîné des Comyn sortir de l'église, le regard fou, très agité, et conférer avec son fils et le Highlander ; il tendit devant lui ce qui ressemblait à deux baguettes parallèles entre elles, qu'il brandit dans la direction de la colline où se tenait Torquil, comme s'il cherchait quelque chose.

Torquil se cacha derrière un arbre et regarda craintivement derrière lui, atterré, car sous ses yeux le visage du Comyn Noir sembla s'assombrir d'une ombre plus noire que celle du crépuscule, une lueur mauvaise éclairant ses orbites vides, visible même dans l'obscurité croissante.

Avec un mouvement de recul, Torquil réalisa qu'une entité quelconque venait d'envahir le corps du Comyn Noir. Que cet esprit secondaire fût celui de Briochan ou de la terrible déesse qu'ils servaient tous deux, Torquil n'en avait aucune idée, mais il savait avec certitude qu'il était en grand danger d'être découvert.

Jetant toute prudence par-dessus les moulins, il courut vers le couvert de la forêt, en direction de la clairière où il avait laissé sa monture, conscient que le jeune Comyn et le Highlander sautaient en selle et galopaient à sa suite — et conscient également de quelque chose qui s'animait en réaction à ce qu'avait fait l'aîné de Comyn, et sans doute de même nature que ce qui les avait agressés à leur retour d'Iona.

Son cheval fit un écart quand il déboucha en trombe dans la clairière. Détachant les rênes, il les jeta sur le cou de l'animal et bondit en selle. La bête piaffa et se cabra, mais Torquil lui releva la tête et l'éperonna dans la direction du camp. Les bruits d'une simple poursuite humaine se turent bientôt, mais un poursuivant bien plus dangereux avait flairé sa trace.

Galopant à bride abattue à travers les arbres, il perçut bientôt les ululements stridents d'un appel de chasse. Jetant un regard effrayé derrière lui, il inspira un grand coup à la vue d'une immense forme ailée survolant les arbres, les yeux verts malveillants, flamboyant au-dessus d'une gueule écumante — sans aucun doute un monstre conjuré par les Comyn, attestant du pouvoir qu'ils pouvaient invoquer avec les artefacts apportés par Brian de Jay.

Couché sur l'encolure, il éperonna encore son cheval, fouetté par les basses branches. L'ombre descendit plus près, obscurcissant le sol à mesure. La distance se réduisant entre eux de plus en plus, l'horreur émit un hurlement assourdissant et piqua.

Torquil la sentit venir et écarta brusquement sa monture. L'animal broncha et s'abattit, alors qu'une immense aile noire passait sur eux comme une faux, et qu'une bourrasque glaciale arrachait Torquil de sa selle. Il tomba en roulé-boulé et plongea dans un buisson d'épineux pendant que l'ombre chasseresse reprenait de l'altitude et préparait une nouvelle attaque. Les yeux révulsés de terreur, sa monture se remit sur pied, du sang suintant d'une vilaine blessure au flanc. Avec un hennissement paniqué, le cheval fit demi-tour et s'enfuit, soulevant des gerbes de terre.

L'ombre vira en plein vol. Un instant, elle plana, comme ne sachant de quel côté se tourner, peut-être distraite par l'odeur du sang. Profitant de cette diversion, Torquil rampa hors de son buisson et s'élança dans la direction opposée.

Le terrain inégal entravait son avance. Haletant, trébuchant toujours de l'avant, il entendit le battement d'ailes redouté et sentit un vent glacial sur sa nuque. Il se jeta à plat ventre, ses poumons se vidant de leur air, et poussa un cri quand des griffes glacées lui labourèrent le dos. La douleur fut terrible et, dans cet instant, il ne douta plus que non seulement son corps mais aussi son âme étaient en péril.

Se soulevant sur les coudes, il se releva et se remit à courir. Derrière lui retentit un rire bestial comme l'entité ténébreuse se préparait à la mise à mort. En un éclair, il fut certain d'avoir déjà vu une chose semblable, lors du meurtre d'Alexandre III. Haletant avec désespoir un appel à l'aide de la Vierge, il chercha frénétiquement du regard une arme quelconque pour se défendre contre les pouvoirs de la sorcellerie. Mais il ne vit nulle part d'eau courante, ni aucun bouquet de sorbier…

Maudissant sa bêtise, il fouilla frénétiquement dans son aumônière, à la recherche du saint *sian* qui l'avait protégé moins d'une heure plus tôt. Dès que sa main se referma dessus, il sentit un sursaut d'énergie, comme si toute la compagnie de saint Colomba se massait dans son dos, prête à le défendre. Serrant le disque de sorbier dans sa main droite, il s'arrêta en titubant et, se retournant, le brandit devant lui, croix en dehors, comme un bouclier, gémissant sous l'haleine puante et glacée de l'horreur planant au-dessus de lui.

— Grand Michel des Batailles, Gardien des Cieux, viens à mon aide ! haleta-t-il. Jésus, Fils de Marie, protège ton serviteur, corps et âme !

En réponse, le *sian* s'embrasa d'une pure lumière blanche, allumant dans son cœur un feu qui ne laissa plus aucune place au froid ni à la peur. Son rayonnement se dilata en une couronne éblouissante, comme s'il tenait dans sa main le soleil lui-même. A travers la brume lumineuse, il sentit vaguement que l'entité se préparait à l'assaut final, mais il ferma les yeux, se concentrant afin de se transformer en canal pour la Lumière qui était son bouclier face à l'ennemi.

L'attaque, quand elle vint, fut si féroce qu'elle le renversa sur le dos. Il frappa violemment le sol et parvint tout juste à ne pas lâcher son talisman embrasé.

L'ombre se rapprocha, cherchant avidement le défaut de ses défenses. A plat dos, il haleta d'autres appels au secours — à saint Michel, à Marie, à Colomba, à tous les anges — alors même qu'il lançait le *sian* entre lui et son assaillant.

Puis, tout à coup, un glapissement fantastique déchira l'air autour de lui. Au même instant, le *sian* explosa dans sa main. Des flèches de lumière s'envolèrent en un jet d'aiguilles brûlantes, qui s'enfoncèrent dans le ventre de l'ombre. La créature glapit une fois de plus, le labourant furieusement de ses griffes.

Chaque griffure était comme un coup de dague. Torquil poussa des hurlements d'agonie, s'efforçant de rouler à l'écart, bras droit toujours levé pour se protéger, bras gauche replié sur les yeux ; peu lui importait maintenant que les flèches de lumière fassent des ravages chez l'ombre avant qu'elle ne réussisse à arracher son âme de son corps. Torturé de souffrance et d'épuisement, la dernière chose qu'il se rappela ce fut le *sian* qui se réduisait en cendres dans ses doigts, avant que tous ses sens ne l'abandonnent dans les ténèbres.

CHAPITRE 26

Le long jour d'été se terminant sans ramener Torquil, Arnault s'inquiéta de plus en plus. Aucun signe du jeune Comyn non plus, et il ne pouvait pas poser de questions sans éveiller une attention inopportune.

L'armée écossaise terminait les préparatifs de sa marche contre Edouard dans une atmosphère d'excitation contenue. Wallace lui-même circulait sans interruption parmi ses hommes, s'arrêtant pour plaisanter ou manger un morceau avec les fantassins, aussi souvent qu'il faisait une pause pour préciser ses ordres à ses officiers. Le Gardien respirait l'assurance — mais personne ne pouvait dire si c'était parce qu'il était sûr de la victoire, ou parce qu'il savait que le courage et la peur étaient également contagieux dans un espace si restreint. Que ce fût l'un ou l'autre, Arnault ne pouvait qu'admirer la confiance qui s'était établie entre lui et ses hommes d'armes, leur ayant prouvé à Stirling Bridge qu'une armée résolue de lanciers écossais pouvait écraser la puissance de la chevalerie anglaise.

Arnault aurait voulu être aussi optimiste au sujet de Torquil. Minuit approchant, ses pressentiments augmentèrent quand il aperçut le jeune Comyn qui se promenait nonchalamment en compagnie de certains de ses pairs. Il les suivit discrètement, s'approchant assez pour surprendre leur conversation ; mais le peu qu'il entendit ne le renseigna pas sur la façon dont le jeune Comyn avait passé ces dernières heures.

Ralentissant le pas, Arnault plissa les yeux pour étudier le jeune homme. Le comportement de John Comyn paraissait aussi banal que ses paroles, mais Arnault crut y discerner certains signes de tension à sa façon de tripoter la poignée de son poignard. Cette nervosité était peut-être naturelle à la veille d'une bataille, mais Arnault douta que ce fût la seule explication, et ce d'autant plus que Torquil n'était toujours pas revenu. Et il y avait la présence inexpliquée du petit homme noir apparemment venu chercher Comyn, et qui rappelait à Arnault les hommes qui avaient attaqué les Templiers à leur retour d'Iona. Si ces agresseurs étaient des hommes des Comyn…

Prenant une profonde inspiration, Arnault appela ses facultés intérieures à son aide. L'examinant d'un œil plus pénétrant, il prit soudain conscience d'une ombre curieuse accrochée à la personne du jeune homme, comme s'il avait touché quelque chose de malpropre qui avait laissé sur lui sa marque. A Berwick, devant le tribunal des dommages de guerre, il se rappela avoir vu le jeune Comyn et son père entourés d'une ombre semblable — qu'il avait à l'époque attribuée à une illusion d'optique. Mais c'était avant l'avènement de John Balliol, quand Torquil avait vu l'aîné des Comyn cacher dans sa manche une hostie consacrée, et bien avant l'attaque des Templiers.

Maintenant, l'aura ténébreuse du fils était nettement visible, non moins louche que celle de son père, découverte qui remplit Arnault d'appréhension quant au sort de Torquil. Et il ne comprenait pas pourquoi Torquil n'était pas encore revenu — s'il en était capable…

Il hésitait à affronter directement le jeune Comyn,

car il se souviendrait peut-être de l'avoir vu sous l'habit de Templier à Berwick ou à Scone — découverte qui réduirait son utilité pour Wallace. Pour obtenir les réponses dont il avait un besoin urgent, Arnault savait qu'il devrait faire appel à d'autres méthodes.

S'enveloppant de sa cape, il se dirigea discrètement vers un lieu retiré à la limite du camp, vallon boisé juste au-delà des lumières des feux de camp. Là, derrière un rideau de jeunes chênes, il étendit sa cape par terre et traça tout autour un cercle protecteur de son épée, qu'il planta ensuite dans le sol, puis s'assit devant en tailleur. Passant alors la main dans l'encolure de sa tunique, il en sortit le cordon auquel pendait le *keekstane* que frère Ninian lui avait donné.

Après s'être incliné très bas devant la croix de son épée, il serra la pierre dans sa main droite et ferma les yeux, puisant — sans le savoir — à la même source de sagesse celtique que Torquil, quelques heures plus tôt avec le *sian* en bois de sorbier ; car le *keekstane,* comme le *sian*, avait des résonances avec la spritualité celte. Il n'était pas venu à l'idée d'Arnault qu'il pouvait rechercher Torquil en se servant du lien entre ces deux outils de discernement spirituel ; mais il utilisa la même imagerie qu'ils avaient tous deux apprise à Iona pour formuler sa prière aux forces de la Lumière.

— *Toi, Michel Militant, toi, roi des âmes*, pria-t-il dans le silence de son cœur, *protège de ton aile ton serviteur Torquil et la puissance de son épée. Par le pouvoir du Chef des Chefs, mets-moi sur la route prise par mon frère d'armes, afin que je le retrouve sain et sauf et toujours en état de te servir*.

Ce disant, il se concentra au plus profond de lui-même, recherchant le silence au centre de son être. Comme les pétales d'une rose qui s'épanouissent, ce silence s'ouvrit pour le recevoir. Il entra dans ce silence et s'éleva aussitôt par l'esprit au-dessus d'une mer d'arbres — le bois de Callendar, pensa-t-il, reconnaissant immédiatement le paysage familier.

Une fois orienté, il chercha des yeux au-dessous de lui un signe quelconque de la présence de Torquil, et fut attiré par un fil de lumière chatoyante serpentant vers l'ouest à travers la forêt — sans aucun doute la direction que Torquil avait prise derrière le jeune Comyn. Comme quelque sombre avatar des temps païens avait imprimé sa marque sur le jeune Comyn, le talisman de Torquil avait laissé son empreinte sur le sol qu'il avait foulé. Ce lumineux résidu de pouvoir s'estomperait avec le temps mais, pour le moment, il représentait une piste qu'Arnault pouvait suivre.

Il emprunta par l'esprit cette route lumineuse serpentant à travers tourbières, ronces et buissons, vers ce qui semblait être une église en ruine. Approchant de la bâtisse délabrée, il pressentit pour la première fois quelque chose de sinistre. La clarté stellaire baignant les environs s'arrêtait net au cimetière situé au nord de l'église. Se rapprochant encore pour enquêter, son champ visuel se déforma brusquement.

La scène devint floue et se mit à tournoyer. Comme il luttait pour retrouver son équilibre, il fut projeté loin du cimetière telle une pierre par une catapulte. Une impression de vol incontrôlable s'empara de lui, expulsant tout l'air de ses poumons, tandis que le paysage défilait sous ses yeux. Puis une explosion de ténèbres arrêta son élan avec une violence à le briser.

Il demeura un long moment comme assommé. Quand il commença à reprendre ses esprits, il eut l'impression confuse d'être dans deux endroits à la fois. Il avait d'une part conscience de son corps physique ancré dans son cercle de protection au milieu des chênes. Et il se trouvait d'autre part confronté à un vide absolu.

D'abord en pleine confusion, il comprit peu à peu

que cette poche abyssale de vide était tout ce qui restait du talisman protecteur de Torquil.

Un cri étouffé de refus s'échappa de ses lèvres. Le contrecoup émotionnel le sortit brutalement de sa transe, et il se retrouva assis en tailleur, raide et transi, devant la croix de son épée. Pendant un moment, il ne put que la contempler, en proie à un accablement incrédule. Puis, graduellement, les sensations revinrent dans ses extrémités, apportant avec elles une immense douleur, son esprit conscient commençant à envisager la possibilité que Torquil soit mort.

Son premier mouvement fut de réquisitionner un cheval et de partir à sa recherche, alors même qu'il savait que c'était impossible. Dans le noir, à la veille d'une bataille, sans aucun indice pour le guider, il avait peu de chances de réussir. Et en dépit de son chagrin personnel, il savait qu'il avait un devoir plus haut à remplir.

En allant espionner le jeune Comyn, Torquil avait rencontré quelque chose de ténébreux et de mortel — peut-être quelque chose d'apparenté à ce qu'ils avaient aperçu sur la route à leur retour d'Iona, quelque chose d'assez puissant pour triompher de l'influence protectrice du talisman béni par les frères de saint Colomba. Si, comme cela semblait possible, ce quelque chose de sombre et de mortel avait été invoqué par Comyn lui-même, il était également possible que les Comyn fussent la source de l'apostasie destructrice qui avait provoqué la chute de la maison Canmore et l'affaiblissement de la Pierre du Destin. S'ils pouvaient faire *cela*, ils pouvaient très bien avoir deviné le rôle que Wallace était destiné à jouer dans la réanimation de la Pierre — et dans ce cas, ce n'était qu'une question de temps avant qu'ils ne tentent de l'éliminer, supprimant un obstacle de plus sur la voie de leurs ambitions.

Sans doute que seule la menace de la domination anglaise les avait retenus jusque-là. Mais à l'heure actuelle, leur pouvoir semblait grandir. Les Comyn attendraient-ils qu'Edouard soit vaincu, pour se tourner ensuite contre Wallace ? Ou commenceraient-ils par l'éliminer, utilisant ensuite leurs pouvoirs ténébreux pour tenter de chasser les Anglais du pays ?

Dans les deux cas, la vie du Gardien courait un sérieux danger. Si Wallace devait mourir dans l'ignorance, victime involontaire plutôt que martyr consentant, la ruine de l'Ecosse était assurée. Et si l'Ecosse devait tomber, il n'y aurait pas de Cinquième Temple, pas de refuge futur pour l'Ordre du Temple et les trésors sacrés devant lesquels ils montaient la garde pour le bien de toute l'humanité. Quelque affliction qu'éprouvât Arnault pour le destin inconnu de son frère dans la lumière, son premier et plus haut devoir était de rester pour protéger le Gardien dont tant de choses dépendaient.

Il se releva, un peu chancelant, reprit sa cape et son épée, et revint vers le camp. Pendant son absence, beaucoup d'hommes s'étaient roulés dans leurs couvertures pour profiter de quelques heures de sommeil avant le départ à l'aube. Se dirigeant vers la tente de Wallace, Arnault passa silencieusement entre eux avec un petit pincement d'envie, car le sommeil était un luxe qu'il ne pouvait pas se permettre si la sécurité du Gardien devait être assurée.

Plusieurs sentinelles gardaient la tente de Wallace, elles le connaissaient toutes et ne lui firent pas de difficultés quand il annonça son intention de rester dans les parages, au cas où le Gardien aurait besoin de ses services. Arnault fit d'abord le tour des lieux, puis il s'assit à l'abri d'un rocher et se prépara à monter la garde. Les sentinelles ne devaient pas savoir que ce modeste chevalier d'origine étrangère érigeait des défenses qu'aucun ennemi ne pourrait franchir sans qu'il le sache. Si ses épaules étaient voûtées, c'était parce qu'il portait un fardeau aussi lourd qu'une croix.

La lumière fut d'abord très faible derrière les paupières de Torquil — ou n'était-ce pas plutôt que sa capacité à percevoir la lumière avait baissé ? Il lui semblait être allongé dans le noir et la souffrance depuis si longtemps qu'il avait peur de s'illusionner en imaginant la fin de la nuit. Il s'efforça d'ouvrir les yeux — la seule partie de son corps apparemment capable de mouvement — mais la clarté violente le fit grimacer.

Le simple fait qu'il se rappelât son nom était en soi un miracle. A part ça, il ne se rappelait pas grand-chose, sauf la douleur glacée devant laquelle son âme reculait. Il tenta de se concentrer sur le point lumineux au-dessus de lui, répugnant à le perdre de vue, au cas où il disparaîtrait. Mais au lieu de s'éteindre, la lumière se dilata jusqu'à former un anneau de feu doré, semblable à un diadème royal.

Son éclat répandait une chaleur que Torquil avait presque oubliée dans son éternité de ténèbres et de froid. Il avait mal partout, mais son âme se projeta vers lui avec ferveur. Comme un marais sans fond, les ténèbres s'accrochaient à lui, tentant de l'aspirer dans leur sein glacé, mais il se mit à lutter, résolu à ne pas les laisser l'enterrer une seconde fois.

La lumière même vint à son aide, sous la forme d'un brillant rayon, véritable bouée de sauvetage jetée à son âme. Il s'y accrocha avidement et se sentit s'élever, flotter dans l'anneau de feu. Puis les ténèbres reculèrent, le laissant momentanément ébloui. Quand il recouvra la vue, il se surprit à regarder un autre visage humain, un visage à la barbe soigneusement taillée qui lui souriait, alors qu'il clignait des yeux pour chasser le flou persistant de sa vision.

— Regardez ! Il est vivant ! cria une voix triomphale.

Et Torquil réalisa à retardement que c'était celle de son sauveur.

Plissant le front sous l'effort, il scruta ce visage avec plus d'attention — l'homme était un peu plus jeune que lui, avec des yeux gris et brillants, et des traits expressifs. Sa tête était entourée d'une auréole lumineuse, que Torquil aurait pu prendre pour un nimbe ou une couronne, s'il ne s'était aperçu que c'était la lumière du soleil brillant derrière lui à travers les arbres. Il avait quelque chose de familier mais, pour le moment, Torquil ne parvint pas à discerner ce que c'était.

Des mains nerveuses saisirent ses épaules et le mirent en position assise. Il accepta ce soutien sans protester, tout en inspectant les lieux avec perplexité, se demandant comment il était arrivé là. Une légère douleur lui fit baisser les yeux sur sa main droite, ouverte à son côté. Sa paume était brûlée en son milieu, et couverte d'une fine cendre blanche.

— Cette marque sur votre main semble être votre unique blessure, mais vous avez l'air d'un homme qui a survécu à une bataille mortelle, remarqua l'autre en l'observant. Mes compagnons croyaient que vous étiez mort et voulaient poursuivre leur route, mais quelque chose m'a dit qu'il restait encore un peu de vie dans ce cadavre.

Pour la première fois, Torquil remarqua que son sauveur n'était pas seul. Tout près se tenaient deux autres jeunes chevaliers, des amis à en juger d'après leur attitude familière. Une douzaine d'autres attendaient à l'écart avec leurs chevaux. Tous étaient en cotte de mailles surmontée du surcot éclatant des nobles écossais, et ils portaient des armes de guerre.

Son sauveur demanda une outre d'eau, et il aida Torquil à boire.

— Robert, nous ne savons toujours pas qui il est et quelles sont ses alliances, dit l'un des jeunes chevaliers.

— Chut, mon ami, dit leur chef avec désinvolture, soutenant Torquil par les épaules. Un acte charitable est peu de chose comparé aux risques que nous avons déjà pris — ou à ceux que nous prendrons à l'avenir.

Il parlait avec une autorité tranquille. Torquil prit une nouvelle gorgée d'eau, qu'il avala à la hâte quand sa mémoire éprouvée lui fournit enfin le nom qu'il cherchait depuis tout à l'heure.

— Vous êtes Robert Bruce ! s'écria-t-il d'une voix rauque. Le plus jeune des Bruce. Je vous ai vu à Berwick avec votre grand-père.

Le jeune Bruce acquiesça d'un bref hochement de tête.

— Alors, vous savez que ce n'était que le début des troubles qui nous harcèlent depuis lors, dit-il avec une grimace.

Torquil l'entendit à peine. D'autres souvenirs plus récents commençaient à refaire surface. Les Comyn et les Templiers — le chasseur ténébreux qui le poursuivait — et le bouclier de lumière qui lui avait sans doute sauvé la vie… Tout lui revint d'un seul coup, à une rapidité qui l'étourdit.

La trahison de Wallace et de l'armée écossaise !

Il voulut se lever, mais retomba avec un cri involontaire, une vague de souffrance l'ébranlant des pieds à la tête. Bruce lâcha l'outre et soutint d'un bras ferme son corps agité de violents frissons.

— Du calme, mon ami ! l'admonesta-t-il. Donnez-vous le temps de recouvrer vos forces. Quelle mésaventure vous a mis dans ce triste état ? Si des brigands vous ont embusqué, ils devaient être miséricordieux pour vous quitter sans verser une goutte de votre sang !

— Ce n'étaient pas des brigands, dit Torquil d'une voix rauque en secouant la tête, ce qui lui donna le vertige. Quelque chose dc bien pis.

Avant qu'il ait pu s'expliquer, un ami de Bruce intervint.

— Robert, il faut partir. Laisse-lui l'eau, et même des vivres si tu veux, mais il faut nous remettre en route si nous ne nous battons pas.

Bruce eut l'air troublé, mais il accepta de la tête. Craignant ce qui pouvait arriver s'il ne donnait pas l'alarme, Torquil s'accrocha à son bras pour le retenir.

— Accordez-moi un moment pour vous parler seul à seul, implora-t-il.

Le ton pressant fit réfléchir Bruce. Il scruta le visage de Torquil, puis éloigna ses compagnons du geste. Quand ils furent hors de portée de voix, il regarda, l'air interrogateur, Torquil, toujours assis par terre.

— Très bien, qu'avez-vous à me dire ?

Torquil prit une inspiration douloureuse.

— D'abord, dites-moi sincèrement si vous combattez pour Edouard ou pour Wallace ?

Le visage de Bruce se durcit.

— De quel droit questionnez-vous ma loyauté ? demanda-t-il d'un ton tranchant qui fit comprendre à Torquil qu'il avait touché un point sensible. Vous ne m'avez même pas révélé votre nom et encore moins votre allégeance.

— Je m'appelle Torquil Lennox. Malgré ma tenue, je suis un Chevalier du Temple.

— Alors, vous êtes pour Edouard, dit Bruce, plissant ses yeux gris.

Torquil secoua la tête, mais ce léger mouvement lui donna le vertige. Il concentra son regard sur Bruce pour ne plus avoir le tournis. Il sentait qu'il pouvait avoir confiance en cet homme — mais en fait il n'avait pas d'autre choix s'il voulait rejoindre Arnault à temps pour prévenir un désastre.

— Je suis pour l'Ecosse, et par conséquent pour Wallace, déclara-t-il avec autant de fermeté qu'il put.

Ce qui fait de moi un renégat aux yeux de beaucoup de mes frères, mais la volonté de Dieu n'est pas toujours ce qui gagne la faveur des hommes.

La colère disparut des yeux expressifs de Bruce.

— Heureux celui qui trouve une voie droite et ferme en ces temps troublés, remarqua-t-il. A dire vrai, mon père m'a envoyé rejoindre l'armée d'Edouard. Si vous étiez à Berwick, je n'ai pas besoin de vous rappeler que John Balliol a été choisi comme roi, de préférence à mon grand-père, dont les revendications étaient plus justes. Rien de ce qu'il a fait n'a prouvé qu'il était digne du trône, alors nous ne l'aiderons pas à s'y accrocher. Balliol balayé, un Bruce pourra peut-être porter la couronne.

— C'est donc l'ambition qui vous envoie rejoindre Edouard ? osa demander Torquil.

— Prenez garde que votre langue ne vous nuise ! l'avertit Bruce. Bien que mon père m'ait envoyé rejoindre Edouard, et même si j'aurais plaisir à voir Balliol prisonnier à vie, je ne prendrai pas les armes contre Wallace. Je ne me ferai pas l'ennemi d'un homme parce qu'il aime trop son pays.

Il soupira et détourna les yeux.

— Au mépris d'Edouard et de mon père, poursuivit-il sombrement, je retourne à Carrick. Certains penseront que je fuis mon devoir, mais je considère que c'est la seule façon de sauver mon honneur.

Torquil s'efforça une fois de plus de se lever, et cette fois la douleur fut plus supportable. Bruce l'aida à se remettre sur pied et garda une main sur son épaule pour le stabiliser.

— Si vous honorez Wallace pour sa loyauté cnvers l'Ecosse, je vous supplie de m'aider, dit Torquil d'une voix mal assurée, en haletant un peu. Un complot vise à lc trahir aujourd'hui même, dans lequel mes frères templiers jouent le rôle principal — et aussi les Comyn, ajouta-t-il, sachant que cela retiendrait l'attention de Bruce, même s'il se souciait peu de la traîtrise des Templiers. Il faut que je prévienne l'armée écossaise avant qu'elle n'engage le combat contre Edouard.

— Une trahison ? dit Bruce.

Son expression témoigna d'une curiosité fermement contrôlée, car cette affirmation soulignait fortement l'urgence de la mission de Torquil, indépendamment du rôle qu'y jouaient ses ennemis mortels, les Comyn.

— Les armées sont proches, je sais au moins ça, dit-il, jetant un coup d'œil vers ses hommes qui attendaient avec les chevaux. Pouvez-vous monter ?

Torquil prit une profonde inspiration. La fraîcheur de l'air matinal commençait à lui éclaircir les idées. Ce n'était pas son corps qui avait subi la pire blessure, et déjà la tiédeur du soleil, alliée à un peu de chaleur humaine, lui redonnait des forces.

— Je vais mieux, dit-il, mais mon cheval a pris la fuite, paniqué par mon… assaillant.

— Vous ne m'avez toujours pas dit qui c'était, dit Bruce, mais nous perdons un temps précieux. Je ne doute pas de votre courage ni de la justesse de votre mission.

Il cria un ordre à un sergent de sa suite. L'homme les rejoignit un instant plus tard, guidant un élégant étalon alezan. Bruce prit les rênes et les présenta à Torquil.

— Aucun cheval ne vous emportera plus vite que le mien, dit-il. Il s'appelle Talorcan, et c'est l'étalon le plus rapide d'Annandale.

Torquil dut faire effort pour retrouver sa langue.

— Votre générosité honore la maison Bruce, dit-il. Comment ferai-je pour vous le rendre ?

— Peu importe, dit Bruce. Ne pensez qu'à Wallace. Je n'ai aucun désir de le voir tomber sous la main d'un traître, même s'il soutient la cause de Balliol.

Torquil caressa l'encolure satinée de l'étalon avant de se jucher en selle, Bruce lui mettant le pied à l'étrier.

— Je ne vous ai même pas remercié convenablement de vous être arrêté pour m'aider, dit-il, prenant les rênes.

— Vous ne m'avez pas remercié du tout, Templier, répliqua Bruce avec son sourire malicieux. Rappelez-vous simplement qu'un jour j'aurai peut-être besoin de votre aide.

— Quand ce jour viendra, vous l'aurez, je vous le promets ! l'assura Torquil.

— Alors, prenez ça également, dit Bruce, dégainant son épée et la lui tendant par la poignée. Un chevalier doit avoir une épée, et je vois que vous avez perdu la vôtre.

— Je ne peux pas…, commença Torquil, mais Bruce la lui mit de force dans la main.

— Je ne m'en servirai pas aujourd'hui, ajouta-t-il, mais je crois que vous, vous en aurez besoin — et aussi plus tard, si vous vous attachez à mon service.

Sans un mot, Torquil glissa l'épée dans sa ceinture et salua Bruce de la tête. Il donna au cheval une petite claque sur la croupe, et l'animal partit au galop, tandis que Torquil ne pouvait s'empêcher de se demander si cette rencontre était due à un simple hasard.

Pourtant, il savait qu'il devait remettre à plus tard de telles spéculations, du moins pour le moment. Devant lui, une bataille allait commencer, et s'il arrivait trop tard, toute l'Ecosse devrait sans doute payer le prix de son échec.

CHAPITRE 27

L'aube n'apporta aucun signe de Torquil. Dès qu'il fit assez jour, Arnault prit un cheval et sortit du camp pour interroger les sentinelles avancées. Il rencontra un petit groupe de tirailleurs écossais revenant en hâte d'une incursion dans les lignes anglaises. Alors qu'aux dernières nouvelles l'armée anglaise se trouvait à quinze bons miles de distance, prête à battre en retraite jusqu'à Edimbourg, elle semblait avoir reculé de la moitié de cette distance pendant la nuit et marchait maintenant droit sur Falkirk.

Mis à part la certitude que Torquil était mort, Arnault ne pouvait guère apprendre pire nouvelle. Après avoir questionné ces hommes pour obtenir plus de détails, il en garda un près de lui et renvoya les autres aux renseignements avant de galoper vers le camp pour prévenir Wallace. Il avait déjà décidé de taire la disparition de Torquil. Sans informations du contraire, Wallace supposerait simplement que le jeune chevalier était en mission ailleurs — illusion qu'il valait mieux ne pas lui enlever, car le Gardien n'avait pas besoin d'être accablé d'autres angoisses maintenant qu'il y avait tant de choses en jeu.

— Tu es sûr que c'est toute l'armée, et pas un simple

détachement d'éclaireurs ? demanda Wallace quand il eut appris la nouvelle de la bouche du soldat — question inspirée non par un espoir illusoire, Arnault le savait, mais par la décision arrêtée de ne pas porter un jugement hâtif à partir d'informations sans fondement.

L'homme hocha la tête.

— Les nombres confirment qu'il s'agit bien de toute l'armée, dit-il au Gardien. Et, en plus, ils sont en ordre de bataille.

Les officiers se rassemblèrent autour de Wallace, l'air sombre à l'idée des nouveaux périls qu'annonçait cette nouvelle.

— Bizarre qu'ils aient changé d'idée si précipitamment, dit le comte d'Atholl. Est-ce simplement le hasard qui amène Edouard par ici, ou bien quelque traître a-t-il vendu notre position contre un sac d'or anglais ?

— Malchance ou traîtrise, ça ne fait plus de différence maintenant, dit fermement Wallace, bien décidé à couper court à de telles spéculations. Les dés sont jetés, et nous devons tirer le meilleur parti de la situation.

Jacques Stuart branla du chef, profondément troublé.

— Si nous battons en retraite maintenant, ils peuvent nous prendre à revers et nous tailler en pièces.

— Il a raison, Wallace, acquiesça le comte de Menteith. Il n'y a rien d'autre à faire que de nous mettre en ordre de bataille et d'attendre le pire.

— Ce sera pire que le pire si nous restons ici, dit Wallace, embrassant le paysage d'un regard calculateur. A part quelques collines basses, le terrain est presque plat. Il n'y a que des buissons et des arbres clairsemés pour entraver une charge de cavalerie. Non, nous les affronterons, c'est certain, mais pas aux conditions qui conviennent à Edouard.

Il prit une carte des mains d'un aide de camp, la déplia et l'étudia attentivement.

— Là, et ici, le long du cours d'eau, en repartant par où nous sommes venus, dit-il.

Plusieurs officiers lui tenant la carte dépliée, il leur montra d'un doigt calleux la route proposée.

— Non, ça ne plaira pas à Edouard, et espérons qu'il ne s'en apercevra pas avant qu'il ne soit trop tard.

Il tapota du doigt un marécage s'étendant devant l'endroit où il voulait disposer son armée.

— Faites passer la consigne aux troupes : nous levons le camp immédiatement et nous nous mettrons en ordre de bataille en arrivant ici.

Il leva les yeux sur les commandants de la cavalerie, les comtes, parmi lesquels Jacques Stuart et le jeune John Comyn.

— Pour le moment, utilisons la cavalerie comme arrière-garde, et ouvrons l'œil sur les Anglais jusqu'à ce que nous arrivions au terrain choisi. Je donnerai d'autres ordres quand nous y serons.

L'armée écossaise fit demi-tour, comme une grosse bête tirée par une laisse — six mille fantassins, appuyés par quelques centaines d'archers d'Ettrick Forest. La cavalerie ne comptait pas plus de six cents hommes. Ils avaient fière allure avec leurs lances et leurs bannières, et beaucoup acclamèrent le Gardien en passant près de sa tente.

Mais malgré leur ardeur au combat, Arnault ne put s'empêcher de noter, tout en se tenant prêt à servir Wallace, que les soldats d'Edouard étaient presque deux fois plus nombreux — et la supériorité de la cavalerie et des archers anglais serait sans doute décisive.

Wallace le savait également, mais il prit la tête de ses troupes avec un air d'assurance inébranlable, rendant leur salut aux hommes qu'il guidait vers leurs nouvelles positions. Même dans une situation aussi défavorable, son courage indomptable et son charisme personnel lui permettaient de remonter le moral de tous, leur donnant une force intérieure qui les aiderait peut-être à remporter la victoire sur les Anglais, en compensant par le courage leur infériorité numérique.

Tandis que les troupes prenaient leurs positions sur le terrain choisi par Wallace, Arnault se livra à ses propres estimations des possibilités stratégiques. Vétéran de nombreuses batailles, il lui vint à l'idée que Wallace avait peut-être ce site en tête dès le début, au cas où quelque coup du destin bouleverserait son projet d'une attaque surprise de l'arrière-garde anglaise.

Les Ecossais se déployèrent sur le versant sud-est de Slamman Hill, le bois de Callendar derrière eux, qui leur offrirait un refuge en cas de retraite. Devant eux s'étendait un dangereux marécage au confluent de deux cours d'eau — interdisant un assaut direct aux Anglais, à moins qu'ils ne pataugent dans ces eaux profondes et troubles.

Derrière ce marécage, Wallace disposa ses fantassins en quatre schiltrons — formations massives circulaires, chacune consistant en un millier d'hommes debout épaule contre épaule. Des rangs et des rangs de lances en sortaient, pointées dans toutes les directions, comme les piquants d'un hérisson, afin de ne laisser aucun flanc découvert ni aucun point faible exposé à un assaut de cavalerie — et le Gardien avait personnellement supervisé l'entraînement de ces hommes, s'assurant qu'ils savaient abattre un chevalier monté de la façon le plus efficace possible, en embrochant sa monture. Ces formations étaient encerclées de palissades de pieux profondément fichés dans la terre, et reliés entre eux par des cordes, pour renforcer la protection. Tout chevalier chargeant cette double barrière de pieux acérés et de fers de lances s'empalerait sans enfoncer les défenseurs.

Des groupes d'archers, sous le commandement de John Stuart, étaient placés entre ces formations, la cavalerie restant en réserve — menace pour tout archer anglais, qui pouvait être facilement dispersé par une charge opportune. Si les chevaliers étaient assez imprudents pour se jeter sur les lances des schiltrons, Wallace espérait que la cavalerie écossaise profiterait de leur désordre pour lancer une contre-attaque et les repousser.

Ce qu'il avait perdu en mobilité, le Gardien l'avait regagné en puissance de défense. Il avait fait de son armée une forteresse, qu'il défiait Edouard d'attaquer.

Chevauchant dans le train de Wallace, Arnault faisait partie de ceux qui veillaient à ce que tout soit prêt. A la lisière du bois, son inspection terminée, le Gardien s'écarta de ses conseillers et arrêta son cheval près d'Arnault ; d'où ils étaient ils avaient un bon point de vue sur le terrain environnant.

— Le pays lui-même a toujours été notre allié, dit doucement Wallace. Si nos plans précédents ont été déjoués par la trahison, la loyauté de ceux ici présents sauvera peut-être la journée.

— Je remarque que tu ne cites pas de nom, dit Arnault.

— Et je n'en citerai pas, répliqua Wallace. Ces dernières années, l'allégeance des seigneurs écossais a varié comme le mouvement des marées. Qu'ils me suivent avec plaisir ou à contrecœur est sans importance. Ce qui compte, c'est qu'aujourd'hui, ils se battent pour l'Ecosse.

Arnault jeta un coup d'œil derrière lui, où John Comyn répartissait ses cavaliers parmi les autres, et il se demanda s'il devait exprimer ses soupçons. Il n'avait aucune preuve tangible que les Comyn étaient pour quelque chose dans le changement des plans anglais — ou dans la disparition de Torquil — et le prélude à une bataille était un mauvais moment pour provoquer des dissensions fondées sur de fausses accusations. De plus, les hommes de Comyn semblaient se préparer à faire leur devoir pour le Gardien.

— Parfois, les pires ennemis d'un peuple, c'est eux-mêmes, dit Arnault, quelque peu ambigu. Mais ceux-là, je crois qu'ils tiendront bon, ajouta-t-il, montrant les rangs de piques des schiltrons.

— Je ne doute pas de leur courage, dit Wallace. J'espère seulement en être digne.

Arnault était certain que personne n'en était plus digne que Wallace ; mais avant qu'il puisse exprimer ce sentiment, un cri rauque s'éleva des lignes écossaises. Vers le sud-est, le soleil se reflétait sur des armures et des lances, drapeaux et bannières claquant au vent. L'avant-garde anglaise arrivait, masse de chevaliers en armure, s'avançant en escadrons pressés. Derrière eux marchait la masse des fantassins, séparés par des colonnes d'archers et d'arbalétriers, progressant en formation de bataille.

C'était un spectacle impressionnant, qui fit murmurer une prière à bien des hommes dans les rangs écossais, sans en excepter Arnault. Il frissonna, pris d'un sombre pressentiment — et plus que jamais il sentit combien lui manquait la solide présence de Torquil à son côté. Mais il ne pouvait rien faire à part recommander à Dieu son frère, et aussi toute l'armée écossaise.

Une brise balaya la colline, apportant avec elle les bruits de l'armée anglaise : pas étouffés des chevaux, cliquetis des harnais, murmures assourdis des voix. Pas découragé pour autant, Wallace éperonna son cheval et parcourut au petit galop le front des lignes écossaises. Brandissant son épée, il se dressa sur ses étriers pour que tous le voient, et rugit d'une voix vibrante.

— Hommes d'Ecosse, je vous ai amenés au bal ! Voyons maintenant si vous savez danser !

Des acclamations lui répondirent, clairement audibles loin au sud, où le roi Edouard, assis sur son grand destrier, se tenait au milieu de son armée. Malgré une côte cassée le jour où il avait dormi près de son cheval à

Linlithgow, le Lion d'Angleterre vieillissant s'était mis en marche à l'aube.

Maintenant, après avoir entendu la messe avec l'évêque de Durham, qui commanderait l'aile droite, Edouard d'Angleterre examinait froidement la colline et ses grands cercles de piques scintillantes. Puis il se retourna vers le Maître des Templiers, venu se placer à sa hauteur.

— Tes renseignements étaient exacts, Templier. Wallace voulait arriver furtivement sur mes arrières et me donner du bâton. Il paiera cette impudence à présent que nous le tenons.

Brian de Jay hocha la tête avec satisfaction.

— Oui, Sire. Il a mal disposé son armée, ne se laissant aucun espace pour manœuvrer. Son sort dépend de cette canaille armée de piques à cochons.

Et si Comyn respectait le reste de son marché, cette canaille resterait sans défense, car la maigre cavalerie écossaise — qui comptait dans ses rangs certains comtes parmi les plus influents d'Ecosse — tournerait bride sans coup férir. Naturellement, Jay n'avait pas fait mention de ce marché ; et quant aux renseignements concernant la position des Ecossais, il avait laissé entendre au roi que lui et le Maître d'Ecosse étaient tombés, par un heureux hasard, sur un éclaireur écossais qu'ils avaient capturé et contraint à révéler les positions écossaises ; le prisonnier, hélas, était mort. Restait à voir si Wallace pourrait être capturé.

L'armée s'arrêta face à l'ennemi, devant le marécage apparemment sans danger. Les chevaliers composant l'avant-garde sous les ordres de Roger Bigod et d'Henry de Lacy, respectivement comtes de Norfolk et de Lincoln, prirent position sur la gauche, tandis que la cavalerie de l'évêque Bek de Durham formait l'aile droite. Entre eux, s'alignaient des milliers de lanciers, gallois pour la plupart, appuyés par des archers et des arbalétriers. Le nombre était nettement en leur faveur, le moral était au plus haut parmi les cavaliers et les fantassins, tous impatients de tester leur force contre l'ennemi.

Sur les deux flancs, les chevaliers avançaient déjà quand les comtes de Norfolk et de Lincoln, quittant l'avant-garde, revinrent informer le roi qu'ils établiraient bientôt le contact avec l'ennemi, tous deux rouges d'anticipation. Roger Bigod montra les Ecossais avec un grand sourire.

— Ils nous rendent service, Sire, en ayant formé des cibles si grandes qu'il sera difficile de les manquer. Tous les coups vont faire mouche, à mon avis.

— N'avez-vous donc rien appris de vos affrontements avec les rebelles gallois ? répondit froidement Edouard. Même un paysan sans formation peut abattre un chevalier s'il sait tenir une lance.

— Seulement s'il a le courage de tenir son terrain, répliqua de Lacy. Je vous jure, Sire, que nous les mettrons en déroute à la première charge, et que nous leur ferons payer nos morts de Stirling Bridge.

— Les Ecossais ne bougeront pas, dit Edouard, indifférent à la ferveur de ses subordonnés. Et nos hommes ont à peine mangé hier. Il est temps de leur remplir l'estomac avant de les envoyer au combat.

— Sire, ils sont assoiffés de sang écossais, non pas affamés de nourriture ! déclara Bigod. Il est aussi impossible de les arrêter maintenant qu'arrêter une meute qui a flairé le renard.

— Nous voir hésiter ne peut que donner du cœur aux Ecossais, renchérit de Lacy.

Edouard émit un grognement dédaigneux — et grimaça à cause de sa côte cassée — mais à l'évidence le manque de sommeil et de nourriture n'avait pas émoussé l'ardeur guerrière de ses hommes. Au contraire, cela donnait unc intensité presque fiévreuse à leur belligérance.

— Eh bien, allez-y, dit-il. Dégagez la voie pour les archers, et ensuite, nous aurons tôt fait d'anéantir ces schiltrons.

Les deux chevaliers pivotèrent et rejoignirent leurs hommes au galop. Ils crièrent des ordres qui se répercutèrent tout le long des lignes et commencèrent leur avance.

— Et toi, Templier, puis-je me fier à tes vantardises autant qu'à tes renseignements ? dit-il à Brian de Jay.

— Sire, je vous ai promis de capturer Wallace, répondit Jay, et c'est ce que je vais faire. Je vous l'amènerai dans une cage s'il le faut.

— Inutile de te porter à de telles extrémités, dit Edouard avec ironie. Sa tête est tout ce qu'il me faut.

Jay salua rapidement et s'éloigna pour rejoindre ses frères templiers, rassemblés à quelque distance de la cavalerie. A eux deux, lui et John de Sautre avaient amené une vingtaine de chevaliers et de servants d'armes, dont le jeune de Sautre. Beaucoup étaient tout sauf heureux de participer à une guerre contre des frères chrétiens, mais ils étaient liés au Maître d'Angleterre par leur vœu d'obéissance, certains même étaient Ecossais, et aucun ne protesta.

— Pour le moment, nous allons rester en arrière avec les réserves, dit Jay à John de Sautre. Ce n'est pas à nous de nous jeter contre un mur de lanciers paysans. Nous attendrons le bon moment, et nous frapperons quand nous aurons l'avantage.

— Stratégie prudente, dit Robert de Sautre, l'éternel sycophante. Attendre qu'ils soient affaiblis, puis asséner le coup fatal dans une charge victorieuse.

Etrécissant les yeux, John de Sautre scrutait les schiltrons hérissés de lances au bas de la colline, et le marécage scintillant devant eux.

— Il y aura des morts, si nos chevaliers continuent à

avancer droit sur eux, remarqua-t-il. Mais ce ne sont pas les Ecossais qui mourront.

— Que veux-tu dire ? demanda Robert, ses yeux noirs se dilatant dans son visage poupin. Crois-tu sérieusement que nos chevaliers sont incapables de vaincre les Ecossais, alors que seul un étroit ruban d'eau les sépare ?

— Je gage que c'est plus qu'un ruban d'eau, répondit John, montrant le confluent des deux cours d'eau. Si les chevaux s'embourbent là-dedans, ils seront une proie facile pour l'ennemi.

— Tu as sans doute raison, frère John, acquiesça Jay. Raison de plus pour rester en arrière, et voir si c'est la prudence ou la soif du sang qui gouverne les opérations.

Quand l'aile gauche, qui composait l'avant-garde, arriva en vue du marécage, et malgré leur désir de combattre, les comtes anglais ne furent pas aveugles au point de ne pas discerner le danger. Ordonnant à leur colonne de virer sur la gauche, ils contournèrent le bord du terrain marécageux, puis se remirent à avancer vers les schiltrons. Les chevaliers de l'aile droite, sous les ordres de l'évêque Bek, firent aussi un détour pour éviter le marécage, se cognant et se bousculant dans leur désir d'être en première ligne pour attaquer. Voyant le désordre s'installer, Bek ordonna à ses bannerets de les arrêter pour se remettre en formation avant de s'élancer, mais ils firent la sourde oreille.

Ralph Basset, seigneur de Drayton, se tourna vers l'ecclésiastique et dit sèchement :

— Retourne dire la messe, évêque, et laisse-nous le soin de combattre !

Les deux ailes se dirigèrent alors vers les deux schiltrons extérieurs. Posté derrière les deux schiltrons centraux, Wallace observait l'avance de la cavalerie anglaisc, avec une appréhension mêlée de satisfaction.

— Et voilà pour le marécage, dit-il à Arnault.

— Oui. Ils auraient fait de belles cibles pour les archers de John Stuart, s'ils avaient eu l'imprudence de patauger dans ce terrain, répondit Arnault avec une nuance de regret.

— Quand même, ils ne peuvent plus avancer en une ligne continue, dit Wallace. En les forçant à faire un détour, nous avons brisé leur formation de sorte qu'ils chargeront par petits groupes. S'ils s'épuisent à charger les schiltrons, nous aurons une chance de les repousser dans le marais.

Arnault, contemplant les deux immenses colonnes de chevaliers, ne put s'empêcher de penser que c'était très joli, pourvu que ses hommes puissent soutenir le premier assaut — qui se rapprochait de minute en minute. Les lanciers écossais appuyaient sur le sol le bout de leurs lances en prévision de l'attaque, et certains archers tiraient déjà sur l'ennemi, quoique sans beaucoup de résultats.

Passant entre la lisière du bois et le marécage, Roger Bigod et Henry de Lacy menaient l'aile gauche à l'attaque. La ligne se déploya et partit au galop, les cris de guerre dominant maintenant le tonnerre des sabots. Le tonnerre s'enfla, ébranlant le sol à mesure que la distance se réduisait.

Les hommes des schiltrons bandèrent leurs muscles pour soutenir le choc, resserrant leur prise sur la hampe de leurs lances, les mains moites d'appréhension. Les chevaliers en armure, leurs chevaux protégés de plaques d'acier et de cuir, foncèrent sur la piétaille, lances en arrêt.

Le ligne de cavalerie se brisa sur le premier schiltron comme la mer se brisant sur les rocs, non pas dans le rugissement des vagues, mais dans un concert de hurlements. Certains chevaux reculèrent devant le mur de lances, mais d'autres s'ouvrirent les jambes sur les pieux ou s'empalèrent sur les piques du premier rang, les Ecossais visant bas pour atteindre les bêtes sous l'armure. Les lanciers du second rang se penchèrent par-dessus les épaules de leurs camarades, poussant et harcelant les cavaliers, en transperçant certains, en désarçonnant d'autres, piétinés ou écrasés par leurs compagnons.

Sur l'autre aile, le corps principal de l'évêque Bek se jeta aussi tête la première contre les schiltrons, mais eux aussi se brisèrent contre le mur de lances sans ébranler les Ecossais. Vociférant pour dominer le tumulte, l'évêque-soldat parvint à détourner des chevaliers moins têtes brûlées que ceux de l'avant-garde et les redirigea contre les archers plus vulnérables, répartis entre les schiltrons.

Les hommes d'Ettrick ne bougèrent pas, lâchant des volées de flèches sur la masse des chevaliers, mais ils étaient trop peu nombreux, et leurs flèches n'avaient pas la pénétration de grands arcs de guerre anglais. Les chevaliers de Bek chargèrent, embrochant les archers sans armure sur leurs lances ou les écrasant sous les sabots de leurs destriers. Les archers reculèrent en hurlant.

Wallace et Arnault tendirent le cou pour mieux voir.

— Pourquoi notre cavalerie n'attaque-t-elle pas ? demanda Wallace, les dents serrées. Les archers de Stuart se font massacrer ! Sans le soutien de la cavalerie, ils ne peuvent pas tenir !

— Je vais voir, dit Arnault.

Tournant son cheval, il galopa vers la butte derrière laquelle attendaient les troupes montées des Ecossais. Mais arrivé au sommet, il se figea brusquement, atterré, car la majorité des chevaliers avaient déjà tourné le dos au champ de bataille et s'en éloignaient rapidement.

Il cria pour les arrêter, mais ne reçut pas de réponse. La plupart des cavaliers étaient déjà hors de portée de sa voix. A l'avant-garde, parmi les bannières déployées, il vit claquer celle des Comyn — trois épis d'or sur champ de gueules — et soudain, il comprit la raison probable du comportement louche du jeune Comyn, la veille. Cela faisait partie d'une trahison astucieuse, destinée à laisser Wallace à la merci du roi Edouard. Il n'était pas étonnant que Torquil, ayant surpris ce dessein, n'ait pas eu la liberté de revenir pour les en informer !

Maintenant trahi comme l'avait annoncé la prophétie, le Gardien était engagé dans une bataille que sans doute personne n'aurait pu sauver, et la loyale infanterie écossaise — les braves et honnêtes gens du peuple — devait tenir toute seule devant la puissante cavalerie anglaise.

Un bruit de sabots annonça l'arrivée de Wallace lui-même, qui venait voir la raison de tout ce retard. Quand il réalisa ce qui se passait, le sang se retira de son visage.

— Quelle lâcheté est-ce là ? demanda-t-il d'une voix étranglée.

Cherchant désespérément un moyen de sauver quelque chose — n'importe quoi — pour les Ecossais, il vint à l'idée d'Arnault que, peut-être, tous ces chevaliers n'étaient pas des agents actifs de la trahison.

— Il est sans doute encore possible de les rallier, dit-il. Je vais faire ce que je pourrai.

— Vas-y ! acquiesça Wallace, jetant un coup d'œil en arrière sur la cavalerie qui écrasait ses archers. Et puisse Dieu te venir en aide !

Sans ajouter un mot, Arnault éperonna son cheval et partit au galop derrière Comyn le traître et les chevaliers qui se retiraient. Revenant vers ses hommes, Wallace démonta et prit place dans l'un des schiltrons centraux d'où il surveilla le terrible carnage infligé à ses archers. Ceux qui n'étaient pas encore morts fuyaient pour préserver leur vie. Le frère de Stuart essaya bravement de rallier ses hommes, jusqu'au moment où, lui aussi, fut abattu par la cavalerie anglaise.

Après la désertion des chevaliers, seule une poignée

de nobles écossais continuaient à se battre, pressés de tous côtés, à présent que la cavalerie anglaise reportait son attention sur les schiltrons. Macduff de Fife, installé au milieu des lanciers de ses domaines, à l'intérieur de leur schiltron, les exhortait à résister au harcèlement renouvelé des Anglais. Wallace aussi les encourageait de la voix, mais chaque nouvel assaut réduisait leur nombre. Avec la cavalerie en fuite et les archers en déroute, la situation des hommes tenant les schiltrons devenait désespérée.

Les chevaliers anglais se rapprochèrent encore, attaquant au hasard partout où ils voyaient une ouverture. Les palissades de pieux étaient renversées, piétinées, et des trouées commencèrent à apparaître dans les défenses écossaises. Davantage de chevaliers que de lanciers étaient morts dans le premier assaut, avant l'élimination des archers, mais le sang des nobles anglais était maintenant en ébullition, et c'était devenu pour eux une question d'honneur de prouver qu'une bande de paysans mal lavés ne pouvait pas résister devant eux. Plusieurs fois, pourtant, les Ecossais tinrent bon, et repoussèrent l'ennemi dans une confusion sanglante.

Il était temps pour Edouard de changer de tactique. Maudissant l'impétuosité de ses nobles et leur dangereux amour du panache, il envoya des messagers avec l'ordre de se retirer, pour éviter que leur soif de sang et de gloire ne permette à Wallace de gagner à l'usure. Tandis qu'ils obéissaient à contrecœur, Edouard fit avancer ses archers, qui traversèrent les cours d'eau et montèrent la pente de la colline. Ce que l'audace désordonnée de ses chevaliers n'avait pas pu accomplir, la mortelle précision de ses archers le pourrait certainement.

Transpirant sous leur armure et maudissant l'entêtement de leurs ennemis, les chevaliers se retirèrent à l'est et à l'ouest, reprenant leur formation et donnant un répit à leurs destriers haletants. Cependant qu'au bas de

Slamman Hill, les archers anglais prenaient position sur plusieurs rangs.

Brian de Jay, sentant que le moment décisif approchait, grimpa la colline avec son groupe de Templiers, pour rejoindre le reste de la cavalerie. Bien que toisé avec dédain par certains commandants anglais, pour être resté si ostensiblement à l'écart du combat, Jay refusa de s'en offenser, sachant qu'il serait bientôt en position de justifier ses actes.

Peu après, un cavalier solitaire arriva au galop près des Templiers, attirant l'attention de Jay sur l'un des schiltrons centraux. Au milieu de moindres personnages, la silhouette imposante de Wallace irradiait un défi indomptable en face d'une situation sans espoir.

— Maintenant, ça commence vraiment, dit Jay aux frères de Sautre quand son informateur fut parti. Nos archers chasseront bientôt ce rebelle de sa tanière, et nous n'aurons plus qu'à le cueillir.

Les archers gallois d'Edouard se placèrent au premier rang, appuyés par un détachement de mercenaires génois armés d'arbalètes. Ils n'auraient pu rêver cible plus idéale que les quatre grands cercles de soldats étroitement pressés les uns contre les autres, sans tirailleurs ni chevaux pour les protéger. Les ordres circulèrent le long des lignes, les arbalètes furent chargées, les carreaux encochés par les bras musclés des Gallois. Un officier rugit un ordre, et ils attaquèrent.

Les volées de flèches furent si denses qu'elles obscurcirent le ciel, firent trembler tous les hommes, sauf les plus courageux. S'arquant haut dans le ciel, elles retombaient en pluie mortelle dans les rangs serrés des Ecossais, tuant et mutilant dans tous les schiltrons. Voyant des trouées apparaître dans les rangs écossais, les officiers anglais répétèrent l'ordre de tirer ; et une nouvelle volée de flèches s'envola, plongeant sur les lanciers avec des effets dévastateurs. Wallace était autant en danger que ses hommes qui se regroupèrent autour de lui, le protégeant de leurs boucliers tandis que les flèches continuaient à pleuvoir de tous côtés.

— Ils n'ont pas le courage d'approcher ! cria Wallace. Ils ne vont pas nous lancer des flèches éternellement — et après, nous les repousserons !

Malgré leur situation désespérée, l'assurance du Gardien n'était pas tout à fait feinte, car il connaissait bien l'arrogance de la chevalerie anglaise. C'était cette même arrogance qui avait causé leur perte à Stirling Bridge, et il espérait encore qu'Edouard serait impuissant à endiguer leur impétuosité, qu'ils chargeraient prématurément pendant que les schiltrons seraient intacts. S'il pouvait infliger une autre sanglante défaite aux fiers chevaliers anglais, les Gallois, qui composaient le gros de l'infanterie d'Edouard, déserteraient peut-être.

Mais à chaque nouvelle volée de flèches, d'autres lanciers tombaient. Le sol gorgé de sang était couvert de cadavres, et l'espoir des Ecossais commença à faire place à un sombre fatalisme. Les chevaliers anglais pouvaient ronger leur frein, impatients de venger leurs camarades morts, mais Edouard avait brutalement exprimé sa volonté : aucun membre de l'armée féodale ne devait attaquer avant que le trompette royal ne sonne la charge.

Brian de Jay était aussi impatient que les autres d'aborder l'assaut final, et il regarda avec satisfaction les Ecossais se faire décimer. Au bout d'un moment, il devint difficile de distinguer lesquels étaient vivants et lesquels étaient morts car il n'y avait plus de place à terre. Chaque fois que les archers levaient leurs arcs pour lâcher une nouvelle volée de flèches, les Ecossais tenaient bon, tirant des forces de leur défi commun en face de la mort, et résolus à ne pas faillir à ceux tombés avant eux.

Les destriers hennissaient et piaffaient, les chevaliers brandissaient leurs lances avec impatience, jusqu'au moment où Edouard leur donna le signal tant attendu. En réaction à la sonnerie de trompette, les archers se retirèrent et les chevaliers déchaînés se ruèrent à l'attaque. Les Ecossais survivants tentèrent de serrer les rangs pour soutenir l'assaut, mais ils étaient gênés par leurs propres morts qui jonchaient le sol à leurs pieds.

Le mur de chevaliers en armure fonça dans les schiltrons décimés, lances en arrêt, et l'infanterie écossaise, blessée et épuisée, céda enfin devant l'élan furieux de ses ennemis. Des rangées de lanciers furent rageusement empalés et projetés par terre, réduits en chair à pâtée sous les fers des chevaux. Quand le flanc d'un schiltron s'effondrait, les lanciers sans protection ne pouvaient que fuir avant d'être piétinés ou massacrés sur place.

Dans certains cas, la panique s'installa, les hommes jetant leurs armes et s'enfuyant ventre à terre. D'autres maintinrent un semblant d'ordre, battant lentement en retraite vers le sommet de la colline, lances en arrêt pour repousser leurs poursuivants, jusqu'à ce qu'ils atteignent la ligne des arbres. Mais partout, les schiltrons cédaient et l'armée écossaise était balayée. Brian de Jay vit le schiltron de Wallace s'effondrer et le Gardien lui-même reculer devant l'assaut furieux des chevaliers anglais.

— Maintenant, mes frères du Temple ! cria-t-il en se tournant vers ses hommes. Comme le Christ est notre sauveur, que la vengeance de Dieu s'abatte sur ces traîtres !

Il ajusta son casque et abaissa sa lance, puis guida les moines à l'attaque. En surcots blancs, bannières flottant au vent, ils chargèrent en formation triangulaire, comme une gigantesque pique dirigée droit sur l'homme qui était l'espoir de liberté de l'Ecosse.

CHAPITRE 28

Arnault n'avait plus poussé un cheval à ce point depuis l'époque où, en Palestine, il évitait les patrouilles sarrasines et les archers ennemis pour apporter des enseignements au Grand Maître, à Saint-Jean-d'Acre. Sa mission actuelle, bien qu'au service d'un autre Temple, n'était pas moins urgente : arrêter les nobles écossais en fuite et les ramener sur le champ de bataille avant qu'il ne soit trop tard pour Wallace et l'Ecosse.

Le temps qu'il rattrape les premiers, leur hâte originelle avait fait place à une retraite en bon ordre. En l'absence de poursuite, ils ne donnaient pas la moindre apparence de crainte ou de confusion — ce qui renforça les soupçons d'Arnault, à savoir que ce n'était pas une panique irraisonnée qui les avait fait fuir, mais un plan prémédité pour se sauver et abandonner le Gardien à son sort. Combien avaient conspiré pour les inciter à cet acte de lâcheté, et combien s'étaient contentés de suivre les autres, il n'aurait su le dire. Sans aucun doute, certains, voyant tant de leurs compagnons fuir le combat, avaient pensé n'avoir d'autre choix que de les suivre.

Ceux de l'arrière firent peu attention à Arnault quand il remonta la colonne sur leur flanc, supposant peut-être que c'était l'un des leurs simplement en retard sur le reste. Quelques visages crispés semblèrent le reconnaître fugitivement et quelques-uns manifestèrent un peu d'appréhension, sachant que c'était un éclaireur de Wallace qu'ils avaient abandonné — mais comme il ne portait les couleurs d'aucune maison, il n'éveilla pas d'attention particulière en remontant la colonne, cherchant les plus influents, car il y avait beaucoup de comtes et de barons parmi eux. Mais il continua jusqu'à la tête de la troupe où chevauchaient Comyn et ses hommes, puis arrêta brusquement son cheval et leur fit face.

— Arrête, Comyn de Badenoch ! s'écria-t-il. Et vous aussi, qui vous dites écossais ! Au nom de Dieu, que faites-vous ? Vos tripes ont-elles tourné en eau, pour que vous fuyiez comme des enfants alors que la bataille vient à peine de commencer ?

Les premiers ralentirent, provoquant un mouvement de recul qui se répercuta jusqu'aux derniers. Comyn, interpellé par son nom, arrêta son cheval à contrecœur et foudroya Arnault sans relever le défi, mais son parent, le comte de Buchan, avança impudemment sur Arnault.

— Peut-être vient-elle de commencer, mais elle est déjà perdue, rétorqua Buchan.

— Oui, Wallace nous a trompés, dit le comte d'Atholl en s'approchant. Pourquoi devrions-nous mourir pour sa folie ?

Arnault lui jeta un regard acéré, puis, voyant d'autres chefs se rapprocher, modéra ses paroles.

— Il n'y a pas si longtemps, vous lui reprochiez de s'enfuir devant Edouard, leur rappela-t-il. Et maintenant qu'il se bat, vous fuyez la queue entre les jambes !

— Wallace nous a dit qu'Edouard battait en retraite, rétorqua John Comyn avec emportement, et que nous avions la surprise de notre côté. Cette stratégie pleine de suffisance était mensongère ! Tout le temps, Edouard marchait droit sur nous, et le Gardien nous conduisait dans un piège !

Des murmures coléreux et des cris d'acquiescement s'élevèrent des rangs des cavaliers. Comyn s'avança lentement, cherchant à dépasser Arnault, mais celui-ci lui bloqua la route.

— Le lâche trouve toujours de bonnes raisons pour justifier sa lâcheté, cria Arnault, élevant la voix pour que tous l'entendent. Et plus loin il court, plus il trouve d'excuses. Mais cela ne veut pas dire qu'elles sont vraies et ne diminuent pas son déshonneur.

D'autres nobles arrivaient de derrière pour se renseigner — Menteith, Strathearn, et même Stuart — et ils firent cercle autour des deux hommes, en petits groupes gênés. A leurs visages, Arnault sentit que beaucoup, au fond de leur cœur, étaient d'accord avec lui.

— Nobles d'Ecosse, Dieu ne vous a pas donné autorité sur les hommes pour votre bénéfice. Il est de votre devoir de défendre ce pays pour ceux qui n'ont pas la richesse et la puissance de le faire eux-mêmes — pour les femmes qui portent vos enfants, pour les hommes qui élèvent votre bétail et moissonnent vos récoltes, pour ceux qui combattent près de vous et meurent près de vous s'il le faut. Si vous trahissez leur confiance, quel but donner à vos vies qui soit digne de l'honneur et de la bravoure d'un chevalier ?

Plusieurs de ceux qui rencontrèrent son regard rougirent et détournèrent la tête.

— Belles paroles, fulmina Comyn, pour un homme qui n'a pas fait preuve de cette bravoure lui-même. Beaucoup d'entre nous se sont battus à Dunkar, à Sterling Bridge et ailleurs, mais où était ce braillard sans bannière ?

Il se tourna vers Arnault, la voix pleine d'un mépris arrogant.

— Quel titre ou rang as-tu, qui te donne le droit de

nous parler ainsi ? A ton accent, tu n'es pas écossais — et pourtant tu te permets de nous haranguer sur notre devoir envers notre nation. Se pourrait-il que tu serves quelque autre puissance, qui serait ravie de nous voir détruits pour favoriser ses desseins ?

Arnault n'avait pas eu l'intention de révéler sa condition, pour ne pas nuire à sa plus haute mission — surtout maintenant que Torquil était perdu, et avec Brian de Jay qui chevauchait dans la foulée d'Edouard. Mais le danger pour Wallace et l'Ecosse était grand, et il savait que seules des mesures draconiennes pouvaient maintenant les aider.

— Il est vrai que je ne suis pas écossais de naissance, dit-il hardiment. Mais sachez que je suis un Chevalier du Temple de Jérusalem, frère Arnault de Saint-Clair, envoyé dans ce pays pour protéger les droits de votre roi légitime, la liberté de votre nation, et la vie de Wallace.

Des murmures d'embarras parcoururent l'assistance, et Comyn parut déconcerté — beaucoup plus qu'Arnault ne s'y attendait. Un chevalier proche d'Atholl, moins ébranlé — ou peut-être plus obtus — cria avec dédain :

— Depuis quand les Templiers se soucient-ils d'autre chose que de leurs propres richesses ?

— Oui, grommela un autre. Et si tu es envoyé afin de te battre pour l'Ecosse, comment se fait-il que ton Maître se batte pour Edouard ?

— Va-t'en avec tes prières et tes prétentions, dit un autre avec conviction, suscitant des murmures d'approbation. Nous ne t'avons pas invité à te mêler de nos affaires.

Refusant de mordre à l'hameçon, Arnault rétorqua, tête haute :

— Peu importent *mes* paroles. C'est votre propre conscience qui vous dit de retourner vers le champ de bataille — et votre devoir — aussi sûrement qu'une sonnerie de trompette.

Comyn semblait avoir surmonté son embarras initial, et il poussa son cheval contre celui d'Arnault, arrogant et belliqueux.

— Comment un Templier ose-t-il nous appeler au combat ? demanda-t-il. Tu ne nous as toujours pas expliqué pourquoi tes frères chevaliers, conduits par leur Maître anglais, combattent au côté d'Edouard. Est-ce une ruse pour garantir le massacre assuré de toute la chevalerie écossaise ? Aucun d'entre nous n'est assez téméraire pour sacrifier ainsi sa vie, alors qu'il pourra triompher un autre jour sur un autre terrain !

A cette allusion à une trahison possible du Maître d'Angleterre, Arnault se demanda soudain si c'était Brian de Jay que Comyn allait rencontrer la veille — Jay qui, si Torquil avait été surpris à espionner cet entretien, n'aurait eu aucun scrupule à tuer un homme dont il pouvait prétendre par la suite qu'il était apostat. Il n'avait pas le temps de spéculer sur les détails d'un marché hypothétique conclu entre Jay et Comyn, mais la possibilité même d'une telle alliance l'incitait doublement à faire échouer cette trahison.

— Je ne parlerai pas contre un frère de mon Ordre, dit Arnault d'une voix égale. Et je ne sais pas pour quelle raison il a choisi de lever l'épée contre des frères chrétiens. Ce que je peux vous dire, c'est que je dépends d'un maître supérieur au Maître d'Angleterre, et que j'ai ordre de combattre et mourir pour un pays qui n'est pas le mien, mais qui jouit de la faveur de Dieu. Si je dois m'en retourner seul, je le ferai ; mais je n'abandonnerai par le Gardien d'Ecosse sans au moins une épée de plus à son côté.

— Deux de plus, dit une voix qu'Arnault reconnut, tandis que Jacques Stuart faisait avancer son cheval, suivi par unc demi-douzaine de chevaliers. Quand ceux-ci ont quitté la partie, ajouta-t-il, montrant Comyn et ses hommes, j'ai supposé que notre cause était perdue et je n'ai vu aucune raison de rester en arrière. Je constate maintenant que je me trompais et qu'il y a beaucoup de raisons de combattre, quelle que soit l'issue de cette bataille. Je ne parle pas pour mes hommes, mais tous ceux qui choisiront de me suivre sont à toi, pour Wallace.

Un muscle se contracta dans la mâchoire serrée de Comyn, et jurant entre ses dents et foudroyant Stuart, il fit tourner son cheval, les rênes si courtes que l'animal plongea et se rebiffa.

— Et vous, si vous faites demi-tour maintenant et constatez qu'Edouard est victorieux et Wallace déjà mort, que ferez-vous ? Demanderez-vous la paix ou vous laisserez-vous capturer pour être libérés contre rançon ? Pour ma part, je ne me confierai pas à la merci d'Edouard, alors que la route du Nord nous est ouverte !

Sur quoi, il éperonna son cheval et partit au galop, suivi de ses gens et de la plupart des chevaliers. Seuls quelques-uns rejoignirent Arnault et Stuart. Quand les autres eurent disparu, il leur restait à peine une douzaine d'hommes à ramener vers l'armée menacée.

— Nous ne sommes pas nombreux, dit-il, remarquant le regard dont Arnault évaluait leur petit groupe, mais ayant fui une fois, nous ne recommencerons pas, je te le jure.

— Dieu fasse que nous soyons assez, répondit Arnault, et prions qu'il ne soit pas trop tard.

Eperonnant son cheval, il repartit vers la bataille, réalisant soudain que, sans en avoir conscience, il avait pris une décision fatidique. Jusque-là, il s'était abstenu de verser une goutte de sang chrétien, mais il ne pouvait plus éviter de participer à la bataille. Le sort du Temple était étroitement lié à celui de l'Ecosse ; et l'Ecosse était trop étroitement liée à Wallace pour qu'il continue à retenir son bras. S'il devait combattre pour assurer la sécurité du Gardien, afin qu'il réalise la prophétie, alors il devait s'en remettre à Dieu pour guider son épée.

Arnault et Stuart à leur tête, les chevaliers galopèrent vers les bruits de la bataille, contournant la lisière du bois pour gravir Slamman Hill. La vue qui les attendait les arrêta net, car le champ de bataille était devenu un champ d'extermination. Les grands schiltrons enfoncés, les hommes battaient en retraite comme ils pouvaient, sauvagement harcelés par les chevaliers anglais tandis que les fantassins avançaient dans leur sillage, tuant les retardataires et achevant les blessés.

Il y avait des morts partout, portant d'horribles blessures de lances, de flèches et d'épées. Ivres de sang, les nobles anglais caracolaient au milieu des Ecossais en déroute, abattant ceux qui s'efforçaient de rejoindre les dernières formations de lanciers, ou tentaient de gagner le couvert des arbres. Beaucoup de survivants étaient rabattus vers le bas de la colline, et tombaient sous les épées ou les flèches de l'infanterie anglaise, ou se noyaient dans les eaux bourbeuses du marécage.

— Que Dieu ait pitié de nous ! murmura Jacques Stuart d'une voix étranglée, car, quelque part au milieu de ce carnage, se trouvait son frère John, qui commandait les archers d'Ettrick Forest — vivant ou mort, il l'ignorait.

Des murmures consternés échappèrent à ses hommes. L'honneur les avait poussés à revenir, mais devant la perspective suicidaire de se jeter dans une bataille à l'évidence perdue, ils regardèrent leur chef avec hésitation.

Arnault, dressé sur ses étriers, cherchait désespérément quelque signe de Wallace dans les poches de résistance qui subsistaient encore — jusqu'au moment où une voix cria sur sa droite :

— Un cavalier se dirige vers nous !

Se retournant vivement, Arnault vit un cavalier solitaire galoper à travers les arbres. Certains de ses hommes portaient déjà la main à leur épée, mais quelque chose dans la carrure, dans les reflets cuivrés de la barbe et des cheveux…

— Ce cheval porte les couleurs des Bruce, dit Stuart, un peu surpris. Mais je ne connais pas le cavalier.

— Moi, si ! s'écria Arnault, envahi d'un immense soulagement, le cavalier étant maintenant assez proche pour confirmer, sans doute possible, que Torquil Lennox n'était pas mort.

Dressé sur ses étriers, il leva le bras pour lui faire signe, et Torquil fonça vers eux, arrêtant son cheval d'une glissade.

— Dieu merci, je t'ai retrouvé ! s'exclama-t-il, son soulagement faisant place à l'horreur devant le carnage. Mon Dieu, j'arrive trop tard !

A en juger par son air choqué et consterné, il revenait tout juste de l'endroit, quel qu'il fût, où il était allé la veille, et ignorait tout de la bataille qui se terminait par ce carnage.

— Qui est-ce ? demanda Stuart d'un ton soupçonneux.

— Un frère participant à la même aventure que moi, répondit Arnault. Templier comme moi-même, et écossais comme vous. Je le croyais perdu.

— J'ai bien failli l'être, affirma Torquil, haletant.

Son beau visage était d'une pâleur insolite, et son air épuisé attestait d'épreuves dépassant largement celle d'une dure chevauchée.

— Hier soir, j'ai découvert que des traîtres écossais vendaient des informations au Maître d'Angleterre, déclara-t-il, omettant les noms qu'Arnault connaissait déjà, et le moyen par lequel il avait découvert la trahison. Jay a l'intention de pourchasser personnellement Wallace et de le tuer.

Les pires craintes d'Arnault maintenant confirmées — et il savait que Torquil ne disait pas tout — une fois de plus, il embrassa du regard le champ de bataille, cherchant désespérément Wallace.

— Où est-il ? marmonna Stuart près de lui, tous s'efforçant de pénétrer la confusion du combat, à la recherche du grand et vaillant Gardien.

— Dites-moi que je n'arrive pas trop tard ! supplia Torquil.

— Regardez, par là ! s'écria un chevalier, tendant le bras.

Se retournant dans la direction qu'il leur montrait, Arnault et Torquil virent, non pas Wallace, mais un détachement de Templiers galopant à bride abattue à travers le champ de bataille, telle une meute de loups blancs flairant la piste.

— Nous pouvons en conclure qu'ils galopent vers Wallace, comme nous allons le faire, déclara Arnault. Nous ne pouvons pas sauver cette bataille, mes amis, mais nous pouvons et devons sauver le Gardien ! Suivez-moi, ou renoncez à tout espoir de liberté future pour l'Ecosse !

Ce disant, il dégaina son épée et lança son cheval au galop non seulement pour sauver Wallace, mais pour empêcher Brian de Jay de commettre une infamie qui souillerait le nom de l'Ordre du Temple pendant des générations. Torquil chevauchait près de lui, suivi de Stuart et de ses hommes, résolus à porter secours à Wallace et à sauver leur honneur et l'espoir de l'Ecosse après cette trahison.

Montant un versant boisé et entrant sous les arbres, ils perdirent de vue la colonne des Templiers. Ils se dispersèrent, continuant à galoper et se baissant pour esquiver les branches basses, et arrivèrent enfin au sommet de la colline. Les arbres étaient plus clairsemés sur l'autre versant, et ils aperçurent les Templiers filer vers le terrain découvert s'étendant à son pied.

Là, une petite bande de fantassins écossais dépenaillés battait en retraite à travers un terrain bourbeux, peut-être choisi par les hommes de l'arrière-garde dans l'espoir de ralentir les poursuites. Et au milieu de cette arrière-garde, reconnaissable à sa haute taille, se dressait la silhouette de l'indomptable Wallace. Dévalant la colline, Arnault et son petit groupe de chevaliers s'orientèrent vers les Templiers, qui se rapprochaient de Wallace et de ses fantassins. Les hommes de Jay tellement concentrés sur leur proie, l'équipe de secours arriva sur eux avant qu'ils ne le réalisent.

Arnault se retrouva sur le flanc d'un jeune chevalier et, du plat de son épée, lui donna un violent coup sur le poignet. Il poussa un cri, lâchant sa lance et chancelant sur sa selle, et le foudroya par les fentes de son casque. Mais le temps qu'il se ressaisisse et dégaine son épée, Arnault était déjà hors de portée, à la recherche d'une nouvelle cible.

L'attaque se transforma en mêlée — les combattants maintenant trop proches pour utiliser leurs lances — et les fantassins se joignant au combat, les hommes de Jay trouvèrent soudain leurs perspectives de victoire plus incertaines. Torquil saisit le cheval d'un servant d'armes par le mors et lui imprima une secousse, qui fit cabrer l'animal. Son cavalier tomba lourdement aux pieds d'un lancier écossais, qui enfonça aussitôt son arme dans un défaut de son armure.

Le cri d'agonie de cet homme résonna comme un remords aux oreilles de Torquil — un frère templier tué à cause de lui — mais il écarta son cheval car un autre Templier fonçait sur lui, lance en arrêt ; Stuart abattit son épée sur la hampe, la réduisant en pièces et faisant chanceler le cavalier sur sa selle. Avant qu'il puisse repasser à l'attaque avec une autre arme, Torquil repéra la silhouette corpulente de Robert de Sautre et se lança à sa poursuite, laissant Jacques Stuart combattre l'autre à sa place.

Pour sa part, Arnault, sans cesser de se battre, se dirigeait résolument vers Wallace, planté sur un îlot de terrain solide, avec deux lanciers. A eux trois, ils parvenaient tout juste à tenir en respect un adversaire monté.

Arnault éperonna sa monture, pour ajouter le poids de son épée à leur défense, mais avant d'arriver à la hauteur de l'assaillant, son cheval épuisé glissa dans la boue et s'abattit, manquant lui coincer les jambes sous sa selle.

Sauvé d'une blessure grave par la consistance molle de la boue, et serrant désespérément son épée, Arnault dégagea ses pieds des étriers et se releva péniblement, tandis que l'animal se redressait lourdement et s'enfuyait en boitillant. Cherchant Wallace du regard, il se trouva bloqué par un Templier désarçonné comme lui, épée levée pour frapper. Il ne put mettre un nom sur le visage casqué, mais il se rappelait avoir vu l'homme à Balantrodoch, et l'homme le connaissait.

— Saint-Clair ! s'écria-t-il, abattant son arme.

Arnault para et rompit, ne désirant pas tuer un frère, mais sachant néanmoins qu'il ne devait pas laisser ce sentiment lui coûter la vie. Il bloqua un coup destiné à lui sectionner le bras droit, puis il pivota pour contre-attaquer, sa lame glissant contre l'autre jusqu'à la garde.

— Je ne suis pas ton ennemi ! parvint-il à cracher, les dents serrées, tandis qu'ils s'efforçaient tous deux de dégager leur arme. Jay a trahi l'Ordre !

— Tu es un apostat ! haleta l'autre.

— Mais je ne te tuerai pas ! dit Arnault.

Il rompit une fois de plus, et quand son adversaire tituba vers lui, il lui porta un coup invalidant derrière la jambe.

L'autre poussa un cri d'agonie et s'effondra, lâchant son épée. Laissant le blessé où il était, Arnault s'élança de nouveau à la recherche de Wallace.

Les deux lanciers de Wallace étaient tombés, mais Wallace était toujours debout et luttait maintenant contre deux Templiers à pied qui l'assaillaient sur sa droite et sur sa gauche. Se hâtant vers eux, ralenti par la boue, il constata avec angoisse que ces deux Templiers n'étaient autres que Brian de Jay et John de Sautre.

— Arrêtez ! hurla-t-il. Ce n'est pas le rôle du Temple de tuer des frères chrétiens !

Jay se retourna à sa voix, le visage déformé d'un rictus en reconnaissant son adversaire.

— Ainsi le renégat relève enfin la tête ! dit-il avec mépris. Je jure par tout ce qui est sacré que tu es davantage sarrasin que chrétien, Saint-Clair !

En un aparté à de Sautre, il ajouta :

— Expédie-le dans l'enfer qui l'attend ! Moi, j'achèverai ce rebelle écossais !

John de Sautre pivota et bondit à l'attaque, tandis que Jay avançait sur Wallace. Les épées s'entrechoquèrent. Les deux hommes feintèrent, se tournèrent autour avec méfiance, John de Sautre cherchant une ouverture.

— Pourquoi le suis-tu ? haleta Arnault entre deux assauts. Il n'est pas trop tard pour te détourner de ce chemin sanglant. Dieu pardonne tous les péchés !

De Sautre, essoufflé, éclata d'un rire sans joie.

— Es-tu devenu ma conscience ? C'est toi qui devrais te soucier de ton âme, car tu te présenteras bientôt devant ton juge !

Avec une férocité soudaine, le Maître du Temple écossais bondit et frappa, la violence de son coup manquant désarmer Arnault. De Sautre ne savait que trop bien, Arnault le sentit en cet instant, jusqu'où Jay l'avait conduit sur la voie du mensonge et de la trahison — cette découverte pénible donnant de l'élan à ses coups, car il cherchait maintenant à abattre le seul homme qui l'avait percé à jour. Leurs lames continuèrent à s'entre-choquer en un échange de coups meurtriers.

Cependant Brian de Jay faisait assaut contre Wallace, feintant et cherchant l'ouverture, surpris de constater à quel point le Gardien était agile, malgré sa taille. En un instant qui ne fut peut-être que de pure chance, l'épée de Wallace se glissa sous sa barbe et l'atteignit sous les côtes.

L'armure de Jay résista, mais le coup expulsa tout l'air de ses poumons. Comme Wallace relevait son arme pour presser son avantage, Jay tenta de l'empaler, mais le coup le manqua et Wallace détourna sa lame.

Jay recula, à bout de souffle, relevant son arme pour bloquer le prochain coup, mais l'épée de Wallace s'abattit sur la sienne avec une telle force que le Maître d'Angleterre chancela. Il recula encore, et cette fois réussit de justesse à parer le coup suivant. Comme Wallace continuait à marteler ses défenses, Jay réalisa avec désespoir qu'il allait se faire battre par ce grossier escrimeur qui n'était même pas noble.

Et alors qu'il cherchait du regard l'assistance d'un frère templier, un coup puissant de Wallace lui arracha son arme. Le Maître d'Angleterre n'eut qu'un instant pour contempler sa mort, car Wallace abattit son épée en un coup final qui lui fendit le crâne en deux.

Arnault ne vit pas cet exploit, car il ferraillait toujours contre John de Sautre, bien décidé à laisser la rage insensée de son adversaire causer sa perte. Quand enfin de Sautre bondit un peu trop loin, se découvrant imprudemment, son propre élan le fit s'empaler sur l'épée de son adversaire. Un cri étranglé s'échappa de ses lèvres, en même temps qu'un flot de sang, et, comme Arnault retirait sa lame, il regarda, choqué et incrédule, son sang vital imbiber la croix pattée de son surcot blanc.

— Puisse Dieu tempérer sa justice de miséricorde !

murmura Arnault, seule prière qu'il put trouver pour le mourant, qui tomba à genoux, les yeux déjà vitreux.

Il se retournait déjà vers Wallace, qui s'apprêtait à achever un cheval blessé tout en cherchant du regard son prochain adversaire. Derrière lui gisait le cadavre affaissé de Brian de Jay.

— Tu es arrivé juste à temps, mon ami, et je t'en remercie, dit Wallace en se dirigeant vers lui. Hélas, je ne vois aujourd'hui aucune autre cause de réjouissance.

— Moi non plus, répondit Arnault, cherchant Torquil du regard. Mais il ne faut pas rester là.

Ils étaient un peu à l'écart de l'échauffourée qui continuait à faire des victimes, et il pensa à un moyen possible d'y mettre fin en voyant Torquil s'approcher, traînant brutalement derrière lui un Robert de Sautre désarmé. A part une marque rouge à la joue, le cadet des de Sautre ne semblait pas avoir beaucoup résisté.

Avec un regard à Wallace, Arnault brandit son épée et éleva la voix pour dominer le cliquetis des armes.

— Chevaliers du Temple, cessez le combat ! cria-t-il. Les Maîtres d'Angleterre et d'Ecosse sont morts ! Au nom du Visiteur de France, je vous ordonne de rendre les armes !

Les affrontements cessèrent peu à peu, les Templiers se dégageant, jetant des regards méfiants vers Arnault. De son côté, Wallace ordonna aux Ecossais de reculer. Dans le silence gêné qui suivit, tous les yeux se tournèrent vers le barbu aux cheveux noirs sans insignes distinctifs, debout près du Gardien d'Ecosse, et sur l'autre soldat sans distinctions, un rouquin qui traînait brutalement vers eux un Templier captif.

Un Templier, arrachant son casque pour les regarder de plus près, recula aussitôt et jeta son épée dans la boue en témoignage d'obéissance. C'était un chevalier roux qu'Arnault avait connu à Paris au cours d'un séjour pour le compte de Luc de Brabant, et avant cela, pendant la longue chevauchée vers Scone pour voir couronner un roi. Depuis lors, presque toujours au service de Luc de Brabant, Flannan Fraser ne devait avoir pris aucune part à la trahison de Jay, mais ses vœux d'obéissance l'obligeaient à participer à l'expédition du Maître d'Ecosse au côté d'Edouard d'Angleterre.

— Ecoutez-moi, mes frères ! cria Flannan. Je connais cet homme. C'est le frère Arnault de Saint-Clair, qui n'est pas un renégat, mais un véritable chevalier du très saint Temple du Christ ! Vous pouvez me croire !

Bénissant le courage et la foi de Flannan, Arnault reprit en haletant :

— Mes frères, vous n'avez rien à faire sur ce champ de bataille. Nous ne servons aucun roi sauf le Christ, et personne ici n'est Son ennemi. Rassemblez vos blessés et vos morts, et rendez-vous à notre commanderie de Liston — frère Robert de Sautre vous conduira, n'est-ce pas, frère Robert ?

Toujours captif de Torquil, le jeune de Sautre semblait ne pas pouvoir détacher les yeux du cadavre de son frère, qui gisait non loin de celui de Jay. Il déglutit avec effort.

— Oui, frère Arnault, répondit-il d'une voix tremblotante. Comme tu voudras.

Sur un signe d'Arnault, les hommes de Wallace s'écartèrent pour permettre à Flannan Fraser et à ses frères encore valides de rassembler leurs blessés et leurs morts. Torquil, sans lâcher le bras de Robert de Sautre, pilota le corpulent chevalier vers Arnault, les attirant tous les deux à l'écart de Wallace.

— Avant de quitter le champ de bataille, dit-il à voix basse, après avoir regardé autour de lui pour s'assurer que personne n'était à portée de voix, il y a autre chose que tu dois savoir au sujet de Jay et du frère de celui-ci. Hier soir, je les ai vus donner aux Comyn, père et fils, un coffret d'artefacts païens, en paiement de leur trahison de Wallace et de l'armée écossaise.

— Je n'y ai pris aucune part ! balbutia Robert de Sautre.

Torquil le gratifia d'un regard indulgent.

— Il est vrai qu'il n'était pas physiquement présent à cette rencontre, confirma-t-il à contrecœur. Mais je crois hautement vraisemblable qu'il était au courant de… des intérêts malsains de son frère.

Arnault baissa les yeux sur Robert de Sautre, qui eut un mouvement de recul.

— Des artefacts païens, frère Robert ?

— Je n'ai jamais…

— Dis-moi ce que tu sais de ces artefacts, dit doucement Arnault d'une voix glaciale et menaçante.

Robert flancha visiblement.

— On m'a dit que c'étaient les reliques d'un ancien sorcier nommé Briochan, confessa-t-il nerveusement. Frère Brian et John s'en sont servis pour exécuter des rituels secrets — c'est John qui me l'a dit plus tard. Je n'y ai pas assisté personnellement ! bredouilla-t-il. En fait, il n'y a pas longtemps que John m'a informé de ces pratiques déplorables. J'en ai été atterré, mais mon vœu d'obéissance envers frère Brian m'a contraint au silence.

Il termina sur une pauvre tentative de sourire, qui ne convainquit personne de sa totale innocence. Mais rien ne pouvait être prouvé ; et connaissant le caractère du jeune de Sautre, Arnault se dit qu'il n'était pas homme à choisir une voie difficile de préférence à celle de la facilité. Sans John pour donner l'exemple, il y avait peu de chances qu'il se lance dans la pratique dangereuse de l'ancienne sorcellerie — pas avec la perspective d'avancement qui s'ouvrait devant lui, avec la mort des Maîtres des Temples écossais et anglais.

— J'entends que tu veilles à ce que ces rites païens

ne soient plus jamais pratiqués par aucun de nos frères, déclara Arnault.

Robert semblait sur le point de vomir quand il leva une tremblante main droite.

— Que Dieu m'en soit témoin, murmura-t-il. Il y a eu trop de malentendus dans le passé, frère Arnault. Il ne doit plus régner aucune inimitié entre nous. Tous deux, nous nous intéressons uniquement au bien de notre Ordre.

Arnault le scruta d'un regard pénétrant.

— J'espère que tu ne mens pas, soupira-t-il. L'avenir nous le dira. Et si tes actes confirment tes paroles, il se peut que personne ne t'implique jamais dans les méfaits de tes supérieurs.

La menace implicite de dénonciation n'échappa pas à Robert de Sautre.

— Je t'assure de ma totale coopération en tout ce qui concerne la cause de notre foi et le bien de l'Ordre, promit-il, regardant nerveusement vers ses frères qui s'apprêtaient à partir. Maintenant, avec ta permission, je dois aller soigner les blessés et enterrer les corps de mes frères égarés.

Torquil n'entendait pas lâcher si facilement le jeune de Sautre, mais il le libéra sur un signe d'Arnault. Avec de pieuses paroles de gratitude, il détala rejoindre ses frères. Les Templiers rassemblèrent leurs chevaux et leurs morts et s'éloignèrent, seul Flannan s'arrêtant pour saluer les deux frères qu'ils laissaient derrière eux.

— Dieu soit loué de l'à-propos de Flannan, dit Torquil. Mais quant à de Sautre, je n'ai pas plus confiance en lui qu'en son frère et en Jay.

— Le dénoncer ne ferait que nuire au Temple, répon dit Arnault. Et maintenant que Jay n'est plus, il n'est plus nécessaire de dissimuler notre identité. Ce schisme à l'intérieur de l'Ordre n'existe plus.

— Je crois qu'il faudrait partir maintenant, avant que

d'autres Anglais n'arrivent. Ayant sauvé Wallace une fois, je n'ai pas envie de recommencer aujourd'hui.

Les chevaliers écossais s'étaient regroupés, célébrant discrètement cette minuscule victoire en ce jour de défaite, échangeant des plaisanteries avec les derniers lanciers qu'ils avaient sauvés, et qui ne paraissaient pas leur en vouloir de leur défection. Wallace et Stuart étaient en profonde conversation, la main du Gardien sur l'épaule de Stuart — et au chagrin qu'exprimait le visage de ce dernier, il savait maintenant que son frère était mort sous les coups des chevaliers anglais.

Arnault se dirigea vers eux, convaincu qu'il devait les engager à monter à cheval, à s'éloigner d'ici, sachant que Jacques Stuart n'était pas le seul qui aurait à pleurer sur ce jour à Falkirk.

CHAPITRE 29

Se lever à l'aube et contempler le ciel, c'était observer la Création à l'œuvre, et c'est pourquoi Arnault s'était levé un peu avant l'aurore pour faire ses dévotions matinales. La naissance d'un nouveau jour était la promesse récurrente d'un nouveau commencement, dont avaient grand besoin les hommes campés dans les collines à l'ouest de Perth. Trois jours après Falkirk, les Ecossais continuaient à panser leurs blessures, méditant sur un avenir qui ne leur réservait que peu d'espoir.

Les restes dépenaillés de l'armée écossaise s'étaient rassemblés là, au nombre d'un millier à peine — assez malgré tout pour des raids de harcèlement, garantissant que les Anglais n'auraient pas le loisir de se prélasser au soleil de leur victoire, mais c'était une piètre consolation. Les autres soldats de Wallace étaient soit morts, soit dispersés, les survivants se terrant dans des cottages ou des fourrés, ou se traînant jusque chez eux pour oublier dans le sommeil le souvenir du carnage.

Lc bruit avait couru que les nobles écossais avaient interrompu leur fuite précipitée et s'étaient établis quelque part dans le Nord. Déjà John Comyn jouait les chefs patriotes, faisant des plans pour continuer la résistance, et mettant la défaite sur le compte de Wallace.

Selon eux, Comyn et ses amis avaient sauvé la cavalerie écossaise d'un affrontement désastreux et mal préparé et s'apprêtaient à assumer le fardeau du commandement dont ils se croyaient investis.

Non, les perspectives n'étaient pas brillantes ; et bien que la mort et prématurée de Wallace eût été évitée, du moins pour le moment, il n'était pas du tout certain que l'ultime bataille serait gagnée. Agenouillé devant la croix de son épée, face à l'est, Arnault sentait presque, au-delà de l'horizon visible, la présence de Jérusalem qui attirait son âme comme un aimant spirituel : le temple de Salomon, la colline du Calvaire et tous les autres lieux saints maintenant perdus pour la chrétienté. Beaucoup parlaient d'une nouvelle croisade, plus importante qu'aucune des précédentes, mais au fond de son cœur, Arnault savait — et l'avait su depuis sa vision de Chypre — que les Chevaliers du Temple étaient à présent des exilés, comme le peuple d'Israël, et devaient comme lui chercher leur Seigneur en des lieux nouveaux et inattendus.

Et l'Ecosse figurait parmi les plus improbables. Dans ce pays du Nord, sauvage et verdoyant, rien ne rappelait les plaines brûlées par le soleil et les rochers escarpés de la Palestine. Pourtant, Arnault croyait encore que lui et ses frères avaient été conduits ici pour s'y établir définitivement, dans un but divin encore secret. Là où la clarté de la vision faiblissait, il était indispensable que la foi éclaire le chemin. Ce pays n'était pas le sien, mais Arnault s'efforçait de partager la foi simple des soldats vaincus qu'il voyait autour de lui, pour la plupart encore endormis, leur sommeil hanté par la mort des camarades et des parents tombés au champ d'honneur, mais aussi par le rêve de la liberté.

Ses prières terminées, Arnault se signa et se releva, secouant ses jambes engourdies par la fraîcheur du matin avant de rengainer son épée. Normalement, il aurait confié sa lassitude morale à Torquil, mais, la veille, il avait envoyé son cadet à Luc de Brabant pour l'informer de la défaite écossaise — car *Le Cercle* devait tout savoir dès que possible, et surtout ces détails qui ne figureraient jamais dans un rapport officiel.

Bientôt, ils devraient tous deux retourner à Paris chercher d'autres instructions — et maintenant que les poursuites vindicatives de Brian de Jay avaient pris fin, ils pourraient de nouveau circuler sous l'habit de Templiers, mais pour le moment, il sentait que la lutte pour l'indépendance de l'Ecosse était arrivée à un point crucial, et qu'il devait être présent pour conseiller le Gardien en ces temps de crise. Comment, exactement, cela restait à voir, mais Arnault se contentait de se fier à son intuition, ce qui lui avait toujours réussi.

Il tourna les yeux vers le dernier endroit où il avait vu le Gardien avant de faire ses dévotions, puis partit lentement dans cette direction. Même dans la grisaille de l'aube, la haute silhouette de Wallace, appuyé sur un mur délabré à la limite du campement, tortillant un brin d'herbe entre ses doigts, était reconnaissable. Quelque chose dans la façon dont il se détachait sur le ciel soulignait son immense dignité et, en même temps, accentuait sa solitude, tel un chêne puissant dressé au milieu d'une campagne stérile.

Arnault ralentit en approchant, car Wallace contemplait le champ désert avec nostalgie, comme s'il voyait tout le pays qu'il aimait dans ce bout de terrain — moment qui n'invitait pas à l'intrusion. Mais avant qu'il ne décide s'il devait ou non revenir à un moment plus opportun, l'autre se retourna et l'accueillit d'un sourire las. Le Gardien n'avait pas dormi plus de quelques heures en près d'une semaine, mais étant depuis longtemps un hors-la-loi recherché, il était difficile de l'approcher par surprise.

— Tu t'es levé de bonne heure, Arnault, mais je

suppose que je peux dire frère Arnault maintenant, dit Wallace, jetant son brin d'herbe.

— Arnault conviendra aussi bien que la semaine dernière, répondit-il avec légèreté. Je suis sûr que tu as assez de sujets d'inquiétude sans te soucier d'une triviale question de titre. Quant à l'heure, je trouve que c'est le bon moment pour la prière.

— La prière, répéta Wallace. Ces temps-ci, je n'ai pas trouvé beaucoup de temps pour prier — trop peu, à dire vrai. Pourtant, un miracle serait le bienvenu à ce stade.

— Parfois, c'est la volonté de Dieu que nous provoquions nos propres miracles, dit Arnault. Et si le monde, tout brisé qu'il est, confond nos efforts, Dieu lui-même rachète nos échecs par la consolation de Sa grâce.

— Oui, vous avez connu votre part de défaites, vous autres Templiers, reconnut sombrement Wallace. Sinon, vous seriez encore tous en Terre sainte — pas ici, où l'ennemi a le même visage et la même foi que nous.

— Les hommes sont des hommes, où qu'ils soient, dit Arnault, mais quand ils se battent pour leur foi, le conflit est au moins honnête.

Wallace tira une pierre du mur délabré et la lança dans le champ, la regardant s'arquer en l'air et retomber dans un océan de hautes herbes, le visage solennel et méditatif, comme s'il cherchait dans sa chute un signe capable de le guider en cette heure de décision.

— Quand tes frères templiers m'ont poursuivi dans la forêt, j'ai lutté poussé par l'instinct de conservation, dit-il. Et toi et tes amis, vous avez été les bienvenus. Mais maintenant, je commence à me demander si je dois te remercier de m'avoir sauvé la vie. Il aurait peut-être mieux valu que je meure sur le champ de bataille, partageant l'honneur de ceux qui se sont battus jusqu'à la mort, et trouvant pour moi la paix qui m'a été refusée dans la vie.

— Parfois, le prix de la paix est trop élevé, lui rappela Arnault, ainsi que le roi John Balliol l'a découvert. Le genre de paix dont tu parles s'achète chèrement aussi, car son prix est le désespoir.

Wallace posa sur lui un regard sombre.

— C'est un péché de supprimer sa propre vie, je ne le sais que trop bien. Mais ce n'est pas déshonorant de souhaiter mourir au combat.

— Et si tu étais mort, qui resterait-il pour guider le peuple d'Ecosse ?

— Qu'ils se guident eux-mêmes, dit sèchement Wallace. D'ailleurs, c'est ce qu'ils devront faire maintenant, car je démissionne du poste de Gardien. Je ne sais plus ce qu'il y a à garder, ni pour qui.

Cet aveu prit Arnault au dépourvu. Pas étonnant que Wallace semblât si troublé.

— Démissionner d'un office si important après si peu de temps, tu n'y penses pas sérieusement ?

— A l'occasion, on m'a accusé de parler trop franchement, concéda Wallace, mais jamais d'être obscur. Je ne suis pas né pour de hauts offices, et je n'ai pas recherché celui-là. Encore récemment, j'étais un hors-la-loi qui se cachait dans les grottes et les forêts comme une bête sauvage, ma sécurité dépendant des gens du peuple. Il y a trois jours, j'ai confié mon destin aux nobles qui gouvernent, pour constater qu'ils ne se soucient pas de ce qui peut m'arriver. Très bien, qu'ils gardent ce pays pour eux, si c'est ce qu'ils désirent. C'est dans ce but qu'on les a élevés, après tout.

— Une bande de seigneurs querelleurs, ce n'est pas ce qu'il faut à l'Ecosse. Il lui faut un roi.

— J'ai donné toutes les fibres de mon être pour ce roi, dit Wallace avec véhémence. Je ne peux pas faire plus.

— Je ne parle pas de Balliol, dit Arnault. Le roi d'Ecosse n'est pas un roi qui se rend à ses ennemis et accepte une captivité confortable, comme Balliol. Le roi est un homme qui reste dans son royaume, jusqu'à la mort s'il le faut.

— Nous n'avons pas un tel roi.

— Au contraire, il me semble que nous en avons un, si seulement il veut bien l'admettre.

Wallace fronça les sourcils et détourna les yeux.

— Je n'ai jamais recherché la couronne, et la noblesse ne me la donnerait pas si je la revendiquais.

— La royauté est bien davantage qu'une couronne et un trône, dit Arnault. Tant que la Pierre du Destin subsiste, l'Ecosse a un roi, même s'il n'est pas reconnu comme tel — pas même par lui. Tu as servi la Pierre, et en retour tu as été marqué pour un singulier destin. Au fond de ton cœur, tu dois le savoir.

— Je ne sais rien de tel, dit Wallace. C'est très bien pour toi et tes frères de faire des sermons sur le destin et la royauté. Mais je suis confronté aux dures réalités de ma vie. J'ai perdu mon foyer, ma femme, ma famille, et maintenant, j'ai perdu plus qu'une bataille. J'ai perdu la promesse de victoire qui était mon seul atout pour persuader mes nobles alliés de me suivre, et d'amener leurs soldats soutenir la cause de la liberté de l'Ecosse.

Arnault ne l'interrompit pas car, il le savait, il était important pour lui de donner libre cours à ses griefs et à sa frustration, s'il devait finalement guérir.

— Le titre de Gardien est une imposture, poursuivit Wallace. Il justifie l'illusion que ce royaume conserve un vestige de souveraineté, séparé de l'Angleterre, mais qu'un autre que moi s'en empare et en fasse ce qu'il veut. Je partirai dans le Nord, aussi loin que possible, mener une vie obscure, jusqu'à ce que le nom de William Wallace soit oublié. Ou alors, j'irai en France et je combattrai pour un roi qui sera reconnaissant de m'avoir pour champion. A tout le moins, je mourrai peut-être sur un champ de bataille.

Se détournant du jour naissant, il pivota vers l'ouest, encore plongé dans l'obscurité, cachant son visage troublé dans l'ombre.

— Tu parles bien légèrement de ta mort, dit doucement Arnault, pourtant tu n'as pas perdu la vie pour la cause que tu affirmes aimer. Le Roi des Cieux a donné Sa vie pour toute l'humanité sans être reconnu comme roi, même par ses proches.

Wallace se retourna vers lui, furieux.

— Tes paroles frisent le blasphème, Templier, gronda-t-il. Je t'ai déjà dit que je ne recherche pas la couronne, et je te le répète !

— Les desseins divins nous imposent bien des choses que nous fuirions si nous suivions uniquement nos désirs terrestres de confort et de tranquillité, remarqua Arnault. Crois-tu que ce soit le hasard qui t'ait amené jusqu'à nous quand nous cherchions à sauver la Pierre de Colomba des mains du roi d'Angleterre ? C'est à ce moment, quand tu as été reconnu par le pouvoir de la Pierre, que ton destin a été scellé.

Wallace s'immobilisa, des émotions contradictoires passant fugitivement sur son visage franc et honnête.

— Comment peux-tu le savoir ? Moi, je ne le sais pas ! Et qu'est-ce que la Pierre pour toi ? Qui es-tu pour me parler ainsi ?

— Je suis un Chevalier du Temple, dit Arnault, et *mon* destin est de servir mon Ordre et la gloire de Dieu, jusqu'à mon dernier souffle.

« Le Temple aussi a sa destinée — qui est bien davantage que ces missions en Terre sainte. Et cette destinée plus haute est maintenant menacée par un grave danger, comme toute la chrétienté. L'affronter a conduit certains d'entre nous ici, en Ecosse, où nos tentatives pour le définir et y faire face ont été frustrées à plusieurs reprises — parfois même par nos propres frères, qui se sont abandonnés à la corruption.

« Tu en as vu certains à Falkirk — et envoyé l'un d'eux répondre de ses crimes devant le Dieu Tout-Puissant. Moi aussi. Mais ce ne sont pas les seuls que nous ayons à craindre, ou ceux que nous devons craindre le plus. D'autres, qui servent les ténèbres plus directement, revendiquent ces terres disputées, restaurant la sorcellerie païenne et s'efforçant de sortir les anciens dieux, avec leurs pratiques sanguinaires, des ténèbres où ils ont été jetés voilà des siècles.

Il fit une courte pause.

— Mais je t'en ai dit plus que tu n'en voulais entendre, ou que tu ne pouvais comprendre.

Wallace avait baissé les yeux, confus, mais il écoutait, cela ne faisait aucun doute.

— Ici, en Ecosse, l'équilibre est précaire, reprit Arnault. La lutte pour le trône déterminera bien davantage que le nom de telle ou telle famille qui régnera pour un temps. Elle décidera si cette nation chrétienne peut survivre — et avec elle, le grand dessein pour lequel l'Ordre du Temple fut fondé.

Après un court silence, Wallace prit enfin la parole.

— Parle-moi de la Pierre, frère Arnault, murmura-t-il d'une voix étranglée. Pour le reste, je ne sais pas quoi te dire, ajouta-t-il avec un geste de rejet. Mais la Pierre — j'ai senti une sorte d'affinité avec elle, une sorte de… d'appel. Mais je ne sais pas l'interpréter.

— Moi non plus, dit Arnault, ou du moins, je ne l'interprète que partiellement. Mais lorsque l'intuition ou la raison n'éclairent pas suffisamment, il faut solliciter les sages conseils de ceux qui savent. Ma propre quête m'a conduit à Iona et aux frères de Colomba. C'est là que j'en ai appris davantage sur les forces à l'œuvre ici, et où est mon devoir au milieu de cette guerre.

— Si tu sais cela, alors tu en sais plus que moi, dit Wallace.

Arnault hocha la tête.

— Je peux te dire ceci : la Pierre, que nous avons tous deux aidé à sauver, fut donnée par saint Colomba lui-même en signe visible du lien existant entre le roi et le pays. Ce lien existait de tout temps, mais à la lumière de la foi chrétienne, il est devenu plus éclatant. La force du roi donne de la force au pays, et vice versa ; et ce qui nuit à l'un, nuit à l'autre. Le pouvoir qui émane de ce lien — la souveraineté, si tu préfères — est préservé, concentré, contenu dans la Pierre du Destin ; et il confère au roi à la fois l'autorité et la puissance. Mais l'extinction de la lignée des Canmore a tranché ce lien entre le roi et le pays, et maintenant, la Pierre elle-même a perdu son pouvoir.

— Mais si le roi tire son pouvoir de la Pierre, dit lentement Wallace, et que la Pierre tire sa force du roi, que peu-on faire quand il *n'y a pas* de roi et que la Pierre a été rendue inerte ?

Se félicitant d'être parvenu à attirer l'attention du Gardien sur le remède plutôt que sur la cause, Arnault poursuivit en choisissant ses mots.

— Avant qu'un roi véritable puisse être investi, la Pierre doit retrouver sa force. Nous avons appris que cela peut se faire grâce à un homme exerçant les prérogatives d'un roi sans être couronné — un Roi Sans Couronne, si tu veux, ayant tous les attributs d'un roi sans revendiquer la couronne.

Wallace fronça les sourcils, l'air vaguement mal à l'aise.

— Avec tout ce que tu as vu, tout ce que tu as appris, veux-tu dire que je suis cet homme ?

— Exactement, dit Arnault avec douceur. Si je te disais que c'est saint Colomba lui-même qui me l'a appris au cours d'une vision à Iona, cela ne ferait que t'effrayer. Mais demande-toi ceci : quel homme a plus accompli pour l'Ecosse que toi, ou plus souffert pour elle en termes de pertes et de trahisons ?

Wallace regarda le Templier dans les yeux, déglutissant avec effort. Il avait l'air d'un homme préparé au pire, malgré lui.

— Tu as raison, murmura-t-il. *J'ai peur*.

Il fit une pause pour prendre une profonde inspiration.

— Eh bien, que veux-tu que je fasse ? reprit-il.

— Au risque, une fois de plus, de te paraître blasphémateur, je voudrais que tu marches sur les traces du Roi des Rois, qui a donné Sa vie pour Ses amis, répondit Arnault, n'osant l'avertir plus clairement de ce qui l'attendait. J'aimerais que tu acceptes ta destinée — et que tu ne t'abandonnes pas à la douceur du désespoir, quelles que soient les épreuves que te réserve la fortune. L'homme qui refuse la reddition ne peut pas être vaincu, et ne peut pas perdre son honneur. Accroche-toi à ces idées, que ce soit par la victoire ou par la mort, et tu parviendras à sauver ton pays — mais seulement si tu restes fidèle à ce but et refuses de l'abandonner, quoi qu'il arrive.

Wallace s'éloigna de quelques pas, se caressant pensivement la barbe, puis revint vers Arnault, branlant du chef.

— Tu en reviens toujours à ma destinée, dit-il. En ce qui te concerne, tu as fortifié ta foi avec l'ancienne sagesse, avec des conseils et des révélations que je n'ai pas. Je désire croire que mon action peut encore faire une différence, mais…

— Si tu acceptes, je crois qu'une partie de ce que j'ai vu pourrait être à toi, dit doucement Arnault.

Wallace s'arrêta net à cette proposition. Il regarda Arnault un long moment, sentant apparemment que le Templier lui offrait davantage que de belles paroles — peut-être plus qu'il ne voulait savoir, puis il hocha brièvement la tête.

— J'accepte.

Derrière eux, le camp commençait à s'éveiller. Personne ne viendrait sans doute les déranger, et ce pour un bon moment, d'autant moins qu'ils paraissaient en grande conversation. S'asseyant dos au mur, Arnault invita Wallace à l'imiter, puis sortit de sa tunique la pierre de divination que frère Ninian lui avait donnée. La détachant de son cordon, il en expliqua brièvement la nature à Wallace, qui eut l'air sceptique.

— Un *keekstane* ? remarqua le Gardien. Je croyais ces superstitions réservées aux vieilles femmes et aux enfants attardés. C'est à un talisman que nous devrions confier nos vies ?

— Nous nous confions à Dieu, dit Arnault, mais quelquefois Il nous guide sur des voies inattendues. Parfois, Il voudrait aussi que nous redevenions des enfants — car nous manifesterions mieux notre confiance en Sa Providence.

Ce disant, il sortit sa dague de son fourreau et la présenta à Wallace par la poignée. Faite d'un acier reforgé à partir d'une épée brisée au combat en Terre sainte, il la portait sur lui depuis la retraite de Saint-Jean-d'Acre, en souvenir de la raison pour laquelle ils se battaient. Mais son instinct l'avait toujours empêché de s'en servir pour un usage ordinaire, et ce fut seulement à cet instant qu'il comprit pourquoi.

— Fais une petite coupure dans ta paume, lui dit-il. Quand un peu de sang perlera, je te donnerai le *keekstane* à tenir.

— Quoi, un genre de sacrifice sanguinaire païen ? dit Wallace, hésitant.

— Pas du tout, répondit Arnault.

Toutefois, il était vrai que du sang devait maculer la dague et le *keekstane* pour prédire le destin auquel Wallace était appelé.

— Le *keekstane* possède des vertus permettant de servir de fenêtre entre le Visible et l'Invisible, et le sang sert de lien entre toi et ces vertus. Compare cela à la façon dont les reliques d'un saint établissent une connexion avec l'essence spirituelle du croyant — moyen instrumental de pénétrer le voile qui cache normalement l'avenir à nos yeux mortels.

Wallace plongea son regard dans celui d'Arnault, l'air inquiet, mais très résolu également.

— Très bien, dit-il enfin. Je t'ai déjà fait confiance en des circonstances plus graves. Je ne vais pas reculer maintenant.

Serrant fermement la dague dans sa main droite, il en posa la pointe dans sa paume gauche et, d'un coup vif, coupa la peau d'une largeur de doigt. Une petite flaque de sang de la taille d'une pièce de monnaie se forma lentement au creux de sa main, et quand Arnault eut rengainé sa dague, il posa le *keekstane* sur la blessure.

— Maintenant, ferme les yeux, ordonna-t-il, et visualise la Pierre telle qu'elle était la dernière fois que tu l'as vue. Fixe son image dans ton esprit… et demande dans ton cœur une vision de ta destinée.

Wallace obéit, cependant qu'Arnault fermait aussi les yeux, murmurant une courte prière.

Bienheureux Colomba, envoie-lui une vision claire…

Puis, touchant lui aussi le *keekstane*, il établit son propre lien mystique avec lui et projeta ses pensées en arrière vers les révélations qu'il avait déjà reçues sur la Pierre, demandant que cette vision soit partagée avec Wallace. Il sentit un picotement sous ses doigts, le *keekstane* qui tiédissait, puis, autrement que par l'œil de la mémoire, il vit la Pierre du Destin.

Et Wallace était avec lui, debout de l'autre côté de la Pierre, en proie à un respect émerveillé. Il semblait surpris, mais en même temps étrangement soumis, comme s'il sentait, peut-être pour la première fois depuis qu'il avait perdu son foyer et sa famille, qu'il avait trouvé sa place.

Les yeux baissés sur la Pierre, ils virent s'épanouir en son sein une lumière, faible mais stable, pleine à la fois de promesses et de périls. Un instant, Arnault eut l'impression de voir le visage de saint Colomba dans cette lumière, puis la lumière se réduisit à un point.

Un sentiment de malaise fulgura alors, comme en réaction à leur présence. L'obscurité s'épaissit derrière la Pierre, et un remugle d'algues et de terre humide les prit aux narines tandis que les murmures fantômes d'un chant païen résonnaient dans la pénombre. Arnault, frissonnant, sentit une entité malveillante planer, invisible, à la limite de leur conscience, et même Wallace flancha un peu.

Mais la lumière ne vacilla pas et Arnault vit que Wallace ne la quittait pas des yeux, tirant d'elle son courage en dépit de l'impression de danger imminent qui menaçait de faire intrusion. Alimentée par leur foi, la lumière s'épanouit et l'obscurité recula devant elle, comme l'odeur infecte et l'aura du mal incarné.

Le chant impie s'affaiblit, faisant place aux bruits d'un lointain combat. Le tumulte de la bataille s'enfla au milieu du tonnerre des sabots et du cliquetis des armes. Les hurlements des mourants se mêlèrent aux clameurs exultantes de victoire, tandis qu'Arnault et Wallace se voyaient envelopper d'un éclat radieux comme le soleil.

Des bannières flottaient partout — les drapeaux et les oriflammes d'Ecosse — et ils reconnurent les clameurs pour les acclamations d'un roi. Un trône prit forme dans la lumière, sur lequel était assis une silhouette couronnée dont ils ne distinguèrent pas le visage.

Puis les acclamations se turent, la lumière dorée faiblit, et la salle retomba dans une obscurité où ne brillait plus que lc point lumineux au cœur de la Pierre, plus petit que la flamme d'une chandelle, et qui pourtant recelait le seul espoir d'accomplissement de la vision du nouveau roi.

Près d'Arnault, Wallace avait refermé la main sur le *keekstane* et il secouait lentement la tête, les yeux toujours fermés.

— Je ne vois plus rien, murmura-t-il. Je veux voir autre chose ! Je veux voir !

Doucement, Arnault remit sa main sur celle de Wallace, l'exhortant mentalement au calme, réfléchissant au moyen de prolonger la vision — et il se rappela quelque chose qu'il avait appris à Iona.

— Je peux t'aider à voir plus loin, murmura-t-il. Garde les yeux fermés. D'abord, donne-moi le *keekstane*.

Il vit trembler les paupières de Wallace quand il prit la pierre dans sa main sanglante.

— Ferme le poing puis rouvre-le légèrement, de façon à former un tube de ta main gauche… parfait. Maintenant, souffle trois fois dans ce tube en invoquant la Trinité, mais en gaélique.

Wallace fronça les sourcils et ses lèvres s'ouvrirent comme pour protester, puis il prit une profonde inspiration et, portant son poing à ses lèvres, souffla trois fois dans le tube.

— *In ainm an Athar… agus an Mhic… agus an Spioraid Naoimh…*

— Maintenant… tourne la tête vers l'est, dit doucement Arnault, applique le tube contre ton œil gauche, regarde le soleil à travers… et tu verras…

Wallace obéit en tremblant, clignant des yeux sur la lumière — et comme Arnault fermait de nouveau les yeux, il fut de retour au même endroit que tout à l'heure, devant la Pierre. Wallace était encore là, mais agenouillé devant la Pierre pour poser sur elle sa main sanglante.

A ce contact, une nouvelle lumière jaillit derrière des

rideaux de gaze voilant une porte étroite. Cette invitation s'adressait uniquement à Wallace, la brise qui les gonflait était fraîche et odorante. Sous les yeux émerveillés d'Arnault, Wallace se tourna vers la porte et se leva lentement, à l'évidence hésitant mais soumis, et il se mit à marcher vers elle. Une partie d'Arnault aurait voulu avertir Wallace, mais une autre part de son être savait que c'était dans ce but qu'il avait amené le Gardien d'Ecosse en ce lieu entre les mondes — car c'était seulement là qu'il pourrait apprendre ce qu'on lui demandait, et soit accepter, soit refuser ce qui lui était prédestiné.

Wallace disparut par la porte dans la lumière, et un silence total enveloppa Arnault, éteignant les bruits domestiques croissants du camp tout proche. Son impression d'isolement devint si forte qu'il fut tenté de suivre Wallace, pour affronter ce qui le possédait, même si, ce faisant, il trahissait son devoir et son serment. Mais avant qu'il ait pu prendre cette décision, au cœur de la Pierre du Destin, la lumière s'embrasa tel un feu de joie qui s'allume, et la salle sombre disparut, comme de la boue sur une vitre lavée par un torrent de pluie purifiante.

Brusquement, Arnault se retrouva à la lisière du champ, Wallace toujours près de lui. Le soleil était tout à fait levé et éclairait le visage livide de Wallace. Arnault ne savait pas s'il devait lui demander ce qu'il avait vu.

Wallace s'humecta les lèvres, et ouvrit et ferma sa main, le sang maintenant presque sec, et il prit une profonde inspiration pour retrouver son équilibre dans le monde du Visible.

— La volonté de Dieu peut nous demander beaucoup, c'est vrai, dit-il, hochant lentement la tête d'un air absent. Je ferai ce que je dois, je le comprends maintenant, mais je ne sais pas si je pourrai le supporter comme je devrais.

Arnault, lui aussi, avait aperçu une partie de ce qu'il devrait supporter, et son regard rencontra les yeux hantés de Wallace avec une compassion aussi profonde qu'inconditionnelle.

— Quoi qui t'attende, promit-il, je jure que tu ne porteras pas ton fardeau tout seul, tant que je vivrai.

Wallace regarda simplement sa main, de nouveau l'ouvrit et la referma avant de se pencher pour l'essuyer sur une touffe d'herbe humide.

— Je ne crois pas que tu saches ce que tu promets, mon ami, murmura-t-il en se relevant. Je crois que tu l'ignores totalement.

QUATRIÈME PARTIE

CHAPITRE 30

Les six années qui suivirent la défaite de Falkirk furent dures pour l'Ecosse. Wallace en passa l'essentiel sur le Continent, à chercher des appuis, mais sans grand succès, et finit par revenir dans son pays. Les patriotes écossais, sous une succession de Gardiens ou d'associations de Gardiens ayant succédé à Wallace, firent périodiquement des tentatives pour réaffirmer l'indépendance du royaume, mais Edouard d'Angleterre poursuivit sa campagne implacable pour imposer la souveraineté anglaise au pays ; de sorte qu'à la mi-juin 1304, presque tous les chefs écossais notables avaient, bien qu'à contrecœur, prêté allégeance au roi anglais.

A part quelques poches de résistance, seuls Wallace lui-même, le seigneur John de Soules, le plus récent Gardien, maintenant en exil en France, et la garnison du château de Stirling, sous le commandement du jeune seigneur William Oliphant, avaient refusé de capituler. Wallace se cachait dans le Nord, et le château de Stirling, assiégé par Edouard lui-même, avait peu de chances de tenir un ou deux mois de plus.

Arnault et Torquil étaient revenus en Ecosse à peu près au moment où Edouard mettait le siège devant

Stirling, de nouveau se déplaçant librement sous l'habit de Templiers, munis d'ordres, comme à Berwick huit ans plus tôt, obligeant le Maître du Temple anglais à s'éloigner d'Edouard. Le Maître actuel, un certain William de la More, n'avait pas été corrompu par son prédécesseur, et était considéré comme pieux et honnête en même temps que compétent ; il ne faisait que suivre la politique de toujours de l'Ordre en conseillant le roi dans le domaine de la stratégie militaire — comme Brian de Jay l'avait fait avant lui — mais, pour l'heure, *Le Cercle* avait trouvé préférable de réduire cet avantage potentiel pour les Anglais en envoyant ledit frère William faire son rapport au Grand Maître, à Chypre, comme ils l'avaient fait pour Jay huit ans plus tôt.

Frère William avait reçu ses ordres de bonne grâce, ignorant tout des deux frères qui les lui avaient apportés, si ce n'est qu'ils venaient de par l'autorité du Visiteur de France. Edouard avait donné un sauf-conduit à frère William, l'autorisant à embarquer à Douvres, muni d'une lettre pour le Grand Maître, louant les services qu'il rendait à la couronne et priant qu'on le renvoie aussi vite que possible. Mais frère William ne reviendrait pas de Chypre avant le milieu de l'hiver, au plus tôt, et d'ici là, Arnault et Torquil auraient pu prudemment mettre en place la phase suivante du plan du *Cercle*, sans crainte d'interférences de leur supérieur anglais.

La lente évolution et l'établissement de ce plan avaient été accompagnés de nombreuses difficultés au cours des six ans écoulés depuis Falkirk. Tous deux étaient revenus plusieurs fois en Ecosse pendant cette période, pour prendre le pouls des événements, mais eux et *Le Cercle* avaient su également que le temps de Wallace en qualité de Roi Sans Couronne devait suivre son cours ; et Wallace lui-même avait passé bien des mois en France, plaidant la cause écossaise auprès du roi et du pape.

Quant aux Comyn, la mort de Brian de Jay et de John de Sautre à Falkirk avait empêché d'en apprendre plus sur le coffret d'ivoire que Torquil les avait vus donner à ces derniers, et comme, au cours des années suivantes, les Comyn ne semblèrent pas en tirer des avantages scandaleux qu'on aurait pu attribuer à la pratique de la sorcellerie, on cessa de faire des hypothèses en attendant plus ample information.

Cependant, les fortunes de l'Ordre dans son ensemble exigeaient examen et considération approfondis, car la France lui devenait, presque journellement, moins hospitalière. En 1303, mettant fin à une longue lutte pour le pouvoir entre le roi et le pape, l'agent du roi, Guillaume de Nogaret, avait réussi à faire déposer le malheureux Boniface VIII, alléguant une inconduite de nature hérétique et blasphématoire. Emprisonné peu après, Boniface était bientôt mort dans des circonstances bizarres, s'étant fracassé le crâne contre le mur de sa cellule. Certains prétendaient que d'autres mains que les siennes avaient guidé sa tête contre le mur. Comme l'Ordre dépendait directement du pontife de Rome, qui était son protecteur, il fallait considérer toute attaque contre la papauté comme un danger potentiel pour l'Ordre. Le roi de France avait suffisamment confiance dans le Temple pour avoir basé certaines fonctions du Trésor français au Temple de Paris, mais en des temps si troublés, aucun roi n'était totalement fiable.

Même en des domaines ne concernant pas directement l'Ordre, Philippe IV se révélait rien moins que digne de confiance. Bien qu'il ait été, au début, partisan de la restauration de John Balliol — car des problèmes en Ecosse ne pouvaient que gêner Edouard dans la poursuite de ses guerres continentales —, ce soutien s'était terminé quand Philippe et Edouard avaient signé conjointement le traité de Courtrai en 1302. Il semblait maintenant qu'une nouvelle urgence allait s'ajouter à la course contre le temps de l'Ordre : déterminer si le Temple pouvait fonder son nouveau foyer spirituel, ancré dans l'érection mystique du Cinquième Temple, avant que les ennemis de l'Ordre en France ne l'expulsent de son foyer matériel, maintenant largement implanté au Temple de Paris.

Toutes ces considérations étaient bien connues des frères Arnault de Saint-Clair et Torquil Lennox qui, pour l'heure, dans le crépuscule et le crachin de ce 11 juin, traversaient avec précaution le terrain bourbeux et salifère de la plaine alluviale de Stirling, périodiquement inondée par le reflux de la marée remontant les méandres de la Forth. Le château de Stirling assiégé était à moins de deux miles, encerclé par l'armée d'Edouard, et pilonné par ses puissants engins de siège, dont son nouveau joujou, le Loup de Guerre.

Pourtant ils ne rejoignaient pas les lignes anglaises, mais l'abbaye de Cambuskenneth ; et le roi anglais aurait considéré comme une insulte grave toute rencontre secrète avec l'homme qui les avait convoqués.

Ils avaient fait la connaissance de William Lamberton, le dynamique et compétent évêque de Saint-André, quand il n'était encore que chancelier de Wishart de Glasgow, à l'époque exaltante où Wallace faisait irruption sur la scène politique. Même alors, le jeune Lamberton était déjà chaud partisan de la cause patriotique et avait manifesté une vive intelligence, une remarquable capacité d'adaptation aux circonstances et une grande ferveur pour le retour aux préceptes de la monarchie celte qui avaient guidé les rois Canmore. Après la victoire de Stirling Bridge, alors que l'influence de Wallace atteignait son point culminant, il n'avait pas été difficile de persuader le nouveau Gardien que Lamberton serait un digne successeur à l'évêque William Fraser, l'un des plus anciens avocats de la cause écossaise, récemment décédé en France.

Au cours des années suivantes, l'évêque Lamberton s'était révélé un champion infatigable des libertés écossaises, s'exposant au danger des navires de guerre anglais pour aller plusieurs fois à Paris et à Rome plaider la cause de l'Ecosse, servant dans diverses associations de Gardiens avec des hommes comme John Comyn, Ingram d'Umfraville, le jeune Robert Bruce et le seigneur John de Soules, sans jamais agir trop ouvertement, ce qui aurait permis à Edouard de le destituer. Car Lamberton avait un instinct infaillible pour savoir jusqu'où il pouvait aller trop loin avec le roi anglais, sans perdre son intégrité et son influence dans les affaires de l'Ecosse.

De plus, ainsi qu'Arnault et Torquil l'avaient découvert, il avait une affinité plus que politique pour le passé celte de l'Ecosse, et connaissait beaucoup de principes de la spiritualité des frères de Colomba, telle qu'on la pratiquait à Iona ; et même s'ils ne lui avaient pas parlé de tous les aspects de leur mission, Lamberton semblait sentir qu'ils étaient plus importants qu'ils ne le paraissaient, et acceptait apparemment qu'au moment opportun ils lui révéleraient ce qu'il avait besoin de savoir. Il savait qu'avec l'aide de Wallace, ils avaient fait disparaître la Pierre du Destin, mais — à sa propre demande — il ignorait où elle était cachée ; et il était devenu un allié convaincu au sein de la hiérarchie ecclésiastique écossaise.

En attendant, il continuait à travailler en vue de leur but commun, à sa façon, avec tact et sensibilité, sans jamais perdre de vue la restauration éventuelle de l'indépendance de l'Ecosse. Comme presque tout le monde, l'évêque de Saint-André avait conclu une paix de façade avec Edouard, plutôt que d'affronter la prison ou l'exil, mais Arnault savait que son amour de son pays restait intact et que sa soif de liberté n'avait pas été étanchée.

— Rien que le fait de venir ici est dangereux pour lui, dit Arnault à Torquil, arrêtant son cheval devant le dernier rideau d'arbres précédant la prairie qui s'étendait entre eux et les grilles de l'abbaye. Il aurait pu nous rencontrer dans bien d'autres endroits, plus éloignés d'Edouard et de son armée.

Torquil leva les yeux vers la sombre silhouette du château perché en haut de sa falaise, puis reporta son attention sur l'abbaye, où quelques torches commençaient à s'allumer près de la porte.

— Ça n'a pas l'air bien dangereux, remarqua-t-il. As-tu idée de ce qu'il nous veut ?

— Pas la moindre, répondit Arnault. Aussi, rien d'autre à faire que d'aller le lui demander.

Capuchons rabattus sur la tête pour se protéger du crachin, ils couvrirent les dernières centaines de mètres les séparant de l'abbaye. Le portier ouvrit les grilles toutes grandes à leur approche. A l'intérieur, un frère encapuchonné attendait pour emmener leurs chevaux à l'écurie, située hors de vue, et deux autres étaient debout sous le porche de l'église abbatiale — deux Augustiniens en robes noires. Ils s'inclinèrent devant les Templiers qui approchaient dans leurs capes blanches distinctives. L'un s'effaça devant eux avec déférence, tandis que l'autre ouvrait un battant de la double porte. Arnault et Torquil les saluèrent en passant, avant d'entrer dans la pénombre éclairée par des cierges.

Une silhouette en noir, capuchon rabattu, priait devant le grand autel. Tandis que les Templiers s'avançaient, leurs éperons résonnant sur les dalles, l'homme se releva, se signa, et rabattit son capuchon en arrière, révélant sa tonsure et des cheveux noirs grisonnant à peine aux tempes : William Lamberton, maintenant évêque depuis six ans, mais âgé seulement de quarante et un ans, près d'une décennie plus jeune qu'Arnault. Sous son manteau de voyage, il portait le simple habit noir de Bénédictin, signe certain que ce rendez-vous était aussi secret qu'Arnault avait été amené à le croire. Il y avait une honnêteté engageante dans son sourire, et une autorité dans son allure que tout homme pouvait admirer, mais les deux Templiers savaient que Lamberton avait un don peu commun pour modifier ses manières et se faire passer pour le plus banal et modeste des hommes, sans aucun indice de la menace qu'il représentait pour les plans de domination d'Edouard.

— Merci d'être venus, mes frères, dit-il tout bas, pour ne pas éveiller d'échos autour d'eux. Vous n'avez pas eu de problèmes pour obtenir vos autorisations ?

Arnault se permit un sourire.

— Vous ne savez peut-être pas que le Maître d'Angleterre a été éloigné d'Edouard à un moment où sa présence aurait pu être gênante. En conséquence, nous avons pu nous déplacer librement pour nos affaires.

— J'aimerais pouvoir en dire autant, dit Lamberton avec un sourire de regret. Mon ami le roi me fait toujours surveiller, et j'ai eu du mal à m'éclipser. Je suis comme un novice qui doit prouver sa valeur avant d'être autorisé à agir sans supervision.

— D'après ce qu'on dit, il est dangereux d'encourir la colère d'Edouard ces temps-ci, dit Torquil.

— En vieillissant, certains hommes croissent en sagesse, remarqua l'évêque. Mais d'autres croissent en amertume — dont le fruit est trop souvent une cruauté irraisonnée, d'autant plus effrénée qu'elle est unie au pouvoir.

— Pourtant, Edouard a maintenant presque tout ce qu'il désire, dit Arnault. Il n'a plus guère de raisons de donner libre cours à sa rage.

Lamberton se permit un haussement d'épaules accompagné d'un sourire amer.

— Etant donné les redditions et les soumissions en masse de l'année dernière, il y a peu de candidats à sa vengeance. En conséquence, ceux qui restent doivent souffrir doublement — et le jeune Oliphant en fait malheureusement partie. Coincé dans le château de Stirling, avec seulement quelques vingtaines d'hommes, il est devenu la cible de la frustration longtemps contenue du roi.

— C'est ce qu'on nous a donné à entendre, dit Torquil. Il paraît qu'Oliphant voulait contacter John de Soules en France, pour savoir si le Gardien autoriserait sa reddition. On dit qu'il ne pense pas avoir l'autorité nécessaire pour se rendre, car c'est le Gardien qui lui a donné Sterling à défendre pour la couronne et la communauté écossaises.

Lamberton leva une main baguée en un geste de dénégation impatientée.

— Ce fut refusé. La patience d'Edouard est à bout. Il n'a plus intérêt à négocier une reddition, quelque favorables qu'en soient pour lui les termes. Puisque la rumeur prétend que c'est la dernière bataille de la guerre, il a décidé de se servir de l'honorable résistance du jeune Oliphant comme prétexte à essayer ses nouveaux engins de siège. Vous avez peut-être constaté certains résultats du travail de ces dernières semaines. Les défenseurs ne pourront plus tenir très longtemps, j'en ai peur, et que Dieu leur vienne en aide quand viendra la reddition, qui est inévitable.

— La guerre, c'est toujours brutal, dit Arnault. Mais Edouard n'a sans doute pas l'intention de leur imposer un châtiment au-delà des rigueurs du siège. Les lois de la chevalerie continuent à s'appliquer.

— Vous n'avez peut-être pas rendu visite au camp anglais comme moi, dit Lamberton avec un rictus. Vous étiez tous les deux à Berwick. La sauvagerie du roi a répandu la peur parmi ses propres troupes, et ce siège se terminera sans doute par un massacre, à moins que certains esprits plus rassis de son entourage ne parviennent à le modérer.

— Si vous nous avez mandés ici pour éviter un carnage, vous serez déçu, j'en ai peur, dit Torquil. Une certaine modération est le mieux que nous puissions espérer de la part d'Edouard, mais, venant de nous, tout appel à la miséricorde aura peu de poids.

L'évêque se tourna vers la croix, le visage immobile et tendu dans la pénombre.

— Dieu me pardonne si je vous dis que ce n'est pas le sort du château et de sa garnison qui m'inquiète, quoique je prie pour que le pire soit évité. Ce qui me tourmente, c'est ce qui, après ça, arrivera à l'Ecosse — à savoir si ce sera notre défaite finale et irrévocable, ou si quelque chose pourra être sauvé, même si ce n'est que la flamme fragile d'une unique chandelle pour rallumer le feu de la liberté.

— Il existe une étincelle qui brille encore, même si ce n'est que faiblement, dit Arnault.

Lamberton se tourna vers lui, comprenant qu'il faisait allusion à la Pierre du Destin et à la façon dont elle se rattachait à la situation présente. Le roi Edouard en était venu à douter de l'authenticité de la Pierre rapportée à Westminster, et ce fait contribuait sans doute à sa rage vengeresse contre tout ce qui restait de rebelles en Ecosse.

A peine quelques mois après la bataille de Falkirk, il avait envoyé une bande de chevaliers à Scone, avec ordre de dépouiller l'abbaye dc tous les trésors qui lui restaient encore. Ils n'avaient pas trouvé trace de la vraie Pierre, naturellement. Mais l'année suivante, quand Lamberton était revenu de Rome où il s'était rendu pour sa consécration — et où il avait passé son temps à recruter des soutiens pour la cause écossaise —, Arnault et Torquil avaient engagé le nouvel évêque au service de la Pierre, sans toutefois lui parler de son lien mystique avec Wallace.

Maintenant, à l'évidence, Lamberton comprenait ce que voulait dire Arnault concernant le symbolisme de la Pierre, mais il secoua imperceptiblement la tête.

— Ce qu'il nous faut, ce n'est pas un symbole de la royauté, mais un homme que nous pourrons couronner dessus.

Ses paroles les surprirent un peu, car Lamberton avait été longtemps l'un des plus fidèles alliés de Wallace, et un partisan convaincu de John Balliol.

— John Balliol a été couronné sur cette Pierre, dit lentement Arnault. Est-ce à dire que vous avez abandonné sa cause ?

— Avec quelque remords, oui, reconnut l'évêque, détournant les yeux en soupirant. Balliol étant un roi absent, nous en sommes arrivés à la soumission et à l'humiliation. Et Balliol est maintenant en exil en France depuis cinq ans, trop veule pour reprendre son trône, et il dit qu'il ne reviendra jamais. Si nous ne parvenons pas à trouver un souverain convenable, alors nous ferions peut-être bien d'accepter Edouard comme suzerain et de mettre fin à toute l'histoire.

— Ce n'est sûrement pas ce que vous proposez ? balbutia Torquil, atterré.

L'évêque le rassura du geste.

— Ne craignez rien, frère Torquil, je n'en suis pas encore là, dit-il. Oh, je plierai le genou devant Edouard pour le moment, comme je l'ai déjà fait, puisque c'est une stratégie nécessaire pour gagner du temps. Mais nous ne pourrons jamais rendre coup pour coup, n'est-ce pas, si tous nos chefs sont morts, emprisonnés, ou exilés en France ?

— Et Wallace ? demanda Arnault. Lui en avez-vous parlé ?

Lamberton poussa un profond soupir.

— Je dois mon siège épiscopal à Wallace, et il n'est pas d'homme plus noble dans toute l'Ecosse, ni qui aime davantage son pays. Pourtant, nous en sommes arrivés au point où ses meilleures qualités travaillent contre lui — et l'Ecosse.

— Comment cela ? s'étonna Torquil.

Lamberton, à l'évidence mal à l'aise de discuter de cette question, tripotait son crucifix en parlant.

— Il n'abandonnera jamais Balliol, quoi qu'il arrive. Pour lui, c'est une simple question d'honneur : Balliol a été légitimement couronné roi, et il le restera jusqu'à la mort. Wallace ne peut pas renoncer à ce principe, ni feindre l'obéissance envers Edouard — pas même pour gagner le temps qu'il nous faut pour reconstituer nos forces.

— Il n'a aucune merci à attendre d'Edouard, même s'il se soumettait, remarqua Arnault. Edouard a annoncé officiellement qu'il n'y aurait aucune paix possible avec Wallace, à moins qu'il ne se rende sans condition, à sa *volonté*, non à sa merci ou à sa grâce.

— Il aurait meilleur compte à mettre sa tête dans la gueule d'un lion affamé, grommela Torquil.

— Exactement, acquiesça Lamberton. Il n'y a aucune sécurité possible ici pour Wallace, et il ne quittera plus le pays, quel que soit le danger. John de Soules et certains de nos chefs — Stuart, d'Umfraville — n'obtiendront pas de sauf-conduit pour retourner en France jusqu'à ce que Wallace se rende et, pire que tout, Edouard a personnellement chargé certains comtes et barons de le capturer.

— Sûrement qu'aucun ne se lancera dans une telle entreprise, dit Torquil, écœuré.

Lamberton haussa les épaules.

— Ils le doivent, pour éviter la saisie de leurs terres — et qui peut les en blâmer ? De plus, certains disent que c'est Wallace qui a attiré sur nous le courroux d'Edouard, et que s'ils le lui livrent, Edouard nous laissera tranquilles.

— S'ils le croient vraiment, ils se font des illusions, déclara Arnault.

— Les hommes qui ont trop à cœur leurs intérêts matériels sont souvent leurs propres dupes, dit Lamberton. Toutefois, la morale de tout cela, c'est que nous devons avoir un chef, et que nous devons avoir un roi. Et par-dessus tout, ils devront être un seul et même homme, non pas un Gardien aux abois d'un côté, et un roi absent et impuissant de l'autre.

Le désarroi de l'évêque prouvait à quel point il lui était pénible de parler ainsi d'un homme qu'il admirait et auquel il devait tant. Arnault vit qu'il n'y avait rien à gagner à le dissuader, sachant que, comme toujours, Lamberton ne pensait qu'aux intérêts de l'Ecosse.

— Quelle est donc la solution que vous envisagez ? demanda-t-il.

— Il nous faut un nouveau candidat au trône, répondit Lamberton, un candidat qui pourra faire ce dont Balliol a toujours été incapable, et qui, contrairement à Wallace, pourra revendiquer légitimement la couronne. Un seul homme remplit ces conditions. Comyn a des vues sur le trône, mais il est souillé par des pratiques mauvaises auxquelles je peux à peine penser sans avoir la chair de poule. Il a fait échouer tous nos efforts quand il a été Gardien associé, et il sera la ruine de l'Ecosse s'il en a l'occasion.

— C'est donc de Bruce que vous parlez, dit Torquil avec calme, mais quelque chose dans le ton retint l'attention de l'évêque.

— C'est plus qu'une supposition intelligente de votre part, dit-il.

La main de Torquil s'était posée sur la poignée de l'épée que Bruce lui avait donnée, et il consulta du regard Arnault, qui, de la tête, lui fit signe de continuer.

— C'est donc l'aîné des héritiers Bruce, puisque son père est mort voilà deux mois, dit Torquil.

— Et ?

Torquil expira lentement, sans quitter l'évêque des yeux.

— Quand j'ai rencontré Bruce, il y a quelques années, à la veille même de la bataille de Falkirk, j'ai vu un signe qui le destinait à être roi. Ce n'était peut-être qu'une illusion d'optique, mais plus j'y pense, plus je crois que c'était un présage.

— Dieu veuille qu'il en soit ainsi ! murmura Lamberton.

— Même si c'est le cas, reprit Torquil, ça me gêne que Bruce ait prêté allégeance à Edouard il y a deux ans, et qu'il l'ait servi depuis.

— Cela lui a valu une épouse et la promesse d'alliés futurs en Irlande, dit Lamberton. Et en cela, il a accompli plus que nous autres, bien qu'il l'ait fait plus tôt. Peut-être a-t-il réalisé avant nous la futilité de continuer à combattre pour la cause perdue de Balliol.

— Vous croyez donc qu'il attendait l'occasion, le bon moment pour passer à l'action ? demanda Arnault.

— C'est ainsi que j'ai interprété son attitude, dit l'évêque. La mort de son père n'était qu'une question de temps, après quoi il aurait la voie libre. J'en suis venu à croire que si nous devons retrouver la victoire et la liberté, il nous faut une vision nouvelle de l'avenir. J'espère que Bruce sera capable de nous la donner — et aujourd'hui, j'ai l'intention de lui poser la question.

Il répondit d'un sourire ironique aux regards interrogateurs des Templiers.

— Je l'ai invité à une rencontre secrète, pour déterminer si oui ou non notre espoir d'avenir est solidement fondé.

— Vous avez l'intention de lui parler de la couronne alors qu'il est toujours au service d'Edouard ? demanda Arnault avec circonspection.

— Moi aussi je suis au service d'Edouard, lui fit remarquer l'évêque, haussant un sourcil cocasse. Je devrais chercher beaucoup pour trouver plus d'une poignée d'hommes qui n'y sont pas. Ce que je désire, c'est un remède à cette situation.

— Pourquoi nous avez-vous demandé de venir ? demanda Torquil.

— Comme vous l'avez compris rapidement, la situation est délicate et difficile, reconnut Lamberton. J'ai jugé bon d'avoir des témoins neutres, mais sympathisants de notre cause, pour sceller l'arrangement, quel qu'il soit, que je pourrai conclure avec Bruce. Il y a aussi la question de la Pierre du Destin. Bien que j'aie toute confiance en l'abbé Henry, je n'ai que sa parole pour m'assurer que la Pierre volée par Edouard n'est qu'un substitut. Vous, par contre, qui étiez témoins, pouvez confirmer que la vraie Pierre est en lieu sûr, attendant qu'un roi soit couronné sur elle et revendique son antique autorité.

Les deux Templiers se consultèrent du regard. Balliol abandonné, Bruce devenait effectivement le seul candidat possible — et c'était un bon candidat, s'il pouvait mettre les intérêts de l'Ecosse au-dessus de l'ascension de sa puissante famille. Pourtant, même si *Le Cercle* avait discuté de sa candidature, ils ne pensaient pas que Lamberton l'approuverait si tôt. Ils étaient venus, s'attendant à moitié à discuter un plan concernant la sécurité de la Pierre, au cas où Edouard deviendrait enfin roi des Ecossais. Mais au lieu de cela, l'évêque faisait preuve d'une imagination et d'une volonté de nature à ranimer la fortune de la nation.

— C'est un pas audacieux que vous faites là, dit enfin Arnault. Mais peut-être la prudence n'est-elle plus de mise. J'avoue avoir fait certaines… expériences présageant la venue d'un roi qui pourrait répondre à vos attentes ; mais je n'ai pas vu son visage et je ne peux pas lui donner un nom. Si vous avez jugé Bruce correctement, il se peut que vous ayez vu dans l'avenir. En tout cas, nous ferons tout notre possible pour seconder votre plan, s'il se trouve justifié.

Avant que Lamberton ait eu le temps de répondre, la porte s'ouvrit en grinçant et un moine fit signe à l'évêque.

— Bruce est arrivé, dit Lamberton. Il me faut quelques minutes d'entretien particulier avec lui avant que je fasse appel à vous. Je vais vous demander de vous retirer dans une chapelle latérale, où vous serez cachés à sa vue, mais d'où vous pourrez nous entendre.

Ils acquiescèrent de la tête, et firent ce qu'on leur demandait. Quelques instants plus tard, la grande porte s'ouvrit pour livrer passage à Robert Bruce.

Ayant atteint la trentaine — donc un peu plus jeune que Torquil —, le comte de Carrick était maintenant un homme fait, vêtu simplement et arrivant sans escorte, épée et dague à la ceinture, et sans doute en cotte de mailles sous sa robe, mais sans rien de menaçant dans son attitude. Avançant dans l'allée centrale sans manifester non plus de déférence pour l'homme qu'il venait voir ni pour le lieu saint où ils se trouvaient. En dépit de cette impudence, son visage exprimait autant la curiosité que l'irritation.

— J'espère que vous êtes conscient du risque que j'ai pris en acceptant une rencontre secrète, Seigneur évêque, alors qu'Edouard est à quelques miles de nous et de fort mauvaise humeur, dit-il.

— Le risque fait maintenant autant partie de notre vie que la respiration, dit l'évêque. Sans prendre de risques, nous ne pouvons rien faire, à moins de vivre comme les créatures de la mer, muettes et ballottées par les marées.

— Votre langue est aussi habile que jamais, mais je ne suis pas venu pour admirer votre éloquence, dit Bruce.

— Alors, pourquoi êtes-vous là ? contra Lamberton.

— C'est à vous de me le dire, puisque c'est vous qui m'avez lancé cette invitation énigmatique.

— Vous n'y auriez pas répondu si vous n'aviez pas eu une idée de mon propos, Robert Bruce. Mon but ne concorde peut-être pas exactement avec le vôtre, mais ils coïncident dans une mesure qu'on ne peut ignorer.

— De quel but parlez-vous ? demanda Bruce, sur la défensive.

— La royauté, répondit Lamberton sans ambages.

L'expression de Bruce se figea, et il regarda l'évêque dans un silence glacial.

— Vous répugnez autant à le nier qu'à le confirmer, dit Lamberton. Mais les désirs du cœur ne peuvent pas rester cachés éternellement, sous peine de se flétrir et de se réduire à rien qu'au rêve amer d'un vieillard qui passe ses dernières années à maudire son manque de courage.

Bruce se hérissa à cette déclaration audacieuse.

— Je ne manque pas de courage, je peux vous l'assurer !

— Alors, resterez-vous toujours au service d'Edouard ? demanda Lamberton.

— Peut-être aussi longtemps que vous ! répondit Bruce avec emportement.

Lamberton leva la main en un geste d'apaisement.

— Du calme, seigneur. Je ne vous ai pas demandé de venir pour me quereller avec vous. Votre père mort, vous êtes maintenant un candidat légitime au trône. Tout espoir est désormais perdu de voir Balliol agir en roi, de sorte qu'il est temps de chercher ailleurs. Etes-vous d'accord sur ce point ?

— Du fond du cœur, répondit Bruce. Mais voulez-vous que je déclare mes intentions, alors que notre suzerain est de l'autre côté de la rivière, s'apprêtant à brûler vifs les hommes de la garnison pour beaucoup moins que ça ?

— Voilà assez longtemps que vous cachez vos intentions, dit Lamberton d'une voix égale. Ne laissez pas votre prudence excessive causer votre perte.

— Il n'y a pas de honte à agir avec prudence et sagesse, dit Bruce. Si j'avais adopté l'intransigeance de Wallace, j'aurais perdu mes terres, mes titres et ma famille, pour devenir un fugitif courant de grotte en grotte, fuyant les hommes d'Edouard et les miens. On ne devient pas roi à partir d'une position de faiblesse, mais d'une position de force.

Lamberton haussa un sourcil.

— Est-ce vraiment ce que vous pensez ? Balliol n'a-t-il pas commencé par être en position de force ? Il était roi, par la volonté du roi d'Angleterre et l'assentiment de la communauté de ce royaume, et pourtant il a tout perdu. Ne vaut-il pas mieux partir de rien et gagner la couronne, que commencer avec la couronne et tout perdre, y compris l'honneur ?

Le front de Bruce s'assombrit.

— La couronne de John Balliol n'est plus portée depuis longtemps. Et nous ne possédons même pas ce symbole de la royauté. Edouard l'a emporté, avec tous les autres symboles de notre souveraineté. Il n'est plus possible pour un homme d'être couronné correctement roi des Ecossais.

— En cela, vous faites erreur, dit doucement l'évêque.

La passion flamboya dans les yeux de Bruce, confirmant à l'évêque qu'il ne s'était pas trompé sur son compte. L'ambition était là, certes, mais avec quelque chose de plus.

— La Pierre du Destin n'a jamais quitté l'Ecosse, déclara carrément Lamberton. Ce qu'Edouard expose à l'abbaye de Westminster n'est qu'une copie sans valeur.

Bruce écarquilla les yeux.

— C'est une certitude ? Vous l'avez vue de vos yeux ?

— Honnêtement, je ne peux pas l'affirmer, avoua Lamberton. Mais j'ai ici des témoins qui confirmeront ce que je viens de vous dire. Mes frères, voulez-vous, je vous prie, vous joindre à nous ?

Arnault et Torquil sortirent de la chapelle latérale, capes blanches presque lumineuses dans la pénombre. Bruce se raidit et jeta un regard méfiant sur leur habit de Templiers, puis il scruta de plus près le visage de Torquil.

— Votre visage m'est familier, dit-il avec hésitation.

— Le matin de la bataille de Falkirk, vous m'avez donné votre cheval et une épée, confirma Torquil, écartant brièvement la main de la poignée de son arme. Je gisais inconscient, et, comme le bon Samaritain, vous vous êtes porté à mon secours.

— C'est vrai, reconnut Bruce, hochant la tête. Et vous m'avez dit alors que vous étiez templier. L'épée vous a-t-elle bien servi ? ajouta-t-il après un court silence.

— Très bien, et elle est prête à vous servir maintenant, si vous acceptez de combattre pour l'Ecosse et pour sa couronne.

Bruce porta son regard sur Arnault, puis le ramena sur Torquil.

— Comment votre Ordre est-il impliqué dans cette affaire ?

— Officiellement, pas du tout, répondit Arnault. Mais, comme l'évêque, nous voudrions une Ecosse libre et forte. Il croit que vous êtes le seul homme capable de réussir.

— Et la Pierre ?

— Frère Torquil et moi, nous faisons partie de ceux qui l'ont emportée en lieu sûr. Wallace était avec nous.

— Vous voulez dire qu'il l'a toujours su ? s'exclama Bruce. Maintenant, je commence à comprendre la raison de sa persévérance.

— L'important, dit Lamberton, c'est que, grâce à ses efforts et à ceux de ses chevaliers, nous pouvons couronner un roi avec la pleine autorité que seule la Pierre du Destin peut conférer.

— Vous voulez dire maintenant, pendant qu'Edouard serre l'Ecosse dans sa main de fer ? demanda Bruce d'un ton tranchant.

— Non, pas tout de suite, répondit Arnault. Même si notre situation actuelle n'était pas aussi périlleuse, le moment ne serait pas opportun. Si le prochain roi doit être davantage que la marionnette que fut Balliol, il doit avoir non seulement le soutien du peuple d'Ecosse, mais accepter de combattre pour lui. Et il devra être couronné sur une Pierre qui aura totalement recouvré son pouvoir. Car nous croyons que l'échec de Balliol est dû partiellement à un affaiblissement de la Pierre.

Bruce le regarda un long moment, étonné, jetant un coup d'œil à l'évêque pour voir si cette hypothèse extraordinaire faisait hausser un sourcil épiscopal. Mais Lamberton lui rendit son regard sans ciller.

— Recouvré son pouvoir, répéta doucement Bruce. Qu'est-ce que ça veut dire ? Je sais que la Pierre du Destin a la réputation d'avoir des propriétés mystiques. Mais j'avoue que, jusqu'à maintenant, je n'avais jamais beaucoup pensé à ces histoires de bonne femme — et d'autant moins que je croyais la Pierre à Londres.

— L'héritage spirituel de tous les pays se fonde sur la vérité, dit Arnault. Et votre héritage celtique contient sans doute plus de vérité que vous ne le réalisez. Votre Pierre du Destin est bien davantage qu'un simple symbole de souveraineté.

Il laissa à Torquil le soin de développer, étant donné le lien qui existait déjà entre eux.

Choisissant ses mots avec soin, Torquil lui raconta l'allusion de frère Mingo à une maladie de la Pierre, l'enquête qui les avait conduits à Iona, et une partie de ce qu'ils y avaient appris concernant le lien de la Pierre avec le pays et le roi. Sans révéler le but ni même l'existence du Cercle intérieur de l'Ordre templier, il lui parla de leurs soupçons quant au rôle joué par la sorcellerie dans l'extinction de la lignée des Canmore, mentionnant que les Comyn pratiquaient cette magie noire, et appuyant cette assertion par le récit de ce qu'il avait vu faire au père du Comyn actuel le jour de l'investiture de Balliol. Il dit aussi qu'il avait failli mourir en fuyant les Comyn, et qu'ils avaient sans doute invoqué la force maléfique qui l'avait poursuivi.

— Ce jour-là, en effet, vous n'avez donné aucun détail sur votre poursuivant, reconnut Bruce quand Torquil se tut. A l'époque, j'ai trouvé très étrange que vous n'ayez aucune blessure… à part cette marque dans la paume de votre main.

— Ce qui m'a sauvé dans ma fuite, c'est un talisman protecteur que m'avaient donné les moines d'Iona, dit hardiment Torquil. Et ils sont prêts, le moment venu, à nous aider à ranimer la Pierre du Destin. D'ici là, vous devez vous préparer à être digne de l'appui que la Pierre donnera à votre cause.

Bruce se caressa pensivement la barbe, à l'évidence encore hésitant.

— Cette histoire des Comyn, vous avez fait allusion à leur traîtrise, ce fameux jour à Falkirk, dit-il. Je savais qu'ils avaient des façons étranges, mais je n'aurais jamais imaginé qu'ils hasardaient leur âme de cette façon, de plus si contraire aux intérêts de l'Ecosse. Cela explique peut-être la menace que j'ai toujours ressentie quand j'ai essayé d'être Gardien associé avec John Comyn. Mais est-il possible qu'ils aient provoqué l'extinction des Canmore ?

— Nos preuves sont circonstancielles, reconnut Arnault, mais très convaincantes. Je préférerais ne pas en dire plus. Simplement, nous tenons à vous avertir qu'un Comyn est un adversaire très ambitieux et dangereux, et qu'il vous résistera de toutes les façons.

— Cela, je le sais déjà, qu'il soit ou non de mèche avec les forces maléfiques dont vous parlez ! dit Bruce avec un grognement dédaigneux.

— Ne négligez pas cet avertissement, dit Lamberton. Vous comprenez peut-être maintenant pourquoi j'étais prêt à risquer cette rencontre, si proche du courroux d'Edouard. Ne vous y trompez pas, il représente toujours un danger mortel — mais je crains que nos compatriotes, non Edouard, se révèlent le plus grand danger.

— La mort d'un côté comme de l'autre, grommela Bruce.

— Non, pas la mort d'un côté comme de l'autre ! dit vivement Lamberton. Vous parlez de choses que vous ne comprenez pas. Mais il existe une voie sûre entre ces dangers, si vous acceptez qu'on vous guide.

Bruce ouvrit la bouche pour répondre, puis se ravisa et la referma, exhalant lentement avant d'enfin se risquer à parler.

— Je parlerai donc de choses que je comprends. Si vous ne voulez pas que je me déclare roi maintenant, et que vous n'êtes pas prêts à me couronner, pourquoi m'avez-vous fait venir ?

— Parce que c'est maintenant, quand la situation est le plus désespérée, que l'espoir est le plus nécessaire, répondit Lamberton. C'est maintenant que nous devons commencer secrètement à construire les fondations de l'avenir, ou nous résigner à une servilité sans fin. Il est curieux que le meilleur moment pour prendre une décision soit souvent le pire à bien des égards. Quand tout est noir, c'est alors que l'aube qui pointe paraît le plus éclatante.

Bruce soutint le regard de l'évêque sans ciller.

— Alors, parlez clairement, et dites-moi ce que vous attendez de moi.

— Que vous déclariez votre intention de gagner la couronne, répondit Lamberton, quel que soit le prix à payer. Vous avez parlé des souffrances que Wallace s'est attirées en défiant sans cesse Edouard — et jusqu'à présent, par vos agissements judicieux, vous êtes parvenu à éviter ce sort. Mais à la fin, vous devrez faire aussi des sacrifices. A moins que vous ne soyez préparé à vivre la vie d'un proscrit, à passer des années dans la peau d'un fugitif et dans la crainte de la trahison, comme Wallace l'a fait, pourquoi devrait-on vous trouver digne de la couronne ?

— Elle m'appartient de droit ! déclara Bruce, serrant le poing avec passion. Et je ne faillirai pas à l'Ecosse quand le moment viendra !

— Dans ce cas, je demanderai à nos amis de ranimer la Pierre, sachant qu'ils n'auront pas œuvré en vain, dit doucement Lamberton. Pour ma part, je ferai de mon mieux pour préparer la voie sur le plan politique, sans me trahir vis-à-vis d'Edouard ; et si vous avez besoin d'aide pour maintenir votre position, vous pourrez faire appel à moi.

Bruce détourna les yeux.

— Maintenant que mon père est mort, on me presse de jurer allégeance à Edouard pour mes terres situées en Angleterre, dit-il.

— Alors, faites ce que vous devez, comme nous tous, répondit Lamberton. Mais en attendant, convenons que vous et moi nous sommes alliés, que nous

nous consulterons avant toute entreprise d'importance, et que nous nous préviendrons mutuellement de tout danger.

— J'accepte, promit Bruce. Et quand vous chercherez un roi à couronner, vous pourrez m'appeler et je répondrai.

Se tournant vers Arnault, il demanda, avec un peu moins d'assurance :

— Sera-t-il vraiment possible de rendre son pouvoir à la Pierre ?

— Avec l'aide de Dieu, je le crois, dit Arnault. Alors, un vrai roi pourra être couronné, et les ténèbres n'envelopperont plus le pays.

— Vous parlez d'autre chose que de l'oppression d'Edouard, je crois, dit Lamberton.

— C'est vrai, dit Arnault, sans rien ajouter.

Car non seulement Wallace devait jouer son rôle jusqu'au bout, selon un ancien rite que ni Bruce ni Lamberton ne pouvaient facilement comprendre — et qu'ils n'avaient nul besoin de comprendre —, mais il faudrait aussi se débarrasser des pouvoirs maléfiques que les Comyn avaient réveillés.

— Vos paroles n'inspirent guère confiance, dit sombrement Bruce.

— Peut-être pas la confiance, reconnut Arnault, mais il y a des raisons d'espérer. Je crains que des jours sombres ne nous attendent tous, et peut-être des sacrifices encore jamais vus.

CHAPITRE 31

Au cours de la quinzaine qui suivit, la rumeur que Bruce avait juré allégeance à Edouard fut éclipsée par la capitulation de la garnison de Stirling, finalement usée par des semaines de bombardements par les engins de siège anglais. Non content de remporter la victoire, Edouard refusa la reddition des combattants avec les honneurs militaires qu'ils avaient pourtant mérités par leur courage. Au contraire, il exigea qu'ils s'avilissent servilement devant lui, sous peine de pendaison ou d'éviscération — exigence à peine adoucie par l'intervention de certains barons anglais, dont la sympathie avait été éveillée par la vaillance du jeune chef écossais. Après leur capitulation, le seigneur William Oliphant et ses officiers furent sommairement jetés en prison, geste destiné à démontrer l'intransigeance implacable d'Edouard vis-à-vis de quiconque continuerait à s'opposer à lui.

A la fin août, au bout de près d'un an d'absence, Edouard retourna en Angleterre, convaincu que les Ecossais étaient enfin matés. Désormais, toute l'Ecosse était à portée de sa main. Les grands propriétaires terriens s'étaient tous soumis, sauf ceux qui étaient en France, et tous les châteaux royaux étaient sous contrôle anglais. Seul William Wallace restait en liberté

— jusqu'à quand, personne ne le savait — et les nobles écossais chargés de sa capture ne savaient que trop bien ce qui les attendait s'ils ne satisfaisaient pas aux exigences d'Edouard.

L'automne arriva, puis l'hiver, qui passa comme les hivers passent en Ecosse, avec peu d'activité et beaucoup d'attente. Après le nouvel an, Robert Bruce se vit de plus en plus confié le rôle fâcheux de principal conseiller d'Edouard pour les affaires écossaises. Entre février et mai, il fut obligé d'assister à deux sessions parlementaires destinées à établir une loi de gouvernement pour la terre — non le royaume — d'Ecosse, distinction qui n'échappa pas aux Ecossais contraints d'être présents à cet exercice d'assimilation. Pendant que Bruce était à Westminster, Edouard le combla de marques de faveur, lui attribuant des terres appartenant autrefois au seigneur Ingram d'Umfraville, et en le remerciant publiquement de ses conseils. A l'évidence, le roi d'Angleterre se donnait beaucoup de mal pour se concilier le seul homme ayant des droits légitimes sur la couronne d'Ecosse, ignorant que Bruce s'était déjà engagé envers la cause de la liberté écossaise.

Au milieu de l'été 1305, la plupart des acteurs étaient en place pour participer aux événements futurs. L'abbé Fingon et le frère Ninian était venus d'Iona au printemps, pour « faire retraite » avec les moines de l'abbaye de Scone. Peu après, Arnault et Torquil les avaient emmenés faire une brève visite à la Pierre, et les avaient observés pendant qu'ils érigeaient des protections mystiques destinées à la cacher à quiconque s'efforcerait de la chercher par des moyens autres que physiques, alors qu'approchait le moment où elle serait ranimée.

Le Cercle avait également envoyé des renforts en les personnes du père Bertrand et du frère Christophe de Clairvaux, venus ostensiblement à Balantrodoch pour vérifier les comptes du Précepteur — chose qui exigeait des mois. Ils avaient également apporté le Plastron du Grand Prêtre et l'assurance que Gaspar les rejoindrait si le temps le permettait, le moment venu, pour participer à leurs travaux. Car il était peut-être le seul membre du Cercle intérieur à pressentir quel prix aurait à payer Arnault, qui avait été son meilleur disciple, quand le moment viendrait de canaliser le pouvoir dans la Pierre.

— Il dit que le Plastron vous permettra d'harmoniser les trois traditions sacrées qui s'unissent dans la Pierre : l'hébraïque, la chrétienne et la celtique, expliqua père Bertrand à Arnault, car la Pierre rapproche ces trois voies spirituelles.

Juillet se terminait quand Arnault et Torquil organisèrent ce qui serait leur dernière rencontre avec Wallace. Pendant tout le printemps et le début de l'été, Wallace avait continué à harceler les Anglais partout et chaque fois qu'il le pouvait, mais chaque jour qui passait les rapprochait du dénouement fatidique, qui se préparait depuis sept ans.

Ils se rencontrèrent le 22 juillet, jour de la fête de Sainte-Marie-Madeleine, et anniversaire de Falkirk. Après avoir été les hôtes pour la nuit de l'évêque de Dunkeld, Arnault et Torquil partirent à l'aube pour un rendez-vous secret avec Wallace, en un lieu choisi par ce dernier dans les forêts environnantes. La clairière semblait déserte, mais quand Arnault siffla doucement entre ses dents, une haute silhouette en vêtements roturiers en émergea, presque invisible sur le fond des arbres. Les deux Templiers démontèrent mais Torquil resta avec les chevaux tandis qu'Arnault s'avançait, main tendue, vers le rebelle.

— Cela me rappelle une autre rencontre à l'aube, dit doucement Wallace.

Sa poignée de main, suivie d'une brève accolade, fut aussi énergique que jamais, mais quand ils s'enfoncèrent plus loin dans la forêt, le regard scrutateur d'Arnault trouva l'ancien Gardien émacié et épuisé. Ses yeux avaient l'expression hantée d'un vieux marin en mer depuis trop longtemps, et qui aspire seulement à la vue de la terre promise. Jean-Baptiste devait avoir le même regard aux derniers jours de son ministère sur les rives du Jourdain. Comme le Baptiste, Wallace avait vu l'homme qui marcherait sur ses traces, et il savait qu'il ne vivrait pas lui-même pour voir l'avènement du royaume.

Ils s'assirent sur un tronc abattu dans une autre clairière ensoleillée, et Arnault lui donna de nombreux messages de ses partisans secrets. Tous étaient sans sceau et sans signature, mais Wallace n'en avait pas besoin pour reconnaître l'écriture de Robert Bruce parmi les autres. Le chef rebelle lut attentivement ces lettres avant de les mettre dans son aumônière. Et c'est seulement alors qu'il demanda à Arnault des nouvelles plus personnelles.

— Tu seras content d'apprendre que Luc de Brabant gouverne actuellement Balantrodoch, dit Arnault en souriant. Le Maître est à Londres pour affaires avec le Maître du Temple anglais — et Robert de Sautre a été envoyé en pèlerinage à Rome, de sorte que nous n'avons pas à nous soucier de lui, du moins pour l'instant. A Balantrodoch, tous les autres sont des hommes estimables.

Wallace se permit un sourire fugitif.

— Heureuses circonstances qui serviront une multitude de bonnes décisions. As-tu vu l'abbé Henry ?

— Oui. Je t'ai dit que deux frères de Colomba sont arrivés d'Iona pour nous aider. En plus de leurs prières, ils prêtent leurs talents au scriptorium de l'abbaye. Lors de leur seconde visite, je crains que les soldats d'Edouard n'aient emporté bien des archives et des manuscrits de l'abbaye à la place de la Pierre.

Wallace sourit d'un air satisfait.

— Je remarque qu'Edouard n'a toujours pas reconnu publiquement qu'il s'est fait duper.

— Et il ne le reconnaîtra sans doute jamais, je suppose, dit Arnault. Malheureusement, la seule idée d'avoir été dupé l'a suffisamment vexé pour le pousser à une guerre de tous les excès.

— C'est bien vrai, acquiesça Wallace avec un soupir las. J'ai l'impression que mon pays est en guerre depuis des siècles. Honnêtement, je n'arrive pas à me rappeler la dernière fois où j'ai couché dans un lit, ou partagé une pinte de bière avec des amis.

Il parlait avec une lassitude évidente. Il soupira une fois de plus et détourna les yeux.

— Nous savons tous les deux que mon heure viendra bientôt, murmura-t-il. Je regrette seulement de n'avoir pas été capable d'accomplir un miracle digne de toutes les veuves et de tous les martyrs qu'a faits cette guerre.

— Ce miracle est encore à venir, lui rappela Arnault. Tu l'as vu toi-même dans une vision.

Wallace tourna la tête et regarda le Templier dans les yeux.

— Oui, je l'ai vu… et puisse Dieu avoir pitié de moi quand cette heure viendra.

Il y avait de la terreur dans ses yeux, et Arnault frissonna, car au cours de tous ses voyages et batailles, il n'avait jamais rencontré d'homme plus brave. Mais il connaissait un moyen d'alléger au moins en partie le fardeau de Wallace, même si cela devait alourdir le sien.

— William, dit-il doucement, posant la main sur son épaule. Tu peux faire quelque chose pour moi qui nous aidera tous les deux quand cette heure viendra.

Il sortit le *keekstane* de sa tunique, le détacha de son cordon et le posa dans la main de Wallace.

— Te souviens-tu de l'avoir ensanglanté en un autre matin semblable ?

Wallace ferma brièvement les yeux en refermant sa main sur la pierre.

— Oui, murmura-t-il.

— Je t'avais dit alors que ce sang pouvait créer un lien — et c'est vrai.

Avant que Wallace ait réalisé ce qui se passait, Arnault dégaina sa dague, et sans plus de cérémonie taillada sa paume gauche. Wallace fut stupéfait en voyant ce qu'Arnault avait fait, portant son poing à ses lèvres en regardant le sang d'Arnault jaillir dans sa paume.

— Je ne sais pas ce que cela signifie, dit-il. Je ne peux pas te laisser porter mon fardeau.

— Et je ne peux pas l'assumer, dit Arnault. Mais je peux le partager. Quels que soient les tourments que l'avenir te réserve, tu ne les vivras pas seul, pas tant que j'aurai un souffle de vie.

Wallace détourna les yeux, palpant toujours le *keekstane*.

— Tu m'en as appris juste assez pour comprendre ce que tu te proposes de faire, je crois. Ce n'est pas que je doute de ta capacité de faire ce que tu dis. L'acceptation serait plus facile si tu n'étais pas un ami.

— Alors, tu dois réfléchir, dit Arnault. C'est uniquement *parce que* tu es un ami que je peux te faire cette proposition. Tout ce qui est exigé de toi, en sus de ce que tu as déjà offert, c'est le mélange de ton sang et du mien.

Arnault lui tendit la poignée de la dague, Wallace la prit, posant doucement de l'autre main le *keekstane* dans le sang d'Arnault. L'instant d'après, sa propre main était en sang et il rendit la dague à Arnault.

— Cela sera un lien entre nous ? murmura-t-il, tandis qu'Arnault rengainait son arme.

Le Templier tendit la main, le *keekstane* reposant dans son sang, sans ciller sous le regard scrutateur de Wallace.

— Je serai avec toi en esprit, je saurai quand on te capturera, et je saurai quand tu auras besoin de moi… *au jour fatidique*.

— Que Jésus nous aide tous les deux, murmura Wallace, fermant les yeux et posant sa main sanglante sur celle d'Arnault, le *keekstane* entre les deux, tremblant quand la main du Templier se referma sur la sienne et l'attira contre lui. Un bras puissant enserra ses épaules et attira son front contre sa poitrine vêtue de blanc, et une grande paix l'enveloppa tandis qu'Arnault tissait entre eux des liens qui ne se rompraient qu'à la mort.

Il pleura sur l'épaule d'Arnault, pour les souffrances qui s'abattraient sur le pays bien-aimé pour lequel il donnait sa vie, pour les levers et les couchers de soleil qu'il ne verrait plus, pour l'angoisse que cet homme en blanc porterait avec lui. Et au bout d'un moment, il n'eut plus de larmes à verser, et il releva la tête, un peu embarrassé, et fléchit ses doigts raides de sang, le sien et celui d'Arnault mêlés. Le Templier se contenta de sourire en enveloppant le *keekstane* dans un linge propre tiré de sa sacoche, où il les renferma aussitôt.

— S'il y a jamais eu aucun doute que tu es le prédestiné, dit-il doucement, ce doute a pris fin en cet instant. Le prix à gagner compensera largement les épreuves, mon ami. Restes-en persuadé, quoi qu'il arrive.

Wallace soupira, puis hocha lentement la tête.

— Merci. Cette pensée ne me quittera plus. Elle facilitera mon voyage.

— Où penses-tu aller en me quittant ? demanda Arnault.

— Au sud et à l'ouest, vers Glasgow. Un ami a proposé de m'accueillir chez lui. Au moins pour quelques jours.

Après un court silence, il prit une profonde inspiration et poursuivit.

— Je ne doute pas d'avoir un ou deux espions dans ma compagnie, attendant le moment de lâcher les chiens sur moi. Il ne manque pas de seigneurs dans le Sud, impatients de s'attirer la faveur d'Edouard. Si l'un ne me capture pas, ce sera un autre. Un de mes fidèles te préviendra, le moment venu.

Le cœur lourd, Arnault hocha la tête.

— On me trouvera à Balantrodoch. Sans doute que bien des batailles nous attendent, mais je te promets qu'un jour l'Ecosse aura un vrai roi.

Wallace faillit sourire.

— Le roi Robert Bruce. Cela sonne bien. Quel dommage que je ne l'aie pas réalisé plus tôt ! Au cours des sept ans écoulés, j'ai passé trop de temps à me battre pour l'homme qu'il ne fallait pas.

— Tu étais le champion de l'Ecosse, non celui de Balliol, lui rappela Arnault.

— Et dorénavant, je serai celui de Bruce, répondit Wallace. Bien que lointain parent, le sang des Canmore coule dans ses veines. Il est — et a toujours été — l'héritier légitime du trône d'Ecosse. Et l'héritier du pouvoir de la Pierre du Destin. Je suis prêt à faire ce que je dois pour que son pouvoir soit restauré.

Son visage s'emplit de tristesse.

— Je voudrais être là pour le voir, dit-il doucement. Je voudrais que la foi ne soit pas aveugle. Mais si nous pouvions voir les choses clairement, on ne parlerait plus de foi.

Juillet fit place à août, et l'attente se fit plus anxieuse. Arnault, qui attendait à Balantrodoch, rêva de la capture de Wallace la nuit où elle se produisit, deux jours après Lammas, et, sur la foi de ce rêve, il envoya dès le lendemain matin un messager de confiance à Paris pour chercher Gaspar : Flannan Fraser, lui-même devenu membre du *Cercle*, quoique très récemment. Il dépêcha à Scone le frère Christophe et le père Bertrand pour prévenir les autres. La confirmation de la nouvelle tant redoutée leur parvint trois jours plus tard, par le messager que Wallace lui avait annoncé.

— Près de Dumbarton, dit le tanneur épuisé, entre deux gorgées de vin, dans le bureau de Luc à Balantrodoch, en présence d'Arnault, Luc et Torquil, qui écoutaient attentivement. Des hommes au service du seigneur John Menteith ont fait irruption dans la maison où il résidait, l'un des nôtres a dû le trahir. Ils l'ont remis au connétable à l'heure qu'il est. On l'emmènera à Londres par petites étapes, pour l'exhiber tout le long du chemin.

— Dieu du Ciel, ça commence, murmura Luc quand le messager fut parti, tandis qu'Arnault regardait, accablé, la porte qui venait de se refermer derrière lui, et que Torquil semblait frappé par la foudre.

Les trois Templiers partirent le jour même pour Scone rejoindre les autres et prier en prévision des événements à venir.

La nouvelle de sa capture parvint à John Comyn de Badenoch à peu près au moment où les gardiens de la Pierre se rassemblaient à Scone, et mit un sourire sur les lèvres de l'homme qui, depuis la mort de son père, était le chef de la puissante famille Comyn. Après une morne journée de chasse autour d'un de ses châteaux proche d'Elgin, John Comyn le Rouge dînait au milieu de ses serviteurs avec un parent plus âgé, Alexandre Comyn, frère du comte de Buchan, et par conséquent cousin de Comyn lui-même. Plus érudit que soldat, Alexandre gérait la majorité des terres de Comyn depuis plusieurs années.

— C'est ton œuvre ? demanda-t-il, mordant dans un

morceau de bœuf, quand le messager se fut retiré en s'inclinant et que le brouhaha des spéculations emplit la salle.

Comyn se contenta de vider sa coupe en souriant, avant de la remplir une fois de plus.

— Disons simplement que je suis bien servi. Dis-moi, cousin, où en sont les comptes de mes domaines de Galloway ?

Haussant les épaules, Alexandre jeta son os à un chien couché à ses pieds sur les joncs couvrant le sol, et changea de conversation.

Plus tard le même soir, ayant bu plus qu'à son habitude, Comyn se retira seul dans une petite chambre où il dormait souvent quand ses ténébreuses activités exigeaient une méditation solitaire. La nouvelle concernant Wallace était des plus réjouissantes. Non seulement sa capture satisferait les exigences d'Edouard à l'égard des Comyn et des autres seigneurs écossais chargés de le lui livrer, mais son exécution — car elle était certaine une fois qu'il serait aux mains d'Edouard — serait le châtiment idéal pour avoir tenté de gouverner ses supérieurs.

Il y avait eu un temps où Comyn avait même craint que Wallace ne fût le fameux Roi Sans Couronne contre lequel on les avait mis en garde, lui et son père, tant d'années plus tôt. Mais après sa brève année de gloire, l'influence de Wallace avait décliné régulièrement — et la mort qui l'attendait garantissait que son impudence serait punie de façon exemplaire. Comyn s'allongea sur son lit étroit, ferma les yeux, un peu étourdi par le vin ; il écarta Wallace de son esprit et réfléchit à la façon d'utiliser la sorcellerie pour améliorer sa position.

La nuit était lourde, oppressante, et au bout d'un moment, il se déshabilla et se rallongea. La concentration ne venait pas facilement, ce soir-là. Depuis cinq ans que son père était mort, et sous la tutelle du prêtre-chaman Torgon, il avait appris dans une certaine mesure à manier les pouvoirs qui étaient précédemment l'apanage de son père, mais il n'avait pas encore atteint la maîtrise qu'il souhaitait — et il redoutait de passer trop de temps à Burghead, car *elle* était là, de même que Torgon, et exigeait paiement de chacune de ses faveurs.

Mais parfois, l'air lui-même ramenait de force ses pensées à la forteresse picte — une sorte de densité présageant le tonnerre, une odeur métallique dans le vent soufflant de la mer. Quelque chose dans la bouche lui rappelant la première gorgée bue au puits ténébreux, et aussi une autre visite, la première fois qu'il était revenu en ce lieu après la mort de son père...

Pas de sacrifice de taureau, ce jour-là. Instruit par Torgon — quoique le prêtre-chaman ne l'accompagnât pas dans le sombre escalier —, Comyn avait traîné un autre sacrifié dans ces ténèbres, vers la lumière tremblotante de la torche éclairant faiblement les eaux noires. Le jeune homme brun était trop drogué pour résister beaucoup, les mains étroitement liées derrière le dos, les yeux vitreux, affalé au pied de la margelle tandis que Comyn entonnait les anciens chants d'invocation en levant la faucille de Torgon.

Quand les eaux commencèrent à écumer et bouillonner, Comyn avait abattu la faucille. Il y avait eu du sang — beaucoup de sang — mais peu de bruit, à part un gargouillement étranglé, juste au début, suivi de quelques soubresauts quand il lui avait tenu la tête sous l'eau, jusqu'à ce que cessent les affres de l'agonie. Et quand il avait jeté dans le bassin le cadavre encore palpitant, *elle* était venue, jaillissant des profondeurs pour emporter l'offrande.

Et même en cet instant, le sang du meurtre encore sur les mains, il n'était toujours pas certain que le souvenir qu'il conservait de cette première fois, avec son père, fût autre chose qu'un rêve. Un rayonnement verdâtre monta des profondeurs qui avaient englouti le sacrifice, et il avait reculé, les genoux flageolants, la bouche grande ouverte, le corps agité de spasmes où la révulsion se mêlait à quelque chose ressemblant au désir charnel, devant la forme spectrale qui avait surgi devant lui. Les yeux luisants l'avaient fixé avec une intensité forçant son attention et son obéissance, tandis qu'une voix semblait emplir la caverne.

— *Tes moindres pensées me sont connues, petit mortel... et tous tes désirs secrets. Ta chair a faim de mes embrassements, mais ton âme aspire encore davantage aux promesses de mon pouvoir. Tu auras l'un et l'autre, comme ton père avant toi, mais seulement si tu plies ta volonté devant la mienne.*

John Comyn s'était incliné très bas, trop subjugué pour parler, tremblant devant la puissance fascinante qui lui était offerte.

— *Tu céderas devant ma volonté, pour devenir le fléau qui chassera les serviteurs du Dieu assassiné. Fais cela, et je te donnerai le pouvoir que tu convoites — même la couronne terrestre de ce pays.*

La couronne…

Le cœur battant, le sang bourdonnant à ses oreilles, il avait osé relever son visage vers elle, sa faim de pouvoir ranimant son courage.

— Je l'obtiendrai ! murmura-t-il. Le marché est conclu !

— *Aucun marché n'est conclu sans l'offrande de ton sang, pas celui de ce sacrifié dérisoire !*

En une gerbe de bulles verdâtres, le corps flasque du garçon était brusquement remonté à la surface du bassin, ballotté par les eaux, les yeux morts et vitreux le fixant avec horreur, avant que, d'un geste, elle ne le renvoie dans les profondeurs.

Et Comyn, enflammé d'ardeur, lui avait donné son sang, s'ouvrant la main et la plongeant dans le bassin — et il s'était débattu en criant quand quelque chose l'avait saisi fermement et tiré par-dessus la margelle, le visage au ras de l'eau.

— *Maintenant le marché est conclu !* déclara la voix redoutée, à la fois terrifiante et irrésistiblement séductrice, tandis que l'apparition emplissait sa vision.

Et il avait cédé totalement devant la force de ces paroles, sans plus se soucier du danger mortel, envahi et possédé par le mal, un gémissement étouffé d'angoisse et de passion échappant à ses lèvres alors qu'il entrait en transe, corps et âme. Souffrance et plaisir culminèrent en un paroxysme explosif — qui explosa vraiment, le plongeant dans quelque chose entre le rêve et la vision, revenu au bord du sombre bassin, mais à présent en esprit, non par le souvenir.

Et *elle* était là, terrible dans sa furie, les serpents de sa chevelure se tordant autour de ses épaules osseuses, incurvant ses griffes de façon menaçante en surgissant de l'eau.

— *Pourquoi es-tu resté si longtemps loin de moi ?* demanda-t-elle d'une voix cinglante comme un fouet. *Tu viendras me voir dans mon séjour ! Le Roi Sans Couronne va être sacrifié, et une étincelle a frémi dans ce qui était bien mort. Sa mort peut la ramener à la vie !*

Il se recroquevilla devant elle, sortant lentement de sa transe passionnée pour se reconcentrer.

— Le Roi Sans Couronne, Wallace ? balbutia-t-il. Et *qu'est-ce* qui peut revenir à la vie ?

— *Son sacrifice volontaire peut redonner la vie à ce maudit objet vénéré qui fut la pierre d'autel de l'adversaire de Briochan, celui qui a apporté la nouvelle religion dans ce pays.*

L'adversaire de Briochan… une pierre d'autel…

Soudain, à travers sa stupeur hébétée, Comyn comprit qu'elle parlait de Colomba et de la Pierre du Destin.

— Mais la Pierre est en Angleterre, parvint-il à articuler. Son pouvoir n'est d'aucune utilité au roi anglais.

Un glapissement aigu de frustration déchira l'air comme une gaze.

— *Non ! Elle est encore dans ce pays d'Alba — protégée par les serviteurs du Dieu assassiné, qui a le pouvoir de ramener les morts à la vie. Et la vie de la Pierre signifie la mort pour toutes nos antiques traditions.*

— Mais le Roi Sans Couronne, Wallace, est en route pour Londres, dit Comyn d'une voix défaillante. Si la Pierre est toujours en Ecosse…

— *La Pierre tirera de la vie de la terre, une fois qu'elle sera ranimée par le sacrifice*, dit-elle d'un ton tranchant. *Et* cela *résonnera entre les mondes, où la distance n'existe pas ! La Pierre ressuscitée est le danger si elle s'abreuve au puits de grâce qu'est le Roi Sans Couronne.*

— Alors, je trouverai la Pierre et ceux qui la gardent ! déclara-t-il, raffermissant sa volonté et son courage. Donne-moi le pouvoir de le faire, et je les détruirai tous !

— *Viens près de moi*, murmura-t-elle en réponse. *Mes prêtres t'instruiront. Et je te donnerai tout le pouvoir qu'inspire mon mépris de la Pierre, et tu la détruiras, avec les hommes en blanc qui la gardent, les serviteurs du Temple perdu. Et par cela, je t'obtiendrai la couronne que tu convoites…*

L'excitation de cette promesse accéléra son sang dans ses veines, mais, peu après, il s'abandonna au sommeil, épuisé, et ne bougea plus du restant de la nuit. Quand il s'éveilla enfin, il avait mal dans tous les membres, et l'aine douloureuse comme s'il avait reçu des coups de pied. Il se souleva sur les coudes en gémissant, clignant des yeux dans le soleil inondant la pièce, et son souffle s'arrêta quand les souvenirs de la nuit lui revinrent.

Le soir précédent, il avait reçu la nouvelle de la capture de Wallace ! Puis, dans ses rêves, sa ténébreuse patronne l'avait informé que la Pierre du Destin n'était pas en Angleterre, comme il l'avait longtemps cru, mais quelque part ici, en Ecosse, attendant d'être ranimée par la mort de Wallace. La promesse de la couronne était à lui, et il était assez hardi pour la prendre !

Il se remit debout péniblement, s'habilla et tituba jusqu'à la grand-salle, où son cousin se penchait déjà sur les comptes.

— Fais préparer les chevaux, dit-il d'une voix brève. Il faut aller immédiatement au sanctuaire de la déesse à Burghead. Nos ennemis vont bientôt se réunir, et c'est à partir de Burghead que nous les frapperons.

CHAPITRE 32

A l'abbaye de Scone, ignorant que les forces ténébreuses s'intéressaient à la Pierre, ses protecteurs s'immergeaient depuis une quinzaine de jours dans les préparatifs sacrés nécessaires à son réveil, se fortifiant par la prière et la méditation, se raccrochant aux moindres bribes de nouvelles communiquées par une succession d'observateurs étagés tout le long de la route de Londres.

Il y avait quatre Chevaliers Templiers, un prêtre templier et deux frères de Colomba. Ces derniers, arrivés vers la fin du printemps, pouvaient circuler ouvertement dans la communauté ; les Templiers s'étaient discrètement installés dans le cottage où certains d'entre eux avaient logé lors de l'investiture de Balliol, ne se hasardant jamais dehors pendant le jour, car la présence d'un si grand nombre de Templiers aurait été remarquée.

Ils firent leur chapelle de la plus petite des deux pièces du cottage, puis y veillèrent deux par deux, nuit et jour, priant pour soutenir et fortifier Wallace, et canalisant des énergies vers la grotte lointaine qui abritait la Pierre. De plus, les frères d'Iona se joignaient à eux tous les jours pendant des heures, partageant avec eux certains aspects de la sagesse celtique qui pourraient leur servir en ce qui concernait la Pierre ; et quand ils devraient retourner à l'abbaye, Arnault et Torquil continueraient leur enseignement, s'efforçant d'intégrer les sagesses celtique et templière.

Ils ne s'aventurèrent pas près de la Pierre elle-même, n'osant risquer d'attirer une attention inopportune sur son site par des activités prématurées dans son voisinage. La nuit, assisté par un membre du *Cercle* et par l'un des frères de Colomba, Arnault, le *keekstane* dans la main, se mettant en prière et en transe, entrait sur la *Via Spiritus* pour rendre hommage à l'essence de la Pierre, telle qu'elle se reflétait dans les royaumes spirituels, et contacter brièvement le Roi Sans Couronne. De crainte d'éveiller en lui un espoir de libération, il ne révélait pas sa présence à Wallace, mais lui laissait toujours une bénédiction de paix et de courage, de sorte qu'il savait que son ami dormait d'un sommeil sans rêves alors que le temps et les hommes d'Edouard le rapprochaient de sa destinée.

Le soir où Flannan Fraser revint de Paris avec Gaspar, ayant crevé sous eux plusieurs chevaux dans leur hâte à atteindre à temps la Pierre, Arnault apprit que Wallace et ses geôliers étaient à deux jours de Londres. Dès qu'il serait livré aux mains d'Edouard, son procès et son exécution ne tarderaient pas.

— Ce ne sera pas une mort facile, dit doucement Arnault au groupe rassemblé au cottage pour accueillir Gaspar, et comprenant seulement les Templiers : Arnault et Torquil, Luc, le père Bertrand, les frères Christophe et Flannan, et Gaspar lui-même, car l'abbé Henry et les deux frères d'Iona veillaient dans l'église abbatiale. Flannan était posté près de la porte, pour écarter tout danger d'oreilles indiscrètes.

Gaspar ferma les yeux et soupira, se massant avec lassitude la racine du nez d'une main, tenant machinalement une coupe de vin dans l'autre.

— Quand il est revenu en Ecosse, bien résolu à y rester, sa capture devenait inévitable. Il le savait. Ayant fait ce choix, il doit veiller à ce que sa mort serve un dessein supérieur.

Il poussa un profond soupir.

— Pourtant, il me déplaît qu'il ait à souffrir une mort de traître. Quelqu'un d'entre vous a-t-il déjà *vu* un homme pendu, éventré et décapité ?

— Moi, je l'ai vu, dit sombrement Flannan, tournant légèrement la tête vers eux.

— C'est peut-être le plus difficile à supporter, dit Torquil. Wallace n'est pas un traître. Il n'a jamais juré allégeance à Edouard, et aucun homme n'a été plus fidèle que lui à son roi, même si Balliol ne méritait guère tant de loyauté.

— La légalité de son allégeance ne jouera pas grand rôle devant un tribunal anglais, dit Luc. Dans sa convoitise de vos terres écossaises, Edouard s'est enfermé dans un piège de haine contre les Ecossais, au centre duquel figure Wallace, auquel il attache une foule de rancunes et de ressentiments. Votre vaillant Ecossais est devenu le symbole de la liberté qu'Edouard est résolu à éliminer une bonne fois pour toutes. En détruisant ce symbole, le roi croit détruire l'idéal qu'il représente. En réalité, la mort de Wallace servira un dessein qu'Edouard ne soupçonne pas.

Torquil fixait sur le sol des yeux flamboyants.

— J'accepte que sa mort soit un sacrifice volontaire. Mais mourir d'une mort de traître…

— Ça ne nous plaît pas plus qu'à toi, dit doucement Arnault, et pourtant, j'y prends un certain intérêt personnel. Mais on nous a montré la voie à suivre afin de rendre son pouvoir à la Pierre, pour le bénéfice de ce pays, et pour ce Cinquième Temple que nous avons ordre de bâtir. Ce n'est pas à nous de critiquer cet état de chose. Et on ne nous demande pas d'être les instruments du sacrifice. Il suffit que Wallace ait consciemment accepté ce rôle. Et notre devoir est de nous assurer que ce sacrifice ne sera pas vain.

Torquil hocha la tête sans un mot, remontant son ceinturon d'un geste coléreux. Flannan, le seul autre Ecossais présent, avait tout écouté jusque-là en silence, et à ce stade il secoua la tête.

— Frère Arnault, puis-je parler librement ? demanda-t-il.

— Naturellement.

— Cette idée de… de sacrifice humain continue de me troubler. Je suis le plus récent membre du *Cercle*, mais…

Il s'interrompit, mal à l'aise ; Arnault fit signe à Luc de prendre sa place près de la porte et, du geste, invita Flannan à venir s'asseoir près de lui.

— Flannan, tu ne fais qu'exprimer ce que nous avons tous ressenti, à un moment ou à un autre. Nous n'aidons pas et nous n'approuvons pas le meurtre judiciaire dont sera victime notre ami Wallace dans quelques jours. C'est son consentement qui transforme ce meurtre en oblation. Considère cela comme une moindre répétition d'une très, très ancienne tragédie, commencée bien avant que Notre Seigneur n'accepte l'ultime sacrifice.

— Tu t'avances en terrain dangereux, mon ami, l'avertit le père Bertrand.

— Oui, qui pourrait passer pour blasphématoire, ou pis, en autre compagnie, acquiesça Arnault. Mais parfois il n'y a pas de démarcation nette entre l'ancien et le nouveau. Cela vaut pour l'Ancien et le Nouveau Testament, et même pour les religions. Notre capacité humaine de discerner la direction de notre évolution spirituelle est davantage un continuum, comme la magie que nous autres, dans *Le Cercle*, apprenons à manier au service de cette évolution.

A la limite de son champ visuel, il vit Gaspar approuver de la tête, et il poursuivit.

— D'après ce que j'ai appris de nos frères d'Iona, dont le savoir enjambe la faille existant entre les anciennes et les nouvelles expressions de la foi sur ces terres celtiques, la magie particulière de la Pierre dérive de sources immémoriales. Pour odieuse que nous trouvions la notion de sacrifice humain, il ne faut pas oublier que, dans son sens le plus pur, il n'a jamais été pratiqué à la légère. Le sang a toujours été le lien le plus puissant entre l'humain et le divin — ce qui fait du sang répandu rituellement quelque chose de nature à inspirer une crainte sacrée. Pour quelle autre raison Notre Seigneur nous aurait-Il racheté de Son sang, et aurait-Il changé le vin en Son sang dans l'eucharistie.

« La mort de Wallace imitera cet ultime sacrifice — ce qui est en haut est comme ce qui est en bas — et libérera des énergies capables de renouveler le pouvoir de la Pierre du Destin. Mais à moins que ces énergies ne soient correctement recueillies et canalisées, non pas au sens physique, mais au niveau spirituel, elles se dissiperont comme la brume. Heureusement, la Pierre est le vaisseau qui convient pour les recueillir. »

— Et qui, par conséquent, conviendra aussi comme pierre angulaire de la Nouvelle Jérusalem, le Cinquième Temple ? hasarda Flannan, l'air grandement rassuré.

— C'est notre espoir, dit Arnault. C'est pourquoi j'ai demandé à Gaspar de nous envoyer le Plastron du Grand Prêtre. En plus de nous fournir une protection pendant nos travaux, surtout si des opérations de sorcellerie devaient nous faire opposition, nous espérons que le résultat nous confirmera que la véritable destinée du Temple se trouve en ce pays troublé.

Flannan hocha lentement la tête, puis regarda Gaspar, qui soupira et posa sa coupe.

— C'est une autre urgence qui s'impose à notre

travail, Arnault, car je crains que la France ne nous garde plus très longtemps. Si ce pays n'est pas le lieu prédestiné de nos prochains travaux, je commencerai à désespérer de notre survie. Tu dois être au courant de ce qui se passe à Paris.

— La situation s'est encore détériorée ?

— Je le crains. Une mauvaise étoile semble s'être levée sur la chrétienté. A l'intérieur de l'Ordre, la situation empire de jour en jour. La fraternité est minée par les factions, chacune se considérant comme la seule véritable héritière des traditions de nos prédécesseurs, et chacune est prête à accuser les autres d'hérésie ou pis. Quand ton Robert de Sautre est passé, en route pour Londres, il a fomenté pas mal de discordes.

Arnault grimaça, pensant à Brian de Jay et à John de Sautre, tous deux ambitieux, tous deux égarés, tous deux morts. Bertrand et Christophe, résidents habituels du Temple de Paris, acquiescèrent de la tête.

— Qui aurait jamais pensé que nous en arriverions à être si divisés contre nous-mêmes ? remarqua Christophe. Et pourtant, ces divisions ne font que refléter le chaos qui règne dans le monde. La méchanceté abonde partout, la confiance appartient au passé. Et cette maladie de l'esprit n'est nulle part plus évidente qu'à la cour de France.

— Ce n'est que trop vrai, poursuivit Gaspar, prenant sa relève. Philippe le Bel est dévoré de soupçons. Ses conseillers le savent, et au lieu de le rassurer, ils attisent ses peurs pour favoriser leur propre avancement. Le pire, c'est l'avocat Guillaume de Nogaret. Par des moyens connus de lui seul, il s'est acquis l'oreille du roi, et il la remplit tous les jours de calomnies venimeuses.

— Nogaret est un crapaud, dit Arnault avec dégoût. C'est lui, je me rappelle, qui a soutenu la demande du roi d'être admis dans notre Ordre.

— C'est peut-être un crapaud, acquiesça Gaspar, mais un crapaud puissant. Philippe est totalement sous son emprise — et il est devenu encore plus imprévisible depuis la mort de sa reine.

— La reine est morte ? intervint Luc. Jeanne de Navarre est morte ?

— Oui, voilà quatre mois.

— Mais elle n'avait que… combien ? Une trentaine d'années ?

— Trente-quatre ans, l'informa Gaspar. Les médecins de la cour attribuent sa mort à des causes naturelles, mais Philippe s'est persuadé du contraire. Il a accusé l'évêque Guichard de Troyes, membre de l'entourage de la reine, de l'avoir empoisonnée, bien qu'il n'y ait aucune preuve pour justifier cette accusation.

— Mais… pourquoi dit-il une chose pareille ? demanda Arnault.

Gaspar haussa les épaules.

— Qui peut comprendre l'esprit de l'homme ? Selon des rumeurs persistantes, des agents du roi auraient trempé dans la mort de Boniface et de Bénédict. J'hésite à croire qu'un monarque consacré puisse oublier son divin office jusqu'à autoriser de tels crimes, mais je ne peux m'empêcher de me demander si ses récents délires ne viennent pas d'une conscience coupable qui se retourne contre elle-même.

— Ou du venin d'un crapaud, grommela Arnault.

— C'est effectivement une possibilité, reconnut le père Bertrand. A la cour, l'influence de Nogaret est considérable, et le jugement de Philippe est tellement déformé qu'il ne voit rien, sauf ce que lui montrent Nogaret et ses autres ministres. Grâce à leurs mensonges, le roi est maintenant persuadé que l'Ordre du Temple est miné par l'hérésie et la sorcellerie.

Arnault et les autres Templiers fixés en Ecosse se regardèrent, mais Gaspar poursuivit.

— Ce n'est peut-être qu'une question de temps, j'en ai peur, avant qu'on excite le roi à agir contre nous, dit-il. Notre flotte en a été avisée — les capitaines de confiance — et elle est prête à appareiller pour évacuer l'Ordre de France, comme elle l'a fait à Saint-Jean-d'Acre. Mais nous ne pouvons pas risquer de mettre nos trésors à bord sans une garantie quelconque qu'ils trouveront un refuge sûr ailleurs.

— Le refuge sera prêt, promit Arnault. La pierre angulaire du Temple est sur le point d'être mise en place, et le sacrifice de Wallace en assurera les fondations.

Gaspar opina lentement, se massant de nouveau la racine du nez tout en secouant la tête.

— Je voudrais pouvoir croire que ce sera le seul sacrifice exigé, dit-il avec accablement. Mais je crains beaucoup que d'autres ne suivent, non par la volonté de Dieu, mais parce qu'il y a des forces maléfiques lâchées dans le monde, et qui ont toujours soif de sang. Il y a toujours des idolâtres, prêts à offrir des holocaustes au mal qui réside dans leurs cœurs et leurs esprits — pour de l'or, pour des gains, pour le pouvoir, pour les richesses, pour le droit de s'enorgueillir de leur vertu. Ils s'illusionnent eux-mêmes jusqu'à penser qu'ils purifient le monde. En fait, ils ne font que noircir leurs propres âmes, attisant les feux de l'enfer qui les attend.

— Alors, nous devons nous persuader que nos propres efforts feront échouer les leurs, dit doucement Luc. Wallace arrivera bientôt à Londres, et il nous faut être prêts. Si nous manquons cette occasion, nous n'en aurons pas d'autre. Wallace aura souffert et sera mort en vain, et l'Ordre sera condamné.

— Il a raison, dit Arnault, les embrassant tous du regard. Nous devons nous rendre demain à l'endroit où la Pierre est cachée ; inutile de faire dans la finesse. Je propose de nous séparer en deux groupes, pour ne pas attirer l'attention sur notre présence dans ces parages.

Je crois que nos frères d'Iona ont fait les arrangements nécessaires avec l'abbé Henry en ce qui concerne les vivres et les chevaux, ajouta-t-il, jetant un regard vers le père Bertrand.

Le prêtre hocha la tête.

— Tout est prêt. L'abbé Henry nous accompagnerait, s'il le pouvait.

— Ses prières nous accompagneront, dit Arnault. Nous ne pouvons pas demander plus.

Le même soir, dans la forteresse de Burghead, un homme qui courtisait des forces plus ténébreuses s'agenouilla dans une flaque de sang, après un nouveau sacrifice destiné à invoquer sa sombre patronne. Cette fois, le prêtre-chaman Torgon l'avait accompagné et se tenait debout derrière lui, avec le coffret contenant les reliques de Briochan. Les eaux commencèrent à tournoyer et bouillonner à l'approche de la déesse, et John Comyn jeta un coup d'œil derrière lui sur le prêtre païen, mais Torgon était immobile, les yeux clos, un vent violent ébouriffant ses longs cheveux ternes, et il tendait le coffret devant lui en offrande.

— *Es-tu prêt à recevoir mon prêtre Briochan ?* dit dans l'ombre la voix douce et séductrice de la déesse.

— Je le suis, répondit Comyn sans trembler.

Le sang en feu à la perspective de son nouveau pouvoir, Comyn se releva et, se tournant vers Torgon, mit hardiment la main dans le coffret d'ivoire et en sortit les deux baguettes runiques choisies pour le travail à accomplir, se rappelant comment son père les avait brandies avant Falkirk, et le pouvoir qu'il avait invoqué. Levant les yeux sur ceux du prêtre païen, il se sentit attiré vers eux, attrapé et immobilisé, prisonnier volontaire de ce qu'ils préparaient depuis dix jours.

— *Briochan, mon bien-aimé, présente-toi devant ta déesse*, dit la voix derrière lui.

En réponse à cet ordre, des volutes de fumée s'élevèrent du coffret, formant peu à peu une tête couronnée de laurier, tonsurée comme Torgon… mais qui *n'était pas* Torgon. Le visage se solidifia, se superposant à celui de Torgon, et Comyn prit conscience d'un changement — à savoir que c'était cet autre qui le tenait fermement prisonnier pour qu'il tienne sa promesse. Tandis que cet autre le priait de faire le pas irrévocable, Comyn approcha l'une de l'autre les deux extrémités des baguettes runiques, comme on approche la flamme de l'étoupe.

Une flamme verte jaillit, éblouissante, le pouvoir crépita le long des bras de Comyn et l'enveloppa de cette « altérité » qui se superposait maintenant à sa propre conscience. En cet instant, il sentit ses perceptions frémir, changer ; puis Torgon lui prit le bras, le guidant à l'aveugle jusqu'à la surface, jusqu'en haut de la plus haute tour de Burghead, le priant enfin de tourner le visage vers le sud.

— Sois sa voix, Briochan, murmura Torgon, lui touchant la main pour qu'il lève les baguettes. Cherche et trouve nos ennemis. Montre-lui où ils se cachent !

Conscient de la présence de cet autre, avec lui et en lui, Comyn projeta ses perceptions à l'extérieur de son corps, les canalisant le long de la ligne de mire des baguettes. Associé à Briochan, il s'aperçut que ses facultés sensorielles étaient étrangement étendues. La vue, l'ouïe, le goût, le toucher et l'odorat avaient atteint un degré d'acuité étrange.

Le contact de ses vêtements sur sa peau, le goût salé de sa sueur dans la bouche, les conversations des hommes qui parlaient dans la cour à ses pieds — tout lui parvint avec une netteté inconnue jusque-là. De plus en plus excité, il dilata encore ses perceptions, comme un filet, les étirant vers le sud, au-delà des confins de la forteresse.

Le champ de ses perceptions s'élargissant, ses narines palpitèrent à l'odeur de quelque chose qui l'attirait et le dégoûtait à la fois. Sa douceur était celle de l'encens brûlé dans les églises, qui fit gronder et se révulser les aspects ténébreux de son être. Mais c'était aussi la trace qu'il cherchait, la signature d'une sainteté hostile qui le conduirait à l'endroit où la Pierre était cachée.

Il ferma les yeux et son esprit à toutes les autres sensations pour se concentrer sur celle-là. L'odeur l'attira vers le sud. Comme un loup en chasse, il la suivit par monts et par vaux, à travers bois et vallées. Contournant le phare haï qu'était la cathédrale de Dunkeld, il atteignit le fil d'une rivière et le suivit, et il se retrouva brusquement devant l'entrée d'une grotte où régnait une odeur de sainteté répugnante.

Ce parfum, dont la puissance lui retourna l'estomac, lui apprit aussi qu'il avait trouvé ce qu'il cherchait, bien que ce fût comme caché derrière un voile qu'il devait déchirer. Sachant qu'il avait réussi, les sombres aspects de son être se réjouirent à la perspective d'attaquer et de détruire la pierre d'autel du saint adversaire de sa patronne.

Le site imprimé dans son esprit de façon indélébile, Comyn revint en lui-même, sentant l'autre entité se retirer de lui.

— Je sais où est cachée la Pierre, dit-il à Torgon, mais elle est bien protégée. Je n'ai senti aucune présence physique, mais ils viendront, et ils seront le maillon faible. Quand ils se réuniront en présence de la Pierre, leurs pensées seront concentrées sur ce qu'ils espèrent accomplir, et ce sera l'instant de leur plus grande faiblesse. C'est alors que nous devrons frapper un grand coup. Nous devons nous préparer.

L'aube se leva le lendemain, annonçant une belle journée. Tout de suite après la messe conventuelle de l'abbaye, Torquil partit pour la grotte de la Pierre, avec frères Christophe et Flannan, le père Bertrand et les deux moines d'Iona. Réunis peu après chez l'abbé Henry, Luc et Arnault écoutèrent Gaspar leur raconter les rêves qu'il avait faits dans les heures précédant l'aurore.

— Il se pourrait que notre conversation d'hier soir sur le travail à venir ait suscité ces craintes, dit-il en se frictionnant le front.

Luc secoua la tête.

— Non, il y a des problèmes dans l'air, et je crois que ta migraine confirme que tu en percevais certains aspects. Quand nos frères d'Iona se sont joints à nous au printemps, ils nous ont dit avoir senti quelque chose mijoter pendant tout l'hiver. A Balantrodoch, nous l'avons perçu aussi. Simplement, nous ne parvenons pas à déterminer d'où ça vient.

— Est-ce que ce pourrait être les patrouilles anglaises du voisinage ? demanda Gaspar.

— C'est possible, mais peu probable, dit Arnault. De plus, il ne s'agit pas de soldatesque ordinaire, j'en ai peur. Je t'ai déjà parlé de mes soupçons concernant les Comyn.

— Je croyais que le vieux Comyn était mort, dit Gaspar.

— Oui, dit Luc, mais son fils est taillé dans la même étoffe. Torquil les a vus tous les deux, le soir où Jay et de Sautre leur ont donné le coffret, et il t'a parlé de ce qui l'avait poursuivi après qu'ils eurent repéré sa présence. Dieu soit loué pour Sa grâce — et pour le talisman que portait Torquil !

— Tu crois donc que ce Comyn le Rouge a hérité des pleins pouvoirs de son père ?

Arnault haussa les épaules.

— Hérité ou assumé, je ne sais pas, mais nous ne pouvons pas nous permettre le luxe d'ignorer cette possibilité. D'après les indices que nous avons jusque-là, je crains le pire. Nous savons que feu son père a consacré beaucoup de temps et d'argent à la restauration d'une vieille forteresse picte sur la côte nord, au cœur des domaines de Badenoch — et quand nous avons essayé de sonder dans cette direction, nous nous sommes heurtés à une brume, presque un brouillard, qu'aucun d'entre nous n'a pu pénétrer. Etant donné la fragilité de notre situation, nous n'avons pas osé y aller en personne.

— Tu crois donc que c'est la sorcellerie qui obscurcit le fort ?

— Sans doute. Mais que ce Comyn trempe ou non dans la sorcellerie, ce qui l'intéresse avant tout, c'est le gain politique. Malgré sa haine pour le roi anglais, il ne veut voir personne d'autre que lui devenir le prochain roi d'Ecosse, même s'il n'est que le vassal d'Edouard. S'il a la moindre idée de ce que nous préparons — qu'il soit ou non de mèche avec les anciens alliés de son père — il est certain qu'il cherchera à interférer, dans toute la mesure de ses moyens.

Le second groupe quitta Scone en fin d'après-midi — Arnault, Gaspar et Luc — muni de la bénédiction de l'abbé Henry. Sur la route de Dunkeld, les autres voyageurs étaient rares, et ceux qu'ils rencontrèrent se hâtaient vers leurs affaires, n'accordant que quelques regards curieux aux trois Templiers, à l'évidence chargés d'unc mission capitale. Mais ils avaient décidé qu'ils avaient besoin du réconfort symbolique de l'habit de leur Ordre plus que de l'anonymat d'un déguisement.

Le crépuscule qui tombait était lourd, sans un souffle d'air, même chaud pour un mois d'août. Quand ils s'arrêtèrent pour laisser reposer les chevaux, peu avant l'endroit où ils devaient quitter la grand-route, la seule chose vivante remuant à perte de vue, c'était un grand oiseau noir planant haut au-dessus de leurs têtes sur les courants ascendants, décrivant paresseusement une spirale qui semblait de mauvais augure.

— L'aspect de cet oiseau ne me plaît pas, remarqua Gaspar à l'adresse de Luc, en resserrant la sangle de son cheval.

— A moi non plus, répondit Luc. Mais il est hors de portée de flèche, même si nous avions pensé à emporter un arc.

Arnault les entendit, et regarda anxieusement le ciel en se remettant en selle.

— Peu importe, dit-il. Nous serons bientôt au milieu des arbres du bois de Birnam.

Au premier abord, les feuillages touffus de la forêt leur parurent accueillants. Mais à mesure qu'ils avançaient, les flaques d'ombre entre les arbres prirent un aspect sinistre. Arnault pensa que son imagination lui jouait des tours — jusqu'au moment où il s'aperçut que Gaspar et Luc jetaient des regards inquiets par-dessus leur épaule.

— Il y a quelque chose de mauvais ici, grommela Gaspar entre ses dents. Quoi que ce soit, ça n'a aucune sympathie pour quiconque voyage sous le signe de la croix.

La nuit approchait, et ils se faufilèrent le long des rives de plusieurs cours d'eau successifs menant vers la grotte de la Pierre, Arnault en tête de leur groupe. Ils franchirent le gué et tournèrent vers l'ouest, le long de la rive nord. Les eaux étaient basses, laissant une piste de sable et de rocs de chaque côté. La rivière semblait différente de celle que se rappelait Arnault, et il fut soulagé quand ils arrivèrent en vue de la ravine conduisant à la caverne où, depuis sept ans, était cachée la Pierre du Destin.

Christophe, assis juste après l'entrée de la première salle, son épée plantée devant lui dans le sol, se leva et fit le signe de la croix dans l'ouverture avant de s'effacer pour les laisser passer. De la lumière brillait dans l'étroit passage menant à la salle intérieure, et Arnault fit signe à Gaspar et Luc de le précéder.

A l'intérieur, la salle de la Pierre avait été transformée en sanctuaire. Des cierges étaient allumés aux quatre points cardinaux, la Présence réelle du Saint Sacrement figurant à l'est dans une custode et une lumière votive brûlant dans une coupe de verre rouge. Une faible odeur d'encens flottait dans l'air, mêlée à quelque chose de frais et de citronné.

La Pierre elle-même trônait au centre de la salle, posée sur un de ces petits tapis qu'Arnault avait vu utiliser pour la prière en Terre sainte. Fingon et Ninian étaient agenouillés derrière elle, chacun avec une main posée dessus ; ils levèrent les yeux à l'entrée des trois arrivants, mais Gaspar leur fit signe de continuer ce qu'ils faisaient. Les deux moines de Colomba reprirent leurs prières, murmurées en gaélique, et Gaspar étudia la Pierre de la porte, se retournant finalement vers Arnault.

— Je n'ai pas pensé à te le demander avant, mais, en supposant que ce sacrifice ait l'effet désiré, sais-tu qui sera le successeur de Wallace ?

— Oui, Robert Bruce.

Gaspar haussa les sourcils, étonné.

— Le même dont le grand-père avait défié Balliol pour la couronne ?

— Lui-même, répondit Arnault. A l'époque, nous ne nous doutions pas que leur mutuelle animosité préfigurait une bataille entre les forces des ténèbres et de la lumière. Mais Bruce est indéniablement notre homme.

— Et Wallace, tu es certain qu'il est le Roi Sans Couronne ?

— Hélas pour lui, j'en suis certain, répondit Arnault.

Laissant les deux frères d'Iona à leurs prières, ils sortirent tous trois de la caverne. Dehors, les autres avaient tracé dans le sable une ligne protectrice en forme de croissant, que ponctuaient les épées de tous les autres chevaliers. Sous la direction du père Bertrand, ils érigeaient un mur de prière le long de la surface ainsi délimitée. Les frères d'Iona les rejoignirent au bout d'un moment, tissant le clair de lune dans leurs protections alors que le soleil se couchait et que la lune se levait.

Tandis qu'ils s'asseyaient autour d'un petit feu pour partager un frugal repas, Arnault se retira dans un endroit abrité à droite du croissant protecteur, où il s'assit, adossé à un arbre. Après avoir planté son épée dans le sol, en guise de protection, il rabattit son capuchon sur sa tête et, sous le signe de la croix de son Ordre, il sortit le *keekstane* de son aumônière, comme il l'avait fait chaque soir depuis la capture de Wallace.

Portant l'ouverture de la pierre au niveau de son regard, il inspira lentement et profondément plusieurs fois, pour centrer ses pensées tandis que son esprit franchissait le seuil de la conscience et qu'il entrait en transe, murmurant une prière apprise chez les frères de Colomba.

— Que le Fils du Roi de la vie soit mon bouclier, qu'il me donne des yeux pour voir l'objet de ma quête…

Un changement fugitif de perspective suffit à ancrer son corps physique dans le sol. Utilisant le trou de la pierre comme fenêtre donnant sur une autre dimension, se concentrant sur un point de clair de lune luisant sur la garde cruciforme de son épée, il projeta son esprit hors de son corps et se mit à la recherche de Wallace.

La signature de cette autre âme, empreinte dans le sang de la pierre qu'il tenait à la main, l'attira vers sa source comme l'aimant attire le fer. Les distances disparurent, alors que son âme volait vers le sud, à travers montagnes et marais, ne voyant plus uniquement avec ses yeux mortels. Villes et villages filaient sous lui, flous dans le crépuscule grandissant, jusqu'au moment où le serpent argenté de la Tamise le guida vers les tourelles de la Tour de Londres.

Les murs et remparts de pierre n'opposèrent aucun obstacle au passage de son esprit. La présence qu'il cherchait se précisa de plus en plus à mesure qu'il plongeait à travers les nombreux niveaux de la citadelle, jusqu'à une cellule exiguë située dans ses entrailles. Rivé par de lourdes chaînes à un pieu de fer planté dans le mur, le chef rebelle gisait sur un tas de paille humide dans un coin du cachot. Il était brisé et d'une saleté répugnante, son visage rendu méconnaissable par la crasse et les coups. Mais pour Arnault, sa seule présence luisait tel un phare au milieu de la nuit.

Un geôlier anglais tripotait ses chaînes pour s'assurer que les serrures de ses poignets et de ses chevilles étaient bien fermées, puis il recula, décochant au prisonnier un coup de pied dans le flanc.

— Ça, c'est pour tous les écoliers que tu as brûlés vifs ! dit-il avec véhémence.

Wallace réprima une grimace avant de tourner le visage vers son persécuteur.

— C'est de ça qu'on m'accuse ?

— Oui, et pas seulement, répondit l'autre avec un rictus. Tu ferais bien de faire la paix avec le diable ce soir, parce que demain, tu iras à Westminster répondre de tes crimes.

Il cracha sur Wallace et sortit en traînant les pieds, claquant la porte derrière lui. Resté seul, Wallace se rallongea sur la paille et ferma les yeux, résigné, mais pas avant qu'Arnault n'ait vu le tumulte régnant en son âme.

S'approchant par l'esprit, il le supplia mentalement de sentir sa présence sous forme d'un contact entre leurs mains, comme lors de leur dernière rencontre, moins d'un mois plus tôt. Tout à coup, les yeux de Wallace s'ouvrirent brusquement, doute et désespoir aussi violents que le souffle d'un ouragan, mais Arnault continua à exercer sa pression mentale jusqu'au moment où Wallace réalisa sa présence.

Il le reconnut avec gratitude, et le lien d'espoir et de soulagement existant entre eux se resserra comme la poignée de main de deux amis qui savent qu'ils seront bientôt séparés. Evitant les paroles, Arnault projeta mentalement la promesse et l'assurance qu'il ne serait pas seul à sa dernière heure — que lui et d'autres étaient prêts à jouer leur rôle dans la réanimation de la Pierre. Ce faisant, il eut la vision d'un Grand Temple unissant le ciel et la terre, et dont la pierre angulaire était la Pierre du Destin.

Dessus trônait le saint agneau de Dieu, dont la splendeur emplissait le Temple d'une lumière surnaturelle jaillissant de ses nombreuses fenêtres telle une marée éblouissante. Enveloppé de cette marée, où se nicha son âme comme dans un baume bienfaisant, Wallace s'abandonna avec reconnaissance à la joie de cette vision et, oubliant ses peurs, accepta enfin, pour son esprit et son corps, le repos d'un bienheureux sommeil.

Moins satisfait, Arnault se retira dans son corps, vidé et épuisé par son long voyage spirituel, prononçant une dernière prière pour Wallace.

— *Toi, ô Roi du sang de la vérité, n'oublie pas Ton serviteur en son heure de détresse, ne lui ferme pas la maison de Tes trésors...*

Sortant de sa transe, il se sentit pris de vertige et presque nauséeux. Frissonnant dans la douceur de cette nuit d'été, il resserra sa cape autour de lui avant de ranger le *keekstane* et de rejoindre ses compagnons, sachant trop bien que manger redonnerait des forces à son corps, mais ne pourrait rien contre la détresse de son cœur.

— Au moins, l'attente ne sera pas longue, ni pour lui ni pour nous, dit-il, Torquil lui offrant un morceau de pain pendant que Luc débouchait une outre de vin. Demain s'ouvrira son procès. Le verdict fait peu de doute, ainsi que la sentence.

CHAPITRE 33

Ils postèrent des sentinelles pour la nuit, deux chevaliers montant la garde en permanence devant l'entrée de la grotte, pendant que les autres, dans la salle extérieure, se glissaient dans leurs couvertures pour se reposer un peu. Arnault s'isola, afin de dormir en présence du Saint Sacrement, devant la Pierre, posant sur elle le paquet renfermant le Plastron du Grand Prêtre, en tant que protection et bouclier supplémentaire. Le père Bertrand et les deux moines d'Iona se relayèrent pour veiller, élevant un rempart de prières autour de la Pierre.

Même sous la protection du Saint Sacrement et de la Pierre, Arnault trouva difficilement le sommeil. Manger avait dissipé en grande partie le froid résiduel ressenti après ses exercices de voyance, mais quand il finit par s'endormir, ce fut d'un sommeil hanté d'ombres et de murmures. Il dériva anxieusement dans une série de rêves informes, jusqu'au moment où il fut éveillé en sursaut par le hennissement strident d'un des chevaux attachés non loin de la grotte.

Instantanément réveillé, il s'assit brusquement, tendant machinalement la main vers son épée. Ninian était en prière, les deux autres s'éveillaient. Gaspar avait couché en travers de la porte de la salle extérieure, mais il était déjà debout, épée au poing. Avec un signe impérieux à Arnault et aux trois autres, leur intimant de ne pas bouger, il disparut dans la première salle.

Bertrand et Fingon vinrent s'agenouiller de chaque côté de la Pierre, posant les mains dessus ; frère Ninian resta à la même place, devant le Saint Sacrement, les mains sur la custode, tête penchée en une fervente invocation. Dégainant son épée, Arnault alla à l'entrée de la salle et la planta dans le sable. Plus loin, Gaspar avait adopté une posture défensive à l'entrée de la grotte, flanqué de Luc et de Flannan. Torquil et Christophe n'étaient pas visibles.

— Où sont les autres ? demanda Gaspar à Luc.

— Ils sont allés voir les chevaux.

— Est-ce que ce pourrait être simplement une bête sauvage quelconque ? s'enquit Flannan.

Luc secoua la tête.

— J'en doute. Je sens quelque chose de mauvais dans…

Avant qu'il ait terminé sa phrase, l'air devant eux explosa en une décharge d'énergie crépitante.

Alors qu'ils descendaient vers les chevaux, Torquil et Christophe s'arrêtèrent net à ce picotement avertisseur d'un mal absolu tout proche, levant instinctivement leur épée pour le repousser. Un bref instant, Torquil crut apercevoir le tremblotement fantomatique d'une silhouette difforme rôdant au loin parmi les arbres. Autour d'eux, d'autres étincelles surgirent dans la grisaille, telles des lucioles échelonnées le long de leur ligne protectrice. Le vent souffla brièvement vers eux une puanteur semblable à des algues qui brûlent, assez âcre pour les suffoquer.

Les chevaux paniquèrent. Rompant leurs attaches, ils se dispersèrent comme des moutons, plongeant sous le couvert des arbres. Quelques-uns passèrent ventre à terre près de Torquil et Christophe, et une armée d'ombres surgit de la forêt, se lançant à leurs trousses. Au loin, un cheval hurla.

Ce n'était pas le moment de jouer les héros. Comme un seul homme, Torquil et Christophe filèrent à toute vitesse vers la sécurité de la grotte. Dans leur fuite, quelque chose saisit vicieusement Christophe par le bras ; il se dégagea en criant, le poignet ouvert d'une longue estafilade, et courut pour rattraper Torquil ; ils atteignirent enfin la ligne protectrice, ajoutant leurs épées aux trois autres qui l'entouraient déjà, afin de la renforcer. Puis ils joignirent leurs mains en une chaîne humaine pour la fortifier un peu plus.

Leurs assaillants les suivaient de près — visibles maintenant, mais seulement du coin de l'œil : ils étaient six ou sept, vaguement humanoïdes, mais tordus et difformes, griffant l'air de serres menaçantes, les yeux brillant d'une lueur verdâtre à peu près au niveau de la tête d'un homme de haute taille. De longs cheveux d'hydre ruisselaient de leurs têtes cabossées, tels des lambeaux de mousse pourrissante, et leurs corps grossiers et anguleux étaient rugueux et gris comme des rocs érodés par le vent, les bouches béantes révélant deux rangées de dents aussi tranchantes que des rasoirs.

En une ruée générale, ils se jetèrent contre la barrière défensive, la force de l'impact provoquant une pluie d'étincelles argentées, mais la barrière tint bon. Une deuxième attaque ébranla la barrière, et le père Bertrand sortit avec une brassée de torches éteintes. Il en plongea une dans le feu de guet en criant :

— *Per ignem Dominum Nostrum Jesum Christum Filium Deum, te Consecro !*

La torche s'enflamma, et il la tendit à Gaspar qui la brandit devant la barrière.

— Par le pouvoir du Très-Haut, je t'adjure de partir ou de périr dans ces flammes que le Tout-Puissant a sanctifiées !

Les apparitions reculèrent en sifflant, et Bertrand continua à allumer des torches, les passant aux autres qui les plantaient dans le sol entre les épées pour renforcer la ligne.

Les apparitions se recroquevillèrent, puis se débandèrent et s'enfuirent, se dispersant sous les arbres avec des cris perçants de rage et de frustration. Derrière la barrière, le cœur battant encore la chamade, les Templiers poussèrent un soupir de soulagement, s'efforçant de voir au-delà du mur de feu. Du sang dégouttait de la blessure de Christophe, et il se laissa faire quand Bertrand le força à s'asseoir, Gaspar appelant les frères d'Iona à la rescousse. Ils vinrent immédiatement, considérant la blessure avec des « tss, tss » inquiets.

— Quel genre de démons était-ce là ? haleta Christophe, pendant que l'abbé Fingon versait de l'eau bénite sur l'estafilade, murmurant une prière en gaélique.

La blessure fuma au contact de l'eau, et Christophe réprima un cri de douleur ; mais la plaie disparut sous le liquide purifiant, et il fléchit le bras avec soulagement.

Torquil regarda sans rien dire, attendant que Fingon ait fait le signe de la croix au-dessus de l'endroit où s'était trouvée la blessure, puis il embrassa du regard le groupe des Templiers avec un pauvre sourire.

— D'après un contact précédent, heureusement limité, avec ce genre d'apparitions, cela confirme, à mon avis, que le Comyn Rouge a effectivement appris à se servir des reliques de Briochan, l'ancien adversaire de saint Colomba.

— Crois-tu qu'il est physiquement présent dans les parages ? demanda Gaspar.

Torquil secoua la tête.

— Je ne sais pas jusqu'où il peut approcher, et je n'ai pas très envie d'aller voir. Pour nous et la Pierre, je pense que le mieux est de monter la garde ici. La grotte elle-même protégera la Pierre, et nous serons devant la seule entrée, dit-il, montrant du geste leur ligne protectrice.

Gaspar approuva de la tête.

— S'il a deviné nos intentions concernant la Pierre, il faut s'attendre à une autre attaque.

— D'après moi, il est presque certain qu'il a découvert la Pierre à cause des protections que nous avons érigées autour d'elle, répondit Torquil. Et si les Comyn sont responsables de l'extinction de la lignée des Canmore, ils ne veulent pas aujourd'hui que la Pierre retrouve son pouvoir, puisqu'elle était le fondement de leur puissance. Ce qui signifie que cette attaque n'est qu'un début.

Ils plantèrent de nouvelles torches près de celles qui brûlaient toujours entre les épées, prêts à les rallumer au premier signe d'hostilité. Arnault sortit brièvement pour inspecter leur ligne de défense, mais il savait qu'il devait conserver son énergie pour la Pierre elle-même — et pour la terrible tâche du lendemain, quand il servirait de canal pour la ranimer. Scrutant le terrain au-delà de leur ligne protectrice, il aperçut des mouvements fugitifs dans l'obscurité totale régnant sous les arbres. De temps en temps, quelque chose frôlait leur rempart mystique, provoquant un bref crépitement d'étincelles hostiles.

Il se retira dans le sanctuaire intérieur aux premiers indices d'une seconde attaque, juste après minuit. La barrière résista à l'assaut, mais le tissu de leur défense en resta affaibli, et redonner toute sa force à la barrière mystique fut très coûteux en termes d'énergie.

— Si nous pouvons tenir jusqu'à l'aube, dit sombrement Gaspar, la puissance des attaques devrait diminuer. Heureusement, c'est un axiome de l'Invisible que les pouvoirs des ténèbres gagnent en force pendant les heures sombres de la nuit. Grâce à Dieu, la Lumière supérieure luit sans discontinuer. Mais après l'aube, je crains que l'attaque ne change de caractère et ne se concentre sur nous, pour nous empêcher de ranimer la Pierre.

Deux attaques survinrent encore avant le jour, repoussées chacune à son tour, mais tous les défenseurs sentirent que cela minait leur vitalité. Quand l'aube se leva enfin, ils firent des prières d'action de grâce, remerciant de leur délivrance, puis le père Bertrand célébra la messe sur la Pierre, et ils participèrent à la grâce fortifiante de la sainte communion. Après quoi, Arnault sortit brièvement de la grotte pour rejoindre Torquil, qui, debout derrière son épée, contemplait la ravine au-dessous de lui.

— Tu as vu des signes des chevaux ? demanda-t-il.

Torquil tendit le bras d'un air sinistre.

— Oui. Regarde là-bas.

Au bord du cours d'eau, Arnault repéra le squelette d'un gros animal, les os parfaitement nettoyés.

— Je crains que ce ne soit pas le seul, reprit Torquil, mais je ne peux pas dire que je sois pressé d'aller à leur recherche.

Gaspar l'entendit et vint se joindre à eux.

— Ne t'inquiète pas des chevaux pour le moment. Je ne veux pas que toi ni personne s'aventure au-delà de nos défenses. Le jour nous apporte un répit, mais nous sommes toujours en état de siège.

Flannan, le moins expérimenté de tous en ésotérisme, s'était approché discrètement pendant la conversation ; il montra de la tête le terrain s'étendant au-delà de leur ligne protectrice.

— Que se passera-t-il si nous *ne parvenons pas* à maintenir nos défenses pendant la réanimation ?

— Nous *devons* les maintenir, non seulement pour le salut de notre âme, mais parce que l'avenir de l'Ecosse et le destin du Cinquième Temple en dépendent, dit sombrement Arnault. Et le danger ne fera qu'augmenter à mesure qu'approchera l'exécution de Wallace.

Luc prit en charge les défenses extérieures, organisant de nouveau des équipes de deux qui veilleraient derrière le mur des épées, tandis que les autres se reposeraient. Pendant ce temps, Arnault, Gaspar et les deux frères d'Iona se retirèrent dans le sanctuaire de la caverne intérieure où était cachée la Pierre du Destin. Là, ils commencèrent les derniers préparatifs du travail qui les attendait.

Arnault dégaina sa dague, toujours maculée du sang de Wallace et du sien, et la posa sur la Pierre. Le *keekstane* reposait déjà dans la faible dépression creusée à la surface de la Pierre, occupant symboliquement sa place de Roi Sans Couronne. Gaspar sortit le Plastron du Grand Prêtre de ses enveloppes.

Pendant ce temps, les frères d'Iona avaient planté dans le sable, à l'est, au sud et à l'ouest, de grands cierges allumés, et tournaient autour de la salle en murmurant des prières en gaélique, l'abbé Fingon avec un encensoir allumé en argile vernie, frère Ninian avec un bol d'eau bénite dont il aspergeait les parois et le sol. Voyant qu'ils s'acquittaient parfaitement de leurs tâches respectives, Arnault se tourna vers Gaspar, occupé à découdre les fils fermant deux petites poches cousues à l'arrière du Plastron.

— Je ne me suis jamais servi d'*Urim* et *Thummin*, dit-il doucement. Je ne les ai même jamais vus.

— Les Lumières et les Perfections, dit Gaspar avec un faible sourire. Tends tes mains.

De la poche située sur la droite, il sortit l'*Urim*, morceau de quartz ovale et plat, sans défaut, clair comme de l'eau de roche, de même taille que les gemmes cousues sur le devant du Plastron. Il le posa dans la main droite d'Arnault. Le *Thummin*, qu'il plaça dans sa main gauche, était de taille similaire, mais en onyx poli. Les deux étaient gravés d'inscriptions mystiques, comme toutes les autres pierres du Plastron.

— Connaissons-nous le sens de ces symboles ? demanda Arnault, percevant leur fraîcheur et le picotement de leur promesse en refermant les mains.

— Le sens général, répondit Gaspar. Les pierres en elles-mêmes ne sont que les vaisseaux des attributs mystiques, naturellement, comme la Pierre du Destin est le réceptacle de la grâce qui soutient la souveraineté du pays. Combinées à la nature celtique unique des vertus concentrées dans le *keekstane*, elles devraient te permettre de voir ce qu'il te faudra voir le moment venu.

Arnault hocha la tête, effleurant de ses lèvres chaque pierre à son tour, avant de les poser avec soin sur un linge plié que Gaspar étendit sur la Pierre du Destin. Tous deux se levèrent, Gaspar se retirant à l'ouest, où l'épée d'Arnault montait toujours la garde devant la porte, Arnault lui-même se postant au nord de la Pierre, face au sud vers Londres et Wallace. L'abbé Fingon attendait déjà à l'est, Ninian au sud.

— Nous commençons ? demanda doucement l'abbé Fingon à Arnault.

Arnault prit une profonde inspiration, expira lentement, puis il acquiesça de la tête.

— Alors, que le Gardien de la Porte commence à invoquer le *Cra-gheal*, sous la protection de qui nous allons livrer bataille, dit Fingon, montrant Gaspar de la tête.

Levant ses mains ouvertes au niveau de sa taille, Gaspar ferma les yeux et parla.

— Grand Michel, *Cra-gheal*, le rouge-blanc, défenseur des portes du ciel, revêts-nous en ce jour de l'armure de la sainteté. Michel le Victorieux, Michel à l'épée flamboyante, puisses-tu t'interposer entre nous et la mort.

— Marie pleine de grâces, dit Fingon après lui, Marie de la beauté la plus pure, appelle sur nous la grâce de l'agneau, le Verbe fait Chair, pour qu'Il nous unisse à Son serviteur Wallace, et reçoive son âme en oblation précieuse, renouvelant l'alliance avec ce saint royaume.

— Bienheureuse Bride, servante de la vertu, enchaîna Ninian, implore pour nous la grâce du Consolateur, du Sauveur, étincelante fontaine de sagesse, que nos cœurs soient purifiés, et que nous soyons trouvés dignes de servir les Trois.

Il incombait à Arnault de compléter la quadruple invocation. Elevant son cœur et sa voix en la Présence sacrée, il les recommanda à l'intercession de saint Colomba, qui les avait rassemblés dans cette cause commune.

— Bienveillant Colomba, à jamais bienheureux, patron de l'édification de ce pays, assiste-nous dans l'accomplissement de la prophétie, afin que ce pays soit de nouveau baptisé dans la Lumière. Amen.

Ayant terminé tous les préparatifs possibles, il reprit le *keekstane* et vint s'asseoir au sud, adossé à la Pierre du Destin, rentrant en lui-même en serrant dans sa main la pierre qui était son lien avec Wallace. Quelques respirations lentes le firent glisser sans heurt dans la transe ; pensée et image se brouillèrent tandis que son âme prenait son envol sur les ailes de la vision. Quand ses sens lui revinrent, il se retrouva près de Wallace, mais il s'abstint de tout contact, se contentant d'observer en cherchant à s'orienter.

On avait amené le Roi Sans Couronne dans la grande nef, mains liées derrière le dos comme un criminel de droit commun, la tête ceinte d'une couronne de laurier, en dérision du pouvoir qu'il avait possédé dans ce pays maintenant revendiqué par un autre roi. Une mer de visages hostiles et sournois s'écarta devant le prisonnier, qu'on poussait dans la longue allée centrale pour finalement monter les marches d'un échafaud improvisé.

Sous un large dais en face de l'échafaud, trônait le roi

aux yeux de glace qui avait amené Wallace à ce jour du jugement : le vieillissant Edouard d'Angleterre, flanqué de son sénéchal et du prince de Galles, sa couronne d'or en contraste voulu avec la couronne de laurier du prisonnier, encore puissant et très dangereux, enfin prêt à donner libre cours à sa rage et à sa frustration sur l'homme qui avait contrecarré si longtemps ses vues sur l'Ecosse. Les yeux glacés cillèrent à peine quand, de la tête, il fit signe à un clerc de lire les accusations.

Conservant ses forces pour plus tard, Arnault ne s'appesantit pas sur les détails de la procédure judiciaire qui suivit — sommaire, de toute façon, le procès n'étant guère plus qu'une sinistre farce. Aucun témoin ne fut appelé, aucun appel présenté, aucune défense permise. Wallace ne put qu'écouter en silence une longue liste de crimes, commençant par le meurtre du seigneur William Hazelrigg, le shérif anglais de Lanart, et se terminant par une inculpation de trahison contre le roi lui-même.

Cette dernière accusation fut la seule que Wallace tenta de contester.

— Edouard d'Angleterre, tu n'es pas mon roi, et tu ne l'as jamais été, déclara-t-il d'une voix vibrante. Je ne t'ai jamais juré allégeance, et je ne t'ai jamais rendu hommage. Tue-moi si tu le dois, mais sois assuré que je suis innocent, au moins de cette accusation !

Cette déclaration lui valut un violent coup au visage de la part d'un de ses geôliers. Une explosion de hurlements et de huées ébranla la nef, mais Edouard leva la main pour demander le silence, les gardes frappèrent le sol de leurs longues hallebardes, et le tumulte se calma.

Le brouhaha apaisé, le sénéchal du roi se leva pour lire la sentence attendue : à savoir que William Wallace d'Elerslic, soi-disant chevalier, était coupable de toutes les accusations, y compris la trahison, et le paierait de sa vie.

Arnault chancela avec Wallace sous le coup de cette condamnation irrévocable, car le préposé détailla alors en termes crus cette forme anglaise d'exécution, spécifiquement conçue pour les traîtres — le prisonnier serait pendu par le cou, la corde coupée avant qu'il ne meure, sa virilité tranchée, ses entrailles arrachées à son ventre et brûlées devant lui, la tête ensuite séparée du corps et exhibée au bout d'une pique sur le pont de Londres, en avertissement à tout traître éventuel qui s'opposerait au pouvoir du roi. En un dernier raffinement de cruauté, le corps serait écartelé et les morceaux envoyés dans le Nord pour être exposés près des égouts à ciel ouvert, dans les cités de la région où Wallace avait lutté pour libérer son pays.

— ... et puisse Dieu avoir pitié de ton âme, termina-t-il, quoique sans beaucoup de conviction.

Le traître fut ensuite emmené sur le lieu de l'exécution, à Smithfield Elms, où la sentence devait être exécutée sur-le-champ, avant le coucher du soleil.

Le cœur lourd, Arnault accompagna en esprit Wallace qu'on transporta, pieds et poings liés, pour l'allonger sur une claie de supplice qu'on promena ensuite dans les rues de Londres. Le trajet tortueux prit près de quatre heures, pendant lesquelles Arnault sortit plusieurs fois de sa transe pour s'assurer que tout allait bien pour la Pierre. Les foules alignées dans les rues tout le long du chemin se pressaient autour de lui, hurlant des injures et le bombardant d'ordures — car on leur avait dit que Wallace méritait son sort, qu'il était un ennemi de l'Angleterre.

Le condamné supporta ces indignités dans un silence stoïque, le visage impénétrable, les yeux fixés au loin par-dessus les têtes, tirant réconfort de sa foi et de la vague impression qu'Arnault était avec lui à l'approche du lieu de l'exécution.

Ils en étaient à un quart de mile quand Arnault sortit

de sa transe pour se livrer à ses derniers préparatifs, le *keekstane* toujours dans la main droite. Jusque-là, il avait reposé sa tête sur la Pierre — l'utilisant en fait comme l'oreiller de Jacob de la légende — et, en laissant ses yeux s'ouvrir légèrement, se gardant d'accommoder sa vision pour ne pas perdre le contact avec Wallace, il eut conscience de la présence de Gaspar, agenouillé à sa droite, et des deux frères d'Iona, à sa gauche.

— Ils y sont presque, murmura-t-il.

Comme de très loin, il sentit que Gaspar tendait le bras par-dessus sa tête pour prendre l'*Urim* et le *Thummin* sur l'autel, lui posant les pierres sur les yeux qu'il referma. Sans relever la tête, il porta le *keekstane* à son front, percevant une légère pression quand les deux moines de Colomba fixèrent les trois pierres sur son visage à l'aide de fines bandelettes de lin, rappelant les bandelettes funéraires des pharaons de l'Egypte ancienne. Ainsi disposées, les trois pierres formaient le symbole de l'élément feu — un triangle, pointe dirigée vers le haut — pour concentrer et canaliser le feu céleste le moment venu.

Ses yeux physiques ainsi aveuglés, Arnault chercha et trouva le point d'équilibre entre les affinités des trois pierres et quand Gaspar lui mit le Plastron autour du cou, il eut l'impression de plonger dans une transe plus profonde, toutes les pierres se renforçant maintenant l'une l'autre. Mais même à cette profondeur, une partie de son être resta en contact avec son entourage, et il sentit sous ses coudes des mains qui le relevaient.

— Assieds-toi maintenant, murmura Gaspar.

Il s'assit lentement puis se laissa guider pour tourner et, relevé sur les genoux, se déplaça jusqu'au côté nord de la Pierre. Revenu face au sud lointain où se trouvait Wallace, il s'assit sur les talons, posa les deux mains à plat sur la Pierre et vacilla sous le flot renouvelé des perceptions de Wallace, brûlé par le soleil de Smithfield.

Peu de perceptions visuelles à présent avec ses yeux aveuglés, mais c'était aussi bien, car son lien avec Wallace aiguisait tous ses autres sens. Les hurlements de la foule firent bientôt place au rugissement de son sang dans ses oreilles, quand la rude morsure d'une corde commença à étrangler cette autre vie, mais le nœud coulant du bourreau n'était que le début du supplice des traîtres.

Ils ne devaient flancher ni l'un ni l'autre. C'était le moment d'accentuer le contact, pour être vraiment *avec* Wallace, afin de le soutenir en ces ultimes instants. La gorge et la poitrine d'Arnault se convulsèrent quand l'instinct de conservation poussa Wallace à lutter pour respirer, ses membres ligotés agités de spasmes, et Arnault plongea sa volonté dans le brouillard sanglant de la suffocation pour que Wallace réalise qu'il n'était pas seul. De plus en plus paniqué et perdant peu à peu connaissance, Wallace commença à glisser dans l'inconscience, et c'est alors qu'Arnault établit le contact et partagea ses souffrances.

Wallace était trop proche de la mort pour réagir autrement que par un sursaut de gratitude angoissée, le corps concentré sur la simple survie ; mais même cette faible réaction renforça la concentration d'Arnault, tout en accentuant ses douleurs. Les constrictions de la poitrine et la suffocation durèrent quelques secondes, mais parurent s'éterniser en minutes et en heures, puis cessèrent brusquement quand le bourreau coupa la corde.

Arnault se retrouva en train de haleter pour retrouver son souffle, alors qu'il reprenait ses esprits en même temps que Wallace ; mais il se doutait que le répit serait bref et n'était que le prélude à des souffrances pires. Il banda tous ses muscles, sachant que les bouchers allaient bientôt se mettre à l'œuvre, tout en faisant de son mieux pour déverser force et courage dans l'homme avec qui il souffrait, cherchant à apaiser la peur viscérale qui saisit Wallace quand, loin dans le Sud, les exécuteurs lui montrèrent leurs outils.

La douleur, quand elle vint, fut soudaine et intense, pire qu'Arnault n'aurait pu l'imaginer. Un cri rauque échappa à ses lèvres, et il se plia en deux, torturé par un feu terrible qui lui brûlait le bas-ventre ; sa tête heurta le bord de la Pierre, et une partie de lui-même craignit d'avoir endommagé les pierres attachées sur son front, mais les bandelettes amortirent un peu le choc. Tout son instinct le poussait à porter les mains à son ventre, mais il parvint de justesse à les maintenir sur la Pierre. Aspirant l'air à grandes goulées pour retrouver son souffle, il faillit s'étrangler sous la douleur du second coup de coutelas. Le rugissement de Wallace — et le sien — rivalisa avec le rugissement de la foule de Smithfield, puis, sans avertissement, une nouvelle douleur lui embrasa le ventre comme une coulée de métal en fusion calcinant ses entrailles.

L'agonie de l'éviscération l'aveugla dans son intensité insoutenable, menaçant d'entraîner tous ses sens dans l'oubli et l'inconscience. Il lutta pour ne pas perdre connaissance, mais son corps se recroquevilla sur lui-même, ses mains glissant vers le bord de la Pierre, ses ongles se brisant dessus. Cependant Gaspar intervint fermement, immobilisant ses mains, les maintenant à plat sur la Pierre, tandis que la souffrance le martelait à chaque battement de cœur torturé. Alors, lentement, Arnault prit conscience d'une Lumière, très lointaine, pénétrant peu à peu l'ombre de la mort imminente, comme le soleil radieux brille à travers la tempête.

Elle descendit sur lui de hauteurs inimaginables, telle une promesse de pluie bienfaisante tombant sur une terre desséchée, et son esprit défaillant se tendit instinctivement vers elle, plus que prêt à abandonner la frêle enveloppe charnelle n'abritant plus que souffrances et tortures. Pourtant, en cet instant, quoique encore très lointain, Arnault perçut le frisson du pouvoir qui s'éveillait, comme une tempête qui se lève.

C'est fini, projeta-t-il vers Wallace. *Le pays a été servi, le pouvoir réveillé. Va, bon et fidèle serviteur, réclamer la place qui t'attend dans la Lumière…*

Ce disant, il se sépara du mourant, percevant à peine la hache miséricordieuse qui sectionna d'un seul coup sanglant l'âme du corps. Comme une vanne qui s'ouvre toute grande, l'instant de la libération de Wallace déclencha un flot puissant d'énergies mystiques.

La vague du pouvoir culmina et retomba, déferlant vers le Nord par-dessus monts et vallées, telle la marée. Arnault s'enfuit mentalement devant le flot tonnant qui le poursuivait, car un simple mortel ne pouvait pas canaliser sa force, sauf par l'intermédiaire de la Pierre elle-même et la médiation du Plastron.

Et là, agenouillé devant la Pierre, il sentit son âme retomber dans son corps avec un choc, et ses doigts ensanglantés se dirigèrent droit sur la dague posée sur la Pierre, en saisirent la poignée et l'élevèrent vers le ciel.

— Adonaï, Chef des Chefs généreux ! cria-t-il. Voilà l'oreiller de Jacob, repose-pied des anges et siège des rois ! Le Roi Sans Couronne vient à toi en sacrifice volontaire, en fidèle imitation du Saint Agneau. Maintenant peut être renouvelée l'alliance par laquelle ce royaume est devenu une terre de Lumière. De Ta grâce, remplis de nouveau cette Pierre, pour qu'elle redevienne le siège de la consécration des rois d'Ecosse et la pierre angulaire du Temple de ta Nouvelle Jérusalem.

Montant la garde devant la grotte avec Luc, Christophe et Flannan, Torquil prit brusquement conscience d'un éveil soudain et spontané de ses sens intérieurs. Les nuages voilant le ciel crépusculaire furent tout à coup déchirés par une explosion de lumière, éclatante et fulgurante comme l'éclair, qui tombait du ciel en coulée radieuse. La Pierre du Destin était l'aimant qui l'attirait, et le cœur de Torquil s'enfla de joie, en réalisant que le sacrifice de Wallace n'avait pas été en vain.

Mais alors même qu'il hésitait encore entre l'affliction et l'exultation, un grondement montant des entrailles de la terre ébranla le sol à ses pieds. Une fissure s'ouvrit à quelques mètres de la ligne protectrice, d'où sortit un nuage de fumée noire et puante. Luc et Christophe lancèrent des cris alarmés, tandis que d'autres fissures apparaissaient au-delà de leur barrière, vomissant des torrents d'ombre.

L'ombre se répandit comme un feu de brousse le long de leur ligne de défense. Une rafale de vent agita les arbres, d'où surgit une forme monstrueuse au milieu d'un nuage délétère. Instinctivement, Torquil fit le signe de la croix devant lui en reconnaissant l'esprit de cauchemar qui l'avait poursuivi la veille de Falkirk.

Des ombres en sortirent, se jetant sur le rempart magique élevé devant les quatre Templiers. Torquil ressentit l'impact jusqu'au fond de son âme, chaque choc se réverbérant sur les énergies protectrices. Des gerbes de terre jaillirent quand les ombres se mirent à creuser, pour passer sous la zone de protection des Templiers, cherchant à détruire la Pierre du Destin avant qu'elle n'ait retrouvé son pouvoir.

L'attaque s'intensifia quand la nuit tomba pour voiler le ciel et que les démons se pressèrent tout le long de la barrière. A l'intérieur de la ligne, l'air devint glacial et, dans les poumons, dense comme de l'eau. Les oreilles de Torquil se mirent à bourdonner, et il sentit ses poumons peiner pour respirer.

La pression monta. Soudain, Torquil ressentit une vive douleur dans le fond de son nez, suivie d'un goût de sang dans la gorge et d'un filet sanglant sur les lèvres. Le bourdonnement dans ses oreilles se transforma en douleur pulsante. Se bouchant les oreilles, il se détourna de la barrière et vit le père Bertrand se placer dans l'ouverture de la grotte, les mains levées en un geste d'invocation.

— Père de miséricorde, envoie-nous l'aide de Tes anges, sinon nous périrons au milieu de nos ennemis ! cria-t-il.

La prière suscita des cris de rage chez les assaillants, mais rompit la stupeur qui paralysait Torquil. Avalant l'air à grandes goulées, il se rua vers son épée, plantée dans la ligne défensive, et tomba à genoux devant elle, posant les mains sur la garde cruciforme et renversant la tête en arrière pour rugir la devise de leur Ordre.

— *Non nobis Domine !*

Sans hésitation, les autres l'imitèrent, même le père Bertrand, posant les mains sur l'épée de Gaspar qui, dans le sanctuaire, veillait sur Arnault et la Pierre. Chaque voix ajoutant sa force à l'exhortation, des étincelles bleues crépitèrent le long de chaque lame et disparurent dans le sol, fortifiant le rempart et barrant la route au mal qui tentait de passer.

Dans la chapelle, les parois de la grotte se dilataient et se contractaient comme la matrice d'une femelle en gésine. Tendu vers le lien avec le pouvoir qui continuait à tournoyer, très haut au-dessus d'eux — et les yeux toujours aveuglés par l'*Urim* et le *Thummin,* Arnault eut l'impression que quelque chose de mauvais cherchait à creuser un tunnel pour entrer, quelque chose qui répandait des veines d'ombre sur le sol et les murs, se tortillant vers la Pierre tels des vers tentaculaires.

La source de ce pouvoir ténébreux se trouvait très loin dans le Nord, perchée à l'extrême limite du pays. En un éclair visionnaire, il sut son nom, la vit par les yeux de l'esprit : un lieu nommé Burghead, ancienne citadelle et siège de sombres sacrifices, tapie sur un sinistre promontoire dominant la mer.

Ce savoir lui donna de nouvelles forces. Connaissant la source de l'attaque, Arnault se mit en devoir de la contrer — et la clef de son action reposait déjà sur son sein, concentrée dans les douze gemmes mystiques du Plastron de l'armure de Lumière de Dieu. Attirant Fingon et Ninian à sa droite et à sa gauche, il énonça les noms de la divinité invoqués quand le Plastron avait été fabriqué par et pour les Grands Prêtres d'Israël, gardiens et serviteurs des quatre premiers Temples, entonnant solennellement chaque nom, en faisant vibrer les syllabes dans la sainteté du Sacrement et de la Pierre, puis rapprochant et tressant avec la tradition hébraïque les fils des traditions chrétienne et celtique.

— *Elohim... Ee-he-vau-he... Adonaï... Shaddat sk ChaÏ... Christus Dominus... an Ni Math...*

Les gemmes du Plastron s'allumèrent d'un éclat radieux. Même derrière les bandelettes, Arnault put voir leur feu chatoyant emplir la caverne. Mais par les lentilles oraculaires d'*Urim* et *Thummin*, il prit aussi conscience de quatre autres Présences puissantes se manifestant au milieu de la salle, ailées comme des aigles, armurées de Lumière, chacune avec une étoile scintillante sur son noble front.

Même dans cet espace restreint, leurs longs cheveux étaient constellés d'étoiles. La splendeur de leur seule présence fit reculer les apparitions. Dans un flou de couleurs éblouissantes, ils parcoururent la salle, purifiant les parois par un feu sacré. Puis retentit d'en haut un dernier glapissement déchirant, et soudain l'air redevint libre, et les anges disparurent.

Frappé de stupeur, Arnault les suivit des yeux ; il ne résista pas quand Fingon et Ninian détachèrent ses bandelettes et reprirent les trois pierres, posant le *keekstane* dans le creux au centre de la Pierre, avec les deux autres de chaque côté, dans la même configuration triangulaire que lorsqu'elles étaient attachées sur son visage. Le regard d'Arnault s'était tourné vers le ciel, où le plafond de la grotte semblait fondre pour révéler la tempête éclatante de pouvoir qui surgissait maintenant d'en haut.

Tendant vers elle sa main droite, Arnault abaissa sa main gauche pour introduire la pointe de la dague dans le trou du *keekstane*, posé sur la Pierre du Destin, et encore signé de son sang et de celui du Roi Sans Couronne. Puis, comme une fileuse tire le fil de son fuseau, il se voua à être un conduit vivant, enjambant l'espace entre le ciel et la terre, s'ouvrant tout grand pour canaliser dans la Pierre, par la lame et la fenêtre, toute la grâce si durement acquise par le Roi Sans Couronne.

Les gemmes du Plastron s'avivèrent encore quand le pouvoir commença à descendre et, avec l'*Urim*, le *Thummin* et le *keekstane*, elles atténuèrent la force du flot jusqu'à un niveau supportable par un modeste humain. Le passage du pouvoir emplit Arnault de tant de joie et de paix que tous leurs sacrifices en parurent dérisoires. Sous son regard émerveillé, la Pierre redevint un vaisseau d'une transparence éthérée. Le pouvoir coulant sans heurt à travers le trou du *keekstane* était comme une eau cristalline, s'accumulant jusqu'au moment où la Pierre ressembla à un récipient de verre rempli d'un rayonnement scintillant.

Quand le pouvoir en atteignit le bord, le flot se réduisit à un mince filet. Le temps que le rayonnement s'éteigne dans les gemmes du Plastron, la Pierre du Destin était pleine de lumière, de nouveau vivante.

Dehors, les entités ténébreuses cessèrent leur attaque avec un long glapissement de protestation, se dispersant comme des feuilles mortes dans la tempête. La dernière chose que Torquil vit d'elles, ce furent des mouvements furieux parmi les arbres, dont le bruit mourut au loin comme l'écho d'un ouragan. Inspirant avec effort, il se releva, son épée vibrant encore dans sa main, hésitant à la rengainer. Lentement, les autres remuèrent, leurs mains crispées lâchant leurs épées, aussi livides et haletants que Torquil. Le père Bertrand contemplait ses mains sans rien dire, se demandant ce qu'il avait fait. Christophe avait l'air engourdi, Flannan, incrédule.

— Je crois que c'est fini, dit Luc, le premier à rompre le silence.

— Oui, c'est fini, dit Torquil. Mais la Pierre ?

La réponse vint de derrière eux.

— Tout est bien. La Pierre du Destin vit.

Ils se retournèrent. Frère Ninian se tenait à l'entrée de la grotte, l'abbé Fingon appuyé à son bras. Les deux moines avaient l'air à la fois épuisés et reconnaissants.

— Et Arnault ? demanda anxieusement Torquil.

— Temporairement épuisé par ses fatigues spirituelles, répondit l'abbé Fingon. Frère Gaspar s'occupe de lui. Quelques heures de repos devraient lui permettre de récupérer de ses épreuves.

Ils prirent la précaution de protéger leur périmètre défensif, mais la nuit n'apporta aucun nouveau signe d'attaque. Au bout de quelques heures, convaincus qu'il n'y avait plus de danger pour le moment, Torquil s'aventura dans la caverne intérieure, pour prendre des nouvelles d'Arnault. Il trouva son aîné adossé à la Pierre, sa cape de Templier roulée sous sa tête, une tasse de vin chaud à la main.

— J'avoue que je me sens encore un peu faible, dit-il en réponse à la question anxieuse de Torquil. Mais il n'y paraîtra plus après une bonne nuit de sommeil.

— Ce dut être inexprimable, la souffrance, je veux dire, dit Torquil en frissonnant.

Arnault ferma brièvement les yeux.

— Il n'y a pas que la souffrance qui était inexprimable. L'inexprimable n'est pas toujours négatif. Mais quant à la souffrance, disons que si j'ai mon mot à dire dans la façon dont je mourrai, je prie que ce ne soit pas par pendaison et éventration. D'autre part, ajouta-t-il en souriant, le privilège de canaliser le pouvoir de la Pierre rend tout le reste dérisoire. Je regrette seulement que Wallace n'ait pas pu participer à cette joie — quoiqu'il l'ait peut-être partagée, car le service qu'il a rendu au pays aujourd'hui lui vaudra sans aucun doute une place au Paradis.

Torquil posa une main hésitante sur la Pierre, fermant les yeux en percevant le frémissement de sa nouvelle puissance.

— Nous devrions la déplacer aussi vite que possible, dit-il à Arnault, relevant les yeux tout en la caressant.

— Je suis d'accord. Est-ce que nous avons encore des chevaux pour le faire ?

— Il nous en manque au moins un, grimaça Torquil, et Dieu seul sait jusqu'où les survivants se sont enfuis. Mais si tu n'as rien contre, je préfère attendre le matin pour partir à leur recherche.

Arnault hocha la tête en souriant.

— C'est exactement ce que je pense. Demain sera bien assez tôt. En attendant, la Pierre elle-même nous protégera — et de toute façon, je suppose que nous avons épuisé les ressources de Comyn, pour le moment.

— Espérons-le, dit Gaspar, les rejoignant. Tu es certain que la cathédrale de Dunkeld sera un asile sûr pour la Pierre ?

— Autant qu'un autre, du moins jusqu'à ce que Bruce soit en position de faire appel à son pouvoir, répondit Arnault. L'abbé Henry a déjà tout organisé. L'évêque Crambeth est un ami et un partisan de Bruce, en même temps qu'un patriote et un fidèle de saint Colomba. Et Dunkeld est également à distance commode de Scone. Ce qui sera important le moment venu.

— Et ce moment, il viendra quand ? demanda Gaspar.

Arnault fronça légèrement les sourcils.

— Cela dépend du temps qu'il faudra à Bruce pour préparer le terrain. Avant d'être couronné sur la Pierre, il devra prouver sa valeur en reprenant au moins quelques-uns des châteaux et citadelles actuellement sous le commandement d'Edouard. Pour qu'une telle campagne réussisse, il devra trouver des alliés et des troupes, et être prêt à frapper quand l'occasion se présentera.

— Et si Comyn tente de s'emparer de la Pierre entretemps ? demanda Torquil.

— La Pierre existe à la fois physiquement et spirituellement, établissant un pont entre les mondes du Visible et de l'Invisible — raison pour laquelle elle est prévue comme pierre angulaire du Cinquième Temple, dit Arnault. Maintenant qu'elle est ranimée, ses propres vertus la cacheront à tous les procédés de sorcellerie que Comyn pourra employer pour la découvrir, de sorte qu'il devra essayer de la trouver au sens physique du terme. L'Ecosse est vaste. Et je soupçonne qu'au cours des prochains mois, Edouard d'Angleterre demandera beaucoup à ses vassaux écossais pour consolider le royaume qu'il croit avoir conquis. Cela affectera Bruce également, mais nous travaillons pour lui. Comyn devra agir seul.

Les yeux brillants, Gaspar croisa les bras.

— Cela nous éviterait bien des soucis si nous pouvions nous débarrasser tout de suite de ce Comyn, maintenant que ses pouvoirs sont en baisse.

Arnault secoua la tête.

— Pas encore, à mon avis. Quelque odieux que soient les crimes de Comyn au plan spirituel, nous ne pouvons pas les révéler ouvertement. Il est toujours le chef d'une des plus puissantes familles d'Ecosse, dont le soutien sera indispensable à un roi des Ecossais. Et nous sommes toujours le Temple. Nous ne pouvons pas prendre parti ouvertement.

« Je sais maintenant avec précision où se trouve le siège de son pouvoir — de la partie la plus dangereuse de son pouvoir — et éventuellement, nous devrons nous en occuper. Mais à présent que nous avons le moyen de couronner un roi des Ecossais selon la tradition, nous devons concentrer nos efforts sur Robert Bruce. Et c'est Bruce qui devra décider comment traiter avec le pouvoir politique très réel de Comyn.

CHAPITRE 34

Dans les jours qui suivirent, ils déplacèrent la Pierre vers une nouvelle cachette, dans la crypte de la cathédrale de Dunkeld. L'évêque Matthieu Crambeth, patriote convaincu et contemporain de l'abbé Henry, prit la Pierre en dépôt pour le compte du royaume, et permit à frère Ninian de faire temporairement partie de sa maison, pour veiller sur leur trésor.

Tandis qu'Arnault prenait des mesures pour mettre la Pierre en sécurité, Torquil alla à Annandale informer Robert Bruce des événements. Luc et Flannan retournèrent à Balantrodoch, l'abbé Fingon regagna Iona, pendant que Gaspar et les autres membres du *Cercle* rentraient à Paris, où les menaces contre tout l'Ordre du Temple se précisaient.

Au début de septembre, Arnault rejoignit Torquil et Bruce à Annandale. Les six mois suivants furent caractérisés par une activité fiévreuse, bien que clandestine, Bruce et une coterie de plus en plus nombreuse commençant à poser les bases d'une nouvelle révolte contre Edouard d'Angleterre. Revenus auprès de Bruce, Arnault et Torquil reprirent leur rôle d'aides de camp et conseillers militaires officieux, en même temps que leurs vêtements civils, transportant des messages confidentiels entre Bruce et les membres clefs de la noblesse écossaise.

Puis, en février de l'année suivante, les plans étant encore fluctuants, Bruce surprit ses alliés templiers en déclarant son intention de rencontrer face à face le seigneur de Badenoch, en une tentative pour gagner John Comyn à leurs aspirations communes contre l'Angleterre.

— J'ai l'intention de traiter avec lui à Dumfries, dit Bruce à Arnault, avant de l'envoyer avec Torquil organiser la rencontre. Sans le soutien de l'autre, ni lui ni moi ne pourrons conquérir et conserver la couronne. Il faut savoir où en est notre position respective. Allez, et faites ce qui doit être fait.

Il avait choisi Dumfries, parce que la ville se trouvait à courte distance des territoires conjoints de Carrick et de Galloway, respectivement propriété des Bruce et des Comyn. Il était donc naturel que les deux chefs des familles rivales s'y retrouvent.

Même ainsi, Arnault était inquiet, arpentant les jardins de l'église franciscaine, construite sur une hauteur au sud de la ville. C'était le 10 février 1306. Il avait de sérieuses réserves au sujet d'une confrontation directe avec Comyn, car il n'avait pas pu convaincre Bruce du danger qu'il courait — ni pu révéler entièrement en quoi consistait ce danger.

Ses doutes étaient partagés par le principal co-conspirateur de Bruce, l'évêque William Lamberton, actuellement en résidence à Berwick, pour présider le conseil anglais délégué par Edouard pour gouverner l'Ecosse, et qui faisait tout son possible pour dissiper les soupçons d'Edouard. Mais Bruce avait écarté les objections de Lamberton comme celles d'Arnault.

— Je comprends bien vos avertissements, avait dit Bruce à Arnault plus tôt dans la journée. Même si Comyn a embrassé serètement la foi païenne du passé, il n'en reste pas moins qu'il est de ceux ayant le plus grand nombre de partisans en Ecosse. Je ne peux pas les combattre en même temps, lui et Edouard. Même s'il n'y a qu'une chance infime de le persuader de renoncer à son apostasie et de se joindre à nous, nous aurons remporté une double victoire.

— Vous n'avez aucune idée de ce qui vous attend, avait dit sombrement Arnault. Il y a certaines choses dont je ne peux vous protéger.

— Tu as l'air aussi nerveux que je le suis, remarqua Torquil quand il retrouva Arnault sous un érable du jardin, exhalant des volutes de buée dans le froid, et scrutant fiévreusement les parages.

Ce jour-là, pour mieux se fondre dans l'environnement, ils avaient revêtu l'habit brun des frères franciscains, capuchon rabattu pour dissimuler leur barbe et leurs cheveux en brosse, mais ils portaient une cotte de mailles et une épée sous leur robe.

— Je ne suis pas d'accord avec cette démarche, dit Arnault.

— Ce n'est pas moi qui te contredirai, rétorqua Torquil. Mais politiquement, il doit essayer.

— Politiquement, il doit faire bien des choses. Mais ce n'est pas la politique qui m'inquiète aujourd'hui.

Torquil émit un grognement.

— Tu crois donc impossible qu'ils trouvent un terrain d'entente ?

— C'est exact, répondit Arnault. Et s'ils en trouvaient un, je serais encore plus inquiet, parce que je ne pourrais pas supporter que Bruce travaille avec lui, quelles qu'en soient les raisons.

Il jeta un coup d'œil vers Bruce, en conférence avec un groupe de compagnons de confiance, et qui, à cet instant, parlait gravement avec le seigneur Christophe Seton, peut-être son meilleur ami. Anglais de naissance et fils d'un chevalier du Yorkshire, Seton était marié à la sœur de Bruce, Christiane, et farouchement loyal envers son beau-frère — comme d'ailleurs ses frères John et Humphrey, qui faisaient également partie de l'entourage immédiat de Bruce. Les deux frères de Bruce, Thomas et Neil, avaient porté son invitation au château de Comyn près de Dalswinton, d'où il attendait leur retour, avec ou sans Comyn. Il avait proposé à Comyn que chacun ne vienne qu'avec une demi-douzaine de ses partisans les plus convaincus. Dans le cas de Bruce, ils étaient tous membres proches ou lointains de sa famille, à part un chevalier du nom de Roger de Kirkpatrick et les Templiers, ces derniers ne comptant pas dans son quota de gardes et de compagnons.

Ce jour de février était froid et ensoleillé. Les arbres encore dénudés projetaient des ombres grêles sur la terre gelée, et il y avait encore de la neige le long des sentiers courant près de l'église et entre les bâtiments monastiques. Torquil se retourna à un bruit de pas sur le gravier, et inclina poliment la tête pour saluer un frère qui allait en ville. La plupart des moines restaient discrètement à l'écart, sachant seulement que ces visiteurs de haut rang utilisaient leur monastère pour une rencontre confidentielle. Seul leur abbé connaissait leur identité.

Des sabots claquant sur les pavés, devant les grilles de l'église, attirèrent l'attention des Templiers : Thomas Bruce, qui s'arrêtait pour démonter. Rouge d'excitation, le jeune chevalier rejoignit son frère aîné en courant et fit son rapport avec animation. Robert Bruce répondit d'un hochement de tête et lui serra l'épaule d'un air approbateur.

Quittant ses parents, il s'approcha des deux Templiers et les emmena à l'écart, près de l'entrée du cloître. Il avait laissé son épée sur sa selle, et n'était armé que du long poignard des Highlanders au pommeau orné d'un quartz fumé, qui convenait mieux pour se battre dans un espace restreint, si la traîtrise de Comyn l'obligeait à se défendre.

— Thomas m'apprend que Comyn arrivera bientôt avec Neil, les informa-t-il. Son oncle Robert l'accompagnera, avec quatre de ses cousins, pour se conformer aux termes de mon invitation. Il est temps d'aller prendre vos postes.

— Je suis toujours opposé à cette rencontre, dit Arnault. L'adhésion de Comyn à l'ancienne religion inclut la pratique de la sorcellerie. S'il devait invoquer les pouvoirs dont il dispose, même la sainteté de ce lieu consacré ne vous sera que d'une piètre protection.

— Je n'ai que votre parole pour témoigner de la véracité de ces histoires de sorcellerie, dit Bruce avec une nuance d'impatience.

— Et je n'ai que ma parole à vous donner pour vous garantir qu'elles sont vraies, dit Arnault. Ne demandez pas des preuves. Il s'agit de choses qu'il vaut mieux ne pas affronter.

— Quoi qu'il en soit, Comyn et ses amis représentent une force trop importante en Ecosse pour que je prétende au titre de roi sans m'assurer d'abord de leur soutien, si c'est possible. Dans le cas contraire, il vaut mieux en avoir le cœur net maintenant, et savoir où nous en sommes.

— Alors, à tout le moins, tenez-vous sur vos gardes, dit Torquil d'un ton pressant. Tout l'espoir de l'Ecosse repose sur vous.

— Voudriez-vous que j'évite une confrontation avec Comyn par peur ? contra Bruce avec un sourire ironiquc. Ou préférez-vous que je l'agresse sans même lui donner une chance de se joindre à moi ? Non, malgré nos différends passés, John Comyn aime peut-être assez ce pays pour réaliser que prolonger notrc rivalité serait purement destructeur.

— Alors, Dieu veuille que votre ténacité vous soit un jour profitable, dit Arnault.

— Et espérons que Comyn ne risquera rien qui puisse attirer l'attention d'Edouard, dit Torquil. Il serait difficile d'être plus proches de la frontière anglaise.

— Les juges du roi sont en session ici même, au château de Dumfries, remarqua Bruce avec ironie. A mon avis, la proximité de ses ennemis concentre l'esprit d'un homme sur son devoir.

— Quoi qu'il arrive, nos prières et nos épées vous sont acquises, l'assura Arnault.

— J'estime votre soutien, dit Bruce, mais j'espère n'avoir à faire appel à aucun des deux aspects de votre vocation aujourd'hui.

Bruce rejoignit ses parents et les guida vers l'église, jetant un coup d'œil méfiant au-delà des grilles, dans la direction d'où son frère était venu.

Torquil l'observait, étrécissant les yeux.

— Quelque malavisée que soit cette rencontre, dit-il à Arnault, je suis de plus en plus convaincu que Wishart et Lamberton ont eu raison de nous enrôler pour soutenir cet homme. Maintenant qu'il a pris le taureau par les cornes, il ira jusqu'au bout.

— Quel qu'il soit, répliqua Arnault. Mais nous ferions bien d'aller prendre nos postes.

Se retirant dans le cloître, les deux Templiers se postèrent en des points choisis à l'avance, d'où ils pouvaient observer à la fois l'avant-cour et l'église. Arnault se plaça près de la porte de la sacristie, qui donnait accès à la nef. Ils n'étaient pas à portée d'oreille, pourtant, le comportement des compagnons de Bruce indiquait qu'eux aussi entretenaient des doutes ; mais l'assurance de leur chef semblait dissiper leurs craintes. Ils se détendirent visiblement aux plaisanteries qu'il échangea avec eux sur les marches du parvis.

Peu après, Neil Bruce apparut à la grille, en tête d'un

groupe de cavaliers. John Comyn le Rouge chevauchait à côté de Neil, facilement reconnaissable à la sombre richesse de son costume et aux armoiries ornant le harnachement de son bel étalon. L'accompagnaient un homme d'âge mûr, aux cheveux roux grisonnants — l'oncle attendu — et quatre autres qui, à leurs traits, étaient certainement des cousins à un degré quelconque. Tous, sauf Comyn, avaient l'épée au côté, mais Comyn, comme Bruce, n'arborait qu'une dague. A l'invitation de Neil Bruce, les Comyn démontèrent et traversèrent l'avant-cour avec un dédain étudié, épaule conte épaule comme dans un schiltron. Contrairement à ses compagnons, qui ne cessaient de scruter les alentours, l'air de repérer une embuscade possible, Comyn semblait totalement à son aise. Il n'avait jamais manqué d'arrogance, mais maintenant cette morgue avait quelque chose de froidement impérieux.

Ses manières n'annoncèrent rien de conciliant quand il échangea les salutations d'usage avec Bruce. Ses hommes restèrent an arrière, les yeux flamboyants, la main proche de la poignée de leur épée. Mais si ce comportement agaça Bruce, il n'en laissa rien paraître quand il invita Comyn à entrer dans l'église.

— Nous sommes ici en territoire neutre, ce qui devrait être acceptable pour tous deux, remarqua-t-il. La sainteté même du lieu est la garantie d'un comportement pacifique et de la modération chrétienne.

— Nous venons en paix, et dans l'intérêt de notre nation, déclara Comyn, assez haut pour que tous l'entendent. J'espère que vous pouvez en dire autant, Robert Brucc.

Bruce s'abstint de relever l'insulte implicite, et le précéda dans la pénombre de l'église. Arnault s'était glissé dans la nef par la porte de la sacristie, et se cacha derrière la chaire, épiant les deux chefs qui remontaient l'allée centrale tout en parlant. Torquil demeura dehors, pour surveiller leurs partisans excités.

Ils n'étaient pas assez près pour qu'Arnault puisse entendre leur conversation, mais il fut soulagé en voyant que le prétendant au trône d'Ecosse suivait son conseil et dirigeait Comyn vers la protection de l'abside. Ils s'arrêtèrent devant la croix, où Bruce fit une pause pour se signer en regardant l'autel et la lampe du Saint Sacrement. Comyn se contenta de serrer les dents, toisant son rival avec insolence.

Arnault prêta l'oreille, car ils étaient un peu loin pour entendre tout ce qu'ils disaient, mais les réponses monosyllabiques de Comyn incitèrent bientôt Bruce à élever la voix. Par bribes et morceaux, les paroles de Bruce lui devinrent audibles, et Arnault perçut comme un appel à la conciliation dans le ton.

— Nous avons été les instruments de notre perte, Comyn, disait Bruce. Trop souvent dans le passé, les Ecossais se sont tournés les uns contre les autres, faisant d'eux des proies faciles pour ceux qui nous considéraient comme un objet de conquête. Nous devons nous unir, si la flamme de notre liberté ne doit pas s'éteindre entièrement — alors que nous nous rappelons encore ce que c'était que d'être une nation libre.

Comyn retroussa les lèvres en un rictus.

— Vous parlez de liberté, mais il s'agit d'une liberté sous l'égide du roi Robert, dit-il avec dédain. Vos voulez vous faire roi, alors que non seulement John Balliol vit encore, mais qu'il a un fils pour lui succéder.

Arnault vit Bruce serrer les dents, et sut qu'il maîtrisait sa colère avec effort.

— Vous n'êtes pas un imbécile, Comyn. Vous savez aussi bien que moi que Balliol n'est pas un roi digne de ce nom. Il est en France, assigné à résidence sur ordre du pape, et il a juré de ne jamais revenir en Ecosse. Soutenez-moi dans cette entreprise, et vous aurez toutes mes terres d'Annandale et de Carrick à ajouter aux vôtres. Vous serez le plus grand seigneur du royaume.

— Je le suis déjà, rétorqua Comyn. C'est moi qui ai fait avec Edouard la paix qui a sauvé le royaume. C'est moi qui l'ai persuadé de rendre leurs domaines et propriétés à ceux qui avaient combattu contre lui. C'est moi qui ai insisté pour que les Ecossais conservent leurs propres lois, coutumes et libertés. Ils sont nombreux ceux qui savent devoir tout cela à ma prudence, et ils rembourseront la dette qu'ils ont envers moi.

— A quoi sert la prudence si le royaume est perdu ? dit Bruce. Le roi Edouard est vieux et malade, et ses jours sont comptés. Nous avons survécu à ses campagnes comme à une violente tempête, mais quand l'ouragan se calmera, nous devrons être prêts.

— Je suis amplement préparé, à la fois pour Edouard et pour vous, rétorqua Comyn. J'ai à ma disposition des ressources qui vous feraient trembler.

— Vraiment ? dit Bruce, le front assombri par la colère. Si vous parlez des rites et des pratiques impies rétablis par votre père, j'en connais l'existence et ils ne m'effraient pas. C'est vous qui devriez craindre que vos sacrilèges ne soient publiquement révélés.

Comyn serra les dents et une lueur de surprise passa dans ses yeux, mais il reprit vite contenance.

— Je n'ai pas à m'excuser de mon attachement aux croyances de nos ancêtres, répondit-il. Elles nous ont rendus forts dans le passé et peuvent nous donner des victoires innombrables dans l'avenir.

— Si c'est ce que vous croyez, vous vous faites des illusions, dit Bruce. Si vous trempez en ces matières, vous mettez votre âme en danger, mais il n'est pas trop tard pour les désavouer. Dieu peut tout pardonner. Dans l'intérêt de votre propre salut, renoncez aux pratiques ténébreuses dont on m'a parlé, et renvoyez-les dans les ténèbres d'où elles n'auraient jamais dû sortir. Alors, nous pourrons mettre tout cela derrière nous, et être encore alliés.

— *Alliés ?* répéta Comyn en écho avec dérision, sa voix montant dans l'aigu. Il ne peut y avoir qu'un seul roi dans ce pays, et pourquoi devrait-ce être vous ? Mes droits sont aussi bons que les vôtres, meilleurs, même, car j'ai la puissance indispensable pour les défendre, ce qui n'est pas votre cas. Qui, plus que moi, a le droit de s'asseoir sur la Pierre du Destin ?

« Mais oui, je sais que la Pierre est toujours en Ecosse, poursuivit-il avec un sourire sauvage devant l'air stupéfait de Bruce. Et qu'elle a, de plus, retrouvé toute l'étendue de ses pouvoirs mystiques. Autrefois, ils soutenaient les rois Canmore, mais ma patronne avait drainé ses forces. Maintenant, la Pierre a retrouvé sa puissance, mais les Canmore ne sont plus. Une nouvelle lignée doit reprendre la couronne — et la souveraineté de l'Ecosse — et reconstruire le pays. Mon père m'a ouvert la voie, et je la suivrai jusqu'au bout. C'est mon intention que la nouvelle lignée royale soit celle des Comyn, non celle des Bruce !

Tandis qu'Arnault regardait et écoutait, son instinct avait perçu un changement subtil dans l'atmosphère de l'église. Tout à coup, Comyn leva sa main gauche et ferma le poing.

Bruce ravala son air et chancela, genoux menaçant de se dérober sous lui. Les yeux dilatés de surprise et d'indignation, il s'efforça de rester debout, mais ses mouvements étaient lourds, comme si ses membres étaient chargés de chaînes de plomb, à la satisfaction triomphante de Comyn. Sa main droite s'était arrêtée à mi-chemin de sa dague, fléchissant les doigts dans ses efforts pour l'atteindre, mais sans succès.

— Ce n'est qu'un avant-goût de mes véritables ressources, murmura Comyn d'un ton moqueur. Pensiez-vous que l'apparat de votre religion toute nouvelle pouvait vous sauver ?

La voix de Comyn avait changé, et Arnault sentit que ce n'était plus le seigneur de Badenoch qui parlait. Il était devenu le simple porte-parole d'une entité malveillante à laquelle il s'était soumis, l'hôte d'un esprit monstrueux qui se manifestait maintenant.

Si proche de la source de la sorcellerie, Bruce semblait incapable de trouver la force de volonté indispensable pour surmonter cette torpeur magique. Centimètre par centimètre, il parvint à refermer la main sur la poignée de sa dague, mais il ne parvint pas à la dégainer. Comyn, au contraire, sortit calmement la sienne du fourreau et en leva la pointe vers Bruce en une menace nonchalante, le poing gauche toujours levé vers le pouvoir qui paralysait son rival.

— Ton esprit est fort, dit la voix sifflante sortant de la bouche de Comyn, mais cela ne te servira à rien !

Bruce voulut parler, mais n'émit que quelques croassements rauques. Il porta sa main gauche à sa gorge, comme pour desserrer un nœud coulant invisible.

Jetant toute prudence par-dessus les moulins, Arnault sortit de derrière la chaire et brandit l'index et le majeur de sa main droite vers Comyn, comme une lame, en invoquant la protection de l'archange saint Michel pour repousser les puissances du mal.

— Michel des batailles, protège ton serviteur !

A sa voix, Comyn pivota vers lui, une lueur prouvant qu'il le reconnaissait brillant fugitivement dans ses yeux hantés, le visage convulsé d'une grimace haineuse, tandis que le pouvoir terrifiant crachait et crépitait sur la lame qu'il tourna vers Arnault.

En ce bref instant de diversion, le sort qui paralysait Bruce faiblit, il dégaina sa dague et la plongea jusqu'à la garde dans la poitrine de Comyn. Un cri impie jaillit de la gorge de ce dernier, sans doute assez perçant pour graver sa marque sur du verre, mais Bruce, l'empoignant par sa tunique, maintint la lame en place de toutes ses forces. Le dos de Comyn s'arqua selon un angle aigu, du sang sortant à gros bouillons de sa bouche béante. Puis, tout d'un coup, ses jambes cédèrent et il s'effondra sur le sol, laissant la dague dans la main de Bruce.

Le sang imbibait rapidement le devant de sa tunique. Ses membres étaient agités de spasmes, mais à part ça, il ne bougeait plus. Titubant en arrière, Bruce écarta la dague de Comyn d'un coup de pied et porta sa main libre à son front, frissonnant, sain et sauf à l'évidence, mais encore hébété après l'assaut magique dont il venait d'être victime, et apparemment inconscient de l'intervention d'Arnault, qui lui avait donné le petit avantage nécessaire à son salut.

— *Mon Dieu, qu'ai-je fait ?* l'entendit murmurer Arnault.

Fixant les yeux sur son arme sanglante, commençant seulement à comprendre le sacrilège qu'il venait de commettre — tuer Comyn devant l'autel de Dieu —, Bruce se retourna et descendit la nef en chancelant. Il surgit sur le parvis, dague sanglante à la main, et, dans la confusion des voix choquées, s'éleva un cri accusateur : « *Assassin !* »

L'accusation venait de Robert, l'oncle de Comyn. Epée au poing et plein d'intentions meurtrières, il chargea Bruce, qui se découpait sur le seuil de l'église. Combattant encore les effets persistants de l'ensorcellement, Bruce para gauchement et rompit suffisamment pour que la lame de Robert Comyn glisse sur sa cotte de mailles. Poussant un cri étranglé, Christophe Seton se rua à sa rescousse, abattant l'oncle de Comyn d'un coup d'épée mortel à la tête.

— Qu'est-ce qui se passe ? cria un frère de Bruce,

comme les partisans de Comyn et de Bruce avançaient les uns vers les autres.

— Je crois que j'ai tué le Comyn Rouge, haleta Bruce, montrant son arme ensanglantée d'un air hébété.

— Tu *crois* ? dit Roger de Kirkpatrick. Je vais m'en assurer ! ajouta-t-il, courant vers les marches de l'autel où gisait John Comyn.

Le sens de cet échange provoqua un rugissement outragé chez les Comyn, qui voulurent s'élancer derrière Kirkpatrick. Mais Arnault fut plus rapide, qui s'interposa, fit pivoter Kirkpatrick d'un bras et rugit en faisant tournoyer sa lame devant les Comyn, qui reculèrent en désordre.

— Arrêtez ! cria-t-il de la voix dont il commandait les jeunes recrues en Terre sainte. Vous ne voyez donc pas que des esprits démoniaques ont été à l'œuvre ici ? Ajouterez-vous à leurs méfaits en vous massacrant les uns les autres en ce lieu saint ? ajouta-t-il, poussant Kirkpatrick vers Bruce.

Les Comyn reculèrent, hésitants, partagés entre le désir de vengeance et la nécessité de ramener le corps de Robert Comyn dans leur forteresse de Dalswinton, leur fanatisme sérieusement émoussé, non pas tant par les paroles d'Arnault que par leur propre infériorité en nombre. Sur un mot marmonné par le plus âgé des survivants, les Comyn se dirigèrent prudemment vers la porte. Torquil s'interposa pour empêcher les Bruce de les suivre.

D'une fenêtre proche, Neil Bruce et l'un des frères Seton regardèrent les Comyn ramasser le cadavre de l'oncle et battre en retraite vers les grilles où leurs chevaux les attendaient. Ils se mirent en selle, et les partisans de Bruce se rassemblèrent autour de leur chef. Il était pâlc, mais il les rassura de la tête, avec un mot spécial de gratitude à Christophe Seton, dont la réaction rapide l'avait sauvé de la vengeance de Robert Comyn.

Arnault n'osa se détendre qu'un peu, rengainant son épée avec hésitation, car l'affaire n'était pas terminée. Le tumulte avait alerté l'abbé, qui arriva en courant par une porte latérale, hors d'haleine, accompagné de deux moines. Devant la scène sanglante qui les attendait devant l'autel, les trois religieux s'arrêtèrent net, atterrés, et se signèrent.

— Vous aviez juré qu'aucune violence ne serait commise dans ce saint lieu ! dit l'abbé à Bruce d'un ton accusateur.

— Je n'ai jamais eu l'intention d'en commettre, murmura Bruce. Mais Comyn avait d'autres plans.

— Des forces ténébreuses se sont manifestées ici, père Abbé, dit Arnault pour la défense de Bruce, sans spécifier de quelles forces il s'agissait. Comyn a été le premier à dégainer. Bruce n'a eu d'autre choix que de le tuer ou être tué.

— Peut-être, mais un sacrilège odieux a eu lieu ! rétorqua l'abbé, pendant que ses moines s'agenouillaient près de Comyn, murmurant des prières pour son âme.

Le plus proche de la tête leva les yeux, étonné.

— Cet homme vit encore !

Stupéfait, l'abbé se pencha sur lui et lui prit le pouls à la gorge, tandis qu'Arnault s'approchait avec méfiance.

— C'est vrai, confirma l'abbé, mais plus pour longtemps, je crois. Portez-le dans la sacristie. Nous pouvons au moins lui donner la consolation des sacrements, dans le peu de temps qui lui reste à vivre.

— Père abbé, dit Arnault avec autorité, il y a ici des dangers que vous ne comprenez pas.

— Je comprends mon devoir de serviteur du Christ, répondit l'abbé, regardant Arnault de travers, pendant que les deux moines soulevaient le cadavre par les bras et les jambes. Je ne peux pas réparer le crime commis ici, mais je peux au moins faire qu'il soit suivi d'un acte de charité.

Dubitatif, Arnault considérait le sang de Comyn sur les marches de l'autel, qui s'étala quand les frères le traînèrent vers la porte de la sacristie. Réalisant qu'il n'y avait aucun moyen d'empêcher l'abbé de faire ce qu'il considérait comme son devoir, il regarda vers le bout de la nef, où, sur le seuil, Bruce faisait des remontrances à Roger de Kirkpatrick. Au-delà, il vit Torquil qui montait la garde derrière Bruce, et dans la cour, les hommes de Badenoch qui se mettaient en selle sous l'œil des derniers parents de Comyn.

Il commença à descendre l'allée centrale pour les rejoindre. Il les atteignit au moment où Kirkpatrick se retournait pour rejoindre les autres dans la cour — raccompagnant les Comyn, dont l'un portait le cadavre de Robert Comyn devant lui sur sa selle. Bruce le salua nerveusement de la tête quand il rentra dans la nef et regarda vers l'autel et le sang qui entachait les marches.

— Vous aviez raison de me dissuader de traiter avec Comyn, dit-il au Templier. Au lieu d'unité, j'ai trouvé du sang et je crains qu'il ne s'en répande d'autre avant que cette affaire ne soit finie.

— Vous avez raison, j'en ai peur, acquiesça Arnault. Et pas seulement parce que les Comyn ne laisseront pas ces morts invengées. A présent, vous croyez ce que je vous ai dit de ses autres pratiques ?

— Ce n'est pas le moment d'en parler, dit vivement Bruce.

— Un successeur prendra sa relève pour manier ces pouvoirs…

— Plus tard ! dit Bruce, faisant signe à Thomas et à Neil, qui accoururent. Maintenant qu'on m'a forcé la main, je dois assurer ma position du mieux possible.

« Rassemblez nos hommes, ordonna-t-il à ses frères en revenant avec eux vers la porte, et qu'ils s'emparent du château de Dumfries. Puis faites savoir à nos partisans que le moment est venu de nous soulever et de chasser les Anglais de nos cités et de nos châteaux. Que la croix ardente soit brandie dans toute l'Ecosse, pour signaler que le temps de notre servitude est passé. J'aurais préféré avoir plus de loisir pour me préparer, mais après ce qui vient de se passer, je n'ai d'autre choix que d'attaquer Edouard maintenant, et de laisser les dés tomber comme ils pourront.

— Et les domaines de Comyn en Galloway ? dit Thomas.

— Il faut les prendre aussi vite que possible, avant qu'ils n'aient le temps d'organiser leur défense, répondit Bruce.

Thomas et Neil se mirent en selle pour exécuter les ordres, et Bruce se tourna vers Humphrey Seton.

— Par messager secret envoyé à l'évêque Lamberton à Berwick, informez-le de ce qui vient de se passer. Dites-lui de conserver la confiance d'Edouard aussi longtemps que possible, mais d'être prêt à me rejoindre quand je l'appellerai. Je vais aller voir l'évêque Wishart à Glasgow, pour solliciter son absolution. S'il plaît à Dieu, nous nous retrouverons peu après à Scone pour mon couronnement.

Bruce se ressaisissait rapidement, prenant les choses en main, organisant le soulèvement, se comportant déjà en roi.

— J'espère que ce que vous m'avez dit de la Pierre est vrai, dit-il à ses alliés templiers. Je vais avoir besoin de toute l'aide possible dans les semaines qui viennent.

— Nous veillerons à ce que vous soyez couronné sur la Pierre dès que possible, répondit Arnault. Après quoi, personne ne pourra contester votre royauté.

— Je peux vous garantir que certains la contesteront, répondit Bruce, et Edouard sera à leur tête.

Avant qu'il ait eu le temps de commenter plus avant,

un glapissement terrifié sortit de la sacristie. Lui et Arnault s'effacèrent devant la porte qui s'ouvrit brutalement ; l'abbé et un moine en surgirent, les yeux dilatés par la terreur, le visage d'une pâleur mortelle et déformé par l'épouvante. Arnault s'élança vers eux, mais ils faillirent le renverser en passant près de lui, et il s'immobilisa au souffle d'une rafale d'air glacial.

— Torquil, à moi ! rugit Arnault.

Torquil accourait déjà, l'épée au poing, mais alors qu'il arrivait au niveau d'Arnault, une obscurité pulsante surgit sur le seuil de la sacristie, puis se dissipa, révélant John Comyn cramponné au chambranle de la porte, apparemment indifférent au sang qui inondait le devant de sa tunique. Le seigneur de Badenoch semblait avoir vieilli d'un siècle durant les quelques minutes le séparant de sa mort présumée. Bien qu'à peine plus âgé que Bruce et Torquil, ses cheveux étaient devenus gris. Ses yeux caves étaient cernés de rouge, éclairés d'une lueur verdâtre, et la peau de son visage paraissait ne recouvrir aucune chair, comme si l'entité qui le possédait suçait les derniers vestiges de sa vitalité, pour se donner quelques précieuses minutes de plus d'animation.

L'abbé recula derrière Arnault. Le moine avait continué à descendre la nef en courant.

— J'oignais son front du saint chrême quand il s'est soudain levé, comme animé d'une vie horrible ! balbutia l'abbé. Des flammes noires ont surgi de son corps et ont rempli la pièce de vapeurs délétères. Le frère Marc est mort, je le crains. Nous n'avons eu d'autre choix que de fuir pour…

Il s'interrompit et poussa un cri, quand la silhouette ensorcelée tituba de l'avant en direction de l'autel. Bruce et le reste de ses hommes étaient rentrés dans l'église derrière les deux Templiers, mais ils s'arrêtèrent net à cette vue. L'abbé détala vers la sécurité illusoire d'une statue de la Vierge, dans une chapelle proche de la porte, où l'autre frère se trouvait déjà, recroquevillé de terreur. En passant, Arnault remarqua qu'ils avaient des marques de brûlure sur le visage et les mains.

Criant à Bruce de ne pas bouger, Christophe Seton avança hardiment vers Comyn, épée au poing. Ses deux frères s'élancèrent à sa suite, mais tous trois s'immobilisèrent quand la bouche du cadavre poussa un cri assourdissant, qui déchira l'air de sa brutale intensité.

Une bourrasque glacée rugit dans la nef, repoussant les Seton en arrière. Bruce et les deux Templiers furent déséquilibrés également et durent lutter pour rester debout, tandis que Comyn enjambait la tache de son sang et levait les bras en un geste d'invocation.

Une voix grinçante émit un ordre impérieux, et des flammes noires nimbèrent sa forme desséchée. Comme en réponse et pour remplir le vide de ces ténèbres, un vent sinistre envahit l'église, apportant avec lui un maelström d'énergies invisibles. De précieux chandeliers tombèrent de l'autel, avec un bruit de métal heurtant la pierre, et un lourd évangéliaire se souleva, dans un nuage de pages arrachées, comme pour affirmer un mépris souverain pour ces objets de piété.

Arnault ne douta pas que Comyn — ou sa patronne — ne fût la source de cette tempête et que seules des mesures extraordinaires pourraient en venir à bout. Bandant tous ses muscles pour résister à la tempête, plissant les yeux dans la bourrasque cuisante, Arnault tendit son épée à Torquil. Puis il referma la main sur la poignée de sa dague, utilisée pour ranimer la Pierre, forgée au pays de la naissance du Christ d'une lame brisée au cours d'une sainte croisade, et rendue triplement sacrée par le sang de Wallace. Il la saisit par la lame et, ramenant le bras en arrière et rassemblant toute son énergie, il murmura une prière invoquant l'aide divine, puis il la lança de toutes ses forces.

Le temps sembla s'arrêter quand la lame tournoya dans les airs, décrivant un arc-en-ciel radieux, avant de s'enfoncer dans le cœur de Comyn, qui tituba en arrière, émettant un ululement déchirant, les yeux incandescents se posant, incrédules, sur la poignée cruciforme saillant de sa poitrine enfoncée. Sur un dernier hurlement strident, l'entité s'enfuit du corps de son hôte, laissant le cadavre s'effondrer devant l'autel, comme une vessie dégonflée. La tempête s'enfuit à sa suite, laissant derrière elle un silence déconcertant que rompait seulement la respiration oppressée de ceux qui venaient de survivre à cette nouvelle horreur.

Arnault fut le premier à s'approcher du corps de Comyn, se penchant pour poser prudemment la main sur sa dague, confirmant que, cette fois, John Comyn le Rouge de Badenoch était bien mort. Libérant sa dague, il se retourna pour regarder l'entrée de la nef, où Torquil empêchait Bruce et ses hommes d'avancer.

— Nous devons prier pour l'âme de Comyn, annonça-t-il, se redressant après avoir essuyé sa dague sur un pan de la tunique du cadavre. Afin qu'on lui accorde le peu de repos réservé à ses pareils.

L'abbé le rejoignit avec hésitation, Bruce et l'autre frère approchant avec encore plus de méfiance. L'abbé, serrant étroitement son crucifix dans ses mains encore tremblantes, murmura une brève prière. Bruce baissa les yeux sur son vieux rival, l'air incrédule, et secoua lentement la tête.

— Malgré mon aversion pour cet homme, murmura-t-il à l'adresse d'Arnault, j'ai du mal à croire qu'il en soit arrivé là.

— Les puissances de corruption réclament leur comptant de victimes, dit Arnault. Et elles ont exercé leur domination pendant bien des siècles.

Les yeux de Bruce flamboyèrent, pleins d'une juste résolution.

— Elles ne domineront plus dans un pays dont *je* serai le roi, jura-t-il.

Arnault le regarda dans les yeux.

— Alors, permettez-moi d'être votre agent. Ce que vous avez vu aujourd'hui a ses racines dans un endroit nommé Burghead, très loin dans le Nord. Si vous me donnez l'autorité d'agir en votre nom, je sais ce qui doit être fait.

— Je vous l'accorde volontiers, et mes prières vous accompagneront, répondit Bruce. Je ne dormirai pas tranquille tant que cette abomination souillera encore notre pays.

Arnault hocha la tête, puis se tourna vers Torquil.

— Accompagne-le, dit-il. Je m'occuperai de l'autre. Comyn mort, ceux de Burghead seront sans chef pendant au moins un certain temps. Il n'y aura jamais de meilleur moment pour frapper.

CHAPITRE 35

Arnault partit pour Burghead, passant d'abord par la commanderie de Balantrodoch, où il mit Luc et Flannan au courant des événements et, avec leur aide, sélectionna un détachement de trente Templiers et servants d'armes qui n'avaient pas été corrompus par le régime de Brian de Jay et des frères de Sautre. Parmi eux figurait l'actuel Maître d'Ecosse, Walter de Clifton, qui haussa à peine un sourcil quand Arnault demanda l'assistance de ses hommes pour une guerre sainte dans le Nord. Luc l'avait bien préparé.

— J'ai peu de connaissances en ces domaines, mais j'ai une confiance totale en frère Luc, avait dit Clifton. Je ne demande qu'à apprendre, et je n'ai aucune sympathie pour ce que vous nous avez raconté. Choisissez les hommes que vous voulez, je demande seulement votre accord pour me joindre à vous.

Luc les accompagna jusqu'à Scone, où l'abbé Henry était déjà au courant du drame de Dumfries et avait envoyé un messager de confiance à Iona pour prévenir l'abbé Fingon du couronnement imminent. Après une bonne nuit de sommeil, et fortifiés d'un dernier repas chaud et d'une messe revigorante, Arnault et Flannan, en compagnie du Maître d'Ecosse et de leur détachement de

Templiers, entreprirent la longue chevauchée jusqu'à Burghead, laissant Luc à Scone pour superviser les préparatifs.

Ils passèrent d'abord par Dunkeld, les chevaliers dans leurs capes blanches, les servants d'armes en brun, précédés de la bannière à damiers blancs et noirs du Baucéant. L'Ecosse était encore paralysée par l'hiver, et les éléments eux-mêmes semblaient vouloir décourager leur avance vers le nord et l'ouest le long de Strath Tay et de Glen Garry. Les bourrasques glacées les flagellaient de front, les bombardant de grêle et de pluie, et émoussant leur courage en même temps que trempant leurs vêtements.

Tous les soirs, après avoir soigné les chevaux, pris leur frugal repas et tenté de se sécher devant leur maigre feu de camp, Arnault les préparait soigneusement à ce qui leur arriverait peut-être en parvenant à destination. Après quoi, fortifiés par leurs prières, ils se confessaient les uns aux autres, ainsi que les Templiers l'avaient toujours fait, car c'était seulement en se rendant à la bataille lavés de leurs péchés et pleins de la grâce de Dieu qu'ils pouvaient espérer triompher de ce qui les attendait.

Mais c'étaient des hommes d'une autre envergure que ceux qui s'étaient laissé dévoyer par Brian de Jay. Les combats et la stricte discipline imposée par Luc et leur nouveau Maître avaient trempé leurs âmes comme des épées, leur donnant la volonté d'endurer des épreuves qui en auraient découragé beaucoup. Et Arnault avait enflammé leurs cœurs d'un enthousiasme qui les soutenait pour défier les éléments et les empêcherait de se détourner de la tâche assignée par Dieu.

Partout ailleurs en Ecosse, surtout dans le Sud, tandis qu'on portait la croix ardente de ville en ville, appelant tous les Ecossais dignes de ce nom à se rallier à la bannière de Robert Bruce, un autre Templier jouait son rôle dans la bataille qu'ils livraient pour défendre leur cause : il accompagnait Robert Bruce en vue de solliciter l'absolution de l'évêque Wishart de Glasgow pour le meurtre sacrilège commis à Dumfries.

— Seigneur évêque, j'ai tué le Comyn Rouge devant le saint autel de Dieu ! confessa Bruce, tombant à genoux devant Robert Wishart. Je n'avais jamais eu l'intention de l'éliminer, je voulais le rencontrer afin de chercher sincèrement à résoudre nos différends, pour le bien de toute l'Ecosse. Mais il a dégainé le premier ! Il... semblait faire appel à des forces ténébreuses pour m'affaiblir, me rendre impuissant devant lui. Mais sa concentration a vacillé un instant — et je l'ai poignardé !

— Mais le coup ne fut pas fatal, seigneur, intervint Torquil. Comyn vivait encore quand nous sommes entrés dans l'église. L'abbé l'a fait porter à la sacristie pour lui administrer les derniers sacrements, mais il s'est mystérieusement ranimé et a de nouveau attaqué Bruce. Un autre l'a achevé, pour sauver la vie à Bruce.

— Un autre ? dit l'évêque, penchant la tête d'un air finaud.

— Qui ne faisait pas partie des partisans de Bruce ni de Comyn, je vous le jure, répondit Torquil, d'un ton exprimant clairement qu'il valait mieux ne pas insister sur les détails.

— Il semble donc que Robert n'ait pas commis un meurtre sacrilège, dit Wishart. Mais c'est pourtant ainsi que les Comyn l'interpréteront.

— Effectivement, seigneur, murmura Bruce, hésitant à croire sa bonne fortune.

— Très bien. Mais vous avez quand même grièvement blessé un ennemi juré, et ce dans l'église de Dicu, poursuivit Wishart. Pour pénitence, vous passerez la nuit devant le Saint Sacrement à prier et méditer sur les conséquences de votre acte. Faites un bon acte de contrition pour vos péchés, et prenez la ferme résolution de ne plus pécher à l'avenir.

Il leva la main et fit le signe de la croix sur la tête inclinée de Robert.

— Puisse Notre Seigneur Jésus Christ vous absoudre, et en Son nom, je vous donne l'absolution de tous les péchés de votre vie passée, au nom du Père, du Fils et du Saint-Esprit. Amen.

« Maintenant, ajouta-t-il en se relevant avec le geste de s'épousseter les mains, comme pour mettre tout cela derrière lui, j'ai beaucoup de travail. J'ai longtemps attendu ce jour. J'ai en ma possession certains attributs royaux que j'ai gardés secrètement en vue de l'heureux temps où un roi d'Ecosse régnerait de nouveau sur nous. Ils doivent être apportés à Scone. Frère Torquil, je vous remercie particulièrement pour les services que les Templiers ont rendus à ce royaume, et je vous demande encore votre assistance pour préparer les missives qui convoqueront certains personnages dont nous aurons besoin pour couronner correctement notre roi. Vos ordres le permettent-ils ?

— Oui, seigneur, répondit Torquil. J'ai ordre de rester avec Bruce jusqu'à son couronnement, et de faire tout ce qui est en mon pouvoir pour le favoriser. J'étais écossais avant d'être templier, mais je me réjouis que ces deux loyalismes soient réunis en cette entreprise.

— Et j'étais écossais avant d'être évêque, répondit Wishart avec un sombre sourire. Je crois que nous nous comprenons. Venez dans mon bureau, mes fils, où nous établirons les listes préliminaires de ce qui doit être fait. Puis, pendant que Robert fera sa pénitence cette nuit, vous et moi, frère Torquil, nous rédigerons les lettres de convocation que je ne peux confier à nul autre. L'aube de la liberté se lève enfin sur l'Ecosse !

Pourtant, dans le Nord, aucun signe n'annonçait une aube quelconque. Bien des villes et des châteaux du Sud cédaient déjà devant Bruce et ses partisans, mais les nouvelles n'étaient pas encore parvenues dans les sombres Highlands, où l'hiver régnait en maître. Arnault et son groupe de Templiers mettaient à profit toutes les heures du jour pour avancer, s'arrêtant seulement quand les chevaux ne voyaient plus assez pour continuer. A la nuit tombante, passant près des villages dans de grands claquements de sabots, la grisaille du crépuscule leur donnait une apparence spectrale qui faisait fuir les paysans.

La rumeur se répandit bientôt d'une armée de fantômes volant la nuit à travers le pays, et qui emportaient tout homme assez fou pour se trouver sur leur chemin. Certains disaient que c'était saint André, à la tête d'une armée de saints guerriers, venus propager l'appel aux armes dans toute l'Ecosse. D'autres affirmaient que c'était le fantôme de William Wallace, cherchant ceux qui l'avaient trahi pour les livrer à la vengeance de Dieu. S'ils avaient su la vérité, ils n'auraient pas été moins effrayés, car cette compagnie s'apprêtait à livrer une guerre sainte — quoique pas contre un mortel — dans l'accomplissement d'une mission réservée à ceux qui chevauchaient avec saint Michel pour capitaine.

Les Templiers remontèrent la vallée de la Spey jusqu'à Moray et au domaine Comyn de Badenoch, où la nouvelle de la mort de John Comyn les avait précédés. La perte de leur chef semblait avoir démoralisé les habitants, et personne ne se risqua à défier une colonne de Templiers en ordre de bataille. Sur les instructions d'Arnault, ils évitèrent les villes et les châteaux, restant sur les chemins de campagne qui, à travers monts, les emmenaient vers leur destination, certains si étroits qu'ils ne pouvaient pas chevaucher à deux de front. Après un grand détour pour éviter Elgin, ils arrivèrent enfin en vue du fort de Burghead, se découpant sur le fond sinistre et glacé de la mer du Nord et du ciel hivernal.

Arnault réclama une halte, et toute la compagnie s'arrêta pour examiner le rempart, maintenant à quelques centaines de mètres. Ils ne détectèrent aucun signe d'activité, mais Arnault était certain qu'ils étaient surveillés par des sentinelles cachées. Il ordonna à ses frères de préparer leurs armes.

Ils ajustèrent leurs casques et firent jouer leurs épées dans leurs fourreaux, certains prenant leur arbalète. Ils détachèrent les boucliers du pommeau de leur selle et mirent leurs lances en arrêt, leurs fanions voltigeant dans le vent glacial. Sur la droite d'Arnault, un servant d'armes s'approcha, le *Beaucéant* flottant au vent, célèbre dans toute la chrétienté comme l'emblème de la guerre sainte. Flannan avança sur sa gauche, Walter de Clifton se mit à la tête de la colonne qui se déploya en ordre de bataille. Arnault sentit son cœur s'accélérer à la perspective du combat, ses Templiers déployés de part et d'autre, prêts à donner leur vie pour leur foi et leurs frères.

La compagnie repartit au trot, tous sur la même ligne en une démonstration de discipline impressionnante. Des têtes se montrèrent fugitivement derrière les créneaux de Burghead, et des cris d'alarme retentirent, répétés en écho par le vent d'hiver.

Les Templiers poursuivirent leur avance sans que personne ne leur tire dessus du haut des remparts. Arnault arrêta la compagnie à portée de flèche, puis lui et Flannan continuèrent pour examiner les fortifications de plus près, leur bouclier près de la main, mais personne ne se risqua à leur décocher des flèches.

— Très bizarre, dit Flannan. En son temps, ce devait être une forteresse formidable. Mais on voit les endroits où la muraille a été rapiécée et réparée. Ce ne devrait pas être difficile à escalader.

— Avec un peu de chance, on n'en viendra pas jusque-là, dit Arnault.

Ils avaient le matériel, grappins et cordes, pour passer à l'attaque. Néanmoins, Arnault espérait régler l'affaire sans effusion de sang. Les quelques visages qui les épiaient du haut des remparts étaient plus craintifs que provocants. Il était prêt à parier qu'aucun d'eux n'avait jamais vu une troupe si bien armée, et c'est avec raison qu'ils doutaient de leurs chances de défendre une forteresse aussi vieille et délabrée.

Une nouvelle silhouette apparut sur le chemin de ronde — personnage investi d'une autorité évidente, à en juger d'après la déférence qu'on lui témoignait. Arnault fit avancer sa monture, prenant le risque qu'on lui tire dessus.

— Je suis frère Arnault de Saint-Clair, Chevalier du Temple, annonça-t-il. Qui commande ici ?

— Je suis Alexandre Comyn, frère du comte de Buchan, et parent du seigneur de Badenoch, répondit l'autre. Depuis que j'ai appris la mort du Comyn Rouge, j'assume la responsabilité de ce fort et je le garde au nom de son fils mineur.

— Assumez-vous aussi la responsabilité des pratiques barbares qui ont eu lieu ici ? demanda Arnault. Si oui, vous n'attachez pas grand prix à votre âme.

Cette remarque provoqua des grommellements embarrassés chez ses hommes et attira sur Arnault des regards furibonds.

— Ce sont ceux qui ont bassement assassiné mon parent en un lieu saint qui ont courtisé la damnation ! répondit Alexandre avec colère.

— Je serai franc avec vous, Alexandre Comyn, dit Arnault. Ce sont l'antique sorcellerie et les pratiques impies embrassées par son père qui ont causé la perte du Comyn Rouge. Si vous connaissez ce lieu et que vous avez conscience du mal qui y règne, vous savez que je dis vrai.

Il vit que ses paroles avaient fait mouche. Mais malgré cela, Alexandre Comyn était bien décidé à ne pas perdre la face devant ses hommes. Arnault devrait négocier habilement pour persuader ce Comyn de faire ce qu'il savait être juste, sans le pousser involontairement à résister.

— Abandonnez-nous ce lieu sacrilège, je vous en prie, le pressa Arnault. Il ne vaut pas la damnation de vos âmes immortelles.

— C'est un piège ! répliqua Alexandre. Etes-vous l'avant-garde de l'armée de Bruce, qui vient pour nous anéantir ? Il n'a pas le courage de chevaucher à votre tête ?

— Je jure par le sang du Christ que nous ne sommes pas là pour nuire à quiconque, l'assura Arnault. Nous venons pour purifier ce site de la souillure qui le pollue depuis trop longtemps, et pour libérer de sa mortelle malédiction tous ceux qui y vivent.

— Et après ? insista Alexandre Comyn. Exigerez-vous notre soumission ?

— Quand nous aurons accompli l'œuvre de Dieu, nous partirons et nous ne reviendrons jamais, promit Arnault. Je vous en donne solennellement ma parole.

Les deux hommes se regardèrent, froidement calculateurs, tandis que leurs partisans respectifs attendaient dans un silence oppressé. Du coin de l'œil, Alexandre Comyn évalua la douzaine d'hommes présents avec lui sur le rempart, et ceux qui se trouvaient en bas, dans la cour — mais étaient-ils assez nombreux ? Ses Highlanders étaient de fiers gaillards, prêts à exécuter les ordres de leur chef, même s'ils devaient lutter jusqu'à la mort, mais les chevaliers endurcis au combat qu'il avait devant lui, avec leurs lances, leurs arbalètes, leurs grands destriers et leurs visages barbus résolus sous leurs casques, étaient des ennemis qu'aucun homme n'aurait affrontés sans réfléchir.

— Je dois me fier à votre parole, dit enfin Alexandre Comyn. Trop d'hommes sont morts pour le rêve dévoyé de mon parent — et plus nous souffrons qu'il se prolonge, plus il se transforme en cauchemar. Ouvrez les grilles ! ordonna-t-il en se tournant vers ses hommes.

Après un instant d'hésitation, ils surmontèrent leur répugnance instinctive à céder devant un ennemi potentiel. Mais un regard flamboyant de leur chef les incita à exécuter ses ordres sans plus tarder. Les gros verrous furent tirés en arrière, les portes s'ouvrirent lentement, dégageant la voie pour les Templiers.

Les chevaliers se formèrent en colonne et Arnault entra à leur tête dans la citadelle. Tous épiaient avec méfiance le moindre signe d'attaque, mais il n'y eut pas d'hostilité. Descendant des remparts, Alexandre Comyn ordonna sèchement à ses hommes d'aller chercher leurs chevaux et de préparer leurs affaires pour un départ immédiat. Maintenant que la décision était prise, nota Arnault, les hommes de Badenoch ne paraissaient que trop empressés de s'y conformer.

Sur un signe d'Arnault, six Templiers restèrent en selle pour superviser la retraite de Comyn, se postant en des endroits stratégiques d'où ils pouvaient observer l'intérieur du fort, surtout les hommes qui rassemblaient leurs biens personnels. Huit autres chevaliers montèrent sur les remparts avec des arbalètes. Laissant Walter de Clifton surveiller le départ des Comyn, Arnault et les autres démontèrent pour passer une seconde grille menant au tertre de la citadelle.

Dominant la cour qui s'étendait au-delà de cette grille se dressaient deux monolithes érodés par les éléments, deux fois hauts comme un homme. Sur celui de gauche était gravé un énorme taureau, tête baissée pour charger, ses muscles puissants cernés par les lignes creusées dans la pierre. Sur l'autre se voyait l'image grossière mais puissante d'une femme sortant de la mer, un crâne humain pendant entre ses seins flasques. Chacune de ces figures était entourée d'une foule de dessins abstraits : cercles, spirales et éclairs, peints de couleurs vives.

— Des dieux païens ? murmura Flannan entre ses dents.

Arnault se contenta d'acquiescer de la tête, mais beaucoup de leurs frères grimacèrent à leur vue, marmonnant des prières en se signant. D'autres, aux inclinations plus militaires, jetaient des regards calculateurs vers la citadelle, entourée d'un tertre de terre au bout du promontoire. Le regard d'Arnault fut attiré par une ouverture ténébreuse sur un côté du sentier conduisant au donjon. Pour ses sens intérieurs, elle semblait exhaler des miasmes invisibles de pourriture, mais avant qu'il ait eu le temps d'aller enquêter, Walter de Clifton le héla, lui montrant Alexandre Comyn.

Les hommes de Comyn avaient terminé leurs préparatifs à la hâte. Attendant dans la première cour, ils semblaient plus que prêts à abandonner cette ancienne forteresse hantée. Mais le parent du défunt Comyn s'approcha du chef des Templiers d'un air résolu.

— Je reviens sur ma position, Templier, dit-il à Arnault à voix basse. Vous pouvez concasser toutes les pierres maudites de cet endroit, et avec ma bénédiction. Mais c'est toujours un domaine des Comyn. Si vous êtes encore là au matin, alors nous nous défierons à l'épée.

— Si nous sommes encore là au matin, nous serons déjà morts, dit Arnault sans ambages. Dans ce cas, vous feriez bien de fuir le plus loin possible, vous et vos gens.

Alexandre pâlit, sentant à l'évidence qu'il ne s'agissait

pas d'une bravade théâtrale, mais d'un avertissement sincère. Pendant qu'il hésitait, un mouvement soudain sur le sentier au-dessus d'eux attira tous les yeux, tandis qu'une voix cassée déchirait l'air comme un croassement de corbeau.

— Arrière, infidèles, si vous tenez à vos indignes vies misérables !

Celui qui parlait était un homme émacié en robe blanche, avec une longue barbe grise, et des mains puissantes refermées sur un bâton noir et noueux. Coiffé d'une couronne d'ajoncs épineux, il était tonsuré d'une oreille à l'autre à la manière celtique, les cheveux de l'arrière du crâne tombant sur ses épaules en deux tresses crasseuses. Sur son front, tracé grossièrement en bleu, le dessin d'une tête de taureau. Un torque d'or enserrait son cou grêle, et de larges bracelets de fer forgés ceignaient ses avant-bras nerveux. Près de lui se tenait un jeune homme, en vêtements comparables mais moins recherchés. Ses larges manches dissimulaient un objet volumineux qu'il serrait sur son cœur, baissant la tête avec révérence.

Le vieillard, après un signe impérieux à son acolyte, descendit la pente à petits bonds de chèvre et s'arrêta d'un air de défi à quelques pas d'Arnault et de Flannan, les yeux lançant des éclairs, leur barrant la route de son bâton.

— Pas plus loin, Templiers ! Et toi, imbécile ? Qu'as-tu fait ? dit-il à l'adresse d'Alexandre Comyn. Vas-tu permettre à ces intrus de profaner le sanctuaire de tes ancêtres ? Massacre-les, comme c'est ton devoir !

— Je n'ai aucun devoir envers toi, Torgon ! rétorqua Alexandre. Je ne te dois rien, que mon mépris. En ce qui me concerne, tu peux aller au diable, et avec toi tous ceux qui te défendent !

Il lui tourna le dos, ouvertement méprisant. Outré, le chaman ramena son bâton en arrière comme pour frapper, mais Arnault leva son épée, l'avertissant de ne pas avancer davantage. Torgon frappa rageusement le bout de son bâton sur le sol et aboya un ordre à son assistant qui s'empressa de lui présenter le coffret d'ivoire qu'il cachait sous sa robe.

Alarmé, Arnault poussa Alexandre Comyn derrière lui et se prépara à le défendre, car il eut la certitude soudaine et inébranlable que le coffret contenait les reliques de Briochan, que Torquil avait vu Brian de Jay remettre aux Comyn, huit ans plus tôt. Torgon cracha par terre avec mépris et recula précipitamment entre les deux monolithes.

Brandissant le coffret au-dessus de sa tête, il le tendit en offrande au ciel couvert, tandis qu'un torrent d'invocations s'échappait de ses lèvres. Des roulements de tonnerre semblèrent lui répondre, mais Arnault ne se laissa pas impressionner.

— Ta cause est perdue, dit-il au vieillard. Tes protecteurs sont morts, et les dieux que tu sers seront bientôt balayés à jamais. Il n'est pas trop tard pour te détourner de cette folie et demander à Dieu le pardon de tes péchés.

— Que m'importe ton Dieu assassiné ? gronda Torgon. C'est ta foi infantile qui disparaîtra dans l'oubli en les temps à venir. Mon patron est Briochan — celui qui sert ceux qui vivent aussi longtemps que la terre elle-même. A moi, Briochan !

En réponse, un roulement d'énergies maléfiques monta du sol entre les monolithes, qui enveloppa Torgon comme un costume neuf, superposant à son visage une image spectrale qu'Arnault avait déjà vue, dans la salle au trésor de Balantrodoch — Briochan lui-même, convoqué pour la protection des déités qu'il avait défendues dans le passé ! En même temps, tandis que la voix de Torgon se transformait en un horrible glapissement, un vent cuisant s'éleva de la mer, apportant avec lui la puanteur d'algues pourrissantes. Un grondement terrible monta de l'escalier souterrain, ébranlant la citadelle sur ses fondations.

Imperturbable, Arnault tira de l'encolure de son surcot le *keekstane* rapporté d'Iona, suspendu à son cou par un cordon de cuir. De l'autre main, il leva son épée. La dirigeant sur Torgon-Briochan, il referma la main sur la pierre sacrée et fit une instante prière à Colomba, invoquant son autorité pour faire reculer ces forces maléfiques qu'il avait soumises des siècles plus tôt.

— Généreux Colomba, bienheureux, bienveillant, au nom des Trois de la Vie, au nom des Trois Sacrés, au nom des Secrets et de tous les Pouvoirs réunis, protège-moi de ton ancien ennemi. O Michel à l'étalon blanc, prête-moi l'épée de ta protection !

Ce disant, il ouvrit la main, le *keekstane* reposant dans sa paume, dirigeant sa fenêtre sur Torgon.

Un éclair blanc jaillit du cœur de la pierre divinatoire, bondit dans son autre main, filant le long de sa lame. Dans un crack fulgurant, l'éclair frappa le coffret de reliques païennes, l'arrachant aux mains avides de Torgon.

La manifestation de Briochan s'évanouit comme la flamme soufflée d'une chandelle. Les yeux de Torgon flamboyèrent d'une rage insensée, et il pointa un doigt indigné sur Arnault.

— Maintenant tu as réveillé mon courroux ! hurla-t-il. Je vais t'envoyer des souffrances telles que tu n'en as jamais imaginé !

Serrant les poings, il croisa ses bras maigres sur sa poitrine, en un cliquetis de bracelets de fer, mais avant qu'il ait pu formuler d'autres malédictions, un carreau d'arbalète s'enfonça dans sa gorge. La force de l'impact l'étendit au pied des deux monolithes, le corps agité d'un dernier spasme, tandis que le sang sortait de sa bouche à gros bouillons, puis il s'immobilisa à jamais.

Arnault se retourna et vit Alexandre Comyn rendre son arbalète à Walter de Clifton, qui la réarma aussitôt. Froidement résolu, Comyn dégaina sa dague avant d'aller examiner la forme inerte du chaman. Mais d'où il se tenait, Arnault vit qu'un second coup était inutile.

Comyn le confirma, se tournant vers l'acolyte qui se recroquevilla sous son regard.

— Disparais de ce lieu, dit-il froidement. Retourne au village ou à la ferme qui t'a engendré, et trouve-toi une occupation assez obscure pour ne plus jamais attirer mon attention.

Les mains tremblantes, le jeune homme se dépouilla vivement de son accoutrement qu'il jeta en tas près du corps de son maître. Avec un dernier regard craintif à Comyn, puis à Arnault, il passa près de Clifton et détala vers les grilles ouvertes comme une souris terrorisée qui s'enfuit vers son nid. Alexandre Comyn émit un grognement dédaigneux.

— Il semble que j'aie hérité non seulement de la responsabilité, mais aussi de la malédiction de Burghead, dit-il, contrôlant strictement son visage. Si quelqu'un doit avoir du sang sur les mains, c'est bien moi. Je ne souhaite pas de nouvelle cause de discorde, alors qu'il y a encore tant de comptes à régler.

Arnault approuva cette sagesse d'un hochement de tête.

— J'espère que notre prochaine rencontre aura lieu sous de meilleurs auspices.

— Je n'en jurerais pas ! répondit Comyn. L'amitié est rare en ces temps troublés.

Tournant les talons, il marcha dignement vers les grilles où ses hommes attendaient avec les chevaux. Saisissant les rênes de son étalon, il se mit en selle et s'éloigna sans jeter un regard en arrière. Ses hommes se rangèrent derrière lui et disparurent bientôt au loin. Les Comyn partis, les Templiers quittèrent l'ordre de bataille et regardèrent Arnault pour connaître ses instructions.

— Fouillez le château, leur dit Arnault, et rassemblez tout ce qui vous paraîtra païen. Brûlez ce qui sera combustible, et aspergez le reste d'eau bénite. Nous devons purifier cet endroit du mal qui y règne.

Il dirigea lui-même la destruction des monolithes. Enroulant des cordes autour des grandes pierres, des chevaliers à cheval tirèrent jusqu'à ce qu'elles s'abattent comme des géants tombés. Elles se cassèrent en deux, puis les Templiers les réduisirent en petits morceaux à la pique et au marteau.

Pendant ce temps, on rompait en deux le bâton de Torgon qu'on jeta dans un feu de joie, avec divers attributs du chaman et le cadavre de Torgon lui-même. On ajouta le coffret de reliques au feu purifiant. Tandis que les flammes les consumaient, Arnault jeta du sel dans le brasier, en prononçant un édit solennel d'interdit, bannissant l'esprit de Briochan dans l'après-vie, quelle qu'elle fût, qui l'attendait. Il pria en silence, demandant qu'après le départ de Briochan il n'y ait plus jamais de renaissance de son culte.

Ces tâches terminées, il se tourna vers le sombre escalier menant dans les entrailles de la terre, où il devait encore accomplir des rites de purification. Il emmena Flannan Fraser avec lui.

— Récite simplement toutes les prières qui te sembleront de mise, lui dit-il en lui tendant une torche.

Autour de l'entrée de l'escalier, une douzaine de Templiers s'étaient déjà agenouillés en demi-cercle, épées plantées devant eux comme des croix, mains posées sur la garde cruciforme. Parmi eux, Walter de Clifton, Maître d'Ecosse.

— Nous sommes prêts à te soutenir comme tu nous

l'as enseigné, dit le Maître. Mais que devrons-nous faire si vous ne remontez pas ?

— Si cela devait arriver, dit Arnault, bouchez cette ouverture avec des pierres et de la terre, consacrez notre tombe par vos prières, et retournez à Scone en informer frère Luc. Puis suivez ses instructions.

Clifton inclina la tête.

— Que Dieu vous accompagne, mes frères !

— Il nous accompagne, dit Arnault en souriant.

Puis, tournant les yeux vers les Templiers agenouillés autour de lui et de Flannan, il ajouta :

— *Non nobis, Fratres.*

— *Non nobis Domine*, répondirent-ils en chœur, répétant la devise que l'Ordre avait adoptée près de deux siècles plus tôt. *Non nobis Domine, sed Nomini Tuo da Gloriam.* Pas à nous, Seigneur, pas à nous, mais à Ton Nom donne la gloire.

Reprenant la pierre divinatoire dans sa main libre, Arnault la tendit à bout de bras devant lui comme un crucifix et s'engagea dans le sinistre escalier menant aux ténèbres qui les attendaient à son pied, suivi de Flannan, et accompagné du murmure des Ave et des Pater Noster de ceux qui restaient à l'air libre.

— Dieu devant moi, Dieu derrière moi, Dieu au-dessus de moi, Dieu au-dessous de moi… moi sur le sentier de Dieu, Dieu sur mes traces, murmura Arnault, enchaînant les invocations que frère Ninian et l'abbé Fingon lui avaient apprises, et s'en servant pour concentrer sa volonté.

« La protection de Dieu et de Sa main droite soit sur ma forme et mon corps… la protection du Haut Roi et la grâce de la Trinité. Puissent les Trois me protéger à l'heure du besoin… contre la haine, la blessure, l'action, la maladie… Le Christ est mon berger, qui m'enveloppe de tous côtés. Sa volonté ne m'abandonnera pas, et ne laissera pas approcher de moi le mal…

Des remugles répugnants montèrent des profondeurs à mesure qu'ils descendaient, mélange nauséabond d'eau salée, de végétation pourrissante et de terre mouillée. Derrière Arnault, la torche de Flannan projetait de longues ombres sur les marches.

— L'air semble épais, comme de l'eau, remarqua Flannan, mais sans aucune trace de frayeur.

— La peur elle-même cherche à nous étouffer, dit Arnault. Si nous ne lui donnons pas prise, elle ne pourra rien contre nous. Récite tes prières et aie confiance en Dieu.

Au bas des marches, ils s'arrêtèrent devant un seuil, au-delà duquel ils entendirent une respiration lente et rauque, comme de l'acier frottant sur du grès. Une bruyante expiration passa près d'eux en rafale, éteignant la torche et les plongeant dans une obscurité totale.

— Vaillant Michel à l'étalon blanc, j'agis sous la protection de ton bouclier ! dit Arnault dans le noir. Par l'amour de Dieu et par les souffrances du Fils de Marie, étends sur nous tes ailes et protège-nous, toi, Guerrier du Roi et Gardien des Cieux.

Reprenant son souffle, il continua plus hardiment.

— Que le manteau du Christ soit sur moi, pour m'abriter de la tête aux pieds. Que le manteau du Dieu de vie me garde, et soit mon champion et mon guide.

Un rayonnement rosé s'épanouit à la garde cruciforme de son épée, s'avivant en une flamme aussi pure et incolore que le diamant. Au même instant, la torche de Flannan se ralluma. Les ténèbres puantes reculèrent précipitamment devant ces fanaux jumeaux de la Lumière. Epaule contre épaule, les Templiers franchirent lentement le seuil, et entrèrent dans la caverne.

A la lueur de la torche, ils virent une vaste surface noire et luisante cernée de pierres, un sinistre bassin d'un noir si absolu que ni la lumière de la torche ni le rayonnement nimbant l'épée d'Arnault ne purent pénétrer ses profondeurs. Des volutes de vapeur verdâtre s'élevaient de la surface en spirales répugnantes. Scrutant la surface plus attentivement, Arnault discerna comme des mouvements paresseux dans les entrailles ténébreuses.

Assurant sa prise sur la divine pierre divinatoire, détachant le cordon de son cou, Arnault se mit à réciter les fragments de prières qu'il avait répétées avec Luc avant de partir pour cette mission cruciale, et qui en appelaient à la sagesse de saint Colomba.

— La force du Triune soit notre bouclier de purification… que la Croix du Christ nous protège d'en haut… que la Croix du Christ nous protège d'en bas… que la Croix du Christ nous protège tout autour…

A la première invocation, les vapeurs s'élevant du bassin se rétractèrent. Un frisson parcourut la surface, pénétrant profondément dans les eaux noires comme de l'encre. Arnault continua son exorcisme, et les eaux se mirent à bouillonner et écumer, émettant des bulles verdâtres et délétères, tandis que quelque chose de monstrueux prenait forme dans les profondeurs et montait rapidement vers la surface.

Arnault banda ses muscles et resserra sa prise sur son épée et le *keekstane*, quand une énorme femelle difforme surgit des eaux troubles comme un léviathan, se dressant au-dessus des deux chevaliers dans une gerbe d'écume puante. Les deux hommes reculèrent devant son haleine fétide, Flannan levant sa torche en un geste de défense. Pourtant, Arnault ne flancha pas et termina ses litanies par un vibrant *Amen*.

L'apparition gronda férocement mais garda ses distances. Les dominant de très haut, elle foudroya les deux Templiers, lèvres étirées en un rictus sauvage, révélant des dents jaunes et gâtées. Elle avait un visage plissé et ridé de vieille bique, mais des seins énormes et pleins sous le suaire de ses longs cheveux crasseux traînant dans l'eau comme des lianes en décomposition.

— *Ainsi, petits soldats, vous venez étancher ma soif de sang ?* dit-elle d'une voix grinçante. *Abandonnez-vous à mes embrassements, et je vous sucerai jusqu'aux os, et me repaîtrai de votre moelle !*

Arnault se contenta de tenir fermement son épée, murmurant entre ses dents :

— Colomba, sois une flamme brillante devant moi.

Derrière lui, il sentit Flannan se raidir, mais il ne recula pas. L'entité grondait et bavait, mais Arnault perçut en elle de l'indécision. Plus forte que sa faim immémoriale, il détecta une nuance de peur.

— Tu n'as aucun pouvoir sur nous, déclara-t-il fermement. Tes adorateurs sont soit morts, soit dispersés comme des feuilles mortes dans la tempête, et ton nom s'efface de la surface de la terre.

L'apparition salua cette déclaration d'un éclat de rire rageur.

— *Vers flaccides !* glapit-elle. *Asticots ! Je mettrai votre chair en pièces, et je mordrai dans vos cœurs comme dans des fruits succulents !*

— Tu ne feras rien de pareil, car la tâche de Colomba est enfin accomplie, répondit Arnault d'une voix ferme. Au nom du Roi de la vie, au nom du Christ d'amour, au nom du Saint-Esprit, le Triune de ma force, sois bannie à jamais ! cria-t-il.

A ces mots, un rayon cristallin de feu blanc surgit de la fenêtre du *keekstane*. Plus brillant que la torche et que le rayonnement émanant de l'épée d'Arnault, il emplit la caverne d'une lumière surnaturelle qui bannit toutes les ombres. Il dissipa la puanteur de la mort, laissant derrière lui un parfum d'encens. La démone recula avec un cri strident, s'abîmant dans le ténébreux sanctuaire du bassin de sa naissance.

— Retourne dans l'abîme dont tu viens ! ordonna

Arnault. Par Michel, chef des armées, par Uriel aux boucles d'or, par Gabriel voyant de la Vierge de grâce, et par Raphaël prince du pouvoir, que les anges de Dieu et l'épée de saint Michel te coupent à jamais de ce monde !

D'un geste vif, il jeta le *keekstane* dans le bassin. Instantanément, des flammes blanches se répandirent à la surface, filant tout le long des cheveux de la créature et l'engouffrant dans un embrasement de feu purifiant. Son hurlement fit trembler les parois de la caverne, puis elle sombra dans les eaux en feu, comme entraînée vers le fond par un puissant courant.

La salle elle-même se convulsa. Les flammes jaillirent plus haut, léchant le plafond. Eperonné par la nécessité, Arnault saisit Flannan par le bras.

— Partons ! Sortons d'ici, et vite ! dit-il d'un ton pressant.

Ils remontèrent en courant, deux marches à la fois, tandis que la chaleur torride de l'enfer rugissait à leur suite dans l'escalier. Ils surgirent enfin à la surface, se jetant au milieu des Templiers. Leurs frères les tirèrent hors du cercle des épées qui encerclaient toujours l'entrée de l'escalier.

Feu et fumée surgirent dehors, mais ne purent dépasser un dôme invisible délimité au sol par le cercle des épées. Un grondement formidable ébranla le promontoire, la terre se convulsa, et l'escalier s'effondra sur lui-même. Les derniers échos retombèrent dans le silence tandis que la fumée se dissipait.

Les Templiers se pressèrent autour d'Arnault et Flannan. Serrant l'épaule de son camarade qui s'était bien comporté sous le feu, Arnault coupa court au flot de questions anxieuses par un sourire rassurant.

— Nous sommes sains et saufs, haleta-t-il. Le danger est passé. Rendons grâce à Dieu. Frère Walter, rassemble les frères.

Il prit une profonde inspiration et jeta un regard reconnaissant autour de lui et, tandis que les nouveaux arrivants ajoutaient leurs épées à celles déjà plantées dans le sol, ils s'agenouillèrent tous, les mains sur la garde cruciforme, symbole de leur foi, et, inclinant la tête, récitèrent un fervent Te Deum. Le soleil se couchait à l'ouest derrière les montagnes. Ici et là, un feu de joie crépitait encore, brûlant les derniers vestiges de tout l'attirail païen. La nuit descendait sur Burghead, mais ce serait une nuit débarrassée du mal qui avait hanté si longtemps cette contrée. Quand ils eurent terminé leur prière, Arnault rengaina son épée et fit signe à ses hommes d'aller chercher leurs chevaux.

— Partons d'ici avant la nuit, ordonna-t-il. Quels que soient les combats qui nous attendent, celui-là est au moins gagné. *Non nobis, Domine !*

— *Non nobis Domine, sed Nomini Tuo da Gloriam !* reprirent-ils tous en chœur avec ferveur.

CHAPITRE 36

Après la purification de Burghead, Arnault emmena ses hommes à Balantrodoch, où il pourrait donner à Luc beaucoup plus de détails sur leur mission qu'aucun des autres, sans excepter Flannan. Mais d'abord, Luc lui communiqua des nouvelles non moins importantes, qu'il annonça à tous au cours d'un chapitre convoqué à la hâte.

— La rébellion est maintenant bien engagée, les informa-t-il. J'en ai eu plusieurs fois confirmation par frère Torquil, qui chevauche auprès de Bruce en qualité de conseiller militaire. En plus de la prise de Dumfries et de Dalswinton, Bruce s'est rendu maître des châteaux de Tibbers, Ayr et Dunaverty. Son partisan, Robert Boyd de Cunningham, a pris le château de Rothesay et a mis le siège devant Inverkip. Le seul châtelain de l'Ouest qui ait refusé de céder, c'est le seigneur John Menteith de Dumbarton. Sinon, Bruce contrôle à présent l'estuaire de la Clyde.

— Y a-t-il toujours une flotte anglaise ancrée à Skinburness ? demanda Walter de Clifton.

— Oui, dit Luc. Mais ayant le contrôle de l'estuaire — même sans Dumbarton, Bruce peut compter sur des alliés et des approvisionnements d'Irlande et des îles du Nord.

— C'est très bien, tout ça, grommela l'un des plus anciens chevaliers. Mais il ne me plaît pas que l'Ordre s'implique dans une dispute entre chrétiens. La mission de Burghead servait la sainte cause de Dieu — aucun de ceux qui y ont participé ne peut dire le contraire. Mais nous n'avons pas plus le droit de combattre pour ce Robert Bruce que d'autres ne l'avaient pour combattre pour Edouard d'Angleterre à l'époque de Brian de Jay.

— C'est vrai, dit Arnault avec prudence. Et personne ne nous demande de nous battre pour Bruce. Ce qu'on nous demande, c'est que nous aidions à maintenir la paix, comme cela a toujours été le principe du Temple, où qu'on nous envoie, et qu'au besoin nous prêtions nos épées pour empêcher les forces d'Edouard d'interférer avec le souhait du peuple d'Ecosse, à savoir de couronner leur propre roi et de reconquérir leur liberté.

En l'absence d'instructions contraires de leurs supérieurs de France, le chapitre convint que c'était raisonnable ; et après la prière du soir, Luc leur donna congé, et ils allèrent se coucher dans un lit pour la première fois depuis des semaines. Au cours de la conversation qui suivit, Arnault lui révéla des informations qu'il n'osait confier à personne d'autre de l'Ordre.

— Inutile de te dire qu'on continue à poser des questions, dans certains cercles, sur la façon dont est mort John Comyn, dit Luc. Mais le haut clergé a appris une part suffisante de la vérité pour justifier l'acte de Bruce. Grâce, en partie, à la présence d'esprit de Torquil, Wishart a donné à Bruce l'absolution de cet accident — et en échange, Bruce a juré solennellement de confirmer la liberté de l'Eglise écossaise. Wishart a prononcé un sermon galvanisant du haut de la chaire, exhortant le peuple écossais à combattre pour Bruce comme pour la croisade. Résultat : les serments d'allégeance affluent de tous côtés.

— Bruce bénéficie donc maintenant du soutien du clergé écossais, de la noblesse écossaise et du peuple écossais, dit Arnault. Pas de tous, bien sûr, mais au moins la voie est libre pour qu'il reçoive le sceau officiel de la royauté : le pouvoir qui accompagnera son investiture sur la Pierre de la destinée. Et cela l'aidera à unir toutes les factions pour se dresser contre Edouard d'Angleterre.

Des plans étaient déjà en préparation pour un couronnement plus conventionnel à l'abbaye de Scone — aussi conventionnel qu'il pouvait l'être, avec la guerre en cours contre l'Angleterre, et avec tant d'attributs royaux languissant encore à Londres. Cette cérémonie publique devait avoir lieu dans moins d'une quinzaine, le jour de la fête de l'Annonciation, qui tombait cette année-là le 25 mars.

Après mûre réflexion, Luc et Arnault tombèrent d'accord que le couronnement mystique de Bruce devait avoir lieu secrètement à Dunkeld le soir suivant. Dans cette optique, frère Ninian avait fait savoir que l'abbé Fingon quitterait Iona pour aller à Scone, et que l'abbé Henry participerait à la cérémonie secrète. Heureux que ces luminaires puissent suppléer à d'éventuelles lacunes de leur part, c'est avec assez d'optimisme qu'Arnault quitta Balantrodoch avec Luc pour se rendre à Scone.

Ils arrivèrent à l'abbaye avec deux jours d'avance, et trouvèrent Torquil qui les avait devancés ; l'abbé Fingon et les frères d'Iona l'instruisaient déjà de son rôle. Frère Fionn accompagnait l'abbé, ce qui portait à trois le nombre des moines de Colomba. Le soir, Arnault leur raconta les événements de Burghead, et Torquil le mit au courant de ce qu'il avait fait avec Bruce pendant un mois et plus.

Bruce arriva le lendemain, en procession plus imposante, amenant dans sa suite un nombre important de grands propriétaires et de hauts dignitaires ecclésiastiques. L'atmosphère de l'abbaye était comme électrisée par l'attente. La plupart des personnes présentes ignoraient tout des préparatifs secrets d'Arnault et de ses compagnons, mais tous paraissaient unis dans la conviction tacite que l'avenir de l'Ecosse allait se décider pour des siècles à venir.

L'aube du 25 se leva sur un beau jour de printemps. En préparation de la cérémonie publique du couronnement — de caractère toujours séculier —, une grand-messe fut célébrée dans l'église abbatiale. Ecoutant la lecture des Evangiles, se concentrant pour ce qui suivrait dans la journée, Arnault trouva un peu inquiétant que la fête de l'Annonciation tombât cette année-là le vendredi précédant le dimanche des Rameaux. C'était peut-être une bonne occasion pour acclamer un roi, mais il ne pouvait s'empêcher de penser qu'un roi ainsi acclamé pourrait très bien rencontrer de grandes souffrances avant d'entrer en possession de son royaume. Il sentit que Torquil, lui aussi, était mal à l'aise, quand ils s'avancèrent pour recevoir la communion des mains de l'évêque Lamberton. Bruce, accompagné de son épouse et de ses frères — futurs reine et princes dès que la couronne serait posée sur sa tête —, semblait aussi calme qu'on pouvait l'espérer.

Une brève pause suivit la messe, pour tout préparer dans l'église, car, en l'absence de la Pierre du Destin, l'investiture aurait lieu à l'intérieur, et non pas sur Moot Hill. L'évêque Wishart sortit les attributs royaux qu'il avait apportés de Glasgow : des robes épiscopales convenant à un roi, un bandeau en or, fabriqué à la hâte, et, plus important que tout, une bannière royale aux armes de l'Ecosse qui avait appartenu à Alexandre III. Pour remplacer la Pierre du Destin absente, on installa, au bout de la nef, un fauteuil imposant sous un dais, surmonté de riches draperies de brocart et d'or.

Ces préparatifs terminés, la seule personne qui n'était pas encore arrivée pour la cérémonie était la comtesse de Buchan. Partisan convaincu de la cause écossaise, la comtesse Isabelle avait revendiqué le rôle cérémoniel de son frère, le comte de Fife, qui jouissait du privilège héréditaire de poser la couronne sur la tête du nouveau monarque — il était encore enfant lors du couronnement de John Balliol et était maintenant retenu en otage par Edouard. Mais quand, au bout d'une heure d'attente, elle n'était toujours pas arrivée, il fut décidé de ne pas tarder davantage.

— Il ne serait pas sage d'attendre plus longtemps, dit l'évêque Lamberton avec inquiétude. Beaucoup d'entre nous courent de grands risques pour leur vie ou leur situation en étant ici. Il y aura assez de répercussions quand Edouard apprendra ce que nous avons fait. L'intronisation doit continuer sans délai.

Lamberton en personne présida la cérémonie, assisté des évêques Wishart de Glasgow et David Murray de Moray. En sa qualité d'invité, l'abbé Henry de Scone joua aussi un rôle éminent dans l'ordonnance du rite, de même que son confrère l'abbé d'Inchaffray.

Parmi les nobles présents figuraient quatre grands comtes : John d'Atholl, Malcolm de Lennox, Alan de Menteith et Donald de Mar. Les quatre frères de Bruce étaient présents également, comme son épouse Elisabeth, son neveu Thomas Randolph et son meilleur ami, Christophe Seton, qui lui avait récemment sauvé la vie à Dumfries.

Après le discours inaugural, on fit asseoir Bruce dans le fauteuil royal et il fut dûment investi grâce aux attributs apportés par l'évêque Wishart : les robes, sa propre épée, la bannière de ses ancêtres Canmore, une baguette blanche en lieu de sceptre, et un bandeau d'or.

Pour ceux qui avaient assisté à l'investiture de John Balliol, quatorze ans plus tôt, les comparaisons étaient inévitables, bien que superficielles, à part celles faites par les champions templiers de Bruce. Quoique tous les signes extérieurs de la tradition eussent été respectés à l'époque, y compris la présence de la Pierre du Destin, Arnault, Torquil et Luc se rappelaient avoir eu l'impression que quelque chose de vital manquait. Maintenant, malgré des changements externes et des substitutions, au moins tout était bien dans l'homme lui-même — et le lendemain soir, si Dieu le voulait, la royauté de Bruce serait validée sur ce symbole le plus précieux de la souveraineté écossaise : la Pierre du Destin.

Mais pour l'instant, la couronne devrait suffire. Après l'intronisation et le couronnement, Bruce fut acclamé par tous les assistants et reçut le serment d'allégeance de ceux qui ne l'avaient pas encore prêté. L'inquiétude suscitée par l'absence de la comtesse Isabelle se calma quand elle arriva plus tard dans la journée, ayant chevauché un étalon de son mari au grand galop. Par respect pour la tradition, il fut décidé que l'intronisation et le couronnement seraient répétés le dimanche des Rameaux, pour que sa famille puisse jouer son rôle héréditaire. Le soir, tandis que les moines de l'abbaye de Scone donnaient un banquet en l'honneur du nouveau roi et de ses hôtes éminents, ceux qui avaient des raisons de voir plus loin que les festivités de ce jour s'éclipsèrent discrètement pour s'assurer que tout était prêt pour les événements capitaux du lendemain.

Très tôt le lendemain matin, l'abbé Fingon et les Frères Ninian et Fionn se préparèrent à partir pour Dunkeld, précédant le gros de la compagnie. On leur avait confié les reliques de deux saints écossais : l'os du bras de saint Kentigern de Strathclyde, et un fragment de crâne de saint Fillan de Strathearn, apportés à Scone par leur gardiens héréditaires, le doyen de Glasgow et l'abbé d'Inchaffray respectivement. Avec le consentement de ces hommes d'Eglise, les trois frères d'Iona emportaient les reliques à Dunkeld dans l'intention d'invoquer la bénédiction de ces saints en plus de celle de saint Colomba, pour le compte du roi et de son pays assiégé. Arnault les accompagna jusqu'aux grilles.

— Le plan stipule que nous nous éclipserons après les vêpres, dit-il à l'abbé Fingon. Des relais de chevaux frais ont été prévus le long de la route. Avec un peu de chance, nous vous aurons rejoints entre complies et minuit.

Dans la mesure du possible, ceux qui devaient voyager de nuit consacrèrent les dernières heures du jour à se reposer et à méditer sur la journée du samedi, pour se préparer au travail qui les attendait, bien que l'attention du nouveau roi fût accaparée toute la journée par diverses rencontres avec des partisans. Tous les membres de la compagnie, sans en excepter Bruce lui-même, s'abstinrent de nourriture à partir du milieu de l'après-midi ; et après les vêpres, quand le roi annonça son intention de se retirer de bonne heure, la plus grande partie de sa suite profita de l'occasion pour l'imiter. Dans l'heure qui suivit, le silence se fit dans l'abbaye et ses dépendances, de sorte qu'un groupe de six hommes encapuchonnés put s'engager secrètement sur la route du nord. Torquil chevauchait en tête, l'abbé Henry et l'évêque Lamberton flanquaient Bruce de chaque côté, et Arnault et Luc fermaient la marche.

Dunkeld était à quinze miles vers le nord. La petite bande couvrit cette distance en toute hâte, s'arrêtant deux fois en route pour changer les chevaux. Les étoiles scintillaient comme des glaçons dans un ciel d'un noir profond quand les six approchèrent des grilles de la cathédrale. Un portier somnolent les fit entrer, indifférent à l'identité des arrivants, et, après avoir laissé leurs chevaux aux soins de deux serviteurs de l'évêque Crambeth, l'évêque Lamberton et l'abbé Henry guidèrent leurs compagnons jusqu'à la porte de derrière de la maison de Crambeth.

Un serviteur de confiance attendait pour les introduire, et pour emmener vivement Bruce à l'étage prendre un bain et échanger ses vêtements de chasse contre une tenue convenant mieux à cette occasion solennelle. Pendant qu'il se préparait, Torquil l'attendant pour l'emmener vers sa destinée, les autres se retirèrent dans la crypte de la cathédrale éclairée par des lampes, où tout était prêt pour l'événement mystique tant attendu.

Là, devant l'autel d'une chapelle de la crypte, se dressait la Pierre du Destin, temporairement drapée d'un linge blanc comme neige. Devant elle, à l'est, était une table couverte de lin blanc drapée à un bout d'une précieuse chape du trésor de la cathédrale. A l'autre bout reposaient une cuvette, une aiguière en argent et une serviette de lin. Au centre se trouvaient une baguette de frêne écorcé et une couronne de laurier et de romarin entrelacés.

Trois sellettes en bois étaient alignées au nord de la Pierre. Les deux se trouvant à chaque bout soutenaient les reliques de saint Kentigern et de saint Fillan, apportées de Scone plus tôt dans la journée. Sur celle du centre, en l'honneur de l'association historique de saint Colomba avec la Pierre du Destin, l'évêque avait posé lui-même le trésor le plus précieux de Dunkeld, le Reliquaire de Monymusk, et il participerait à leur travail, pour avoir été toute l'année le fidèle gardien de la Pierre. Parfois porté à la bataille devant les armées écossaises, comme une arche d'alliance celtique, ce coffret en forme de maison, décoré en style celtique et à peine plus grand qu'une main d'homme, contenait les saintes reliques de Colomba lui-même.

Mais d'abord, il fallait préparer la salle pour le travail à venir. Ils se rangèrent tous autour de la Pierre — sauf Torquil et Bruce qui n'étaient pas encore arrivés — puis Arnault dégaina son épée et, agissant en militant de l'Eglise, fit solennellement le tour de la pièce en commençant à l'ouest, traçant un cercle sacré de sa lame, sa robe de Templier chatoyant à la lumière des lampes. Luc marchait derrière lui avec un cierge allumé, suivi de frère Ninian qui aspergeait d'eau bénite la limite du cercle. Ils ne fermèrent pas le cercle à l'ouest, car ce serait la porte mystique par laquelle le roi entrerait dans l'enceinte sacrée qu'ils venaient de délimiter.

Le tracé du cercle accompli, Arnault prit son poste près de la porte de l'ouest, la pointe de son épée reposant sur le sol, pour attendre l'arrivée du roi. Les trois ecclésiastiques écossais se tenaient à l'est, entre l'autel et la Pierre, l'abbé Henry flanqué des évêques Lamberton et Crambeth. Luc se plaça au sud, où Arnault et Torquil le rejoindraient par la suite. Les trois frères d'Iona s'alignèrent entre la Pierre et la table, l'abbé Fingon près de l'extrémité supportant la cuvette et l'aiguière, tous regardant vers l'ouest, en attente.

Le roi ne tarda guère. Peu avant minuit, après un bruit de porte qui se ferma quelque part au-dessus d'eux, deux séries de pas dans l'escalier de la crypte annoncèrent l'arrivée de Torquil portant devant lui l'épée nue de Bruce, puis celle de Bruce lui-même, maintenant vêtu d'une aube blanche de prêtre, ou de sacrifice. Son fourreau vide pendait à son côté. Pendant qu'ils traversaient lentement la crypte dans toute sa longueur, l'abbé Fingon posa la serviette sur son bras, prit dans ses mains la cuvette et l'aiguière, et alla se poster à l'entrée, juste passée la grille. Arnault se mit au garde-à-vous, saluant de son épée, Torquil se plaça en face de lui, et Bruce passa entre eux, face à l'abbé.

Informé de la conduite à suivre par Torquil pendant

qu'il se préparait, le roi tendit les mains au-dessus de la cuvette en argent, l'abbé versa de l'eau-dessus en purification symbolique, Bruce les sécha à l'aide de la serviette, à la manière des prêtres servant la messe, puis il la remit sur le bras de l'abbé Fingon. Ils se saluèrent, après quoi Torquil le conduisit entre la table et la Pierre, toujours drapée de blanc, plaça l'épée de Bruce sur la table puis se retira près de Luc.

De la pointe de son épée, Arnault ferma symboliquement le cercle du côté ouest, puis la posa par terre en rappel de la ligne symbolique qu'elle représentait. Ensuite, il alla prendre place au sud avec ses frères templiers, tandis que l'abbé Henry enlevait le linge couvrant la Pierre derrière Bruce. L'abbé Fingon, en sa qualité de conservateur des traditions et de la sagesse accumulées à Iona, assuma le rôle du *seannachie*, qui, dans la tradition celtique, conduit les rites d'investiture ; il parla entre ses deux frères de Colomba.

— Robert Bruce, successeur des Grands Rois d'Alba, dit-il, tu te tiens dans le cercle sacré, tracé par une épée sanctifiée au service de la Lumière, parmi ceux prêts à porter témoignage de ton intronisation sur la Pierre du Destin, siège inaugural de tes prédécesseurs. Devant toi se dressent trois moines consacrés au service de Colomba, derrière toi, trois prêtres écossais dont les prières te soutiendront dans ta tâche. A ta gauche se tiennent trois chevaliers de Dieu, instruments terrestres de Michel à l'étalon blanc, capitaine de Dieu. A ta droite reposent les reliques de trois saints de ces îles bienheureuses. Permets-moi maintenant de t'amener en leur présence.

Montrant les trois sellettes, il se plaça au côté de Bruce, le prit par le coude, le tournant face au nord, puis avança d'un pas, en la présence symbolique des trois saints.

— Bienheureux saint Kentigern, déclara-t-il, s'inclinant avec révérence, nous, tes successeurs, nous t'invitons à venir parmi nous qui procédons à l'intronisation du roi Robert Bruce, conformément à la tradition datant de l'époque de ton ministère. Accorde-nous la grâce et la protection de tes prières, que les vertus investies dans la Pierre du Destin soient sur lui, et que le royaume d'Ecosse soit libéré du joug de la domination étrangère.

Il s'adressa ensuite à saint Fillan.

— Bienheureux saint Fillan, berger des âmes, pria-t-il, nous t'invitons aussi à descendre parmi nous. Soutiens-nous dans nos travaux, par tes prières et tes intercessions, que le roi Robert Bruce reçoive la bénédiction et l'approbation du Père de toutes les Miséricordes, pour délivrer le peuple d'Ecosse des mains de ses ennemis.

Sa troisième et dernière invocation s'adressa à son propre patron, à qui bien des assistants devaient tant.

— Doux et bienveillant Colomba, notre père dans la foi, pria-t-il, le temps prédit par ta prophétie est venu. Le Roi Sans Couronne a abandonné sa vie terrestre, renouvelant par son sacrifice les vertus de la Pierre. Sois maintenant le témoin de l'intronisation de son successeur, Robert Bruce, et prie avec nous pour qu'il reçoive la grâce et le pouvoir du Trois en Un pour assurer la liberté de l'Ecosse, et ce faisant, pose les fondations solides et durables du Temple de la Lumière.

Dans le silence haletant qui suivit ces paroles, Arnault perçut le souffle imperceptible d'un merveilleux parfum. Douce et aromatique, l'odeur lui monta à la tête et au cœur comme du bon vin, enivrant son esprit d'une joie soudaine. Les autres semblèrent la percevoir aussi. Au même moment, il sembla à Arnault que l'éclat des lampes éclairant la salle devenait plus clair et plus vif.

L'immanence était centrée sur les trois reliquaires rangés du côté nord du dais. Elle apportait avec elle l'impression de la Présence vivante, ou plutôt, rectifia mentalement Arnault, de trois Présences séparées, chacune irradiant une fragrance vibrante de sainteté, la plus éclatante étant celle du milieu, assez puissante pour projeter un manteau de lumière sur la Pierre du Destin. En cet instant, Arnault sentit toutes ses craintes s'évanouir, le cœur trop plein d'émerveillement pour contenir autre chose, jusqu'à ce qu'une voix purement humaine rompe l'enchantement — Lamberton, qui récitait doucement une prière annonçant le commencement de l'intronisation de Bruce.

Un chœur d'amen chuchotés termina la prière de l'évêque. Peu après, l'abbé Fingon, dans son rôle de *seannachie*, s'adressa à l'assistance.

— Entendez maintenant ces paroles concernant les rois sacrés de l'Ecosse, comemnça-t-il, et apprenez ce que c'est que d'être vraiment un roi.

Le discours qui suivit reflétait en grande partie ce qu'Arnault avait appris à Iona. L'abbé Fingon parla brièvement de l'histoire des peuples celtiques de ces îles, continuant en récitant les noms des rois d'Alba depuis l'époque de Colomba. Cette leçon d'histoire fut accompagnée d'un discours sur les traditions et les responsabilités longtemps associées à la royauté écossaise.

— En donnant au roi Aidan la Pierre du Destin pour siège de couronnement, rappela l'abbé Fingon, saint Colomba instituait une pratique par laquelle le peuple d'Ecosse pourrait connaître et reconnaître son véritable monarque. Car le roi doit être pour eux comme un bon berger pour ses moutons ; leur guide en temps d'épreuves, leur protecteur en temps de troubles. Qu'il en soit ainsi pour toi, Robert Bruce, en qui coule le sang de la lignée royale de Canmore.

Cette invocation servit de prélude à un panégyrique où l'abbé récita le lignage de la famille de Bruce, en même temps qu'il nota et loua les exploits héroïques des générations passées. En l'écoutant, Arnault ne put s'empêcher de penser qu'aucun des hauts faits des ancêtres de Bruce ne pouvait égaler, et encore moins surpasser, le défi que Bruce aurait à relever. Les succès qu'il avait déjà remportés étaient assombris par de bien plus grands dangers à venir. Mais Arnault osa espérer qu'une fois investi des pouvoirs mystiques de la Pierre, Bruce trouverait en lui la force de reforger son royaume à l'image de la grandeur, passée et future.

— Témoins représentant le peuple d'Ecosse, conclut l'abbé Fingon à la fin de sa récitation, je vous présente Robert Bruce d'Annandale, roi incontestable de ce royaume d'Ecosse, et par là héritier des lois de Dieu et des hommes, qui se déclare prêt à accepter la couronne. Qu'il soit maintenant investi des attributs de la royauté, afin qu'il devienne en nom et en fait ce qu'il est déjà par le sacrifice et par le droit de naissance.

A ces mots, Arnault s'avança pour rejoindre l'abbé et conduire Bruce devant la Pierre. Bruce ferma brièvement les yeux pendant que Fingon appelait les membres de l'assistance qui procéderaient à l'intronisation.

Le premier à approcher fut l'abbé Henry de Scone, avec la précieuse chape représentant le manteau de la royauté. Il la posa sur les épaules de Bruce, refermant sur sa poitrine le fermail serti de gemmes — rappelant le Plastron du Grand Prêtre, pensa soudain Arnault.

— Reçois ce manteau royal comme emblême de l'autorité, dit l'abbé Henry. Qu'il plaise au Dieu Tout-Puissant de t'accorder toutes les vertus méritoires afin que tu uses de cette autorité selon Sa Volonté.

Torquil prit alors l'épée de Bruce et la leva pour baiser la garde cruciforme avant de la présenter à son propriétaire, poignée en avant.

— Reçois cette épée, image du symbole de notre foi, comme emblème du courage et de la fortitude. Puisse-t-elle te bien servir pour la défense de ton pays et de ton peuple.

Avant de prendre l'épée, Bruce la salua de la tête et en baisa la garde. Puis, refermant la main droite sur la poignée, il se tourna pour saluer les quatre points cardinaux, commençant par l'est où se dressait l'autel. Finissant par le nord, il fit un long salut révérenciel aux trois saints dont la présence voilée éclairait cette partie sinon vide de la crypte. Quand il eut terminé ses salutations, il remit l'épée dans le fourreau vide à son côté.

L'évêque Crambeth s'avança ensuite pour lui remettre la baguette blanche.

— Reçois cette canne en signe de commandement, dit-il. Puisses-tu gouverner tes sujets avec sagesse, et administrer les lois de ce pays avec discernement et miséricorde.

Quand Bruce eut reçu la baguette, l'abbé Fingon et Arnault l'assistèrent cérémonieusement pour s'asseoir sur la Pierre. Les doigts du roi se resserrèrent sur la baguette, et il ferma brièvement les yeux, mais tous sentaient que la cérémonie n'avait pas encore atteint son l'apogée. Il restait à frère Ninian à s'avancer avec la couronne de laurier et de romarin, pour la lui poser sur la tête à la place de la couronne d'or.

— Reçois cette couronne en signe de royauté, dit-il doucement, gardant le souvenir de ceux qui t'ont précédé, dont le moindre n'est pas William Wallace, que nous honorons ici comme le Roi Sans Couronne.

« Les feuilles de laurier symbolisent ta victoire et tes victoires à venir, poursuivit-il, mais elles rappellent aussi la couronne que porta William Wallace le jour de sa mort ; le romarin rappelle ce souvenir. Porte donc cette couronne dans un esprit d'humilité, sans jamais oublier son sacrifice, à l'imitation de ce Roi qui est au-dessus de tous les Rois, et devant Qui tous les genoux doivent plier. Puisses-tu être prêt, au besoin, à donner ta vie pour ceux que tu gouvernes.

Le visage tendu de Bruce trahissait la profondeur de ses émotions, et il serrait si fort la baguette blanche posée en travers de ses genoux qu'Arnault craignit qu'elle ne se rompe.

— Je suis prêt à donner ma vie, je le jure, dit-il doucement. Et je prends Dieu à témoin qu'à partir de ce jour, moi et tous ceux qui après moi porteront le nom de Bruce, prendrons le romarin comme insigne de l'honneur de leur famille, en souvenir fidèle de William Wallace et des nombreux autres qui sont morts pour soutenir la cause de la liberté écossaise.

L'invocation du nom de William Wallace servit à rappeler à l'assistance que Bruce avait encore un devoir à accomplir : se lier à la Pierre du Destin et recevoir son pouvoir mystique. Une fois encore, Arnault s'avança, commençant à tirer de son fourreau la dague qui avait répandu le sang de Wallace. Mais avant qu'il n'ait pu dégainer, Torquil s'interposa entre eux, le bras en travers de la poitrine d'Arnault, dardant son regard de l'un à l'autre.

— Pas cette lame, murmura-t-il. C'est le sang de cette nuit qui doit maintenant lier le roi à la Pierre. Cette lame a bien servi, mais elle a aussi répandu le sang de Comyn. Il serait malséant qu'elle serve pour ce rite sacré. Cette idée me tourmente depuis les événements de Dumfries.

Frissonnant, Arnault laissa la dague retomber dans son fourreau, atterré de n'y avoir pas pensé plus tôt. Bruce les regarda, hésitant, mais Torquil dégaina lentement sa propre épée, et, mettant un genou en terre, en présenta la poignée à Bruce.

— Le jour de Falkirk, vous m'avez donné cette épée, dit-il. J'espère vous avoir fait honneur en m'en servant. Vous avez dit que j'en aurais besoin si j'entrais à votre service. Je voudrais vous servir maintenant, si telle est votre volonté.

Les yeux gris de Bruce fouillèrent les siens, incertains. Puis il referma la main sur la poignée.

— M'assisteras-tu ? demanda-t-il.

— Très volontiers, dit Torquil.

Acceptant de la tête, Bruce donna la baguette blanche à Arnault, puis sortit tout à fait l'épée de son fourreau et la posa sur les mains de Torquil. Torquil la tint fermement tandis que Bruce refermait la main gauche sur le bout de l'épée sans quitter le Templier des yeux, puis il la fit vivement glisser le long du tranchant, flanchant légèrement.

La main qu'il ouvrit et montra aux quatre points cardinaux était sanglante, et il ferma les yeux en l'abaissant, pour que la paume ensanglantée repose sur la Pierre. Par ce geste, il se faisait un avec Wallace et la Pierre. Et en cet instant d'unité, le pouvoir investi dans la Pierre passa en lui.

Aucun signe physique ne marqua cet acte, sauf que Bruce inspira et expira longuement, mais tous ceux présents dans le cercle eurent conscience, à des degrés divers, d'une montée d'énergie qui enveloppa le nouveau roi d'Ecosse. Comme des langues de feu sacramentel, le pouvoir afflua et chatoya autour de lui. Une extase indicible se répandit sur son visage immobile, tandis que son esprit buvait ce flot de savoir. Et la marée ne se retira pas, jusqu'à ce que ce vaisseau humain ait bu à satiété au pouvoir intérieur de la Pierre.

Pendant ce moment hors du temps, un silence total régna. Puis l'éclat surnaturel de la salle s'affaiblit paisiblement, remplacé par la pénombre familière des lampes terrestres quand Colomba et les deux autres saints se retirèrent derrière le voile marquant la frontière entre le Visible et l'Invisible. Une faible fragrance résiduelle persista un moment dans le sillage de leur départ, et Arnault sentit que ses frères templiers exhalaient lentement tandis que la tension s'évanouissait. Arnault se ressaisit suffisamment pour remettre la baguette blanche dans la main sans force de Bruce, Torquil rengaina son épée, et l'abbé Fingon rompit le silence, parlant de nouveau en *seannachie*, pour ce Chef des Chefs terrestre.

— Vive Robert Bruce, roi des Ecossais ! dit-il avec ferveur. Loué soit Dieu avec tous Ses anges et Ses saints, pour le travail accompli cette nuit parmi nous !

L'acclamation fut reprise par tous les assistants. Au son de leur voix, Bruce releva la tête, avec l'air doucement surpris d'un homme qui s'éveille d'un rêve.

— Et merci à vous, mes vrais et honorables amis, dit-il avec émotion. Car je crois que sans l'aide et le conseil de votre vision, la flamme qui vient de passer en moi aurait péri depuis longtemps, et avec elle, l'espoir de liberté de l'Ecosse.

« Mais ce moment, qui marque la fin d'une journée, marque aussi le commencement d'une autre, poursuivit-il, prenant de l'assurance. Devant nous s'étend une route pleine de périls. Elle traverse la vallée de l'ombre de la mort, mais je jure devant vous que la peur, ni de la mort ni des ténèbres, ne m'empêchera de vous guider jusqu'à sa fin. La Lumière qui nous soutient maintenant est la lumière éternelle de la liberté, qui ne peut pas être éteinte. Jurons-nous fidélité les uns aux autres, sachant qu'aussi longtemps que nous aurons la foi, les acolytes des ténèbres ne prévaudront pas contre nous !

EPILOGUE

Les paroles de Bruce continuèrent à se réverbérer en écho dans l'esprit d'Arnault, tandis qu'ils revenaient à Scone aux petites heures du matin. Il se demandait si, au moment où le pouvoir de la Pierre passait en Bruce, il avait reçu le don de voir les événements futurs comme Wallace avant lui avait été gratifié d'un aperçu de l'avenir. Cette prescience, ainsi qu'Arnault le savait par expérience, était autant un fardeau qu'une bénédiction. Il n'était donc pas étonnant que le nouveau roi choisît de garder le silence concernant ce qu'il avait vu.

Ils retournèrent à Scone aussi rapidement et secrètement qu'ils en étaient partis. Quelques heures plus tard, le soleil se leva sur le dimanche des Rameaux, marqué par la célébration d'une grand-messe pontificale, pour sceller publiquement le couronnement de Bruce. Les offices du matin furent suivis de la répétition de la cérémonie d'intronisation et de couronnement du vendredi, mais Arnault les vécut comme en rêve. Il assista physiquement à l'investiture et aux serments d'allégeance, mais son esprit méditait avec inquiétude les événements de la veille.

Pour lui, sa prochaine tâche — avec laquelle Luc

était en plein accord — était de retourner en France avec Torquil, aussitôt que possible, pour informer ses supérieurs de la réussite de l'intronisation de Bruce. Cela n'avait pas grande importance pour l'Ordre dans son ensemble, vu que revendiquer une couronne et la garder contre le courroux du roi anglais étaient deux choses différentes. Mais les autres membres du *Cercle* accueilleraient avec enthousiasme la nouvelle que la souveraineté de l'Ecosse était de nouveau investie en un roi légitimement désigné. Arnault et ses alliés avaient peut-être gagné quelques batailles, mais l'issue de la guerre était encore indécise.

Plus tard dans la soirée, au milieu des adieux de divers dignitaires qui repartaient pour leurs propres provinces, Arnault reçut l'invitation de rejoindre Robert Bruce dans le jardin du cloître, pour une conversation privée. Les étoiles commençaient juste à apparaître quand il entra dans le jardin. Bruce faisait les cent pas sous un arbre, ses branches entrelacées encore nues, à peine quelques bourgeons pointant au bout de chaque rameau. Il accueillit Arnault d'un sourire, l'invitant du geste à marcher un peu.

— Je vous ai demandé de venir pour vous remercier encore de votre aide, dit le roi. Mais je désire vous poser aussi quelques questions qui m'oppressent.

— Alors, posez-les, dit Arnault. Je ferai de mon mieux pour y répondre.

— Mes évêques écossais ont approuvé mon couronnement, dit Bruce, parce qu'ils savent qu'ils peuvent me faire confiance pour soutenir l'indépendance de l'Eglise d'Ecosse et de son clergé. Les moines d'Iona m'ont, eux aussi, apporté leur soutien, sachant que j'honorerai leurs traditions celtiques. Mais vous et vos compagnons, vous demeurez pour moi un mystère. Je me suis demandé pourquoi des membres de l'Ordre du

Temple étaient prêts à tant en faire pour me voir couronné selon la tradition de Colomba.

Arnault fut un peu surpris de la question, car les raisons de leur action étaient nombreuses et complexes, et qu'il ne pouvait pas les révéler toutes à Bruce.

— Vous avez raison de penser que nous avons nos propres raisons, dit-il pensivement. Si ma réponse est hésitante, c'est parce que ces raisons sont loin d'être faciles à exposer.

— Après ce qui s'est passé hier soir, dit Bruce, avec une pointe d'ironie, ce que je suis prêt à accepter vous surprendrait.

Arnault contempla un long moment le nouveau roi. Plongeant profondément dans ses yeux, il perçut des preuves évidentes des changements qu'avait provoqués le pouvoir de la Pierre : un esprit et une intuition plus profonds, une vision plus claire de ce que ça signifiait d'être roi. Il lui vint à l'esprit que les questions de Bruce venaient de cette même influence qui les avait guidés tout au long vers leur but commun. Prenant une initiative que permettaient parfois les vœux qu'il avait faits au *Cercle*, il décida que Bruce devait avoir au moins une connaissance partielle de la vérité plus haute.

— La Pierre du Destin n'est pas le seul artefact de pouvoir connu de notre Ordre, dit-il. Certains d'entre nous ont consacré leur vie à recouvrer et préserver de tels trésors pour le bien de toute l'humanité. Dans le passé, nous espérions leur construire un grand reliquaire à Jérusalem. Mais avec la chute de la Cité sainte, nous croyons maintenant que la Providence a choisi un autre lieu pour les abriter.

Bruce plissa le front.

— L'Ecosse ? hasarda-t-il, incrédule.

Arnault confirma de la tête.

— Pour servir de refuge à nos plus grands trésors,

l'Ecosse elle-même doit être une nation libre. Nous ne pouvions pas demeurer spectateurs, et la voir tomber, victime de la cupidité du roi anglais.

— Mais il y avait des Templiers qui aidaient Edouard à la bataille de Berwick, et à Falkirk, protesta Bruce. Et plus d'une fois depuis, Edouard d'Angleterre a pris à son service le Maître du Temple anglais.

— Ce Maître avait son agenda personnel, répondit Arnault, refusant d'être plus précis. Qui plus est, l'Ordre n'est plus la fraternité unifiée qu'il était autrefois. Il est donc d'autant plus important que ceux d'entre nous qui sont les gardiens désignés de ces trésors secrets leur trouvent un havre sûr et inviolable.

Un long silence tomba entre eux, pendant que Bruce méditait ces révélations.

— Si vous espérez la liberté de l'Ecosse, dit-il enfin, vous devez savoir que la lutte ne fait que commencer. Et si nous voulons vraiment la gagner, il faudra le payer cher.

— Là où de grandes idées sont en jeu, souvent le prix de leur solution est élevé en proportion, dit Arnault. Mais dans le cas présent, ajouta-t-il, je crois que vous avez déjà reçu une raison d'espérer la victoire.

— Que Dieu trouve bon de délivrer l'Ecosse des mains de ses ennemis, cela reste à voir, dit Bruce. Mais je dois en partie ma couronne à vous et à Torquil, et je me considère comme votre débiteur. Si, à l'avenir, je suis en situation de vous prêter assistance, je vous donne ma parole que je le ferai.

— Je ne peux pas vous demander plus, dit Arnault en souriant. Et votre offre est d'autant plus précieuse que je n'ai pas eu à la solliciter. C'est une promesse qui réjouira mes supérieurs.

— Quand pensez-vous leur transmettre le message ? demanda Bruce.

— Frère Torquil et moi, nous partirons dès demain matin, répondit Arnault. Il y a beaucoup à faire, et aussi beaucoup à espérer.

— Alors, nous vivrons tous les deux dans l'espoir, déclara Bruce, tendant la main, jusqu'au lever d'un jour plus brillant.

FIN

Bibliographie partielle

Addison, Charles G. *The History of the Knights Templar*. Kempton, IL : Adventures Unlimited Press, 1997. (réédition de l'édition de Londres de 1842)

Adamnan. *Life of Columba*. Traduit par Alan Orr Anderson et Marjorie Ogilvie Anderson. London/ Edinburgh : Thomas Nelson and Sons, Ltd., 1961

Baigent, Michael, and Richard Leigh. *The Temple and the Lodge*. London : Jonathan Cape, 1989.

Barber, Malcom. *The Trial of the Templars*. Cambridge : Cambridge University Press, 1978.

Barber, Malcom. *The New Knighthood*. Cambridge : Cambridge University Press, 1994.

Barron, E.M. *The Scottish War of Independence : A Critical Study*. Inverness : Robert Carruthers, 1934.

Barrow, Geoffrey W.S. *Robert the Bruce & The Community of the Realm of Scotland*. Edinburgh : Edinburgh University Press, 1975, 1994.

Bower, Robert. *Scotichronicon. (Fifteenth century chronicle)*. General editing by D.E.R. Watt. Aberdeen : Aberdeen University Press, 1989.

Burman, Edward. *The Templars : Knights of God*. Wellingborough : Aquarian Press, 1986.

Carmichael, Alexander. *Carmina Gadelica*. Edinburgh : Floris Books, 1994.

Gerber, Pat. *The Search for the Stone of Destiny*. Edinburgh : Canongate Press, 1992.

Knight, Christopher, et Robert Lomas. *The Second Messiah : Templars, the Turin Shroud, and the Great Secret of Freemasonry*. London : Century Books, 1997.
Kurtz, Katherine, ed. *Tales of the Knights Templar*. New York : Warner, 1995.
Partner, Peter. *The Murdered Magicians*. Publié également sous le titre *The Knights Templar and Their Myth*. Oxford : Oxford University Press, 1981.
Paterson, Raymond Campbell. *For the Lion : A History of Scottish Wars of Independence 1296-1357*. Edinburgh : John Donald Publishers, Ltd., 1996.
Prebble, John. *The Lion in the North*. London : George Rainbird, Ltd., 1971.
Prestwick, Michael. *Edward I*. London : Methuen, 1988.
Robinson, John J. *Born in Blood*. New York : M. Evans, 1989.
Robinson, John J. *Dungeon, Fire and Sword*. New York : M. Evans, 1991.
Runciman, Sir Steven. *History of the Crusades, Vol. III, the Kingdom of Acre and the Later Crusades*. Cambridge : Cambridge University Press, 1954.
Simon, Edith. *The Piebald Standard : A Biography of the Knights Templar*. Boston : Little Brown, 1959.
Upton-Ward, J.M. *The Rule of the Templars*. New York : Boydell Press, 1992. Traduit du texte français de Henri de Curzon, édition de 1886 de *La Règle française*, tiré des trois manuscrits médiévaux conservés.

Kurtz, Katherine, ed. *Tales of the Knights Templar*. New York : Warner, 1995.

Partner, Peter. *The Murdered Magicians*. Publié également sous le titre *The Knights Templar and Their Myth*. Oxford : Oxford University Press, 1981.

Paterson, Raymond Campbell. *For the Lion : A History of Scottish Wars of Independence 1296-1357*. Edinburgh : John Donald Publishers, Ltd., 1996.

Prebble, John. *The Lion in the North*. London : George Rainbird, Ltd., 1971.

Prestwick, Michael. *Edward I*. London : Methuen, 1988.

Robinson, John J. *Born in Blood*. New York : M. Evans, 1989.

Robinson, John J. *Dungeon, Fire and Sword*. New York : M. Evans, 1991.

Runciman, Sir Steven. *History of the Crusades, Vol. III, the Kingdom of Acre and the Later Crusades*. Cambridge : Cambridge University Press, 1954.

Simon, Edith. *The Piebald Standard : A Biography of the Knights Templar*. Boston : Little Brown, 1959.

Upton-Ward, J.M. *The Rule of the Templars*. New York : Boydell Press, 1992. Traduit du texte français de Henri de Curzon, édition de 1886 de *La Règle française*, tiré des trois manuscrits médiévaux conservés.

Achevé d'imprimer sur les presses de

BUSSIÈRE

GROUPE CPI

à Saint-Amand-Montrond (Cher)
en mai 2004

POCKET - 12, avenue d'Italie - 75627 Paris Cedex 13
Tél. : 01-44-16-05-00

— N° d'imp. : 43094. —
Dépôt légal : juin 2004.

Imprimé en France